Brinnlanda
Ende
Ulvheim
Vestvarjin
Varjin
Eikobana
Frossabu
Gardfjella
Vestymsjo
Elversa
Foggard
Brekka
Kolskang
Blindbol
Hjalt
Klewa
Kleiv
Indbrott
Nadvellir
Eldrin
Himlifall
Småle
Seule
Gåltnes
Saurpassa
Kaupe
Mara

Die elf Reiche Ymslands
nach 773
Eise
Blossa
Madeul
Meldun
Eisvaldr

In Mannfalla, der Hauptstadt von Ym, steht das alljährliche Ritual an, dem sich alle Fünfzehnjährigen stellen müssen und das dazu dient, den Segen gegen die gefürchteten Blinden zu erhalten und die Macht der sogenannten Gabe zu ermitteln. Hirka besitzt jedoch nicht diese Gabe: Sie kann nicht »umarmen« und erfährt schließlich von ihrem Vater, dass sie kein Ymling ist, sondern ein Menskr, ein Odinskind – gefürchtet und verfolgt von den Schwarzröcken, da sie die Fäulnis, eine Art Seuche verbreiten soll. Hirkas einziger Verbündeter ist Rime, ein Freund aus Kindheitstagen, der dem Rat von Ym als Soldat dient. Gemeinsam schmieden sie einen Plan, damit Hirka das Ritual besteht. Doch ihr Plan schlägt fehl und stürzt Mannfallas Volk ins Chaos, und das Ratsmitglied Urd sieht endlich seine Chance gekommen …

Siri Pettersen, geboren 1971, wurde 2013 mit dem Erscheinen von *Odinskind*, dem ersten Band der Fantasy-Trilogie *Die Rabenringe*, in ihrer Heimat schlagartig bekannt. Sie eroberte auch mit den beiden Folgebänden die Bestsellerlisten. Die Trilogie wurde mehrfach ausgezeichnet, in insgesamt zwölf Länder verkauft (zuletzt in die USA) und hat eine Auflage von über einer Viertelmillion erreicht. 2020 veröffentlichte Siri Pettersen den Auftakt ihrer neuen, lang erwarteten Reihe *Vardari – Eisenwolf* (Bd. 1). Die gelernte Designerin lebt in Oslo.

Dagmar Mißfeldt ist Skandinavistin und Übersetzerin aus dem Schwedischen, Dänischen, Norwegischen und Finnischen, u. a. von Werken von Liza Marklund, Jonas Moström, Siri Pettersen und Marianne Kaurin. Sie übersetzt zudem für Fernseh- und Kinoproduktionen. Sie lebt in Hamburg.

Dagmar Lendt ist Skandinavistin und übersetzt aus dem Norwegischen, Schwedischen und Dänischen. Bisher hat sie rund neunzig Bücher ins Deutsche übertragen, u. a. von Jon Fosse, Kjetil Try, Karin Alvtegen, Siri Pettersen und Liza Marklund. Sie lebt in Berlin.

DIE RABENRINGE

SIRI PETTERSEN

ODINSKIND

Aus dem Norwegischen von
Dagmar Mißfeldt und Dagmar Lendt

ARCTIS

Die Originalausgabe erschien 2013 unter dem Titel
Ravneringene – Odinsbarn im Gyldendal Norsk Forlag, Oslo.

Die Übersetzung wurde gefördert von NORLA,
Norwegian Literature Abroad.

NORLA
Norwegian
Literature Abroad

MIX
Papier aus verantwortungsvollen Quellen
FSC® C014496

Ungekürzte Taschenbuchausgabe
1. Auflage 2022

Übersetzung: Dagmar Mißfeldt und Dagmar Lendt
Umschlaggestaltung: Siri Pettersen
Satz: Greiner & Reichel, Köln
Druck und Bindung: GGP Media GmbH, Pößneck
Printed in Germany 2022
ISBN 978-3-03880-212-9

www.arctis-verlag.de

Folgt uns auf Instagram
unter @arctis_verlag

Für meine Mutter, für das Leben.
Für meinen Vater, für den Tod.
Für Kim, für alles dazwischen.

Und für dich und für alle, die immer Bücher gelesen haben, von denen noch nie jemand gehört hat. Für alle, die etwas anders waren und in der Klasse immer ganz hinten saßen. Für alle, die in einem dunklen Keller aufgewachsen sind, wo die Würfel über euer Schicksal entschieden. Für alle, die sich immer noch verkleiden. Für alle, die nie richtig dazugehörten und oft das Gefühl hatten, zur falschen Zeit am falschen Ort zu sein. Das hier ist euer Buch.

PROLOG

Thorrald schlüpfte gerade noch zur Tür herein, konnte sie aber nicht mehr hinter sich schließen. Der Schnee drängte sich schneller über die Schwelle, als er sich mit dem Fuß wieder nach draußen schieben ließ. Er drückte das Bündel in seinen Armen an sich und warf sich wie ein Stier gegen die Tür. Es funktionierte und er konnte den Riegel vorschieben. Er war zu Hause. Endlich in Sicherheit.

Er trat an die Fensteröffnung und schaute hinaus. Von draußen würde niemand etwas sehen. Schon gar nicht bei so einem Wetter. Und dennoch ... Er legte das Bündel auf den Tisch und schloss die Fensterläden.

Die Schwarzröcke. Niemand kann die Schwarzröcke aufhalten.

Altweibergedanken! Was konnten die Schwarzröcke ihm schon anhaben? Er hatte sich nichts zuschulden kommen lassen! Bei dem Gedanken war ihm, als zöge sein ganzes Leben vor seinem inneren Auge vorbei. Die Drogen, die er vor der Zunftversammlung verkaufte. Opia fürs Volk, das sich damit zu Tode rauchte.

Dummes Zeug! Wenn die Schwarzen kamen, dann nicht, weil er vor einer Hütte am Ende der Welt harmlose Kräuter verhökerte. Wenn sie kamen, dann ihretwegen ...

Thorrald starrte das Bündel auf dem Tisch an. Die Missgeburt. Sie schrie nicht. Vielleicht war sie schon tot. Das wäre das Einfachste gewesen. Es überlief ihn kalt. Der Bärenpelz, den er trug, war so dick, dass er fast den gesamten Raum ausfüllte, doch das half nichts gegen die innere Kälte. Er nestelte an der Verschnürung. Seine Finger waren von der Eiseskälte steif, wollten nicht gehorchen. Er blies in die Glut der Feuerstelle und hielt die Hände über die Wärme. Das Eis im Pelz schmolz und tropfte fauchend ins Feuer.

Der verfluchte Olve hatte im Bierrausch mit dem Schwert herumgefuchtelt. Wonach hatte er gesucht? Nach der Missgeburt? Nach was sonst? Aber egal. Olve hatte das Kind nicht gesehen. Die Kleine war in Sicherheit.

In Sicherheit?! Bist du von Sinnen? Du hast dein eigenes Leben zu leben!

Zwar kein Leben, das ein Heldenlied wert war, aber immerhin war es eines. Aber er konnte sich nicht mit einem Kind belasten! Schon gar nicht mit einem wie diesem. Er wusste, dass er handeln musste.

Thorrald zog sein Messer und starrte hinunter auf die Missgeburt. Sie schlief. Seine Faust war größer als ihr Kopf. Er hob die Klinge. Das Mädchen schlug die Augen auf. Sie waren grün und ohne Angst. Thorrald brüllte auf und rammte das Messer neben ihr in den Tisch. »Blindwerk! Das bist du! Eine Totgeburt!«

Er griff nach dem Krug und stürzte einen Rest lauwarmes Bier hinunter. Dann wickelte er die Kleine aus der Decke, als sei sie ein Geschenk. Sie lag da und ruderte mit den Ärmchen.

Die Erinnerung an alte Hausmittel stieg in ihm auf. An Lügenmärchen, für die er sich zu schade sein sollte. Und dennoch … Er presste den Daumen auf die Klinge, bis ein Blutstropfen hervorquoll, und ließ ihn in den Mund des Kindes tropfen. Nichts passierte. Er verfluchte seine eigene Dummheit. Was hatte er erwartet? Reißzähne?

Es gibt keine Blinden.

Thorrald stützte die Arme auf den Tisch und murmelte: »Was zum Draumheim bist du? Du bist kein Geist. Und du bist keine Blinde. Bist du nur missgestaltet?« Er drehte sie auf den Bauch und strich mit der Hand das Rückgrat entlang, wo der Schwanz hätte sein sollen. Weiß der Seher, er gehörte nicht zu denen, die etwas auf Altweibergewäsch gaben, aber das Kind sprach für sich. Sie war kein Ymling.

Du bist Fäulnis.

Er starrte auf seine Hände, als hätten sie schon angefangen zu verfaulen. »Ich kann dich nicht hierbehalten. Niemand könnte das!« Er hob sie hoch und hielt sie ein Stück von sich. Sie war nur ein paar Tage alt. Den Kopf bedeckte weicher Flaum, kupferrot im Schein des Feuers.

»Ich kann dich töten. Das sollte ich tun. Meine eigene Haut retten.« Aber er wusste, dass er es nicht fertigbrachte. Er hatte es schon gewusst, als er sie beim Steinkreis aus dem Schnee grub. »Du wirst es mir nicht danken, Mädchen. Das Leben draußen auf den Straßen ist kein Vergnügen. Und du findest unter den Tischen der Bierstuben bessere Gesellschaft als mich.«

Die Kleine lächelte ihn zahnlos an. Er legte sie wieder hin. Er wusste, was er zu tun hatte. Das war schwieriger, als sie zu töten, aber er hatte keine Wahl. Er konnte nicht mit einem schwanzlosen Mädchen umherziehen. Er starrte auf den Rest Bier, der im Krug noch übrig war. Dann nahm er die Schachtel mit Traumkappe aus dem Regal. Stark genug, ein so kleines Wesen umzubringen. Er musste vorsichtig sein. Thorrald ließ eine Prise des Pulvers in den Bierkrug rieseln und rührte alles um, bis es nicht mehr schäumte.

»Ist dir klar, was das hier kostet, Mädchen?« Er tunkte einen Stoffzipfel ins Bier und legte ihn auf ihren Mund. Sie saugte daran wie an einer Frauenbrust. Er wartete, bis ihre Augen langsam zufielen, und zog das Messer aus der Tischplatte. Es hinterließ eine helle Wunde im Holz.

Thorrald grub die Klinge in den Rücken des Mädchens. Es schrie. Er legte der Kleinen die Hand auf den Mund. Ihr Schluchzen schnitt sich in ihn hinein, so wie er in sie hineinschnitt. Blut rann auf den Teppich und er war erleichtert, dass sie bluten konnte. Was hatte er erwartet? War er dabei, hysterisch zu werden?

Thorrald ließ nicht eher von ihr ab, bis sie über den Pobacken eine tiefe Wunde hatte; Kratzspuren am Rücken wie von Krallen. Das Mädchen hörte schneller auf zu weinen, als er gedacht hatte. »Wenn jemand fragt, dann hat der Wolf sich deinen Schwanz geholt. Hörst du das? Der Wolf!«

Sie schloss die Augen. Plötzlich bekam er Angst, dass er ihr zu viel Traumkappe verabreicht haben könnte. Er legte sein Ohr an ihre Brust und horchte, ob sie richtig atmete. Nicht dass er gewusst hätte, was richtig atmen bei einer Missgeburt bedeutete.

Schicksalskind. Du wirst noch mein Tod sein.

Thorrald ließ sie auf dem Tisch liegen. Er zog den Pelz enger um sich und ging hinaus in den Sturm. Wie ein verängstigtes altes Weib glaubte er, Schatten zwischen den froststarren Tannen zu erkennen. Aber dort war niemand. Keine Schwarzröcke. Kein jäher Tod, der hinter den Büschen auf ihn lauerte. Noch nicht.

Das Einzige, was er sah, war Ulvheim. Zum allerletzten Mal. Er zog den Spaten aus dem Schnee und begann, sich einen Weg zum Wagenschuppen zu schaufeln.

RIME IST ZURÜCK

Die umgestürzte Tanne lag wie eine halb verrottete Brücke über der Alldjup-Schlucht. Die Rinde war aufgesprungen und blätterte in großen Stücken ab, sodass der Stamm mit jedem Jahr nackter wurde. Etwa zwanzig Schritte waren es hinüber auf die andere Seite. Eine Abkürzung für mutige Eichhörnchen. Aber nichts, woran sich Leute versuchen sollten.

Hirka widersetzte sich ihrem Bauchgefühl und machte einen weiteren Schritt. Der Stamm ächzte unter ihren Füßen. Er hatte wohl kaum je zuvor das Gewicht von Leuten gespürt und er roch verdächtig morsch. Sie ertappte sich dabei, dass sie etwas Nettes über ihn dachte, als könnte ihn das daran hindern, sie hinunter in die klaffende Wunde des Abgrunds zu werfen. Sie würde auf den Steinen im Streitwasserfluss zerschellen, der ungerührt tief unter ihr dahinfloss.

Ich habe keine Angst.

Sie hob den Blick. Vor ihr, mitten auf dem Stamm, saß Vetle und winselte wie ein Hund. Er war fünfzehn Winter alt, so wie Hirka, aber im Kopf war er wie ein kleines Kind. Ein blauäugiger Junge, der nie älter wurde, obwohl sein Körper wuchs. Vetle vertraute den Leuten zu sehr, aber vor allem anderen hatte er Angst. Also wie zum Draumheim hatten sie es geschafft, ihn so weit hinaus auf den Stamm zu locken?

Schlangenbrut! Mochten die Blinden sie fressen!

Die Schwachköpfe, die dafür verantwortlich waren, saßen auf sicherem Grund am Waldrand. Sie spürte ihre Blicke im Rücken brennen. Die Bande konnte es kaum abwarten zu sehen, wie sie abstürzte. Hirka hatte nicht vor, ihnen diesen Gefallen zu tun. Aber sie hatte vor, sich an den Fingerknöcheln die Abdrücke von Zähnen zu holen, wenn das hier zu Ende war. Kolgrim würde bis zum Herbst nur noch Suppe essen können. Sie ballte die Fäuste. Ihre Handflächen waren verschwitzt.

Vetle schaukelte zwischen den Schluchzern beunruhigend hin und her. Hirka machte ein paar entschlossene Schritte vorwärts. Ein Aststumpf brach unter ihrem Fuß und sie zuckte zusammen. Die Arme ruderten, als führten sie ein Eigenleben und verstünden, dass sie Hilfe brauchte, bevor es ihr selbst klar wurde. Sie fand ihr Gleichgewicht wieder. Der Puls schlug ihr wie ein Hammer im Hals. Die Knie zitterten.

»Kriegst du Schiss, Schwanzlos?«

Kolgrims Ruf folgte ein vorhersehbarer Chor aus schallendem Gelächter. Das Echo hallte von den Felswänden der Alldjup-Schlucht wider. *Schwanzlos! Schwanzlos! Schwanzlos!*

Hirka drückte den Rücken durch. Sie durfte sich nicht provozieren lassen. Noch nicht.

Vetle stand Todesängste aus. Er weinte laut, wie er da in einem Gewirr aus nackten Ästen saß, die schon lange alle Nadeln verloren hatten. Sein Gesicht hatte er hinter seinem Arm versteckt, als ob das half, nichts zu sehen. Seine Hand umklammerte ein kleines Holzpferd.

»Vetle, ich bin's, Hirka. Schau mich an!«

Das Weinen verstummte. Er lugte hinter dem Arm hervor. Ein Lächeln breitete sich auf dem rotfleckigen Gesicht aus. Hirka war sofort klar, dass sie einen großen Fehler begangen hatte. Vetle sprang auf und stürmte mit ausgebreiteten Armen auf sie zu.

»Vetle! Warte!«

Aber es war zu spät. Er warf sich ihr entgegen und sie verlor den Halt. Hirka drehte sich im Fallen und schlang die Arme um den Stamm. Vetle landete schwer auf ihrem Rücken und presste ihr sämtliche Luft aus der Lunge. Das Holzpferd in seiner Hand scheuerte an ihrer Wange. Der Baumstamm gab mehrmals ein schreckliches Knacken von sich.

Ein Schwarm Krähen flog aus den Tannenwipfeln auf und verzog sich krächzend in den Wald. Vereinzelte Rufe verrieten, dass Kolgrim und die anderen Bengel es eilig hatten, wegzukommen. Alles und alle verließen den Ort des Geschehens, als sei ihnen klar geworden, dass das hier direkt ins Draumheim führen würde. Hirka schrie vor Zorn.

»Du bist ein Schwächling, Kolgrim! Hörst du?!«

Ihr kam der Gedanke, dass niemand erzählen würde, was geschehen war. Sie und Vetle würden einfach spurlos aus dem Dorf verschwinden.

»Ein toter Schwächling!«, fügte sie hinzu und hoffte, dass sie Gelegenheit haben würde, ihre Drohung in die Tat umzusetzen.

Hirka spürte, wie sich ihr der Magen zusammenzog. Der Stamm gab langsam nach. Die Krone war abgebrochen und die Tanne schrammte die gegenüberliegende Felswand entlang abwärts. Die Neigung wurde immer steiler.

Willst du leben oder sterben?

»Lauf, Vetle! Jetzt!«

Wie durch ein Wunder erkannte Vetle den Ernst der Lage und zog sich an ihr hoch. Schonungslos drückte er sein Knie zwischen ihre Schulterblätter, aber es gelang ihm, über sie zu klettern und auf den Stamm zu springen. Hirka klammerte sich fest. Sie kniff die Augen zusammen und wartete auf den Knall, der kommen musste. Wurzeln wurden aus der Erde gerissen und zersprangen wie Bogensehnen. Erde und Gestein prasselten auf sie nieder. Dann wurde es wieder still, genauso plötzlich, wie es begonnen hatte.

Sie öffnete die Augen. Erst das eine, um nachzusehen, ob es sich lohnte, auch das andere aufzumachen. Die Wurzeln hatten gehalten. Sie baumelte vor der Felswand. Vetle rief von oben.

»Jomar!«

Sein Holzpferd segelte an ihr vorbei in die Tiefe. Es beendete seine Tage mit einem traurigen Platschen im Streitwasser. Aber Vetle hatte wieder festen Boden unter den Füßen. Er hatte es auf den Rand der Schlucht geschafft. Das Wunder des Sehers, dachte Hirka in einem seltenen Anflug von Frömmigkeit.

Sie guckte vorsichtig nach oben. Die Wurzel hing wie das klaffende Maul eines Trolls ein Stück über ihr. Unmöglich, daran vorbeizukommen. Blut lief ihr von der einen Hand den Arm hinab. Sie musste schnell handeln – bevor sie die Schmerzen spürte.

Sie griff zum Taschenmesser, rammte es in den Baum und zog sich hoch, bis sie die Wurzel erreichte. Trockene Erde rieselte ihr ins Gesicht. Sie schüttelte den Kopf und versuchte, sie fortzublinzeln. Sie hörte sich selbst lachen.

Schlimmer kann es wenigstens nicht mehr werden.

Sie schlang die Schenkel um den Baumstamm und steckte das Messer wieder weg. Dann streckte sie sich und tastete die Oberseite der Wurzel ab. Sie musste irgendetwas finden, woran sie sich festhalten konnte.

Eine starke Hand packte ihren Arm.

»Eine Kerbe für mich, wenn ich dich hochziehe?«

Hirka hätte fast den Halt verloren. Träumte sie? Diese Stimme … Diese Stimme kannte sie! Oder hatte sie sich so sehr den Kopf gestoßen, dass sie sich das nur einbildete?

Eine Kerbe für mich? Es konnte niemand anderes sein.

Rime ist zurück!

Zwar hatte sie seine Stimme drei Sommer lang nicht gehört und sie war tiefer, als sie sie in Erinnerung hatte, aber er war es. Daran gab es keinen Zweifel. Hirka antwortete nicht sofort. Es konnte ja gut sein, dass sie fantasierte. Das geschah gar nicht so selten, sagten die Leute. Aber die Leute sagten viel Seltsames über sie.

Was zum Draumheim machte er hier?

Rimes Griff war warm und fest um ihre Hand. Widerwillig merkte sie, dass sie schon viel ihres Gewichts an ihn abgegeben hatte.

»Hast du dich entschieden?«, kam es kühl vom oberen Rand.

»Ich brauche keine Hilfe!«, antwortete sie.

»Du glaubst also immer noch, du kannst fliegen? Oder hast du eine andere Strategie, wie du daran vorbeikommst?«

Sie hörte, wie er gegen die Wurzel trat, und mehr Erde rieselte ihr ins Gesicht. Sie wandte sich ab und spuckte schwarze Bröckchen aus. Er glaubte wohl, er habe gewonnen. Der verwöhnte Verräter! Da hatte sie ihr Leben riskiert, um Vetle zu retten, und dann kam er angerauscht, um Kerben einzuheimsen, und das auch noch in einer Notlage. Das war unglaublich kindisch. Widerlich! Aber er erinnerte sich …

Hirka biss sich auf die Unterlippe, um ein Lächeln zu unterdrücken, obwohl niemand sie sehen konnte, wie sie dort hing. Die Schultern brannten. Ihr ging es gegen den Strich, es zuzugeben, aber ohne Hilfe würde sie auf keinen Fall hinaufkommen.

»Ich hätte das problemlos geschafft, wenn du nicht meine Zeit verschwendet hättest. Du kannst eine halbe kriegen.«

Er lachte ein tiefes und heiseres Lachen, das eine Flut an Erinnerungen an eine Zeit auslöste, als alles einfacher gewesen war. Ihr schnürte sich unwillkürlich die Kehle zu.

»Du versuchst immer die Regeln zu ändern, während du spielst. Eine Kerbe oder nichts«, sagte Rime.

»Also gut.« Sie musste die Worte hervorpressen. »Eine Kerbe für dich, wenn du mich hochziehst.«

Kaum hatte sie das gesagt, wurde sie auch schon vom Baumstamm weggerissen. Einen Augenblick lang hing sie hilflos über dem Rand des Abgrunds, dann wurde sie hochgehoben und auf festem Boden abgesetzt. Rime ließ sie los und sie machte ein paar prüfende Schritte, als wolle sie sich vergewissern, dass sie immer noch auf beiden Beinen stehen konnte. Das ging besser, als sie befürchtet hatte.

Vetle saß wie ein leerer Sack auf dem Boden und zupfte abwesend an einem Riss in seinem Hemdsärmel. Rime stand vor ihr, als sei er nie fort gewesen.

»Wo tut dir was weh?«, fragte er.

Er war derselbe wie früher. Stürzte sich immer ohne Umschweife auf den wundesten Punkt. Wie ein Raubtier, das beweisen musste, wer der Stärkste war, wer am meisten aushielt.

»Mir tut nichts weh«, antwortete sie und versteckte ihre Hand hinter dem Rücken. Sie sah vermutlich zerfleischt aus.

Rime stellte Vetle wieder auf die Füße. Der Junge schniefte. Sein Schwanz hing schlaff auf den Boden. Hirka beobachtete Rime verstohlen, während seine Hände auf der Suche nach Verletzungen über Vetles Nacken und Gelenke glitten.

Sein Haar war länger, als sie es in Erinnerung hatte, aber noch genauso schneeweiß. Es reichte über die Schulterblätter und war mit einem Lederband zusammengefasst. Ein paar kürzere Strähnen hatten sich gelöst und hingen ihm links und rechts ins Gesicht, das schmaler war als früher, markanter. Aber da war auch noch etwas anderes … Etwas, das sie nicht richtig benennen konnte. Er bewegte sich anders.

Und er trug Waffen.

Ihr Blick fiel auf zwei Schwerter in schwarzen Scheiden. Sie waren schmal und an einem breiten Gürtel um seine Taille befestigt. Er war wie ein Krieger gekleidet, helles Hemd mit Schlitzen an den Seiten und Stehkragen. Seine Brust kreuzten breite Lederriemen. Er leuchtete vor dem dunklen Wald wie eine Schneekatze.

Hirka wandte den Blick ab. So ein Dummkopf. Warum kam er in diesem Aufzug hierher? Der Kaufpreis hätte bestimmt halb Elveroa einen Winter lang ernährt.

Er drehte sich zu ihr und sie sah die Stickerei auf seiner linken Hemdbrust: den Raben, die wohlbekannten Flügel ausgebreitet. Das war das Zeichen des Rates, das Zeichen des Sehers.

Panik bohrte sich in ihr Herz, unerwartet und tief wie eine Kralle.

Der Seher … das Ritual!

Ihr wurde kalt, als sie begriff, warum er gekommen war.

Nein! Es ist zu früh! Es ist noch Sommer!

Seine hellgrauen Augen begegneten den ihren. Sie hob das Kinn und wich seinem Blick nicht aus, nicht um eine Daumenbreite. Er legte den Kopf schräg und musterte sie mit amüsierter Neugier, als sei sie ein Tier, das er noch nie zuvor gesehen hatte.

»Warst du nicht sonst immer rothaarig?«, fragte er.

Hirka fasste sich an den Kopf und jede Menge Sand rieselte ihr aus dem Haar. Sie versuchte, ihn herauszubürsten, blieb aber mit den Fingern in dem roten Gewirr hängen. Rimes Augen funkelten wie Eis. Ein Ausdruck, den sie so gut kannte, dass es wehtat. Eine kindische Herausforderung. Das passte schlecht zu der Uniform, die er trug, aber es hielt nur einen Moment an, bis sein Gesicht wieder erstarrte. Er schaute in eine andere Richtung. Ihm war wieder eingefallen, wer er war.

Rimes Erscheinen bedeutete Gefahr, das spürte sie mit jeder Faser ihres Körpers. Sie hatte geglaubt, sie erkenne ihn wieder, aber was sie vor sich sah, war nur eine Erinnerung. Der Mann vor ihr war kein Kindheitsrivale, kein Freund. Er war der Sohn seiner mächtigen Familie. Er war Rime An-Elderin. Er gehörte zu einer Ratssippe.

Nur hatte das früher keine Bedeutung gehabt.

»Ich bin nicht gekommen, um zu bleiben. Ich werde Ilume nach Mannfalla begleiten«, erklärte er. Das bestätigte den Abstand zwischen ihnen.

Hirka verschränkte die Arme vor der Brust. »Normale Leute nennen ihre Großmutter Großmutter. Ich würde das tun, wenn ich eine hätte.« Das war eine dürftige Stichelei, aber ihr fiel nichts Besseres ein. Die Gedanken in ihrem Kopf waren zu Brei geronnen.

»Nicht, wenn sie Ilume wäre«, widersprach er.

Hirka senkte den Blick.

Rime kam zwei Schritte näher. Seine Kleider dufteten sauber nach Salbei. Hinter ihm sah sie, wie Vetle den Hals reckte und in den Abgrund starrte, der sein Holzpferd verschluckt hatte.

»Sie haben vor dem Ritual viel zu tun. Es ist diesmal auch dein Jahr, oder?«, fragte Rime.

Hirka nickte schwach. Die Zeit hatte sie eingeholt und sie merkte, dass ihr schlecht wurde. Mehrere in Elveroa waren in diesem Sommer in ihrem fünfzehnten Jahr. Die anderen hatten seit dem vorigen Jahr die Tage gezählt, neue Kleider genäht und sich Schwanzringe aus Gold und Silber schmieden lassen. Sie hatten die Reise geplant, die alle einmal im Leben machen mussten. Auch Hirka. Der Unterschied war nur, dass sie gern all ihren Besitz dafür gegeben hätte, um das Ritual nicht mitmachen zu müssen.

Rime streckte den Arm nach ihrer Hüfte aus. Sie sprang zurück und griff nach dem Messer, aber es war nicht mehr da. Es glänzte in Rimes Hand. Hirka schluckte und wich vor dem Stahl zurück. Einen Moment lang glaubte sie, er habe sie durchschaut und wolle sie töten, um dem Rat diese Mühe abzunehmen, aber er ging nur zur Baumwurzel.

»Ich bringe Vetle nach Hause«, sagte er und schnitt die wenigen Wurzeln durch, die sich noch gehalten hatten. Die Tanne donnerte in die Alldjup-Schlucht. Allein eine Narbe in der Erde blieb noch von ihr übrig und eine Staubwolke, die im Nebel des Streitwassers funkelte. Die Alldjup-Schlucht sah auf einmal viel breiter aus als vorher. Die Felswände zu beiden Seiten standen nackt da.

»Bitte deinen Vater, nach deiner Hand zu sehen«, sagte Rime.

Sie schnaubte bloß. »Ich habe schon mit sieben Jahren erwachsene Kerle zusammengeflickt!«

Er kam näher und sie musste einen Impuls unterdrücken, zurückzuweichen. Er war fast einen Kopf größer als sie. Seine Lederbrünne knarrte, als er sich zu ihr beugte und ihr Messer zurück ins Futteral steckte.

»Jomar …«, war Vetles traurige Stimme zu hören und sie konnte ihn gut verstehen. Er würde vielleicht ein neues Spielzeugpferd bekommen, aber das wäre nicht dasselbe, auch wenn es aus reinem Gold wäre. Jomar gab es nicht mehr.

Hirka drehte sich um und ging davon. Sie hatte das Gefühl, etwas Wichtiges zu verlassen, sah sich aber nicht um.

DER ROTE WAGEN

Hirka begann zu rennen, sobald sie sicher war, dass Rime sie nicht mehr sehen konnte. Sie ließ den Wald hinter sich und folgte dem Hügelkamm bis zum Meer. Dort war das Risiko am geringsten, jemandem zu begegnen. Als der Wind nach Tang zu riechen begann, konnte sie die Hütte erkennen. Sie stand hoch oben, an die Felswand geduckt, als sei sie aus dem Dorf gejagt worden und habe sich hier verkrochen, um ihre Wunden zu lecken.

Kohlehütte nannten die Leute sie. Die Söldner des Rates hatten dort vor vielen Jahren einmal einen Geächteten herausgeholt und die Kate angezündet. Aber sie wollte nicht recht brennen. Nun stand sie noch immer an Ort und Stelle, beharrlich dem Meer zugewandt, mit schwarz verkohlten Ecken an der Ostseite. Ein Pachtbauer auf Glimmeråsen hatte sich dort hingewagt, um sich am Holz zu bedienen, da ihm jedoch die Angst im Nacken saß, war ihm ein Balken auf den Fuß gefallen und hatte ihm zwei Zehen gebrochen. Das reichte den Leuten. Seitdem hatte sich niemand mehr dorthin getraut, bis sie und ihr Vater sich dort ihr Zuhause eingerichtet hatten. Vater gab nichts auf Altweibergewäsch. Dennoch spürte Hirka beim Anblick der Hütte eine Unruhe. Nicht dass sie Angst bekam, nein, sie fühlte sich dort wohl, hatte aber immer das Gefühl, dass etwas Schlimmes passieren würde, wenn die Hütte in Sicht kam. Etwas, das sie schleunigst abwenden musste.

Es knackte unter den Schuhen. Der Pfad war mit Steinchen bedeckt, die die Klippen bei jedem Unwetter abschüttelten.

Rime war zurückgekommen. *Rime An-Elderin.*

Der Name sollte ihr leicht über die Lippen kommen, doch er lag ihr schwer wie ein Stein im Mund. Wie Seiks Gewichte, von denen alle wussten, dass sie zu schwer waren, aber wenn die Kontrolleure sie überprüften, waren sie es doch nicht. Der Kaufmann hatte zwei Sätze, erzählte man sich.

Genauso war es mit Rime. Er hatte zwei Namen. Er hatte Elveroa mit dem kurzen, leichten Namen verlassen, mit dem sie ihn angesprochen hatte, seit sie neun Winter alt war; und nun kam er mit dem langen, schweren Namen zurück, der ihn fort von hier und zum Gut seiner Familie hinter den weißen Mauern des Sehers in Mannfalla geführt hatte. Das war eine ganze Welt von hier entfernt.

Sylja auf Glimmeråsen konnte vom goldbesetzten Mannfalla fantasieren, bis die Sonne unterging, aber da Hirka die meiste Zeit ihres Lebens in einem rot gestrichenen Wagen auf den Straßen verbracht hatte, war sie zufrieden mit der Hütte, die sie ihr Zuhause nennen konnte. Ein Ort, von dem sie sagen konnte, sie komme von dort. Was brauchte man mehr?

Sie blieb abrupt vor der Tür stehen. Der Korb! Sie hatte den Korb vergessen. In ihm waren alle Kräuter, die sie den ganzen Tag über gesammelt hatte. Sie lagen noch an der Alldjup-Schlucht, aber sie konnte sie dort nicht zurücklassen. Morgen war Mittsommer. Im Wald würde es dann vor abergläubischen Dörflerinnen wimmeln, die Kräuter pflückten, um von ihrem zukünftigen Liebsten zu träumen. Das waren Kräuter, die sie auf dem Markt verkaufen konnte.

Hirka wandte sich zum Gehen, doch da hörte sie ein Geräusch. Etwas schabte und kratzte innen an den Wänden. Dann war es wieder still. Sie stand wie versteinert auf der Treppe. Sie waren hier! Der Rat war gekommen, um sie zu holen!

Reiß dich zusammen! Du bist für den Rat ohne Bedeutung.

Hirka öffnete die Tür. Sie hatte erwartet, dort drinnen Vater zu sehen, doch das Zimmer war leer. Leerer als sonst. Rachdorn und Sonnentränen hingen von der Decke, aber alle fertig getrockneten Kräuter waren fort. Zwei Wände bedeckten Regale, auf denen Schachteln und Kruken in allen Größen und Formen standen, doch die untersten Regalböden waren leer. Nur schwache Umrisse der Gefäße zeichneten sich in einer dünnen Schicht Ruß von der Feuerstelle ab. Eine der Truhen, die auch als Bank dienten, stand offen. Darin herrschte eine einzige Unordnung, als habe Vater die Sachen aus den Regalen einfach hinunter in die Truhe gefegt. Tee, Fliederbeeren, Rotwurzel, Salben und Tinkturen, Amulette und Seherschmuck.

Hirka holte eine vertraute, zerkratzte Spandose heraus und drehte sie in ihrer Hand hin und her. Das war Immerkraut. Eingelagerter Tee von Himlifall. Die Gabe dort war stark und man musste Draumheim schon nahe sein, wenn man sich nach einer Tasse davon nicht besser fühlte. Das waren die Dinge, die sie jeden Tag verkauften. Die Unruhe in ihr wuchs und zerriss ihr fast die Brust.

Da war das Kratzen wieder. Hirka stellte die Spandose zurück an ihren Platz auf dem Regal und ging nach draußen. Sie folgte dem Geräusch um die Hausecke zur Meerseite und achtete darauf, die Füße dort hinzusetzen, wo Gras wuchs. Sie bewegte sich leise, ohne zu wissen, warum. Sie spähte um die Ecke. Die Unruhe wurde zur Gewissheit, so schwer, dass sie sich um ihre Füße legte.

Vater saß im Rollstuhl und schabte mit einem rostigen Spaten die rote Farbe vom alten Wagen ab, den sie vorher noch nie gesehen hatte. Er musste ihn ausgeliehen haben. Das einzig Blanke daran war die kürzlich geschärfte Kante. Sie schrammte winselnd übers Holz, wenn Vater den Spaten nach oben schob. Vom Wagen fielen ausgeblichene Farbfetzen ab, die wie Herbstlaub um seine Füße herum liegen blieben.

Schweiß färbte den Rücken von Vaters Hemd dunkel. Blutadern liefen über seine Arme und versuchten, sich um die Muskeln zu legen, aber das war ein hoffnungsloses Unterfangen. Vater war stark und das war für alle deutlich zu erkennen, weil er die Ärmel all seiner Hemden abgeschnitten hatte. Hirka konnte sich an eine Zeit erinnern, als er sie wie alle anderen Leute getragen hatte, aber das war lange her.

»Willst du weg?«, fragte sie und merkte, dass sie die Arme vor der Brust verschränkt hatte. Sie hoffte, dadurch stärker auszusehen.

Vater unterbrach seine Arbeit und schaute sie schuldbewusst an. Doch er hatte sich gleich wieder unter Kontrolle. Er war ein Mann aus Ulvheim. Er stieß den Spaten in den Boden, doch er kippte ins kurze Gras. Denn noch nicht einmal Vater konnte einen Spaten dazu bringen, in Stein stecken zu bleiben. Er fuhr sich mit der Hand über das raspelkurze Haar, dass es sich anhörte wie Schmirgelleder.

»Der Rabe ist gekommen«, sagte er.

Hirka wusste es. Sie hatte es gewusst, als sie Rime sah. Der Rabe war gekommen. Eisvaldr hatte die Tage des Rituals festgelegt.

Wie viel Zeit habe ich noch?

Vater beugte sich vor und hob den Spaten wieder auf. Er schabte weiter Farbe ab.

»Hast du Fortschritte gemacht?«, fragte er. Hirka spannte die Kiefermuskeln an. Warum konnte er es nicht freiheraus sagen? Sie war schuld, dass sie sich wieder auf den Weg machen mussten.

»Willst du weg?«, fragte sie noch einmal.

Vater griff in die Räder und drehte den Rollstuhl herum, sodass er ihr gegenübersaß. Er hievte sich hoch, bis er fast über dem Sitz schwebte, mit dem ganzen Körpergewicht auf den Armen.

Hirka wich einen Schritt zurück. Das war nicht gerecht. Ihr war klar, was er sich von ihr wünschte, es stand nur nicht in ihrer Macht, es ihm zu geben. Und warum sollte sie auch? Sie konnte eine Menge anderer Dinge. Würde man sie verurteilen wegen der einen Sache, die sie nicht konnte?

»Nein. Ich kann nicht umarmen. Und wenn schon? Das ist doch bestimmt früher schon mal vorgekommen. Ich kann doch nicht die Einzige sein?«

Ihre Frage blieb unbeantwortet. Er wusste, dass sie nicht umarmen konnte. Er hatte es immer gewusst. Warum war es ausgerechnet heute wichtig?

Das Ritual. Alles drehte sich um das verfluchte Ritual.

Das kalte, lähmende Gefühl stellte sich wieder ein. Ihr Herz schlug schneller.

»Das ist doch bestimmt früher schon mal vorgekommen?!«, wiederholte sie. »Ich kann unmöglich die Einzige auf der Welt sein? In allen elf Reichen?«

Vater schaute sie an. Seine Augen saßen tief und waren nicht ganz gesund, wie die Beine auch. So war das also. Sie war eine Missgeburt, die nicht umarmen konnte. Sie war blind für die Gabe. Betrogen um das, was alle anderen hatten. Sie besaß keine Gabe. Und keinen Schwanz. Wie ein Echo schossen ihr Kolgrims Rufe durch den Kopf.

Schwanzlos …

Hirka drehte sich trotzig um und ging weg. Sie hörte, dass Vater nach ihr rief, aber sie blieb nicht stehen. Am Ende des Felsvorsprungs kletterte sie auf die höchste der drei Birken, die dort standen. So hoch, wie sie konnte, bis die Zweige zu dünn wurden. Sie setzte sich dicht an den Stamm und schlang die Arme darum, um nicht hinunterzufallen. Ihre Hand brannte, die Wunde blutete wieder. Sie hatte sie vergessen.

Rime ist zurück.

Hirka schämte sich plötzlich. Sie benahm sich wie ein kleines Kind. Nichts wurde anders, nur weil sie auf einen Baum kletterte. So etwas machten Erwachsene nicht, so verhielten sich normale Leute nicht. War es da merkwürdig, dass sie draußen auf den Straßen gelebt hatten? War es da ein Wunder, dass sie nichts mit anderen Leuten zu tun hatten, außer um ihnen zu helfen, wenn sie krank waren? Das war kein bisschen merkwürdig. Das war ihre Schuld. Sie war nicht so, wie sie sein sollte.

Hirka umklammerte den Baumstamm fester.

Sie hatte Vetle gerettet. Zählte das nicht?

Nein, Vetle wäre allein zurechtgekommen. Sie war es nicht. Rime hatte sie gerettet. Aber sie hatte sich getraut, es zu versuchen! Sie hatte sich vieles getraut. Sie hatte im frühen Helfmond im Streitwasser gebadet, noch ehe das Eis getaut war. Sie war von der Schwarzklippe gesprungen, während das ganze Pack dabeistand und glotzte. Hirka hatte vor nichts Angst. Warum dann vor dem Ritual?

Weil Vater Angst hatte.

Vater hatte Angst. So viel Angst, dass er Elveroa verlassen wollte. Den alten Wagen herrichten und das Leben auf den Straßen wieder aufnehmen. Wunderkuren an Leute verkaufen, die ihnen zufällig über den Weg liefen, und aus immer denselben Knochen Tag für Tag Suppe kochen. Ein Leben, das jetzt unmöglich war, weil er nicht mehr gehen konnte. Aber er wollte es trotzdem. Abhauen. Warum? Was war die schlimmste Strafe, die der Rat für ein Mädchen vorsah, das nicht umarmen konnte?

Hirka wollte nicht daran denken. Sie zählte stattdessen die Blätter an der Birke. Nach sechshundertzweiundfünfzig Blättern war ihr, als höre sie Vater erneut rufen. Sie reagierte nicht. Und er rief auch nicht noch einmal.

DIE RABNERIN

Rime hatte ein Auge auf Vetle, der ihm auf dem Weg zur Rabnerei vorausging. Der Junge redete pausenlos und schmückte das Geschehen in der Alldjup-Schlucht in den schillerndsten Farben aus. Manchmal war er so in seinem Element, dass ihm die Worte im Hals stecken blieben und er wieder von vorn anfangen musste. Jedes Mal, wenn er fast über ein paar Wurzeln gestolpert wäre, musste Rime ihn am Kragen packen und wieder auf den Weg zurückholen.

Die Heide war tiefgrün und badete in der Sonne. Der Überfluss des Sommers hatte die Vögel still und schläfrig werden lassen. Heute war kein guter Tag für unangenehme Gespräche. Und dennoch war es genau das, was ihm bevorstand. Rime merkte, dass er seine Schritte verlangsamte.

Es war befreiend, hier mit jemandem zu gehen, der sich nie verstellte. Vetle war Vetle, ganz gleich, mit wem er sprach. Er hegte keine verborgenen Absichten. In seinen Augen war nie Gier. Er ließ Rime für eine Weile vergessen, wer er war, ein seltenes Vergnügen.

Die Leute in Elveroa behandelten Vetle ein bisschen so wie eine Hofkatze. Er durfte kommen und gehen, wie er wollte. Er bekam Honigbrote von entzückten Hausmüttern, die ihm die weizenblonden Locken zerzausten. Aber niemand erwartete, dass er still saß wie alle anderen, während die Schriftgelehrten im Sehersaal die Messe lasen. Der Junge war hübsch und das war ein Segen, der ihn oft vor der Angst der Leute schützte, vor ihrem Misstrauen gegenüber allem, was anders war. In Vetles Welt verging die Zeit anders als für andere. Für ihn ging es immer um das Unmittelbare, das Naheliegendste. Heute war es verständlicherweise Hirka.

Sie hatte in den vergangenen drei Jahren nicht weniger Rückgrat entwickelt, dass musste er zugeben. Sie folgte nach wie vor ihren eigenen Vorstellungen, ob sie nun klug waren oder nicht. Vetle malte sie in den schönsten Farben, als sei sie eine Göttin aus Brinnlanda. Instinktiv formte Rime mit den Handflächen das Zeichen des Sehers. In Mannfalla hatten die alten Götter und Göttinnen schon längst das Zeitliche gesegnet.

Sie durchquerten eine mit Moos bewachsene Lichtung im Schatten mächtiger Eichenkronen. Vetle lief auf das Haus zu, das auf der anderen Seite der Lichtung mit dem Wald verschmolz. Es glich einem kleinen Turm aus aufrechten Balken, die sich zur Mitte hin an die kräftigen Baumstämme lehnten. Doch diese Bäume hatten noch eine andere Aufgabe. Sie waren Pfeiler in einem Flechtwerk aus Zweigen, die sich großflächig über die Lichtung streckten. Auf den ersten Blick war daran nichts Ungewöhnliches, vor allem nicht jetzt im Spätsommer, wenn das Laub dicht und grün war. Aber dann hörte man das Krächzen der Raben und entdeckte, dass sie eine große, kreisförmige Einfriedung bildeten. Die Rabnerei.

Zu Hause in Eisvaldr gab es mehrere davon und der Rat schickte Briefe nie anders als mit Raben. Ramoja hatte die alleinige Verantwortung für die wichtigste Korrespondenz nach und von Elveroa. Normale Briefe wurden hier wie in Mannfalla mit Wagen befördert, aber wenn sie über Nacht und unbemerkt zugestellt werden sollten, dann waren die Raben nicht zu schlagen. Sie waren die schwarzen Boten, die Flügel des Rates, heilige Träger von Nachrichten und von Befehlen über Leben und Tod. Ein Großteil von Mannfallas unübertroffener Macht basierte auf dem Netzwerk der Raben, die nie ruhten.

Rime hörte, dass sie von einem Fremden flüsterten, der sich näherte. Er wurde beobachtet. Mit Blicken gemessen. Er wurde als ein Sohn des Sehers erkannt und die Raben beruhigten sich. Rime blieb stehen. In der Stille schwang Erwartung, Hunger mit. Wie der Blutdurst eines Tigers, unschuldig, notwendig, aber stark und unvorhersehbar. Schwarze Schatten strichen ungeduldig zwischen den Tannen umher. Er setzte seinen Weg fort und das Krächzen hob aufs Neue an. Ein anschwellender Chor von Ansprüchen, die nach Erfüllung verlangten.

Eine tiefe Frauenstimme vermischte sich mit dem Lärm.

»Sie haben gesagt, es seien bekannte Leute, aber ich weiß nicht, ob ich glauben kann, was ich sehe.«

Ramoja trat aus der Einfriedung. Ihre Hüften tanzten hin und her, wie es nur Hüften aus Bokesj konnten. Das pechschwarze Haar war in einem dicken Pferdeschwanz gebändigt, der ihr steif vom Hinterkopf abstand wie das Schwanzgefieder einer Krähe. Sie war schlanker geworden, wie er durch die weite, hauchdünne Hose erkennen konnte. Die Hosenbeine waren unten um die Knöchel mit einem Band aus goldenen Perlen festgebunden, die bei jedem ihrer Schritte klirrten. Solche Hosen trugen auch die Tänzerinnen in Mannfalla. Nach einigen Jahren in Elveroa hielt Ramoja noch immer an ihrem Status als Fremde fest.

Vetle lief auf sie zu.

»Mama! Wir sind in die Alldjup-Schlucht gefallen!«, verkündete er stolz. Ramoja stellte ungerührt einen blutverschmierten Eiseneimer im Moos ab und legte dem Jungen eine Hand auf die Schulter. Sie hielt ihn eine Armeslänge von sich, während ihr Blick schnell über seinen Körper wanderte, um festzustellen, ob er unversehrt war. Dann wandte sie sich wieder an Rime. Er suchte nach Spuren von Besorgnis in ihren Augen, fand aber keine.

Sie waren ein merkwürdiger Anblick, die Rabnerin und ihr Sohn, ein fast erwachsener Mann, der wie ein Kind dachte und handelte. Und er war so blond wie sie dunkel. Vetle begann zu erklären und Rime mischte sich ein, um der Schreckensgeschichte zuvorzukommen, die er unterwegs schon so oft gehört hatte. Er erzählte Ramoja, was geschehen war. Sie nahm es, wie es war, und schimpfte den Jungen auch nicht aus. Vetle hatte sich immer frei bewegen dürfen, ungeachtet der offensichtlichen Gefahren.

»Niemand ist gefallen. Das ist das Wichtigste«, sagte Rime, obwohl Ramoja nicht den Anschein machte, als müsse sie beruhigt werden.

»Wir werden alle fallen, früher oder später. Nichts währt ewig«, antwortete sie nur.

Dann nahm sie den Eimer und kam auf ihn zu, eine Hand erhoben, als wollte sie ihm die Wange tätscheln. Doch das tat sie nicht. Sie ließ die Hand wieder sinken. Solange er zurückdenken konnte, war sie wie eine Mutter für ihn gewesen. Jetzt sah sie etwas in ihm, was sie nicht berühren wollte. Dasselbe, was Hirka dazu bewegt hatte, ihm den Rücken zuzukehren und zu gehen. Es war, als wüssten sie es. Als habe sich alles, was er in den zurückliegenden drei Jahren gesehen und getan hatte, auf seiner Haut, in seinen Augen abgelagert. Rime verspürte einen Anflug von Trauer, die er sofort erstickte. Ramoja nahm den Eimer in die andere Hand und der Griff knarrte. Er roch nach rohem Wild.

»Ich habe dich nicht mehr gesehen seit …«

Rime half ihr. »Seit dem Ritual.«

Sie schaute ihn an. Ihre Augen waren braun und mandelförmig in einem olivfarbenen Gesicht. Sie changierten zwischen Kälte und Wärme, randvoll mit dem, was sie sagen wollte. Trotzdem kam nichts anderes als eine leise Bestätigung.

»Ja, seit dem Ritual …«

Ramoja schüttelte die alten Erinnerungen ab und schob Rime und Vetle ins Haus. Sie stellte den eisernen Eimer auf dem Boden ab und setzte den Wasserkessel auf die glimmende Feuerstelle. Rime sah sich um. Der Raum war noch genauso eng, wie er ihn in Erinnerung hatte, mit einer kleinen Kammer ganz hinten, abgeteilt durch einen Vorhang aus einem unbenutzten Fischernetz. Das Sonnenlicht fiel dort durch eine Luke, die für die Raben immer offen stand. Eine Leiter führte nach oben in den ersten Stock, wo, wie Rime wusste, große Mengen Papier in kleinen Regalfächern gestapelt lagen, sortiert nach Größe und Gewicht. Hier unten war die nächste Ecke bedeckt mit Ablagefächern, in denen Ramoja jede Menge schmale Hülsen aus so unterschiedlichem Material wie Leder, Holz und Bein aufbewahrte. Einige lagen verteilt auf einem schmalen Arbeitstisch aus grünem Glas. Ein Rabe war dabei, sie mit dem Schnabel – eine nach der anderen – in das richtige Fach einzusortieren. Die Klauen des Vogels klapperten auf dem Glas, wie er da langsam hin- und herlief.

Als Rime sich an den Fenstertisch setzte, drehte der Vogel sich nach ihm um. Er hatte Rime gespürt, noch ehe er ihn gesehen hatte. Dann sprang er mit einem Satz auf Rimes Tisch und kam ganz nah zu ihm. Er blieb an seinem Arm stehen, der auf dem Tisch ruhte, und legte den Kopf schräg. Der Rabe war groß, hatte aber ein schmales Gesicht. Im Sonnenlicht schimmerte sein Federkleid lila und blau. Kleine schwarze Daunen umgaben die Schnabelwurzel. Rime konnte kleine Kratzer auf dem Schnabel erkennen, die vom lebenslangen Gebrauch herrührten. Der Vogel blinzelte.

Rime hätte ihm gern gegeben, was er haben wollte, doch er konnte hier nicht umarmen. Als verstünde er, dass das Spiel verloren war, begann der Rabe, mit dem Schnabel an seinem Hemdsärmel zu zupfen.

»Arnaka!«

Ramoja hob das stolze Tier mit beiden Händen hoch, als sei es ein gewöhnliches Huhn, und warf es hinauf zur Dachluke. Der Vogel flog ohne Protest in die obere Etage, stieß aber einige beleidigte Krächzer aus.

»Sie ist sonst nicht so ungezogen.«

Ramoja reichte ihm eine einfache Tonschale mit Tee und setzte sich ihm gegenüber.

»Das war wohl keine Überraschung.«

Er brauchte eine Weile, bis ihm klar wurde, dass sie immer noch von dem Ritual sprach und von der Bestätigung, die er dabei erhalten hatte, dass die Gabe ihn stark durchfloss. So war es schon bei seiner Mutter gewesen und so war es immer noch bei Ilume. Wie bei allen zwölf Ratsfamilien, die seit Generationen die Worte des Sehers auslegten.

Ramoja wandte den Blick nicht von ihm ab. In dem Punkt erinnerte sie ihn sehr an seine Großmutter. Doch diese Augen waren das genaue Gegenteil von Ilumes. Diese hier strahlten. Sie waren die Augen einer Mutter.

Ramoja hatte eine ehrenvolle Stellung als Rabnerin in Mannfalla aufgegeben, um Rimes Großmutter zu ihrem Dienst im Rat von Elveroa zu folgen. Rime kannte auch den Grund dafür. Es war schwierig, Ramoja anzusehen, ohne daran zu denken, obwohl er davon eigentlich keine Kenntnis haben sollte. Doch der Berg an Dingen, von denen er eigentlich nicht hätte wissen dürfen, war höher als der Glockenturm in Mannfalla gewesen, noch ehe er zehn Winter alt war.

Rime trank. Die Wärme breitete sich in seinem Mund aus.

»Jedes Mal, wenn ich dich sehe, entdecke ich in deinen Gesichtszügen mehr von ihr«, stellte sie fest.

»Man wird älter«, antwortete er, weil ihm nichts Besseres einfiel. Er wusste nicht, wie seine Mutter ausgesehen hatte, kannte sie nur von dem gewebten Bild, das im Wintergarten zu Hause in Eisvaldr hing. Es zeigte eine Frau mit schmalen Händen, die nach den Zapfen in einer knorrigen Föhre griffen, die immer noch in dem Garten stand, der ihren Namen trug. Rime war erst sechs gewesen, als seine Eltern im Schnee umkamen.

»Älter? Du bist achtzehn«, lachte Ramoja und schlug ein Bein übers andere. Die goldenen Tropfenperlen, die ihre Hosenbeine zierten, klackerten aneinander.

Ihr Gesicht wurde schnell wieder ernst. Wohl wissend machte sich Rime auf das gefasst, was kommen musste.

»Was machst du gerade, Rime?«

»Was meinst du?« Er verschaffte sich etwas Zeit. Er wusste nur zu gut, was sie meinte.

»Sie sagen, dass du in der Garde anfängst. In der Leibgarde?«

Rime nickte und suchte nach etwas, worauf er den Blick ruhen lassen konnte. Zwei tote Kaninchen lagen auf einer Bank neben der Feuerstelle. Wahrscheinlich für die Raben, die oft besser aßen als die

Leute. In der Kammer hinter dem Fischernetz trieb sich Vetle unruhig herum, als suche er nach etwas, ohne sicher zu wissen, was es war. Ramoja lenkte Rimes Blick wieder auf sich.

»Hast du mit ihr gesprochen, seit du zurück bist?«

»Sie ist bis heute Abend auf Ravnhov.«

Ramoja sagte nichts, deshalb fügte er hinzu: »Dann werde ich mit ihr sprechen.«

Sie schüttelte den Kopf.

»Rime An-Elderin, Ilumes einziges Enkelkind, geboren und aufgewachsen in Eisvaldr, und du verleugnest deinen Platz im Rat?«

»Ich verleugne nichts.« Er wusste, dass das hohl klang. Eine solche Entscheidung konnte unmöglich anders als mit einer Verleugnung erklärt werden. Aber die Wahrheit war noch viel schlimmer.

»Ist es wirklich das, was du willst?« Berechtigter Zweifel lag in Ramojas Stimme. Sie beugte sich zu ihm, die Hände vor sich auf dem Tisch. Die Armreife klirrten.

»Ich will ihnen dienen«, hörte er sich antworten.

Ramoja lehnte sich wieder zurück. »Ja, zweifellos hat auch die Leibgarde viele wichtige Aufgaben zu erfüllen.«

Das stimmte, aber Rime hörte an ihrer Stimme, welch schwacher Trost das war. Er spürte den schalen Beigeschmack seiner eigenen Lüge. Das war neu. Eine neue Maske, die er tragen musste. Für Ramoja war er der schwächliche Sohn einer starken Familie. Für seine Großmutter war er ein Verräter. Allein der Rat kannte den wahren Grund für diese Entscheidung und den konnte er mit niemandem teilen.

»Die Schriftgelehrten in Mannfalla protestieren schon; das weißt du?«, fragte sie.

»Die Augen des Sehers protestieren immer. Das geht vorbei. Nächsten Monat ist das vergessen.«

»Vergessen? Die einzige Unterbrechung in der Ratszeit derer von An-Elderin seit den ersten Stühlen? Rime An-Elderin, das Kind, von dem der Seher sagte, dass es leben sollte? Der Junge, der eigene Sehersäle hatte, noch ehe er überhaupt geboren war?«

Bei ihren Worten zuckten seine Mundwinkel. Er unterdrückte einen primitiven Impuls, die Zähne zu blecken. Es war schwieriger als sonst. Vielleicht, weil es bald vorüber war. Er würde nie mehr gezwungen sein, den eigenen Mythos zu leben. Nur die Auseinandersetzung mit Ilume stand noch aus.

Ramoja suchte in seinen Augen immer noch nach einer Antwort. Er ließ sie suchen. Sie würde sie nie finden.

»Hast du den Eid abgelegt, Rime?«

Er nickte und sah, wie ein Ausdruck von Schmerz über ihr Gesicht huschte. Also hatte auch sie geglaubt, er würde seine Meinung ändern.

»Du findest, ich verrate das Andenken meiner Mutter«, sagte er.

»Nein, nein!«

Ramojas Augen weiteten sich und der Schleier, der ihre Gefühle verbarg, hob sich für einen Moment. Ein Zeichen, das kaum ein anderer als er hätte deuten können. Er war mit dem Verdeckten aufgewachsen und hatte gelernt, den Unterschied zu sehen. Sie sagte die Wahrheit.

»Du entscheidest nach deinem Herzen, Rime. Nicht nach denen der Toten. Das kann dir niemand nehmen, nicht einmal …«

»Nein, nicht einmal sie.«

Er lächelte. Das war das Erste, woran alle dachten: Was würde Ilume dazu sagen? Wie würde die Matriarchin der Familie An-Elderin die Nachricht aufnehmen, dass sich ihr Enkel für den Weg des Kriegers entschieden hatte, nicht für den vorherbestimmten Weg auf einen der zwölf Stühle, die die Welt regierten und schon immer regiert hatten?

Ramoja schüttelte den Kopf. Nicht einmal sie konnte sich vorstellen, was Rime bevorstand.

»Ich hatte immer gehofft … geglaubt …«

Die letzten Worte kamen schnell, um die Enthüllung zu tarnen, aber es war schon zu spät. Ramoja hatte gehofft, er werde Ilume folgen. Rime war überrascht. Er hätte nicht gedacht, dass ausgerechnet sie an Traditionen festhalten würde. Sie hatte viele Gründe, es nicht zu tun. In diesem Licht betrachtet war Ramojas Loyalität gegenüber Ilume und dem Rat umso rührender.

Ramoja erhob sich und gleich darauf hörte Rime, wie einer der Raben durch die Luke hinter dem Vorhang hereinflog. Ramoja zog das Fischernetz zurück und scheuchte Vetle aus der Kammer. Der Rabe setzte sich auf ihre Hand, ohne dass sie ein Wort sagen musste. Er kannte die Abläufe. Sie löste eine Hülse, die ganz oben zwischen den Beinen befestigt war.

Rime sah, dass die Knochenhülse das eingebrannte Zeichen des Rates trug. Er war mit dem Zeichen aufgewachsen. Das Zeichen des Sehers. Der schwarze Rabe, von dem alle geglaubt hatten, dass auch er ihn auf der Stirn tragen würde. Ramoja zog die Briefrolle aus der Hülse und überprüfte das Siegel. Der Brief war allein für Ilumes Augen bestimmt. Ramoja schob ihn zurück in die Hülse und steckte sie in die Tasche.

»Gestern ist auch ein Rabe gekommen. Wegen des Rituals. Sie haben es in diesem Jahr wohl früh festgelegt?« Sie schaute ihn an, als glaube sie, er wisse eine Erklärung.

»Ja«, sagte er nur. Es war ein unwirkliches Gefühl, über die Tätigkeit des Rates zu sprechen, als ginge ihn das nichts an. Er würde keiner von ihnen mehr werden.

»Die Leute werden die Gerüchte für wahr halten«, sagte Ramoja. Rime gab keine Antwort. »Aber über das Ritual haben sie sich schon immer das Maul zerrissen«, fuhr sie fort. »Jedes Jahr kurz vor dem Ritual gibt es doch immer jemanden, der sie wieder gesehen haben will.« Sie lachte auf, schaute Rime aber freudlos an, als wolle sie sehen, wie er auf ihre Worte reagierte. Sie nahm wie alle anderen an, er wisse mehr darüber, was der Rat vorhatte. Und in der Regel lagen sie richtig.

»Der Rat kann froh sein, dass die Leute so viel Fantasie haben«, meinte er. »Was hätte das Ritual sonst für einen Sinn, wenn nicht wegen der Blinden?«

Ramoja lachte schief.

»Ist dieses Jahr nicht auch Vetle dran?« Rime schaute den Jungen an, der auf der Bank zur Ruhe gekommen war, den Kopf an die Wand gelehnt. Er öffnete die Augen, als er seinen Namen hörte, schloss sie aber gleich wieder.

Ramoja stand auf, nahm die leeren Teeschalen und kehrte ihm den Rücken zu. »Ja«, antwortete sie.

Auch Rime erhob sich. Er wusste, dass sie sich nur selten nach Mannfalla begab, und das auch nur widerwillig. So widerwillig, dass sie in Elveroa bleiben würde, auch wenn Ilume jetzt zurück in die Hauptstadt fuhr. Alles deutete darauf hin, dass der Besuch beendet war, aber er legte ihr dennoch eine Hand auf die Schulter. Es war unwahrscheinlich, dass er sie noch einmal wiedersehen würde. Allenfalls flüchtig in der Menge, während des Rituals, sofern er einen Grund hatte, sich dort aufzuhalten, aber Rime war gekommen, um Abschied zu nehmen. Sie durfte das nur nicht wissen.

Ramoja drehte sich mit einem entschuldigenden Lächeln wieder zu ihm um.

»Ich habe mich noch nicht an den Gedanken gewöhnt, ohne euch hier zu sein.«

Rime lächelte. »Ich bin drei Jahre nicht hier gewesen.«

Aber er wusste, was sie meinte. Ramoja war ein Teil der Familie An-Elderin. Als seine Mutter starb, hatte Ramoja ihre beste Freundin verloren. Rime wusste, dass sie nie ganz darüber hinweggekommen war. Es gab keine Worte, mit denen er sie hätte trösten können.

»Wir hätten ohnehin nie hier sein sollen«, sagte er. »Der Plan war zum Scheitern verurteilt.« Über seine offenen Worte war er selbst erstaunt. Vielleicht lag es daran, dass sich ihre Wege nun trennten. Vielleicht lag es an der befreienden Erkenntnis, dass er niemals in die Fußstapfen seiner Großmutter treten würde. Er kannte den Grund für seine Offenheit nicht. Aber er sprach weiter.

»Der Rat hat Ilume viele Jahre hierbehalten, weil sie nur so Ravnhov nahe sind. Das ist kein Geheimnis. Aber wie viele Sehersäle haben sie denn geschafft, in Ravnhov zu eröffnen?«

Ramoja lächelte zurückhaltend. Sie beide kannten die Antwort: keinen. Ravnhov war stark. Es war ein altes Fürstentum und dem Rat ein Dorn im Auge. Ravnhov war der einzige Ort auf der Welt, den Mannfalla nie würde bekehren können, obwohl die Städte nur wenige Tagesreisen voneinander entfernt lagen. Aber dazwischen lag Blindból, das schwarze Herz von Ymsland. Die unüberwindlichen Berge, die alle fürchteten und mit langen Umwegen umfuhren. Eine Region nach der anderen hatte sich zum Rat bekannt, nur Ravnhov hatte sich noch seine Selbstständigkeit bewahrt. Das Fürstentum war jetzt schuldenfrei und wurde mit jedem Tag stärker.

»Wir machen uns ein paar Tage vor den anderen auf den Weg«, sagte Ramoja. »Nora kümmert sich um die Raben, während ich weg bin. Sie ist jetzt alt genug für diese Verantwortung.«

Rime nickte. Eine seltsame Vorstellung, dass die Tochter des Schmieds schon alt genug war, um als Lehrling in einer Rabnerei zu arbeiten. Er hatte sie als ängstliches Kind in Erinnerung, das sich weigerte, bei Streichen mitzumachen. Wie etwa dem, von der Westseite auf den Berg Vargtind hinaufzuklettern …

Rime erinnerte sich, wie er da oben auf dem Gipfel gethront hatte, überzeugt davon, dass es außer ihm niemandem gelungen war, die senkrechte Felswand zu erklimmen. Bis Hirka sich mit aufgestoßenen Knien über die Kante gehievt hatte. Sie hatte sich ein Stück von ihm entfernt hingesetzt und so getan, als sei nichts. Sie hatte versucht, nicht zu lächeln, obwohl er gesehen hatte, wie ihre Mundwinkel zuckten. Das Mädchen war wie Nektar gewesen. Sie war die Einzige in Elveroa, die sich nie vor ihm verbeugt oder ihn mit seinem Titel angesprochen hatte. Sie war wie Vetle. Es spielte keine Rolle, wer Rime war. Sie konnte ihn herausfordern oder ihm an den Kopf werfen, er solle sich zum Draumheim scheren – ein Gefühlsausbruch, der sie das Leben hätte kosten können, wenn jemand sie zufällig gehört hätte. Rimes Brust durchlief ein Schauder. Er hatte Leute für viel weniger sterben sehen.

Aber das war jetzt einerlei. Er war keine Figur mehr im Spiel des Rates. Er hatte seinen Platz gefunden. Er war schon tot.

ODINSKIND

Hirka saß in der Birke, die Wange an die Rinde geschmiegt. Ihr Körper fühlte sich so schwer wie ein Sack Weizen an. Die Sonne ging gerade unter. Die Farben verblassten. Die Torfdächer in Elveroa verschmolzen mit der sie umgebenden Landschaft. Hirka hatte an vielen Orten gewohnt, aber hier hatte sie am längsten gelebt.

Das Dorf lag in einer Talsenke, die sich zum Meer hin öffnete. Die alten Götter hatten dort einen Daumen in die Erde gedrückt, in der Absicht, die ersten Reisenden zu zerquetschen, doch da das Nordleute waren, hatten sie sich nicht kleinkriegen lassen. Sie hatten sich in dem Abdruck angesiedelt. Der war zwar zum Meer hin offen, doch von blauen Klippen und dichtem Wald geschützt, der sich so weit erstreckte, wie Hirkas Augen reichten, in östlicher Richtung bis zum Gardfjell. Ein Stück weiter lag die Alldjup-Schlucht wie ein Riss in der Felswand. Der Streitwasserfluss rauschte unermüdlich durch den Riss, floss ins Tal und schlängelte sich dann zum Meer. Die Höfe krochen den Hügel hinauf zu den Klippen, umgeben von Ackerflecken. Am dichtesten drängten sie sich auf der anderen Talseite. Dort hatten sie den ganzen Tag Sonne.

Die prächtigste Lage am Hang hatte Glimmeråsen, der Hof, auf dem Sylja wohnte. Er bestand aus einer Vielzahl von Gebäuden und war größer als irgendein anderer Hof in der Umgebung. Die Familie auf Glimmeråsen hatte Unmengen an Münzen ausgegeben, um Sylja auf das Ritual vorzubereiten. Das war das einzige Gesprächsthema des Mädchens: Kleider, Schmuck, Schwanzgold und Parfüm, ein neuer, glänzend blau lackierter Wagen, der Türen an den Seiten hatte. Nichts durfte dem Zufall überlassen werden, wenn die einzige Tochter auf Glimmeråsen in den Kreis der Erwachsenen aufgenommen wurde und den Schutz des Sehers gegen die Blinden empfing.

Hirka spürte, wie sich ihr die Brust zusammenschnürte. Wie unbeschreiblich wunderbar musste es sein, sich zu freuen. Wenn sie das doch nur auch könnte. Wenn sie doch nur wie Sylja wäre, wie alle anderen, dann hätte sie jetzt auch Schmetterlinge im Bauch. Dann könnte sie davon träumen, Mannfalla zu besuchen und Eisvaldr zu sehen, die Residenz des Sehers, die eine ganze Stadt für sich sein sollte, oder von dem sagenumwobenen Saal, wo das Ritual stattfand, von der Musik und den Tänzern und dem Rat und …

Von Rime.

Warum war er überhaupt hierher zurückgekehrt? Ilume An-Elderin war eine Madra, eine Mutter im Rat, eine der Zwölf. Sie konnte sehr gut allein reisen, das machte sie doch die ganze Zeit! Ständig umgeben von Leibwachen, als würde es überhaupt jemand wagen, sie anzugreifen. Selbst wenn eine ganze Bande Wegelagerer diesen Fehler beginge, würde Ilume mit ihnen fertigwerden, davon war Hirka überzeugt.

Rime hätte nicht zu kommen brauchen. Es wäre nicht nötig gewesen, dass er mit dem Zeichen des Rates auf der Brust herumstolzierte, als wüsste sie nicht längst, dass er in eine andere Welt als die ihre gehörte. Als ob sie seinen Namen nicht kennen würde.

Das Bild von Rime stieg in ihrer Erinnerung auf. Gekleidet wie ein Krieger. Das war sicher ein letzter Streich, ehe er für immer den Kittel tragen musste. Alle, die beim Ritual ausgewählt und in Eisvaldr ausgebildet wurden, trugen den Kittel der Gelehrten, bis sie ihren Platz gewählt hatten oder bis der Platz sie auserwählt hatte, wie es hieß. Bis sie den Eid abgelegt hatten. Von den Schulen des Rates kamen die besten Gelehrten aller Künste, von den Kriegern bis zu den Geschichtsschreibern. Aber die meisten träumten davon, Schriftgelehrte zu werden. Das Auge des Sehers, ein gelehrter Verkünder Seiner

Worte. Alle, die im Rat saßen, waren Schriftgelehrte gewesen und Rime war Ilume An-Elderins einziges Enkelkind. Vom Schicksal für einen Platz im Rat auserkoren. Einen Platz, für den viele ihr Leben gegeben hätten.

Hirka hatte nie den Grund dafür verstanden und würde es wohl auch nie verstehen. Es gab kein Lied über Mannfalla oder Eisvaldr, das eine Reise dorthin verlockender machte. Syljas Tagträume, zu den Auserwählten für die Schulen zu gehören, konnte sie behalten. Sich unter Ratsleute mischen? Wein aus Kristallgläsern trinken? Hirka schnaubte verächtlich. Sie hätte freudig alles geopfert, damit ihr das elende Ritual erspart bliebe.

Ich habe keine Angst!

Was konnte Schlimmes passieren? Vielleicht nichts. Sie würde es vermutlich noch nicht einmal bis zum Ritual schaffen, nicht einmal bis nach Mannfalla hinein. Man würde sie womöglich am Stadttor anhalten, sie wie eine Pestinfizierte gefangen nehmen und vor die Stadtmauer hängen. Oder die ganze Stadt würde ihr ansehen, dass sie nicht umarmen konnte, und sie steinigen. Wo Leute sind, ist auch Gefahr, hatte Vater immer gesagt. Man würde sie vielleicht hinter Pferden durch die Stadt schleifen lassen, bis sie nicht mehr zu erkennen war, sie gefangen nehmen, sie foltern oder wie eine Missgeburt begaffen. Oder verbrennen!

Hirka hörte, wie es unter ihr knarrte, und zuckte zusammen. Schemenhaft erkannte sie ihren Vater durch das Laub. Sie war so in ihre albtraumhaften Gedanken vertieft gewesen, dass sie ihn nicht hatte kommen hören. Das Knarren der Stuhlräder hatte sich vermischt mit Fantasiegeräuschen von klirrenden Schwertern und den Schreien einer aufgebrachten Menge. Sie tat, als sehe sie ihn nicht. Wenn sie ihm in die Augen blickte, würde er gewinnen, und dann würden sie sich wieder auf den Weg machen. Der Trick war, nicht hinzugucken. Sie konnte warten. Hier oben war sie nichts weiter als ein Blatt im Wind.

Ein kräftiger Axthieb durchbrach die Stille.

Der Baumstamm an ihrem Körper zitterte und sie war kurz davor, den Halt zu verlieren und abzustürzen. Sie klammerte sich fest und starrte ungläubig nach unten. Vater holte mit der Axt zum nächsten Schlag aus. Hatte er den Verstand verloren?

Er schlug von Neuem zu und der Baum bebte. Die Kraft, die er im Oberkörper hatte, war außergewöhnlich. Er konnte Hirka und Sylja gleichzeitig hochheben, als seien sie Holzstöcke. Nicht einmal drei Männer im Vollbesitz ihrer Kräfte konnten sich mit ihm messen. Nach nur vier Hieben hörte sie, wie der Stamm nachgab. Genau wie in der Alldjup-Schlucht. Heute war ein schlechter Tag für Bäume.

Hirka stellte sich auf den Ast und machte sich zum Sprung bereit. Eine Weile schwankte sie mit dem Baum, bis er fiel. Sie warf sich zur Seite, so weit sie konnte, und rollte im Gras ab. Der Baum mit über zehntausend Blättern krachte hinter ihr auf den Boden. Hirka kam rasch auf die Beine und spuckte einen Grashalm aus. Vater schaute sie an. Er sah nicht froh aus, aber auch nicht wütend. Eher so, als frage er sich, ob er jemals schlau aus ihr werden würde. Hirka verschränkte die Arme und guckte in die andere Richtung.

»Ich hatte sowieso vor reinzugehen.«

»Komm«, sagte Vater. Er legte sich die Axt auf die Knie und begann, zurück zur Hütte zu rollen. »Ich muss dir etwas erzählen.«

Er mühte sich ab, den Rollstuhl in die Hütte zu bugsieren. Hirka half ihm nicht. Sie hatte gelernt, es zu unterlassen. Die Räder blieben in der Tür an einer unebenen Diele hängen, die ihm normalerweise keine Probleme machte, doch dieses Mal waren seine Bewegungen zu abrupt. Er ruckte zu viel, war zu angespannt. Am Ende aber schaffte er es hinein. Hirka folgte ihm. Die Hütte kam ihr kleiner vor, irgendwie fremder als sonst. Die Luft war stickig und schwer vom Rauch der Feuerstelle. Es dauerte, bis man sich daran gewöhnt hatte, wenn man den ganzen Tag draußen gewesen war.

Hirka setzte sich hin und wischte aus alter Gewohnheit vertrocknete Blätter und Reste zerstoßener Kräuter vom Tisch. Es roch süßlich nach Opia, doch sie verlor kein Wort darüber. Wenigstens hatte er alle sichtbaren Spuren beseitigt. Anderen als den Mitgliedern der Heilerzunft des Rates war es verboten, sich mit diesen Pflanzen zu befassen. Vater hatte es immer unter der Hand verkauft und Hirka hatte stets passiv ihr Missfallen geäußert. Aber Opia war bei Weitem nicht das einzige riskante Gewächs, mit dem sie sich beschäftigten. Das war auch ein Grund, warum sie so viel Zeit auf Reisen verbracht hatten. Ein fahrender Krämer mit seiner Tochter.

Und jetzt will er wieder losfahren.

Oder hatte er vielleicht seine Meinung geändert? Er hatte schließlich die Birke gefällt. Man fällt doch keinen Baum, ohne dass sich etwas verändert.

Vater rollte den Stuhl an den Tisch und schob Hirka eine Schüssel mit Fischsuppe hin. Sie war lauwarm, kam ihr aber vor wie ein Geschenk des Sehers. Gierig aß sie mit der einen Hand, während Vater die verletzte mit einem Stofflappen säuberte. Sie würde ihm nicht erzählen, dass sie Rime getroffen hatte. Vater hatte ihr unmissverständlich klargemacht, dass sie Männern nicht trauen konnte, darum hatte sie gelernt, den Mund zu halten. Aber mit Vetle hatte er keine Probleme. Von Vetle konnte sie ihm erzählen, wenn er fragen sollte, was sie mit der Hand gemacht hatte. Aber er fragte nicht.

»Ich habe dich gefunden«, knurrte er, ohne sie anzuschauen.

»Ich habe nicht versucht, mich zu verstecken, falls du das glaubst«, antwortete sie.

»Das meine ich nicht.«

Vater schmierte Salbe auf ihre Hand. Es brannte. Er kehrte ihr den Rücken zu und rollte an die Feuerstelle. Dort blieb er vor dem Feuer sitzen wie eine Sonnenfinsternis.

»Ich habe dich nicht bekommen, ich habe dich gefunden. Das ist doch nicht so schwer zu verstehen, Mädchen.«

Hirka spürte seine Worte wie Ameisenbisse. Sie kündeten von Gefahr, obwohl sie sie nicht verstand. Oder nicht verstehen wollte. Seine Stimme klang wie fernes Donnergrollen. Es lag Unwetter in den Worten, aber sie hatte keinen Ort, an dem sie hätte Schutz suchen können.

»Damals hatte ich Ulvheim noch nicht verlassen. Ich bin dort gut zurechtgekommen. Habe ohne größeres Risiko gekauft und verkauft. Die Macht des Rates ist weiter im Norden schon immer schwächer gewesen. Sie hatten dort noch nicht einmal eine Heilerzunft. Weise Frauen zogen Krankheiten, Zähne und Kinder heraus, ohne einen Gedanken an den Rat zu verschwenden.«

Hirka hörte die Sehnsucht in seiner Stimme. Es war, als spreche er von einer Traumwelt.

»Aber sie hatten einen Mann in Ulvheim. Ein Umarmer, wurde gesagt, doch Olve hätte nicht einmal eine Fliege umarmen können. Was er vielleicht einmal an Gaben besessen haben mochte, hatte er längst versoffen, als ich ihn kennenlernte. Er rauchte Opia. Ich wusste, dass er in Ulvheim das halb taube Ohr des Rates war, und er wusste, was ich trieb. Damit waren wir quitt und es gab keinen Ärger. Aber dann passierte etwas. Es war noch Anfang des Ylirmondes, die Dunkelzeit war gerade angebrochen. Die Tage waren kurz und es war bitterkalt. So kalt, wie es nur in Ulvheim werden kann.«

Vater beugte sich etwas näher ans Feuer.

»Er war schwer betrunken, als er kam. Es war spät und ich sagte ihm, er solle sich nach Hause scheren. Ich log, sagte, ich hätte nichts zu verkaufen, er nahm ohnehin schon zu viel. Aber er wollte nur, dass ich ihn fuhr. Er konnte sich kaum noch auf den Beinen halten und wedelte mit einer Flasche, aber er meinte es ernst. Er musste zum Steinkreis im Sichelwald. Das war ein Befehl des Rates. Die ganze Fahrt schneite es dicht und er jammerte über all die sinnlosen Aufträge, für die ihn der Rat losschickte.«

Vater ahmte die betrunkene Stimme nach, die Olve gehabt haben musste.

»Und es betraf nicht nur ihn, wie ich erfuhr. Jeder einzelne Steinkreis in jedem einzelnen Reich in Ymsland wurde in jener Nacht kontrolliert, sofern alle Raben bei dem Unwetter ankamen. Und warum?«

Hirka war sich nicht sicher, ob sie es wissen wollte, darum rührte sie weiter in der Fischsuppe herum, ohne etwas zu sagen.

»Weil ein Steinflüsterer gefühlt hatte, wie die Gabe floss. Weil er fantasiert hatte, dass die alten Steintore wieder offen standen. Dass etwas hindurchgekommen sei.«

Hirka merkte, wie sich ihr die Haare auf den Armen aufstellten. Man sagte, die Blinden seien durch die Steine gekommen und dass sie es wieder tun konnten. Aus dem Grund habe man das Ritual, um das Volk zu beschützen. Aber das sagte man nur. Niemand hatte jemals die Blinden gesehen, nicht seit Hunderten von Jahren. Es gab sie nicht mehr.

Wenn es sie denn überhaupt je gegeben hatte.

»Olve sagte, er sei kein abergläubisches altes Weib. Er habe im Dunkeln keine Angst. Ich fragte ihn, warum er dann nicht einfach den Wagen nehmen und allein hinfahren könne, aber darauf gab er keine Antwort, der Schisser. Am Steinkreis angekommen, torkelte er im Stockdunkeln zwischen den Steinen herum, sturzbetrunken und mit dem Schwert im Schlepptau. Ein Gespenst von einem Mann, auf der Jagd nach Untieren, die man ihm zu töten befohlen hatte. Er schlug sich überaus mutig mit den Schatten, bis er an einem Stein zusammensackte und zu schnarchen anfing.«

Jetzt kommt es, dachte Hirka. Sie konnte wie ein Tier das riechen, was sie nicht hören wollte. Die Luft in der Hütte wurde stickiger und die Welt fast unerträglich klein. Vater sprach jetzt langsamer, als sei auch er unentschlossen.

»Ich weiß nicht, was mich dazu gebracht hat, diese Runde zwischen den Steinen zu machen. Vielleicht war es eine Vorahnung. Jemand hatte Leute ins Sauwetter hinausgeschickt, um weiß der Seher was zu überprüfen, und Olve konnte die Aufgabe nicht erledigen. Darum kämpfte ich mich durch den Schnee um die Steine, nur um nachzusehen, um sicher zu sein. Und da fand ich dich. Du warst erst ein paar Tage alt. Jemand hatte dich in eine Decke gewickelt, die so weiß war wie der Schnee. Du warst fast unmöglich zu entdecken. Man sah nur ein blasses Gesichtchen, ungefähr so groß wie meine Hand, in einem frostigen Meer. Der Schnee fiel auf dich herab, aber du hast nicht geweint. Du hast nur erstaunt aus deinen großen grünen Augen hochgeguckt.«

Hirka würgte ein schlaffes Stück Fisch hinunter, das wieder hochzukommen drohte. Sie wollte aufstehen, aber ihr Körper war wie gelähmt. Sie war sich nicht sicher, was sie da eigentlich hörte. Vater war nicht … Vater. Aber er redete einfach weiter. Vielleicht hatte er vergessen, dass sie hier saß.

»Kein Mann auf der Welt überlässt einen Säugling einem versoffenen Hanswurst wie Olve. Darum habe ich ihn in den Wagen geschleppt und dann habe ich dich auf den Schoß genommen. Ihr beide habt den ganzen Rückweg geschlafen. Ich fuhr Olve nach Hause und seine Alte kümmerte sich um ihn. Dich nahm ich mit zu mir. Ich lag die ganze Nacht wach, dich in der einen Hand und das Schwert in der anderen. Ich sah die Schwarzröcke in jeder Ecke. Hörte sie, wenn draußen die Wölfe heulten und die Zweige an den Wänden schabten. Es ist so kalt in Ulvheim, dass die Schwarzröcke auf halbem Weg kehrtmachen würden, sagte Jon in der Bierstube immer. Aber ich weiß nicht. Bei den schwarzen Schatten des Sehers weiß man nie.«

Vater drehte sich abrupt zu ihr um.

»Du weißt, dass ich nichts übrighabe für das Gerede der Leute, Mädchen. Aber was hilft's, wenn die Welt so ist, wie sie ist? Ich hatte keine andere Wahl. Wenn der Rat noch mehr Trunkenbolde auf der Lohnliste hatte, sprach sich die Geschichte von den Steinkreisen und den Untieren vielleicht herum. Die Leute würden auf der Hut sein. Ich konnte kein schwanzloses Mädchen aufziehen!«

Hirka berührte die Narbe an ihrem Rücken, als habe sie sich verbrannt. Jetzt war er auf der falschen Fährte. Sie hatte einen Schwanz *gehabt*! Sie war als Säugling nicht schwanzlos gewesen.

»Die Wölfe …« Sie schluckte, die Worte wollten nicht heraus. »Die Wölfe haben sich meinen Schwanz geholt. Du hast gesagt …«

»Ja, was zum Draumheim hätte ich denn sonst sagen sollen?«

»Aber die Narbe …?« Hirka spürte, wie der Kloß im Hals immer größer wurde, bis er wehtat.

»Ich habe dir diese Narbe gemacht, Kind!«, rief Vater, als sei es ihre Schuld. »Ich habe dir die Spuren von Zähnen in den Rücken geschnitten. Das war nicht einfach. Es musste echt aussehen. Und du hast geschrien. Ich musste dir mit der Hand den Mund zuhalten. Du hättest sonst das halbe Dorf aufgeweckt!« Vaters Gesicht war dunkelrot im Schein der Glut.

»Entschuldige …«, war alles, was sie herausbrachte.

Sie sah sein Gesicht zerspringen, als habe sie ihn geschlagen.

»Begreifst du es jetzt, Mädchen? Begreifst du, warum wir wegfahren müssen?«

Hirka wollte ihn nicht anschauen. Sie schlug die Augen nieder und entdeckte den vergilbten Wolfszahn, der auf ihrer Brust ruhte. Sie hatte ihn schon ihr ganzes Leben lang um den Hals getragen. Er war ein Andenken, ein Andenken an etwas, das nie stattgefunden hatte. Ein falsches Zeichen von Jagdmut, für einen Kupferling an einem Marktstand gekauft? Vater musste ihr angesehen haben, was sie fragen wollte, denn er polterte weiter.

»Du bist ohne Schwanz auf die Welt gekommen, im Steinkreis bei Ulvheim, und du kannst nicht umarmen. Ich weiß nicht, woher du kommst oder was du bist, aber wir fahren auf alle Fälle los! Wenn du eine von den Schwanzlosen bist … ein Odinskind …«

Das Wort traf sie wie ein Peitschenhieb ins Herz.

»Wenn du ein Mensk bist, dann findet es der Rat beim Ritual heraus. Du bist meine Tochter. Niemand soll Olves Auftrag zu Ende bringen. Diesem Risiko setze ich dich nicht aus.«

Obwohl seine Stimme jetzt sanfter war, hörte sie, dass er keine Diskussion dulden würde. Die ganze Situation kam ihr unwirklich vor. Hirka lachte, aber es klang unecht.

»Hast du je ein Odinskind gesehen, Vater? Hast du jemals gehört, dass irgendwer eins gesehen hat? Wir sind kreuz und quer durch ganz Foggard gefahren und nie …«

»Sind uns Schwanzlose begegnet, die nicht umarmen können? Die erdblind sind?«

Hirka schaute ihn an. War er jetzt ihr Feind? Warum wollte er ihr so wehtun? Ihr Blick wurde unsicher, sie kramte in der Erinnerung.

»Dieser dicke Mann, der in Frossabu, der hatte nur einen Schwanzstummel!«

»Den hat seine Alte ihm abgeschnitten. Er war mit einem Mädchen zusammen gewesen.«

»Aber was ist mit den drei Frauen auf dem Markt in Arfabu, die hatten ...«

»Das waren Sileninnen aus Urmunai. Sie nehmen sich keinen Ehemann, sondern weihen ihren Körper dem Tanz. Bei ihnen ist es Brauch, dass sie ihren Schwanz hochbinden.«

»Olve! Du hast gesagt, Olve konnte nicht umarmen!« Hirka war jetzt verzweifelt.

»Natürlich konnte er umarmen. Er war nur nicht mehr in der Lage, es zu etwas zu gebrauchen. Obwohl er in seiner Jugend beim Ritual ausgewählt worden und viele Jahre in Eisvaldr in die Lehre gegangen war. Hirka ...«

»Ich bin kein Odinskind! Ich hatte eine Mutter!«

Vater schloss die Augen. Hirka ahnte, was kommen würde, aber sie konnte nicht aufhören.

»Ich hatte eine Mutter. Maiande.«

»Du erinnerst dich an sie?« Vaters Stimme war anders. Fast höhnisch. Aber er lag mit seiner Vermutung richtig. Hirka erinnerte sich nicht an sie, sondern nur an das bisschen, was Vater von ihr erzählt hatte.

»Maiande war ein Mädchen aus Ulvheim, das ich ... eine Weile kannte. Sie stellte Seifen her, die sie weichen Männern in Wirtshäusern verkaufte. Die gaben mehr Geld für Seife als für Bier aus. Reinere Saufbolde müsste man erst einmal finden.«

Hirka spürte, dass seine Worte sie niederdrückten wie Steine, einer schwerer als der andere. Sie würde von ihnen erdrückt werden. Endlich gelang es ihr aufzustehen. Für einen Moment hatte sie das Gefühl, hier nur zu Besuch zu sein, als sei Vater ein Fremder. Ein Fremder, der ihr Lügen auftischte.

Atmen war fast nicht möglich. Sie musste die Worte hervorpressen.

»Leute werden ohne Arme und Beine geboren! Es gibt schwache und stärkere Umarmer! Es ist nicht sicher, dass …«

»Nein«, fiel er ihr ins Wort. »Es ist nicht sicher. Nichts ist sicher, aber ich nehme nicht das Risiko auf mich, vor den Rat treten zu müssen und derjenige zu sein, der die Fäulnis nach Ymsland gebracht hat.«

Fäulnis … Odinskind. Menskr, die die Leute faulen ließen.

»Altweibergewäsch!«, rief sie. Das war das einzige Wort für Unsinn, das er verstand.

Luft. Sie brauchte Luft. Hirka riss die Tür auf und atmete tief durch. Ihr war, als habe sie es lange nicht getan. Sie hörte Vaters Stimme hinter sich, nahm aber seine Worte nicht wahr. Sie ging einfach los. Nichts war mehr wie vorher. Er war an den Rollstuhl gefesselt und hatte keine Möglichkeit, sie aufzuhalten, nicht einmal, ihr zu folgen. Sie ging immer schneller, sprang über die gefällte Birke und rannte los.

Sie hatte keine Ahnung, wohin sie sollte oder wovor sie weglief, aber sie musste laufen. Der Abend war dunkel. Sie konnte laufen, wohin sie wollte. Niemand war so spät noch draußen. Niemand konnte sie sehen. Sie war unsichtbar. Ein Geist. Ein Untier.

Ein Odinskind.

Sie gab es nicht, darum rannte sie. Doch etwas in ihr lebte immer noch, etwas, das merkte, wie ihr Zweige und Blätter ins Gesicht peitschten und dass sie sich der Alldjup-Schlucht näherte, dass etwas passieren, schiefgehen würde. Dann blieb sie plötzlich mit dem Fuß irgendwo hängen und fiel der Länge nach hin. Sie lag da und keuchte, aber die Luft fühlte sich tot an. Sie enthielt nicht das, was sie zum Atmen brauchte. Ihr war bewusst, dass sie besser aufstehen sollte.

Der Boden vor ihr war mit Moos bedeckt. Es roch modrig. Sie war ein Teil der Erde. Eine Larve. Ein Insekt, das sich in eine der Höhlungen im Moos verkriechen und verschwinden konnte. Für immer. Sie ließ den Blick über den Waldboden wandern, bis er über die schwarze Kante verschwand, den Rand der Alldjup-Schlucht. Die Schlucht, die sie vor ein paar Stunden fast das Leben gekostet hätte.

War das vielleicht die ganze Zeit der Sinn dahinter gewesen? War das die Strafe des Sehers, weil sie dem Tod ein Schnippchen geschlagen hatte?

Können die Schwanzlosen sterben? Kann ich sterben?

Hirka kniff wieder die Augen zusammen. Sie versuchte, alles auszublenden, was sie gehört hatte, aber es verschwand nicht. *Ich habe dich nicht bekommen, ich habe dich gefunden.*

Sie biss sich in den Arm und unterdrückte einen Schrei. Nicht vor Schmerz, sondern weil sie wusste, dass sie sich wie ein wildes Tier verhielt. Sie öffnete die Augen. Die Abdrücke ihrer Zähne leuchteten rot auf ihrem Unterarm. Hatte sie etwas anderes erwartet? Hatte sie geglaubt, sie habe sich plötzlich in einen Stein verwandelt?

Was wusste sie von den Schwanzlosen?

Dass es sie nicht gibt …

Odinskinder waren ein Mythos, genau wie die Blinden. Ein altes Märchen. Sie glaubte nicht an Märchen. Vater war ein Dummkopf!

Aber warum haben wir dann das Ritual?

Das Ritual sollte alle vor den Blinden beschützen. Auch wenn es eine uralte Tradition war, so mussten sie doch irgendwann einmal existiert haben? Hatte sie nicht selbst Neugeborenen Münzen auf die Augen gelegt? Hatte sie ihnen nicht das Blut gegeben, damit die Mütter unbesorgt sein konnten? So war es Brauch. So hatte man es schon immer gemacht. Dafür musste es doch einen Grund geben. Und wenn es die Blinden gab, dann gab es vielleicht auch Odinskinder?

Odinskind. Mensk. Emblatochter. Fäulnis … Das letzte Wort war das schlimmste. Das tat am meisten weh. Sie hatte es früher schon einmal vor der Bierstube gehört. Kolgrims Vater hatte Isen-Jarke bezichtigt, seiner Tochter nachzustellen. Isen-Jarke hatte geantwortet, lieber würde er die Fäulnis nehmen. Das hatte ihn zwei Zähne gekostet.

Hirka zog die Knie an und weinte. Das war sie also. Ein Schimpfwort. Ein Untier. Das mussten doch alle sehen? Vor allem, wenn es Zeit für das Ritual war. Die Einzelteile fügten sich in ihrem müden Kopf zu einem Gesamtbild zusammen. Darum hatte sie nie umarmen können. Darum hatten sie ihr Leben auf den Straßen verbracht, solange sie zurückdenken konnte. Darum hatte Vater immer versucht, sich von den Leuten fernzuhalten. Das lag nicht nur an den verbotenen Kräutern. Das lag an der Furcht. An der Furcht davor, was geschehen würde, wenn jemand herausfand, wer sie war. *Wo Leute sind, ist auch Gefahr.*

Hirka fröstelte. Sie spürte die Kälte, wo die Tränen auf den Wangen standen.

Was, wenn der Seher während des Rituals entdeckte, dass sie kein Ymling war? Der Rat würde sie bestrafen! Sie verbrennen! Und was würde dann aus Vater werden? Vater, der die Fäulnis angeschleppt hatte. Würden sie auch ihn töten?

Nein!

Nichts würde ihm geschehen. Ihr würde auch nichts geschehen. Hirka war kein Insekt! Sie war ein Ymling! Ein starkes Mädchen, das schaffte, was es schaffen musste. So war es immer gewesen.

Hirka entdeckte eine bekannte Silhouette im Moos. Ihren Korb. Sie hatte ihn abgestellt, um Vetle zu retten. So war sie: mutig und stark. Sie hatte keine Angst. Sie war kein Schwächling!

Sie würde das Ritual durchstehen wie alle anderen. Und wenn das vorbei war, dann hatten sie ihre Ruhe. Dann konnten sie in Elveroa wohnen und brauchten nie mehr Angst vor irgendwem zu haben. Das Ritual würde ihr das geben, was sie brauchte: ein Zuhause, einen Platz in der Welt.

Das war die Lösung. So musste es kommen.

Hirka spürte eine unerwartete Ruhe. Sie war müde. Im Halbschlaf nahm sie das Geräusch von Flügelschlägen wahr. Ein Rabe landete vor ihr. Er legte den Kopf schräg und starrte sie eine Weile an. Dann ging er zum Korb und machte sich daran, mit seinem kräftigen Schnabel ein Stück Käse vom Brot zu picken.

Ein Rabe. Das war fast das Gleiche wie der Seher selbst. Der Vogel war ein Glückszeichen, das wussten alle, dachte Hirka, ehe ihr wieder einfiel, dass sie nicht an Zeichen glaubte. Sie und Vater hatten vielen, deren Krankheiten sie gelindert hatten, Amulette mit dem Zeichen des Raben gegeben. Einige von ihnen waren gestorben, andere nicht.

Sie schloss die Augen. Die Ruhe wiegte sie dort auf dem Hügel in den Schlaf.

Sie träumte, dass Vater kam. Er ging auf eigenen Beinen wie früher. Er hob sie in der Dunkelheit mit seinen starken Armen hoch und trug sie nach Hause.

DER LEERE STUHL

Was ist ein Vater?

Ein Lehrer? Ein Fels in der Brandung? Ein Leitstern? Sein Leben lang hatte Urd andere all dies über seinen Vater sagen hören. Doch für ihn war sein Vater nichts weiter als eine blutbespritzte Holzbütte mit rotem Fleisch. Sein Vater war tot. Spurn Vanfarinn war tot.

Die Schwere dieses Todesfalls – dieses Namens – hatte wie eine Flutwelle alle elf Reiche erfasst. Mannfalla war eine Stadt in Trauer. Der Rat war erschüttert vom Verlust eines seiner Zwölf. Der Zeitpunkt hätte nicht ungünstiger sein können, sagte man.

Perfekt.

Spurn Vanfarinn hinterließ bedeutende Reichtümer und einen leeren Stuhl im Insringin. Urd interessierte nur Letzteres. Er stand mit geradem Rücken da und spürte, wie der Schweiß von seiner Stirn in die Augenwinkel perlte, blinzelte aber nicht. Heute war der wichtigste Tag in seinem Leben. Er war kurz davor. Ganz kurz davor. Jetzt wurde es ernst. Jetzt war er perfekt. Der perfekte Sohn. Der perfekte Nachfolger.

Zehn von den elf im Insringin standen vor ihm. Ein versammelter Rat. Mannfalla stand hinter ihm. Ein lautloses Volksmeer, gebändigt durch Hitze und Trauer. Die Rabenträgerin stand so dicht bei ihm, dass er sie fast hätte berühren können. Die Trommeln, die die Prozession bis hinauf zur Hochebene begleitet hatten, waren zu kaum hörbaren Seufzern gedämpft worden. Es war so weit.

Die Türen hinter ihm wurden aufgestoßen und eine Wolke aus

Raben färbte den Himmel schwarz. Sie umkreisten erstaunlich lautlos die Klippen. Die Rabenträgerin machte das Zeichen des Sehers und leerte die Bütte vor sich auf dem Boden. Sie trat einen Schritt zurück und ließ die Raben fressen.

Spurn Vanfarinn war nicht mehr als ein paar blutige Stücke Fleisch. Ganz kleine Stücke. Urd hätte sich nie träumen lassen, ihn so klein zu sehen. Ohne Gesicht. Ohne Knochen. Zerpflückt. Kein großer Mann mehr. Überhaupt kein großer Mann mehr. Urd unterdrückte ein Lächeln. Der Kampf war zu Ende. Der stille Krieg, den er seit seiner Kindheit geführt hatte. Seit sein Vater ihm geifernd ins Gesicht geschleudert hatte, er sei genauso wenig Ratsherr wie die Huren unten am Fluss und dass er der erste Bruch in einer siebenhundert Jahre alten Reihe von Ratsmitgliedern sein werde.

Der einzige Nachteil an Vaters Tod war, dass er nicht Zeuge seines eigenen Irrtums werden durfte. Sofern nicht die Gabe ihm diese Gewissheit zutrug, irgendwo in der Ewigkeit.

Die Stücke, die seinen Vater einmal ausgemacht hatten, wurden immer weniger und immer kleiner. Er wurde verschlungen. Er wurde auf schwarz glänzenden Schwingen davongetragen. Er wurde langsam, aber sicher verzehrt. Zusammen mit seiner unendlichen Verachtung für seinen ältesten Sohn. Diese Verachtung hatte Urd in die Finsternis getrieben, noch ehe er alt genug für das Ritual war. Hinein in ein düsteres Spiel, das ihn fast alles gekostet hatte. Erst jetzt hatte es Früchte getragen. Jetzt, fünfzehn Jahre später, gedachte er die Steintore eigenhändig zu öffnen. Nach und nach hatte er das bekommen, was ihm versprochen worden war.

Die ärgerliche Frage tauchte wieder auf. Warum erst jetzt? Warum nach so langer Zeit? War damals etwas durchgeschlüpft? Ungesehen? Blut, das in Ymsland gereift war?

Ausgeschlossen! Er war stärker geworden. Das war der einzige Grund. Aber er konnte ja beim Ritual die Augen offen halten. Obwohl niemand es wagen würde, dergleichen vor ihm zu verheimlichen. Niemand. Nicht einmal Er.

Urd überlief es kalt und er bekämpfte den Impuls, sich an den Hals zu fassen. Da war nichts. Nichts. Nur die üblichen Schmerzen. Der Halsreif lag eng an wie immer. Niemand konnte etwas sehen. Wie er die ständige Angst hasste, dass jemand etwas sehen könnte.

Die Trommeln waren wieder lauter zu hören. Die Raben wurden zurückgerufen. Das Rot auf dem Klippenrand war alles, was von seinem Vater noch übrig war. Es vermischte sich mit den dunkelbraunen Tönen der vielen Hundert Generationen von Ratsmitgliedern, die von hier aus schon in die Ewigkeit eingegangen waren.

Urd machte sich bereit. Es oblag dem Rat und dem Seher, einen Nachfolger in den Insringin zu wählen. Jetzt bot sich ihm die beste Gelegenheit, seine Chancen zu steigern. Alle würden an ihm vorbeigehen und ihr Beileid bekunden. Er schluckte. Tyrme Jekense war der Zweite in der Reihe. Familie Jekense hatte nicht viel übrig für die Vanfarinns, aber Urd hatte einen Trumpf im Ärmel. Tyrmes Bruder schuldete ihnen eine hübsche Summe Geld.

Tyrme gab ihm die Hand und sprach ihm seine Anteilnahme aus. Urd bedankte sich, beugte sich ein wenig zu dem hochgewachsenen Mann und flüsterte ihm zu: »Alle Verpflichtungen meinem Vater gegenüber sind natürlich mit ihm gestorben.«

Tyrme sah einen Augenblick lang erstaunt aus, bedankte sich aber und ging weiter.

Das Ergebnis war ungewiss, aber Urd hatte getan, was er konnte. Die nächste Person zu beeinflussen, war bedeutend einfacher.

Miane Fell hatte genauso lange mit Vater im Rat gesessen, wie Urd auf der Welt war. Sie hatten ein gutes Verhältnis und Urd war etwas in ihren Augen aufgefallen. Sie hatte seinen Vater geliebt. Das beruhte wohl kaum auf Gegenseitigkeit und er war sich nicht ganz sicher, aber er musste das Risiko eingehen. Mianes Augen waren geschwollen und feucht, als sie Urds Hand ergriff, und schon fühlte er sich sicherer. Er lächelte die alte Frau an und flüsterte: »Vater sagte, sein einziger Kummer im Leben sei es gewesen, dass er nicht bei dir sein konnte.«

Mianes braune Augen füllten sich mit Tränen. Sie starrte ihn eine Weile ungläubig an, ehe sie die Augen zusammenkniff und seine Hand an ihre Stirn führte. Urd meinte zu spüren, wie ihr Rabenzeichen auf seiner Handfläche brannte. Er lächelte. Es war so gut wie vollbracht.

EIN RÄTSEL

Ein Rabe glitt durch den nächtlichen Wald, nur eine Armlänge von Rime entfernt. Den Flügelschlag fühlte er auf seinem Gesicht wie einen Atemhauch, bevor der Vogel in der Dunkelheit verschwand. Rime machte das Zeichen des Sehers.

Ein Stück weiter lag eine Gestalt auf dem Boden. Rime blieb stehen. Seine Hand umfasste den Schwertknauf, während er sich vergewisserte, dass sich niemand anderes im Wald verbarg. Der Mond war eine schmale Sichel, die mit Licht geizte. Er konnte Bewegungen erahnen, Wind, der mit den Zweigen spielte. Eine Nachtlomme stieß einen langen Klageruf aus, der unbeantwortet blieb. Sonst gab es keine Anzeichen von Leben. Rime war allein. Abgesehen von der Gestalt, die reglos vor ihm im Moos lag. Er ging näher heran. Schmächtig. Rothaarig. Ein aufgeschürftes Knie lugte durch einen Riss in der Hose. Hirka.

Das versetzte ihm einen Stich der Beunruhigung, er ging in die Hocke und legte ihr die Hand auf den Rücken. Sie atmete ruhig. Furchen im Moos verrieten, dass sie gestolpert und ausgerutscht war. Ihr Gesicht war schmutzig und das Strickhemd zerrissen, doch das war noch nie ganz gewesen, solange er zurückdenken konnte. Sie schien unversehrt. Bis auf die Hand, aber die hatte sie sich schon früher am Tag verletzt. Rime strich mit dem Finger über die Schramme in ihrer Handfläche. Sie zuckte leicht zusammen. Verrücktes Mädchen. Ein Herz wie eine Wölfin.

Sie hatte Vetle höchstwahrscheinlich das Leben gerettet. Vielleicht hatte sie das mehr erschreckt, als ihr anzumerken war? Und war sie darum hierher zurückgekehrt, um der Angst zu begegnen? Aber das sah Hirka nicht ähnlich. Rime schaute sich um. Ganz in ihrer Nähe lag ein umgeworfener Korb. Sie war gelaufen. War vor irgendetwas oder irgendwem weggelaufen.

Wusste sie es? Hatte sie ihn gesehen?

Nein. Natürlich nicht. Er war vorsichtig. Er übte in der grasbewachsenen Senke auf dem Gipfel des Vargtind. Die Gabe war dort am stärksten. Nicht allzu viele trauten sich dort hoch und wenn wider Erwarten doch jemand käme, würde er es schon von Weitem hören. Außerdem würden sie nicht begreifen, was sie da sahen. Ein Leibgardist, der sich in Kampfkunst übte. Ein Krieger. Ein Schwertschwinger. Nichts Ungewöhnliches. Das Sicherste wäre es natürlich, sich unauffällig zu verhalten, während er hier war, aber er hatte Verpflichtungen. Er musste die Zeit nutzen, um stärker zu werden. Um …

Um Ilume aus dem Weg zu gehen.

Ilume war heute Abend von ihrer Reise zurückgekehrt, die seiner Erwartung nach der letzte halbwegs freundschaftliche Handschlag zwischen Ravnhov und Mannfalla war. Zwischen Norden und Süden. Er hatte die Ankunft der Wagen gesehen, hatte aber weitergeübt. Hatte den Heimweg aufgeschoben, bis der Mond aufging. Bis er sicher sein konnte, dass seine Großmutter zu Bett gegangen war. Das war schwach von ihm. Unwürdig. Die Gewissheit, dass er feige gewesen war, lachte ihn aus.

Der Klageruf der Nachtlomme erscholl abermals. Rime musste Hirka nach Hause bringen, bevor die Kälte sie krank machte. Sie lag auf der Seite, so konnte er sie problemlos auf die Arme nehmen. Er tastete nach dem Schwanz, bis ihm wieder einfiel, dass sie ihn als Kleinkind eingebüßt hatte. Aber das machte es nur einfacher. Der Korb wog fast nichts, sodass er leicht an seinen Fingern hing. Sie gab eine Art Knurren von sich und ihr Kopf fiel auf seine Brust, aber sie wachte nicht auf.

Man konnte überlegen, was ihr zugestoßen sein mochte, aber darüber zu grübeln, das hatte Rime schon lange aufgegeben. Hirka war drei Jahre jünger als er und sie lief überall dort herum, wo sonst niemand hinging, machte Dinge, die sonst niemand tat. Sie brauchte nur selten einen Grund, um im Streitwasser zu schwimmen. Oder unten an den Landungsbrücken von Hausdach zu Hausdach zu springen, durchzubrechen und stecken zu bleiben, sodass die Männer sie von innen befreien mussten.

Rime lächelte. Hirka wusste nicht, was sie ausgelöst hatte. Sie hatte kaum einen Winter in Elveroa gewohnt, als Rime mit Ilume dorthin kam. Er war gerade zwölf Winter alt und noch nie jemandem wie ihr begegnet. Er war in Mannfalla aufgewachsen, im Haus des Sehers, unter Seinen Fittichen. Er hatte natürlich andere Kinder kennengelernt, aber sie kamen immer mit ihren Eltern und waren so ausstaffiert, dass sie sich kaum bewegen konnten. Stumm und mit großen Augen hatten sie ihn angestarrt – einen gleichaltrigen Jungen, der mit geradem Rücken zwischen den Wächtern des Rates saß, um ihnen die Hand aufzulegen. Als hätte jemals einer aus dem Grund länger gelebt. Nicht einmal als Zwölfjähriger hatte er an seinen eigenen Mythos geglaubt, aber solange andere es taten, war sein Schicksal besiegelt. War sein Tun und Handeln unauflöslich mit den Wünschen des Volkes nach Segnung verbunden.

Nach Elveroa zu kommen, war die Flucht gewesen, die er nie für möglich gehalten hatte. Ein kleiner Ort, weit entfernt von den Korridoren in Eisvaldr. In Elveroa waren die Kinder schmutzig. Sie stromerten herum und verletzten sich. Bluteten. Und keins mehr als Hirka. Kolgrim hatte als Erster versucht, das neue Mädchen zusammenzustauchen. Als Antwort darauf hatte sie ihn windelweich geprügelt, was für Kolgrim eine neue Erfahrung war. Sie reichte ihm nicht einmal bis zum Hals, war aber flinkfüßig wie eine Wildkatze.

Rime hatte dem ein Ende gemacht. Schockiert von ihrem ungestümen Verhalten, hatte er sich zwischen die beiden geworfen. Hirkas Faust hatte seine Unterlippe erwischt und er hatte sein eigenes Blut geschmeckt. Das passierte allerdings nicht zum ersten Mal. Ein Sohn von Ratsleuten kannte die Wege des Schwertes und wurde von Kindesbeinen an darin unterwiesen. Doch zum ersten Mal hatte ein anderes Lebewesen jenseits von Eisvaldrs Mauern die Hand gegen ihn erhoben. Er hatte das Blut abgewischt und abwechselnd die rote Farbe auf der Hand und das genauso rote Haar des Mädchens, das ihn geschlagen hatte, angestarrt. Es hatte ihn schief angelächelt und mit den Schultern gezuckt, als habe er selbst Schuld.

Rime erinnerte sich, wie er sich ängstlich nach Kolgrim umgeschaut hatte. Wenn der Vorfall Ilume zu Ohren käme, würde es Hirka im besten Fall die Hand kosten, im schlimmsten Fall das Leben. Zweifellos würde man ihm dieses ungezähmte Wesen wegnehmen. So weit durfte es nicht kommen. Darum schlossen sie einen Pakt, feierlich und halb feindselig, so wie es nur Kinder können, und sie behielten es für sich. Das war der Tag, an dem der Kampf um die Kerben begann, und danach hatte dieses Bündnis sie beide beinahe erledigt, mehrere Male. Sie waren zusammen geschwommen, bis sie beinahe ertranken, sie waren geklettert, bis die Finger brachen, sie waren aus großer Höhe gesprungen, bis sie übel zugerichtet waren. Keiner wollte schlechter abschneiden als der andere. So viel Leidenschaft und so viele Schmerzen. Alles nur wegen der Kerben. Wertlose geritzte Striche, die die Stellung in einem immerwährenden Zweikampf anzeigten. Aber Rime konnte sich nicht entsinnen, sie jemals weinen gesehen zu haben.

Er schaute die schmächtige Gestalt an, die in seinen Armen schlief. Hirkas rotes Haar war zerzaust und die Hände waren wund. Erde klebte auf den nassen Spuren in ihrem Gesicht. Rime trug sie lautlos durch den Wald. Das Einfachste wäre es gewesen, sie zu wecken, doch er sah sie gern schlafen. Ihr Gesicht war so offen. Ohne Maske. Er wollte, dass es möglichst lange so blieb. Außerdem wusste er, dass sie wütend werden würde, wenn sie aufwachte und feststellte, dass sie wie ein Kind getragen worden war.

Rime lächelte. Er ließ den Wald hinter sich und kam auf den Hügelkamm über Elveroa. Das schlafende Zuhause, das er bald für immer verlassen würde. Der Nebel schlängelte sich durch die Beerensträucher auf dem Weg hinunter in die Ansiedlung. Nur das ferne Rauschen des Streitwassers war zu hören. War es hier schon immer so schön gewesen?

Ich habe meinen Weg gewählt.

Hirka schmiegte sich enger an ihn. Wie sollte er es anstellen, Thorrald zu wecken, aber nicht Hirka? Er konnte doch nicht einfach in die Hütte gehen …

Rime entdeckte plötzlich einen Schatten, der sich weiter oben auf dem Hügel bewegte. Instinktiv hockte er sich mit Hirka im Arm hin. Was stellte er sich denn vor? Er war jetzt in Elveroa, hier gab es keine Feinde, keine Gefahr. Er erhob sich wieder. Der Schatten wurde zu einer breitschultrigen Gestalt mit … Rädern?

Thorrald. Hirkas Vater, in der seltsamen Vorrichtung aus Wagenrädern und Stahl. Ein Geniestreich des Schmiedes. Ein Stuhl, in dem er sich fortbewegen konnte, ohne Hilfe. Zumindest drinnen. Draußen war es schwieriger. Doch er hatte sich ein gutes Stück von dem kleinen Haus entfernt, obwohl er offensichtlich Probleme hatte, durch das Gras zu kommen. Seine Bewegungen hatten fast etwas Panisches. Rime ging auf ihn zu.

Thorrald sah erleichtert aus, als er sie sah. Doch das hielt nur wenige Sekunden an, dann verfinsterte sich seine Miene wieder.

»Gib sie mir!«, knurrte er und streckte die muskulösen Arme aus.

Rime war es gewohnt, Furcht und Begehren in den Augen anderer zu lesen, aber das hier war eine andere Art von Furcht. Eine, die er nicht kannte.

»Sie schläft«, flüsterte er. »Ich habe sie an der Alldjup-Schlucht gefunden.«

Er hatte es nicht als Frage gemeint, aber er hörte, dass es wie eine klang. Thorralds Blick fiel auf Hirka und seine Schultern entspannten sich. Er fuhr sich müde mit der Hand übers Gesicht.

»Sie hat … es schwer gehabt.«

Rime setzte seinen Weg zur Hütte fort, ohne etwas zu erwidern. Er hörte hinter sich die Wagenräder knarren. Die Nacht war kühl. Keiner sagte noch ein Wort. Die Umrisse der Blockhütte zeichneten sich auf dem Felsvorsprung ab. Die Kohlekate. Mehr als zwanzig Jahre hatte sie unberührt dort gestanden, seit Männer der Ratswache sie in Brand gesteckt und den rechtlosen Besitzer verschleppt hatten. Der Wind hatte die Hütte gerettet, aber niemand hatte sich hingetraut, weder um dort zu wohnen, noch um sie abzureißen. Der Seher habe ja schließlich gewollt, dass sie abbrannte. Rime seufzte. Der Seher hatte zwar viele Absichten, aber Häuser zu bauen oder abzureißen gehörte wohl kaum dazu. Das hatten Thorrald und Hirka offenbar auch so gesehen.

Er zog den Kopf ein und ging hinein. Von Hirkas Gewicht schmerzten ihm die Arme auf angenehme Weise. Es glomm in der Feuerstelle. *Schläft heute Nacht denn niemand?*

Das Zimmer war klein und beinahe zu warm. Die Wände bedeckten Regale mit Kruken, Schachteln und Flaschen in allen Größen und Formen. Tees, wohin man auch blickte. Getrocknete Heilpflanzen hingen an Schnüren von der Decke und es duftete nach Minze und exotischen Kräutern. Etwas zu exotisch, wenn man den Gerüchten Glauben schenken wollte. Rime hatte gehört, dass Thorrald mit Gewächsen handelte, die auf der schwarzen Liste standen, hatte aber Ilume gegenüber nie ein Wort darüber verloren. Das war nur ein weiteres Beispiel für eine Sache, die der Rat kontrollieren wollte, von der er aber bezweifelte, dass der Seher daran überhaupt einen Gedanken verschwendete.

Thorrald bedeutete Rime, er solle in die kleinere Seitenkammer gehen, wo ein hübsches Holzbett stand. Das Kopfende des Bettes war wie eine Blumenranke geschnitzt, in der sich Vogelflügel von der Mitte bis zu den Seiten ausbreiteten. Thorrald war für mehr als nur heilende Tees und Glücksamulette bekannt. Er war auch ein geschickter Holzschnitzer. Das hatte ihn bei einem Unfall auf Glimmeråsen die Beweglichkeit seiner Beine gekostet.

Rime fiel auf, dass die Ecken des Bettes ohne Nägel zusammengefügt waren, sodass es auseinandergenommen und wieder zusammengesetzt werden konnte. Vielleicht brauchten sie manchmal den Platz für etwas anderes? Rime beneidete sie. Wenn man doch nur so leben könnte! Zwei kleine Zimmer, alles, was man besaß, in unmittelbarer Nähe. Die, mit denen man zusammenlebte, nie mehr als nur ein paar Schritte entfernt. Das war eine ganz andere Welt als das Gut An-Elderin zu Hause in Mannfalla. Rime war sich sicher, dass es dort Räume gab, die er noch nicht gesehen hatte. Man konnte an einem Ende des Hauses schreien, ohne dass es am anderen Ende gehört wurde. Nur gut, dass immer jemand in der Nähe war, der dafür sorgte, dass man das hatte, was man brauchte.

Rime tröstete sich damit, dass er diesem Leben ein für alle Mal den Rücken gekehrt hatte. Jetzt war alles anders. Er hatte seit drei Jahren nicht mehr in Seide geschlafen und würde es auch nie wieder tun. Er würde dem Seher auf seine eigene Art folgen. Er war fertig mit dem Rat. Für immer.

Er stellte den Korb auf den Boden und legte Hirka ins Bett. Er überließ es ihrem Vater, ihr die Schuhe aufzuschnüren und sie zuzudecken. Es war schön, die Arme wieder bewegen zu können, erschöpft aber war er nicht. In den letzten Jahren hatte er Schwereres länger getragen.

Rime kam sich wie ein Eindringling vor, denn aus irgendeinem Grund schien dies eine schwierige Nacht für Thorrald und Hirka zu sein, darum ging er wieder zur Tür.

»Du bist also zurück, Són-Rime?«, fragte Thorrald hinter ihm.

Der Titel lastete Rime schwer auf der Brust. Són. Sohn des Ratsgeschlechts. Das kleine Wort, das einen Abgrund zwischen ihm und allen anderen schuf. Er drehte sich wieder zu Thorrald um.

»Du hast mir den Unterarm mit acht Stichen genäht, als ich zwölf war. Und du hast nie ein Wort zu Ilume gesagt. Damals war ich einfach Rime, heute bin ich einfach Rime. Und ich bin nicht hergekommen, um zu bleiben. Ich werde Ilume nach Mannfalla begleiten.«

»Richtig, sie verlässt uns ja …« Thorrald fuhr sich mit der Hand ein paarmal über den Schädel. Es hörte sich an wie Schmirgelleder.

»Die meisten anderen haben wenigstens so viel Anstand, enttäuscht zu klingen«, sagte Rime und lächelte.

Thorrald antwortete darauf mit einem breiten Grinsen und legte die Arme auf den Tisch. Sie waren stark genug, um einen Ochsen zu stemmen. Er hatte eine Tintenstichelei auf dem Unterarm. Eine kleine Blume, nicht größer als ein Fingerglied. Mit der Zeit war die blaue Farbe verblasst und die Konturen waren unscharf geworden.

»Willst du etwas essen? Wir haben Heilbuttsuppe. Sie ist einfach, aber frisch.« Thorrald drehte sich zum Feuer um und stellte den Topf über die Glut. »Die ist im Handumdrehen heiß.« Seine Stimme verriet, dass er eigentlich keine Gesellschaft haben wollte.

»Das ist nett von dir, Thorrald, aber ich muss zurück«, antwortete Rime und setzte sich dennoch.

Thorrald starrte ihn an. Rime konnte die gleiche Vorsicht in seinem Blick sehen wie in Hirkas. Eine neue Distanz. Sie kannten ihn nicht mehr. Er war keiner von ihnen.

»Also, was machen wir jetzt, Rime? Wir gewöhnlichen Sterblichen? Auf Krieg warten?« Thorrald beugte sich über den Tisch. Rime kratzte sich an der Nase, um ein Lächeln zu verbergen. Thorralds ziemlich freche Frage hatte die Distanz zwischen ihnen schrumpfen lassen und das Gefühl genoss er.

»Ravnhov und Mannfalla schlagen auf die Schilde. Das haben sie immer getan«, antwortete Rime und wusste, dass er sicherer klang, als er war.

»Schlagen auf die Schilde?«

»Davon wird niemand sterben, Thorrald.«

»Niemand von euch vielleicht.« Thorrald lehnte sich auf seinem Stuhl zurück. Die Kluft zwischen ihnen tat sich wieder auf. Rime erhob sich. Er hätte viel darum gegeben, für immer bleiben zu können. Sich über Wind und Wetter zu unterhalten. Am nächsten Morgen aufzustehen und vielleicht nach draußen zu gehen und die Brandschäden auf dem Dach gemeinsam mit diesem Mann zu reparieren. Aber auch in diese Welt gehörte Rime nicht.

Thorrald lächelte bedrückt. »Danke, dass du da warst, Rime. Für Hirka.«

»Sie war auch immer für mich da«, antwortete Rime.

Thorralds Augen weiteten sich genug, um Überraschung und Misstrauen zu verraten. Er hatte sich schon immer von Leuten ferngehalten und Hirka gehütet wie einen Schatz. Er hatte nie gewusst, wie oft Rime und Hirka sich getroffen hatten, und vielleicht wäre es besser gewesen, es dabei zu belassen. Aber es war nicht mehr von Bedeutung. Das war vorbei.

Rime ging nach draußen und schloss die Tür hinter sich. Seine Schritte führten ihn an den Rand des grasbewachsenen Felsvorsprungs, wo er stehen blieb und auf Elveroa hinunterblickte, das in der Dunkelheit lag. Die drei letzten Jahre hatten ihn gelehrt, mit der Vergänglichkeit umzugehen. Das war das erste Gebot des Sehers: Nichts ist vollendet, nichts währt ewig. Dennoch empfand er Trauer über das, was er hinter sich lassen würde. Er verließ mehr als den Rat. Mehr als die Familien in Mannfalla und mehr als Ilume.

Ein Rabe schrie vom Dach der Hütte. Es klang wie das heisere Lachen eines weisen Mannes. ›Was-sag-ich? Was-sag-ich?‹ Wer weiß, was der Rabe sagt, lautete ein altes Sprichwort aus Blossa. Dies war schon der zweite Rabe, den er diese Nacht gesehen hatte. Rime machte wieder das Zeichen des Sehers. Selbst nach einem Leben unter Seinen Fittichen war Rime nicht in der Lage, die Worte des Raben zu deuten. Hätte er es gekonnt, hätte der Vogel ihm vielleicht einen Rat gegeben. Morgen würde er Ilume An-Elderin gegenüberstehen, der Mutter seiner Mutter, einer der mächtigsten Frauen der Welt.

Er holte tief Luft, stieg über eine gefällte Birke und machte sich auf ins Tal.

DIE SCHLÄGEREI

Hirka wachte vom Geschrei der Möwen in der Ferne auf. Sie ging ans Fenster und schlug die Läden zurück. Es war früh am Morgen. Die Fischer waren zurückgekehrt und nahmen unten an den Bootsstegen ihren Fang aus, umgeben von gierigen Vögeln, die über ihren Köpfen kreisten. Fische zappelten in Bottichen, ohne dass es ihnen etwas genützt hätte. Weiter draußen trug das Meer weiße Schaumkronen. Nur ein paar silbern gesäumte Wolken verrieten, wo sich die Sonne versteckte.

Vom Wind bekam sie Gänsehaut auf den Armen. Auf Glimmeråsen hatten sie buntes Glas in den Fenstern. Hirkas Fenster war nur ein Loch in der Wand, was doch viel besser war. Hier konnte man riechen, wie der Tag werden würde. Und Dinge sehen, wie sie wirklich waren. Durch Glas wurde alles verzerrt. Wie in einem Traum. Sie hatte in der Nacht geträumt. Davon, durch den Wald zu schweben. Von Raben. Von … Rime?

Die Wirklichkeit holte sie ein wie der Gestank von verfaultem Fisch. Übelkeit drückte ihr auf den Magen. Vater war nicht Vater. Er hatte sie gefunden. Sie aufgesammelt. Hatte sie mitgenommen wie einen seltenen Stein oder eine Rabenfeder. Sie war eine Zurückgelassene. Eine Ausgestoßene. Und sie war nicht vom Geschlecht der Ym.

Hirka trat von der Fensteröffnung zurück. Sie griff nach dem Bettpfosten, um sich ans Vergessen zu klammern, das sie noch vor ein paar Augenblicken eingehüllt hatte. Das morgendliche Vergessen.

Die befreiende Leere, bevor sie richtig wach gewesen war. Doch die rann ihr wie Sand durch die Finger. Sie erinnerte sich.

Sie war weggelaufen. Zur Alldjup-Schlucht. War gestolpert. Der Korb und der Rabe. Dann war sie eingeschlafen. Vater musste unten bei Isen-Jarke gewesen sein, damit er ihm half, sie nach Hause zu tragen. Wie ein hilfloses Kind. Als sei sie Vetle. Hirka senkte den Blick.

Sie trug einen weißen Verband um die Hand. Das Unterhemd hatte sich ihr im Schlaf eng um den Körper gewickelt. Sie sah aus wie ein ausgewrungener Waschlappen. Die anderen Kleidungsstücke waren fort. Sie hingen vielleicht zum Trocknen irgendwo. Sie musste nach draußen. Sie musste den Wind auf dem Gesicht spüren.

Hirka öffnete die Tür zur Stube. Sie knarrte verräterisch. Vater zuckte in seinem Stuhl zusammen. Er griff nach einem Mörser und begann, Kamille zu zerstoßen, als sei er nur für einen Augenblick lang eingenickt. Sie sah, dass er sich gar nicht schlafen gelegt hatte. Das Feuer war nicht frisch angezündet. Es glomm nur. Auf dem Tisch herrschte ein einziges Durcheinander aus Pflanzen, Schachteln, Kruken und Dosen mit Salben. Er hatte die ganze Nacht gearbeitet.

»War das alles?«, fragte er heiser und nickte zu ihrem Korb, der auf dem Tisch stand. Hirka wurde klar, dass er beschlossen hatte, heute solle ein ganz normaler Tag sein. Sie wusste nicht, was sie erwartet hatte. Auf jeden Fall mehr als nichts. Sie fühlte sich bleischwer von Dingen, die sie sagen wollte, an die sie sich aber nicht mehr richtig erinnern konnte. Sie nahm ihre Kleider ab, die über einem Dachbalken hingen. Sie waren trocken.

»Ich war fast ganz oben am Gardakolk«, sagte sie, während sie sich die Hose anzog. Das Loch im Knie war größer geworden. Das musste warten. »Und ich habe Rime getroffen«, fügte sie hinzu. Sie hörte den Trotz in ihrer Stimme, aber wenn Vater nicht zugeben wollte, dass alles anders war, dann musste sie sich eben der Sache annehmen. Sie schaute ihn an, aber er reagierte nicht. Nicht einmal ein widerwilliges Brummeln kam von ihm.

»Ich habe Sonnenträne gefunden«, sagte sie, als die Stille zu erdrückend wurde.

»Gut. Das halbe Dorf will sie heute Abend fürs Feuer haben. Ich packe dir etwas ein. Gib …«

»… dich nicht mit Leuten ab und sprich so wenig wie möglich«, fiel Hirka ihm ins Wort. Er schaute ihr in die Augen.

»Gib keinem etwas, der nicht sofort bezahlt. Münzen oder gar nichts.«

Hirka schnitt sich eine Ecke vom Ziegenkäse ab, während Vater ihr erklärte, wohin sie musste. Hirka wusste Bescheid, wer was bekam, ließ ihn aber weiterreden. Der vollgepackte Korb verriet, dass sie zu vielen Leuten gehen musste. Brustsalbe für Ulla, so viel, dass sie etliche Monate damit auskommen würde. Minztee für Kvitstein. Er hatte den größten Ofen und verkaufte ans ganze Dorf Brot aus einem Sauerteig, vom dem sich die Leute erzählten, schon sein Urgroßvater habe ihn verwendet. Doch vom Mehl bekam er Atemnot. Die Minze linderte es ein wenig und Hirka hatte davon genug im Korb, dass es ausreichte, bis der Schnee kam.

Vater hielt sie wohl für dumm wie ein Schaf und glaubte, sie verstünde nicht, was das zu bedeuten hatte. Das hier war ihre letzte Runde in Elveroa und er hatte nicht vor, darüber auch nur ein Wort zu verlieren. Sie würden sich wieder auf den Weg machen. Wie das mit Vater im Rollstuhl gehen sollte, überstieg ihre Vorstellungskraft, aber wenn er sich einbildete, sie würde ihn fragen, dann hatte er sich geschnitten. Sie steckte sich ein gekochtes Ei in die Tasche, nahm den Korb und ging nach draußen.

Sie machte einen großen Bogen um Glimmeråsen, um nicht mit Sylja sprechen zu müssen. Eigentlich wollte sie mit überhaupt niemandem reden, aber das war wohl nicht gut möglich. Der Rabe war gekommen. Die Leute würden sich um das Seherhaus versammeln.

Unten in der Talsenke floss der Streitwasser breit und ruhig dahin, als habe er alle Zeit der Welt. Ihre Füße trugen sie ans Flussufer. Sie kniete sich hin und guckte über die Uferkante. Ihr eigenes Gesicht schaute sie halb erschreckt an. Sie konnte nichts entdecken, was anders als sonst war. Ihre Haare waren noch genauso rot. An einigen Stellen kurz, an anderen lang und mit denselben zerzausten Zöpfen. Konnte man ihr ansehen, dass sie nicht so war wie andere?

Kleine Bewegungen im Wasser rissen ihr Gesicht auseinander und setzten es wieder zusammen, als sei sie ein Gespenst. Ein Spiegelbild, das nur halbwegs existierte. Und ließen die etwas spitzen Eckzähne sie nicht aussehen wie ein Tier?

»Hirka!« Syljas Stimme durchschnitt die Luft wie eine Sense.

Hirka schnellte erschrocken hoch.

»Wo warst du gestern? Du hast ja alles verpasst!« Sylja verdrehte die Augen und packte Hirka am Hemd. Hirka gelang es gerade noch, sich den Korb zu greifen, ehe Sylja sie mit sich über die Holzbrücke zog. Syljas Kleid tanzte um ihre Knöchel. Es hatte die gleiche Farbe wie das Meer und trug gestickte Kleeblätter auf der Brust und an den Säumen. Es war noch schöner als ihre Alltagskleider und das ließ Hirka das Schlimmste befürchten.

»Der Rabe ist gekommen!«, strahlte sie. »Das habe ich schon gestern gewusst, aber du warst nicht zu Hause. Komm! Sie rufen die Tage fürs Ritual aus!«

»Jetzt? Heute?« Hirka spielte die Erstaunte und unternahm einen halbherzigen Versuch, sich zu befreien.

»Ja, jetzt, heute! Vor der Morgenmesse. Hirka, was würdest du nur ohne mich machen?«

Sylja zog sie gnadenlos mit sich zum Festhallenplatz. Da ging der Vorsatz, sich von Leuten fernzuhalten, in Rauch auf. Das würde ohne Umwege ins Draumheim führen. Hirka schluckte.

»Ich kann nicht, Sylja, ich muss …«

»Und weißt du, was?« Sylja blieb mitten auf dem Abhang hinter der Bierstube stehen. Sie blieb immer stehen, wenn sie etwas wirklich Dramatisches zu erzählen hatte. Etwas, was volle Aufmerksamkeit forderte. Ihre Augen strahlten vor Tratschlust und sie packte Hirka an beiden Armen. »Du rätst nie, wer hier ist!«

Rime … Hirka biss sich auf die Lippe, um seinen Namen nicht auszusprechen.

»Rime! Todernst, Hirka! Rime An-Elderin und kein anderer. Er wird Ilume-Madra fürs Ritual zurück nach Mannfalla bringen.« Sylja verdrehte die Augen. Das tat sie oft.

»Mannfalla, Hirka! Bald sind wir dran.« Sylja zog sie weiter mit sich. Bei dem Gedanken daran, wie viele Leute sich gerade auf dem Platz versammelten, wurde ihr übel. Wäre Sylja nicht gewesen, hätte sie sich vielleicht in den Schatten am Rand entlangdrücken können, aber …

»Mal ehrlich, Hirka! Ich glaube nicht, dass du gewusst hättest, was irgendwo passiert, wenn ich nicht gewesen wäre! Du hast bestimmt auch noch nicht gehört, dass Audun Brinnvág sich das Genick gebrochen hat, oder?«

»Wer?«

»Brinnvág! Der Jarl auf Skodd? Sie sagen, er ist im Suff aus dem Fenster gefallen. Aber weißt du, was?« Sylja beugte sich zu Hirka und flüsterte: »Sie schwören, sie hätten was auf dem Dach gesehen. Einen Schatten!«

»Wer schwört das?«

»Die Leute! Oder die Diener? Das ist doch egal! Er war ein Freund von Ravnhov. Ich glaube …« Sylja blickte sich verstohlen um, ehe sie weitersprach. »Ich glaube, dass die Schatten ihn geholt haben. Die Krieger, die keiner sieht und die nie sterben.«

An einem normalen Tag hätte Hirka gelacht. Hätte auf die mangelnde Logik hingewiesen, dass jemand Schatten auf dem Dach gesehen haben wollte, die unsichtbar waren, nur um nicht das Wort Schwarzröcke auszusprechen. Und die sollten Krieger sein, die nie sterben konnten? Alle konnten sterben. Auch Schwarzröcke, wenn es sie denn gab. Aber sie brachte kein Wort heraus. Sie war ja selbst etwas, was es nicht geben sollte. Etwas, was nur in der Fantasie der Leute gelebt hatte. Bis gestern.

Die Straßen waren schwarz vor Leuten. Die niedrigen Steinhäuser standen Wand an Wand zu beiden Seiten der Straße. Einige dienten als Wohnung und zugleich als Kaufladen. Die Häuserreihen öffneten sich zu einem gepflasterten Marktplatz vor der Festhalle des Sehers. Es herrschte Hochbetrieb, Stände und Waren wurden beiseitegeräumt, um Platz für die Ausrufung zu schaffen.

Sylja ließ jäh Hirkas Arm los, ein sicheres Zeichen, dass die übrigen Bewohner von Glimmeråsen nicht weit sein konnten. Und ganz richtig, da kamen Syljas Eltern über den Markt, im Gefolge um Ilume und Ramoja. Die lauten Gespräche verstummten, nur gedämpftes Flüstern war noch zu hören. Hirka bekam schweißnasse Hände. Sie zog sich in die Menge zurück. Das war nicht schwierig, weil alle weiter nach vorn wollten.

Das Volk wich vor Ilume zur Seite, als ginge ihr ein unsichtbarer Pflug voraus. Sie war ein strahlendes Gesicht in nachtschwarzem Ratskittel, der mit Gold eingefasst war. Es sah aus, als schwebte sie über den Boden. Drei Leibgardisten gingen hinter ihr, Syljas Mutter Kaisa auf der linken Seite. Ilume sprach nicht. Kaisa war meistens für das Reden zuständig und sie hatte ein Lächeln aufgesetzt, das nicht echt aussah. Sie klebte fast den ganzen Weg die Treppe hinauf an Ilume, während sie die Leute scharf musterte, um sich zu vergewissern, dass alle sie sahen, wie sie da zusammen mit Ilume-Madra ging. Mit der Ratsmutter. Eine der Zwölf im Insringin. Dem Seher so nahe, wie man Ihm nur kommen konnte.

Hirka fühlte sich unendlich nackt und sichtbar. Sie machte sich so klein wie möglich. Sylja ging zu ihren Eltern und Hirka war erleichtert, dass sie ihr den Rücken zukehrte. Jetzt konnte sie sich davonstehlen. Es gab nur ein Problem. Sie stand mitten in der Menge, die vollkommen still geworden war. Wenn sie losliefe, würden alle sie ansehen. Vater glaubte immer das Schlimmste von den Leuten, darum hatte sie zu ihnen Abstand gehalten, ohne das Gefühl von Gefahr zu verstehen. Aber heute verstand sie es. Heute wusste sie, warum sie anders war. Warum sie sich verstecken sollte. Aber gerade jetzt blieb ihr keine Wahl. Sie musste bleiben, bis das Ausrufen zu Ende war. Der Herzschlag in ihrer Brust wanderte höher.

Hirka konnte nicht über alle Köpfe vor sich hinwegschauen, aber sie wusste, was vor sich ging. Es war jedes Jahr das Gleiche. Sie schaute sehnsüchtig zu dem Torfdach hinauf, wo sie im Vorjahr gelegen und das gleiche Ritual verfolgt hatte. Ilume stand mitten auf der Treppe, wenige Schritte hinter ihr Ramoja, beide umgeben von Leibgardisten. Ramoja hob den Raben hoch, der den Brief aus Mannfalla gebracht hatte. Dann wurde der Brief Ilume überreicht, als hätte sie ihn nicht schon gelesen. Sie öffnete die schmale Rolle und las.

Zum letzten Mal, wie Hirka schlagartig klar wurde. Ilume würde Elveroa verlassen, sagten die Leute. Wer würde im nächsten Jahr das Ritual ausrufen? Vielleicht der Schriftgelehrte, er, der in der Seherfesthalle das Sagen hatte. Oder Ramoja? Hirka spürte, wie ihr Körper steif wurde. Im nächsten Jahr? Würde sie im nächsten Jahr hier sein? Gab es nach dem Ritual für sie noch etwas? Sie schaute in die Gesichter um sich herum. Alle waren gekommen, um zu erfahren, wann das Ritual stattfinden sollte. Würde es früh im Herbstmond abgehalten, dann hatte sie noch zwei Vollmonde zu leben.

Ilumes Stimme trug über den ganzen Marktplatz.

»Der Rabe ist gekommen!«

»Der Rabe ist gekommen!«, jubelte die Menge und riss die Arme hoch. In früheren Sommern hatte Hirka in sich hineingelacht über die feierlichen Gesten, die das Ausrufen begleitete. Heute gab es nichts zu lachen. Sie konnte sehen, wie Ilume die Hand hob und die Leute verstummten wie gehorsame Hunde, sodass die alte Frau fortfahren konnte.

»Das Siegel ist das des Rates«, sagte sie. Eine Versicherung dessen, dass die folgenden Worte nicht von jemand anderem stammten.

Gebt es bekannt.
Der Seher beschützt all jene, die zu Ihm kommen.
Gebt es bekannt.
Seine Hand hält Er schützend über all jene, die in Finsternis leben.

Diese Worte kamen Hirka wie Hohn und Spott vor, da sie *Sicherheit, Nähe, Schutz* versprachen und ihr doch all das verwehrt wurde. Sie verdiente den Schutz nicht, den alle anderen bekamen. Ilume wartete schweigend ab, während die Menge Bestätigung murmelte und die Hände vor der Brust zum Zeichen des Raben kreuzte. Hirka bekam kaum Luft. Sie versuchte, sich ganz aus der Menge herauszuziehen, steckte aber zwischen zu vielen Leuten fest.

»Der Rabe ist gekommen«, wiederholte Ilume. »Das Siegel ist das des Rates. Der Termin für das Ritual steht.«

Hirkas Herz schlug schneller. Jetzt wurden die Tage verkündet.

»Im 998. Jahr des Sehers wird das Ritual im Heumond stattfinden. Am achtzehnten Tag für Elveroa und die umliegenden Dörfer. Die Worte des Rates sind endgültig.«

Heumond? Heumond?! Hirka wurde schwindelig. Das musste ein Irrtum sein! Im nächsten Monat! Sie konnten das Ritual doch nicht einen ganzen Monat vorziehen! Sie schaute sich verwirrt um und stellte fest, dass sie mit ihrer Verwunderung nicht allein war. Massenhaftes Murmeln wuchs zu Rufen an. Sie war nicht die Einzige, die überrascht war. Aber die Leute um sie herum hatten ganz andere Gründe für ihren Unmut.

Eine Stimme übertönte die anderen. Hirka meinte zu erkennen, dass sie Alder gehörte, einem Ziegenbauern von der Nordseite.

»Das ist mitten in der Ernte! Niemand kann im Heumond von seinem Hof weg!«

Ilume hob die Handfläche und der Tumult verstummte.

»Hast du gegen den Willen des Rates etwas einzuwenden, Bauer?« Ihre Stimme war frostig wie Raureif. Alder blieb stehen und zog an einem Hosenträger, ohne Antwort zu geben. Die Leute strömten zur Mitte des Marktplatzes in der Hoffnung, man werde die Türen zur Seherhalle öffnen. Vielleicht gab es ja im Verlauf der Messe eine Erklärung? Hirka hatte nicht vor, auf eine Erklärung zu warten, und sie hatte erst recht nicht vor, in die Seherhalle zu gehen. Sie wich in die schmale Gasse hinter den Lederbuden zurück und ließ sich gegen eine Wand fallen. Dort blieb sie stehen, halb verborgen hinter einem Stapel Ziegenfelle, während die Leute weiter über den ungewöhnlichen Zeitpunkt für das Ritual schnatterten. Das Ritual fand immer im Herbstmond statt. Immer. Warum diesmal nicht? Was sollte sie machen?

Ein allzu bekanntes Lachen riss sie aus den Gedanken. Sie streckte den Kopf vor und erblickte Kolgrim und seine Bande. Kolgrim, der sie und Vetle in der Alldjup-Schlucht fast auf dem Gewissen gehabt hätte. Sie sollte ihm so kräftig eine aufs Maul hauen, dass er liegen blieb! Hirka knurrte vor sich hin. Eigentlich war es das nicht wert. Er war bloß ein Schwachkopf. Er verdrosch Gleichaltrige mit der Faust, wenn ihm danach war, aber Hirka wollte nicht den Anfang machen. Sie konnte es nicht.

Aber Odinskinder können es …

Hirka machte einen Schritt von der Wand weg. Odinskinder konnten es. Emblatöchter. Mythische Monster mit falschen Zungen. Gewöhnliche Leute mussten sich benehmen, aber sie gehörte nicht mehr zu den gewöhnlichen Leuten. Sie war Fäulnis. Hirka spürte, wie sich ihre Lippen zu einem Grinsen verzogen, das sie nicht unter Kontrolle hatte.

Sie dachte nicht nach. Sie stellte den Korb an der Wand ab. Ihre Füße trugen sie zu Kolgrim. Er saß mit den anderen Bengeln von der Nordseite auf der Erde und kaute heimlich Rotwurzel. Als er sie kommen sah, kam er stolpernd auf die Beine. Hirka erkannte, dass er einen Augenblick lang Panik hatte. Das Bewusstsein, dass er weggelaufen war, als die Tanne brach, stand ihm ins Gesicht geschrieben. Aber er hatte sich schnell wieder im Griff und lehnte sich an die Wand, als habe er keine einzige Sorge auf der Welt.

Hirka zeigte mit dem Finger auf ihn.

»Du hättest Vetle umbringen können!«

Es kribbelte in ihrem Körper. Eine berauschende Mischung aus Angst und Erwartung. Hirka hatte jetzt ein Ziel. Ihrer Wut und Angst konnte sie endlich freien Lauf lassen.

»Bist du so verflucht feige, dass du auf die losgehen musst, die sich nicht wehren können?«

Kolgrim lachte höhnisch.

»Wenn ich auf die losgehen würde, die sich nicht wehren können, dann würde ich auf dich losgehen, Schwanzlos.« Er grinste über seinen eigenen Scherz und erntete von den anderen, die immer noch auf dem Boden saßen, Zustimmung. Er nahm seinen Schwanz und wedelte ihr damit im Gesicht herum.

»So benutzt man ihn. Nicht als Wolfsfutter!« Die anderen brachen wie auf Bestellung in Gelächter aus. Wenn der wüsste. Was würde er wohl tun, wenn er wüsste, dass sie nie einen Schwanz gehabt hatte? Dass die Fäulnis vor ihm stand? Dass ein Kuss ihn in eine faulende Leiche verwandeln konnte, während die anderen dabei zusahen? Sie stellte sich vor, wie sein blasses Gesicht vor Misstrauen und Schrecken zerfloss, und lächelte von einem Ohr zum anderen.

Das ließ Kolgrim nach Angst riechen. Er warf einen Blick hinunter zu den anderen, doch von ihnen war keine Unterstützung mehr zu kriegen. Sie warteten auf ihn. Er versuchte einen neuen Dreh.

»Vielleicht sollten alle, die sich nicht wehren können, zusammenhalten?«, grinste er. »Wird es nicht Zeit, dass du Hirnlos versprochen wirst?«

Iben brüllte vor Lachen und die anderen stimmten ein. Das war genau das, worauf sie gewartet hatten. Hirka machte einen Schritt auf Kolgrim zu.

»Er heißt Vetle!«

»Stellt euch mal vor, was für ein schönes Paar«, fuhr Kolgrim fort, angefeuert von Iben. »Hirnlos und Schwanzlos!«

Hirka lächelte schief. »Machst du mir etwa einen Antrag, Kolgrim?« Sie verschränkte die Arme vor der Brust und wartete, bis die Beleidigung in seinem Dummschädel angekommen war. Kolgrims Grinsen erlosch langsam.

Er stürzte sich auf sie. Sie fielen zu Boden. Hirka hörte die anderen rufen, während sie sich mit Kolgrim herumwälzte. Er feuerte einen

Faustschlag in ihr Gesicht ab, sie konnte ihn jedoch mit dem Ellenbogen abwehren. Der traf ihn über dem Kiefer und er schrie auf. Sie versuchte sich freizukämpfen, doch Kolgrim war sehr viel schwerer als sie. Und er war jetzt verzweifelt. Er tastete nach etwas und dann reckte er die Faust hoch über ihren Kopf. Sie wirkte plötzlich doppelt so groß.

Ein Stein! Er hatte einen Stein.

Der ist krank im Kopf!

Hirka stemmte die Hüften hoch, um ihn abzuwerfen, wusste aber, dass sie keine Chance hatte. Leute kamen angelaufen. Der Stein sauste direkt auf ihren Kopf zu. Sie hörte jemanden aufkeuchen. Irgendwer rief etwas, ganz dicht neben ihr. Eine raue Stimme, ein Wort, das sie nicht kannte. Es kribbelte in ihrem Körper. Sie kniff die Augen zu. Dann knallte es.

Sie fühlte nichts. Warum fühlte sie nichts? Sie öffnete die Augen einen Spaltbreit. Kolgrim saß rittlings auf ihr mit einer Hand voll Kies. Der Stein war zersprungen. Einen Augenblick lang sah er verwirrt aus, ehe er seine Kameraden angrinste, als habe er überirdische Kräfte in den Händen. Etwas war passiert. Dieser heisere Ruf, den sie gehört hatte.

Hirka sah ihre Chance, während Kolgrim auf ihr saß und ein zufriedenes Gesicht machte. Sie spannte sich an, um ihm einen Schlag in den Bauch zu verpassen, aber plötzlich verschwand ihr Ziel. Kolgrim wurde hochgehoben wie ein zappelnder Fisch, um dann ein Stück weiter auf den Boden gedonnert zu werden.

Hirka blinzelte hoch. Rimes Umrisse zeichneten sich vor der Sonne ab. Sie versuchte aufzustehen, fiel aber wieder hin. Rime bekam davon nichts mit – er durchbohrte Kolgrim mit Blicken.

»In dir steckt nicht viel Kerl, wenn Worte reichen, damit du den Kopf verlierst, Kolgrim!«

Iben lachte auf, verstummte aber, als Kolgrim ihn wütend anstarrte. Hirka suchte mit den Augen die Menge ab, die sich um sie geschart hatte. Alle Augen waren auf Rime und Kolgrim gerichtet. Nur einer erwiderte ihren Blick: Hlosnian. Der alte Hlosnian. Der Steinmetz. Hirka kannte ihn gut. Sie hatte Öl für ihn in ihrem Korb.

»Hirka!«

Syljas Stimme war schrill vor Entrüstung. Ihre Mutter stand neben ihr und starrte Hirka an, während sie sich nach hinten lehnte. Es war, als wollte sie so viel Abstand wie möglich zwischen ihnen schaffen, ohne ihren Platz zu verlassen. Das lange Gesicht wurde noch länger, als sie die Augenbrauen hochzog. Ihre Lippen kräuselten sich, als würde sie verdorbenes Fleisch betrachten.

Sylja starrte Hirka mit einem stummen *»Was machst du denn da?!«* in den Augen an.

Hirka spürte, wie ihre Wangen rot anliefen. Rime redete mit Kolgrim. Seine Stimme war gedämpft, aber Hirka sah, wie er die Kiefermuskeln anspannte. Sie konnte nicht hören, was er sagte, aber Kolgrim zog sich zurück wie eine fauchende Katze. Schwarzhaarig und zornig. Sein Blick hing an Rimes Schwert. Dann kam er wieder auf die Füße und rannte mit seinen Kameraden vom Festhallenplatz.

»Ich muss schon sagen!«, kam es von Kaisa. Sie legte den Arm um Sylja, wie um ihre Tochter zu beschützen. »Was für ein Segen, dass du hier bist, Són-Rime!« Sie betonte den Titel sorgfältig, doch Rime schien sie kaum zu bemerken. Er ging auf Hirka zu, die den Blick senkte und feststellte, dass das Ei in ihrer Tasche zerbrochen und auf der ganzen Hose verschmiert war. Die Menge um sie herum war ein Ungeheuer mit hundert Augen. Hungrig, fremd, gefährlich. Und sie hatte nichts, womit sie sich hätte schützen können. Sie war eine Ausgestoßene.

Rime hielt ihr seine Hand hin. Er stand über ihr, stärker und geschmeidiger denn je, und bot ihr eine Rettungsleine an, weil er nicht wusste, dass sie wie die Pest war.

»Ist alles in Ord…«

»Ich hatte ihn!«, fiel sie ihm ins Wort und sah aus den Augenwinkeln, wie den Leuten die Kinnladen herunterfielen und sie gafften. Natürlich. Sie hatte vergessen, wer er war. Schon wieder.

»Du brauchtest nicht … Du hättest nicht …« Sie wich in die kleine Gasse zurück, schnappte sich im Vorbeilaufen den Korb und nahm die Beine in die Hand.

ILUME

Rime hob die Hand und hielt die Wachen zurück. Er schaute Hirka nach, wie sie zwischen den Marktständen verschwand. Das Mädchen besaß ein unglaubliches Talent, sich in Schwierigkeiten zu bringen. Gestern hatte sie über der Alldjup-Schlucht gehangen und heute wäre ihr um Haaresbreite der Schädel eingeschlagen worden. Wenn Hlosnian nicht gewesen wäre …

Er suchte mit Blicken nach dem Steinflüsterer, doch der war aus der Menge verschwunden. Rime hoffte um seinetwillen, dass Ilume entgangen war, wie er umarmt hatte. Das hatte Hirka womöglich das Leben gerettet, aber selbst gute Gründe lösten sich in Luft auf, wenn man Ilume Auge in Auge gegenüberstand.

Rime spürte ein Stechen im Nacken und drehte sich um. Ilume stand auf der Hallentreppe, während die Leute darauf warteten, dass die Türen aufgingen. Ihr Blick durchschnitt die Menge und begegnete seinem. Er hätte schwören können, dass sie versuchte, ihn innerlich erfrieren zu lassen, weil er hier in der Uniform eines Leibgardisten stand. Sodass es auch der größte Schwachkopf sehen konnte.

Ilume ließ Rimes Blick los, drehte sich um und betrat die Seherhalle durch die vergoldete Seitentür, die nur ihr und ihrer Dienerschaft vorbehalten war. Und ihm selbst. Alle anderen mussten draußen warten. Rime holte tief Luft. Er hatte lange genug gewartet. Er musste mit Ilume reden, musste es hinter sich bringen. Er überquerte den Platz vor der Halle des Sehers. Die Menge teilte sich und ließ ihn passieren. Ihre Blicke wanderten über seine Kleider, die Ungläubigkeit so schlecht verborgen, dass er genauso gut hätte nackt gehen können. Er konnte hören, wie sie flüsterten.

Rime seufzte. Vanfarinns Tod hatte den Rat geschwächt. Ravnhov wetzte die Krallen. Die Welt unter den Füßen des Volkes wankte, aber war es das, worüber die Leute tuschelten? Nein. Sie tuschelten über ihn. Den Erben des Stuhls, der Krieger geworden war.

Rime ging in die Seherhalle. Er widerstand der Versuchung, die Tür zu benutzen, durch die das gewöhnliche Volk gehen sollte, und nahm diejenige, die für ihn vorgesehen war. Es war besser, vor dem Gespräch mit Ilume nicht auch noch Öl ins Feuer zu gießen. Er schloss die Tür hinter sich. Das Getuschel der Leute blieb draußen. Hier drinnen war es dunkler und kühler. Das Licht der Öllampen an der Decke flackerte. Er hörte Ramoja und Ilume im Messraum sprechen. Ramoja klang aufgebracht. Rime ging den Korridor entlang, bis er den Messraum durch die Bogengänge sah.

Ramoja hielt Ilume eine Briefrolle hin. Der Rabe auf ihrer Schulter trat unruhig von einem Bein aufs andere. Rime vermutete, dass es sich bei dem Brief um die Einberufung zum Ritual handelte, die vorhin draußen auf der Treppe verlesen worden war, bis er hörte, wie Ilume dessen wahren Inhalt preisgab.

»Ich habe ihnen mein Nein erteilt. Das ist meine Stimme.«

»Aber er ist schon …«

»Das wird nicht passieren. Reiß dich zusammen, Ramoja!«

Meine Stimme …

Es ging um den leeren Stuhl. Der Rat hatte es eilig, Vanfarinns Platz neu zu besetzen. Hatten sie es besonders eilig, konnte ihnen sogar einfallen, seinen Sohn Urd als Nachfolger in Erwägung zu ziehen. Kein Wunder, dass Ramoja aufgebracht war. Rime hätte Urd nicht mal ein rohes Ei anvertraut, aber darüber zu entscheiden, war zum Glück nicht seine Aufgabe.

Rime trat aus dem Schatten, sodass sie ihn sehen konnten. Ihr Gespräch verstummte sofort. Ramoja schaute zu Boden.

»Ich warte draußen«, sagte sie und ging schnell an Rime vorbei, ohne ihn anzusehen. Ihr Schmuck klirrte bei jedem Schritt. Das Klirren entfernte sich im Korridor und hinterließ eine bedrückende Stille. Er war allein mit seiner Großmutter.

Sie hob das Kinn und blickte ihn von oben herab an. Das war schon eine Leistung, wenn man bedachte, dass er einen Kopf größer war als sie. Aber es waren nicht die Körpermaße, die Ilume Größe verliehen.

Hinter ihr breitete der Rabe seine gewaltigen Flügel aus. Die Flügel des Sehers. Sie umschlossen das Rednerpult und schufen so einen heiligen Raum, in dem der Schriftgelehrte zum Volk sprechen konnte. Jeder einzelnen Feder hatten Hlosnians Hände Leben eingehaucht. Wie Pinselstriche in schwarzem Stein. Der Schnabel war halb geöffnet, wie in einem Schrei erstarrt. Die Augen waren blank poliert und zeigten Ilumes Spiegelbild. Ein verzerrtes Bild, in dem die Arme länger als der Körper waren. Sie öffnete den Mund.

»Du würdest mit Ratten zu Abend essen, wenn du die Möglichkeit dazu hättest.«

Sie hatte ihn offenbar zusammen mit Hirka und Kolgrim draußen auf dem Platz gesehen. Er hatte sich unters Volk gemischt, als sei er einer von ihnen. Er hatte vergessen, wer er war. Ein Vorwurf, der ihn schon sein Leben lang begleitete. Rime machte den Mund auf, um sich zu verteidigen, wurde aber von dem Schriftgelehrten unterbrochen, der angelaufen kam, die Handflächen vor dem grauen Kittel im Zeichen des Raben verschränkt. Seine Hände zitterten.

»Ilume-Madra, das Volk wartet auf die Messe. Was kann ich sagen, um …«

»Raus!«

Ilume brauchte ihn nicht anzusehen. Ihre Stimme glich einem Peitschenschlag, der ihn unmittelbar dorthin zurücktrieb, woher er gekommen war. Rime wäre ihm am liebsten gefolgt, doch er und Ilume hatten lange auf diesen Augenblick gewartet. Und sie ergriff zuerst das Wort.

»Du hast noch nicht einmal so viel Rückgrat, mich aufzusuchen, wenn du kommst.«

»Du warst auf Ravnhov, als ich kam.«

Die Antwort schien sie noch wütender zu machen. Die Versammlung in Ravnhov war offensichtlich nicht günstig verlaufen. Auch das hatte er nicht erwartet.

»Ja, ich war auf Ravnhov, um die Reiche zusammenzuhalten. Um des Rates willen und deinetwegen.«

Rime unterdrückte ein verächtliches Schnauben. Ilume kehrte ihm den Rücken zu.

»Als du dich nach dem Ritual für das Schwert entschieden hast, hielt ich das für kindisches Aufbegehren, um sich mir zu widersetzen. Ich habe nichts dazu gesagt, weil ich deiner Urteilskraft vertraute. Du bist ein An-Elderin! Du würdest deinen Weg finden, wenn du dich erst bei den Wilden ausgetobt hast.«

Sie sprach mit ihrer üblichen festen Stimme. Unversöhnlich. Hart wie der Steinfußboden, auf dem sie stand. Das Haar hing ihr in makellosen Silberzöpfen den Rücken hinab. Nur die Farbe verriet, dass sie schon fast ein Jahrhundert lebte. Sogar das war für sie von Vorteil gegenüber Leuten, mit denen sie nichts zu tun haben wollte. Sie würde länger leben als sie alle, so war das mit mächtigen Umarmern. So wäre das auch bei ihm gewesen. Aber Rime hatte freiwillig die Hoffnung aufgegeben, alt zu werden.

Sie wandte sich wieder zu ihm um. »Deine Verachtung für mich kennt keine Grenzen. Du bist bereit, den Rat zu verleugnen, den Seher zu verleugnen und das Volk im Stich zu lassen, nur um gegen mich aufzubegehren?!«

Ihr Blick war wilder, als er ihn seiner Erinnerung nach je gesehen hatte. Sie hatte Grund genug, wütend zu sein, aber er weigerte sich, ihre Lügen zu schlucken.

»Ich verleugne den Seher nicht! Ich verleugne den Rat, aber nur, um Ihm besser zu dienen. Besser, als ich es als schlafender Riese in Eisvaldr tun kann.«

»Wie kannst du es wagen?!« Sie kam einen Schritt näher auf ihn zu, er rührte sich aber nicht von der Stelle. »Wie kannst du es wagen, zu reden, als wüsstest du Bescheid! Ein Grünschnabel! Ein jämmerlicher Grünschnabel, der seine Kräfte mit meinen messen will?«

Die Worte hallten von den steinernen Wänden wider. Ein hohles Echo, und Rime fiel zum ersten Mal auf, wie leer die Seherhalle war.

»Es geht nicht um dich«, sagte er. »Es geht überhaupt nicht um dich.«

Rime erkannte, wie befreiend die Wahrheit seiner Worte war. Er respektierte Ilume. Sie war das Oberhaupt der Familie. Aber er hatte nichts für die mächtigsten Männer und Frauen des Reiches übrig, deren einzige Leistung darin bestand, mit dem richtigen Namen geboren worden zu sein. Er selbst war mit dem vornehmsten Namen auf die Welt gekommen, den man sich vorstellen konnte, doch seine größte Tat war es gewesen, ihnen den Rücken zuzukehren.

Sie starrten einander an.

Rime hatte seine Entscheidung bereits getroffen und er begriff, dass es das war, was Ilume am meisten wehtat. Sie konnte nichts tun. Er hatte den Eid abgelegt. An seinen Händen klebte Blut. Sie war machtlos. Das war neu für sie und es stand ihr nicht gut zu Gesicht.

»Du wärest der Jüngste gewesen«, sagte sie. »Der Jüngste aller Zeiten.« Ihre Stimme verlor etwas von ihrer Kraft. »Du wärest auf dem Stuhl der Jüngste und der Stärkste seit tausend Jahren gewesen.«

»Aber jetzt wird es ein anderer.«

»Ein anderer?! Wir haben keinen anderen! Sollen wir zulassen, dass uns andere Familien bei lebendigem Leib verspeisen? Willst du deine Geschichte ins Feuer werfen? Deine Wurzeln? Möge der Seher meine Tochter mit Blindheit schlagen, damit sie dich aus der Ewigkeit nicht sieht.«

Ihre Worte breiteten sich wie Gift in Rimes Brustkorb aus. Er biss zurück.

»Dann lasst das Volk, dem ihr zu dienen meint, seine Anführer selbst wählen!«

Rime sah den Schlag kommen, aber er wich nicht aus. Er ließ sie zuschlagen. Ihre flache Hand hinterließ einen brennenden Schmerz auf seiner Wange. Ihre Augen glühten ihm entgegen, aber er fühlte nur Ruhe. Eine unerklärliche, tiefe Ruhe.

»I...Ilume-Madra«, stotterte der Schriftgelehrte aus dem Schatten. Er traute sich nicht, hinaus ins Licht zu treten, das durch die Fenster einfiel. »Man ... man wartet. Auf die Messe ...«

Ilume antwortete ihm, ohne Rime aus den Augen zu lassen.

»Öffne die Türen.«

Der Schriftgelehrte ließ sich nicht lange bitten und entfernte sich eilig. Die Türen wurden geöffnet und Rime ärgerte sich, dass er sich erleichtert fühlte. Das Volk strömte herein und füllte die Bankreihen hinter ihnen. Ilume nahm auf dem Stuhl Platz, der gleich neben dem Rednerpult stand, unter den schützenden Schwingen des Sehers. Rime setzte sich neben sie.

Er hasste die Messen. Der Seher war alles für ihn. Alles, was er hatte. Die Messen aber waren ein Albtraum. Waren es schon immer gewesen. Unbeweglich dazusitzen, allen anderen das Gesicht zugewandt. Wie ein Ausstellungsstück. Man hätte glauben können, mit den Jahren werde es einfacher, aber Rime wurde jetzt klar, dass es ihm nicht bestimmt war, sich daran zu gewöhnen. Der Sinn seines Lebens war ein ganz anderer. Sein Weg, dem Seher zu dienen, war ein anderer.

Der Schriftgelehrte begann die Messe. Gleichzeitig fauchte Ilume Rime ins Ohr: »Dir als Sohn des Volkes wird es sicherlich ein Leichtes sein, dich auf ihr Niveau herabzulassen.«

Rime wappnete sich und hörte zu.

»Glimmeråsen hat heute Abend zu einem Essen geladen. Es ist unpassend, wenn ich hingehe, und das wissen sie sehr gut. Sie besitzen genauso viel Frechheit wie Größenwahn. Aber sie könnten uns nützlich sein. Sie können unsere Sache im Norden vertreten, wenn wir Elveroa verlassen haben. Es wäre strategisch ungeschickt, die Einladung auszuschlagen, darum wirst du an meiner Stelle hingehen.«

Rime starrte widerwillig auf die vordersten Bänke, wo alle von Glimmeråsen versammelt saßen. Kaisa nickte und lächelte ihm zu. Sie stieß ihrer Tochter Sylja mit dem Ellenbogen in die Seite, die verwirrt zusammenzuckte, ehe sie merkte, dass Rime sie ansah. Da lächelte sie einladend und ihn überlief es kalt.

Er flüsterte Ilume zu: »Ich glaube, der Seher würde mich verstehen, wenn ich nicht hinginge.«

»Du gehst nicht hin, weil der Seher es sagt«, zischte Ilume. »Du gehst hin, weil ich es dir sage!«

DER STEINFLÜSTERER

Auf der Hügelkuppe hinter der Bierstube blieb Hirka stehen, um zu verschnaufen. Ihre Wangen brannten und es half nichts, sich einzureden, es liege daran, dass sie gerannt war. Seit zwei Tagen war er zurück. Zwei Tage hintereinander hatte sie sich wie ein Dummkopf benommen. Er hatte sie aus einer Schlägerei gezogen, als sei sie ein nicht zu bändigender Hund. Und die Leute … Einige hatten gelacht. Aber das war es nicht, was ihr zu schaffen machte.

Sie hatten sich um sie geschart. Sie angestarrt wie ein gefangenes Tier. Der ganze Hallenvorplatz war voller Leute gewesen. Vater wäre eine Ader geplatzt, wenn er sie gesehen hätte. Und sie hatte Zeit vergeudet. Die Messe hatte schon angefangen und jetzt war nirgends jemand zu Hause. Sie musste warten, bis sie alles in ihrem Korb abliefern konnte.

Hlosnian. Hlosnian war zu Hause. Er ging nie in die Seherhalle.

Er hatte auf dem Hallenvorplatz etwas gemacht. Er hatte Kolgrims Stein zertrümmert und sie davor bewahrt, dass ihr der Schädel eingeschlagen wurde.

Hirka ging den Hügel wieder hinunter, überquerte die Brücke über den Streitwasser und machte sich auf den Weg zu Hlosnians Haus auf der Nordseite. Das Haus war ein verfallenes Steingebäude, das einmal als Wirtshaus gedient hatte. Es hatte viele Räume, doch Hlosnian lebte allein. Wenn er nicht dort wohnen würde, wäre das Haus schon längst eingestürzt. Er schien es mit bloßer Willenskraft zusammenzuhalten.

Hirka folgte dem schmalen Pfad durch das hohe Gras bis zur Tür. An der Ecke hing eine verrostete Schildhalterung, aber die Tafel mit dem Namen des Wirtshauses war schon lange nicht mehr da. Ein Rabe flog auf und verschwand hinter dem Haus. Hirka erschrak. Er hatte so still dagesessen, dass sie ihn für einen Teil der Halterung gehalten hatte. Aber ein Rabe war immer ein gutes Zeichen.

Für alle anderen, nur für mich nicht.

Die Tür stand einen Spaltbreit offen und sie schlüpfte hindurch, ohne sie weiter aufzuschieben, aus Furcht, durch die geringste Bewegung könne das Haus beschließen, doch noch einzustürzen und sie lebendig zu begraben. Es war dunkel, sie konnte aber trotzdem sehen. Sie hatte Dunkelheit schon immer gemocht. In der Dunkelheit sah sie alles, aber niemand sah sie.

Die Fenster waren mit Brettern vernagelt, weil das Bleiglas nach Glimmeråsen verkauft worden war. Ein Schanktresen. Zwei Tische. Keine Stühle.

»Hlosnian?«

Keine Antwort. Hirka hörte ein Schleifgeräusch und folgte ihm in einen Nebenraum. Hier fiel Sonnenlicht durch große, gewölbte Öffnungen in der Steinwand. Das war Hlosnians Werkstatt. Er saß in der Mitte des Raumes, ebenso sehr drinnen wie draußen. Sein Körper war über eine steinerne Figur gebeugt, die er gerade befeilte. Er saß mit dem Rücken zu ihr, vertieft in seine Arbeit.

Der Raum war einmal ein Stall gewesen. Er war in Verschläge unterteilt und roch heimelig nach Pferd. An einem Nagel in der Wand hingen ein Paar abgetragene Handschuhe ohne Finger. Sie wusste, dass er sie im Winter anzog.

Skulpturen und Steinblöcke stapelten sich in den Ecken. Große und kleine Meisterwerke, auf Haufen geworfen wie Brennholzscheite. Einige waren zerbrochen, andere nur angefangen. Eingefroren in ihrem Kampf, sich aus dem Stein zu schälen. Alles, was sie sah, war mit weißem Staub bedeckt.

Die meisten Skulpturen stellten Bäume dar. Gleich neben ihr stand ein weißer Baum, der ihr bis zur Brust reichte. Die Zweige sahen so lebendig aus, dass sie fast erwartete, sie würden sich bewegen. Sie streckte die Hand danach aus, um sie vorsichtig zu berühren.

»Du solltest nicht hier sein.«

Hirka zog die Hand zurück. Hlosnian saß noch immer mit dem Rücken zu ihr. Der Steinstaub tanzte in den Streifen aus Sonnenlicht und legte sich auf seinen blassroten Kittel. Er war das einzig Farbige im Raum.

»Ich mag keine Messen«, antwortete sie. Sie hatte keine Angst, ihm das zu sagen, weil er selbst auch nicht dort war. Sie ging zu ihm und er schaute sie an, eine Augenbraue hochgezogen, als verstünde er die Antwort nicht. Sein gewelltes Haar wie auch sein Bart waren dick und grau mit weißen Strähnen, wie der letzte Schnee auf dem Gardfjell.

Dann vertiefte er sich wieder in seine Arbeit. Hirka wollte sich für die Hilfe auf dem Hallenvorplatz bedanken, wusste aber nicht, was er eigentlich getan hatte. Wenn er denn etwas getan hatte. Sie nahm eine braune Glasflasche aus dem Korb.

»Ich habe Öl für dich dabei.«

Sie stellte die Flasche auf die Bank.

»Das ist viel«, sagte er.

»Ja. Das ist … ein Geschenk.«

»Aha. Dann hast du bestimmt auch das Rezept dabei?«

Hirka spürte, wie sie errötete. Der Gedanke war ihr auch schon gekommen. Vater hätte gesagt, sie gebe ihren Broterwerb weg, aber was sollte man denn sonst machen? Aus dem Dorf für immer verschwinden und die Leute sich selbst überlassen? Der einzige Arzt war der von Ilume und er würde bald mit ihr von hier fortgehen.

»Du kannst es selbst herstellen, das ist eigentlich sehr einfach. Du brauchst Mandeln und Hafer und …«

»Ich habe keine Zeit, es selbst herzustellen.« Hlosnian blickte sie an. Er hatte tiefe Falten auf der Stirn. Seine Augen waren klar und tiefblau. Über dem einen hing das Lid etwas schlaffer. Kinder aus dem Dorf sagten, seine eine Gesichtshälfte schlafe. Hirka fand, das mache ihn interessant und geheimnisvoll.

Er öffnete die Flasche und verrieb ein paar Tropfen in den Händen und auf dem Arm. Der war voller weißer Streifen. Narben. Hirka wusste nicht, woher er sie hatte, aber dass das Öl ihm half, wenn die Haut spannte, das wusste sie. Der Pferdegeruch verwandelte sich in Mandelduft, während er sich den Arm massierte.

»Ich habe zwar keine Zeit, aber ich werde sie mir wohl nehmen müssen?«

Hirka tat, als habe sie die Frage überhört. »Du machst so unglaublich schöne Sachen«, sagte sie und schaute sich um. Sie griff nach einem spiralförmigen Stein.

»Den du da gerade in der Hand hast, habe ich nicht gemacht. Den hat die Gabe selbst geschaffen. Vor langer, langer Zeit. Vor den Ymlingen, fast vor der Welt.«

»Oh … aber du bist jedenfalls unglaublich geschickt.«

Sie ernte ein Schnauben als Reaktion.

»Ich habe gesehen, was man mit bloßen Händen erschaffen kann. Das hier ist nichts weiter als ein Zeitvertreib!«

Das war keine falsche Bescheidenheit. Hirka wusste, dass er ein Seherbildnis in der Halle angefertigt hatte, für das Leute von weit her kamen, um es sich anzusehen, aber er hatte keinen Fuß mehr dort hineingesetzt, seit er die Arbeit daran abgeschlossen hatte. Ramoja hatte gesagt, das sei die Bürde der Vorstellung vom Perfekten.

»Was hast du denn gesehen?«, fragte sie.

Hlosnian legte die Steinfigur aus der Hand. Er starrte ausdruckslos in den Staub.

»Den Baum, den Baum des Sehers. Den habe ich einmal gesehen, als ich Steinflüsterer in Eisvaldr war.«

Hirka hätte gern gefragt, was eigentlich die Aufgabe eines Steinflüsterers war, wollte ihn aber nicht unterbrechen. Hlosnian hatte in Eisvaldr gearbeitet! Eisvaldr, die Stadt am Ende der Stadt. Das Zuhause des Sehers.

Und Rimes Zuhause.

Der Baum war der Thron des Sehers. Ein Weltenbaum, in Stein gewebt, sagte Hlosnian. Schwarz, glänzend. Mit Ästen so lang, dass sie den ganzen Raum ausfüllten. Eine unmögliche Arbeit. Er hatte nie etwas Schöneres gesehen. Der Tag hatte alles verändert. Er wollte nichts anderes mehr machen als einen solchen Baum. Aber das war unmöglich. Er war von alten Kräften erschaffen worden. Von der Gabe, wie sie einst war. Vor dem Krieg. Vor dem Volk.

Hlosnians Blick verschleierte ein Schmerz, den Hirka weder verstehen noch lindern konnte.

»Was hast du gemacht?«, fragte sie. »Hast du aufgehört, für den Rat zu arbeiten?«

»Man hört nie auf, für den Rat zu arbeiten«, antwortete er. Er schaute sie an.

»Man ist, wer man ist. Und man ist, was man macht. Wenn die Zeit gekommen ist, dann ist das Beste, was man tun kann, das Richtige. Das Schlechteste, was man tun kann, ist nichts zu tun.«

Hirka hatte plötzlich einen faden Geschmack im Mund und schaute zu Boden. Was hatte sie getan? Sich auf Kolgrim gestürzt. Wie eine Verrückte. Hlosnian hatte recht. Sie war, wer sie war, aber sie hatte eine Wahl. Sie konnte sich entscheiden, anders zu handeln, und sie konnte sich entscheiden, nicht wegzulaufen.

Hlosnian musterte sie, während er weiter an der kleinen Steinfigur in seiner Hand feilte, die eine Frau darstellte.

»Pass …«, rief Hirka aus, aber es war zu spät. Der Stein zersprang und der Schwanz brach von der Skulptur ab. Der alte Mann lachte. Ein unerwartet junges Lachen.

»Jetzt ist sie wie du.« Er legte ihr die schwanzlose Figur zusammen mit dem spiralförmigen Stein in den Korb.

»Keine Sorge«, sagte er. »Man kann immer wieder von vorn anfangen. So geht das, wenn man nicht mit dem Stein zusammenarbeitet. Man muss ihm zuhören. Die ganze Zeit.« Dann murmelte er, mehr zu sich selbst: »Die Frage ist, woher du das wissen konntest …«

Er stand auf und begann in einer Schublade der Werkbank zu kramen. Er fand das Gesuchte und reichte Hirka eine Steinscheibe. Sie war rund und nicht größer als ihr Handteller, verziert mit blassen Zeichen, die sie nicht kannte. Einen Augenblick lang fragte sie sich, ob es ein weiteres Geschenk sei, doch dann stieß Hlosnian gegen ihren Unterarm, sodass sie die Scheibe fallen ließ. Sie fiel krachend zu Boden und zersprang in viele Stücke.

»Entschuldige! Ich wollte nicht, dass …«

Aber Hlosnian hörte nicht zu. Er saß in der Hocke und untersuchte die Bruchstücke, während er etwas vor sich hin murmelte. Sie kam sich plötzlich wie ein Eindringling vor. Er war in einen künstlerischen Wahn verfallen. Ein knotiger Finger stocherte in den Scherben herum.

»Du solltest nicht hier sein«, sagte er wieder.

Hirka nahm den Korb und begann rückwärts aus dem Zimmer zu gehen. Er war alt. Er erinnerte sich nicht mehr, was er gesagt hatte und was nicht.

»Ich muss gehen«, sagte sie.

»Ich weiß«, antwortete er und machte sich daran, einen neuen Stein zu befeilen.

INSRINGIN

Urd ging auf dem Balkon auf und ab. Immer wenn er das Ende erreichte, blickte er auf, ging aber nicht über die Brücke zur Ratshalle, die in der Kuppel auf der anderen Seite lag. Der Balkon hing hoch über Eisvaldr, mit reich verzierten Bogengängen, für die er heute kein Auge hatte. Er ging nur auf und ab. Und wartete. Wartete und spürte den bitteren Beigeschmack, auf ein Nein warten zu müssen. Auf Ilumes Nein.

Zum Glück war Ilume nicht das einzige Ratsmitglied. Zehn der engsten Vertrauten des Sehers würden abstimmen. Hatten ihre Stimme bereits abgegeben. Bei dem Gedanken wurde ihm schwindlig. Urd war klar, dass das Ergebnis vielleicht schon feststand. Entweder war er drinnen oder nicht. Nur Ilumes Stimme stand noch aus und die war unterwegs. Wenn nur das verdammte Federvieh endlich kommen würde! Wie lange brauchte denn ein Rabe für eine solche Strecke?!

Er hatte noch einmal dieselbe Runde gedreht und die Brücke abermals erreicht. Dort blieb er einen Moment stehen. Schmale Steinbrücken verbanden viele von Eisvaldrs Türmen miteinander, aber diese vor ihm war die älteste: Asebriggi. Die Schnitzereien mit den Raben und Schlangen hatten Wind und Wetter fast zur Unkenntlichkeit abgeschliffen. Es gab keine scharfen Kanten mehr und das schon seit Hunderten von Jahren. Runde Pfeiler trugen das gewölbte Dach, dessen Westseite durch die Fallwinde von den Bergen in Blindból schon recht verwittert war.

Auf der anderen Seite der Brücke lag die Ratshalle und dort saßen sie jetzt, um über seine Zukunft zu entscheiden. Während er hier draußen warten musste wie ein Hund!

Urd kehrte der Brücke den Rücken zu und begann abermals den Balkon abzuschreiten. Das war das Sicherste, um zu vermeiden, dass sein Temperament mit ihm durchging. Das durfte jetzt nicht passieren. Zum Glück war er ein sehr geduldiger Mann, vermutlich der geduldigste in ganz Ym. Er hatte lange gewartet. Da konnte er jetzt auch noch ein bisschen länger warten. In Kürze würde er erfahren, ob es sich gelohnt hatte.

Urd lief es kalt über den Rücken und das lag nicht am Wind. Der heulte hier oben zwischen den Pfeilern, aber das machte ihm nichts aus. Das Warten war es, das ihm zu schaffen machte.

Sein verstorbener Vater hatte einmal gesagt, dass ein Mann nie mehr riskieren sollte, als er zu verlieren bereit war, aber Urd spürte im ganzen Körper, dass er viel zu viel riskiert hatte. Absolut alles. Und das hier war seine einzige Chance. Sagten sie heute Nein zu ihm, war es ein Nein für immer.

»Sie sagen, sie sei schon unterwegs.« Slabbas störende Stimme riss Urd aus seinen Gedanken. Er hatte fast vergessen, dass der Kaufmann dort saß. Saß war der falsche Ausdruck. Er quoll eher über die Glimmersteinbank in seinem grünen, bestickten Kittel ohne Schnürung in der Taille. Weil er keine Taille hatte.

»Wer?«

»Ilume-Madra.« Slabba zog ein bereits feuchtes Taschentuch hervor und wischte sich den Schweiß von den Fingern. Jeder einzelne war schwer vor Gold und funkelnden Edelsteinen. Das ließ ihn pathetisch aussehen. Wie eine überreife Frau. Urd wandte sich angewidert ab, doch Slabba sprach weiter.

»Sie sagen, sie habe ihr Haus ausgeräumt und sei nur ein paar Tagesreisen von Mannfalla entfernt.«

»Wer sagt das?«

»Ich habe … Kontakte.« Slabbas Stimme klang betont gleichmütig.

Urd unterdrückte ein Schnauben. *Kontakte? Du?*

Slabba wusste nicht mehr als die meisten anderen, liebte es aber, sich auf eine Flut von wertvollen Quellen zu berufen. Er konnte unter gewissen Umständen von Nutzen sein, doch in Bezug auf Urds Ambitionen hätte der Kaufmann genauso gut taub und blind sein können. Eine fette Fliege, die im Netz spielte und sich einbildete, sie sei die Spinne.

Trottel.

»Was machen wir, wenn sie wieder zurück ist?« Slabbas belegte Stimme wurde weniger selbstsicher. Er hatte Angst vor Ilume. In gewisser Weise war das unerklärlich provozierend.

»Ich werde dir sagen, was wir machen! Wir nutzen die Gunst der Stunde! Sie ist zurück! Und warum ist sie zurück, mein Freund?« Urd spürte, wie ihm das letzte Wort im Hals anschwoll, doch er lächelte, was das Zeug hielt. Er beugte sich so nahe an Slabbas Gesicht, wie er es über sich brachte, während Slabbas Augen ratlos hin und her tanzten. Er hatte keine gute Antwort parat. Doch die hatte Urd.

»Sie ist zurück, weil sie gescheitert ist! Ilume ist gescheitert! Nach mehreren Jahren in der Nähe von Ravnhov hat sie nichts weiter getan, als es zu stärken. Hat sie Hallen für den Seher eröffnet? Hat sie politisch an Boden gewonnen? Im Gegenteil! Ravnhov ist stärker und widerspenstiger denn je!« Urd breitete die Arme aus und ergötzte sich an seinen eigenen Worten. Es war ihm nicht oft vergönnt, genau das zu sagen, was er dachte, nicht einmal zu Slabba.

Slabba begann vor Lachen zu zischen wie ein zum Bersten gefüllter Blasebalg und Urd sprach weiter.

»Ihr ist es sogar gelungen, die einzige Gemeinsamkeit zwischen Mannfalla und Ravnhov aufzuheben. Das Ritual! Denn weißt du, was *meine* Kontakte sagen?« Urd dämpfte die Stimme zu einem theatralischen Flüstern und Slabbas Augen bekamen etwas Gieriges.

»Sie sagen, dass mehrere Familien aus Ravnhov in diesem Jahr nicht zum Ritual erscheinen werden. Eine offene Demonstration von Feindschaft. Eine Kriegserklärung!« Urd grinste breit.

»Ja … ja, das habe ich auch gehört«, log Slabba, dass sich die Balken bogen. Doch Urd war noch nicht fertig.

»Ilume ist schwach. Ihr Haus liegt im Sterben. Sie hat ein einziges Enkelkind und das wirft sein Leben weg, um mit dem Schwert zu spielen. In der Leibgarde! Der Junge hätte heute einen Stuhl bekommen können und das auch noch mit dem Segen des Volkes! Kannst du dir vorstellen, wie die Nachricht sie erschüttert haben muss? Und jetzt ist sie zurück in Mannfalla, um von ihrer Niederlage in Ravnhov zu berichten. Slabba, ich kann dir versprechen, Ilume hat anderes zu tun, als uns Knüppel zwischen die Beine zu werfen.«

Plötzlich fiel Urd das Klappern von Schuhen auf Stein auf. Von schnellen Schritten. Ein Läufer stürmte an ihnen vorbei, ohne ihnen auch nur die geringste Aufmerksamkeit zu schenken. Er umklammerte eine Briefhülse, die in seiner Hand fast ganz verschwand. Urd ließ die Hülse erst aus den Augen, als der Läufer die Brücke überquert hatte und in der roten Kuppel verschwand.

In dieser kleinen Hülse befand sich Ilumes schallendes Nein. Da war er sich ganz sicher. Nein, sie wollte nicht, dass er den Platz seines Vaters einnahm. Nein, sie fand nicht, dass er in den Rat gehörte. Nein. Nein. Nein. Aber wenn er bereits sechs Jastimmen dort drinnen hatte, dann spielte das keine Rolle mehr.

Urd merkte, wie ihm schwindlig wurde. Er fasste sich an den Hals und kehrte Slabba den Rücken zu. Der Rachen schmerzte wieder. Er hatte Blutgeschmack im Mund und legte den Kopf in den Nacken, um ihn hinunterzuzwingen.

Denk an etwas anderes.

Vor ihm lag Eisvaldr in all seiner Pracht. Ein reicher Ausläufer einer noch größeren Stadt – Mannfalla. Weiße Mauern markierten die Trennlinie zwischen der Stadt und dem Hauptsitz des Sehers. Vor den Mauern spielte sich eine andere Wirklichkeit ab. Von hier oben sah es hübsch und friedlich aus, aber Urd wusste, dass dort draußen die Leute ihr verachtungswürdiges, gewöhnliches Leben lebten. Sie arbeiteten, schwitzten, aßen, schliefen und liebten sich. Auf den

Straßen stank es nach Pferdemist, denn dort kümmerten sich weniger Leute darum, sie sauber zu halten. Vor allem jetzt, da die Zeit für das Ritual näher rückte und Leute von nah und fern herbeiströmten, einige mit Kindern und Vieh im Schlepptau. In den ärmsten Gegenden der Stadt konnte es einem zu dieser Zeit übel werden. Gestank und Getöse überall. Und in diesem Jahr war es schlimmer denn je.

Doch Urd stand hier oben, hoch über allen anderen. Wenn der Seher auch nur über einen Funken der Macht verfügte, die man Ihm nachsagte, dann musste Er diese Bitte erhören. Urd merkte, dass er die Augen geschlossen hatte. Er hörte, wie Slabba hinter ihm redete. Von Wärme redete, obwohl die Wolken regenschwer über der Stadt hingen. Redete und redete, als hinge Urds Leben nicht davon ab, was bald geschehen würde.

Auf der anderen Seite der Brücke wurden schwere Türen geöffnet. Sie waren riesig im Verhältnis zu der Gestalt, die heraustrat: die Rabenträgerin. Eir-Madra. Die Frau, die den Seher trug. Jetzt stand sie dort allein, ohne Stab und ohne Raben. Die mächtigste Frau im Rat. Die mächtigste Frau in Ymsland. Der Wind bauschte ihren hellen Kittel auf. Das Ratszeichen war schwarz wie ein Loch in ihrer Stirn. Es war auch auf dem Gewand über der linken Brust eingestickt. Den Seher im Geist, den Seher im Herzen.

»Urd Vanfarinn?« Sie sprach seinen Namen aus, als wüsste sie nicht bereits, dass er es war.

»Ja.« Urd spürte den Schmerz im Hals kratzen, aber es gelang ihm, mit fester Stimme zu sprechen. Er hatte viel Übung darin. Sie schob die Kapuze mit einer langsamen Handbewegung zurück.

»Willkommen im Insringin.«

Urd spürte ein unbekanntes Brennen in den Augen. Es dauerte einen Moment, bis er begriff, dass Tränen zu laufen begonnen hatten. Eir waren sie nicht aufgefallen. Sie hatte Urd und Slabba schon den Rücken zugekehrt und war wieder auf dem Weg zurück in die Ratshalle. Urd registrierte Slabbas Glückwünsche irgendwo hinter sich, konnte aber einzelne Worte nicht verstehen. Unwichtige Geräusche eines unwichtigen Mannes in einer ganz anderen Welt.

Urd setzte einen Fuß vor den anderen, machte seinen ersten Schritt als Ratsherr und überquerte die Brücke.

GLÜCKSJÄGERIN

Das Fleisch auf dem Teller war kalt. Rime unternahm zum wiederholten Mal den Versuch zu essen, doch stets war er gezwungen innezuhalten, bevor die Gabel den Mund erreicht hatte. Entweder um eine Frage zu beantworten oder nur um höflich zu lächeln, wenn etwas gesagt wurde. Und es wurde jede Menge gesagt. Aber er war schließlich nicht wegen des Essens nach Glimmeråsen eingeladen worden.

Kaisa leierte Selbstverständlichkeiten herunter, von denen sie annahm, dass er sie hören wollte. Wie unerhört es war, dass Ravnhov die Vereinigung der Reiche sabotierte. Wie lächerlich es war, dass primitive Wilde ein vorgeschichtliches Fürstentum aufrechterhalten durften. Die Überreste eines Königreichs.

Rime hatte keine Probleme, Ravnhovs Widerstand zu verstehen. Hätten die anderen Reiche die Stärke von Ravnhov besessen, wären sie heute unabhängig. Gier und Furcht waren alles, was sie an Mannfalla band. Aber Rime sagte kein Wort. Er hatte lange Erfahrung darin, die Dinge nicht persönlich zu nehmen. Das hatte so wenig mit ihm zu tun. Sie wollten nur näher an seinen Namen heranrücken. Näher an die Macht in Mannfalla.

Sylja ließ ihn nicht aus den Augen, wenn sie nicht aus gespielter Bescheidenheit den Blick senkte oder wortlose Botschaften mit ihrer Mutter austauschte. Rime schaute zu Vidar, aber Syljas Vater war nicht gesprächiger als die Gemälde an den Wänden. Eine passive Figur im Spiel des Abends, obwohl ihm der Hof gehörte. Kaisa war mit einem Mann und einem Wohlstand verheiratet worden, den sie heute mit größter Selbstverständlichkeit verwaltete. Rime versuchte, sich mit ihm über Haus und Hof zu unterhalten, aber Kaisa unterbrach die beiden.

»Jetzt wollen wir Rime nicht langweilen, Vidar. Er hat an anderes zu denken als an unsere Problemchen.« Mit einem Lächeln so eiskalt wie ein Gletscher reichte sie ihrem Mann eine Leinenserviette. Er war sauber um den Mund, nahm sie aber und wischte ihn sich trotzdem ab. Danach sagte er kein Wort mehr.

»Erzähl uns lieber von Ilume-Madra«, fuhr Kaisa fort. »Es ist ein großer Kummer für uns, dass sie Elveroa verlassen muss.«

Rime war überzeugt, dass Ilumes Abwesenheit heute Abend sie noch wesentlich mehr bekümmerte. Er versicherte Kaisa abermals, dass Ilume gern gekommen wäre, es ihr aber nicht möglich gewesen sei. Es kam zu einer kleinen Pause, in der Kaisa abzuschätzen schien, was denn wohl wichtiger sein konnte als ein Besuch auf Glimmeråsen. Rime nutzte die Gelegenheit, um ein Stück Kalbsfleisch zu essen. Man hatte heute Abend keine Kosten und Mühen gescheut.

Der Raum zeugte von erfolgreichem Handel. Die Südwand bedeckte ein rechteckiger Teppich aus Andrakar, der den Seher mit ausgebreiteten Flügeln darstellte. Viele der Ziergegenstände hatten nichts in einem Esszimmer zu suchen und Rime vermutete, dass Kaisa in dem Raum alles aufgestellt hatte, was wertvoll aussah. Und was sie hier nicht unterbringen konnte, hatte sie sich und ihrer Tochter um den Hals gehängt.

Sylja lächelte ihn erwartungsvoll an. Hatte sie ihn etwas gefragt?

»Wie bitte?« Rime hoffte, seine Stimme verriet nicht, dass er sich weit fort von hier wünschte.

Kaisa lachte und verdrehte die Augen.

»Oh, mein Lieber, du musst meiner Tochter wirklich verzeihen, Rime. Sie kann manchmal erfrischend direkt sein.«

»Mutter! Ich will doch nur wissen, wie gut meine Chancen sind!« Sylja schob den Teller von sich und stützte sich auf die Unterarme, sodass ihre Brüste fast aus dem Ausschnitt quollen. Rime brauchte keine Erklärung. Es ging um das Ritual. Er hatte schon auf die Frage gewartet. Alle, die Kinder im fünfzehnten Jahr hatten, stellten genau dieselbe Frage. Obwohl er die Tage ganz oben auf dem Gipfel des Vargtind verbrachte. So weit weg von Leuten wie möglich.

Trotzdem hielten sie ihn an, wenn er über den Marktplatz ging. Kamen mit Geschenken, die er höflich ablehnte. Sie baten ihn, ihnen die Hand aufzulegen. Sie baten um den Segen des Sehers. Und alle wollten nur eins wissen: was sie tun konnten, um die Chancen ihrer Kinder zu verbessern, auserwählt zu werden. Um zu denen zu gehören, die dem Rat dienen durften.

Rime konnte den Leuten ihre Fragen nicht übel nehmen. Er wusste nur zu gut, dass ihm durch seine Geburt viele solcher Sorgen erspart blieben, mit denen sich andere herumschlagen mussten. Die Leute in Foggard lebten von der Hand in den Mund. Ein Leben als Diener für den Rat musste ihnen wie ein sorgenfreies Leben vorkommen. Essen, Kleider, Dach über dem Kopf … Die Leute in Eisvaldr waren befreit von irdischen Problemen, damit sie sich auf das konzentrieren konnten, was wichtig war.

Aber das Ritual blieb, wie es war. Der Seher wählte aus, sagten sie, obwohl Rime wusste, dass das nur die halbe Wahrheit war. Der Seher war größer als die täglichen Verrichtungen. Er kümmerte sich wenig um praktische Dinge wie das Ritual. Oder ums Schalten und Walten. Und genau dort lag der Quell für allen Zorn in Rimes Leben. Die Ursache für seine Entscheidung. Das erhöhte Wesen des Sehers war inspirierend, schuf aber auch den Nährboden dafür, dass Korruption in Seinen Sälen um sich greifen konnte. Freunde verschafften Freunden einen Posten, einen Vorteil. Hoffnungsvolle Jugendliche wurden gegen klingende Münze in Eisvaldrs Schulen aufgenommen. Er selbst konnte weder, noch wollte er jemandem in so ein Schlangennest hineinhelfen. Rime schob den Stuhl vom Tisch und stand auf.

»Wie ich sehe, wird es schon dunkel. Ich würde mich gern verabschieden, verbunden mit meinem herzlichen Dank für den heutigen Abend.«

Kaisa war im Nu auf den Beinen und kam ihm entgegen. Sie legte ihm die Hand auf den Rücken und versuchte, ihn in den Nebenraum zu führen. »Aber mein lieber Rime, du musst doch noch bleiben und ein Stück Torte essen.« Sie hatte starke Arme für ihre zierliche Erscheinung. Doch Rime blieb standhaft.

»Danke für das Angebot, aber meine Stellung erlaubt es mir nicht.«

Sylja erhob sich. »Aber Mutter. Er ist doch in der Leibgarde! Sie essen keine Torte.« Sie schaute ihn an und er nickte zur Bestätigung.

Kaisa hob eine Augenbraue. »Keine Torte?«

Rime lächelte. »Leider nicht.«

Er nickte Vidar zu, der den Mund öffnete, um etwas zu sagen, sich aber besann und stattdessen mit der Serviette wieder den Mund abwischte. Rime ging zur Tür und hörte hektisches Geflüster hinter sich. Plötzlich stand Sylja neben ihm. Sie hob den Rock ein wenig an und schlüpfte in ihre Schuhe.

»Der Sommerabend ist so schön, Rime. Ich begleite dich ein Stück.«

Draußen war die Luft kühl und erfrischend. Das Tal döste im letzten verbliebenen Sonnenlicht hinter den Bergen. Rime schlug die Richtung hinunter zum Todesweiher ein, das war der kürzeste Weg nach Hause. Sylja plapperte von Mannfalla und wie wunderbar es sein musste, im Zentrum allen Geschehens zu wohnen. Sie fragte, ob er sich freute, dorthin zurückzukehren, wartete aber die Antwort nicht ab, sondern redete einfach weiter.

Glimmeråsen verschwand hinter ihnen. Sylja wäre fast gestolpert und griff nach seinem Arm. Sie lächelte entschuldigend. »Da war ein Stein …« Aber sie ließ ihn nicht wieder los. Ihre Nägel waren rot lackiert wie bei den Frauen in Mannfalla.

Der Todesweiher lag unbeweglich und schwarz wie ein Auge im Wald. Auf seiner Ostseite erhoben sich Klippen und Rime konnte in der Ferne das Rauschen des Streitwassers hören.

»Die Kinder erzählen sich, er sei unergründlich tief.« Sylja blieb stehen.

»Überall gibt es einen Weiher, von dem die Leute sich erzählen, er sei unergründlich tief«, antwortete er.

»Was, wenn ich reinfiele!« Sie umfasste seinen Arm fester, klang aber eher eifrig denn ängstlich. »Was, wenn ich unterginge, bevor ich gelebt habe.«

Rime spürte, wie die Wut in ihm wuchs. Er hatte genug von diesem Schmierentheater und er hatte das starke Gefühl, dass er gehen sollte.

»Du lebst doch wohl besser als die meisten?«, sagte er und versuchte weiterzugehen.

Sylja umschlang ihn, bis ihr Gesicht ganz dicht unter seinem war.

»Nicht wie du, Rime.« Ihre Stimme war hungrig. »Wenn ich leben dürfte wie du, würde ich nur Gutes tun …«

Rime entzog sich ihrem warmen Körper.

»Gutes kann man immer tun, ganz gleich, wo man ist, Sylja.« Er wich ein paar Schritte zurück, doch sie hielt ihn fest.

»Ich will nur dem Seher dienen!« Ihre Augen flackerten, als versuche sie, einen Zugang zu ihm zu finden. Er merkte, dass ihm langsam die Geduld ausging. Der Abend war lang gewesen.

»Wenn er dich braucht, Sylja, dann wählt er dich während des Rituals. Du hast nichts zu befürchten.« Er begann von Neuem, sich in Bewegung zu setzen.

»Aber ich habe Angst, Rime!«

Er blieb stehen. Sie lächelte und kam wieder näher. »Ich habe Angst zu versagen.« Sie ergriff seine Hand. »Der Seher hat dich erwählt, Rime. Ich weiß, dass du mir helfen kannst.« Er spürte bei jedem Wort, das sie sagte, ihren Atem am Hals. »Wenn du mir hilfst, Rime …« Sie zog seine Hand an ihr Herz. »Dann werde ich dir auf alle erdenkliche Weise danken … immer.«

Langsam schob sie seine Hand auf ihre eine Brust. Rime spürte, wie sein Körper reagierte, und riss die Hand weg. Er wich zurück und starrte das Ungeheuer an, das vor ihm stand. »Du bist fünfzehn! Du hast das Ritual noch nicht durchlaufen, Mädchen!«

Sie lachte nachsichtig, so wie ihre Mutter es den ganzen Abend getan hatte. »Du brauchst keine Angst zu haben, mein Erster zu sein, Rime An-Elderin. Ich bin fünfzehn, aber im Herzen bin ich älter.«

Rime fühlte sich beschmutzt und war wütend. Er war eine Spielfigur für das blonde Mädchen. Sie wollte nur beim Ritual auserwählt werden. Woher kam diese Gier? Gab es niemanden auf der Welt, der ihn als Mann sah? Nur als Mann. Nicht als Tür zu einer anderen Welt. Gab es nichts Reines und Aufrichtiges, außer dem Seher?

»Ich weiß, was du dir wünschst, Rime. Und ich kann es dir geben. Wenn du mir das gibst, was *ich* mir wünsche …« Sie wickelte sich eine Haarsträhne um den Zeigefinger.

»Was? Was wünschst du dir denn?!« Er machte einen Schritt auf sie zu. »Dem Seher zu dienen? Ist das alles, was du willst?« Er zeigte auf sie und sie wich einen Schritt zurück.

»Willst du etwa Wächterin werden? Steinflüsterin? Willst du eine von denen werden, die ihr Leben damit verbringen, Steinen zu lauschen? Nach Schreien aus dem Draumheim zu horchen? Nach Rufen von den Blinden?« Er erkannte seine eigene Stimme kaum wieder. Sie war knurrend. Fremd.

»Ich habe Männer mit Narben am ganzen Körper gesehen! Ich habe erwachsene Männer gesehen, die sich ihre eigene Haut abgeschabt haben, damit die Träume aufhören. Ist es das, was du dir wünschst, Mädchen?! Oder willst du Kriegerin werden? Willst du das Schwert schleifen, während du auf Befehle wartest, Brüder und Freunde auf Ravnhov anzugreifen? Willst du Stahl in den Bauch eines Mannes stoßen und fühlen, wie dir sein warmes Blut über die Hände läuft?«

Ihre Unterlippe zitterte. Verdammt ärgerlich. Nach drei Jahren Ausbildung war das alles, was er zustande brachte? Die Selbstbeherrschung bei einem Mädchen zu verlieren, das es nicht besser wusste? Rime schlug die Hand vors Gesicht. Eine Weile blieb er so stehen und hörte dem Rauschen des Flusses in der Ferne zu. Als er wieder aufschaute, stand Sylja da und schluchzte. Da er keine Tränen entdecken konnte, ließ er sie stehen. Sie rief ihm nach.

»Du kannst mich hier nicht einfach zurücklassen!«

Er wusste, dass sie mit »hier« mehr als nur den Todesweiher meinte. Das war einerlei. Er würde sie alle hinter sich lassen.

EINE NIEDERLAGE

Die Sonne ging nie auf. Die Wolken hingen tief am Himmel über Elveroa und die Luft verhieß Regen. Hirka ging den Hügelkamm talwärts zum Streitwasser und versuchte, die Reste des Zwists mit ihrem Vater vom Vorabend loszuwerden.

Sie hatte von Hlosnian erzählt und davon, wie abhängig die Leute inzwischen von ihr und Vater waren. Was sollten die denn machen, wenn sie beide von hier fortzogen? Doch ihr Vater hatte nichts übrig für Leute, die sie wie Hunde behandelten, aber in der Dunkelheit zu ihnen kamen, weil sie Hilfe gegen Ausschlag auf dem Pimmel brauchten oder weil sie bis zur Besinnungslosigkeit Opia rauchen wollten.

Früher hatte er das auch schon gesagt, aber ohne so zu klingen, als habe er aufgegeben. Er hatte über Leute gelacht, die die Nase hoch trugen, dann aber inständig bettelten, wenn die Not wirklich groß war. Für die hatte er nur ein verächtliches Schnauben übriggehabt. Es hatte ihm nichts ausgemacht. Vielleicht, weil er wusste, dass sie jederzeit wieder weiterziehen konnten? Hoffte er vielleicht tief in seinem Inneren, dass am nächsten Ort alles besser werden würde? Dass sie einen Ort fanden, wo alles so war, wie es sein sollte?

Nach dem Unfall war alles anders geworden. Vater war an den Rollstuhl gefesselt und an ein Dasein auf der Schattenseite verbannt. Aber jetzt würde er also dennoch umziehen. Weil sie so war, wie sie war. Ein Untier, das von den Leuten ferngehalten werden musste.

Hirka hatte wieder protestiert. Sie hatte versucht, alle möglichen

Gründe zu finden, um in Elveroa zu bleiben, ohne den Rollstuhl zu erwähnen. Sie hatte behauptet, sie könne das Umarmen lernen, und Vater hatte gemeint, dass ein Holzschemel ein besseres Gedächtnis habe als sie. Er hatte doch schon früher versucht, es ihr beizubringen, hatte sie das denn vergessen? Nein, das hatte Hirka nicht vergessen. Sie wollte es wieder versuchen. Einen Moment lang hatte Vater beinahe hoffnungsvoll ausgesehen, als sie im Gras saß und versuchte, die Lebenskraft der Erde vor sich zu sehen, so wie er es ihr gesagt hatte. Die Gabe zu sehen wie Flüsse aus Blut, die sie zu sich hochziehen sollte. Aber die Erde wollte kein Blut mit ihr teilen. Weil sie nicht hierhergehörte.

Dennoch hatte sie es versucht. Bis sich die Kiefer fast ausrenkten, bis sie zu atmen vergaß. Aber es hatte nichts genützt. Vater hatte sie gebeten, vorsichtig zu sein, als könne sie wie ein rohes Ei zerbrechen. Sie hatte gefragt, wie es sich anfühlen solle, wenn man umarmte. Und er hatte geantwortet: »So als ob du nicht mehr allein bist.«

Aber allein war sie. In jeder Hinsicht. Der Einzige, den sie hatte, war Vater.

Genau da hatte sie begriffen, was sie tun musste.

Vater war kein starker Umarmer. Er war ein normaler Mann. In seinen Adern war nie blaues Blut geflossen. Hirka brauchte jemanden, der richtig gut umarmen konnte. Jemanden, der die Gabe fühlte. Aber das Allerwichtigste war, dass sie jemanden brauchte, der keine Angst hatte, es sie lernen zu lassen, ganz gleich, ob sie zerbrach wie ein rohes Ei. Jemanden, dem sie herzlich egal war. Sie brauchte Rime.

Hirka hatte keinen guten Plan. Aber sie wollte es mit einer Notlüge versuchen. Sie würde Rime sagen, dass sie umarmen könne, aber nur gerade eben. Und dass sie Angst habe, es könne für das Ritual nicht ausreichen. Es widerstrebte ihr, ihn zu belügen, aber was sollte sie denn sonst machen?

Sie blieb stehen. Vor ihr erstreckte sich der Wald bis zu Ilumes Haus. Hirka glaubte nicht, dass jemand aus Elveroa je diesen Prachtbau betreten hatte. Sogar die Diener waren aus Eisvaldr mitgekommen.

Und wenn Rimes Großmutter ihr die Tür aufmachte? Wäre Ilume dann klar, dass irgendetwas nicht stimmte? *Ob sie wohl weiß, was ich bin, wenn sie mich sieht?*

Hirka ärgerte sich über sich selbst. Sie war Ilume schon oft begegnet. Warum sollte sie plötzlich etwas anderes als dasselbe schwanzlose Mädchen sehen?

Nur ich allein weiß, dass ich nicht mehr dieselbe bin.

Hirka biss die Zähne zusammen und ging weiter. Sie duckte sich unter den alten Ahornbäumen. Das Haus vor ihr wuchs, beeindruckend und uneinnehmbar wie eine Festung. Die Mauersteine sahen in der feuchten Witterung fast schwarz aus. Was würde mit dem Haus geschehen, wenn Ilume zurückfuhr? Es war das einzige Gebäude in Elveroa, das einen Turm hatte. Fast ein Drittel des Hauses nahm der runde Westturm mit seinen vielen Fenstern aus buntem Glas ein.

Und doch hatte sie gehört, dass diese ganze Festung in einen einzigen Raum im Haus der Familie in Mannfalla passen würde. Aber das hatte Sylja behauptet, darum war schwer zu beurteilen, wie viel Wahres daran war.

Hirka ging am Stall und an zwei großen, sechsrädrigen Wagen mit Aufbauten aus Leder vorbei. Beide waren zum Teil mit Truhen und Säcken beladen. Sie hatten den Umzug schon in Angriff genommen. Vor dem Haus standen etliche Truhen und größere Holzmöbel. Hirka zuckte zusammen, als sie plötzlich sich selbst erblickte: ein Spiegel. Solche hatte sie schon früher einmal gesehen, aber die waren klein gewesen. Dieser Spiegel war größer als sie und klar wie Kristall. Hirka hatte sich selbst noch nie so deutlich gesehen. Ihre Haare sahen wie ein roter Strohhaufen aus. Die Kleider mussten wieder einmal geflickt werden. Das grüne Strickhemd wurde nur noch notdürftig durch ein paar Maschen zusammengehalten. Das eine Hosenbein war fast durchgescheuert. In dem anderen war ein Riss. Sie sah wie ein kleiner Waldtroll aus, üppig umrahmt von Goldschnörkeln.

Hirka lächelte über den Widerspruch. Doch das Lächeln erstarb, als sie plötzlich eine andere Gestalt im Spiegel erblickte. Ilume An-Elderin stand hinter ihr. Auf ihrer Stirn prangte das schwarze Zeichen wie ein drittes Auge – das Zeichen des Sehers, der schwarze Rabe des Rates –, das der Umwelt unmittelbar signalisierte, wen es sah.

Hirka wich erschrocken einen Schritt vom Spiegel zurück. Das war ein fehlgeleiteter Instinkt, denn sie lief rückwärts geradewegs in Ilume hinein. Hirka drehte sich zu ihr um und versuchte, sich zu entschuldigen, stellte aber fest, dass ihr Mund ganz ausgetrocknet war. Hirka musste sich selbst daran erinnern, dass sie nichts falsch gemacht hatte. Sie hatte nichts zu verbergen.

Ich habe alles zu verbergen.

Ilume war kaum eine Handbreit größer als sie, aber seltsamerweise füllte sie den ganzen Hofplatz aus. Hirka bekam plötzlich das Gefühl, dass der Boden, auf dem sie standen, und Ilume gleich alt waren. Sie hatte gehört, dass starke Umarmer eins mit der Erde und ein Teil der Ewigkeit werden konnten. Aus dem Grund wurde vielleicht immer alles still, kurz bevor Ilume irgendwo eintraf. Als betrete vor ihr etwas anderes den Raum. Etwas, das man nicht sehen konnte.

Ilume hatte die Arme vor der Brust verschränkt. Das graue Haar war zurückgekämmt und unter einer straffen Kapuze zusammengefasst, mit Ausnahme von zwei dünnen Zöpfen, die ihr von den Schläfen bis fast auf die Taille hingen. Sie hatte schmale hellgraue Augen, die an Rimes erinnerten. Im Unterschied zu vielen anderen alten Augen waren ihre jedoch scharf wie Messer.

Hirka spürte sie im Bauch. So als durchsuche Ilume ihren Körper mit Blicken. Ein ruhiges Suchen wie bei einer Eule auf der Jagd. Der Kittel, den sie trug, schimmerte im Licht wie feinstes Papier. Er schmiegte sich an ihre Taille, bevor er sich in zwei Bahnen teilte und darunter eine weitere Lage Stoff in einer anderen Webtechnik preisgab. Ihr Schwanz kam hinten zum Vorschein. Auch der war anders als bei anderen Alten. Er war nicht ausgeblichen oder struppig geworden. Den untersten Teil zierte ein sandfarbenes, im Fischgrätenmuster geflochtenes Band. Das Haar am Schwanzende war nach wie vor dunkel. Es war geölt und quer abgeschnitten. Hirka wurde plötzlich bewusster als sonst, dass sie keinen hatte. Aber wie alle anderen kannte auch Ilume die Geschichte von den Wölfen. Hoffentlich dachte sie nicht mehr an Hirkas offensichtlichen Mangel. Nicht einmal jetzt, da sie sich gegenüberstanden.

Der Rat und die Fäulnis …

Hirka guckte hoch und versuchte, nicht den schwarzen Raben auf Ilumes Stirn anzuschauen, aber das war unmöglich. Es war Sinn des Zeichens, dass man es sah. Und es war, als erwidere es auch ihren Blick. Hirka wurde das Gefühl nicht los, dass mehr als zwei anwesend waren.

»Hirka …«, sagte Ilume nach einer gefühlten Ewigkeit. Dem Tonfall nach zu urteilen, war sie weder erstaunt noch neugierig, was Hirka hier wollte. Hirka schluckte ihre Unsicherheit hinunter und kam gleich zur Sache.

»Ilume-Madra.« Sie verbeugte sich, bevor sie weitersprach: »Ich suche Rime … Són-Rime.«

Die alte Frau legte den Kopf schräg, genau wie Rime es immer machte, und betrachtete sie. Was dachte sie? Warum antwortete sie nicht? Hirka schloss für einen Moment die Augen, damit sie nicht flackerten und ihre Nervosität verrieten.

»Rime ist unterwegs. Er hat für die Reise vieles vorzubereiten.«

Hirka begriff, welche Botschaft hinter den einfachen Worten steckte.

Er hat keine Zeit für dich.

Aber er musste Zeit haben! Ihre Zukunft hing davon ab, dass er Zeit hatte.

»Weißt du, wo ich ihn finden kann?«

Was mache ich da? Sie hat gesagt, was sie zu sagen hat. Geh! Geh weg, ehe es zu spät ist! Ilumes Blick wurde schärfer. Hirka spürte, wie ihre Knie zuckten, als wollten die Beine ohne sie weglaufen. Sie kam sich splitterfasernackt vor. Doch das Gesicht der Alten blieb regungslos.

»Er wird erfahren, dass du nach ihm suchst.«

Hirka wagte nicht, weiter hartnäckig zu sein. Sie bedankte sich und ging. Sie musste sich dazu zwingen, mit ganz normalen Schritten durch die Reihe der grünen Bäume zu gehen. Es war, als raschelten sie da oben mit den Blättern, um sie zu verhöhnen.

Du dummes Ding! Was bildest du dir denn ein?

Hirka war abgespeist worden. In untadeliger Weise, aber dennoch abgespeist. Ilume hatte es nie gutgeheißen, wenn Rime seine Zeit mit anderen Kindern verbrachte. Daran hatte sich offenbar nichts geändert. Hirka war nicht überrascht. Und mehr noch: Sie dachte gar nicht daran, sich von dem Wink mit dem Zaunpfahl aufhalten zu lassen.

Sie blieb am Streitwasser stehen und betrachtete die Siedlung. Wo war Rime? Er konnte überall sein. Vielleicht war er bei Ynna, um sich neue Kleider für die Reise nähen zu lassen? Oder vielleicht war er beim Packen der Umzugskisten? Beim Reparieren von Wagenrädern? Die Fahrt von Elveroa nach Mannfalla dauerte mit dem Wagen mehrere Tage. Wie bereitete man sich auf eine so lange Reise vor?

Wo war er gewesen, nachdem er nach Hause gekommen war? Sie ließ den Blick über den Hügelkamm schweifen, bis er an den Bergen hängen blieb. Dann lächelte sie.

Die Zacken des Vargtind ragten hinauf in die Wolken, die über Elveroa hingen. Der Berg war zwar steil, aber man konnte ihn hinaufgehen, ohne zu klettern, vorausgesetzt, man kam nicht aus der Puste. Nur die senkrechte Westseite war nahezu unmöglich zu erklimmen. Hirka hatte es ein einziges Mal geschafft. Heute gab sie sich damit zufrieden, den Pfad hinaufzuwandern, der kaum mehr als eine ausgetretene Spur in der Bergwand war.

Kurz vor dem Gipfel kam ein schwieriges Stück mit Rachdorn, das sie im Schneckentempo durchqueren musste. Wenn sie sich an den scharfen Dornen stach, würden die Wunden tagelang brennen. Einmal war ihr das passiert und das war einmal zu viel. Die Büsche rissen an den Kleidern. Sie versuchte vergeblich, Stellen ohne Dornen zu finden, wo sie hintreten konnte. Es knackte in den ausgedorrten Zweigen, die den ganzen Sommer in der Sonnenhitze standen. Doch jetzt war sie bald oben auf dem Gipfel.

Hirka hatte plötzlich das Gefühl, dass sie etwas sagen musste. Oder rufen, um mitzuteilen, dass sie hier war. Was für eine dumme Idee. Die Chance, dass er wirklich hier oben war, ging nahezu gegen null. Sie schaute hoch. Der Gipfel des Vargtind erhob sich wie ein aufgerissenes Wolfsmaul vor dem farblosen Himmel. Zerzaust und bissig knurrte er alle Fremden an, die sich ihm näherten. Besiegte man aber das Tier, durfte man in einer herrlichen, grasbewachsenen Senke umgeben von scharfen Steinzähnen ausruhen. Hier war Hirka viele Stunden neugierig herumgestreift, auf der Suche nach vergessenen Geschichten und Schätzen in den alten Burgruinen. Alt-Annar behauptete, Varg sei der Name des Mannes gewesen, der einst die Burg erbaut hatte, und dass der Berg deshalb Vargtind hieß, nicht wegen seiner Form. Doch kein jetzt Lebender wusste es mit Sicherheit.

Hirka kletterte über die letzte Kante und sprang in die Senke.

Da stand Rime. Direkt vor ihr.

Der blasse Himmel hatte fast die gleiche Farbe wie sein Haar und sein Hemd, das ihm bis auf die Oberschenkel reichte. Der doppelte Schwertgürtel ließen seine Taille schmaler und seine Schultern breiter wirken. Hirka brauchte nicht hinzusehen, um zu wissen, dass auf seinem Hemd ein schwarzer Rabe direkt über dem Herzen eingestickt war. Schweiß glänzte auf seiner Stirn.

Ist er gelaufen? Auf dieser kleinen Grasfläche?

Er stand mit verschränkten Armen da, als betrachte er einen Eindringling. Hirka hatte das Gefühl, einen Platz zu verlieren, der immer ihr gehört hatte. Jetzt musste sie erklären, warum sie hier war.

»Du warst nicht zu Hause.«

Seine hellen Augen wurden schärfer. Er hatte viel von Ilume geerbt.

»Hat man dir gesagt, ich sei *hier*?« Seine heisere Stimme klang erstaunt. Sie war ihrer eigenen ganz unähnlich und sie ertappte sich dabei, dass sie sich danach sehnte, mehr davon zu hören.

»Nein …« Sie bezwang den Impuls, ihren Blick zu senken. »Nein, das habe ich mir gedacht.«

Er legte den Kopf schräg, räusperte sich und sah sie an, als sei sie wieder ein Kind, das versuchte, jemandem etwas vorzumachen. Hirka zeigte zur Alldjup-Schlucht.

»Du warst bei der Tanne, als Vetle und ich abgestürzt sind. Entweder bist du gerade zufällig vorbeigekommen oder du hast uns von irgendwo gesehen.«

Er zog eine Augenbraue hoch und sie versuchte es weiter.

»Aber du konntest nicht *zufällig* vorbeigekommen sein, denn du hattest gesehen, dass Kolgrim Vetle dazu gebracht hat, hinaus auf die Tanne zu gehen.« Hirka merkte, dass sie vor Nervosität immer schneller sprach. »Darum musstest du irgendwo gewesen sein, wo du den Überblick hattest, aber von wo du noch eine Weile bis zu uns gebraucht hast.«

Früher hätte sie sich unbändig gefreut, dass sie ihn durchschaut hatte. Warum war das nicht mehr so? »Glaube ich …«, schob sie brav nach.

Sah sie da etwa ein Lächeln auf seinen Lippen? Es war schwer zu sagen, denn er drehte ihr schnell den Rücken zu.

»Was willst du?«

Hirka war baff. Diese Frage hatte sie nicht erwartet. Sie hatte sich ein normales Gespräch vorgestellt. Oder jedenfalls eine freundliche Begrüßung. Vielleicht etwas mehr darüber zu erfahren, was er in den letzten Jahren in der Hauptstadt gemacht hatte. Und dann, nach einer Weile – wenn die Gelegenheit günstig war –, würde sie ihn um Hilfe bitten. Aber dazu kam es nicht. Sie wurde bloßgestellt. Abgespeist wie von Ilume. Weder Rime noch seine Großmutter wollten mit ihr reden. Das konnte sie ihnen nicht übel nehmen. Die beiden waren wichtige Persönlichkeiten. Sie hatten Wichtigeres zu bedenken.

Sie wollte ihn ja nicht um Hilfe bitte. Er verdiente nicht noch mehr Kerben! Der Gedanke war kindisch, aber es hatte etwas zu bedeuten. Es bedeutete, dass er immer gern bewiesen hatte, dass sie nicht allein zurechtkam.

Aber er ist meine einzige Chance.

»Ich wollte dich nach dem Ritual fragen.« Sie betrachtete seinen breiten Rücken und hoffte, dass er sich wieder zu ihr umdrehen werde. Doch das tat er nicht. Hirka fror innerlich. Aber noch konnte sie nicht aufgeben.

»Ich … muss wissen, wie die Dinge stehen.«

»Welche Dinge?«

Was sollte sie antworten? Was konnte sie sagen? Hirka spürte, wie ihr die Entschlossenheit langsam abhandenkam, und das schon nach wenigen Worten. Sie brauchte Hilfe, konnte es aber nicht laut aussprechen. Von allen Leuten auf der Welt konnte sie es Rime am wenigsten sagen. Er stand nur ein paar Schritte von ihr entfernt. Aber zwischen ihnen lag ein Berg von Dingen und Hirka wusste nicht, wie sie ihn überwinden sollte. Er lebte in einer anderen Welt als sie. Und der Kampf um die Kerben hatte das aufgebaut, was sich jetzt wie eine Mauer aus Stolz anfühlte. Angenommen, es gelang ihr, diese Hindernisse zu überwinden, was sollte sie dann machen? Ihm sagen, dass sie ein Untier war?

Ihr Leben lang war es überall, wo sie gewohnt hatte, immer ums Überleben, ums Klarkommen auf eigene Faust gegangen. Sie brauchte keine Hilfe! Sie war nicht so ein Ymling, der klein beigab.

So ein Odinskind …

Das Problem war, dass sie Rime brauchte, um es dem Rest der Welt zu beweisen.

»Ich glaube, ich brauche … eine Anleitung für die Gabe. Es dauert nicht mehr lange bis zum Ritual und …«

»Ich weiß. Wir haben viel zu tun vor dem Ritual.«

Hirka biss sich auf die Unterlippe. *Dummes Kind, kapierst du nicht, dass er für dich keine Zeit hat?*

Warum konnte er ihr nicht einfach zeigen, wie man umarmte?! Er konnte es doch besser als die meisten. Dafür würde er bestimmt nur einen Augenblick lang brauchen!

»Ich glaube, die Gabe ist bei mir nicht stark genug. Ich habe Angst, dass sie nicht reichen könnte. Dass …«

»Natürlich reicht sie.« Er drehte sich wieder zu ihr um, offensichtlich verärgert. »Das ist kein Wettkampf! Alle schaffen es. Sollte die Gabe in einigen seltenen Fällen zu schwach sein, kommt man im nächsten Jahr eben wieder. Viele aus Brekka sind erdblind, bis sie zehn, zwölf Winter alt sind.« Er schaute sie an und verzog die Mundwinkel, als sei er angewidert. »Bist du deswegen hier?«

Hirka spürte, wie sich Panik in ihrem Körper breitmachte. Sie trat einen Schritt auf ihn zu.

»Nein! Nein, das ist nicht der Grund!« Aber Rime ging quer über die Grasfläche und an ihr vorbei, ohne ihr in die Augen zu sehen.

»Ich brauche nur etwas Hilfe, um …«

Er drehte sich um und schnitt ihr in scharfem Ton das Wort ab. »Um ausgewählt zu werden? Glaubst du, dass du die Einzige bist, die das will?« Seine Augen brannten weiß. »Glaubst du, dass mich alle anderen nicht auch schon darum gebeten haben? Glaubst du, dass Sylja noch nicht gefragt hat?«

Sylja? Hirka suchte nach Worten, fand aber keine. Sylja hatte um Hilfe gebeten, um ausgewählt zu werden? Warum denn? Sie hatte Rime gebeten, mit Ilume zu sprechen? Beim Seher ein gutes Wort für sie einzulegen, als würde Er sich in Seiner Wahl beeinflussen lassen? Die am häufigsten auf die fiel, in deren Adern blaues Blut floss.

Rime wartete nicht auf Antwort. Er machte sich an den Abstieg. Alles, was er über sie dachte, war falsch, aber die Wahrheit konnte sie ihm auch nicht sagen. Hirka spürte, wie ein Schrei in ihr aufstieg.

»Ich will nicht ausgewählt werden! Ich will nur umarmen können!«

Rimes Stimme entfernte sich mit jedem seiner Schritte weiter. »Na, dann ist ja gut. Das können doch alle. Ich habe anderes zu tun.«

Hirka drehte sich um und schaute den Berghang hinab. »Das stimmt nicht …«, flüsterte sie ihm nach. Aber er hörte es nicht. Sie konnte ihn nicht einmal mehr sehen. Sie blinzelte fieberhaft und schaute zum Himmel hinauf, um zu verhindern, dass ihr die Tränen kamen. Das war ihr fünfzehn Jahre lang gelungen. Der Himmel hatte sich verfinstert. Sie hörte einen Raben rufen, ein gutes Stück von ihr entfernt. Bestimmt war es derselbe Rabe, den sie schon bei der Alldjup-Schlucht gesehen hatte. Ein beeindruckender, heiliger Vogel, zur Treue verführt durch ein einfaches Stück Käse aus einem umgefallem Korb?

Es würde gleich anfangen zu regnen. Sie hatte verloren. Hirka stand mit geschlossenen Augen da und wartete, bis sie die ersten Regentropfen im Gesicht spürte.

DIE GEHEIMNISSE

»Die Bibliothek.«

Eir hatten den Raben getragen, solange Urd zurückdenken konnte, und sie musste Eisvaldr so gut wie ihre Westentasche kennen und dennoch konnte er Ehrfurcht in ihrer Stimme hören.

»Die Bibliothek«, presste er zwischen zusammengebissenen Zähnen hervor, um seine Ungeduld nicht zu verraten. Dies war der Kern. Dies war es, wofür er gekämpft hatte. Natürlich war das das Letzte, was sie ihm zeigte, blindes Weib!

Schon den halben Tag, seit die Uhren zwei geschlagen hatten, waren sie herumgelaufen. Durch Archive, Gärten, historische Museen, Schulen und Säle, bis die Füße mehr wehtaten als das brandneue Zeichen auf der Stirn. Der Rabe. Es brannte wie ein drittes Auge über der Nasenwurzel. Ein süßer, süßer Schmerz. Er trug das Zeichen auf der Stirn. Er war Ratsherr. Urd-Fadri. Er lächelte.

Eir ging ihm voraus über den blanken Steinboden. Der Widerhall ihrer Schritte setzte sich über viele Stockwerke hinweg fort und verflog. Die Bibliothek befand sich in einem der ältesten Türme von Eisvaldr. Sie besaß so gewaltige Ausmaße, dass es eine Weile dauerte, bis auffiel, dass der Raum rund war. Eine Rotunde in den Himmel. Und wohin man den Blick auch wendete, waren Bücher. Bücher, Rollen, Texte, Papierbögen … Informationen. Regal um Regal, Kiste um Kiste. Kleine Bücher und Bücher, die so groß waren, dass es zwei Männer brauchte, um sie aufzuschlagen. Bücher, eingebunden in gewebte Seide, in Holz, in Leder. Bücher mit Deckeln aus massivem

Gold und Silber. In den Büchern stand alles, was jemals geschehen war, und bestimmt auch manches, was noch geschehen würde. In dem Raum roch es nach Ledereinbänden. Und Macht. Es roch nach Macht. So sollte Macht riechen. Ewig. Unsterblich. Grenzenlos.

Stille, grau gekleidete Frauen und Männer trugen Stapel von Büchern, schrieben und sortierten. Wandernde Schatten zwischen Regalen und zwischen Etagen. Sie stiegen die vier Treppen auf und ab, je eine pro Himmelsrichtung, aber sogar die Treppen wurden als Bücherregale genutzt. Außerdem lief noch eine unbestimmbare Anzahl an dunklen Leitern auf Schienen an den gewölbten Wänden entlang. Abkürzungen für die Routiniertesten unter den Graugekleideten.

Urd entdeckte eine Frau, die mehrere Sprossen auf einmal nahm, während ihre Leiter auf den Schienen entlangglitt. Als sie die nächste Etage erreichte, packte sie eine neue Leiter und nutzte ihren Schwung und das eigene Körpergewicht, um auch diese an den Regalen entlang in Bewegung zu versetzen. Nach dieser Methode bewegte sie sich im Nu zwischen den Stockwerken mit einer Schnelligkeit und Präzision, die nur das Ergebnis eines ganzen Lebens in diesem Turm sein konnten. Das Gleitgeräusch der Leitern unterbrach hin und wieder das konstante Kratzen der Federn auf Papier, das Hunderte von Schreibern hervorriefen.

Eir blieb stehen und drehte sich zu ihm um. Er starrte den Ratskittel an, den sie trug, mehrere Lagen aus verschiedenen Stoffen, alle in Weiß und mit dem traditionellen, geteilten Übergewand. Nur die schwarzen Kantenbänder bildeten einen Kontrast zu dem Hellen. Sie verliefen vorn an den Säumen und fassten die Kapuze um Eirs Gesicht ein.

Kurz hatte er den gewohnten, bitteren Geschmack von Neid im Mund, dann fiel ihm aber ein, dass er genau den gleichen Kittel trug. Den seines Vaters. Er passte in der Länge gut, war aber etwas zu weit. Die Seiten mussten enger genäht werden und die Maße waren schon genommen. Im Lauf der Nacht würden die besten Näherinnen des Sehers ihn unverwechselbar zu seinem eigenen umändern.

Eir starrte ihn aus Eulenaugen an. Obwohl er den ganzen Tag in ihrer Nähe verbracht hatte, konnte er sich nicht an diese Augen gewöhnen. Sie durchbohrten seinen Körper genauso wie Ilumes Augen und er wusste, dass er auf seine Worte achten musste. Die beiden Frauen waren Verbündete und hielten zusammen wie Pech und Schwefel, unterschieden sich aber äußerlich wie Tag und Nacht. Bei Eir waren Gesicht und Augen rund. Sie hatte faltige braune Haut, wogegen Ilumes glatt und hell war, obwohl beide schon mehr als ein Dreivierteljahrhundert alt waren. In Eirs Gesichtszügen war deutlich zu erkennen, dass die Wurzeln der Familie Kobb in Blossa lagen, einer schlichten Jagdgegend im Norden, wo die Leute Walspeck aßen und mit ihren Zelten über die Hochebenen zogen. Dass sie nicht schon vor Hunderten von Jahren beschlossen hatten, einen standesgemäßeren Namen anzunehmen, war unbegreiflich. Wie peinlich musste es doch für die mächtigste Frau der Welt sein, von Bergnomaden abzustammen. Urd kämpfte den Impuls zu lächeln nieder.

»Alles, was je geschrieben wurde, befindet sich hier in der Bibliothek«, erklärte Eir. »Hier hast du alles, was wir sind, alles, was wir machen, und alles, was wir je gemacht haben. Alle Entscheidungen, die wir je getroffen haben, sind hier niedergeschrieben. Wie jede Familie abgestimmt hat und wie deren Vorfahren abgestimmt haben. Bis zurück zum Krieg gegen die Blinden. Wir haben keine Geheimnisse voreinander.«

Urd unterdrückte ein Schnauben. Dass sie keine Miene verzog, während sie das sagte, war schon eine reife Leistung, das musste man ihr lassen.

»Du bist das jüngste Mitglied seit Langem«, fuhr sie fort. »Es muss vier Generationen her sein, dass jemand, der noch keine vierzig Winter gesehen hat, aufgenommen wurde.« Er suchte nach Respekt in ihrer Stimme und wurde ärgerlich, als er den nicht fand. Sie stellte es nur fest wie eine Tatsache. »Und du bist mit dem knappsten Ergebnis gewählt worden, das ich in meinem Leben gesehen habe. Dein Vater war ein starker Mann. Du hast noch einen weiten Weg vor dir.«

Urd spürte, wie ihm das Blut aus dem Gesicht wich, aber er hatte sich schnell wieder im Griff. Sie stellte ihn auf die Probe. Sie wollte sehen, wie er reagierte. Und dennoch … Er war Ratsherr. Wie konnte sie es wagen! Das würde sich rächen! Eines Tages, wenn sie es am wenigsten erwartete.

»Ich bin froh, dass nicht alle das so sehen«, erwiderte er so ruhig er vermochte.

Ohne auf seine Antwort einzugehen, fuhr sie fort: »Ich habe gegen dich gestimmt.«

Für einen Moment bewunderte er ihre Ehrlichkeit, aber dann fiel ihm wieder ein, was sie eben gesagt hatte. Die Stimmen aller waren hier in diesem Raum. Er hätte es also ohnehin herausgefunden und das wusste sie.

»Aber jetzt bist du hier.« Sie kehrte ihm den Rücken zu und setzte ihren Weg durch die Bibliothek fort.

»Du bist hier und ich hoffe, ich habe mich in dir getäuscht. Das wird sich bald herausstellen.«

Sie stiegen mehrere Stockwerke hoch, traten auf einen Balkon hinaus und gingen über eine Brücke zum nächsten Turm. Und dem nächsten. Und dem nächsten. Der Himmel war dunkel und streitlustig. Regen zog auf und es war kalt hier oben.

Endlich öffnete Eir eine Tür zu einem Turm und sie gelangten in einen dunklen Saal. Urd versuchte, sich sein Erstaunen nicht anmerken zu lassen, als er dort mehrere der anderen Ratsmitglieder erblickte. Alle trugen die Kapuzen auf dem Kopf, als hielten sie gerade ein Ritual ab. Urd spürte, dass seine Hand zuckte, doch es gelang ihm, den Impuls zu bekämpfen, sich an den Hals zu fassen. Der Reif saß, wo er hingehörte, da, wo er immer saß. Niemand konnte etwas sehen oder wissen. Er musste lernen, sich zu entspannen, sich mehr auf sich zu verlassen. Er war schließlich der mächtigste Mann der Welt!

Eir bedeutete ihm, sich auf einen Stuhl in der Mitte des Raumes zu setzen. Ein ernüchternd einfacher Holzstuhl mit schmalen Sprossen im Rücken. Ein Stuhl, wie man ihn im Zimmer eines Dieners hätte finden können.

»Der Rat beschützt das Volk vor gefährlichen Wahrheiten, Urd-Fadri«, sagte Eir. »Wahrheiten, die alle Brücken verbrennen. Ob du wie einer von uns leben kannst, hängt davon ab, wie du mit diesen Wahrheiten umgehst.«

Urd setzte sich und hob den Blick. Über ihm hing ein Fallgitter aus schwarzem Feuerglas. Die Speere saßen dicht an dicht und funkelten im Schein der Öllampen. Bei nur einer falschen Antwort würden sie ihn umbringen.

Oder hatten sie das ohnehin vor? Vielleicht wussten sie schon alles? Nein. Das taten sie selbstverständlich nicht. Dann wäre er jetzt überhaupt nicht hier.

»Aber du kannst ganz beruhigt sein«, sagte Eir. »Im Lauf der Geschichte sind nur zwei hier untergegangen. Sie haben den Verstand verloren.«

Urd lächelte nicht.

Der Himmel war schwarz und weinte. Urd stolperte die Treppe außen am Turm hinab, bevor er stehen bleiben und sich am Geländer eines Balkons festhalten musste, als sei er betrunken. Er beugte sich vor, um seine Übelkeit zu mildern, ohne dass es ihm gelungen wäre. Es goss in Strömen auf die leeren Straßen tief unter ihm.

Seine Kleider waren schwer vor Nässe. Wasser lief ihm aus den Haaren übers Gesicht. Der Regen stürzte vom Himmel und explodierte auf dem Balkon in einem gleichmäßigen und schonungslosen Takt.

Urd kniff die Augen zu, um die Wahrheiten – und die Lügen – auszusperren, die er gerade zu hören bekommen hatte. Er war ein starker Mann. Er war hier aufgewachsen und hatte unglaubliche Dinge gesehen und gehört. Er machte sich keine Illusionen über den inneren

Zirkel des Rates. Außerdem war er auch ein Mann der Tat. Er durchschaute das politische Ränkespiel besser als andere. Er *war* das politische Ränkespiel, um des Sehers willen! Aber das hier …

Er fasste sich an den Hals. Schmeckte Blut im Mund von einer Wunde, die niemand sehen und niemand heilen konnte. Niemals. Aber das würde ihn nicht aufhalten. Gewöhnliche Leute mochten sich von allem Möglichen aufhalten lassen, aber Urd war kein gewöhnlicher Mann. Er war einzigartig. War er vielleicht nicht genau da, wohin er wollte? War ihm nicht alles geglückt, was er sich vorgenommen hatte? Wurde nicht alles, was er anpackte, zu Gold? Und jetzt war er einer von ihnen. Er hatte nichts mehr zu befürchten.

Der Regen ließ etwas nach. Er ging auf unsicheren Beinen weiter die Treppe hinab. Ein Rabe aus den Bergen hinter Eisvaldr gab drei kurze, wettermüde Schreie von sich. Die ganze Welt stand ihm offen und sie gehörte ihm, nur ihm. Das hier würde so unerhört leicht werden! Wenn er nur gewusst hätte …

Vater wusste es!

Vater hatte mit diesem Wissen gelebt, seit er im Alter von fünfzig Wintern in den Zirkel aufgenommen worden war. All diese Jahre … ohne es zu teilen. Urd sah sein Gesicht vor sich, wie es auf dem Totenbett ausgesehen hatte. Von der Krankheit war er blass, aber immer noch nicht willens loszulassen. Doch am Ende hatte er loslassen müssen. Als er seinen letzten Atemzug machte, hatte er Urd angestarrt. Nicht voller Furcht, sondern voller Abscheu.

Aber wer hatte gewonnen? Wer konnte denn jetzt mit Verachtung zurückblicken? Spurn hatte zwar das Wissen gehabt, es aber nie genutzt. Er hatte nie Grenzen überschritten. Er war schwach gewesen, hatte vor einem System gekuscht, das älter war als die Zeit.

Urd überquerte den Platz des Sehers. So kurz vor dem Ritual war der voller Blumen und Geschenke aus aller Welt. Einige hatte ein paar Zeilen auf Gebetsfahnen und Bänder geschrieben, andere hatten etwas in Stein graviert: Glückwünsche, Gebete an den Seher von ganz kleinen Frauen und Männern mit ganz kleinen Problemchen wie Krankheiten, Geld, Liebe …

Urd begann zu lachen. Er setzte die Kapuze auf und ging durch das nächste Tor in der massiven Mauer hinaus, nach der Eisvaldr benannt worden war. Eine Mauer aus weißem Stein, die man vor tausend Jahren als Schutz gegen die Blinden gebaut hatte. Die besten Krieger des Sehers waren in Blindból einmarschiert, um sie aufzuhalten, aber die Leute hatten Angst. Sie bauten die Mauer, nachdem die Krieger einmarschiert waren, und sperrten so die ersten zwölf ein. Sie opferten ihre mutigsten Leute, um sich selbst zu retten. Aber die Krieger hatten überlebt. Sie hatten gewonnen. Mithilfe des Sehers hatten sie jeden Mann und jede Frau gerettet und den ersten Rat gebildet. So lautete die Geschichte.

Die Mauer war undurchdringlich gewesen. Heute war sie mit Bogengängen wie eine mehrstöckige Brücke von der einen Seite von Eisvaldr bis zur anderen durchlöchert. Sie war nichts weiter als eine beeindruckende, symbolische Trennlinie zwischen Eisvaldr und dem Rest von Mannfalla. Ein Tor vom Gewöhnlichen zum Großartigen, von Arm zu Reich, vom Schmutz zum Heiligen.

Urd zog den Umhang fester um sich, um von den Torwächtern nicht wiedererkannt zu werden. Wer zum inneren Zirkel gehörte, verließ Eisvaldr selten allein. Er eilte die Straßen entlang. Es würden umso mehr herunterkommen, je weiter er nach Osten kam. Er versteckte sein Gesicht in den wenigen Fällen, da ihm jemand entgegenkam. Er durfte nicht gesehen werden auf dem Weg dorthin, wohin er gerade unterwegs war. Nicht als Urd-Fadri. Die meisten, die ihm begegneten, waren Trunkenbolde, die sich dort hingesetzt hatten, wo sie Schutz fanden, oder Leute, die in fremden Sprachen zankten. Es waren Leute, die wegen des Rituals in die Stadt gekommen waren, ohne Geld für ein Zimmer. Ein junges Mädchen überraschte ihn. Sie trat aus dem Dunklen auf ihn zu und stand mit hungrigen Augen plötzlich vor ihm.

»Ich habe Wärme zu verschenken, Fremder«, sagte sie und legte ihre schmutzige Hand auf seine Kapuze. Er wandte das Gesicht ab und schob sie von sich. Verfluchte Huren! Sie wussten nicht, was das Beste für sie war. Konnte er sich sicher sein, dass sie ihn nicht erkannt hatte? Das war eine Sorge, um die er sich später kümmern musste.

Er zwängte sich durch enge Gassen vorwärts, bis er das fand, wonach er gesucht hatte. Er öffnete eine Tür und stieg eine Treppe hinab. Warmer, süßlicher Rauch schlug ihm entgegen wie eine Wand und Musik: verführerische Rhythmen von Trommeln und Harfen. Hier war es immer voll, doch der Regen hatte noch mehr Leute als sonst hineingetrieben. Morgen war Ruhetag, also tranken viele fleißig, während sie mit halb offenen Mündern zwei Mädchen anglotzten, die auf der Bühne tanzten. Damayanti war nicht dabei. Damayanti tanzte immer allein.

Urd durchquerte den Raum, ohne jemanden anzusehen. Er ging die Treppe neben der Bühne hinauf und klopfte an die rote Tür im ersten Stock. Er trat ein, ohne eine Reaktion abzuwarten.

Damayanti wandte ihm den nackten Rücken zu. Er begegnete ihrem Blick im Spiegel. Sie machte eine fast unmerkliche Handbewegung und zwei Mädchen verließen das Zimmer durch einen klirrenden Vorhang aus schwarzen Perlen. Sie waren allein. Und dennoch war der Raum voll. Das lag an den süßlichen, würzigen, nahezu stickigen Düften. Einige waren neu, andere so alt, dass davon vermutlich dicke Schichten auf den Öllampen lagen.

Damayanti klebte sich den letzten Edelstein ins Gesicht. Sie trug dort mehrere in unterschiedlichen Farben. Sie rahmten ihre Augen ein, die schwarz wie Kohle angemalt waren. Sie wirkte zufrieden mit dem Ergebnis. Und das durfte sie auch sein, denn auch Urd hatte an diesem Abend etwas vorzuzeigen. Er setzte sich in den ausladenden Sessel neben der Feuerstelle und hielt seine gefalteten Finger vors Gesicht, als habe er alle Zeit der Welt.

Sie stand auf und ließ sich rekelnd auf einem mit Samt bezogenen Divan vor ihm nieder. Dort blieb sie auf der Seite liegen, ein rundes Kissen unter dem Arm. Muster aus funkelnden Schmucksteinen wanden sich um ihren braunen Körper wie Schlangen. Sie glitzerten bei jeder ihrer Bewegungen, züngelten den Hals hinab, bedeckten mit knapper Not die Brustwarzen, füllten den Nabel und setzten ihren Weg um die Hüften fort, die ein durchsichtiger Rock bedeckte. Ihr Schritt war ein dreieckiger Schatten hinter dem rot-gelben Stoff.

Damayanti war vermutlich die schönste Frau, die er je gesehen hatte. Unglücklicherweise waren sie sich beide allzu ähnlich und zwar so sehr, dass auch sie Frauen den Vorzug gab. Doch sie wusste, dass er sie begehrte. Und das machte ihr große Freude. Abends tanzte sie mit nur einem einzigen Ziel vor Augen: Männer in den Wahnsinn zu treiben. Das war kein schwieriges Unterfangen. Sie war eine Legende. Leute, die es sich leisten konnten, kamen aus der ganzen Welt angereist, um sie tanzen zu sehen.

Hätten sie gewusst, wie sie zu ihren Gaben gekommen war, dann hätten sie sie auf der Stelle verbrannt. Urd war intelligenter als die meisten. Er erkannte Blindwerk, wenn er es sah. Damayanti hatte keine physischen Grenzen. Sie erlegte sich selbst Grenzen auf, weil sie dazu gezwungen war. Das war ein Balanceakt. Ihre Geschicklichkeit war legendär, aber nicht so weit ausgeprägt, dass sie Misstrauen wecken konnte.

Sie hatte auch andere Talente. Und Urd brauchte sie. Er hasste es, jemanden zu brauchen. Er brauchte sie schon seit vielen Jahren, aber das sollte nicht immer so bleiben. Bald war er sein eigener Herr und Meister.

»Urd. Wie geht es meinem Suppe essenden Freund?«, fragte sie.

Er hob automatisch die Hand zum Hals, ertappte sich aber selbst dabei. Das war es, was sie wollte, ihn reagieren sehen. Aber sie würde sein Bedürfnis nicht zu sehen bekommen. Diesmal nicht. Stattdessen schob er die Kapuze zurück, sodass das Zeichen auf seiner Stirn zum Vorschein kam. Er wartete auf ihre Reaktion.

Sie sah das Zeichen und lachte. Ein perlendes Lachen, das wie Gift in seinen Körper floss. Aber er tröstete sich damit, dass ihre Augen kurz geflackert hatten. Sie war nicht ganz unbeeindruckt. Sie wusste, welche Macht dieses Zeichen ihm verlieh. Ihr Leben lag in seinen Händen. Leider lag auch sein Leben in ihren Händen.

»Ein geringerer Mann hätte das so gedeutet, als seist du erstaunt«, sagte er kühl.

»Natürlich nicht. Ich komme meinen Zielen näher.«

Urd spannte die Unterkiefer an. Damayanti hatte die Tendenz, die Dinge so zu drehen, wie es ihr passte. Und jetzt beanspruchte sie die Ehre für seine Arbeit. Als ob er ohne sie nicht dahingekommen wäre, wo er jetzt stand. Ohne eine Hure, eine tanzende Hure. Sie fixierte ihn, als habe sie seine Gedanken gehört.

»Ein Mann des Sehers. Was kann ich denn für einen Ratsherrn tun? Ihm die Mitgliedschaft hier im Haus verschaffen? Essen und Getränke besorgen? Tänzerinnen?« Ihr Tonfall war gereizt. Sie wusste nur zu gut, was er wollte, aber heute würde er dafür gequält werden. Dabei handelte es sich um nichts weiter als einen verzweifelten Versuch, Würde und Macht zu wahren. Das Zeichen machte ihr Angst. Sie war nur verdammt geschickt darin, es zu verschleiern.

»Ich habe keine Zeit zu verschenken«, antwortete er und legte einen Haufen Münzen auf den Tisch.

»Zeit. Das war schon immer deine größte Schwäche, Urd.«

Sie stand auf und schloss einen Schrank mit einem Schlüssel auf, ohne dass er begriff, wie sie ihn am Körper versteckt haben konnte. Sie bückte sich hinunter, tat so, als würde sie nach etwas suchen, um ihm Zeit zu lassen, sie von hinten zu betrachten, bevor sie zurückkam und ein silbernes Fläschchen auf den Tisch stellte. Es hatte die Form einer Speerspitze und war mit Ornamenten verziert und gerade so groß, dass Urd es in der Hand verstecken konnte. Er beugte sich über den Tisch. Er bemühte sich, keine Eile erkennen zu lassen. Er verstaute das Fläschchen in dem Lederbeutel und gab das leere, das er mitgebracht hatte, Damayanti.

Sie ließ Fläschchen und Geld liegen und streckte sich wieder auf dem Divan aus.

»Zeit und Hochmut. Du solltest vorsichtiger sein, Urd. Niemand verdoppelt seine Gabe über Nacht. Nur ein Dummkopf glaubt das. Ein kluger Mann würde sich vorsehen.«

Urd spürte, wie seine Lippen zuckten. Er wusste, dass jedes Wort, das diese Schlange hervorbrachte, der Angst entsprungen war. Sie tat ihr Bestes, zu betonen, dass er sie brauchte, weil sie sich plötzlich bedroht fühlte. Aber dennoch empfand er eine gewisse Unruhe.

Niemand verdoppelt seine Gabe über Nacht.

Er war stärker geworden. Er hatte die Grenzen zwischen den Welten ausradiert. Eine Gabe, die man für längst ausgestorben hielt. Aber Damayanti hatte recht. Ihm war es über Nacht gelungen, plötzlich und unmerklich. Warum? Und woher konnte sie das wissen? Eine alte Unruhe regte sich in seiner Brust. War er nicht so stark, wie er glaubte? Bekam er von jemandem Hilfe? Unmöglich! Nur Die Stimme konnte ihm geholfen haben und Die Stimme wusste nichts davon, was Urd getan hatte. Es sei denn …

Es sei denn, das Kind hatte damals überlebt. Was, wenn es so war? Was, wenn sie *hierher*gekommen war? Dann wäre sie jetzt alt genug für das Ritual. Fünfzehn Winter. Offen für die Gabe. Bei dem Gedanken, was das bedeuten würde, lief es ihm kalt über den Rücken: Fäulnis in Ymsland. Ein Odinskind, das in den elf Reichen frei herumlief? Ein schwanzloses Tier irgendwo in den Wäldern oder in irgendeinem Dorf? Wenn sie zum Ritual kam, wäre das sein Untergang. Sie war die einzige Verbindung zwischen ihm und den Blinden. Alles wäre dann vorbei. Wirklich alles.

Der Gedanke war absurd! Das war immerhin ein Trost. Erstens war das Ritual schiefgegangen. Das Kind war nicht aufgetaucht. Sie war in der Ewigkeit verschwunden, von den Rabenringen verschlungen, von Steinen aufgefressen. Und zweitens, wenn sie doch aufgetaucht wäre, wäre sie umgekommen mitten im Winter, neugeboren und nackt, wie sie war.

Nackter als Damayanti. Urd betrachtete das Spiel ihrer Muskeln auf dem Bauch und spürte, wie ihm der Schweiß ausbrach. Mit einem

Mal wurde die Tür aufgerissen. Urd zog sich schleunigst die Kapuze über den Kopf. Er hörte eine Männerstimme, die kaum den Lärm aus dem Saal dort unten übertönte.

»Du bist dran, Damayanti.«

»Gleich«, antwortete sie. Die Tür wurde wieder geschlossen und Urd erhob sich.

»Na, dann will ich die Kunst nicht aufhalten«, sagte er und hoffte, dass ihr der spitze Unterton nicht entging. Er verließ das Zimmer, schloss die rote Tür hinter sich und bahnte sich den Weg durch Scharen von Männern, bis er die Ausgangstür erreicht hatte. Niemand schaute ihn an. Alle konzentrierten sich auf nur eine einzige Sache.

Stille breitete sich im Saal aus und ein leises Trommeln war zu hören. Verfluchte Damayanti! Verfluchtes Blindwerk! Er hatte schon die Hand auf der Klinke liegen, aber er brachte es nicht fertig zu gehen. Sein Blick wanderte zur Bühne, zusammen mit allen anderen Blicken im Raum. Damayanti stand auf Zehenspitzen, die Arme über dem Kopf verschränkt. Urplötzlich sank sie zu Boden, als hätten ihre Beine versagt. Die Männer schnappten nach Luft. Die Trommeln verstummten. Dann setzten sie wieder ein. Immer ein Schlag nach dem anderen. Regelmäßig. Wie ein Herzschlag. Damayanti drückte sich vom Boden ab in eine unmögliche Brücke. Es wirkte so, als hinge sie an einem unsichtbaren Seil, das an ihrem Nabel befestigt war. Eine außerirdische Kraft zog sie hoch, bis sie wieder auf den Füßen stand. Die Trommeln wirbelten. Sie hob ein Bein und legte es um den Hals, anscheinend ohne Anstrengung. Ihr Schwanz bog sich, erfasste den Rock und lüpfte ihn, bis jeder im Publikum ihre verbotene Frucht sehen konnte. Die Männer kamen ins Schwitzen.

Urd bleckte die Zähne, riss die Tür auf und rannte hinaus auf die Straße. Er schnappte nach Luft. Es regnete noch immer. Aber er hatte es ins Freie geschafft. Er war nicht wie andere Männer. Er ließ sich nicht wie ein Lehmklumpen formen. Er war stärker als sie. Aber er war schließlich auch Urd-Fadri. Ratsherr.

Er begann, die Straße hinaufzugehen, auf der dunklen Seite. Ein Stück weiter oben entdeckte er das Mädchen, das ihn vorhin angesprochen hatte. Er blieb ein Stück von ihr entfernt stehen und sie sah ihn kommen. Sie hatte gelernt, Männer zu bemerken, die stehen blieben.

Sie lächelte und wiegte die Hüften, als sie auf ihn zukam wie eine alte Geliebte. Sie sah nicht schlecht aus: jung, unter zwanzig, langes, kupferfarbenes Haar. Das Kleid war abgetragen und am Saum mit Lehm verschmiert, aber der Hals war sauber. Schlank, frisch und unberührt.

»Du bist zurückgekommen …« Sie drückte ihre Brüste an ihn, war aber klug genug, seine Kapuze nicht anzurühren. Er strich ihr mit einem Finger übers Kinn und den Hals hinab. Der war unerträglich nackt und das Erste, was er in seinem festen Handgriff spüren würde. Bis sie aufhörte zu atmen. Bis sie ganz still war. Sie hatte selbst Schuld. Was sollte er sonst machen? Sollte er riskieren, dass sie ihn erkannt hatte? Sollte er darauf warten, dass die Gerüchte sich den Fluss entlang hinauf bis nach Eisvaldr ausbreiteten? Nein. Wenn er eins heute Abend gelernt hatte, dann, dass er frei war, sein Schicksal selbst in die Hand zu nehmen. Ein Rabenschmuck hing zwischen ihren Brüsten. Ein Glücksamulett. Der Schutz des Sehers. Es war unmöglich, über diese Ironie des Schicksals nicht zu lachen.

»Komm mit«, flüsterte er.

Sie lächelte und folgte ihm wie ein Lamm.

EIN GEFALLEN

Der Regen hatte Elveroa fest und feucht im Griff. Vater hatte vor Wetterfühligkeit beim Frühstück geknurrt. Für Hirka spielte es keine Rolle, ob es trocken oder nass war. Sie hatte sich einen neuen Plan überlegt. Es war zwar kein besonders guter Plan, aber es war der einzige, den sie hatte.

Sie folgte dem Pfad entlang der Alldjup-Schlucht, während sie der Gedanke daran quälte, was am Vortag alles schiefgelaufen war. Rime hatte unnahbar wie ein Götterbildnis vor den dunklen Felsen auf dem Vargtind dagestanden. Sie hatte ihn um Hilfe gebeten. Vergeblich. Hirka umfasste den Griff des Korbs fester, den sie bei sich trug, doch das konnte die Erinnerung an seine kalten Augen, an den schiefen Zug um seinen Mund nicht vertreiben, als er glaubte, sie wolle sich bei ihm einschmeicheln, damit er ihr half, ausgewählt zu werden. Als sei sie eine Glücksjägerin. Ihr zog sich der Magen zusammen, wenn sie daran dachte. Der Regen trommelte hohl auf ihren Umhang und sie zog die Kapuze tiefer ins Gesicht. Ihr Rand bildete einen Rahmen um den schmalen Pfad zwischen den Bäumen.

Rime war so ein Dummkopf! Kannten sie sich denn nicht, seit sie neun Winter alt war? Wie oft hatte sie ihm nicht schon geholfen, idiotensichere Erklärungen für zerrissene Hosenknie zu finden? Oder für Abschürfungen? Er hatte ihr leidgetan, weil er sich abends aus dem Haus schleichen musste, damit er das tun konnte, was für sie selbstverständlich war. Sie hatte es nie interessiert, dass er von blauem Geblüt war. Sein Name und seine Geschichte waren ihr herzlich egal.

Und auf den Reichtum seiner Familie pfiff sie – der war so groß, dass sie sein Ausmaß ohnehin nicht erfassen konnte. Dass sich Leute, wie die auf Glimmeråsen, etwas darauf einbildeten, aus einer Ratsfamilie zu stammen, war deren Sache. Hirka hatte nicht den Wunsch, Korridorwanderin in Eisvaldr zu werden. Im Gegenteil. Und wenn ihr nun vorgeworfen wurde, sie habe versucht, ihn auszunutzen? Dummes Zeug!

Hirka beschleunigte ihre Schritte. Der Pfad verlief über ein Moor und es gurgelte unter ihren Füßen. Sie würde die Schuhe abschrubben müssen, wenn sie wieder zu Hause war. Sie waren nasser und schmutziger als dieser aufdringliche Rabe. Sie hatte ihm inzwischen den Namen Kuro gegeben. Er flog von einem Baum zum anderen, immer ein Stück vor ihr, und suchte Schutz im Blätterdach, während er auf sie wartete. Er war wie ein glänzender Schatten, immer in ihrer Nähe, aber außer Reichweite.

Hirka seufzte. Das Schlimmste war, dass sie Rime keinen Vorwurf machen konnte. Sie hatte gesehen, wie sich Kaisa auf Glimmeråsen an Ilume festgesaugt hatte wie ein Blutegel. Und Rime hatte selbst gesagt, dass Sylja ihn um Hilfe gebeten hatte. Was zum Draumheim wollte sie von Rime, ausgerechnet sie, die schon alles hatte?

Sie hörte Syljas Lachen wie ein Echo in den Gedanken. *Mannfalla, Hirka! Perlende Weine, Kleider aus Seide und blaublütige Burschen, die die ganze Nacht tanzen wollen!* Hirka knirschte mit den Zähnen. Sie hatte Rime nie tanzen gesehen. Zum Glück. Nicht dass es von Bedeutung war. Warum sollte es auch?

Das Trommeln der Tropfen auf ihre Kapuze ließ nach. Endlich hatte es aufgehört zu regnen. Der Pfad öffnete sich zu einer Lichtung, zu den gedämpften Gesprächen von Hunderten von Raben. Vor ihr stand das turmähnliche Holzhaus, in dem Ramoja und Vetle wohnten. Sie strich die Regentropfen von dem Lederstück, das sie zum Schutz über den Korb gelegt hatte. Dieser und auch sein Inhalt hatten den Regen unbeschadet überstanden. Heute hatte sie die Möglichkeit, einige Leute froh zu machen. Und wenn sie Glück hatte, dann würde sie von Ramoja Hilfe bekommen. Hilfe, die sie wohlbehalten durchs Ritual brachte. Hirka war nervöser, als sie gedacht hatte.

Zwischen den Bäumen konnte sie das Flechtwerk erkennen, an dessen Errichtung Vater beteiligt gewesen war. Für den Bau der Rabnerei hatten drei Mann einen ganzen Sommer gebraucht. Es schimmerte schwarz. Die Raben saßen unbeweglich wie düstere Früchte in den Bäumen. Ein optimistischer Fink versuchte sich an einer Huldigung der Sonne, wurde aber vom heiseren »Kraa« eines Raben unterbrochen. Er unternahm keine weiteren Versuche mehr.

Hirka erreichte das Haus und hob die Hand, um anzuklopfen. Im selben Augenblick wurde die Tür geöffnet und Ramojas braunes, lächelndes Gesicht erschien. »Ich will die Raben füttern. Komm mit.«

Ramoja ging an Hirka vorbei nach draußen, in der Hand einen Kübel, der nach Blut roch. Hirka folgte ihr in eine kleine Vorkammer, die vom Rest des Käfigs abgetrennt war. Die Raben wussten, was gleich kam. Sie begannen hin und her zu flattern und die Plätze zu tauschen, um näher heranzukommen, doch die Gitterstäbe verhinderten, dass sie Ramojas Kübel mit dem rohen Fleisch und den Essensresten erreichten.

Zwei Raben saßen allein auf einer Stange in der Vorkammer. Regennass und glänzend. Ihr Federkleid schillerte in Blau- und Lilatönen. Ramoja stellte den Kübel auf dem Boden ab und ging zu ihnen. Sie lehnten sich geschickt zur Seite, damit sie besser an sie herankam. Mit flinken Fingern löste Ramoja zwei Briefhülsen. Sie waren an beiden Enden gewachst, um den Inhalt vor Nässe zu schützen. Sie steckte sie in die Tasche, ohne sie zu öffnen. Die ganze Zeit flüsterte sie beruhigend auf die Raben ein. Hirka hörte aufmerksam zu. Der Klang war fremd, voller R und langen O. Ramoja redete mit den Raben wie mit Kindern und genau das war der Grund, warum Hirka hergekommen war. Das hier war der Plan und sie spürte, dass der günstige Augenblick bevorstand.

Ramoja sorgte dafür, dass der vordere Rabe sich auf ihren Arm setzte. Er hatte nicht genug Platz, um die Flügel vollends auszubreiten, versuchte aber dennoch, den Regen abzuschütteln. Der beeindruckende Schnabel wurde zu einem lautlosen Gähnen geöffnet, als wolle der Vogel nur dessen Kraft demonstrieren, sich zur Schau stellen.

Hirka merkte, wie sie Gänsehaut bekam. Wenn dieses vollkommene Wesen ein normaler Rabe war, wie sah dann der Seher aus? War Er größer, böser? Hirka sah vor ihrem inneren Auge einen Saal mit Männern und Frauen des Rates. Sie selbst saß auf der Anklagebank und starrte den schwarzen Vogel auf dem Stab der Rabenträgerin an. Der Rabe wuchs und wuchs. Er schlug mit den riesigen Schwingen, die schnell den ganzen Raum einnahmen, während er den Schnabel öffnete, um Hirka anzuschreien.

»Er mag dich heute«, sagte Ramoja.

Hirka zuckte zusammen. Der Rabe setzte sich besser zurecht und blinzelte zufrieden mit blanken Augen. Eine bessere Gelegenheit als diese würde sie nicht bekommen. Es galt jetzt oder nie.

»Woher weißt du das? Verstehst du alles, was er sagt?«, fragte Hirka und fand, dass ihre Stimme etwas seltsam klang. »Er versteht mehr als ich«, antwortete Ramoja und zwinkerte ihr zu, aber Hirka hielt das nicht für einen Scherz.

Ramoja öffnete das Gitter zu den anderen Vögeln und sagte ein paar unverständliche Worte. Die beiden Raben erhoben sich und flogen hinein. Aufgeregtes Krächzen war von drinnen zu hören und Hirka lauschte. Vielleicht konnte sie etwas von dem verstehen, was gesagt wurde? Aber sie begriff nichts.

Ramoja nahm den Kübel und ging hinein. Die Raben verhielten sich ruhig, während sie in der Mitte des Käfigs herumging und das Futter in eine Rinne schüttete. Die Vögel reihten sich an der Rinne auf und fraßen. Hirka war von ihnen umgeben. Es roch nach Erde, Blut und Regen. Plötzlich wurde ihr flau. Sie hatte aus schierer Verzweiflung die Rabnerei aufgesucht. Als ob die Raben oder Ramoja ihr sagen könnten, was sie tun musste. Heute Morgen hatte sie das für den letzten Ausweg gehalten. Jetzt, da sie hier war, kam es ihr nur noch lächerlich vor.

Sie hatte nicht die Gabe, um mit den Raben zu sprechen, und sie hatte auch kein ganzes Leben mehr vor sich, um das zu lernen. Und selbst wenn sie es gehabt hätte, würde es ihr wohl kaum helfen, wenn sie dem Seher Auge in Auge gegenüberstand. Doch in gewisser Hinsicht tat sie das ja schon. Das hier waren die Kinder des Sehers, die Augen der Welt. Vielleicht wussten sie schon über sie Bescheid? Vielleicht wussten sie es, taten aber nichts. Und bedeutete das vielleicht, dass keine Gefahr bestand?

Hirka klammerte sich an den Gedanken. Die Raben wären bestimmt mit Schnäbeln und Klauen auf sie losgegangen, wenn sie der Meinung gewesen wären, sie sei etwas Verdorbenes, das den Tod verdiente?

»Ich habe mich darauf gefreut, mich bei dir zu bedanken«, sagte Ramoja.

»Wofür denn?« Der Kübel war leer und Hirka ging mit ihr aus dem Käfig hinaus zu Vetle, der aus dem Haus gerannt kam. Er fiel Hirka um den Hals und umarmte sie so fest, dass man begriff, mit ihm war etwas nicht ganz in Ordnung. Zum ersten Mal hatte Hirka Angst vor Nähe. Sie war heute nicht mehr die Gleiche wie an dem Tag, als sie Vetle zuletzt gesehen hatte. Was, wenn er ihr zu nahekam? Was, wenn ihm plötzlich einfiel, sie zu küssen? Würde er dann verfaulen? Hirka wurde von Trauer überwältigt. Das Gefühl, eine Tür aufgestoßen zu haben, die sich nicht wieder schließen ließ, machte ihr Angst.

Denk nicht dran!

»Vetle, ich habe dir etwas mitgebracht«, sagte sie und der Junge ließ sie los. Hirka nahm das Stück Leder vom Korb und holte die Steinfigur heraus, die Hlosnian ihr geschenkt hatte.

»Jomar!«, rief Vetle und drückte sie an die Brust.

»Das ist nicht Jomar«, lachte Hirka. »Jomar war doch ein Pferd. Das hier ist eine Frau.« Vetle schaute seine Mutter an und lächelte glücklich. »Jomar!«

Hirka holte einen Leinenbeutel aus dem Korb und gab ihn Ramoja. »Das ist für dich. Vater hat Zimt auf dem Schiff aus Brekka gekauft, das neulich hier war. Der private Vorrat des Kapitäns.« Dass er ihn vermutlich gegen Opia eingetauscht hatte, ließ sie unerwähnt.

Ramoja knotete das Band um den Beutel auf und atmete den Duft von zu Hause tief ein. Ein seliges Lächeln breitete sich auf ihrem Gesicht aus und sie deutete auf eine Holzbank, bevor sie ins Haus verschwand. Hirka setzte sich auf die Bank und schaute Vetle zu, wie er im Gras mit dem neuen Jomar spielte. Er hatte nasse Knie und Ellbogen. Hin und wieder schaffte es ein Sonnenstrahl, die Wolkendecke zu durchdringen, und verwandelte Vetles Haar in schimmerndes Gold. Doch es dauerte nur einen kurzen Augenblick lang, bis alles wieder farblos wurde.

»Du hast ihm aus der Alldjup-Schlucht geholfen, habe ich gehört.«

Ramoja reichte Hirka eine kleine Schale, aber ihr Blick ruhte auf Vetle. Hirka fühlte, wie sie warme Wangen bekam. »Er ist besser klargekommen als ich«, antwortete sie und trank einen Schluck Tee, während sie nach einem Grund suchte, der ihren Besuch hier erklärte.

»Ich weiß, was du für ihn getan hast, Hirka. Rime hat mir erzählt, was passiert ist.« Rimes Name durchfuhr Hirka wie ein kalter Hauch.

Er hält mich für eine Glücksjägerin.

Der Tee schmeckte plötzlich süß und schal. Hirka guckte Ramoja vorsichtig an. Sie war auch eine Dienerin des Rates. Eine Rabnerin. Aber auf Ramojas Brust war kein Rabe eingestickt. Und sie trug auch nicht die schweren Gewänder des Rates. Ramoja war in Grün und Braun gekleidet, und die Stoffe waren dünn und lebendig. Sie trug Armreife und Schmuck, der klirrte, wenn sie sich bewegte. Das schwarze Haar war zu Hunderten von Zöpfchen geflochten, die mit bunten Perlen zusammengehalten wurden. Ramoja war alles, was Hirka nicht mit dem Rat in Verbindung brachte. Ramoja war dunkel und voller Farben, Wärme und Düfte. Sie war anders. Und dennoch war sie ein Teil des Rates. Stand ihm allzu nah.

Ich hätte nicht herkommen sollen.

Hirka stand auf, war aber sofort von schwarzen Flügeln und lautem Gekrächze umgeben. Ein Rabe! Sie wurde angegriffen! Sie wedelte einen Augenblick lang wild mit den Armen, bis ihr klar wurde, dass der Rabe nicht darauf aus war, ihr zu schaden. Er versuchte, sich auf ihre Schulter zu setzen. Und der Rabe war ihr auch nicht fremd. Es war Kuro.

Er hatte sich vorher noch nie auf sie gesetzt. Er war unbeholfen und sein Gewicht lastete schwer auf ihrer Schulter. Die Klauen waren deutlich durch den Umhang zu spüren, aber sie wollte ihn nicht wegjagen. Ramojas Mandelaugen starrten sie an, als habe Hirka sich Flügel zugelegt. Hirka hatte das Gefühl, dass sie ihr eine Erklärung schuldig war.

»Er verfolgt mich schon seit ein paar Tagen. Ich … ich habe ihm einmal Käse gegeben, an der Alldjup-Schlucht, und seitdem ist er immer in meiner Nähe. Ich nenne ihn Kuro.«

Die meisten von Ramojas Raben wirkten mächtiger und würdevoller als Kuro. Hirkas neuem Freund standen ein paar Federn vom Kopf ab und er guckte sich wie ein neugieriges Kind um. Ramoja streckte die Hand aus und kraulte den geselligen Vogel unter dem Schnabel.

»Es kommt vor, dass wilde Jungraben sich nach Gesellschaft sehnen und sich rund um die Rabnerei aufhalten. Aber normalerweise mögen sie Leute nicht …«

»Ich gehöre doch auch zu den Leuten!« Hirka biss sich auf die Lippe.

Ramoja schaute sie mit durchdringendem Blick an. »Aber er ist trotzdem zu dir gekommen?«

Hirka zuckte die Schultern. Sie suchte nach Worten, die sie so normal wie möglich klingen ließen, ihr fiel aber nichts ein.

»Ein paar Dinge solltest du wissen«, sagte Ramoja.

Sie setzten sich wieder hin und es hagelte Ratschläge. Der Rabe war wild und durfte nicht im Haus schlafen, es sei denn, man ließ die Fenster offen und sorgte für gute Lüftung. Der Vogel sollte nicht gefüttert werden, wenn der Schnee geschmolzen war. Fetter Käse und Honigbrot waren kein Futter und so weiter. Hirka nutzte die unerwartete Gelegenheit. Sie wäre nie darauf gekommen, Kuro als Vorwand zu nehmen!

»Kann ich mit ihm sprechen?«, fragte sie.

Ramoja schaute Hirka eine Weile an, bevor sie antwortete. »Die Leute, die tatsächlich mit Raben sprechen können, kannst du an den Fingern einer Hand abzählen. Es gibt welche, die behaupten, dass sie diese Kunst beherrschen. Aber ganz gleich, ob das den Tatsachen entspricht oder nicht, haben sie sich alle in den Rabenschulen des Rates oder auf Ravnhov viele Jahre abgeschuftet.«

Hirka ließ den Kopf hängen. Sie bat um das Unmögliche und sie bat um etwas, das zu wissen sie kein Recht hatte. Die besten Rabner brauchten noch nicht einmal Briefe zu verschicken. Sie konnten den Raben erzählen, was sie mitzuteilen hatten. Und die trugen ihre Worte weiter, wenn sie beim Empfänger ankamen. Um das zu können, musste man mit der Gabe eins sein.

Man muss auf jeden Fall umarmen können.

Ramoja stand von der Bank auf und ging auf die Wiese. Sie starrte zum Himmel hoch und nach einem kurzen Moment konnte Hirka sehen, wie aus einem schwarzen Punkt langsam ein Rabe wurde. Er flog in die Vorkammer des Käfigs gleich hinter ihnen und hatte sich kaum hingesetzt, als Ramoja schon bei ihm war, um ihn von der Briefhülse zu befreien.

Hirka spürte, wie es ihr schwer ums Herz wurde. Der Besuch war vorüber. Zwischen den Gitterstäben des Käfigs sah sie die Rabnerin, wie sie auf die kleine Hülse starrte, die sie dem Raben abgenommen hatte. Sie öffnete sie an einem Ende, zog ein Stück Papier heraus und begann zu lesen.

Dann fiel sie zu Boden.

Hirka warf die Teeschale weg und lief zu Ramoja. Kuro flog von ihrer Schulter auf und verschwand. Ramoja hatte sich am Gitter hochgezogen und war wieder auf die Beine gekommen. Sie sah blasser aus und ihre Augen flackerten umher, als sei sie nicht ganz sicher, wo sie war.

»Was ist los, Ramoja? Bist du krank? Hast du Schmerzen in der Brust?« Hirka befürchtete das Schlimmste. Sie legte Ramoja die Hand auf die Schulter und versuchte, ihren Blick einzufangen. Ramoja ballte die Hand, das Briefchen wurde zerknüllt und verschwand in ihrer Faust.

»Alles in Ordnung, Ramoja?«

»Hirka … Ja. Keine Sorge. Nur schlechte Nachrichten. Ein alter Freund.« Ihre Mundwinkel fielen nach unten und enthüllten die Lüge. Hirka sah gerade noch das Zeichen des Rates auf der weißen Hülse, bevor Ramoja sie in die Tasche steckte. Vetle kam in den Käfig gelaufen.

»Ich habe Hunger!«, rief er, ohne etwas von der angespannten Stimmung mitzubekommen. Hirka legte die Hand auf Vetles Bauch, als sei er ein kleines Kind, obwohl er fast genauso alt war wie sie.

»Bald gibt es was zu essen. Lauf nur rein und reib den Bauch mit den Händen, damit du ihn aufwärmst.« Vetle lachte und lief ins Haus. Hirka konzentrierte sich wieder auf Ramoja. Sie hatte sich gefasst, aber ihre Pupillen waren klein wie Stecknadelköpfe. Sie ließ sich von Hirka aus dem Käfig führen und verschloss ihn.

»Hedra und Hreidr«, sagte sie. »Hedra und Hreidr. Hierher und nach Hause.«

Hirka blieb noch stehen und schaute Ramoja nach, die zum Haus ging. Wenn sie nun den Verstand verloren hatte? Vielleicht war es das Beste, Vater zu holen. Da fiel Hirka ein, dass es nicht mehr so leicht wie früher war, Vater zu holen. Jetzt mussten die Leute stattdessen zu ihm kommen. Die Rabnerin blieb stehen und drehte sich wieder zu Hirka um.

»Er ist nicht abgerichtet, darum ist es möglich, dass er nie auf dich hören wird. Aber wenn doch, dann musst du mit etwas Verwirrung rechnen, bis er begreift, wo er zu Hause ist.« Sie ging weiter, drehte sich jedoch abermals um. »Und du? Das bleibt unter uns.« Ramoja ging ins Haus und schloss die Tür.

Hirka merkte, wie ihr Lächeln immer breiter wurde. Rabensprache! Ramoja hatte ihr die Rabensprache beigebracht! Zwei Wörter. Hirka wiederholte die Worte im Kopf, während sie den Pfad entlangging. Kuro flog hoch über den Tannenwipfeln, folgte ihr aber weiterhin.

»Hedra!«, rief Hirka und schaute sich nervös um, aus Angst, jemand könnte sie hören. Aber sie war allein auf dem Pfad. Kuro kam nicht. Er saß in einem Tannenwipfel und reckte den Hals.

»Hedra!«, versuchte sie es wieder, aber ohne Erfolg. Sie wiederholte das Wort mehrmals, aber Kuro ließ sich davon nicht beeindrucken. Sie hätte fast schwören können, dass er lachte. Ramoja hatte recht. Das hier würde mehrere Jahre brauchen. Kuro konnte vielleicht ein Freund werden. Aber er konnte ihr beim Ritual nicht helfen.

Das konnte niemand.

DIE LÜGE

In den nächsten Tagen verzog sich der Sommer langsam. Es wurde kühler und die Insekten kamen zur Ruhe. Elveroa wurde von einer Flut aus süßen, reifen Beeren überschwemmt. Nach und nach liefen die Schiffe aus Kleiv ein, einige kamen sogar aus Ko, das ganz im Süden der elf Reiche lag. Sie hatten Trockenfrüchte, Gewürze, Glas und Steingut geladen. Wagen brachten die zweite Jahresernte von reifem Tee aus Andrakar und Kräuter aus Brekka.

Hirka freute sich nicht darüber. Die verstreichende Zeit erinnerte sie ständig daran, dass das Ritual immer näher rückte, und sie konnte weder umarmen noch mit Raben sprechen.

Sie machte einen langen Schritt über die Rachdornen auf dem Berghang. Das war noch genauso beschwerlich wie letztes Mal, aber sie musste hinauf. Sie hatte sehr wohl begriffen, dass Rime jeden Tag hierherkam, obwohl sie den Grund dafür nicht kannte.

Sie fand eine Stelle, an der sie sich einen Augenblick lang ausruhen konnte, und beneidete Kuro, der ungehindert am blauen Himmel herumsegelte. Sie wäre gern nach Lust und Laune geflogen, wohin sie wollte. Kein Klettern mehr, kein Ritual und keine Leute, denen gegenüber sie sich verhalten musste. Und keinen interessierte es, wer sie war. Aber Hirka war an die Erde gefesselt, ob sie wollte oder nicht. Sie musste sich an die Gesetze anderer halten, an Gesetze, die nicht für solche wie sie gemacht waren.

Der Wind kühlte ihre verschwitzte Stirn. Jetzt war es nicht mehr weit. Als sie sich dem Gipfel näherte, verpasste sie den Steinen bewusst einen Tritt, damit sie fortrollten und Lärm machten. Rime war schon wütend genug, da musste sie sich nicht auch noch an ihn heranschleichen. Sie reckte den Kopf über die gezackte Kante. Rime sah alles andere als überrascht aus. Er saß im Schneidersitz auf einem Stein und schaute sie direkt an. Sie hievte sich über die Kante, bevor der Mut sie verlassen konnte, und ließ sich ein Stück von ihm entfernt ins Gras fallen. Sie hatte diesen Augenblick in Gedanken geprobt, doch nun brachte sie es nicht fertig, den Anfang zu machen. Sie war keine Glücksjägerin, wusste aber plötzlich, dass es dumm klingen würde, das laut auszusprechen.

Sie sah, wie seine Brust sich langsam hob, als hole er Luft, um etwas zu sagen oder vielleicht zu rufen?

»Ich komme nicht an die Erde heran«, sagte sie, bevor er etwas sagen konnte.

Na also! Jetzt war es heraus und schon bereute sie es. Sie wandte den Blick von seinem Gesicht ab, um nicht bestätigt zu sehen, wie albern ihre Worte waren. Was dachte sie sich dabei? Rime war dem Rat so nahe, wie man nur sein konnte! Sie hätte das genauso gut gleich dem Seher sagen können. Er reagierte nicht und sie schaute wieder zu ihm. Er stand auf und ging ein paar Schritte auf sie zu, die Augen schmal vor Zweifel.

»Alle kommen an die Erde heran«, sagte er. Seine leicht heisere Stimme schwebte irgendwo zwischen Frage und Feststellung.

»Ich lüge nicht.«

Sein Gesicht wurde sanfter und er legte den Kopf schräg, wie er es immer tat, wenn er nicht richtig schlau aus ihr wurde. Sie verschränkte die Arme, bis ihr einfiel, dass es wohl ein Zeichen für Schutzbedürftigkeit war, darum ließ sie sie schnell wieder fallen. Sie wollte nicht zeigen, dass sie etwas zu verbergen hatte.

»Ich habe letztes Mal versucht, es zu erklären«, sagte sie, »aber ich hätte genauso gut mit einem Mühlstein reden können!«

Er lächelte sein breites und vertrautes Lächeln, das ihr den Boden unter den Füßen wegzog. Hirka spürte, wie die Wahrheit ihr wie eine

Lawine auf den Rücken drückte. Sie war das Einzige, was zwischen der Lawine und Rime stand, und es wäre so unendlich schön gewesen, alles rauszulassen. Es ihn wissen und mit dem Wissen machen zu lassen, was er wollte. Er kam auf sie zu. Sie wich einen Schritt zurück und stolperte. Er packte sie, ehe sie hinfiel.

»Versuch es!«, sagte er.

Konnte er ihre Gedanken lesen? »Was versuchen?«

»Versuch, zu umarmen.«

»Das habe ich öfter versucht, als du Knochen im Leib hast! Ich kann es nicht!«

»Bist du …«

»Ja, ich bin sicher. Ich bin erdblind, Rime.«

Rime trat ein paar Schritte zurück und betrachtete sie. Er gab ein kurzes »Hm« von sich, was dazu führte, dass sie sich wie eine der Rechenaufgaben vorkam, die Vater mit ihr geübt hatte, als sie noch kleiner war. Ein lösbares, aber nicht besonders fesselndes Mysterium. Sie bekam feuchte Hände. Was, wenn Rime diese Rechenaufgabe löste? Was, wenn ihm klar wurde, warum sie nicht umarmen konnte?

»Was passiert, wenn du es versuchst?« Er klang aufrichtig interessiert, aber sie konnte ihm keine Antwort darauf geben.

»Nichts.«

»Und was genau machst du?« Er zuckte die Schultern. »Versuchst du, dich ihr entgegenzustrecken oder sie zu dir hochzuziehen?« Wovon redete er da? Sie antwortete nicht, darum fragte er wieder: »Wenn du umarmen willst, Hirka, was machst du dann?«

»Ich … versuche mich der Erde entgegenzustrecken.«

Er lächelte wieder. Hatte er die Rechenaufgabe schon gelöst? »Es ist besser, die Gabe zu *dir* hochzuziehen, nicht umgekehrt. Setz dich.« Er setzte sich mit gekreuzten Beinen hin und schaute sie an. Sie machte es ihm nach. Er schien jetzt fast eifrig bei der Sache zu sein. »Dränge dich der Gabe nicht auf. Lass sie dich füllen.«

Hirka versuchte es. Jedenfalls tat sie so, als versuchte sie es, weil sie keine Ahnung hatte, was sie fühlen sollte. Sie fühlte, dass sie auf einem unebenen Stein saß, dass sie Rimes Duft roch. Es dämmerte ihr allmählich, dass er ihr auch nicht helfen konnte. Sie war, wie sie war. Vielleicht setzte sie sein Leben aufs Spiel allein durch ihre Anwesenheit hier. Wie viel brauchte es, um die Fäulnis zu kriegen?

Altweibergewäsch! So was gab es nicht. Sie hatte noch nie jemanden verfaulen sehen und sie hatte Leute zusammengeflickt, seit sie klein war. Sie hatte offene Wunden behandelt, jene umarmt, die aus Angst geweint hatten, Neugeborene hochgehoben, die noch immer nass vom Blut waren.

Aber sie hatte noch nie jemanden geküsst …

Rime beugte sich vor. »Na?«

Hirka wich vor ihm zurück. »Nichts.«

»Du versuchst es nicht richtig, Hirka.«

»Ich fühle nichts!«, rief sie. »Darum bin ich hier!«

Sie starrte zu Boden. Der Wind wisperte zwischen den moosbedeckten Steinen in der alten Burgruine. Sie hörte, dass Rime aufstand. Er ging vor ihr in die Hocke. Sie spürte ihren Puls im ganzen Körper schlagen. Unruhe drohte zu Panik anzuwachsen. Er durfte es nicht wissen! Sie würde seinen Blick nicht ertragen können, wenn er es erfuhr. Sie schluckte.

»Ich meine … Ich fühle die Gabe, aber ich erreiche sie nicht.«

Die Lüge schmeckte bitter und die Zunge fühlte sich geschwollen an wie von einem Bienenstich. Sie saßen eine Weile still da.

»Die Gabe sticht, das weiß ich«, sagte er. »Einige glauben, es tut weh, sie zu ergreifen. Liegt es daran?«

»Ja«, antwortete sie. Was hätte sie sonst sagen sollen?

Rime erhob sich wieder. Hirka schaute hoch. Die Sonne blendete sie. Rime war eine Kontur aus Licht, die vor ihr aufragte.

»Die Gabe tut nicht weh«, sagte er.

Hirka glühten die Wangen. Sie hörte, dass er wegging. Seine Schritte entfernten sich den Berg hinunter. Er hatte sie hereingelegt.

Das war gemein. Sie versuchte, wütend zu werden, es gelang ihr aber nicht. Er hatte das Recht auf seiner Seite. Sie hatte gesagt, sie lüge nicht, und es dennoch getan. Was würde jetzt passieren? Würde er alles durchschauen?

Bruchstücke einer alten Volksweise stiegen in ihrer Erinnerung auf. Sie handelte von einem Mädchen, das sich mit einem Emblaspross eingelassen hatte. Das Lied hatte viele Strophen, in denen der Schwanzlose darum bettelte, mit ihr schlafen zu dürfen, aber jedes Mal sagte das Mädchen Nein. Bis auf die letzte Strophe, in der sie nicht mehr anders konnte und Ja sagte. Sie verfaulte im Wald wie ein Baumstumpf, ausgehöhlt, nicht mehr wiederzuerkennen.

Das ist nur ein dummes Lied!

Aber nichts war mehr ›nur‹. Hirka hatte in ihrem Leben genügend Krankheiten gesehen und die Fäulnis war darum allzu leicht vorstellbar. Zum ersten Mal wurde ihr das ganze Ausmaß dessen bewusst, was sie war. Was es ihr nahm. Es war etwas, was sie nie besessen hatte, und dennoch tat es so weh. Sie fasste sich an die Brust und fühlte die Form des Wolfszahns in ihrer Hand. Er war eine Lüge, mit der sie aufgewachsen war. Sie ließ ihn wieder los.

Ihre Finger bohrten sich in den Boden, in die Erde, die sie hasste, die sie von sich wegschob. Sie riss eine Handvoll davon heraus und warf sie an die Felswand.

»Wenn du mich nicht willst, dann will ich dich auch nicht! Hörst du das?«

Kuro landete vor ihr auf dem Boden, kam näher und legte den Schnabel auf ihren Schenkel.

»Kooor«, antwortete er.

»Ja. Hervorragend. Das löst alle meine Probleme«, sagte sie missmutig und vergrub die Finger wieder in der Erde.

»Kooor.«

ERDBLIND

Sie ist erdblind!

Rime sprang von dem Felsvorsprung in der Bergwand und umarmte sich abwärts. Jetzt war er stark genug, dass ihm ein Fall aus fünf Mannshöhen gelang. Und mit jedem Tag wurde er besser. Wenn er von der Gabe umschlossen war, schien es ihm, als federte sie ihn von der Erde ab, wenn er landete. Als sei die Luft wie Sirup. Es hatte ihn mehrere Beinbrüche gekostet, so weit zu kommen. Aber er würde noch besser werden. Er würde dafür sorgen, dass Schwarzfeuer stolz auf seinen Schüler war. Schwarzfeuer war der stärkste Umarmer, dem Rime je begegnet war. Er hatte gesehen, wie er über ein Gewässer ging, ohne nasse Füße zu bekommen. Er blieb den Raben nichts schuldig, wie die Alten immer sagten.

Aber Hirka. Sie hatte ihn belogen. Sie war erdblind und hatte das Gefühl gehabt, dass ihr nichts anderes übrig blieb als diese Lüge. Er hatte so etwas noch nie gehört. Kleine Kinder konnten erdblind sein und er hatte gehört, dass sehr Alte manchmal die Gabe verloren. Vielleicht Leute, die geisteskrank waren. Aber normale Leute …

Hirka hatte Rime drei Jahre Freiheit geschenkt. Drei Jahre voller halsbrecherischer Herausforderungen. Kostbare Zeit für ihn. Spiele für sie. Er hatte sich immer schon stark zu ihr hingezogen gefühlt. Manchmal so stark, dass er gespürt hatte, wenn sie draußen stand, noch ehe die Steinchen sein Fenster trafen. Jetzt war sie ein noch größeres Rätsel geworden. Hatten sie in den drei Jahren wirklich nie übers Umarmen gesprochen?

Nein. Warum sollten sie darüber gesprochen haben? Rime war mit der Gabe aufgewachsen. Sie war der Fluch, der ihn zu dem machte, der er war. Jetzt begriff er, dass sie dem Thema genauso gründlich aus dem Weg gegangen war wie er. Rime spürte einen Anflug von Enttäuschung, dass ihm nicht eher aufgefallen war, dass etwas nicht stimmte.

Er hatte schon immer ein Gespür für Zwischentöne, für das Unterschwellige gehabt. Ein gesegnetes Kind, das die Wahrheit in den Gesprächen der Leute auf den Korridoren heraushörte, in den Worten, die ungesagt blieben, den Blicken, die stumme Macht ausübten. Das war das Spiel, das eine ganze Welt regierte. Dann waren da noch Bücher in der Bibliothek, von denen er wusste, dass er sie nicht lesen durfte. Das rätselhafte Skriptorium seiner Großmutter, Rabenbriefe, deren Inhalt man erahnen konnte, wenn man sie gegen eine Öllampe oder eine Kerze hielt. Für vieles, was er damals gelernt hatte, war er noch zu jung gewesen, um den tieferen Sinn zu verstehen. Rime blickte wieder hoch zum Vargtind. Für vieles davon war er vielleicht nach wie vor zu jung, um den tieferen Sinn zu verstehen.

Er machte einen Abstecher ins Dorf. Die Sonne stand niedrig am Himmel und die Bäume warfen dunkle Schatten auf den Weg hinauf zum Haus. Er würde dieses Haus vermissen. Hier verlor er sich nicht in den Räumen. Sie waren für Leute, nicht für Riesen gebaut. Im Haus in Mannfalla war er zwar geboren und aufgewachsen, aber es war für ihn nie ein Zuhause gewesen. Dort standen die Wände einfach zu weit auseinander. Das Haus An-Elderin war großartig und er schätzte dessen Schönheit und Geschichte. Doch das Haus in Elveroa ließ ihn einen Platz ausfüllen.

Nur ein anderer Ort auf der Welt vermittelte ihm dieses Gefühl. Dort gab es keine Paläste, bloß Bäume und Räume, die sich zum Gebirge hin öffneten. Dort gab es keine Möbel, abgesehen von einigen Bänken und Kissen. Und dort würde er – mit Schwarzfeuer und den anderen – bleiben und sein bisheriges Leben hinter sich lassen.

Rime betrat die Eingangshalle, die im Halbdunkel lag. Eine Öllampe auf dem Fußboden spendete Oda Licht, die auf einem Schemel stand und den Staub von den Bildern wischte. Die Hälfte der Gemälde stand an die Wand gelehnt, in Leinenstoff verpackt, zur Heimreise bereit. Oda verbeugte sich und lächelte ihn an.

»Són-Rime. Draußen, bevor die Sonne aufgeht, und drinnen, wenn sie sich schlafen legt?«

Er erwiderte das Lächeln und unterließ es, den Titel zu kommentieren. Ilume hatte keinerlei Zweifel daran gelassen, wie die Dienerschaft ihn anzusprechen hatte. Er machte ihnen nur das Leben schwer, wenn er protestierte.

»Es duftet nach Brot?« Er stellte plötzlich fest, dass er Hunger hatte.

Oda wollte vom Schemel steigen, doch Rime hielt sie davon ab.

»Nein, nein. Ich mache das selbst.«

Er ging in die Küche hinunter und aß eine Scheibe warmes Brot, während er darüber nachdachte, wie er das Gespräch mit Ilume angehen sollte. Er wollte wissen, warum Hirka nicht umarmen konnte. Er hatte nie gehört oder gelesen, dass jemand noch nicht einmal fühlte, wie der Strom der Gabe, der Strom des Lebens, in der Erde floss. Im Lauf der Zeit hatten viele Künstler lauthals darüber geklagt, dass sie die Gabe verloren hätten. Frang, der Maler von Kindern aus Ormanadas, hatte sich vor mehr als zweihundert Jahren von der Mauer in Eisvaldr gestürzt, angeblich, weil ihn die Gabe verlassen hatte. Rime glaubte das nicht. Der wahre Grund waren die Künstlerseelen, Dramen, zu viel Wein, das ja. Aber verschlossen für die Gabe? Nein.

Rime ließ die Gabe für einen Augenblick seinen Körper ausfüllen, wie um sich zu vergewissern, dass er es noch konnte. Wie leer musste einem doch die Welt vorkommen, wenn man dieses Gefühl nicht kannte. Wie sinnlos. Eine Welt ohne Lebenskraft. Ohne den Seher.

Er spülte das Brot mit Apfelsaft hinunter, dann ging er wieder hinauf und ins Skriptorium. Der Raum war jetzt kahl. Die Möbel und Teppiche waren schon auf dem Heimweg zum Gut in Mannfalla. Der Schreibtisch, ein dunkler Koloss aus Eiche, stand noch verwaist an seinem Platz. Ilume saß dort über einen Brief gebeugt.

Hinter ihr drang das Sonnenlicht durch die Glasmalerei, ein Bild des Sehers, der über ausgestreckten Händen schwebte. Braune Lichtflecke ruhten auf Ilumes weißem Gewand. Es sah beinahe schmutzig aus. Doch Rime wusste, sobald sie aufstand, würde sie wieder sauber sein. So war das mit Ilume. So war das mit den Räten. Sie trafen sich, sie entschieden täglich über das Schicksal der Leute und nach jeder Sitzung wuschen sie ihre Hände in großen Silberschalen. Immer rein. Würde sie sich auch diesmal rein erheben?

Ihr Dienst in Elveroa war urplötzlich beendet, nach sechs Jahren voller Verhandlungen, wie der Rat es nannte. Sechs Jahre, in denen man Ravnhov unter Druck gesetzt hatte. All diese Jahre in Elveroa und nun schlug Ravnhov auf die Schilde, munkelte von den Blinden und rügte den Rat. Die Lage war instabil, instabil genug, um Ilume zurückzurufen.

Rime war klar, dass Ilumes Widersacher ihr vorwerfen würden, versagt zu haben. Ravnhov war kein Teil von Mannfalla, aber genau das war das Ziel und Ilumes wichtigster Auftrag hier gewesen.

Rime trat einen Schritt weiter in den Raum hinein. Sie hob den Kopf und blickte ihn an. Er wartete, denn er wusste, dass Ilume eine Weile brauchte, bis sie zu einem Gespräch bereit war. Sie legte die Feder in eine weiße, beinerne Schale, setzte sich aufrecht hin und faltete die Hände. Würde dieses Gespräch womöglich leichter werden, als er gedacht hatte? Nach dem Abend auf Glimmeråsen war Ilumes offenkundiger Hass einer erschreckenden Gleichgültigkeit gewichen. Sie plante etwas. Rime spürte der Stimmung nach und überlegte, wie er beginnen sollte. Ilume belehrte ihn liebend gern darüber, wer er war. Das war der sicherste Weg, um Antwort zu bekommen.

»Wie stark war die Gabe bei Mutter?«

»Schwächer als bei dir.«

Eifrig griff Rime diesen Gesprächsfaden auf. »Woher weiß man, wie stark jemand ist?«

Ilume schaute ihn an. »Wer es wissen will, weiß es. Du weißt es doch auch.«

»Werden alle damit geboren?«

»Womit?«

Er begann, im Raum herumzugehen. Mit der Hand strich er über die Regale in den leeren Bücherschränken, die hierbleiben würden. Sie waren vollkommen staubfrei. Alle Wörter waren fort. Er versuchte, seine eigenen Worte zu finden. Hirka hatte ihn belogen, aber er wusste etwas über sie, was vermutlich niemand sonst wusste. Etwas, von dem er überzeugt war, dass er es nicht verraten durfte.

»Damit, dass sie die Erde genauso gut wie andere fühlen. Sind darin alle gleich?«

»Natürlich nicht. Jede Familie hat ihren Anteil an der Gabe, einige mehr als andere.«

Das wusste Rime schon, aber er ließ sie weitersprechen.

»Du hättest nicht Diener des Sehers werden können, wenn es dir nicht im Blut läge, Rime.«

»Aber wer hat das stärkste Blut?«

Ilume lachte. Rime fielen die Falten in ihrem Gesicht auf. Sie waren sonst fast nie zu sehen, nur wenn sie lachte. Er wünschte, sie würde mehr lachen.

»Wenn du die Familie Taid fragst, werden sie mit ›Wir‹ antworten! Und wenn du die Familie Jakinnin fragst, dann werden sie genau dasselbe sagen.«

Rime merkte, dass er ungeduldig wurde. Er kam so nicht weiter. »Taucht nie jemand auf, der viel stärker … oder viel schwächer ist … als andere?«

Ilumes Lächeln erlosch und sie zog eine schmale Augenbraue hoch. »Hast *du* jemanden getroffen, der stärker ist als du?«

Das war nicht der Fall, deshalb fiel es ihm nicht schwer, dem Blick der alten Frau standzuhalten.

»Nein.«

Sie ließ ihn nicht aus den Augen.

»Aber vielleicht könnte es jemand werden, der während des Rituals ausgewählt wird«, versuchte er es.

Ilume seufzte und legte die Hände auf die Armlehnen. »Das Ritual ist nicht mehr das, was es einmal war. Wenige fühlen die Erde noch so, wie wir alle es immer getan haben. Die Gabe dünnt sich aus. Ebbe und Flut sind bald dasselbe. Ein sprudelnder Bach, der mit den Jahren austrocknet.« Ilumes Stimme war beinahe sanft. Sie schaute aus dem Fenster. »Wer weiß, wie lange die Gabe noch währt? Wer weiß, ob es sie schon immer gegeben hat oder ob sie nur noch durch uns durchfließt, um dann zu versiegen? Kostbar und selten oder ewig und im Überfluss. Haben wir zu viel getrunken oder füllt sich das Glas dadurch, dass wir trinken? Wenn wir uns falsch entscheiden, berauben wir die Welt.« Sie schaute Rime wieder an.

»Aber jemand muss uns weiterführen«, sagte sie und jetzt war die Sanftheit verschwunden. Rime spürte eine Unruhe im Körper.

»Bestraft uns der Seher?«

»Wir bestrafen uns selbst.«

Ilumes Blick schweifte durch den leeren Raum. Ihre Augenlider wurden schwer. Draußen verflüchtigte sich das letzte Licht. Die Farben starben und die Gestalt seiner Großmutter wurde in Halbdunkel gehüllt.

»Großmutter?«

Schnell stand Ilume auf und rollte die Papiere zusammen. »Großmutter kannst du zu mir sagen, wenn du es bereust. Wenn du dir über deinen Platz im Klaren bist und mir das Messer aus dem Rücken ziehst. Dann kannst du mich Großmutter nennen. Bereust du es?«

»Natürlich nicht. Ich diene dem Seher.«

Rime würde von ihr keine Antwort bekommen. Er war kein Familienmitglied mehr. Der Rat und das Schicksal des Volkes gingen ihn nichts mehr an. Ilume durfte gern ihre Geheimnisse für sich behalten. Rime hatte nicht den Wunsch, sie zu erfahren. Aber wenn man dem Rat sein Leben lang so nahegestanden hatte wie er, dann war es eine Qual, mit anzusehen, wie sie im Dunklen tappten. Er wusste, dass er es besser lassen sollte, aber er sprach es trotzdem aus.

»Wir geben alle unser Bestes. Ich habe für den Seher gekämpft. Und ich werde alles geben, wenn wir bedroht werden.«

Ilume hielt inne und Stille breitete sich im Raum aus. Sie sah aus, als wolle sie etwas sagen, habe es sich aber anders überlegt.

»Wenn wir jemals bedroht werden, dann ist das auch deine Aufgabe«, sagte sie. »Blind zu dienen, ohne zu wissen, ohne zu fragen.«

Rime schnappte die fast unmerkliche Betonung des letzten Wortes auf. Er nickte und verließ den Raum. Sie hatte sich beinahe zu der Frage verleiten lassen, woher er wissen konnte, dass Ymsland bedroht war.

Rime fühlte sich plötzlich alt. Vor nur ein paar Jahren wäre er vor Begeisterung, Ilume An-Elderin überraschen zu können, außer sich gewesen. Er war achtzehn Winter alt, sie ein Dreivierteljahrhundert und sie saß im Insringin, im inneren Zirkel des Rates. Und er hatte sie dazu gebracht, unfreiwillig Auskunft zu geben. Heute Abend beunruhigte ihn das nur. Er ging in die Bibliothek, doch dort gab es weder Stühle, auf denen er hätte Platz nehmen, noch Bücher, in denen er hätte lesen können. Die Räume waren leer. Es klopfte unten an der Tür und er hörte, wie Oda öffnete: Ramojas Stimme und Vetles. Er hörte Schritte die Treppe heraufkommen und sah Ramoja an der Tür zur Bibliothek vorbeihasten, gefolgt von Vetle.

»Ramoja?«

Sie steckte den Kopf zur Tür herein. Ihre Wangen glühten rot. »Rime. Kannst du …?« Sie schob Vetle ins Zimmer.

»Natürlich.«

Er begrüßte Vetle und Ramoja verschwand hinein zu Ilume. Offenbar hatte sie ein Anliegen, das keinen Aufschub duldete. Nichts duldete Aufschub in letzter Zeit. Und wenn etwas keinen Aufschub duldete, dann verließ man sich auf Ilume. Ramoja hatte sich in allen Belangen auf Ilume verlassen, seit Rimes Mutter gestorben war. Vetle setzte sich auf den Boden und Rime ließ sich neben ihm nieder. Der Junge spielte mit einer Steinfigur, die ein Mädchen darstellte. Sie war schön bis ins letzte Detail, aber der Schwanz war abgebrochen. Rime dachte an Hirka und lächelte. Hirka Schwanzlos, wie Kolgrim sie immer nannte.

Hirka Schwanzlos, die nicht umarmen konnte.

Rime spürte, wie sich ihm die Haare auf den Armen aufstellten.

DAS GESTÄNDNIS

Hirka wollte nicht aufstehen. Sie gab sich Mühe, nicht zu fühlen, dass sie einen Kloß im Bauch hatte. Rime war schon lange gegangen, doch sie hatte immer noch seine Stimme im Ohr. *Die Gabe tut nicht weh …*

Rime An-Elderin, Són-Rime. Vom Ratsgeschlecht. Er hatte versucht, ihr zu helfen, und jetzt lief sie Gefahr, wegen einer Notlüge aufzufliegen. Vielleicht hatte er es schon begriffen?

Auf dem Boden vor ihr trippelte Kuro umher und strengte sich an, ihre Aufmerksamkeit auf sich zu lenken. Er hüpfte vor und zurück, verlor dann aber die Lust und flog seiner Wege. Die Dunkelheit legte sich über die Hochebene auf dem Vargtind. Die Sonne war untergegangen. Hirka wurde kalt.

Sie stand auf und trat an die Felskante, die die Hochebene umgab. Einige Felsen waren um ein Vielfaches größer als sie. Sie reckten sich scharf in die Luft, als glaubten sie, sie könnten eines Tages Löcher in den Himmel stechen. Der Wind versuchte sie zu erfassen, sie über die Kante zu locken. Doch Hirka hatte keine Angst vor der Kante oder vor der Höhe. Ihr war schwindlig, aber das hatte einen Grund: die Gewissheit, dass sie allein dastand.

Sie war ein Odinskind. Sie kam von woanders her und sie konnte nicht umarmen. Vater konnte ihr nicht mehr helfen. Das hatte er eigentlich nie gekonnt, seit sie geboren wurde.

Wo wurde ich geboren?

Und jetzt hatte sie den Einzigen vertrieben, der vielleicht etwas hätte machen können. Hirka schlang die Arme um sich. Sie hätte ihren Umhang mitnehmen sollen. Vater hatte recht. Manchmal dachte sie nur bis zum Ende ihrer Nasenspitze. Sie musste lernen, vorausschauend zu denken. Aber in ihrer Zukunft gab es nur eins.

Das Ritual.

Kurz hatte sie an ihren eigenen Plan geglaubt. Sie hatte geglaubt, sie würde lernen können, so wie die anderen zu werden, und unauffällig das Ritual durchlaufen. Aber sie hatte sich getäuscht. Vater hatte die ganze Zeit gewusst, dass das unmöglich war. Sie mussten fliehen und es gab nichts, was Hirka machen konnte. Sie würden fliehen, ein Leben ohne Rast und Ruhe führen, von einem Ort zum anderen ziehen.

Hirka fühlte eine Sehnsucht, die sie nicht erwartet hatte. So hatten sie doch einen Großteil ihres Lebens verbracht. Das war doch gar nicht so übel? Es war ein Leben wie die Raben im Wald, wie wilde Tiere, die niemandem trauten außer sich selbst. Das hätte ein gutes Leben sein können. Aber es war ungerecht! Warum sollte sie fliehen? Gejagt werden, als hätte sie etwas Unrechtes getan? Sie hatte es satt, sich zu verstecken. Sie hatte es satt, immer weiter von einem Ort zum nächsten zu ziehen. Sie hatte es satt, niemand anderen als nur Vater zu haben. Es musste eine andere Möglichkeit geben.

Hirka überquerte die Hochebene und machte sich an den Abstieg. Der Himmel war dunkelblau und die Sterne waren schon aufgegangen. Aus den Augenwinkeln sah sie Licht. Unten an der Landungsbrücke hatte man die Fackeln angezündet. Sie erkannte schemenhaft Leute, die Kisten hin und her schleppten. Dort lag wieder ein Handelsschiff mit Waren aus Kleiv oder vielleicht aus Kaupe. Hirka ging durch Elveroa und hinunter zu den Landungsbrücken. Die Buden, in denen fast täglich das Leben brodelte, waren zur Nacht zugesperrt. Die Tresen hatte man zusammengeklappt und die Waren eingeschlossen. Hirka hörte von der Landungsbrücke Gespräche. Sie hielt inne. Das gab ihr ein Instinkt ein, der so alt war wie sie. Warum hatte sie immer das Gefühl, dass sie sich an Leuten vorbeischleichen musste? Und je mehr es waren, umso schlimmer. Als könnte etwas

Schreckliches geschehen, wenn sie sie sahen. Was dachte sie denn, was sie tun würden? Erkennen, was sie war, und sie verbrennen?

Sie ging weiter. Das Schiff dümpelte am Kai, als verschliefe es das Löschen und Laden. Mehrere Männer kletterten in den Masten und vertäuten die Segel. Starke Arme trugen Säcke und Holzkisten an Hirka vorbei in das Speicherhaus, auf dem Hirka einmal durchs Dach gebrochen war. Sie hütete sich, jemandem in die Quere zu kommen.

Die Leute waren unter dem Vorwand herbeigeströmt, dass sie mitanpacken wollten, aber hauptsächlich daran interessiert, den neuesten Klatsch und Tratsch zu hören. Syljas Mutter unterhielt sich mit einem der Männer. Sie zählte ihm Silberstücke in die Hand, sah aber nicht froh aus. Das tat sie nie, wenn es ans Bezahlen ging.

»Hirka!«

Syljas Stimme durchschnitt das Gemurmel.

»Komm mit!« Sie packte Hirka am Arm und zog sie mit sich hinter das nächste Speicherhaus.

»Was machst du h…«

»Schh!« Sylja lugte um die Ecke, schnellte aber wieder an die Wand zurück.

»Mutter schickt mich nach Hause, wenn sie dich sieht!«

Sylja schaute sie an und lächelte das breite Lächeln, das ganz Elveroa glauben ließ, sie sei gesegnet.

»Orm ist hier!«

Hirka erwiderte das Lächeln. »Wein-Orm? Bist du sicher?«

»Ja!«

Sylja spähte um die Ecke und drehte sich mit einem zufriedenen Gesicht wieder zu Hirka um. Ihre Mutter war weggegangen. Sie kamen aus ihrer Deckung und gingen an den Fackeln vorbei. Hirka spürte, wie die Wärme wieder in ihren Körper zurückkehrte. Einige Männer fragten, ob sie nicht zu so später Stunde im Bett liegen sollten, und lachten lauthals über den Scherz. Einer rief, seiner sei länger als der Schwanz. Sylja starrte ihn an und spielte die Schockierte.

»Da habe ich aber was anderes gehört«, antwortete Hirka, ohne ihn eines Blickes zu würdigen.

Hirka entdeckte Orm und sie schlenderten wie beiläufig zu ihm hinüber. Er trug zwei Säcke auf dem Kopf. Das war für einen normalen Mann Schwerstarbeit, aber nicht für Orm, denn er hatte keinen Hals. Sein Kopf saß direkt auf den Schultern und er war breit wie zwei Mann. Sein Hemd war bestimmt einmal weiß gewesen, sah jetzt aber gelb aus. Hirka hoffte, dass das am Schein der Fackeln lag.

Er lachte, als er sie entdeckte.

»Ich habe mich schon gefragt, wo denn meine kleinen Damen wohl bleiben!« Er zwinkerte ihnen zu.

Sylja zierte sich und lächelte kokett. »Brauchst du Hilfe?«

Orm seufzte schwer. Hirka wusste, warum. Er würde von Syljas Mutter eine Menge Ärger einstecken müssen, wenn sie erfuhr, dass er junge Mädchen im Austausch gegen Wein mit anpacken ließ, aber wer konnte Sylja schon etwas abschlagen? Sie trugen ein paar Kisten mit Gewürzen, einige Mettwürste aus Smalé, zehn Paar Stiefel und eine Kiste mit Büchern an einen anderen Platz. Es war nicht viel Arbeit, aber ihre Belohnung bekamen sie trotzdem. Orm nahm sie zur Seite und gab ihnen eine grüne Flasche, die in seinen großen Händen fast verschwand. Er behauptete, das sei die beste Sorte von den Südhängen in Himlifall. Dann kniff er Sylja in die Wange und forderte sie auf, zu verschwinden, ehe er Probleme bekam.

Sylja knotete die Flasche an ihrem Gürtel fest, versteckte sie unter ihrem Rock und dann liefen sie, so schnell es die Flasche erlaubte, den kleinen Hügel zwischen den Landungsbrücken und dem Haus des Schmieds hinauf. Sie setzten sich lachend und außer Atem auf die ›Steinbank‹, eine Mulde im Fels, die Wind und Wasser im Lauf von Generationen ausgehöhlt hatten. Hirka schnitt mit ihrem Taschenmesser den Korken heraus und genehmigte sich einen Schluck, ehe sie die Flasche an Sylja weiterreichte. Der Geschmack von sonnenreifen Trauben breitete sich im Mund aus und Hirka schloss die Augen. Orm hatte nicht zu viel versprochen. Das hier war ein guter

Wein. Der, den sie letztes Mal bekommen hatten, war so sauer gewesen, dass man ihn kaum trinken konnte, obwohl sie das nicht davon abgehalten hatte, die Flasche zu leeren.

Hirka lächelte, als sie spürte, wie sich die Wärme in ihrem Körper ausbreitete. Das hier war der Geschmack der Erde. Genau wie Tee. *Damit komme ich dem Umarmen am nächsten.*

Sie nahm noch einen Schluck, einen größeren als beim ersten Mal. Sylja kicherte schon und fantasierte von den Armen eines der Männer auf der Landungsbrücke.

Hirka schaute sie an. Sylja war eine Blume, sie selbst hingegen ein Stein. Die Stimme der Freundin klang wie Harfenmusik, wogegen Hirkas sich wie ein Waschbrett anhörte. Sylja knickste graziös, während Hirka heranrauschte, und wenn Hirka verschwitzt war, duftete Sylja nach Blumen. Kein Wunder, dass die Freundin immer ihren Willen durchsetzte.

Auch bei Rime?

Sie war bei ihm gewesen, mit demselben Lächeln und demselben Blumenduft. Hatte er ihr geholfen? Der Gedanke war für Hirka wie ein Druck im Magen, der sich weiter ausbreitete. Durch den Wein hatte die Schwermut freie Bahn und nun musste sie darunter leiden. Sie konnte sich die Frage nicht verkneifen:

»Hast du mit Rime gesprochen, seit er …«

»Habe ich das nicht erzählt?!«, rief Sylja mit vor Skandal strahlenden Augen aus.

»Er hat vor ein paar Tagen bei uns zu Abend gegessen. Mutter war schockiert, dass Ilume nicht selbst gekommen ist, aber das machte nicht so viel. Rime sieht unglaublich gut aus!«

Hirka war noch nicht einmal in der Lage zu nicken. Sylja sprach hemmungslos weiter.

»Aber er ist sehr sonderbar und stur. Eigentlich ziemlich anstrengend, ich glaube nicht, dass ich mich für ihn interessieren könnte. Außerdem hat er mich den ganzen Abend mit seinen Augen verschlungen!«

Hirka spürte, wie sich ihr der Hals zuschnürte.

»Das war unglaublich peinlich, Hirka! Das hättest du mal sehen sollen!«

»Was hätte ich sehen sollen?«, hörte Hirka sich fragen. Warum bloß? Sie hatte nicht im Geringsten den Wunsch, die Antwort zu erfahren.

»Du weißt schon …« Sylja legte sich die Hand auf die runde Brust und lachte.

Hirka schluckte.

»Was ist mit dir los?« Sylja nahm Hirka die Flasche aus der Hand und schüttete den Rest in sich hinein. Hirka starrte aufs schwarze Meer. Segelte man nur weit genug, kam man nach Brott. Von Brott ging es dann nicht mehr weiter. Wie weit musste man reisen, um dort anzukommen, woher sie kam? Konnte man überhaupt dorthin fahren?

»Wir ziehen weiter.« Während sie das sagte, kamen ihr die Tränen. Sie wusste, dass es so war, doch es kam ihr vor, als sei es erst wahr geworden, als sie es laut aussprach.

»Häh?«, sagte Sylja verwirrt.

»Wir ziehen von hier weg.« Hirka zog die Knie an und machte sich so klein sie konnte. Ihr schnürte sich der Hals zu und Tränen tropften auf ihre Hose. Hirka wusste nicht, warum sie ausgerechnet jetzt kamen. Sylja setzte sich gerade hin.

»Das kommt überhaupt nicht infrage!«

Hirka musste unter Tränen lachen. Das war so typisch für Sylja, dass sie sich die Wirklichkeit nach ihrem Willen zurechtbog. Sylja glaubte tatsächlich, nur weil sie es ihnen verbot, würden sie es auch nicht tun.

»Wir müssen.« Hirka wusste, dass das Gespräch gerade eine gefährliche Wendung nahm. Sie konnte die Fragen nicht beantworten, die kommen würden.

»Warum?«

Hirka versuchte aufzustehen. Sie musste hier weg. Sie konnte nicht bleiben. Sie war ein Odinskind. Und sie hatte Rime belogen. Aber die Beine gehorchten ihr nicht. Sie machte ein paar unsichere Schritte, fiel aber hin. Sie blieb auf der Seite liegen und schaute die leere Flasche an, die vor ihr lag. Sylja fragte wieder.

»Warum?«

Alles sah durch das Glas der Flasche grün aus.

»Das Ritual! Wir müssen wegen des Rituals wegziehen.«

»Wegfahren, meinst du wohl? Alle fahren zum Ritual. Warte, bis du meine neuen Schwanzringe gesehen hast, Hirka! Pures Gold und in Form von Schmetterlingen.« Sylja strahlte. Hirka wischte sich mit dem Hemdsärmel den Schnodder ab.

»Nicht wegfahren. Wegziehen!«

Sylja sah aus, als habe sie endlich den Ernst der Worte begriffen. Sie legte sich auf die Seite und schaute Hirka an.

»Wann?«

»Ich weiß nicht.«

Hirka sah durch die leere Flasche, wie sich Syljas Gesicht veränderte. Es war jetzt grün. Die Nase war zu den Augen hochgezogen und der Mund ein halb offenes Grinsen. Sie sah aus, als habe sie angefangen zu verfaulen.

VERRATEN

Hirka holte ihre Kleidungsstücke aus der Truhe und legte sie aufs Bett. Sie hatte nicht viele. Zwei Strickhemden, eine Bluse und eine Hose. Etwas Unterwäsche und Strümpfe. Sogar ein grünes Kleid war dabei, das Vater ihr in einem schwachen Moment gekauft hatte, aber Hirka trug nie Kleider.

Kuros Krallen kratzten auf dem Holzfußboden, während er skeptisch die leere Truhe beäugte. Er war sonst nie im Haus, aber bei dem Wetter heute Abend schickte man keinen Hund vor die Tür. Der Regen peitschte gegen die Wände und bei jedem Windstoß ächzte das ganze Haus. Die Öllampen flackerten und verrieten, dass nicht einmal Vater die Wände gegen ein solches Wetter abdichten konnte.

Hirka schaute sich in dem leeren Zimmer um. Sie besaß nicht viel. Alles, was sie hatte, konnte sie in der großen Truhe verstauen. Einige Dinge musste sie zurücklassen. Die Finger glitten über die Steine in ihrer Sammlung. Große und kleine. Einige waren rau in der Hand, andere glatt wie Kuros Schnabel. Sie sammelte sie ein und verließ das Zimmer. Vater saß in seinem Stuhl und stocherte mit einem Stock an der Dachluke, um sie ordentlich zu verschließen.

»Die hier kriege ich nicht mehr unter.« Hirka legte die Steine neben die Feuerstelle. Die Glut tanzte wild im Zug aus dem Schornstein. Vater legte den Stock zur Seite und wischte sich die Hände an einem Lappen ab.

»Soll ich Suppe aufsetzen?«

Hirka gab keine Antwort. Sie hatte das deutliche Gefühl, etwas gehört zu haben, und schaute zur Dachluke hinauf, aber die rührte sich nicht. Da war es wieder! Es klopfte an der Tür. Bei diesem Wetter? Hirka spürte, wie sich ihr die Nackenhaare aufstellten. Etwas stimmte nicht. Das konnte sie riechen.

Sie begegnete Vaters Blick. Beide sahen sich um und dachten dasselbe. Ihr ganzes Leben war in Kisten und Säcken verstaut. Die Wände waren kahl. Es half nichts; auch dem größten Dummkopf, der hereinkam, würde klar sein, dass sie dabei waren, ihre Flucht vorzubereiten. Hirka griff nach den Säcken, um sie in ihre Kammer zu bringen, doch Vater hielt sie davon ab.

»Warte, Hirka …« Es klopfte wieder, jetzt energischer. Vater warf einen verstohlenen Blick zur langen Truhe, die ihnen als Sitzbank diente. Dort lagen die Dinge, die sie selten benutzten. Wie sein Schwert. Hirkas Gedanken wirbelten ihr im Kopf herum. Konnten sie aus dem Schlafzimmerfenster klettern? Nein. Die Luken waren wegen des Wetters von außen geschlossen. Durch die Dachluke? Ja, sie vielleicht, aber nicht Vater …

Hirka legte die Hand auf das Taschenmesser, ohne zu wissen, wovor sie Angst hatte.

Sie hörten draußen eine Frauenstimme rufen. Vater rollte zur Tür und machte sie einen Spaltbreit auf. Eine braun gekleidete Gestalt drängte sich mit Regen und heulendem Wind herein. Vater schloss die Tür und es wurde wieder ruhig. Der Gast schlug die Kapuze zurück. Hirka hätte erleichtert sein müssen, als sie sah, dass es Ramoja war, aber ihr Körper gehorchte nicht.

Ramoja machte ein paar Schritte in den Raum hinein und strich sich die rabenschwarzen Zöpfe aus dem Gesicht. Ihr Umhang war so schwer vom Regen, dass er über ihren Schultern spannte. Kuro setzte sich auf den Türrahmen und stieß einen lauten Schrei aus. Ramoja lächelte und verneigte sich erst vor dem Raben, ehe sie mit Hirka und ihrem Vater sprach.

»Ich dachte schon, da draußen würde ich gleich meinen letzten Atemzug tun«, begann sie. Vater lachte, obwohl ihre Bemerkung nicht besonders lustig war. Ramoja schaute sich im Zimmer um und ihr Blick fiel auf die Truhen und Säcke. Die leeren Regale. Sie schloss kurz die Augen, wie um sich zu sammeln. Dann wandte sie sich an Vater.

»Ich weiß nicht, wohin ihr wollt, Thorrald«, sagte sie. »Und es geht mich auch nichts an.« Die Worte kamen langsam und deutlich. Hirka hatte das Gefühl, als redete sie in einer Art Geheimsprache. Als versuchte sie etwas zu sagen, ohne es zu sagen. »Aber eins müsst ihr wissen: Wenn ihr vorhabt, euch vor dem Ritual zu drücken, dann ist das dem Rat schon zu Ohren gekommen.«

Vater starrte Ramoja an, die Augen schmal vor Misstrauen. Hirka merkte, wie ihr innerlich kalt wurde. Sie zog sich zurück und blieb im Schatten stehen. Ramoja warf ihr schnell einen Blick zu, sprach aber gnadenlos weiter. »Falls ihr gehofft habt, unbemerkt verschwinden zu können, dann ist es zu spät.«

Vater umklammerte den Rollstuhl fester und zog die Schultern hoch, als könnte er sich jeden Moment erheben. »Wir haben nichts zu verbergen«, sagte er heiser. »Leute fahren immer irgendwohin. Was geht es den Rat an, wenn normale Leute …«

»Aber sie ist nicht normal, oder?« Ramoja trat einen Schritt näher an Vater heran, während sich ihre Worte in Hirkas Brust bohrten. Was nie hätte geschehen dürfen, war geschehen. Was niemand wissen durfte, hatte sich herumgesprochen. Es war unmöglich. Undenkbar.

»Es ist zu spät, Thorrald. Fahrt, wenn ihr müsst, aber überstürzt nichts. Sonst fahrt ihr womöglich mit dem Tod im Gepäck.«

»Warum? Sag, was du weißt, Frau!«, knurrte Vater. Ramoja gehorchte.

»Schwarzröcke.«

Vater sackte im Stuhl in sich zusammen. Hirka war nicht imstande, sich zu rühren. Es war zwar nur ein Wort, aber das war Furcht einflößend durch Geschichten, an die sie sich nicht einmal mehr erinnern konnte. Schwarzröcke. Die schwarzen Schatten. Mörder. Die geheime

Waffe des Rates. Geister, die jedem das Leben ausbliesen, der sich gegen den Seher auflehnte. Die bereits Toten.

Räubergeschichten! Kindermärchen!

Aber diese Märchen ließen Vater vor ihren Augen zusammensacken. Gerüchte, die Sylja ihr noch vor ein paar Tagen zugeflüstert hatte. Hirka drückte sich dichter an die Wand. Die Schatten schienen jetzt plötzlich zu leben und zu lauschen. Sie war gefangen wie eine Katze, die man in eine Ecke getrieben hatte. Das Atmen fiel ihr schwer.

Schwarzröcke.

Ramoja setzte die Kapuze wieder auf.

»Ich sage es, wie es ist, Thorrald«, fuhr sie fort. »Das Ritual ist eine Ehrensache, in diesem Jahr mehr denn je. Sie werden euch die Schwarzen hinterherjagen.«

»Warum erzählst du uns das alles?« Vaters Stimme war halb erstickt. Hirka trat einen Schritt aus dem Schatten heraus. Als Ramoja sie sah, wurde ihr Gesicht weicher.

»Um eine Schuld zu begleichen«, antwortete sie.

»Wir kommen allein zurecht«, entgegnete Vater. »Niemand legt Hand an sie. Niemand.« Seine Stimme war nicht wiederzuerkennen. Hirka fühlte eine Woge aus Wärme mitten in all dem Elend. Ramojas Blick glitt über Vaters Rollstuhl. Er knurrte, aber sie ließ sich nicht einschüchtern.

»Ich weiß, dass du stark bist, Thorrald. Andere Männer wären schon längst in ihrem Bett eingegangen. Aber der Stuhl und der Wille sind alles, was du hast, um Hirka zu beschützen. Das würde selbst dann schwer werden, wenn sie gewöhnliche Männer wären. Du kannst nicht vor ihnen fliehen.«

Hirka wartete auf einen Wutausbruch von Vater, aber der blieb aus. Er wusste, dass sie recht hatte. Er lächelte freudlos.

»Als wenn es einen Ort gäbe, an den wir fliehen könnten. Wer würde solche wie uns denn aufnehmen …«

Ramoja wandte sich zur Tür, um zu gehen. Sie zögerte. »Der Feind deines Feindes ist dein Freund, Thorrald. Wenn es dir wichtig ist, dann gibt es nur einen Ort, wohin ihr könnt. Das weißt du.«

Ravnhov. Sie will es nicht aussprechen.

Hirka begriff, dass Ramoja ihre eigene Sicherheit aufs Spiel setzte, um ihnen mitzuteilen, dass sie in Lebensgefahr schwebten. Hirka lief zu ihr. »Ramoja!«

Ramoja drehte sich um und Hirka versuchte, Worte zu finden. Sie wusste nicht, was sie sagen sollte. Es kam nichts über ihre Lippen. Ramoja lächelte und neigte ein wenig den Kopf, als habe sie dennoch etwas gesagt. Dann öffnete sie die Tür und verschwand hinaus ins Unwetter. Die Tür schloss sich hinter ihr nicht richtig, sondern blieb offen und schlug im Wind.

Hirka fühlte den Regen im Gesicht. Sie starrte zur Tür hinaus, als hätten sich alle Dämonen der Welt dort draußen versammelt, um auf sie zu warten. Woher konnte Ramoja das wissen? Die Raben. Natürlich. Sie hatte die Kontrolle über die Briefe des Rates. Aber woher konnte der Rat es wissen?

Der Rat in Elveroa ist Ilume.

Der Wind erfasste den Besen und warf ihn um. Das Licht auf dem Tisch erlosch. Hirka schlug die Tür zu und schob den Riegel vor. Sie blieb dagegengelehnt stehen. Es gab nur eine Erklärung, woher Ilume das über sie wissen konnte. Hirka kämpfte gegen die Tränen an. Rime hatte es begriffen. Er hatte begriffen, was sie war, und er hatte es seiner Großmutter erzählt.

Weil ich gelogen habe. Und weil ich in Rime An-Elderins mächtigem Leben überhaupt nichts bin.

Hirka rüttelte am Riegel und trat auf die Tür ein. Sie trat wieder und wieder zu. Sie trat gegen die Tür, damit Vater zu ihr sagte, dass sie damit aufhören solle. Doch das tat er nicht.

DIE GABE

Der Morgen war wolkenverhangen grau. Der Sturm hatte sich im Lauf der Nacht ausgetobt und nur vereinzelte Windböen erfassten Hirka, um zu zeigen, dass sich die Naturgewalten noch nicht vollends gelegt hatten. Die Böen nahmen an Stärke zu, je höher sie auf den Vargtind stieg. Der Abhang schien steiler denn je und das Dornengestrüpp wütender, aber das hielt sie nicht auf. Sie war noch zorniger und sie wollte hinauf, um Rime zu fassen zu kriegen. Ihr war klar, dass er sich immer hoch über ihr aufhalten würde und dass sie immer klettern musste. Sie war Hirka, mehr nicht. Hirka, Thorralds Tochter. Nein, nicht einmal *das* war sie. Sie war ein Odinskind. Hirka Schwanzlos.

Sie kletterte über die letzten Felsen und sprang auf die Wiese hinunter. Dort war niemand. Die Büsche wanden sich um die Grundsteine der Ruine. Sie gehörten zu einer Burg, die früher einmal über Elveroa und dem Meer gethront hatte. Wo zum Draumheim war Rime? War er schon weg? Oder war sie vielleicht zu früh dran? Hirka schaute hinunter zu den Landungsbrücken, aber Fischerboote waren bei dem stürmischen Wetter in der Nacht nicht ausgelaufen. Enttäuschte Möwen kreisten über leeren Fässern.

Rime hatte sie verraten und darum war er nicht hier. Er traute sich nicht, ihr wieder unter die Augen zu treten. Feigling! Sollte er doch im Draumheim verrotten!

»Lass mich raten …«, sagte eine heisere Stimme hinter ihr. Sie fuhr herum und da stand er. »Dir ist eingefallen, mir zu erzählen, was wirklich los ist.« Er lächelte schief und verschränkte die Arme vor der Brust. Sein vorwurfsvoller Ton verwirrte sie. Sie war voller Wut hergekommen. *Sie* sollte es doch sein, die hier mit verschränkten Armen stand. Sie war es schließlich, die verraten worden war. Er hatte alles zerstört, ihnen die Möglichkeit zu fliehen genommen. Aber davon konnte sie in seinem Gesicht keine Spur entdecken. Seine Augen lächelten. Es war ein aufrichtiges Lächeln. Die Lippen hätten einer von Hlosnians Skulpturen gehören können. Perfekt gemeißelt.

Hirka senkte den Blick. Rime hatte sie nicht verraten. Hätte er gewusst, dass sie ein Odinskind war, dann würde er jetzt nicht vor ihr stehen. Niemand würde die Fäulnis anlächeln. Er hatte keine Ahnung. Was machte sie dann hier? Sie versuchte, langsamer zu atmen, doch die Lungen gehorchten nicht. Der Sturm war nicht vorüber, sondern nur in sie hineingezogen. Was sollte sie machen? Rime konnte nichts tun. Niemand konnte etwas tun.

Sie werden euch die Schwarzen hinterherjagen.

Sie spürte Rimes Hand auf ihrer Schulter.

»He … Immer mit der Ruhe, Hirka. Ich will versuchen, dir zu helfen.«

»Du wirst bald wegfahren …«, war alles, was sie herausbrachte.

»Gibst du auf, bevor du überhaupt angefangen hast?«, fragte er. »Dann gibt es eine Kerbe für mich.«

Hirka schaute zu ihm auf und lächelte. Er erwiderte das Lächeln.

»Schau an, ich hatte auch nicht erwartet, dass es so leicht wird«, sagte er.

Hirka konnte an seinen Augen ablesen, dass er ihr am Ende doch glaubte. Sie konnte nicht umarmen. Er forderte sie auf, tiefer zu atmen, sich zu entspannen, sich auf die Erde zu setzen, wieder aufzustehen, herumzulaufen, sich auszuruhen, nachzudenken und sich zu konzentrieren. Ganz gleich, worum auch immer er sie bat, sie spürte nichts. Wenn es eine Lebenskraft in Ymsland gab, dann war sie nicht in ihr, das war ganz sicher.

Rime ging im Gras auf und ab, die Hände auf dem Rücken.

»Es liegt nicht daran, dass du sie nicht *zu fassen* bekommst«, sagte er mehr zu sich selbst, wie ihr schien. »Es liegt daran, dass du überhaupt keine Ahnung hast, wo oder was sie ist!«

Er schaute sie wieder an. Hirka fühlte sich machtlos, als habe sie auf einen Schlag alle Zweikämpfe verloren, die sie je ausgetragen hatten. Als sei sie abgestürzt, wenn sie zusammen kletterten, als sei sie ertrunken, wenn sie zusammen schwammen, als sei sie gestolpert, wenn sie gemeinsam liefen. Und er ging hier einfach auf und ab und wiederholte die Frage. Was stimmte nicht mit ihr?

Er hatte alles. Er war ein An-Elderin. Und er starrte sie erstaunt an, als fehle ihr ein Fuß. *Oder ein Schwanz.*

Der Vormittag war lang gewesen. Er ließ den Kopf kreisen, um die Nackenmuskeln zu dehnen. Offenkundig war er es nicht gewohnt, still zu sitzen. »Hast du es mal mit einem Stein versucht?« Er kam wieder auf sie zu. Optimismus lag in seiner Stimme, aber nicht in seinen Augen. »Die Gabe kann sich in einem Stein sammeln …« Der Optimismus verflog auch aus seiner Stimme. »Gespeichert werden. Wenn du die Handfläche darauflegst …«

»Rime …«

»Mach es so wie ich«, unterbrach er sie. Und zum zwanzigsten Mal stellte er sich hin, die Hände seitlich vom Körper etwas abgespreizt, den Kopf angehoben und die Augen geschlossen. Er stand da, als warte er auf Regen. Hirka konnte sehen, wie sein Gesicht plötzlich ruhig wurde. Er sah aus, als könne er dort ewig so stehen. Wie eine schöne Statue, von Frieden erfüllt. Er umarmte.

Das Einzige, was Hirka erfüllte, war Enttäuschung. Sie hätte alles dafür gegeben, um am gleichen Frieden teilhaben zu dürfen und am gleichen Leben. Doch sie war nicht wie er. Er stand in all seiner Vollkommenheit da, erhaben durch die Familiengeschichte und den Segen des Sehers. Der Vargtind hob ihn empor, umarmte ihn. Die ganze Welt umarmte ihn. Da war für sie kein Platz. Wie konnte sie nur so ein Dummkopf sein, dass sie das nicht schon früher erkannt hatte. Aber jetzt wusste sie es.

»Das ist nicht für solche wie mich gedacht.« Sie empfand Trauer, hörte davon aber nichts in ihrer eigenen Stimme. Das war wohl das Ehrlichste, was sie je zu ihm gesagt hatte. Ihr Herz fühlte sich erschreckend offen an. Sie wandte sich zum Gehen.

Rime packte sie bei der Schulter und drehte sie wieder zu sich um. Kurz glaubte Hirka, dass er sie geschlagen habe. Ihr Körper war wie gelähmt und sie war kurz davor, hinzufallen, blieb jedoch gegen ihren Willen stehen. Sie lehnte halbwegs an Rime, unbeweglich. Ihr Blut strömte durch die Adern, als rase der Streitwasser durch ihren Körper. Rimes Hand lag wie festgefroren noch immer auf ihrer Schulter. Hirka sah den Schock in seinen Augen. Er stand so unbeweglich da wie sie. Sie hatte das Gefühl, ihr Körper werde in Stücke gerissen. Sie war dabei zu sterben.

Dann kam die Zeit.

Hirka sah, wie sich die grünen Blätter hinter Rime gelb und rot färbten. Sie fielen von den Bäumen, verwelkten und starben. Schnee kam und schmolz. Es entstanden neue Knospen, aus denen wieder grüne Blätter wuchsen. Sie sah, wie sich die Burg auf dem Vargtind erhob, sie sah, wie Leute geboren wurden, lebten und starben. Sie sah, wie ein kleiner Junge hinter den Mädchen herlief und sie am Schwanz zog. Er verwandelte sich in Vater. Er starb. Es wurde Herbst. Die Burg verfiel. Der Himmel wütete und weinte. Raben segelten vorüber, Regenbögen auf den schwarzen Schwingen. Alles wurde in Schnee gehüllt. Alles war ewig und jetzt zugleich. Und sie sah alles, ohne Rime aus den Augen zu lassen.

Die Gabe breitete sich in ihrem Körper bis tief in ihr Innerstes aus. Sie musste ihr Herz verschließen, um die Geheimnisse zu hüten. Sie wurde gereinigt, getötet, geboren. Nirgends konnte sie sich verstecken. Sie wurde gesehen, geprüft, auseinandergenommen. Sie kämpfte vergeblich gegen den Strom, der aber nur noch stärker wurde. Er pflügte sich durch viel zu enge Blutbahnen. Schmerzen. Rime rief. Er fiel. Sie fiel.

Ihr Herz schlug zu schnell, viel zu schnell. Der Puls dröhnte in ihren Ohren. Sie saß auf der Erde und keuchte. Sie kämpfte darum, die Kontrolle zurückzugewinnen. Erde. Erde unter den Fingern. Der Geruch von Gras. Humus. Regen. Sie sah auf ihre Hände und hatte Angst festzustellen, dass sie alt geworden war. Sie war es nicht. In den Adern pulsierte das Blut, sie schwollen an und zogen sich zusammen, während sie sie anschaute. Sie lebte.

Hirka schaute zum Himmel hoch. Die Sonne hatte sich nicht bewegt.

Ein Augenblick, ein ewiger Augenblick. Sie hatte umarmt! Rime kniete vor ihr. Er war so schön, dass sich ihre Hand nach ihm ausstreckte, ohne dass sie ihr das gesagt hätte. Sie schaffte es, ein wenig zu lächeln, bevor sie spürte, wie ihr Körper gegen ihn fiel und es ihr schwarz vor Augen wurde.

Weiße Geister trieben ihren Schabernack mit Hirka und sie wusste, dass sie träumte. Es gab keine Geister. Vater war bei ihnen und er ging auf gesunden Beinen. Er winkte ihr zu und verschwand. Seine Stimme war ein Echo zwischen den weißen Gestalten.

Altweibergewäsch!

Gesichtslos, aber mit großen Mündern flüsterten sie ihr die abscheulichsten Dinge zu, aber einzelne Worte konnte sie nicht verstehen. Sie kamen immer näher. Hirka schaute sich verzweifelt nach einem Fluchtweg um, war aber von ihnen umringt. Sie wich in einen abgestorbenen Baum zurück. Er war zu morsch zum Hinaufklettern. Eine weiße, unförmige Hand streckte sich aus und Rime hielt ein Schwert vor sie. Er war ein Krieger. Er sah aus wie die Bilder in Büchern, wie ein Schatten aus einer anderen Zeit.

Seine Augen verengten sich zu Schlitzen und sein Lächeln war kalt. Das Schwert war schmal und farblos. Sie konnte sich nicht wegbewegen, sondern blieb stehen und sah, wie die Klinge durch ihre Kleider, durch die Haut, das Fleisch und in den Stamm hinter ihr drang. Dort blieb sie stecken und die Kälte des Stahls breitete sich in ihrem Körper aus.

Sie hatte ein Loch, ein rotes, blutendes Loch. Sie schaute zu Rime hoch, der übers ganze Gesicht lächelte. Sie musste es ihm begreiflich machen!

Sie hatte ein Loch! Er musste Hilfe holen. Sie spürte, wie ihr etwas aus dem Mundwinkel tropfte, und sah, wie rote Punkte im Schnee versickerten.

Wo war Rime? Er musste ihr helfen! Sie fiel auf die Knie und begann im Schnee zu graben, bis sie sein Gesicht sah. Seine Lippen waren blau, sein Hals wurde ausgehöhlt und verschwand. Die Haut auf seinen Wangenknochen platzte und rollte sich auf. Er verfaulte. Der Wind umtoste sie und peitschte den Schnee um sie auf und sie konnte nichts mehr sehen. Sie rief, hörte aber nur den Wind. Sie rief nach Rime. Sie hatte ein Loch im Körper.

»Rime!« Schneller, als sie graben konnte, deckte der Schnee das zu, was von seinem Gesicht noch übrig war.

»Rime!«

EIN PLAN

»Rime!«

Hirka versuchte aufzustehen, aber jemand hielt sie davon ab. Sie saß noch immer auf der Erde. Rimes Hand lag auf ihrer Schulter.

»Beruhige dich, Hirka«, sagte er. »Dein Körper ist jetzt erschöpft.«

Er hatte recht. Ihre Arme schmerzten. Die Muskeln am gesamten Rücken taten weh, als hätte sie den ganzen Tag Heringsfässer geschleppt. Sie blieben lange sitzen, ohne etwas anderes zu tun, als vor sich hin zu starren. Kriechwurzeln hatten sich zwischen die Steine gezwängt und Risse in das bisschen gesprengt, was von der Burgmauer noch übrig war. Der Wind hatte alle Ecken abgenagt. Die Natur hatte sich zurückerobert, was starke Männer einmal gebaut hatten. Vergilbtes Laub fegte über das Moos, als sei nichts passiert. Hatte sie das alles nur geträumt?

Nein. Es war Wirklichkeit. Sie hatte umarmt.

Rime strich mit dem Daumen immer wieder über ihre Schulter und sprach leise wie zu einem Neugeborenen. Sie fühlte sein Kinn auf ihrem Kopf. Es bewegte sich bei jedem Wort. Er versuchte, ihr zu erklären, was geschehen war, aber sie hörte, dass er etwas zurückhielt. Sie war sicher, dass er sich selbst genauso viel erklärte wie ihr. Er hatte auch keine vollständige Antwort, aber das traute er sich nicht auszusprechen. Und er war genauso erschöpft wie sie. Sie war voller kindischer Freude.

Rime hatte umarmt und sie dann festgehalten. Am Ende war etwas ganz anderes herausgekommen, als er für möglich gehalten hätte. Sie versuchten es wieder, sahen aber schnell ein, dass Hirka nach wie vor nicht umarmen konnte. Nicht auf eigene Faust. Das schlich sich wie ein schwacher Beigeschmack in die Freude, die Hirka darüber empfand, dass sie jetzt wusste, wovon alle redeten, und dass sie endlich eine Vorstellung davon hatte, was die Gabe war, auch wenn es nicht ihre eigene war.

Doch Rime protestierte. Sie wusste immer noch nicht, was die meisten fühlten, wenn sie umarmten. Was gerade mit ihnen passiert war, das war etwas viel Stärkeres. Er meinte, es sei damit vergleichbar, jemandem aus Midtyms im Inland das Unwetter der vergangenen Nacht zu beschreiben. Was sie erlebt hatten, war wilder, schonungsloser und schwerer zu kontrollieren. Er zögerte, die Worte laut auszusprechen. Er riet ihr, vorsichtig zu sein und mit niemandem darüber zu reden. Das mussten sie für sich behalten.

Hirka sah etwas Neues in Rimes Augen aufblitzen. Die verantwortungsschwere Maske der An-Elderins hatte Risse bekommen. Er war neugierig. Er wusste nicht, was da passiert war, und jetzt war er plötzlich wieder ein kleiner Junge auf der Jagd nach Abenteuern. Und dieses Abenteuer war nicht ungefährlich.

Aber sie konnten das Ausprobieren nicht sein lassen. Hirka fühlte sich fast wie im Rausch, als hätte sich Orms Wein für immer in ihrem Blut festgesetzt. Das ließ alles andere unwichtig erscheinen. Und das Allerbeste war, dass das, was wie eine Schwäche ausgesehen hatte, als sie herkam, jetzt zu einem Quell des Erstaunens bei Rime geworden war. Sie war nicht unwichtig.

Sie hörte seinen Erklärungen zu. Vieles, was er sagte, verstand sie kaum, doch sie trank seine Worte wie Tee. Sie nahm sie wie Nahrung in sich auf. Sogar Kuro schien sie zu genießen. Er saß auf einer abgebrochenen Steinsäule neben ihnen, mit schmalen Augen und den Kopf halb unter den Flügel gesteckt, um sich vor dem Wind zu schützen.

Hirka konnte nicht umarmen, aber sie konnte etwas von der Gabe aufschnappen, wenn Rime umarmte. Die Voraussetzung war, dass er sie festhielt. Es schien nicht entscheidend zu sein, wie fest er sie dabei hielt. Ganz gleich, ob er sie an beiden Händen hielt oder bloß an einem Finger, durchströmte sie das Leben, als sei es immer schon so gewesen.

Allmählich gewöhnte sie sich an das Gefühl, das sich jetzt zu einer warmen Unruhe gemildert hatte. Und je länger sie übten, umso länger schaffte sie es, das Gefühl zu behalten, auch wenn Rime ein paar Schritte von ihr zurücktrat. Aber es dauerte nie länger als ein paar kurze Augenblicke. Sobald Rime losließ, begann die Gabe aus ihr herauszusickern. Sie konnte nichts tun, um sie zu behalten. Sie war leck wie ein Sieb, wie Rime es ausdrückte.

Er war sehr eifrig bei der Sache, als sich herausstellte, dass Hirka es tatsächlich fühlen konnte, wenn er umarmte, und das auch, wenn er sie nicht berührte. Sie konnte sich nicht erinnern, je gefühlt zu haben, dass andere umarmt hatten. Rime auch nicht. Aber jetzt fühlte sie ihn. Es war, als habe er ihr die Gabe zum ersten Mal gezeigt und als könne sie sie jetzt allein entdecken. Das war einfach nicht normal. Er sagte, die Alten im Rat konnten das, die mit dem blausten Blut im ganzen Land, aber nicht gewöhnliche Leute. Hirka versetzten seine Worte einen tiefen Stich von schlechtem Gewissen. Sie gehörte nicht zu den gewöhnlichen Leuten. Sie war etwas viel, viel Schlimmeres. Und das konnte sie ihm nicht erzählen.

Bevor sie sich an den Abstieg vom Vargtind machten, versprach ihr Rime, dass er ihr beim Ritual helfen werde. Er hatte einen Plan, einen wahnsinnigen Plan. Hirka mochte Pläne, aber sie spürte, wie ihr der Mund trocken wurde, als sie über Rimes Vorhaben nachdachte. Sie hatte keine Ahnung, ob es überhaupt möglich war. Die Chance war so groß wie ein Tropfen im Meer, aber gerade jetzt war sie, Hirka, größer als das Leben. Es gab nichts, was sie nicht machen konnte.

Am Fuß des Vargtind blieben sie beide stehen. Sie mussten in unterschiedliche Richtungen. Hirka war immer noch schwindlig. Sie würde das Ritual bestehen und Rime würde ihr helfen. Es gab jetzt Hoffnung, wo vorher pure Verzweiflung geherrscht hatte.

»Was, wenn die Rabenträgerin so lange stehen bleibt, bis …«

Er lächelte schief. »Hirka, Tausende werden das Ritual mitmachen.«

»Aber was, wenn …«

»Hirka …« Er schnitt ihr das Wort ab, aber seine Stimme war sanft. »Vertraust du mir?«

»Ja, natürlich.«

Sie hatte nicht nachgedacht, nur geantwortet. Und sie wusste, dass es stimmte. Vor wenigen Stunden noch war er für sie ein Verräter gewesen. Jetzt war er der Seher persönlich.

»Gut.« Er wollte losgehen, drehte sich aber wieder zu ihr um.

»Mach einfach, was wir abgesprochen haben«, fügte er hinzu.

Hirka nickte.

»Ich halte mich an den Plan.«

Er lächelte, sah sie eine Weile mit schräg geneigtem Kopf an. Dann ging er.

BLUTGRAS

Hirka fühlte sich voller Leben, Laute und Düfte. Es kam ihr vor, als habe sie vorher nie richtig gelebt. Sie lief die ganze Strecke nach Hause. Sie wollte Vater erzählen, dass sie umarmen konnte. Dass alles war, wie es sein sollte.

Die Wahrheit konnte sie natürlich nicht erzählen, dass sie nicht allein umarmen konnte, sondern dazu die Mithilfe von Rime brauchte. Das würde Vater kaum beruhigen. Seit Ramojas Besuch hatte er zu große Angst. Aber sie würde ihn überzeugen. Sie konnte das Gefühl bis ins Detail beschreiben. Niemand, der hörte, wie sie davon erzählte, würde Zweifel daran haben, dass sie umarmen konnte.

Hirka geriet außer Atem, als sie den letzten Hügel hinauflief. Sie spürte, dass sie nicht genug geschlafen hatte. Kuro setzte sich aufs Dach der Hütte und schaute über Elveroa hinweg, als sei er der Herrscher darüber. Sie fühlte dasselbe. Hirka nahm die Treppe mit einem Satz und stürmte hinein. »Vater!«

Er war nicht da. Sie sah das Rad des Rollstuhls hinter dem Vorhang hervorlugen. Schlief er? Mitten am Tag? Wenn sie so wichtige Neuigkeiten zu erzählen hatte? Hirka riss den Vorhang zurück und wusste sofort, dass etwas nicht stimmte. Sie fiel vor dem Bett auf die Knie. Vater rührte sich nicht. Panik ergriff sie. Ihr Herz kroch den Hals hinauf, als wolle es sich nach draußen schlagen. Nichts war, wie es sein sollte.

»Vater!« Hirka rüttelte ihn und er öffnete unendlich langsam die Augen. Sie wagte nicht zu atmen.

»Vater …«

Er versuchte zu lächeln, aber es geriet nur zu einem Zucken in den Mundwinkeln. Was war mit ihm? Jetzt war doch alles, wie es sein sollte!

»Vater, ich kann umarmen!« Hirka hörte, wie ihre Stimme brach, aber sie sprach dennoch weiter. Sie ergriff Vaters schlaffe Hand. Sie war kalt.

»Ich kann umarmen, Vater!«

Seine Augen ruhten auf ihr. Hirka konnte sehen, wie viel Anstrengung ihn das Sprechen kostete.

»Fahre jetzt …«

»Ich lüge nicht, Vater! Ich kann umarmen!«

»Das ist gut … Hirka«, sagte Vater nachsichtig, nach jedem Wort keuchend.

Das Zimmer verschwamm und Vaters Gesicht glich den Geistern, von denen sie auf dem Vargtind geträumt hatte.

»Ich kann umarmen.«

Vaters Hand bot keinen Widerstand mehr, er ließ ihre los.

»Ich kann umarmen …«

Doch niemand hörte sie. Sie drückte die Hand ihres Vaters, aber wo einmal Leben gewesen war, war nur noch Tod.

Im Zimmer wurde es kälter. Der Sommer war zu Ende. Mehr Holz musste fürs Feuer ins Haus geholt werden. Hirka schaute auf Vaters Gesicht, aber er konnte es nicht mehr erledigen. Diesmal nicht. Und auch nächstes Mal nicht. Vater würde nie wieder Holz holen. Aber er brauchte trotzdem nicht zu frieren.

Hirka erhob sich auf unsicheren Beinen. Sie ging am Vorhang vorbei und in das kleine Zimmer, das ihr dunkler vorkam, als sie es jemals gesehen hatte. Sie dachte an den Abend, als sie erfahren hatte, dass sie Mensk war. An den Morgen danach, bevor es ihr wieder einfiel. Wie wunderbar weit weg alles für einen kurzen Augenblick gewesen war. Bis die Wirklichkeit sie wieder eingeholt hatte. So würde es jetzt bleiben. Falls sie je wieder schlafen konnte, würde mit dem Aufwachen ein neuer Albtraum beginnen. Jedes Mal.

Hirka hob zwei Holzscheite an, vorsichtig, wie um Vater nicht zu wecken. Sie hörte draußen den langen Klageruf der Nachtlomme. Es war spät. Vielleicht schlief Vater nur? So musste es sein. Wenn er nur die Wärme in der Nacht behielt, dann würde er morgen früh aufwachen, sich in den Rollstuhl hieven und sein Tagewerk beginnen. Er würde Mehl über den ganzen Fußboden verstreuen und sich mit der Hand den Schweiß von der Stirn wischen und es würde klingen wie ein Schleifstein. Hirka starrte auf den Platz, wo er immer saß. Schwarze Buchstaben waren mit Kohle auf den Tisch gemalt. Nur ein einziges Wort: *Ravnhov*. Vaters ungelenke Handschrift. Er schrieb nicht oft. Genauso selten, wie er las. Sie lächelte, spürte aber am ganzen Körper, dass es falsch war. Vater hatte gewusst, dass etwas nicht stimmte. Dass er sterben würde.

Hirka wischte die Buchstaben mit dem Hemdärmel fort. Sie legte die Holzscheite in die Feuerstelle und blies in die Glut, um sie zu entfachen. Das Feuer fraß. Sie müsste auch etwas essen, konnte sich aber noch nicht einmal zu einem Versuch überwinden. Sie ging zurück zu Vater, der immer noch regungslos im Bett lag. Seine graue Wolldecke war zu dünn. Hirka holte ein Wolfsfell hervor, das zusammengefaltet unter dem Bett lag. Es war etwas staubig. Sollte sie es ausschütteln? Sie deckte Vater damit zu, zog es ihm bis zum Hals hoch und legte seine Hände auf die Decke. Sie waren kalt. Groß und kalt.

Hirka kniete sich neben das Bett und versuchte, Vaters Hände warm zu reiben, aber es gelang ihr nicht, natürlich nicht. Wie dumm von ihr. Vater war tot. Hirka lächelte, fühlte aber nichts als Schmerz. Der Schmerz zerriss das Lächeln und verzerrte es zu einem Grinsen. Sie bohrte ihr Gesicht tief in den Wolfspelz, damit es nicht mehr wehtat. Doch der Schmerz verschwand nicht. Würde er für immer bei ihr bleiben? Ein unerträglicher Begleiter, bis sie alt war? *Oder bis die Schwarzröcke mich holen. Die schwarzen Schatten.*

Hirka nahm den Wolfsgeruch wahr. Nichts konnte den Wolf töten. Der Pfeil des Jägers konnte ihn aufhalten, seine Hände konnten ihn abbalgen und der Kaufmann konnte ihn ans Ende der Welt verfrachten, um sein Fell als Decke zu verkaufen. Aber Hirka hatte noch immer den Wolfsgeruch in der Nase. Einen kurzen Augenblick lang war es wie das Umarmen mit Rime. Vater war nicht tot. Der Wolf war nicht tot. Aus ihnen war nur etwas anderes geworden. Hirka atmete durch die Nase ein, wie um den Sinn im Sinnlosen festzuhalten. Wolf. Und … Metall?

Hirka hob das Gesicht vom Fell und starrte auf Vaters Hand, die sie an sich gedrückt hatte. Sie musste sich geirrt haben.

Dann riech doch an seinen Händen!

Hirka hielt vorsichtig ihre Nase an die schlaffe Hand. Sie war kalt und roch nach Vater. Hirka atmete erleichtert aus, bis sie ihn wieder wahrnahm. Einen süßlichen, metallischen Geruch, von dem sie wusste, dass sie ihn kannte.

Hirka riss ihre Hände zurück und drückte sie an sich. Wogen von Unglaube rollten durch ihren Körper. Vater lag in ungestörter Ruhe da und tat nichts, um den Verdacht zu entkräften, der Löcher in sie zu brennen drohte. Sie ließ den Blick über die Reihen von Kruken an den Wänden schweifen. Aber sie waren fort. Natürlich. Sie hatten alles eingepackt.

Sie stand wie im Halbschlaf auf und zog den Vorhang zurück. Dort, in der roten Truhe zwischen unzähligen anderen Kruken und Schachteln, stand ein schwarzer, fast viereckiger Tontopf. Hirka hob ihn heraus. Er war früher einmal glänzend blank gewesen, jetzt aber nicht mehr. Der Deckel war auf jeder Seite mit zwei Holzstäben befestigt. Hirka zog sie heraus und hob den Deckel an. Der Topf war leer. Nur der metallische, muffige Geruch war noch übrig. Der Geruch von Blutgras. Vater hatte Blutgras gegessen.

Der Tontopf glitt ihr aus den Händen. Er krachte zu Boden und zersprang in tausend braune und schwarze Keramikscherben, die sich über die Holzdielen verstreuten. Hirka nahm den Besen und fegte die Bruchstücke auf ein Kehrblech. Sie musste sie loswerden!

Sie ging zur Tür und öffnete sie so leise wie möglich. Draußen war es dunkel. Sie kletterte auf die Spitze der Klippen, ohne auch nur eine einzige Scherbe zu verlieren. Erst als sie das Meer weit unter sich hörte, war sie beruhigt und übergab die Scherben dem Wind.

Sie nahm das Kehrblech wieder mit zur Hütte, wollte aber nicht hineingehen. Dort drinnen war die Wirklichkeit. Hier draußen war es Nacht. Hier war noch nichts geschehen. Hirka ging zum Rand des Felsvorsprungs und schaute hinunter in den Nebel. Unter ihm schlief Elveroa. Niemand dort wusste, dass Vater tot war. Niemand wusste, was er für Hirka getan hatte. Er hatte Blutgras gegessen, um die Flucht zu vereinfachen. Gerade als Hirka auf dem Heimweg gewesen war, um zu erzählen, dass sie nicht zu fliehen brauchten.

Hirka fiel im Heidekraut auf die Knie.

ZU DEN RABEN

Der Tag stand still. Hirka tat nichts von den Dingen, die sie sonst immer machte. Sie hatte alles in die Regale zurückgestellt, an seinen richtigen Platz. Hatte die Kisten und Säcke ausgepackt, bis die Hütte so aussah wie immer. Aber kein Tee würde verkauft werden, keine Amulette. Keine Kräuter würden gesammelt werden. Niemand würde im Gemüseacker Unkraut jäten. Keine Salbe und kein Öl würden irgendwohin ausgeliefert werden. Hätten die Möwen nicht weiter geschrien, hätte Hirka geglaubt, sie sei tot.

Eine Handvoll Bekannte gingen in der kleinen Kate ein und aus. Es waren Gesichter, die sie gut kannte, und Gesichter, die sie vorher kaum in Elveroa gesehen hatte. Sie machten noch weniger Worte als sonst. Hirka empfing sie und verabschiedete sie, als sie gingen. Sie wärmte Suppe auf, stellte Bier auf den Tisch und bedankte sich, wenn sie ihr noch mehr Bier und Suppe mitbrachten.

Die meisten Besucher hatten sich dorthin gewagt, weil sie Angst hatten. Die Kohlekate war immer noch die Kohlekate, aber sie wussten, dass sie nun lange Wege auf sich nehmen mussten, um sich Salbe für Wunden oder Tee gegen Schmerzen in Gelenken und Lunge zu besorgen. Sie lächelten Hirka voller Hoffnung an: Thorrald hatte doch wohl seine Tochter in die Lehre genommen? Hirka blieb eine Antwort schuldig. Sie war zeit ihres Lebens bei ihm in der Lehre gewesen. Aber was konnte sie denn schon versprechen?

Am Abend kamen Ramoja und Vetle. Sie brachten Nora mit, die Tochter des Schmieds. Sie zündeten Kerzen rund um Vaters Bett an, wuschen ihn und salbten ihn mit Öl. Ramoja lächelte Hirka traurig an, während sie Vaters Hände abtrocknete. Sie konnte nicht ahnen, dass Hirka es schon getan hatte, um alle Spuren von Blutgras zu beseitigen. Hirka saß mit angezogenen Beinen da und legte den Kopf auf die Knie.

Die Kerzen warfen ein warmes Licht auf Vaters Körper. Er sah aus, als schliefe er nur. Aber gegen Noras Hände sah er eindeutig blass aus. Ramoja konnte man nicht damit vergleichen. Sie hatte nicht die Farbe wie andere. Ihre Haut war wie Zimt, so dunkel, schön und von weit her. Sie ölte Vaters dünne Beine mit weichen Bewegungen. Sie schaute Hirka mehrmals an, öffnete den Mund, als wolle sie etwas sagen, ließ es aber. Am Ende sagte Hirka, dass sie Sylja fragen wolle, ob sie auf Glimmeråsen wohnen dürfe, nachdem Vater verbrannt war. Das hatte sie zwar nicht vor, aber so brauchte Ramoja immerhin kein schlechtes Gewissen zu haben, weil sie ihr keine Unterkunft anbieten konnte.

Ilume erschien nicht zur Totenwache. Gewöhnliche Leute wurden bei solchen Anlässen nicht durch die Anwesenheit von Männern und Frauen des Rates geehrt. Hirka hatte geglaubt, Ilume würde Rime schicken, aber auch er kam nicht. Hirka ertappte sich dabei, dass sie hoffte, er und Ilume seien schon abgereist. Was wussten sie denn schon vom Tod? Sie, die ewig leben durften.

Wenn Angehörige einer Ratsfamilie starben, wurden sie nicht verbrannt wie gewöhnliche Leute. Sie wurden den Raben übergeben. Die Ratsfamilien hatten die Lebenskraft selbst in den Adern und die musste weiterleben. Irgendwann einmal würde Ilume in Stücke geteilt und von den Raben gefressen werden, würde eins werden mit dem Himmel und dem Seher.

Vater hingegen war alles andere als heilig. Vater war einfach Vater. Aber sein Leben lang hatte er anderen das Leben gerettet. Wenn jemand es verdiente, in alle Ewigkeit mit den Raben zu fliegen, dann war er es.

Hirka stand auf. Sie hatte sich in Kleidern schlafen gelegt und ging jetzt in die kalte Nacht hinaus. Die Bäume wisperten warnende Worte, aber Hirka hatte ihre Entscheidung getroffen. Sie wusste, was sie vorhatte.

Sie ging um die Kate und in den Schuppen, der Vaters kleine Werkstatt war – gewesen war. Die Scharniere klagten, als sie die Tür öffnete. Da lag Vater, in der Mitte des Raums auf der Werkbank. Er lag auf dem ölgetränkten Leintuch, in das er vor der Einäscherung eingewickelt würde. Ramoja und Nora hatten ihm ein einfaches schwarzes Hemd ohne Bindegürtel in der Taille angezogen. Sein Schwanz lag versteckt unter dem Körper und Hirka bekam eine Ahnung, wie sie selbst in den Augen der anderen aussehen musste. Zwei Arme, zwei Füße, kein Schwanz.

Vielleicht sollte sie ein Stück vom Schwanz nehmen? Hirka zog vorsichtig das Messer heraus. Nein, der Schwanz zählte vielleicht nicht als Fleisch? Etwas schrie hinter ihr.

Die Schwarzröcke! Sie fuhr mit dem gezückten Messer herum. Nur die Tür hatte gequietscht. Sie hatte sie nicht zugemacht. *Dummes Mädchen!* Das Herz schlug ihr bis zum Hals, als sie die Tür hinter sich zuzog. Sie ging zurück zu Vater und schluckte verzweifelt. Sie hatte keine Ahnung, was sie tun sollte. Wie viel brauchte sie, damit es ausreichte? Sie konnte nichts von dort nehmen, wo man es sah. Sie musste es verbergen. Oder sich darauf gefasst machen, wegen viel schwerwiegenderer Gründe als dem Ritual vor dem Rat zu stehen. Nach der heutigen Nacht war sie eine Gesetzlose.

Hirka hob Vaters Hemd an. Sie setzte das Messer auf seinen Bauch. Die Klinge zitterte. Die Haut leistete Widerstand und sie besann sich. Am Bauch würde es zu wehtun. Das hier würde schwerer werden, als sie es sich vorgestellt hatte. Sie hatte oft zugesehen, wenn Vater andere aufgeschnitten hatte. Die hatten überlebt und lebten dank seiner Hilfe immer noch. Sie hatte es auch schon selbst getan. Aber das hier war etwas ganz anderes. Das hier war genauso finster wie die Nacht. Alles, was sie atmete, war schwarz.

Vater verdient zu leben!

Hirka sammelte sich und setzte das Messer an der Taille an. Sie legte sich mit ihrem ganzen Gewicht auf die Klinge und die drang in die Haut ein. Sie hielt in der anderen Hand den Wolfspelz bereit, aber aus der Wunde trat kein Blut aus. Vater rührte sich nicht. Er sah aus, als könne er jeden Moment aufwachen, als warte er nur geduldig, bis Hirka fertig war.

Der erste Schnitt war der schwierigste. Danach geriet sie in eine Art Trance und ihre Hände taten, was sie sollten. Am Ende stand sie mit einem Stück von Vater in der Hand da. Sie stopfte die Wunde mit etwas Fell vom Wolfspelz aus und zog das Hemd hinunter. Niemand würde ahnen, was passiert war.

Der Seher sieht es. Der Seher weiß es.

Das war einerlei. Wenn der Seher es wusste, dann würde Er es verstehen. Er würde zustimmen, dass Vater verdiente weiterzuleben. Und falls Er es nicht verstand, dann war Er auch nicht der Seher, von dem sie gehört hatte.

Sie hatte noch einen Streifen vom Wolfsfell übrig. Den wickelte sie um das tote Stück Fleisch, Vaters Rettung. Sie hielt das Paket in der Hand. In der Dunkelheit sah es aus wie ein bemooster Stein. Sie ging wieder in die Nacht hinaus. Diesmal blieb die Tür stumm.

Was habe ich getan?

Der Wind wehte jetzt kräftiger. Die Bäume schüttelten die Blätter, als sie vorüberging. Sie neigten sich zur Seite, um ihr auszuweichen. Sie war eine Leichenschänderin. Hirka lächelte schief in sich hinein. Was hatten sie denn erwartet? Sie war ein Odinskind.

Hirka schritt weit aus und sah sich in der Dunkelheit um. Würde sie ihn finden? Schlief er vielleicht? Auf dem Gipfel der Klippe packte sie die Sünde aus und zerschnitt sie in kleinere Stücke. Sie hörte hinter sich das Schlagen von Flügeln.

Gut. Dann brauchte sie nicht zu rufen. Kuro wartete, bis sie sich zurückgezogen hatte, bevor er sich bediente. Kurz hatte sie Angst, er würde die Stücke für später verstecken, aber er hatte offensichtlich Hunger oder einfach verstanden. Hirka knüllte den Wolfspelz zu einem Ball zusammen und warf ihn ins Meer. Die Wellen schlugen an die Klippe. Sie waren willfähriger als die Bäume. Die Wogen versprachen ihre Schandtat für immer zu verbergen. Sie setzte sich ins Gras und wischte das Messer ab, bevor sie es wieder zurück ins Futteral steckte. Sie sah, wie Kuro die Flügel ausbreitete. Er machte sich über die Baumkronen davon. Zusammen mit Vater.

Es war vollbracht.

Schwere Tropfen fielen auf ihre Hände. Einen Augenblick lang hielt sie es für Regen, aber so war es nicht. Es waren Tränen. Sie spürte, wie Erschöpfung sie überkam. Es fiel ihr schwer, die Augen offen zu halten. Sie rappelte sich wieder auf und ging hinunter zur Kate. Vor der Werkstatt blieb sie stehen. Eine unerklärliche Kraft zog sie zur Tür. Sie musste wieder hinein. Sie wischte sich die Nase mit dem Ärmel ab und öffnete die Tür.

Die Scharniere quietschten und sie schlüpfte durch die Öffnung. Alles sah so aus, wie sie es vor einer Weile verlassen hatte. Was hatte sie erwartet? Eine schwarz gekleidete Gestalt lag im Raum. Hirka ging hin und schaute auf das Gesicht hinunter. Es war Vaters Gesicht. Aber eins war ganz sicher: Es war nicht Vater.

Vater war hier gewesen, aber jetzt war hier niemand mehr. Keine Wärme, keiner, der schlief. Bloß eine leere Hülle lag noch dort. Vater war fort.

Thorrald. Er war nicht mein Vater.

Der tote Mann vor ihr war nie ihr Vater gewesen. Plötzlich wurde es ihr klar. Sogar Odinskinder mussten wohl Eltern haben? Und zum ersten Mal spürte Hirka etwas anderes als Panik, wenn sie daran dachte, wer sie war. Sie spürte ein seltsames Kribbeln, für das sie kein anderes Wort als Neugier wusste.

EINÄSCHERUNG

Die Dunkelheit umhüllte die Schwarzklippe und bewachte die Volksmenge, ohne es zu wagen, sich den Fackeln zu nähern, die ganz außen auf der Klippe brannten. Es nieselte. Hirka kam sich wie eine eigene kleine Dunkelheit in einer Tasche aus Licht vor. Wie viele Lagen aus Licht und Dunkel konnte man haben?

Sie schaute hoch. Der Müller trug die Bahre zusammen mit Vidar, Isen-Jarke, Annar und Syljas ältestem Bruder Leiv. Annar war wohl am ehesten dabei, um den Schein zu wahren. Er hatte kaum die Kraft, schwer zu tragen. Vater war in das Leinentuch gewickelt, eine bleiche Gestalt auf einer Holzbahre. Es hätte jeder sein können.

Sie gingen langsam, krochen vorwärts wie Insekten. Hirka wünschte, sie könnten schneller gehen, aber sie mussten dem monotonen Trommelrhythmus hinter ihnen folgen. Wer entschied solche Dinge? Wie es abzulaufen hatte und wie rasch man gehen sollte? Ergab sich das von selbst?

Hirka schaute an der Bahre vorbei zu dem noch nicht entzündeten Holzgestell. Wenn es nun zusammenfiel? Das glaubte sie kaum. Diejenigen, die es aufgebaut hatten, hatten ihre Arbeit gut gemacht. Die Pfähle waren so aufgestellt, wie es sich gehörte. Sie sahen aus wie zwei riesige, schräg aufragende Haarkämme, die ineinander verschränkt waren. In der Mitte, wo sie sich kreuzten, sollte Vater liegen. Auf dem Boden darunter waren trockene Zweige aufgeschichtet.

Die Männer blieben stehen und Vater wurde auf ihren Schultern vorgeschoben, bis er dort lag, wo er liegen sollte. Dann mischten sie sich unter die anderen. Hirka wusste nicht, wo sie stehen sollte. Sie drehte sich um, weil sie den anderen hinterhergehen wollte, fühlte aber eine sanfte Hand auf ihrer Schulter. Ramoja drückte ihr eine Fackel in die Hand. Natürlich. Sie war es, die das Feuer entzünden musste.

Hirka hielt die Fackel an die Stofflappen, die man zwischen die Zweige gesteckt hatte. Sie waren mit Öl getränkt und es dauerte nicht lange, bis das Feuer trotz des Regens übersprang. Die Wärme schlug ihr entgegen und Hirka wich ein paar Schritte zurück. Sie konnte die Gesichter durchs Feuer sehen. Sie wohnte hier schon viele Jahre, hatte aber jetzt das Gefühl, niemanden zu kennen. Das war die Strafe, wenn man am liebsten allein war. Andere blieben immer Fremde. Kaisa und Sylja, beide in schwarzen, glänzenden Kleidern. Nora. Vetle.

Rime!

Er stand schräg gegenüber von ihr. Schwarz gekleidet und halb verdeckt von den Flammen. Und sie hatte gedacht, er sei schon weg. Er und Ilume wollten doch abreisen. Warum war er hier? Waren sie aufgehalten worden? Weißes Haar zeichnete sich vor dem dunklen Himmel und dem Meer ab. Sein Blick ruhte auf Vaters Leichnam, der in den Flammen jetzt kaum zu erkennen war. Das Feuer fauchte und zischte.

Rime hob den Blick und begegneten ihrem. Er schaute sie voller unverstellter, nackter Trauer an. Das Gefühl von Zusammengehörigkeit kam so unerwartet, dass sie sich an die Brust fasste, um ihn auszuschließen, aber er gewann. Sein Blick war fest mit ihrem verbunden. Er brach durch das Feuer und traf sie mitten ins Herz. Er zog den Kummer aus ihr heraus. Er lief aus ihren Augen und tropfte hinunter auf schwarzen Stein. Hirka konnte ihn fast sprechen hören, nicht von Trauer, aber vom Überleben.

Wir leben. Du und ich, Hirka.

Sie spürte Arme um sich. Ramoja umarmte sie und zog sie an sich. Hirka schaute weg und als sie wieder hinsah, blickte er sie nicht mehr an.

Vater brannte.

Er brannte so lange, bis das Rauschen der Wellen wieder lauter war als das Prasseln des Feuers. Die Leute brachen langsam auf. Sie meinten, die Flammen hätten ihre Aufgabe erfüllt, hatten die Blinden ferngehalten und dem Toten den Weg ins Draumheim gewiesen. Darum verließen sie diese Stätte jetzt und gingen über die Brücke zum Dorf. In einer stillen Reihe gingen die Schwarzgekleideten ihren Weg bei Niedrigwasser. Man hätte sie für Tote halten können. Hirka lächelte kurz in sich hinein. Niemand wusste, dass Vater vor vielen Stunden gerettet worden war. Vater lag nicht im Draumheim und schlief. Vater war im Himmel bei den Raben. Oder war er an beiden Orten?

An allen Orten.

Sie, Ramoja und Vetle waren die Letzten, die sich auf den Weg machten. Jetzt war es dem Meer überlassen, die Spuren zu verwischen. Sie folgten der Reihe der schwarzen Gestalten zu Wirtshaus und Totenbier. Hirka hätte sich am liebsten davor gedrückt. Ihr war nicht danach, Bier und Brot aufzutischen. Doch Ramoja hatte Frauen angestellt und sie gebeten, Kringel, Honigbrot und Kuchen zu backen. Hirka war diese Arbeit erspart geblieben. Das Mindeste, was sie tun konnte, war, anwesend zu sein. Sie durfte nicht vergessen, sich bei allen zu bedanken.

Im Wirtshaus waren kaum noch Plätze frei. Hirka und Vetle setzten sich gemeinsam an den Schanktresen. Hirka konnte sich nicht entsinnen, wann sie zuletzt freiwillig mit so vielen anderen zusammen gewesen war. Was hätte Vater dazu gesagt? Ramoja und Nora schenkten Bier aus und trugen frisch gebackenes Totenbrot auf. Es war mit Trockenfrüchten gefüllt. Bestimmt hundert Kerzen brannten in der Wirtschaft. Die beiden kleinen Jungen der Näherin Ynna liefen die Treppe zu den Gästestuben auf und ab, bis ihre Mutter sie ermahnte, sich zu benehmen. Hirka zuckte zusammen, als ein Krug vor sie gestellt wurde. Sie bedankte sich. Die meisten waren mit Essen und Trinken versorgt und die Unterhaltung kam in Gang. Hirka saß wie in Trance und bekam nichts von dem mit, was gesagt wurde, bis

Kaisa den Namen ihres Vaters erwähnte. Hirka hörte nicht, was sie sagte, aber sie hörte Sylja antworten.

»Was meinst du?«

Kaisa hob die Stimme.

»Ich meine, wenn er gewusst hätte, was er tat, hätte er wohl sein eigenes Leben retten können.«

Hirka starrte sie an, aber Kaisa nahm überhaupt keine Notiz von ihr. Hirka stand auf und ging zu ihr.

»Vater hat Leben gerettet.«

Kaisa wich ihrem Blick aus. Stattdessen beugte sie sich zu ihrer Tochter und flüsterte: »Der Verstand ist ihr mit dem Schwanz abhandengekommen.«

Hirka hatte sie das schon früher sagen hören und es machte ihr nichts aus. Aber Kaisa sollte so nicht über Vater reden. Das durfte sie nicht! Hirka konnte nicht mehr denken. Es war, als übernähme ihr Körper die Kontrolle, hob ihren Arm und drehte den Krug um. Das Bier lief über Kaisa, die wie abgestochen schrie. Das aufgesteckte Haar schäumte und klebte auf der Haut. Ihr Kleid war bis zur Taille durchnässt. Sie keuchte unverständliche Worte. Sylja riss Mund und Augen auf. Vetle begann zu lachen und Ramoja legte ihm die Hand auf den Mund. Die Augen aller waren auf sie gerichtet, aber Hirka hatte keine Angst. Sie brannte. Sie brannte, wie Vater es eben getan hatte, und sie war nicht in der Lage, das Feuer in sich zu behalten.

»Vater hat Leben gerettet! Er hat dich vom Lungenbrand geheilt! Er hat so vielen geholfen, die auf Glimmeråsen gearbeitet haben. Er hat einen neuen Stall für euch gebaut.« Hirka hörte, dass ihre Stimme immer belegter klang. Aber sie würde nicht weinen. Das hier musste gesagt werden.

»Einen neuen Stall! Und was hast du als Gegenleistung für seine Hilfe getan, Kaisa? Wo warst du, als der Balken auf ihn gestürzt ist? Danach konnte er nie wieder gehen und du hast ihn nicht mal eines Blickes gewürdigt!«

Die Stille in der Wirtsstube war mit Händen zu greifen. Aber nicht sie war es, die alle anstarrten. Sie starrten Kaisa an. Hirka lief bei aller Verzweiflung ein Freudenschauer über den Rücken. Die anderen wussten es. Sie wussten, dass es stimmte. Sie hatte recht!

Kaisa auf Glimmeråsen hatte es die Sprache verschlagen. Sie blickte sich um und begriff, dass sie etwas erwidern musste, und zwar schnell. Sie stemmte eine Hand in die Hüfte und zeigte mit der anderen auf Hirka.

»Blindenbalg! Er hat dir offenbar keine Manieren beigebracht. Was kann Glimmeråsen dafür, dass er so ungeschickt war!«

Hirka hob ihre geballte Faust, aber Rime packte ihren Arm und zog sie zum Ausgang. Ihr blieb keine andere Wahl, als mitzukommen. Kaisa brüllte ihnen hinterher: »Das wirst du noch bereuen, Hirka! Du musst schon sehr weit wegziehen, um dem Arm von Glimmeråsen zu entkommen!«

»Ihr Vater wurde heute dem Feuer übergeben.« Rimes Stimme war streng, aber nicht laut. Trotzdem verstummte Kaisa. Die Wirtshaustür schlug hinter ihnen zu und Hirka hörte, wie das Stimmengewirr dort drinnen wieder anhob. Jetzt hatten sie tatsächlich für eine Weile Gesprächsstoff. Sie holte in der Kälte ganz tief Luft. Die Worte, die sie eben gehört hatte, erstickten sie fast.

Du musst schon sehr weit wegziehen, um dem Arm von Glimmeråsen zu entkommen!

Kaisa wusste, dass sie wegwollten. Ein Bild tanzte vor Hirkas Augen. Sylja … Syljas Gesicht, gesehen durch eine Weinflasche. Hirka hatte ihr erzählt, dass sie wegziehen mussten. Und was hatte Sylja dann getan? Vermutlich hatte sie es ihrer Mutter erzählt, sie um Rat gefragt. Und Kaisa hatte sie und Vater verraten.

Kaisa. Nicht Rime.

Er zog sie weiter. Die Stimmen aus der Bierstube verebbten hinter ihnen. Sie bekam Angst, dass Rime sie ganz bis nach Hause ziehen würde, bis zur Kate, der leeren, bedeutungslosen Kate. Sie versuchte, sich aus seinem Griff zu befreien, doch ohne Erfolg.

»Lass mich los!« Sie trat nach ihm, verlor aber das Gleichgewicht. Rime fing sie auf und legte einen Arm um sie. Dann begann er zu umarmen. Das war ein billiger und ungerechter Trick, gegen den sie sich nicht wehren konnte. Er zog sie an sich, bis sie ihr Gesicht an seine Brust legen konnte. Seine Hand legte sich um ihren Hinterkopf wie bei einem Neugeborenen. Hirka versuchte, ihre Trauer vor der Gabe zu verstecken, aber das war sinnlos. Sie pflügte geradewegs durch sie hindurch. Fand alle offenen Wunden. Zerriss Hirka und entlarvte sie als Feind. Sie war allein, aber umgeben von Rimes Herzschlag und dem Geruch von verbranntem Leben. Sie konnte sich nicht erinnern, wann sie diese Tür aufgestoßen hatte. Wann hatte sie ihn so nahe an sich herangelassen? Das war Wahnsinn!

Komm der Fäulnis nicht nahe. Sie tötet.

Sie zitterte. Er umarmte nicht nur, um sie zu trösten oder zu beruhigen. Das hier war ein Versprechen, das wusste sie.

»Sorge dafür, dass du dort bist, wann du sollst, Hirka.«

Hirka an seiner Brust lachte vor Verzweiflung. Wenn er nur wüsste! Sie wollte nicht zum Ritual. Unter gar keinen Umständen. Niemals. Nichts auf der Welt könnte sie dazu bringen, freiwillig etwas aufzusuchen, was die Macht hatte, Vater vor Angst ins Draumheim zu jagen. Er hatte alles geopfert, was man opfern konnte. Allein für sie. Er hatte gewusst, dass das Ritual ihr Untergang werden würde, dass alle es sehen und die Fäulnis erkennen würden. Aber er hatte auch gewusst, dass sie nirgendwohin würde fliehen können, solange er lebte. In seinen wirren Vorstellungen hatte er ihr geholfen.

Rime sollte nicht die Gelegenheit bekommen, das Gleiche zu tun. Er konnte vom Seher entlarvt oder von den Schwarzröcken getötet werden. Er konnte alles verlieren, ihretwegen. So wie Vater. Und ohne Nutzen.

Hirka riss sich widerwillig von ihm los, damit die Gabe ihre Lügen nicht aufdeckte.

»Eine Kerbe für mich, wenn ich vor dir dort bin.«

Sie glaubte, dass ihr ein Lächeln gelungen war.

DIE ZEICHNUNG

Urd schlug das Buch mit einem Knall zu. Staub wirbelte über das Geländer und rieselte wie Sprühregen in die Stockwerke darunter. Die stillen Graugekleideten sahen von ihrer monotonen Beschäftigung auf und starrten ihn an, als habe er auf den Boden gepinkelt. Sie wurden Hirten genannt, hatte er erfahren. Einer von ihnen stand nur wenige Schritte entfernt, die Finger auf dem Rücken eines Buches, das er gerade wieder zurück an seinen Platz schieben wollte, gedankenleer und erstarrt in seiner Bewegung. Urd bleckte die Zähne. Die blasse Gestalt wich zurück und verschwand zwischen den massiven Regalen.

Nichts. Absolut nichts.

Die halbe Nacht hatte er an diesem nutzlosen Ort zugebracht, ohne dass es ihm gelungen wäre, etwas Brauchbares zu finden. Und das hier nannten sie den ›Sehersaal der Schrift‹. Das war wohl ein Scherz! Das hier war ein Saal für selbstverliebte Schreiberlinge, die ihren eigenen Worten huldigten. Hier lagerten unendlich viele Seiten mit langweiligen Auskünften, neue Seiten, alte Seiten und Pergamentrollen, die nach Schimmel rochen.

Sie besaßen Schriften über nahezu alles: über den Seher, über die Kriege, über die Großartigkeit Mannfallas, über die klassische Schuhnaht aus Bokesj und verwirrte Schmetterlinge in Norrvarje, die im Winter herumflogen. Die sinnlosesten Dinge hatten sie schriftlich festgehalten! Worte von gestern und Worte von vor tausend Jahren. Sie erwähnten Steinkreise, die die Zerstörung nach dem Krieg überstanden hatten, aber so etwas Vernünftiges wie eine Karte oder eine Liste waren nicht aufzutreiben. Er hatte gar nicht so hohe Ansprüche. Ein einziges Buch würde ihm reichen. Nur ein einziges kleines Buch, zum schwarzen Blindból noch eins! Es könnte so klein sein, dass es in einem Hintern Platz hätte!

»Die Rabenringe« – war das zu viel verlangt?

Urd warf das Buch auf einen wackeligen Stapel mit Büchern, die ihn bereits enttäuscht hatten. Er biss die Zähne zusammen, dass sie knirschten. Wenn nun alles verloren war? Zerstört vor hundert Mannesaltern in einer Welle der Hysterie? Vergessenes Wissen. Verbotenes Wissen. Wissen über Blindwerk. Über das Umarmen nach Art der Blinden. So wie es auch die Ymlinge einmal gemacht hatten, obwohl sie es am liebsten verdrängen würden.

Er musste etwas finden. Die Zeit lief ihm davon. Sie waren rastlos. Mit jeder Nacht wurde es schlimmer. Stimmen flüsterten aus Stein. Sie fraßen sich in seinen Kopf und ließen seine Adern anschwellen. Andere Männer hätten den Verstand verloren, hätten Steinfragmente in die Ora geworfen, wo das Wasser am tiefsten war, und wären vor der Halle des Sehers auf die Knie gefallen. Aber Urd war stärker. Er kontrollierte sie.

Er konnte sie natürlich nicht freilassen. Dann würden sie die Welt verschlingen. Auch seinen eigenen Teil davon. Das war das verfluchte Problem mit den Blinden. Sie waren … eben … blind. Konnten keinen Unterschied sehen.

Der Gong ertönte. Seine Zeit war um. Die Versammlung begann beim nächsten Schlag, er musste sich in den Saal begeben. Diese Versammlung war seine erste und die letzte vor Ilumes Rückkehr. Sie bereitete ihm das größte Kopfzerbrechen. Die anderen waren für ihn eine Kleinigkeit. Die Frage war nur, ob er genug in der Hand hatte, um weiterzumachen. Er hatte nur die Gerüchte eines halb betrunkenen Gewährsmannes über eine Gruppe von Adeligen auf Ravnhov. Nicht viel, worauf man die Beweisführung stützen konnte, aber einen Versuch wert, es für seine Zwecke zu nutzen. Was er am dringendsten brauchte, war in schriftlicher Form nicht aufzutreiben: ein Dokument darüber, dass der Steinkreis auf Ravnhov mehr als nur ein Mythos war. Er hätte gern die Gesichter gesehen, wenn er eine Karte auf den Tisch geworfen und ausgebreitet hätte, wenn er etwas hätte, worauf er zeigen und sagen könnte: »Da! Von da kommen die Blinden!« Der Rat hätte jeden Mann nach Ravnhov geschickt: die Schwarzröcke, die Garde, Kaufmänner, sogar halb tote Fischer, alles, was noch laufen oder kriechen konnte.

Aber er würde es schaffen. Das war selbstverständlich. Er musste es schaffen. Er musste nur eine andere Möglichkeit finden. Im Ablauf eines Stundenglases …

Er warf sich den Umhang über die Schulter und wandte sich zum Gehen. Dann hörte er, wie einer der Bücherstapel umfiel. Ein Hirte kam herbeigelaufen, als sei Kristall zu Bruch gegangen, nicht wertlose Bücher. Urd fiel auf, wie blödsinnig der Ausdruck Hirte in diesem Zusammenhang war. Bücher waren tote Gegenstände und nichts, was man bewachen musste.

Er warf einen Blick über die Schulter. Der Hirte saß in der Hocke und sammelte Bücher auf, die er an die Brust drückte. Seine dünnen Arme umschlangen die Last. Eines der Bücher lag aufgeschlagen auf dem Boden. Urd sah flüchtig eine Zeichnung.

Neugier packte ihn und er ging ein paar Schritte zurück, um genauer nachzusehen. Der Hirte erhob sich und bekämpfte offensichtlich den Impuls wegzulaufen. Urd hob das Buch auf und warf es auf den Lesetisch. Die Zeichnung war verblasst, aber detailliert, in brüchigem Gold und Braun, das vielleicht einmal schwarz gewesen war. Das Herz in Urds Brust schlug schneller. Es war keine Karte. Es war etwas ganz anderes als das, was er gesucht hatte. Aber es war perfekt! Das hier konnte er gebrauchen.

Urd zeigte auf den Hirten. »Fertige für mich ein Kopie davon an, ehe das Stundenglas umgedreht wird.«

Der Hirte schüttelte nervös den Kopf. »D…das geht nicht, Fadri. Gretel ist heute im Gewölbe und niemand kann …«

Urd war klar, worauf es hinauslief. Er musste die Angelegenheit selbst in die Hand nehmen, wie immer. Die Hirten verbrachten ihr Leben in den Schatten zwischen Regalen, die so schwer waren, dass niemand sie je verschoben hatte. Sie lebten, um zu archivieren, zu notieren und zu registrieren. Sie hatten keinen Schimmer, worauf es im Leben eigentlich ankam. In der Bibliothek in Eisvaldr gab es keine Blinden, keine Feinde, keine Gefahren. Und keine Reichtümer waren hier von Wert. Das Böseste, was in diesem Turm passieren konnte, war, dass ein paar Bücher zu Boden fielen.

Urd packte das aufgeschlagene Buch oben am Rücken und riss die Zeichnung heraus. Er lächelte den Hirten an, der sich am Lesetisch abstützte. Der Mann erbleichte und es sah aus, als wollten die Beine unter ihm nachgeben. Gut. Nun hatte er gelernt, beim nächsten Mal Ja zu sagen.

Urd stieg die Treppen hinab und verließ die Bibliothek, ohne die Hirten, die ihm die Tür öffneten, eines Blickes zu würdigen. Er überquerte den offenen Platz davor und suchte in dem Gewirr aus Brücken und Treppen nach dem kürzesten Weg. Er steuerte die nächste Brücke an, eine geringelte Schlange aus Stein, wobei er die Generationen von unfähigen Bauplanern verfluchte. Eisvaldr war ein Albtraum, ein Labyrinth. Türmen und Häusern hatte man erlaubt, wie Pilze aus dem Boden zu schießen, wenn sie gebraucht wurden. Mit den unbegrenzten Ressourcen des Rates hatte man in dem Augenblick schon gebaut, wenn ein Gedanke gerade aufgekommen war. War er der Einzige an diesem Ort, der seinen Kopf gebrauchte?

Nachdem er die Treppe erklommen hatte, ging er über die Brücke zum Ritual-Saal. Er war das größte und zentralste Gebäude in Eisvaldr. Alles andere war um den Saal herum gebaut. *Die Welt* war um den Saal herum gebaut. Er erstreckte sich über drei Geschosse und wurde mit einer spektakulären Kuppel gekrönt, die mit nur nagelgroßen Splittern verkleidet war, die in tausend Rottönen schillerten. Da war es also kein Wunder, dass dieses Gebäude im Volksmund *Mutterbrust* hieß. Das war ein besonders passender Name, da die

Kuppel den Ratssaal beherbergte. Von hier reckte Mannfalla seinen langen Arm aus. Hier hatte er jetzt seinen Platz, seinen Stuhl. Und er war im Begriff, zu spät zu kommen! Zu der Versammlung, die ihn zu einer Legende machen würde!

Das letzte Stück lief Urd gerade so schnell, wie er sich traute, ohne dabei ins Schwitzen zu geraten.

DER SCHMUCK

Das Zimmer war fast ganz leer, abgesehen von ein paar Truhen, die seine Besitztümer enthielten. Rime hatte hier seit seinem zwölften Winter gewohnt, aber nur weniges, was er besaß, wollte er sein Eigen nennen. Das meiste waren Geschenke und Zierrat, den er Ilumes Meinung nach brauchte. Aber Rime brauchte nichts mehr.

Aus dem Stockwerk unter ihm waren Ilumes knappe Anweisungen zu hören, gefolgt von hektischer Geschäftigkeit. Die Diener trugen die letzten Kisten in die Wagen. Auf den Fußböden zeichneten sich Ränder im Staub ab, wo die Bücherschränke gestanden hatten. Er öffnete die nächstbeste Truhe: Kleider, Bücher, zwei Taschenmesser, eines mit einem verzierten Griff aus Silber und Gold. Es war nie benutzt worden. Rime erinnerte sich nicht einmal, woher es stammte. Er begann weiter unten in der Truhe zu kramen. Das Kästchen … Wohin hatten sie das Kästchen gepackt?

Er öffnete die zweite Truhe: Papier, Schreibutensilien, Zeremoniengewänder, Gürtel, ein Seherschmuck. Er strich mit dem Daumen über den Raben. Die Kette war schon vor vielen Jahren zu kurz geworden. Er hatte sie austauschen lassen wollen, war aber nicht dazu gekommen. Und jetzt brauchte er sie nicht mehr. Jetzt hatte er den Seher sehr viel näher bei sich. Im Herzen und im Sinn.

Er entdeckte das Kästchen ganz unten auf dem Boden der Truhe. Es war mit Seide bezogen und fühlte sich weich an. Die grüne Farbe war blasser, als er sie in Erinnerung hatte. Auf dem Deckel stand der aufgestickte Namen seiner Mutter: Gesa.

Er klappte das Kästchen auf und fand, was er suchte. Ein Lederband mit einem Schmuckstück: eine ovale Muschelschale in Silber eingefasst. Ein Stückchen der Fassung war abgebrochen. Er drehte den Schmuck in der Hand. Auf der Rückseite waren kleine Kerben mit einem Messer eingeritzt. Er empfand bei ihrem Anblick eine sonderbare Erleichterung, als habe er Angst gehabt, sie könnten von selbst verschwunden sein oder als habe es sie nie gegeben: ein ungelenkes R mit sieben Kerben und ein H mit acht Kerben. Das stimmte nicht mehr. Er nahm das Taschenmesser und ritzte eine weitere Kerbe für sich ein. *Eine Kerbe dafür, dass ich sie aus der Alldjup-Schlucht gezogen habe.*

Rime lächelte. Er hängte sich den Schmuck um und versteckte ihn unter dem Strickhemd. Dann zog er sich die Lederbrünne an und band sich die Schwertriemen um. Es war Zeit für die Abreise.

Draußen waren alle abfahrtbereit, bis auf Ilume. Sie würde natürlich als Letzte kommen. Alle warteten auf sie. Rime setzte sich ganz nach vorn in den ersten von den acht Wagen. Eine große Reisegesellschaft mit Koch, Kammerjungfrauen, Kutschern, Heilkundigen und einem Trupp Leibwächtern. Ein Hausverwalter stand draußen und lächelte etwas zu breit. Ihm war aufgetragen worden, alles zu verkaufen, was im Haus zurückgeblieben war, und er würde ohne Zweifel ein ziemlich gutes Geschäft dabei machen.

Ilume ließ auf sich warten. Rime versuchte, sich nicht zu ärgern. Das hier war ihre Rache für den Tag, den sie gezwungen gewesen war zu warten, weil Rime bei der Einäscherung von Thorrald anwesend sein wollte. Ilume hatte selbst lindernde Tees von Thorrald erhalten. Heilmittel, zu denen noch nicht einmal ihre Heiler Zugang hatten. Aber den Mann mit seiner Gegenwart bei der Verbrennung zu ehren? Nein, das war wohl zu viel verlangt.

Ilume schritt in hellen Reisekleidern durch die Tür. Rime stieg vom Wagen ab und reichte ihr die Hand, um ihr hineinzuhelfen. Sie nahm sie, vermutlich vor allem, damit niemand anders im Gefolge die Risse in der Familie sah. Oder vielleicht hatte sie auch nur gerade einen guten Tag. Rime nutzte die Gelegenheit, um sich zwei seiner schlimmsten Befürchtungen bestätigen zu lassen.

»Es gibt viel zu tun, wenn wir alle zurück in Mannfalla sind«, sagte er leichthin. »Urd im Insringin und Blinde auf Abwegen.«

»Darüber brauchst du dir zum Glück nicht den Kopf zu zerbrechen.«

Rime lächelte. Er hatte die Bestätigungen erhalten, die er brauchte. Es war so einfach gewesen, dass es einen Scherz wert war.

»Schwer zu sagen, was davon die größte Herausforderung wird.«

Falls er denn den Anflug eines Lächelns in Ilumes Mundwinkeln gesehen hatte, so erlosch es schnell wieder.

»Fahr!«, befahl Ilume.

Das Gefolge begab sich auf die lange Reise nach Mannfalla.

EIN SIEG

Die Sonne fiel durch die Fenster in den Ratssaal und erhellte mit ihrem Widerschein die gewölbte Decke. Zwölf Pfeiler standen entlang der Wand und betonten die runde Form des Raumes. Jeder von ihnen war mit entzündeten Öllampen geschmückt, obwohl das Tageslicht vollkommen ausgereicht hätte.

Um einen massiven, ovalen Steintisch standen sie, die weißen Stühle mit den mannshohen Rückenlehnen. An der Tischkante verlief ein goldener Rand. Der Name jeder Familie war an ihrem Platz in den Tisch eingraviert worden – ebenfalls in Gold. Die Schriftsprache war uralt, eine runenähnliche Vorläuferin der Schrift, die jetzt gebräuchlich war; jedoch immer noch lesbar.

Elf Personen hielten sich in dem Raum auf. Eir, die Rabenträgerin, nahm zuerst am Ende des Tisches Platz. Urd überflog die Namen entlang der Tischplatte, um sich setzen zu können, ohne den Eindruck zu erwecken, er suche nach seinem Platz. Er wollte, dass sie in ihm jemanden sahen, der schon immer und ewig dazugehört hatte und der auch in Zukunft hierbliebe. Er schluckte eine kurze Enttäuschung darüber hinunter, dass er nicht unmittelbar neben Eir sitzen durfte. Das war nur ein sehr kleines Detail. Er hatte vieles, worüber er sich freuen konnte. Er konnte sich endlich auf den Stuhl setzen, den zu erobern ihn ein halbes Leben gekostet hatte.

Er lehnte sich zurück und spürte weiche Polster aus Federn im Rücken. Auch sie waren weiß und unsichtbar im Stuhl. Er faltete die Hände vor dem Bauch. Gold funkelte vor ihm auf dem Tisch: *Vanfa-*

rinn. Es war eine Herausforderung, nicht zu lächeln. Es schien, als ob die Macht, die seinem Vater gehört hatte, durch einen glühenden Draht von der goldenen Namensplakette in seinen Körper floss, wohin sie gehörte.

Urd musste sich beherrschen, um nicht mit den Fingern über die Buchstaben zu fahren. Er durfte nicht vergessen, dass er schon immer hierhergehört hatte. Dies hier war sein Platz. Er saß in diesem Saal als einer von ihnen.

Jarladin, Leivlugn und Noldhe saßen in Eirs Nähe. Abgesehen von dem leeren Stuhl zu ihrer Rechten: Ilumes Stuhl. Niemand nahm von Urd Notiz. Er war neu und sie schienen sich entschieden zu haben, dem keine weitere Beachtung zu schenken. Er wusste, was sie dachten. Von ihnen war niemand mit einem knapperen Ergebnis aufgenommen worden. Fast die Hälfte der Ratsleute, die um diesen Tisch saßen, wollte ihn hier nicht haben. Und noch vor Ende des Tages würde es ihm gelungen sein, einen Krieg anzuzetteln. Noch vor Ende des Tages würde er eine Legende sein. Er würde ein Eroberer sein, gegen den alle, die vor ihm den Stuhl innegehabt hatten, verblassten. Auch sein Vater.

Drei Mädchen kamen herein. Sie brachten Becher mit Wein und Schalen mit Äpfeln, Nüssen und Keksen. Urd schluckte. Er hatte seit letztem Winter nichts als Suppe essen können. Der Schmuck an den Hosen der Mädchen klirrte bei jedem Schritt. Niemand im Saal sagte etwas, bevor sie wieder hinausgegangen waren und das Rasseln die Treppen hinunter verklungen war. Das war bestimmt auch der Sinn des Schmuckes. Er erinnerte Urd an etwas oder an jemanden, konnte aber nicht darauf kommen, an was oder wen.

»Insringin hat sich zum dreiundvierzigsten Mal in diesem Jahr versammelt.«

Eir besaß eine kräftige Stimme. Sie ging auf die achtzig zu, sah aber aus, als habe die Zeit sie vergessen. Ihre platte Nase verriet die familiären Wurzeln in Blossa, aber sie hatte sich über mehr zu schämen als über ihre Wurzeln. Sie wanderte auf den Wiesen rund um

Eisvaldr, bis die Sonne am Abend unterging. Sie sprach mit den Raben wie mit Kindern. Er hatte immer geglaubt, sie sei etwas wunderlich geworden durch die große Nähe zum Seher.

Aber er wusste sehr gut, dass Eirs sonderbares Benehmen eine Illusion war. Sie würde die härteste Nuss sein, die er heute zu knacken hatte. Sie würde sich weigern, zum Angriff überzugehen. Seine einzige Hoffnung war, dass sie die anderen abstimmen ließ und die Entscheidung nicht vertagen würde, bis Ilume kam.

Eir hob die Augen von dem Papier und begann herunterzurasseln, welche Fragen der Rat erörtern würde. Urd hörte nur mit halbem Ohr zu. Er hatte ein wichtigeres Anliegen und er musste die, mit denen er am Tisch saß, einschätzen. Jedes Wort, das er heute äußerte, musste das richtige sein, musste sie alle treffen.

Rechts von Ilumes leerem Stuhl saß Leivlugn Taid. Der Älteste im Rat, nur eine Handvoll Winter von hundert entfernt. Seine Wangen hatten jegliche Spannkraft verloren und hingen fast bis zum Kinn. Er saß, die Hände im Schoß gefaltet, da. Es sah so aus, als könne er gerade eben noch mit letzter Kraft die Augen offen halten. Er würde bestimmt noch vor dem ersten Schnee zu Rabenfutter werden und hier saß er und hatte mehr Macht, als man sich vorstellen konnte! Und er hatte nicht vor, diese Macht zu Urds Gunsten zu nutzen. Die Familie Taid war für ihre Sanftmut bekannt. Urd zog es vor, es Entscheidungsschwäche zu nennen. Wenn es eine zählebigere Familie in Ymsland gab, dann wollte Urd es nicht wissen. Leivlugn Taid wäre für sein Vorhaben ein Bremsklotz. Und er würde wahrscheinlich außerdem fordern, dass man die Entscheidung bis zu Ilumes Rückkehr aufschob.

An Leivlugns Seite saß Sigra, das grobschlächtige Ratsmitglied der Familie Kleiv. Sie war gerade über fünfzig und eine der Jüngsten am Tisch. Im Vergleich zu den anderen war Urd kaum alt genug für das Ritual. Sigra hatte ein Hundegesicht: kantige Kiefer, Hände, die einem Mann gehören könnten. Dass jemand mit dieser Frau oft genug das Bett geteilt hatte, damit sie zwölf Kinder hatte herauspressen können, war nichts weniger als ein Wunder. Aber Urd lächelte sie trotzdem an. Sie war die einfachste Aufgabe an diesem Tag. Die Familie Kleiv besaß ein hitziges Temperament. Sie waren im Heer des Rates überrepräsentiert. Sigra war mit einem Berg von einem Mann verheiratet, der alle Krieger in Eisvaldr ausbildete. Den Gerüchten zufolge hatte Sigra ihren Platz im Rat gewonnen, weil sie zwei Brüder und eine ältere Schwester mit bloßen Händen niedergeschlagen hatte. Was für eine Familie! Urd erschauderte. Aber er hatte auch andere Gerüchte gehört. Kleiv hatte Ravnhov immer kontrollieren wollen. Es bestand kein Zweifel daran, was sie von einem unabhängigen Gebiet in Ymsland hielten. Sie auf seine Seite zu ziehen, würde ein Kinderspiel werden.

Für ihn gab es mehrere einfache Fälle: Saulhe Jakinnin, der Mann mit der irritierend langen Tolle, die ihm die ganze Zeit ins Gesicht fiel. Er war wahrscheinlich Mannfallas reichster und gierigster Mann. Urd würde fast zu leichtes Spiel mit ihm haben.

Jarladin An-Sarin würde hingegen ein Problem werden. Dieser Mann genoss in Mannfalla den größten Respekt. Sein Blick war fest und er war stark wie ein Stier. Er war dunkelhäutig und sein weißer Bart war perfekt getrimmt. Die Familie besaß strategische Verbindungen zu so gut wie allen bedeutenden Persönlichkeiten. Friedenslilien nannte man sie. Urd wusste es besser. Die Familie war stark und bekam, was sie wollte, weil sie Urds Überzeugungskraft teilte. Aber wer würde heute gewinnen?

Garm Darkdagger war zum Schreiber ernannt worden, eine perfekte Rolle für einen berechnenden Bürokraten. Die Familie bestand aus Gesetzeskundigen und Korridorwanderern, aber Garm war ein Mann, den Urd verstehen konnte. Garm war jemand, der mit Berechnung vorging und der sich nicht von Gefühlsduselei aufhalten ließe.

Eir hatte die Liste abgearbeitet und die Diskussion begann. Zuerst ging es um einen nicht unbedeutenden Jarl, der sich eine neue Seherhalle in seinem Heimatdorf wünschte. Urd langweilte sich schon und hatte zu der Sache keine Meinung. Ein Großteil der Anwesenden hob die Hand, um den Bau der Halle zu unterstützen, darum tat Urd es auch. Was ging ihn das an? Er wartete auf einen wichtigeren Tagesordnungspunkt, nämlich auf den, der ihn zum Sieg führen würde.

»Zwei Totschläge in genauso vielen Tagen? Das ist Hohn!« Sigras tiefe Stimme bildete eine glänzende Überleitung zum nächsten Punkt. Urd setzte sich besser zurecht. Jetzt kam es darauf an. Sigra beugte sich über den Tisch. »Ich sage nur: Schickt die Schwarzröcke nachts aus, damit auf den Straßen wieder Ordnung herrscht!«

Noldhe antwortete ihr mit einem vorsichtigen Lächeln: »Das sagst du immer, Sigra. Wir haben das Ritual vor der Tür, die Stadt ist voller Leute, sie kommen in Scharen. Natürlich entstehen dann Konflikte und das ist doch jedes Jahr so. Was willst du machen? Alle töten, die sich volllaufen lassen? Allen die Schwarzröcke auf den Hals hetzen, die sich in den Bierstuben prügeln? Die besten Diener des Rates haben viel wichtigere Aufgaben zu erledigen als so was.«

»Für die wir sie kaum einsetzen!« Sigra lehnte sich zurück und verschränkte die Arme. Mehrere sprachen durcheinander, bis Jarladin die Stimme erhob: »Die Stadt ist bis zum Bersten voll und noch mehr werden herkommen. Uns bleibt keine andere Wahl, als noch mehr Wachen auf die Straßen zu schicken. Lasst uns das so lösen wie in jedem Jahr und weitermachen.«

Urd nutzte begierig die Chance.

»Aber dieses Jahr ist nicht wie andere Jahre.«

Jeder Blick rund um den Tisch heftete sich auf ihn, begleitet von schwachem Interesse bis hin zu deutlicher Verärgerung. Dies war seine erste Versammlung im Insringin und schon hatte er Jarladin widersprochen.

Lass ihnen Zeit, sich daran gewöhnen!

Er wartete einen Augenblick lang. »Dieses Jahr ist nicht wie andere Jahre. Dies ist das Jahr, in dem wir untergehen.«

Die Reaktion ließ nicht lange auf sich warten. Misstrauen spiegelte sich in den Gesichtern um ihn wider. Urd sprach weiter, solange er konnte. »Dies ist das Jahr, in dem Ravnhov die Blinden hinter uns herschickt, während wir über Raufereien im Suff in den Wirtshäusern reden.« Jarladin und Eir wechselten schnelle Blicke. Ein stiller Gedankenaustausch darüber, wer ihn in die Schranken weisen sollte. Aber dazu würden sie keine Gelegenheit bekommen. »Wir können es lassen, darüber zu sprechen, aber es gibt nicht ein Maul in Mannfalla, das es nicht weiß. Die Blinden sind zurück und sie haben sich im Norden gezeigt. Wer von euch hält das für einen Zufall? Wer von euch glaubt, dass sie den Weg selbst gefunden haben? Glaubt ihr …«

»Urd, dieser Rat hat die Gerüchte über die Blinden bis zum Überdruss diskutiert. Wir haben Verständnis für dein Engagement, aber du wärest wohl ruhiger, wenn dies nicht deine erste Versammlung wäre.«

Mehrere um den Tisch brummten zustimmend. Urd merkte, wie seine Mundwinkel zuckten. Er durfte sich nicht provozieren lassen. Er musste sich als würdig erweisen. »Ich bin zum ersten Mal hier. Ein neuer Diener von Mannfalla. Es ist eine Pflicht, deren ich mich in Demut annehme. Bin ich nicht gebeten worden, hier anwesend zu sein? Hat nicht der Rat mich eingeladen, in die Fußstapfen meines Vaters zu treten?« Urd sprach weiter, ehe noch jemand über die Diskrepanz zwischen ihm und seinem Vater nachdenken konnte.

»Gerüchte? Gerüchte über Blinde? Wir haben Leute eingesperrt, die sie gesehen haben, die sie bis ins kleinste groteske Detail beschreiben können. Das halbe Reich hält sich jetzt hier auf. Sie scharen sich um Eisvaldr, weil sie Schutz suchen. Die Berge an Geschenken und Gebeten für den Seher reichen höher als die Stadtmauer! Gerüchte?« Urd hatte sich warmgelaufen. »Wir stehen vor einer Bedrohung, die über unser Schicksal entscheidet, über ganz Mannfallas Schicksal, nicht nur über unseres, die wir hier um den runden Tisch sitzen. Die Blinden sind zurück. Gleichzeitig schicken viele aus Ravnhov ihre Kinder nicht zum Ritual. Eine offene Provokation! Eine Kriegserklärung! Oder ist das auch etwas, worüber wir nicht reden?«

Eir machte ein Gesicht, als sei ihr etwas im Hals stecken geblieben. Sie war gelähmt. Mit ratlosem Blick glotzte sie auf Ilumes Stuhl. Urd wollte lächeln, riss sich aber am Riemen. Das hier war nur der Anfang.

Eir ermahnte abermals alle, sich zu beruhigen. Im Ratssaal herrschte Tumult. Alte Fehden und Feindseligkeiten waren hochgekocht. Urd spielte seine Karten geschickt aus. Er bekam unerwartet Unterstützung von Jakinnin, der auf Ravnhovs Schuldenfreiheit zu sprechen kam.

Urd kannte die Geschichte. Vor unendlich langer Zeit war sie alle der Krieg gegen die Blinden teuer zu stehen gekommen, aber niemand hatte teurer dafür bezahlen müssen als Ravnhov. Ganze Dörfer mussten von Grund auf neu aufgebaut werden. Das Volk hatte gegen Krankheiten und Mangel an Nahrung und Wasser zu kämpfen. Mannfalla war mit seinen Reichtümern zur Stelle gewesen. Doch im Nachhinein wurden Bedingungen für diese Hilfe gestellt: Ravnhov sollte die Herrschaft über den Himmel abgeben, sollte die Raben und das Wissen teilen, das so lange vererbt worden war, wie die Erinnerung zurückreichte. Die Kröte war schwer zu schlucken für eine Region, die die besten Raben zähmte, die die Welt je gesehen hatte. Und obendrein kam die Beleidigung hinzu: Sie sollten ihre Götter begraben und stattdessen dem Seher ihre Treue schwören.

Ravnhov weigerte sich. Aber die Gelder waren verbraucht. Und Mannfalla konnte nach Belieben die Bedingungen festlegen. Sie hatten darauf geachtet, dass sie ordentlich daran verdienten. Ravnhov hatte seine Schulden im Verlauf von fünfzehn Mannesaltern abbezahlt und konnte im Jahr 928 des Sehers feiern, dass sie schuldenfrei waren. Und die darauffolgenden siebzig Jahre hatten sie gut genutzt. Heute besaß Ravnhov einen Überschuss an Raben, Stein und Stahl. Sie wurden immer mächtiger und immer größer. Eine Tatsache, die Urd hervorragend half, seinen Plan voranzutreiben.

Niemand im Saal bezweifelte, dass Ravnhov eine Bedrohung für Mannfalla darstellte. Nicht als Kriegsmacht, sondern in seiner Unabhängigkeit. Eine hässliche Narbe in der Alleinherrschaft des Rates. Eine Bedrohung von allem, das war und immer gewesen war.

»Ravnhov würde es nie wagen, sich gegen Mannfalla aufzulehnen«, sagte der alte Taid stur.

»Sie lehnen sich jeden Tag gegen uns auf!«, antwortete Urd. »Sie halten ihre Kinder vom Ritual fern. Trotz der Blinden! Was glaubt ihr denn, woran das liegt? Sie stecken mit ihnen unter einer Decke! Die Blinden werden Ravnhov an die Macht verhelfen!« Urd war von sich selbst beeindruckt. Als er seine eigenen Worte hörte, klangen sie überzeugender, als sie es in seinen Gedanken getan hatten.

»Räuberpistolen!« Noldhe stellte den Weinbecher ab und lehnte sich erschöpft im Stuhl zurück. »Räuberpistolen von vorn bis hinten. Dieser Rat diskutiert seit Generationen über Ravnhov. Wollen wir Leben opfern in einem Krieg, der auf Hochmut gründet? Wir sind besser. Wir sind Eisvaldr.«

Urd ergriff wieder das Wort, ehe Noldhe die Herzen der anderen berühren konnte. »Wir sind Eisvaldr heute. Morgen verhandelt Ravnhov mit seinen Verbündeten und nächsten Mond sind wir weg vom Fenster.«

»Welche Verbündeten?« Darkdagger legte die Feder zur Seite und rieb sich die Handgelenke, während er auf Urds Antwort wartete. Urd spielte den Überraschten. »Die Adeligen im Norden. Ich weiß aus sicheren Quellen, dass sie nach Ravnhov reiten. Das ist eine Information, die nicht so schwer zu finden ist. Ich weigere mich zu glauben, dass der Rat davon noch keine Kenntnis hat.«

Er kostete es voll aus, zu sehen, wie sich Unruhe auf den Gesichtern um ihn her breitmachte. Das Gerücht hatte auf vielen Umwegen von einem Bekannten eines Bekannten zu ihm gefunden und bezog sich auf nur einen läppischen Brief: eine Einladung nach Ravnhov, die jemand abgelehnt hatte. Das jedoch erfüllte in diesem Zusammenhang seinen Zweck.

»War das nicht der Grund, warum ihr den Jarl auf Skodd umgebracht habt?«, fügte er hinzu. Das war nur eine Vermutung, aber er fühlte sich sicher genug, sie zu nutzen. Die Bestätigung lieferte die folgende Stille.

»Sie haben uns tausend Jahre lang verhöhnt!«, kam es von Sigra. »Ich sage nur …«

»Schickt die Schwarzröcke?«, unterbrach sie Noldhe. »Die Lösung für alles? Bringt sie alle um?«

Urd beugte sich über den Tisch. »Ich habe das so verstanden, dass unsere … Annäherungen … nicht von Erfolg gekrönt waren?« Er trug den Satz mit all der Vorsicht vor, die aufzubringen er imstande war. Er vermied es, Ilume beim Namen zu nennen, sondern überließ es dem Rat, sich daran zu erinnern, wem die Sache misslungen war.

Dann lehnte er sich auf seinem Stuhl zurück. Es war unbegreiflich, dass es so schwierig sein sollte. Allen musste doch klar sein, wie viel sie zu gewinnen hatten, wenn sie Ravnhov zerstörten. Trotzdem unternahmen sie nichts. Und solche Leute besaßen alle Macht? Das war erschütternd. Er hatte Feuer an die Lunte gelegt. Jetzt brauchte er nur noch wie ein Schwachkopf abzuwarten. Abzuwarten, bis sie reif waren, bis sie selbst entschieden hatten, dass es in Mannfallas Interesse lag, gegen Ravnhov zu marschieren.

Sein Hals brannte. Er konnte nicht noch mehr Zeit vergeuden. Er erhob sich und begann um den Tisch zu gehen, während er sprach. »Ravnhov hat allen Grund, diesen Rat zu stürzen. Der Fürst, der eigenhändig die letzte Rate der Schulden in Mannfalla abgeliefert hat, ist nie zurückgekehrt. Die Mitglieder dieses Rates waren die Letzten, die ihn lebend gesehen haben. Glaubt ihr, Ravnhov habe uns das vergessen? Glaubt ihr, Eirik habe den Todestag seines Urgroßvaters Viljar vergessen? Würde er Eirik Viljarsón heißen, wenn sie vergeben hätten?«

»Setz dich hin, Urd Vanfarinn! In diesem Raum steht keiner über den anderen!« Eirs Stimme durchschnitt das Gemurmel aus Zustimmungen. Urd glitt zurück auf seinen Stuhl und kreuzte Freid Vangards Blick. Sie hatte Tränensäcke unter den Augen. Sie war eine siebzig Jahre alte Frau aus einer mittelmäßigen Familie, die nie eine führende Rolle im Rat innegehabt hatte. Urd lächelte.

»Keiner steht über den anderen? Obwohl nicht alle hier den Raben getragen haben?«

»Warum versuchen wir es nicht noch einmal?«, meldete sich unerwartet Miane Fell zu Wort. Das war die Frau, die seinen Vater geliebt hatte. »Was denn versuchen?«, fragte Freid Vangard und stieg plötzlich in die Debatte ein. Das konnte nur eins bedeuten: Urd war es gelungen, etwas in ihr wachzurütteln. »Kurzen Prozess mit dem Fürstentum zu machen! Eirik ist zu stark. Das Volk geht mit ihm durch dick und dünn. Und wenn Urd recht damit hat, dass er Kontakt zu den Blinden hat …«

»Zum schwarzen Blindból noch eins, Frau! Ravnhov hat selbstverständlich keinen Kontakt zu den Blinden!« Tyrme Jekense streckte einen rundlichen Arm aus. Urd biss die Zähne zusammen. Er war sich sicher gewesen, dass er Tyrme auf seiner Seite hatte. Er hatte seinem Bruder die Schulden erlassen und so seine Stimme für diesen Stuhl gewonnen. Doch weiter als bis dahin reichte die Loyalität offensichtlich nicht.

»Davon hast du keine Ahnung!« Sigra kam sofort zur Sache. Sie durchbohrte Tyrme mit Blicken wie ein angriffslustiger Bär. »Du kannst nicht wissen, ob sie vielleicht nicht schon die Steintore wieder aufgebrochen haben. Warum sollten sie sonst ihre Kinder vom Ritual fernhalten?«

»Wenn jemand die Rabenringe aufgebrochen hätte, dann hätten wir davon erfahren.« Eir klang langsam müde. »Ihr vergesst, dass Ilume Steinflüsterer bei sich hatte, um zu horchen. Hätte jemand den Steinpfad genommen, dann hätte Hlosnian davon schon längst gewusst.«

Urd spitzte die Ohren. Das hier war neues Wissen. Steinflüsterer? Die weltfremden Dummköpfe, die nichts anderes taten, als Skulpturen und Seherbildnisse zu meißeln? Künstler? Bildhauer? Die Frage brannte ihm auf den Nägeln, aber er konnte sie nicht direkt stellen, weil er seine Unwissenheit nicht offenbaren durfte. Er brauchte mehr Zeit. Er musste heute Abend zurück in die Bibliothek.

»Elveroa ist weit weg von Ravnhov«, antwortete Sigra. »Und der Auffassungsgabe eines alten Mannes sind Grenzen gesetzt. Aber das tut nichts zur Sache! Blinde hin oder her, Ravnhov muss wieder gezähmt werden!«

»Ravnhov ist nie gezähmt gewesen«, kam es von Leivlugn Taid.

»Oder nie eine echte Bedrohung gewesen«, antwortete Noldhe. »Und selbst wenn das der Fall gewesen wäre, so haben wir nicht das Recht, ein Blutbad anzurichten. Wir dürfen nicht vergessen, wer wir sind!«

Urd wusste, dass sie mit ihren Worten die anderen ins Herz traf. Perfekt. Jetzt war die Zeit für den Gnadenstoß gekommen. Das Brennen in seinem Hals wurde stärker. *Nicht jetzt!*

Er räusperte sich, bevor er sprach: »Nein. Wir dürfen nicht vergessen, wer wir sind«, wiederholte er. »Wisst ihr … wenn ich mich in diesem Raum umschaue, dann sehe ich unsere Namen in Gold graviert. Dann sehe ich einen Tisch, der mit Früchten, Nüssen, Käsesorten aus allen Ecken der Welt und Wein der besten Jahrgänge überreichlich gedeckt ist. Dann sehe ich Öllampen aus Gold, dann sehe ich mit Samt bezogene Stühle.« Er legte eine kleine Pause ein, damit sich alle umschauen konnten.

»Dieser Raum erzählt vielleicht, wer wir *sind*. Wohlgenährt, bequem, satt. Aber vielleicht haben wir vergessen, wer wir einmal waren.« Er stand wieder auf und ließ die Zeichnung auf den Tisch fallen. Sie segelte hin und her, ehe sie zwischen den Obstschalen landete. Die anderen beugten sich vor, um sie sich anzusehen. Auch Eir tat das. Er nutzte die Gunst der Stunde, um abermals um den Tisch zu gehen, während sie beschäftigt war.

»Diese Zeichnung habe ich in der Bibliothek gefunden. Ich wollte mich besser mit unseren Wurzeln vertraut machen. Ich wollte wissen, wie mein Vater und der Vater meines Vaters gelebt haben. Ich wollte mehr von dem Platz verstehen, den auszufüllen ich gebeten wurde. Ich werde einer von zwölf sein, die gemeinsam einen Pakt, eine Idee aufrechterhalten. Eine Idee, für die unsere Vorfahren gekämpft haben: eine freie Welt, eine sichere Welt. Unsere Vorfahren haben dieser Idee ihr Leben geweiht.«

Urd guckte auf die Zeichnung, auf die die Aufmerksamkeit aller gerichtet war. Sie stellte den Raum dar, in dem sie sich alle aufhielten: den Ratssaal. Zwölf Krieger saßen um einen runden Tisch. Hinter ihnen schwebte der Rabe, der Seher. Ansonsten war der Raum kahl. Die Gesichter waren verblasst, sodass man fast keine Züge erkennen konnte. Aber das war auch nicht nötig. Alle, die um den Tisch saßen, hatten es mit der Muttermilch eingesaugt. Das Bild mit den zwölf Kriegern, die den Rat schufen, nachdem die Welt von den Blinden befreit worden war. Zwölf Krieger. Zwölf Familien. Ihre Nachkommen saßen nach wie vor heute hier. Aber sie trugen Kittel. Keine Schwerter.

»Ich sehe die Krieger in diesem Raum sogar heute noch hier«, sprach Urd weiter. Er hatte sie jetzt im Griff, das wusste er. Das spürte er mit jeder Faser seines Körpers. »Ich sehe die Krieger. Aber sie haben ihre Schwerter verloren und sie ertrinken in Samt und Gold. Sie sind satt und zufrieden. In einem Raum, der einmal kahl war. In einem Raum, in dem es einmal um eine Idee ging, nicht um Wohlstand. Während wir uns in Luxus und Faulheit suhlen, kann Ravnhov den letzten Rest, der von dieser Idee noch übrig ist, zerstören. Ich könnte weinen, wenn ich mir diese Zeichnung ansehe. Weinen! Weil ich gezwungen sein werde, meinen künftigen Kindern zu erzählen, dass ich an diesem Tisch gesessen habe, als wir fielen.«

Urd setzte sich wieder hin. Er senkte den Kopf und legte die Stirn auf die Hand. Heimlich linste er hoch, um zu sehen, was sich um den Tisch tat. Eir saß mit geschlossenen Augen da. Ihr Gesicht war vor Verzweiflung nicht wiederzuerkennen. Doch er bezweifelte, dass Rührung über seine Worte der Grund dafür war. Nein, ihr war klar geworden, dass er gewonnen hatte.

Jarladin An-Sarin starrte vor sich hin. Er hatte eine Sorgenfalte auf der Stirn. Die Worte hatten ihn erschüttert. Sigra Kleiv hatte feuchte Augen, was ihr seltsamerweise aber ein noch männlicheres Aussehen verlieh. Er wusste, dass sie die ganze Zeit auf seiner Seite gewesen war. Sie war seiner Meinung. Noldhe Saurpassarid hatte die Hand auf den Mund gelegt. Sie war gerührt, aber immer noch nicht willens, anzugreifen. Garm Darkdagger war der Einzige, der Urd ansah. Er lächelte schief, als gratuliere er ihm. Urd erwiderte das mit einem Nicken. Garm war eine Ressource. Das durfte er nicht vergessen. Garm war auch der Erste, der die Stille durchbrach und sich zu Wort meldete, weil er für den heutigen Tag zum Schreiber auserkoren worden war. Er leitete sogleich eine Abstimmung ein.

»Alle heben die rechte Hand, die …«

»Warte!« Eir hob beide Hände über den Kopf. Die Handflächen zeigten nach außen, als versuche sie, eine Wand aufzuhalten. »Keiner von uns kann die Hand für oder gegen einen Krieg heben, ehe Ilume zurück ist.«

Urd schloss die Augen. Genau das hatte er befürchtet. Er hatte nur *eine* Möglichkeit. Falls er die nicht nutzte, wäre alles verloren, wenn Ilume zurück war. Ein vollzähliger Rat konnte der Rabenträgerin zwei Stimmen bescheren. Das würde ihn zu Fall bringen.

»Ilume hat erst kürzlich erfahren, wie wenig weit man in Gesprächen mit Ravnhov kommt. Ich bin sicher, sie würde die Entscheidung des Rates unterstützen, wie auch immer sie ausfiele. Aber wenn der Rat sich nicht sicher ist, dann haben wir eine andere Möglichkeit.« Urd seufzte. Er hatte alles auf eine Karte gesetzt. Wenn dieser Plan nicht aufging, hatte er auch alles verloren. Aber er brauchte nicht zu Ende zu sprechen. Sigra Kleiv ergriff das Wort.

»Die Gerüchte über die Blinden sind mehr als Grund genug, um Krieger nach Norden zu schicken. Wir brauchen Ravnhov nicht den Krieg zu erklären. Wir erklären den Blinden den Krieg!«

Garm Darkdagger stimmte ihr zu. »Und wir haben eine Waffe, die stärker ist als hunderttausend Mann. Wir haben die Schwarzröcke.

Lasst sie Eirik auf Ravnhov umbringen, wenn die Welt schläft, dann kann dieser Krieg vorbei sein, noch ehe er begonnen hat.«

Urd nickte und deutete mit der Hand auf Garm, um zu betonen, wie klug seine Worte waren. Aber er musste rasch handeln, um eine Entscheidung herbeizuführen. »Wollen wir die Hand für Sigras und Garms Vorschlag heben oder hat dieser Rat keine Befugnisse ohne Ilume?«

Eir durchbohrte ihn mit ihrem stahlharten Blick. Er hielt ihm stand. Jetzt kam es nicht mehr darauf an, dass er gewonnen hatte. Hätten die Schwarzröcke Eirik erst einmal umgebracht, dann wäre der Weg frei. Und selbst wenn es ihnen nicht gelingen sollte, würde Ravnhov jede Bewegung nach Norden als Kriegserklärung auslegen. Vor allem, wenn sie auf einen Mordversuch folgte.

Garm bat alle, für diesen Vorschlag die Hand zu heben. Urd zählte fünf Hände. Sechs mit seiner eigenen. Es fiel ihm schwer, ein Lächeln zu unterdrücken. Er hatte gewonnen. Ilume würde vor Wut kochen, aber das würde nichts ändern.

Sein Vater hatte ihn immer als verweichlicht bezeichnet. Ihn! Urd Vanfarinn. Er hätte ihn jetzt sehen sollen. Er hätte sehen sollen, was er erreichen konnte. Auf einer einzigen Versammlung hatte Urd mehr ausgerichtet als sein Vater im Lauf seines ganzen Lebens.

FEUER

Der Morgen kam. Die Möwen schrien unten an den Landungsbrücken. Der Morgen ging. Hirka saß am Birkenstumpf und starrte hinunter auf den Weg. Der ringelte sich wie eine schmale Schlange durch das Tal und hinauf zum Gardfjell. An vielen Stellen wurde er von Bäumen und Hügeln verdeckt, besonders hinauf zur Alldjup-Schlucht. Sie hatte eine Stelle gefunden, an der sie ein gutes Stück des Weges überblickte. Doch der blieb traurig leer.

Ihr Magen war auch leer, aber sie hatte keinen Bissen herunterbringen können. Sie hatte es mit getrockneten Äpfeln und Schinken versucht, doch der Einzige, der am Essen seine Freude hatte, war Kuro. Jetzt war noch nicht einmal er hier. Sie war einsam. Einsam auf ganz andere Weise als je zuvor. Einsamer, als sie jemals gewesen war. Vater war einmal ohne sie nach Arfabu gefahren. Er war fast einen halben Monat fort gewesen, aber da hatte sie sich nicht einsam gefühlt. Vater würde ja wieder nach Hause kommen. Vater kam immer wieder nach Hause zurück.

Hirka kauerte sich noch mehr zusammen. Regen lag in der Luft. Der Sommer hatte aufgegeben. Hatte sie auch aufgegeben? Sie wusste es nicht. Jetzt hatte sie niemanden mehr. Sylja hatte sie verraten. Auf Glimmeråsen war sie verhasst. Sie hatte hier kein Zuhause mehr. Eigentlich war es nie ein Zuhause gewesen. Es war nur ein Ort, an dem sie sehr lange geblieben waren. Die Leute hielten sich auch hier meist von ihnen fern. Bis sie krank wurden jedenfalls oder ein Kind erwarteten oder nur abergläubisch waren und Seher-Amulette und

Umarmungsfänger haben wollten. Vater und sie halfen allen. Die Leute hatten immer über sie und Vater geredet, aber sie selbst sprachen über niemanden.

Was wusste Elveroa über sie? Nichts. Wenn Rime es nicht verstanden und weitererzählt hatte. Aber Rime war es nicht, der sie verraten hatte.

Ich habe ihn zum letzten Mal gesehen.

Er glaubte, sie würden sich in Mannfalla treffen, dass er ihr während des Rituals beim Umarmen helfen würde. Aber sie würde nicht dort sein. Sie würde auf der Flucht sein. Trotz all der Trauer fühlte sie sich erleichtert, dass ihr das Ritual erspart blieb. Aber der Preis, den sie dafür bezahlen musste, war hoch. Vielleicht viel zu hoch.

Die Schwarzröcke.

Die Schwarzen, die die Macht besaßen, Vater in den Tod zu treiben. Ihn, der immer weiterlebte. Andere Leute, die starben. Andere, die wurden krank. Andere, die gaben auf. Vater lebte. Er war alles andere als ein Rabenaushungerer, er fürchtete keinen Kampf. So war er. So zu sein hatte er ihr beigebracht. Und jetzt gab es trotzdem Dinge auf dieser Welt, die seinen Willen zum Draumheim umdrehen konnten …

Da!

Hirka wurde in ihren Grübeleien durch den Anblick unterbrochen, auf den sie gewartet hatte: eine Reihe Wagen auf dem Weg. Sie stand auf, um besser sehen zu können. Acht Wagen, mehrere Männer zu Pferd um die Wagen. Es konnte niemand anders sein. Rime und Ilume verließen Elveroa.

Ilume ließ, abgesehen von der Seherhalle, nicht viel zurück. Die Leute hier waren früher nie zur Messe in die Halle gegangen. Sie hatten zum Seher gebetet und Götterbilder von Ihm angefertigt. Doch Elveroa lag in der Nähe von Ravnhov, darum hatte das niemand so ernst genommen. Hirka glaubte, dass nicht einmal der Schriftgelehrte sich besonders ins Zeug gelegt hatte, bevor Ilume kam. Wie würde es in Zukunft werden? Das würde sie nie erfahren.

Die Reisegesellschaft verschwand im Wald und Hirka kehrte wieder in die Kate zurück. Sie machte sich ans Packen. Sie ließ sich viel Zeit damit. Vaters Tees und Kräuter wurden aus den Kruken und Schachteln in kleinere Beutel aus Leder oder Stoff umgepackt. Einige rollte sie in Papier ein. Lose Dinge mussten in dichten Behältnissen aufbewahrt werden, aber sie versuchte, so kleine Dosen wie möglich zu finden. Sie konnte unmöglich alles mitnehmen. Das betraf vor allem das Lager aus Tees und Kräutern, das zu sammeln und zu sortieren Jahre gedauert hatte. Vieles davon musste sie zurücklassen.

Sie füllte den Reisesack. Ganz oben hatte sie Platz für Hartbrot, ein Glas mit Erbsen und Ziegenkäse. Eine getrocknete Elchwurst konnte an der Klappe hängen. Alles, was sie an Geld hatten, waren acht Silberlinge und fünf Kupferlinge. Aber das musste reichen. Sie hatte Ware zu verkaufen.

Dann wartete sie.

Es wurde dunkel und Elveroa begab sich zur Ruhe. Sie wartete noch etwas länger. Sie wartete, bis sie sich sicher war, dass alle schliefen und niemand die Flammen sehen würde. Dann verschüttete sie Öl um sich, widerwillig zuerst. Es kam ihr so falsch vor. Man verschüttete kein Öl in dem Haus, in dem man wohnte. Aber sie tat es dennoch. Das Öl floss über den Boden, zwischen die Bodendielen. Der Geruch stieg ihr in die Nasenlöcher, sodass sie zusammenklebten.

Instinktiv ging sie zur Banktruhe und fand Vaters Schwert. Sie umfasste den Knauf und zog es heraus. Eine fremde Schwere. Es war ein einfaches Schwert aus Ulvheim. Die Leute dort waren aus hartem Holz. Wenn sie dieses Schwert hielt, dann würde sie vielleicht schaffen, das auszuführen, von dem sie wusste, dass es getan werden musste.

Sie schob das Schwert in die Feuerstelle und zog die Glut über den Boden. Nach nur einem Augenblick war die Kate in Brand gesteckt. Einen Moment wurden ihr die Füße schwer, als wollten sie an Ort und Stelle stehen bleiben. Sie hob das Schwert, aber es konnte gegen die Flammen nichts ausrichten. Flammen verschlangen alles, sogar Fäulnis.

Sie stach das Schwert zwischen die Bodendielen und dann lief sie mit dem Sack auf dem Rücken nach draußen. Sie war nicht tot wie Vater. Sie war am Leben und Vater hatte alles in seiner Macht Stehende getan, damit sie es weiterhin bleiben konnte.

Sie lief zur Alldjup-Schlucht und blieb erst stehen, als sie ganz oben auf dem Hügelkamm angekommen war. Die Kate brannte. Die Kohlekate war endlich weg. Die Hütte, vor der die anderen Angst gehabt hatten. Doch Vater und sie waren nicht abergläubisch. Hätten sie es vielleicht sein sollen?

Hirka schaute zu, wie die Flammen das verschluckten, was für sie einem Zuhause am nächsten gekommen war. So wie sie Vater verschlungen hatten. Sie stand zu weit entfernt, um die Hitze zu fühlen, doch sie spürte sie in sich. Als würde sie sich selbst verbrennen, aus der Welt verschwinden und vor Rime. Er würde glauben, sie sei tot. Würde er trauern? Wie lange? Eine Stunde? Einen Tag?

Hirka umklammerte den Schmuck, den abgenutzten Wolfszahn mit den kleinen, eingeritzten Kerben auf beiden Seiten, umklammerte den Beweis, dass sie einmal ein ganz normales Mädchen gewesen war.

Dann nahm sie die Brücke über die Alldjup-Schlucht und lief in den Wald nach Ravnhov.

EISVALDR

Es war Nacht in Mannfalla, aber die Stadt war nicht tot. Rime war zwar nicht lange fort gewesen, doch das Leben auf den Straßen hatte sich verändert. Früher hatte nach Einbruch der Dunkelheit Ruhe geherrscht, abgesehen von dem einen oder anderen Trinker oder Reisenden, der zufällig zu so einem ungünstigen Zeitpunkt eintraf wie er selbst.

Jetzt schienen die Wirtshäuser gar nicht mehr zu schließen. Musik von Gauklern und Spielmännern war durch die geöffneten Fenster zu hören. Zu nachtschlafender Zeit waren die Lieder derber und die Strophen über willige junge Sennerinnen ermunterten zu Lachen und Johlen. Zugereiste, die kein Geld hatten, nächtigten in den Parks und auf den Straßen. Die halbe Welt hatte beschlossen, hierherzukommen. Rime wünschte, dass nur das Ritual der Grund dafür war, wusste aber, dass es diesmal um mehr ging.

Er brachte das Pferd zum Stehen und schaute über die Schulter zurück. Die Gesellschaft bewegte sich im Schneckentempo über die Pflastersteine. Die meisten schliefen in ihren Wagen. Ilume saß mit geschlossenen Augen hinter dem Kutscher und hatte die gefalteten Hände in die Kittelärmel gezogen. Rime ging nicht davon aus, dass sie schlief, darum bezwang er den Impuls, vorauszureiten. Die vielen Tage auf der Landstraße hatten ihn rastlos gemacht. Es wäre ein befreiendes Gefühl für ihn gewesen, wenn er auf und davon reiten könnte, bevor sie am Ziel waren, aber so einfach würde Ilume es ihm nicht machen. Und er nahm es hin, jetzt, da er wusste, dass es das letzte Mal war.

Sie setzten ihre Reise am Flussufer entlang fort, vorbei an den ärmsten Gebieten der Stadt. Hier standen die Steinhäuser am dichtesten beieinander. Ein Segen des Sehers in dem Elend, denn die Häuser waren so verfallen, dass sie nicht mehr von allein stehen blieben. Vor den stärker heruntergekommenen Wirtshäuern schwängerte unverkennbar Opia-Rauch die Luft.

Eine Gestalt kam ihnen wankend entgegen und fiel direkt vor ihnen hin. Rime musste sehr abrupt haltmachen, sodass sein Pferd wieherte, den Kopf hin und her warf und an den Zügeln zerrte. Rime sprang ab, um dem Mann zu helfen, doch er kam von selbst wieder auf die Beine. Sein Alter verbarg ein wild wuchernder Bart. Er war auf einem Auge blind, das mit einer weißen Haut überzogen war und tot aussah. Alles deutete darauf hin, dass das andere Auge das gleiche Schicksal erleiden würde. Der Mann, der aus einer Schürfwunde an der Stirn blutete, sah Rime an und murmelte eine Entschuldigung. Er war nicht betrunken. Einige Männer hatten ihn gejagt und Steine nach ihm geworfen. »Das liegt an meinen Augen, Mester«, erklärte er. »Sie machen den Leuten Angst. Sie glauben …« Er brauchte das Ende des Satzes nicht auszusprechen.

»Du erinnerst sie an die Blinden.« Rime schloss die Augen und versuchte, über die Unwissenheit der Leute nicht in Rage zu geraten. So viel sinnloses Leid. Entstanden durch Mythen und Märchen, entstanden durch Furcht.

Er führte den halb blinden Mann von der Straße und drückte ihm zwei Silbermünzen in die Hand, bevor er wieder aufs Pferd stieg.

»Es gibt nicht viele wie euch, Mester!«, rief der Mann, ehe er weiterging in vollkommener Unwissenheit, wem er da gerade begegnet war. Rime warf einen Blick zurück auf die Wagen. Sie waren jetzt direkt hinter ihm und Ilumes Missfallen leuchtete ihm entgegen wie Katzenaugen in der Dunkelheit. Rime glaubte nicht, dass sie einen Unterschied zwischen Schlafen und Wachen kannte. Für sie war es ein und dasselbe.

Sie bogen nach rechts ab und setzten ihren Weg die Daukattgata hinauf fort. Das Ziel der Reise ragte vor ihnen auf: Eisvaldr, die Stadt am Ende der Stadt, Heimat für Tausende von vornehmen Nachkommen und ihre Bediensteten. Das Haus des Sehers war gewachsen, bis niemand mehr mit Sicherheit sagen konnte, wie groß es war. Nicht einmal die privilegierten Zwölf im inneren Zirkel. Ungeduld machte Rime immer mehr zu schaffen, je näher sie kamen. Bald. Bald war er zu Hause. In seinem richtigen Zuhause. Er brauchte nur noch zuerst Ilume durch den Familiensitz zu begleiten. Und dann kam es darauf an, wie schnell sie ihn gehen ließ.

Sie erreichten die Mauer, die Eisvaldr vom übrigen Mannfalla trennte. Heutzutage war es nur dem Namen nach eine Mauer. Sie war vor Generationen durch eine Reihe Torbögen geöffnet worden und war nichts weiter als ein Symbol. Zwei schläfrige Wächter richteten sich auf, als die Reisegesellschaft kam. Sie verbeugten sich so tief, wie es Brünnen und Brustplatten erlaubten.

»Són-Rime.«

Rime spürte ein Zucken im Mundwinkel. So identifiziert zu werden, dazu war er verurteilt. Als Sohn einer Ratsfamilie. Zuerst als Sohn und dann, als ob es da einen Spielraum gäbe, als Rime. Die Wachen entdeckten Ilume und schauten einander nervös an. Sie hätten sie natürlich zuerst grüßen müssen. Aber es war dunkel und sie befand sich weiter hinten im Tross. Sie hatten also guten Grund für ihr Versäumnis, aber es machte nicht den Eindruck, als seien sie sich sicher, dass Ilume zu dem gleichen Schluss kam.

»Madra.« Sie verbeugten sich und traten jeweils einen Schritt beiseite, damit die Wagen passieren konnten.

Das Haus An-Elderin gehörte zu den ältesten in Eisvaldr. Es war großartig, unterschied sich aber von anderen Häusern innerhalb der Mauer dadurch, dass es aus Stein gebaut war, der seine natürliche Farbe und Form behalten hatte. Es war weder weiß gekalkt noch rechtwinklig, sondern glich am ehesten dem Wesen, das dem Haus seinen Namen verliehen hatte: einem schlafenden Drachen.

Rime ritt durch den Obstgarten. Er war ungeduldig, musste mehrmals anhalten und auf die Gesellschaft warten. Er wollte weiter. Er *musste* weiter. Doch Ilume erwartete, dass er sie ins Haus begleitete. Sie erwartete bestimmt auch, dass er über Nacht blieb, aber das hatte er nicht vor.

Der Kutscher half Ilume aus dem Wagen und weckte die Diener, die schon mehrere Stunden geschlafen hatten. Sie führten Pferde und Wagen in den Stall. Ilume gab den Befehl, man solle mit dem Auspacken bis zum nächsten Tag warten. Dann ging sie ins Haus. Rime folgte ihr. Sie wurden vom alten Prete empfangen, der ihnen schnellen Schrittes mit einer Öllampe in der Hand durch die Halle entgegenkam. Er hatte offenbar geschlafen. Dennoch hing sein Kittel ordentlich und faltenfrei an dem mageren Leib.

»Ilume-Madra.«

Er verbeugte sich und führte sie weiter ins Haus. Prete berichtete Ilume, was sich in ihrer Abwesenheit zugetragen hatte. Seine Stimme war leise, hallte aber dennoch unter den hohen Decken wider. Rime ging hinter ihnen und schnappte nur vage auf, dass sie ummöbliert und den Winterflügel zum Erwärmen geöffnet hatten. Er schaute sich in den Räumen um, in denen er aufgewachsen war, und dachte an Hirka, an die Kate, in der sie wohnte. Er erinnerte sich, wie Thorald mit ihm gesprochen hatte. Offen, als sei er ein Freund. Nicht jemandes Sohn. Kein Mester. Die Feuerstelle, der Duft von Fischsuppe. Eine kleine Familie aus zwei Mitgliedern.

Im Haus An-Elderin saß man nicht dicht nebeneinander. Es war egal, wie viele hier wohnten. Ilume, Rime, Onkel Dankan mit seiner großen Familie. Es gab trotzdem zu viele und zu große Räume. Die Böden waren blank. Rime nahm aus dem Augenwinkel eine schnelle Bewegung wahr und drehte sich um. Es war nur ein Spiegel. Eines der Augen im Haus. Er sah flüchtig sein eigenes Gesicht. Das Haus An-Elderin hatte ihn gesehen, hatte ihn immer gesehen, in jedem Augenblick eines jeden Tages vom Moment seiner Geburt an. Das hier war kein Zuhause, sondern ein Ort, an dem man beobachtet wurde. Eine Bühne, auf der man gesehen und verehrt wurde. Rime merkte, dass er, seit er das Haus betreten hatte, seinen Gang verändert hatte. Seine Schritte waren jetzt kürzer und steifer. Eine Erinnerung drängte sich ihm auf: Er war fünf oder sechs Winter alt. Ilume brachte ihm das Gehen mit angehobenem Kinn bei. Wie sie ihm das Kinn hochdrückte. Wie ein Fingernagel ihm aus Versehen in die Lippe schnitt. Der Geschmack von Blut. Die Erinnerung verpuffte genauso schnell, wie sie aufgekommen war.

Ilume blieb in der Bibliothek stehen und schickte Prete zurück ins Bett. In dem Raum fühlte man sich trotz der Größe eingesperrt. Dunkle, lederbezogene Stühle und Gardinen von der Decke bis zum Boden schluckten das wenige Licht, das die Lampen spendeten.

»Du nimmst bis morgen eins deiner alten Zimmer.« Ilume legte ihren Umhang über einen Stuhl. Eine magere Dienerin holte ihn und entfernte sich sofort. Ilume setzte sich hin und Rime fiel auf, dass sie sich mit einem Arm abstützte. Er lächelte, glaubte aber nicht, dass sie es sah. Er erkannte ihren kleinen Manipulationsversuch, an sein Pflichtgefühl zu appellieren, doch er legte seinen Umhang nicht ab.

»Nein.«

Ilume räusperte sich. Er wartete darauf, dass sie noch etwas sagte, doch das tat sie nicht. Nicht einmal so viel sagte sie, dass er doch bei Tageslicht den Weg besser finden würde. Die Reise war lang gewesen und die Stimmung zwischen ihnen war auf und ab gewogt wie die Gabe selbst. Vielleicht war sie müder, als er ahnte? Oder wütender? Einen Augenblick lang erwog er zu bleiben, begriff aber im selben Moment, dass es genau das war, was sie mit ihrem Schweigen erreichen wollte. Das letzte Wort war noch nicht gesprochen, aber das sollte es offenbar heute Nacht auch nicht mehr.

»Dir eine gute Nacht, Madra.« Rime verließ das Zimmer.

Er wartete, bis er aus dem Haus war, und rannte dann los. Kein Wagen und kein Pferd konnten ihn dorthin bringen, wohin er jetzt wollte. Er lief die breiten Handelsstraßen entlang zur Seherhalle; eine weiße Mauer erhob sich vor ihm. Mit ihren abertausend schmalen Fenstern, die in einer anderen Zeit einmal als Schießscharten gedient hatten, neigte sie sich ein wenig nach innen. Sein Herz schlug schneller. Er nickte den Wachen an den Toren zu, durch die er musste. Sie nickten verschlafen zurück. Eisvaldr schlief. Aber er war, wer er war, und ging, wohin er wollte.

Rime setzte seinen Weg durch die Säle und hinaus durch die Gärten auf die andere Seite des aus Hallen zusammengesetzten Bauwerkes fort. Er verneigte sich vor dem Turm des Sehers, dem einzigen Ort, den er nie besuchen durfte. Das war den Zwölf vorbehalten. Irgendwo dort drinnen ruhte der Seher. Ein Gedanke, der für ihn jetzt genauso schwindelerregend war wie damals als kleiner Junge. Er ging am Turm vorbei, blieb stehen und nahm Blindból in den Blick. Tausend waldbedeckte Berge ragten aus dem Tal wie Finger in die Höhe und erstreckten sich soweit sein Auge reichte. In der Dunkelheit sahen sie grau aus, aber er wusste, dass sie eigentlich leuchtend grün waren. Diese Gärten und der Ausblick auf Blindból waren den nächsten Angehörigen des Sehers vorbehalten. Diese schöne Aussicht wurde niemandem zuteil, der nicht in Eisvaldr wohnte oder arbeitete. Aber sogar viele, die hier arbeiteten, nahmen lange Umwege auf sich, damit ihnen der Blick auf Blindból erspart blieb. Verbotene Berge, verfluchte Berge. Denn von diesen Bergen, so glaubte man, seien vor ewigen Zeiten die Blinden gekommen.

Die Morgendämmerung zog auf. Rime verließ Eisvaldr und begab sich hinauf in die Berge, auf Pfaden, an die sich schon längst niemand mehr erinnerte. Die Klippen hinauf und hinab, durch lichten Kiefernwald und über Hängebrücken, die sich vor ihm im Nebel verloren.

Bald würde er die Umrisse des Lagers erahnen können. Es lag wild und schön zwischen den Bäumen auf einem der Berggipfel. Sein Lager. Bald war er zu Hause. Bei den Seinen. Wo er nichts weiter war als Rime.

Unter den Schwarzröcken.

DER WILDE JUNGE

Hirka wachte von einem Geräusch auf. Sie zuckte zusammen, aber auch an diesem Morgen waren die Schwarzröcke nicht gekommen, sondern nur Kuro. Der Rabe spazierte mit abstehenden Federn auf dem Boden herum. Sie setzte sich etwas zu schnell auf und schlug mit dem Kopf gegen den Felsvorsprung über ihr. Der Schmerz zog vom Schädel bis zu den Schultern. Sie rieb die Stelle, bis das Schlimmste vorüber war. Der Rücken tat ihr nach einer Nacht auf der buckeligen Unterlage weh, aber ihr war nichts anderes übrig geblieben. Am Abend hatte es angefangen zu regnen und sie musste Schutz unter dem schräg stehenden Steinblock suchen. Immerhin war sie trocken. Sie rollte ihre Jacke zusammen und kroch aus ihrem Versteck hervor.

Es regnete nicht mehr. Das Moos glitzerte vor Tau und der Nebel verzog sich gerade zwischen die Tannen. Kuro flog hoch auf einen Ast und beschwerte sich. Wäre sein unzufriedenes Schreien nicht gewesen, dann hätte Hirka kaum gewusst, ob sie tot oder lebendig war. Sie war jetzt schon so lange durch den dunklen Tannenwald gelaufen, dass sie die Tage nicht mehr mitgezählt hatte. Waren es sieben oder acht? Die ganze Zeit Richtung Südosten, nach Ravnhov. Aus Angst vor den Schwarzröcken hatte sie die Straßen gemieden und Leute. Das Gelände war an vielen Stellen unwegsam gewesen. Wie hier, wo der Waldboden aus nichts anderem als aus moosbewachsenen Steinen bestand. Fast wäre sie zwischen zweien stecken geblieben und hatte gelernt, vorsichtig zu sein. Schnell war ein Fußgelenk gebrochen. Und was hätte sie dann machen sollen so ganz allein?

Vater …

Jeden Morgen sank ihr das Herz im Körper, wenn ihr klar wurde, dass er nicht mehr da war. Jeden Abend sah sie die brennende Hütte vor sich. Alles, was sie besessen hatte, war tot, weg, verbrannt. Sie hatte gegen das Gesetz verstoßen. Sie hatte einen Teil von ihm den Raben gegeben, verlor aber langsam den Glauben daran, dass sie ihn gerettet hatte. Nichts konnte gewöhnliche Leute vor dem Tod retten. Vater war im Draumheim, wo alle früher oder später landeten, wo alle bis ans Ende der Zeit schliefen. Alle, bis auf solche wie Rime. Sie durften eins werden mit der Gabe. Ein Teil von allem, was war, und allem, was sein würde.

Rime.

Sie erinnerte sich an seine Augen, wie sein Blick hinter Vaters Feuer brannte. Die Sehnsucht nach der Gabe erwachte in ihr. Sie nagte in ihrer Brust und brachte ihr den Augenblick zurück, in dem er sie vor der Bierstube festgehalten hatte. Sie sah zu, dass sie schleunigst auf andere Gedanken kam. Sie aß das letzte Stück Elchwurst und ein paar harte, vertrocknete Blaubeeren, die sie am Vortag gepflückt hatte. Der Herbst kam in diesem Jahr früh und hatte ihr unterwegs ein gutes Stück geholfen. Aber das würde nicht ewig so weitergehen. Sie musste es bis Ravnhov schaffen.

Hirka kletterte auf den Steinblock und schaute sich in der Landschaft um. Hrafnfjell. Das war ein schöner Anblick. Die Berge waren so nah – sie hatte bereits mit dem Aufstieg begonnen, wie sie jetzt feststellen konnte. Im Süden erahnte sie zwischen den Bäumen eine Lücke. Das musste der Weg nach Ravnhov sein. Sie brauchte nur in seiner Nähe weiterzugehen, dann müsste sie noch vor Sonnenuntergang dort sein. Der Anstieg war anstrengend und sie hatte keine Ahnung, was sie tun sollte, wenn sie am Ziel war. Aber es mochte kommen, wie es wollte. Ihr würde bestimmt etwas einfallen.

Hirka kletterte wieder vom Steinblock hinunter und füllte den ledernen Wasserbeutel mit Regenwasser aus einer Rinne aus Borke, die sie an beiden Enden abgedichtet hatte. Kuro flog von der Tanne herunter und setzte sich auf den Steinblock in der Hoffnung, etwas zu fressen zu bekommen. Sie schaute ihn an, während sie den Lederbeutel verschloss.

»Du musst selbst klarkommen. Du hast doppelt so viel gegessen wie ich.«

Kuro gab keine Antwort. Die Federn glänzten in allen Farben des Regenbogens. Wie einfach es für ihn doch sein musste. Er konnte fliegen, wohin er wollte und wann er wollte. Er hatte nichts zu befürchten und nichts konnte ihn aufhalten. Er war frei. Hirka begriff, dass auch sie nichts aufhielt. Sie war schmerzlich frei zu gehen, wohin sie wollte, und das zu machen, was sie wollte. Bis sie sie holen kamen oder bis sie erfror.

»Was würde ich nur ohne dich machen?«

»Raaaab!«

»Ja, genau!«

Als Hirka sich gerade den Sack auf den Rücken geworfen hatte und losgehen wollte, war ein Schrei aus dem Wald zu hören. Sie erstarrte. Sie war an alle Geräusche des Waldes gewöhnt, aber das hier war etwas anderes. *Die Schwarzröcke!* Sie hatten sie gefunden. Sie war außerstande, sich umzudrehen, nachzusehen. Ihr Körper gehorchte ihr nicht. Das Herz schlug ihr wild bis zum Hals.

Flieg! Sie machte Kuro Flügel und fuhr herum, um ihrem Feind ins Auge zu blicken. Aber da war niemand. Die Gefahr kam von oben. Ein Riesenadler! Keine Schwarzen. Keine mysteriösen Krieger auf der Jagd nach ihrem Leben. Es war bloß ein Adler. Mit einer Flügelspanne, die breiter war als sie hoch.

Das fliegende Monstrum kam näher. Blitzschnell wurde ihr klar, dass ein Riesenadler eine äußerst reale Bedrohung darstellte. Sie warf den Sack ab, schmiss sich hinter den Steinblock, rollte sich dort zusammen und versuchte, sich so klein wie möglich zu machen. Das war die falsche Taktik. Der Adler fixierte sie und legte zum Sturzflug die Flügel an. Hirka sprang schnell wieder auf den Stein und schrie aus vollem Hals, um den gierigen Raubvogel zu verjagen.

Kuro flatterte um ihn herum und krächzte verzweifelt. »Arka! Arka! Arka!« Der Adler schnappte nach ihm. Hirka schrie so laut sie konnte, aber der Adler hatte sein Ziel gefunden. Er setzte mit aufgerissenem Schnabel zum Sturzflug auf den Raben an. Kuro war so klein, dass er vollständig in dem braunen Schlund verschwinden würde. Und sie konnte nichts dagegen tun!

»Kuro! Hedra!« Kuro blieb flatternd in der Luft hängen. »Hedra! Hedra! Komm her!« Kuro klappte die Flügel ein und schoss auf sie zu. Der Adler konnte nicht genauso geschwind wenden. Er segelte einen weiten Bogen, ehe er wieder Kurs auf sie nahm.

Im Namen des Sehers, beeil dich!

Kuro verfehlte Hirkas ausgestreckte Hand und prallte direkt gegen ihre Brust. Sie schlang die Arme um ihn und wölbte den Rücken der enormen Gestalt entgegen, die vom Himmel immer näher auf sie zukam. Sie kniff die Augen zu und hockte sich hin. Etwas sauste über ihren Kopf. Dann war ein Knall zu hören. Der Adler schrie unmittelbar hinter ihr auf. Ein alles durchdringender, wutentbrannter Schrei. Was war passiert? Hirka hob vorsichtig den Kopf.

Der Adler machte einen Satz über sie, verwirrt, als versuche er, Hirkas Schlagkraft einzuschätzen. Sie spürte den Luftzug der Flügel im Haar. Ein Stein schnellte durch die Luft. Er sauste im Abstand von ein paar Zentimetern am Adler vorbei, doch das reichte, um ihn auf andere Gedanken zu bringen. Er schrie wieder auf, erhob sich und verschwand über den Baumkronen.

Hirka drehte sich um. Etwas weiter hinter ihr stand ein Mann. Sein Haar war braun und stand in alle Richtungen ab, obwohl es windstill war. Er war dünn angezogen, hatte sich aber eine Jacke um die Hüfte gebunden. Pelzgesäumte Ärmel schauten aus dem Knoten am Bauch hervor. Er hatte einen Bogen in der Hand und trug einen Köcher mit Pfeilen auf dem Rücken. Er hatte eine breite Brust und kräftige Arme wie Vater.

Der Mann kam auf sie zu und Hirka sprang widerwillig vom Stein. So gab sie diesen Vorteil auf, aber immerhin hatte er ihr geholfen.

Und er war der einzige Ymling, den sie seit einer Woche zu Gesicht bekommen hatte. Ymling … Abermals fiel ihr ein, dass sie ein Odinskind war. Sie gehörte nicht zum Ymsgeschlecht. Nicht einmal Ymling konnte sie sich nennen. Das alltäglichste Wort, das man sich vorstellen konnte. Das Wort für alle Leute.

Er blieb stehen. Hirka hatte das Gefühl, er wolle nur sehen, ob sie sich zurückzog oder nicht.

»Wer bist du, Mädchen?« Seine Stimme war jung. Er war ein Junge im Körper eines Mannes. Kaum mehr als ein, zwei Winter älter als sie selbst. Die Frage klang wie ein Vorwurf, aber er wartete zum Glück nicht auf die Antwort. »Zähmst du Raben?«

Ihr wurde klar, dass Kuro auf Befehl gekommen war. Zum ersten Mal. Er hatte zwar auch einen wirklich guten Grund zu kommen gehabt, aber trotzdem. Sie ließ den Raben wieder los und frei fliegen. Die Freude keimte in ihrer Brust und sie gab ihr Bestes, um ein ungerührtes Gesicht zu machen. Wenn er glaubte, sie zähme Raben, dann war das seine Sache.

»Ich zähme den hier«, antwortete sie und drehte sich um, um den Sack aufzuheben, der den Angriff unbeschadet überstanden hatte.

»Du bist die Schwanzlose.«

Hirka drehte sich schnell wieder zu ihm um. Ihr fehlender Schwanz war oft Gesprächsthema, wenn sie Leute traf, die sich zu fragen trauten, aber diesmal klang es nicht wie eine Frage. Er starrte sie an. Hirka suchte in seinem Gesicht nach dem üblichen Mitleid, doch dort war nur Neugier zu finden.

»Ja«, antwortete Hirka. »Ich war klein und die Wölfe griffen mein…«

»Hundert Nordwest!«, rief er schnell, ohne sie aus den Augen zu lassen.

Hirka hörte in der Ferne eine Antwort aus dem Gebüsch und wie mehrere Personen losliefen.

»Du hast dir die falsche Zeit ausgesucht, um durch den Wald zu stromern, Mädchen.«

Eine Jagdgesellschaft also, die keinen Unterschied zwischen Volk und Vieh kannte? Hirka verschränkte die Arme vor der Brust.

»Warum das denn? Laufen denn viele zweibeinige Elche hier in der Gegend rum?«

Er schaute sie an, als sei sie nicht ganz bei Trost. »Bist du in den letzten Jahren zur See gefahren? Durch den Wald kommt niemand mehr nach Ravnhov rein.« Er deutete zwischen die Bäume. »Geh da hinauf, bis du an die Felswand kommst, und folge ihr dann südwärts, bis du unten auf dem Weg bist.« Er ließ seinen Blick über ihren Körper gleiten. »Ravnhovs Freunde brauchen den Weg nicht zu fürchten«, fügte er hinzu. Hirka war nicht sicher, ob er versuchte, sie zu beruhigen oder zu warnen. Dann wandte er sich zum Gehen. Hirka blieb verwirrt neben dem Steinblock stehen und sah zu, wie er sich zwischen den Tannen entfernte. Sie öffnete den Mund, um ihm ein Danke hinterherzurufen, schloss ihn aber wieder. Ihr Blick fiel auf einen der Steine, die der wilde Junge geworfen hatte. Warum warf er Steine, wenn er Pfeile hatte?

Hirka ging bergauf. Kuro setzte sich auf ihre Schulter und schlug mit den Flügeln. Die Krallen bohrten sich durch ihr Strickhemd, aber das musste sie aushalten. Er war zu ihr gekommen, als sie ihn gerufen hatte. Der Schreck über den Adler hatte sich in ein herzliches Erstaunen gewandelt. Das Zusammensein mit Kuro hatte sich auf einen Schlag vollkommen verändert. Er war kein Rabe mehr, der sich in ihrer Nähe aufhielt, um hin und wieder ein Stück Honigbrot zu ergattern. Er war ein fremdes Tier wie sie. Zwei ganz unterschiedliche Geschöpfe hatten miteinander gesprochen. Nur ein einziges Wort. Aber es war das erste. Hirka wünschte sich von ganzem Herzen, es würden mehr werden. Wenn sie und der Rabe einander verstehen konnten, dann konnten vielleicht Ymlinge und Menskr das auch.

Kurz darauf kam sie an eine senkrechte Felswand, genau wie der Junge gesagt hatte. Sie war massiv, grau und von weißen Adern durchzogen. Sie ging an ihr entlang nach Süden. Was hatte er gemeint damit, dass Freunde den Weg nicht zu fürchten brauchten? Woher wusste er, dass sie sich versteckte?

Weil du wie ein Schwachkopf durch den Wald trampelst.

Der Wald öffnete sich und Hirka kletterte hinunter auf den Weg, der nach Ravnhov führte.

DAS WIRTSHAUS »ZUM RABENJUNGEN«

Hirka ging mit eingezogenem Kopf. Sie hatte das Gefühl, nackt zu sein und angestarrt zu werden. Der Weg schlängelte sich in sanften Schnörkeln hinauf und übers Gebirge bis nach Ravnhov. Jeder konnte im Schutz der Bäume hocken und sie beobachten. Und jederzeit konnten Reiter hinter ihr auftauchen.

In den ersten Stunden war sie bei jedem Geräusch, das sie gehört hatte, in den Wald gerannt. Doch dann war sie zu dem umgefallenen Wegweiser gekommen, einem steinernen Pfeiler, der aufgestellt höher als sie gewesen wäre. Jetzt lag er am Waldrand, in der Mitte zersprungen und von Moos überwuchert. Das Zeichen des Sehers war fast ganz verwittert. Ähnliche Wegweiser standen überall in den elf Reichen. Überall, wo es Leute gab, standen auch Wegweiser. Dieser hier hatte wohl vor langer Zeit eines Winters unter der Last des Schnees nachgegeben, falls ihn nicht jemand umgestoßen hatte. Seltsamerweise hatte ihn niemand wieder aufgerichtet. Sie hatte einen Ort erreicht, an dem der Rat nicht mehr die alleinige Herrschaft besaß. Danach hatte sie sich an den Weg gehalten. Vielleicht tat sie es auch darum, weil sie immer mehr Hunger bekam. Man hatte nicht mehr viel, was einem etwas bedeutete, wenn das Einzige, was man brauchte, etwas zu essen war.

Im Verlauf des Tages waren mehrere Wagen an ihr vorbeigerollt. Sie hatte sich die Kapuze übergezogen und war mehr am Waldrand entlanggegangen in der Hoffnung, ihre Schritte würden einen zielstrebigen Eindruck machen. Sie versuchte, deutlich zu verstehen zu geben, dass sie nicht mitgenommen werden wollte, und es hatte auch niemand angehalten, um ihr eine Mitfahrgelegenheit anzubieten. Sie hatte auch Männer zwischen den Bäumen gesehen. Sie waren dabei, eine Holzwand mitten in die Felswand zu bauen. Welchen Zweck die erfüllen sollte, konnte sie nicht erkennen. Aber das bedeutete jedenfalls, dass sie Ravnhov bald erreicht hatte. Wer würde ihr da begegnen? Was würde man sagen? Was, wenn man sie fortjagte? Ein schwanzloses Mädchen auf der Flucht vor dem Rat …

Der Abend rückte näher und die Luft kühlte sich ab. Der Hang wurde immer steiler, die Bäume immer knorriger. Als der Weg abbog, sah sie eine riesige Steinmauer nicht weit vor sich. Sie erstreckte sich von der Felswand quer über die Straße und in den Wald hinein. Steine in allen Farben und Formen waren mit einem lehmfarbenen Fundament fest verankert. Zwei Holzpfähle trugen ein Tor aus ganzen Baumstämmen.

Oben auf der Mauer unterhielten sich drei Männer laut miteinander. Der eine saß mit baumelnden Beinen da und stocherte mit einem Speer Rost von den Scharnieren. Hirka blieb stehen. Die Männer trugen Schwerter und abgewetzte Lederbrünnen: Krieger, Torwächter von Ravnhov. Sie rief sich selbst in Erinnerung, dass sie nichts Unrechtes getan hatte. Jedenfalls nichts, was *sie* wissen konnten.

Die Mauer schien mit jedem Schritt, den sie näherkam, größer zu werden. Wind und Wetter hatten die Steine zwar stark abgeschliffen, dem Bollwerk aber nichts anhaben können. Hinter diesen Mauern wäre sie in Sicherheit. Natürlich nur, wenn sie überhaupt durchgelassen wurde. In dem großen Tor konnte sie keine kleinere Tür entdecken und traute sich nicht, anzuklopfen.

Sie kam sich plötzlich blöd vor. Sie guckte hoch. Der Mann, der mit den Beinen über der Mauerkrone dasaß, hatte sie gesehen, aber reinigte weiter die Scharniere mit dem Gerät, das Hirka auf den ersten Blick für einen Speer gehalten hatte. Es war aber in Wirklichkeit ein abgewinkelter Schaber, der vermutlich genau für diesen Zweck hergestellt worden war. Er knirschte auf dem Metall. Sand und Rostflocken wirbelten durch die Luft und rieselten ihr sachte vor die Füße.

»Wie sehen die an der Unterseite aus? Ist da viel Rost?« Die Stimme war tief und Hirka wich unwillkürlich einen Schritt zurück.

»Redest du mit mir?«

Der Mann da oben unterbrach seine Arbeit und schaute sie an. Seine Augenbrauen waren fast zusammengewachsen.

»Nein, ich rede mit deinem Verstand, der gleich hinter dir steht.«

»Das muss deiner sein. Meiner steckt hier im Sack«, erwiderte sie schnell und begriff, dass das vielleicht nicht die klügste Art war, mit jemanden zu sprechen, der die Macht hatte, ihr das Tor zu öffnen. Aber er lachte bloß und warf seinen Kameraden einen Blick zu, die die Hälse reckten, weil sie auf Hirka aufmerksam geworden waren.

»Willst du rein, Mädchen? Wo ist der Rest?«

»Was für ein Rest?«

Er schaute sie fragend an. »Bist du allein?«

»Ja.«

»Zu Fuß?«

»Ja.«

»Woher?«

Hirka zögerte, konnte aber keinen Anlass für eine Lüge finden. »Elveroa. Hinter dem Gardfjell bei …«

»Leute aus der ganzen Welt kommen hierher, da brauchst du mir nicht zu erzählen, wo Elveroa liegt. Wer bist du denn, Kind?«

Hirka suchte nach einer guten Antwort. Sollte sie sagen, wer Vater war? Dass sie Hirka war, Thorralds Tochter? Dass er tot war und dass sie nirgendwo anders hingehen konnte? Sie würden nach dem Grund fragen … Da kam ihr ein Einfall. Wussten sie es vielleicht schon? Wie dieser Junge im Wald?

»Ich bin Hirka. Ich bin … die Schwanzlose?«

Da schien bei keinem von ihnen etwas zu klingeln. Sie legten alle drei die Köpfe schief und beugten sich komisch zur Seite, um nachzusehen, ob ihre Behauptung der Wahrheit entsprach.

»Willst du zum Ritual, Schwanzlos?«

»Nur wenn ich gezwungen werde, aber es kann wohl schnell so weit kommen.«

Sie lachten laut. Sie hatte damit gerechnet, dass so eine Äußerung hier auf fruchtbaren Boden fallen würde.

»Das Mädchen da unten gefällt mir«, sagte einer der beiden in Lederbrünne.

»Dir gefallen doch alle Mädchen«, erwiderte der andere. »Selbst wenn sie Schafe sind.« Er hob die Arme und gab jemandem hinter der Mauer ein Zeichen. Knirschend öffnete sich langsam das Tor.

»Willkommen auf Ravnhov, Hirka Schwanzlos.«

Der Spalt zwischen den massiven Türen vergrößerte sich. Die Stadt kam zum Vorschein. Ein Gewirr von Häusern aus Stein und Holz zog sich die Felswand hinauf. Hirka fühlte sich plötzlich erschöpft. Dafür hatte sie sich abgekämpft. Das hatte sie gefürchtet und erhofft. Sie hatte Ravnhov erreicht und war anscheinend willkommen. Sie musste sich beherrschen, um nicht durch das Tor zu rennen. Was, wenn die Schwarzröcke genau jetzt auftauchten? Was, wenn sie von einem Pfeil in den Rücken getroffen wurde, jetzt, da die Sicherheit in Reichweite war? Der Gedanke war unerträglich und das Gefühl ließ sie erst los, als sich das Tor hinter ihr schloss und sie drinnen war.

Der Hunger nagte wie ein Tier in ihrem Bauch und sie hatte keine Ahnung, wohin sie gehen sollte. Es gab viele Straßen, manche führten bergauf und andere weiter in die Stadt. Einige waren schmal, sodass sie kaum hindurchpasste. Die Häuser waren eng aneinander gebaut, in Gruppen aus Holz und Stein an die Felswand geduckt, wie um sich gegen die Kälte zu schützen. An einigen Stellen lehnten sie sich quer über die Straße aneinander, sodass man den Himmel nicht sehen konnte. Sie hatten dicke Fensterläden und spitze Dächer, die mit Stroh dick gedeckt waren. Hier wohnten sehr viel mehr Leute als in Elveroa. Hirka versuchte so auszusehen, als habe sie es eilig, damit niemand sie ansprach.

Kuro saß auf dem Giebel eines Hausdachs weiter oben in einer

Straße, die mit Steinen gepflastert und sehr steil war. Hirka nahm diese. Ein Mann fuhr mit einer Ladung Holz an ihr vorbei. Die Pferde warfen auf der Steigung den Kopf in den Nacken.

Etwas weiter oben in der Straße lag ein Wirtshaus. »Zum Rabenjungen« stand da mit Buchstaben, die aus Holz geschnitzt und an der Wand befestigt waren. Das »g« war abgefallen und hatte einen blassen Umriss auf dem Fachwerk hinterlassen. Über die Buchstaben hatte jemand einen unförmigen schwarzen Kopf mit weit aufgerissenem Schnabel und roter Zunge gemalt. Die breite Stufe vor der Tür war grau ausgetreten und sie hörte von drinnen Männer lachen.

Sie blieb stehen. Es war schon Abend und sie spürte, wie der Widerwillen in ihr hochkam, noch eine weitere Nacht unter freiem Himmel zuzubringen. Sie sehnte sich nach einem heißen Bad, nach einer ordentlichen Mahlzeit … Es brauchte nicht viel zu sein, bloß Brot, frisches Brot, vielleicht etwas Fleischsuppe … heiß, fett. Ihr knurrte der Magen. Sie ging hinein.

Sobald sie zur Tür hereinkam, war der Lärm ohrenbetäubend. Leute saßen in Gruppen um kleine Tische und auf Bänken an der Wand. Bierkrüge wurden gehoben, man stieß an, aß und lachte. So viele Leute waren in der Bierstube von Elveroa nie gewesen. Es waren viel zu viele. Hirka wich zurück, aber dann entdeckte sie an der einen Wand eine Feuerstelle. Dort wurden fünf Ferkel am Spieß gebraten. Die Ohren waren goldbraun und es duftete unwiderstehlich. Ihr lief das Wasser im Mund zusammen. Der Hunger siegte über die Angst vor Leuten.

Der Schein der Feuerstelle tauchte die Gäste in ein warmes Licht. Hirka zwängte sich zwischen zwei großen Kerlen bis zum Tresen durch, der voller Kratzer von den unzähligen Krügen war, die man darauf hin und her geschoben hatte. Hirka nahm allen Mut zusammen, um bei dem krummen Mann dahinter etwas zu bestellen, als sie spürte, wie ein Arm sie zur Seite und hinter den Tresen schob.

»Du bist zu jung für diese Kerle. Was machst du hier?«

Zu Hirkas Erstaunen gehörte der Arm einer Frau. Sie war zwar dünn, hatte aber Muskeln, die sich deutlich unter dem Strickhemd abzeichneten, und sie balancierte ein Brett mit Bierkrügen, als wiege es nichts. Ihr Haar war zu einem Zopf zusammengebunden, der hin und her schaukelte, wenn sie das Brett leerte und wieder mit neuen Gläsern belud, in denen das Bier überschäumte. In der Volksmenge rief jemand »Maja!« und sie antwortete, dass sie sich nicht zweiteilen könne. Ihre Augen sahen freundlich aus, aber auf eine etwas gequälte Art, als vergeude sie hier ihre Zeit und wisse es auch.

»Ich bin hier, weil ich etwas essen möchte«, antwortete Hirka und schielte zu den Ferkeln, von denen das Fett fauchend ins Feuer tropfte.

»Viel?«

»Ich habe Geld!«

»Ich meine, wie viel Ferkel? Ein Lot? Oder zwei?«

»Ach so. Zwei. Was kostet das?«

»Ein kleiner Silberling für zwei.«

»Oh … für eins dann. So großen Hunger habe ich doch nicht.«

Maja schrie so laut, dass Hirka zusammenzuckte.

»Jorge! Ein Lot vom Rand!« Der krumme Mann nickte, machte aber keine Anstalten, sich zu beeilen. Er zapfte Bier in einen Krug, den er gerade in der Hand hatte, stellte ihn auf eine Bank und begann von vorn.

»Komme gleich!«, sagte Maja.

»Warte! Was kostet ein Zimmer?«

Maja lachte. »Noch nicht mal ein Kissen ist frei und das ist schon übertrieben. Versuch es mal im Langeli, aber so kurz vor dem Ritual wird es schwierig.« Sie hob das Brett an und ließ sich wieder vom Getümmel verschlingen. Hirka konnte nirgends einen freien Stuhl sehen, darum blieb sie über den Tresen gelehnt stehen. Das Bett musste warten. Sie konnte sich nicht erinnern, dass sie jemals so großen Hunger gehabt hatte.

Jorge verteilte mit einem schon klatschnassen Lappen die Bierpfütze auf dem Tresen. Dann guckte er hoch und entdeckte Hirka. Sie lächelte so breit sie konnte und er machte ein Gesicht, als fiele ihm ihr

Essen wieder ein. Er holte unter dem Tresen ein Messer hervor und ging zur Feuerstelle. Dann kam er zurück und stellte ihr eine Holzschale mit dampfendem Essen hin. Ein viereckiges Stück Schweinefleisch mit knuspriger Kruste und Fettrand.

»Drei Kupferlinge.«

Er hielt ihr die offene Hand hin und Hirka fischte drei kleine Münzen aus dem Beutel.

»Das Messer.«

»Häh?«

Hirka hob verwirrt die Gabel, die sie bekommen hatte.

»Du kannst hier nicht einfach mit einem Taschenmesser reinmarschieren. Ich muss es unter den Tresen legen, bis du wieder gehst.«

»Sie ist doch nur ein Mädchen, Jorge! Hast du etwa Angst, sie geht in deiner Wirtschaft auf andere los, oder was?«

Maja war wiederaufgetaucht. Sie zog einen hohen Hocker vor, auf den Hirka sich setzen sollte. Sie konnten sich so viel sie wollten über sie zanken. Hirka konnte an nichts anderes denken als ans Essen. Es war eine Qual, so langsam zu kauen, dass sie sich nicht verbrannte. Wann hatte sie zuletzt so gut gegessen? Rohe Handmuscheln auf den Landungsbrücken zu Hause, zusammen mit Vater?

Vater …

Fleisch ist auf jeden Fall besser. Ich brauche Fleisch.

Der größte Hunger war gestillt. Sie aß etwas langsamer und schaute sich unter den Leuten um. Sie bewegte sich vorsichtig, um nicht vom Hocker zu fallen. Der hatte nämlich ein Bein, das kürzer als die anderen war. Jedes Mal, wenn sie sich vorbeugte, um von dem Fleischstück abzubeißen, kippte er etwas nach vorn.

Ein hochgewachsener Mann kam herein und ging schnurstracks zum Tresen. Hirka fiel auf, dass die Gespräche am Nebentisch verstummten. Fünf Mann verfolgten ihn mit Blicken. Er lehnte sich über den Tresen und hielt Jorge einen Finger vor die Nase, der ihm einen Krug hinüberreichte. Der Neuankömmling legte einen Kupferling auf den Tresen und guckte sich in der Wirtschaft um.

Er sah etwas jünger als Vater, aber wie die gleiche Sorte Arbeiter aus. Sein Haar war strohblond und kurz wie frisch geschnittenes Gras. Hirka kaute weiter auf dem bisschen, das von dem Fleischstück noch übrig war, und versuchte, ein Gesicht aufzusetzen, als gehöre sie dorthin, obwohl das nicht nennenswert half. Die meisten Anwesenden waren große Kerle und die wenigen Frauen sahen alt genug aus, dass sie Enkel haben könnten, obwohl Hirka glaubte, dass keine davon welche hatte.

Der Neue drehte den Bierkrug zu sich und blickte sich über die Schulter zu der Gruppe um, die ihn beobachtet hatte, als er zur Tür hereingekommen war. Sie sprachen jetzt leise miteinander. Einer glotzte unverhohlen. Seine Augen waren finster und ein Lid zuckte. Hirka nahm Unruhe wahr, die aber nichts mit ihr zu tun hatte. Sie waren keine Schwarzröcke, keine Gardisten, die sie vors Thing schleifen konnten. Die Unruhe in ihr war natürlich, redete sie sich ein. Sie war schließlich schon lange nicht unter Leuten gewesen.

Der Mann mit dem finsteren Blick stand auf und ging auf den Tresen zu. Er hatte die Fäuste geballt und sah blutrünstig aus. Biertropfen funkelten in seinem Bart. Der Neuankömmling stand mit dem Rücken zu allen und sah nicht, wie er näher kam.

Hirka rief, bekam aber nur ein »Pass auf, du!« heraus, weil sie nicht wusste, wie der Kerl hieß. Er drehte sich um und konnte sich gerade eben noch nach hinten lehnen, bevor der Schlag kam. Der sauste an seinem Kinn vorbei und er hob zur Verteidigung die Arme. Die beiden Männer stürzten sich in eine Prügelei und die Leute strömten dazu. Jorge entglitt ein Bierfass, das auf den Boden donnerte. Das Fass hielt, aber der Korken im Zapfloch sprang heraus und Bier verteilte sich überall auf dem Boden.

Dem Mann, den Hirka gewarnt hatte, gelang es, sich aus dem Griff des anderen zu befreien, und er verpasste ihm einen kräftigen Schlag. Der traf den Kiefer und der Angreifer ging ganz dicht neben Hirka zu Boden, die sich am Tresen festhalten musste, um nicht mitgerissen zu werden. Es wurde still, weil alle auf seine Reaktion warteten.

Er schaute wild um sich. Die anderen Gäste hatten um beide einen Kreis gebildet. Maja kam mit gelüpftem Rock durch den Biersee auf dem Boden angelaufen.

Der Mann auf dem Boden starrte Hirka an. Dann riss er ihr das Taschenmesser aus dem Futteral. Hirka verlor auf dem Hocker das Gleichgewicht und fiel herunter. Eine Männerstimme schrie vor Schmerzen. Leute riefen. Hirka landete auf dem Boden zwischen den beiden Männern. Ihr Messer steckte tief im Schenkel des blonden Mannes. Er war es auch, der schrie. Der andere versuchte, wieder nach dem Messer zu greifen, wobei er sich über Hirka reckte, die damit kämpfte, wieder auf die Beine zu kommen.

Sie erahnte schemenhaft Majas Umrisse, die auf dem Tresen mit einer Bütte stand, die sie über ihnen auskippte. Eiskaltes Wasser lief Hirka übers Gesicht. Maja rief: »Ich will dich hier nicht SEHEN, Orvar! Hörst du das? Nie wieder!«

Orvar und der Blonde waren triefnass. Leute waren in Gelächter ausgebrochen. Drei Männer packten Orvar und zogen ihn nach draußen. Hirka starrte ihr Messer an, das im Schenkel des fremden Mannes steckte. Es saß nicht ganz so tief, wie sie zuerst gedacht hatte. Das Blut färbte langsam seine Beinkleider. Maja sprang vom Tresen.

»Jorge! Lauf los und hol Rinna! Geht's, Villir?«

Villir starrte sie ungläubig an. Hirka lächelte. Villir glaubte sich dem Tode nahe, aber sie hatte schon Schlimmeres als das hier gesehen. Sie stand auf. Ihr lief kaltes Wasser über die Haut, aber Villir hatte es schwerer getroffen. Sie ging zur Feuerstelle.

»Komm mit«, sagte sie, als Villir ihr nicht gleich folgte.

Er zeigte auf das Messer, als sei sie blind. Sie ging zu ihm und stellte sich ganz dicht neben ihn.

»Stütz dich auf mich und komm ans Feuer. Versuch, den Fuß nicht abzurollen.« Villir schrie, als er sich auf einen niedrigen Stuhl am Feuer setzte. Hirka streckte sein Bein aus und begann in ihrem Rucksack zu kramen.

»Was tust du da, Mädchen?«

»Ich werde das Blut stillen.«

Sie fand das Gesuchte, hielt aber kurz inne und schaute ihn an.

»Oder findest du es besser so, wie es ist?«

Die Männer, die um sie herumstanden, lachten und Maja scheuchte sie alle hinaus. Von Villirs Stirn tropfte es. Wasser und Schweiß, vermutete sie. Hirka lächelte, er erwiderte es aber nicht. Sie musste ihn irgendwie ablenken.

»Worum ging es bei eurem Streit?«, fragte sie.

»Er ist ein verdammter Schwachkopf!«, antwortete Villir.

»Offensichtlich«, sagte Hirka und riss den nassen Hosenstoff um das Messer in Stücke. »Aber mal abgesehen davon, was war weiter?«

Maja gab ihr die Antwort: »Villir hat seine Töchter nach Mannfalla geschickt.«

»Wie es alle anständigen Väter tun sollten!«, rief Villir aus. »Es gibt keinen, der nicht gehört hat, dass die Blinden wieder Verwüstungen anrichten! Sollen wir unsere Kinder opfern, um Mannfalla eine Fratze zu schneiden?«

»Das tut Orvar schon«, sagte Maja und zuckte die Schultern.

»Orvar hat den Verstand eines Wasserbeutels!«

Villir kochte vor Wut und Hirkas perfekter Zeitpunkt war gekommen. Sie packte das Messer und zog es heraus. Villir schrie wie abgeschlachtet, aber das Messer glitt leicht heraus. Ihr blieb nur ein kurzer Augenblick, bis das Blut zu fließen begann.

»Sitz still!«

Sie fand den Topf mit der Salbe aus Sonnentränen und Rachdorn, die die Blutung zum Stillstand bringen und die Wunde sauber halten würde. Das dürfte mehr als genug sein. Die Verletzung war nicht ernst. Sie säuberte die Wunde und schmierte die Salbe darauf. Dann knotete sie ein Stück Leinenstoff um den Schenkel und zog fest zu. Nach einer Weile begann die Salbe zu brennen und Villir stöhnte laut.

»Du hast Glück gehabt«, meinte Hirka und stand auf. »Ich muss es mit nur wenigen Stichen nähen, aber damit hat es noch etwas Zeit.« Hirka holte Seidenfaden aus dem Sack. Villir machte ein erschrockenes Gesicht und Maja gab ihm einen Krug Bier. Er leerte ihn in einem Zug bis zur Hälfte. Jorge kam angelaufen.

»Rinna ist bei Yme und holt das Kind! Es steckt fest, sie kann also nicht sofort kommen.«

Er lächelte Maja selbstzufrieden an, bekam aber keine richtige Antwort. Sie guckte nur Hirka an und entfernte sich in den Raum hinter dem Tresen. Hirka stand mit dem Messer in der Hand da und merkte plötzlich, dass das alles ihre Schuld war. Jorge hatte sie doch um das Messer gebeten.

»Verfluchtes schwarzes Draumheim, wie das brennt! Blindwerk!« Villir stöhnte wieder.

»Das bedeutet nur, dass es wirkt«, erklärte Hirka.

Das stimmte zwar nicht, half aber in der Regel, wenn sie das sagte. Dass es brannte, bedeutete nur, dass es brannte, und nichts weiter. Aber die Leute wollten einen Grund hören, warum sie litten. Hirka wärmte sich die Hände am Feuer, um so viel Ungeziefer wie möglich wegzuschmoren.

»Was hast du vor?« Villirs Stimme zitterte.

»Dich zusammenflicken«, antwortete Hirka und glühte die Nadel über den Flammen aus.

»DU willst mich nähen?«

»Du kannst das auch selbst machen, wenn dir das lieber ist.«

»Wo ist Rinna?« Villir schaute verzweifelt Jorge an, der den Kopf schüttelte. Hirka war es gewohnt, dass die Leute sie für zu jung hielten.

»Hör mal, Villir … Das kann noch etwas warten, aber nicht ewig lange. Ich habe schon viel schlimmere Verletzungen gesehen. Aber wenn du dich nicht traust, mich nähen zu lassen, dann warten wir eben.«

»Wie man's nimmt … Was kann schon Schlimmeres passieren?«

Villir lachte vorsichtig und schaute sich um in der Hoffnung auf eine Bestätigung, aber es war niemand da, der sie ihm hätte liefern können. Hirka lächelte und öffnete die Wunde wieder. Sie bat Maja,

Villir etwas Stärkeres zu geben, und er trank es ohne Widerworte. Hirka stach die Nadel in den Wundrand und Villir spannte sich an, schrie aber nicht. Fünf Stiche waren nötig und Villir bewies keinen größeren Mut als während der Operation. Anschließend schoben sie ihn näher ans Feuer, damit seine Kleider trockneten.

Jorge schnitt ein paar Stücke Schweinefleisch ab, die er mit kleinen runden Brötchen auf den Tisch stellte. Sie aßen eine Weile schweigend, bis die Tür aufgerissen wurde und eine Frau hereingerauscht kam. Sie hatte langes, blondes Haar, das zerzaust in alle Richtungen stand, und sich einen Schal umgebunden.

»Villir!«

»Borgunn!«

»Sie haben gesagt, Orvar hätte dir ein Messer reingestoßen!«

Villir streckte demonstrativ das Bein aus und setzte ein Gesicht auf, das jetzt gequält, aber gleichzeitig mutig aussehen sollte. Borgunn nahm sein Gesicht in beide Hände und streichelte es, um festzustellen, ob alles andere noch heil war.

»Ist Rinna hier gewesen?«

»Nein«, antwortete Jorge. »Sie ist bei einer Geburt. Das Mädchen hier hat ihn genäht.«

»Das Mädchen? Wer bist du, Mädel?«

Alle schauten zu Hirka. Sie schluckte einen Bissen hinunter. Zum dritten Mal war ihr heute diese Frage gestellt worden. Sie musste eine gute Antwort einstudieren. Maja hatte eine Augenbraue hochgezogen, die ausdrückte, dass sie ihr schon vor einer ganzen Weile gern dieselbe Frage gestellt hätte. Und Borgunn starrte sie an, als habe Hirka versucht, ihr den Mann wegzunehmen. Noch ehe sie antworten konnte, wurde abermals die Tür aufgerissen.

Sie erstarrte beim Anblick dessen, was sie da sah. Drei in Leder gekleidete Männer kamen herein. Ihnen hingen schwere Schwerter von den Hüften. Hinter ihnen war der Abend bereits dunkel geworden. Der Wind kam mit ihnen herein, ergriff Borgunns Schal, der zwischen ihnen und Hirka flatterte.

»Hirka?«

Die Stimme gehört dem Mann ganz vorn. Sie offenbarte keine Gefühle. Er war weder froh noch ärgerlich. Er hatte nur eine Frage gestellt. Dennoch wurde Hirka im ganzen Körper kalt.

Du dummes Mädchen! Die Schwarzröcke sind die Totschläger des Rates. Sie sind nicht auf Ravnhov.

Hirka nickte und schluckte wieder.

»Bist du Hirka?«

»Ja.«

»Du bist die Schwanzlose?« Genau wie die Torwächter reckte er den Hals seitwärts, um festzustellen, ob es stimmte.

»Ja«, antwortete Hirka.

»Eirik will dich sehen. Komm mit.«

Eirik? Der Fürst von Ravnhov? Warum? Was wollte er von ihr?

»Ich muss meinen Kram einpacken.« Das war alles, was ihr einfiel. Er reagierte nicht. Hirka stand auf, sammelte ihre Sachen ein und verstaute sie in ihrem Sack. Die Hände zitterten, sie konnte es aber vor den anderen verbergen. Sie sahen nicht verängstigt aus, nur neugierig. Sie tröstete sich damit, dass keiner der drei Männer das Zeichen des Rates trug. Das trug auf Ravnhov bestimmt niemand. Auf Ravnhov lief man Gefahr, dass einem ein Messer ins Bein gestoßen wurde, wenn man seine Kinder zum Ritual schickte.

Sie warf sich den Sack über die Schulter und folgte den drei Kriegern nach draußen. Dort war es vollkommen dunkel, abgesehen von dem Licht aus den Fenstern in den Häusern, die sich über und unter ihr an die Felswand klammerten. Es war schön. Einer der Männer versetzte ihr einen leichten Knuff gegen die Schulter. Sie holte Luft und ging los.

TEIN

Hirka ging in der Mitte der drei Männer. Der größte lief ihr voraus und trug eine Fackel, die im Takt seiner Schritte schaukelte. Sie wollte fragen, ob sie eine Gefangene war, bekam aber den Mund nicht auf. Der Weg wurde schnell steiler und die Häuser verschwanden. Wollten sie sie hinauf auf den Berggipfel bringen, um sie dort zu töten? Die Schwanzlose? Hirka biss sich auf die Lippe. Sie zog ein Wirtshaus voller Leute drei Männern im Dunkeln vor.

Kurz war der Schein der Fackel das Einzige, was man sehen konnte, aber dann tauchten mehrere Lichter in der Höhe auf. Hirka hörte ein vertrautes Krächzen, Raben, die unruhig in der Dunkelheit flatterten. Es waren viele. Es klang, als komme das Geräusch von unten, aber das schien ihr nicht ganz zu stimmen.

Dann erreichten sie eine massive Holzbrücke, die über eine bewaldete Klamm führte. Dort mussten die Raben schlafen, in den Bäumen direkt unter ihnen. Hirka blieb stehen, um näher hinzuschauen, aber der Mann zu ihrer Linken legte ihr seine Hand auf den Rücken und schob sie weiter.

Die Lichter, die sie gesehen hatte, waren Fackeln, die von der Brücke zu einem großen Gehöft führten. Mitten auf dem Hof stand eine Tanne, die die Gebäude weit überragte. Zwei Männer in Brünnen kamen ihnen entgegen und wurden beauftragt, Eirik zu holen. Hirka spürte, wie sich ihr die Kehle zuschnürte. Sollte sie weglaufen oder stehen bleiben? Konnte sie sich vielleicht in die Klamm stürzen? Sicher in den Bäumen landen, hinunterklettern und abhauen?

Oder mit gebrochenen Knochen hängen bleiben. Schlechte Idee.

Auf dem Fürstensitz war noch nicht Feierabend. Leute gingen mit Fackeln und Kästen mit Brennholz oder Leinenzeug zwischen den Gebäuden hin und her. Jemand nahm einen Wagen in Empfang, der gerade eingetroffen war. Sie spannten die Pferde ab und führten die Leute ins Haus.

»Ynge!«

Ein Riese von einem Mann kam mit langen Schritten auf sie zu. Er hatte breite Schultern, aber die eine hing mehr hinunter als die andere, als sei der Arm auf der Seite doppelt so schwer. Braunes Haar und brauner Bart wuchsen wie ein Heuhaufen um sein Gesicht: Eirik.

Hirka musste daran denken, dass ihr eigenes Haar bestimmt noch schlimmer aussah. Sie strich mit der Hand ein paarmal darüber, ohne dass sie den Eindruck hatte, es würde viel bringen. Der Krieger mit der Fackel schickte die anderen beiden Männer fort und erklärte Eirik, wo er Hirka gefunden hatte. Er erzählte auch von Orvar und dem Messer. Hirka biss sich wieder auf die Lippe, damit sie nicht der Versuchung erlag, ihn zu korrigieren. Sie musste sich damit zufriedengeben, dass nur ungefähr die Hälfte von dem, was er erzählte, stimmte. Ihnen war die Geschichte wohl von den anderen Gästen bruchstückhaft erzählt worden, bevor sie selbst in das »Rabenjunge« gekommen waren.

Eirik brummte. Er ließ Hirka nicht aus den Augen, obwohl er mit Ynge sprach. »Gib Grinn über Orvar Bescheid, dann kann er damit verfahren, wie er will. Das gibt wohl eine oder zwei Nächte im Käfig.« Hirka schluckte. Eine Nacht mit Orvar ›im Käfig‹ klang nicht besonders verlockend. Ynge nickte und verließ sie. Eirik setzte sich plötzlich vor Hirka in die Hocke. Trotzdem war er beinahe genauso groß wie sie. Er legte den Kopf schräg. Ihr war klar, wonach er suchte, darum kehrte sie ihm kurz den Rücken zu. Er lächelte in sich hinein.

»Dann bist du also die Schwanzlose?« Seine Stimme war rau.

»Ja.«

»Woher kommst du?«

Seine ganze Erscheinung erinnerte an einen Bären. Alles, außer den Augen, die blau im Fackelschein funkelten. Hirka hatte stark den Eindruck, als wisse er bereits die Antwort, aber sie sagte es trotzdem.

»Aus Elveroa.«

»Dann hast du zusammen mit Ratsnachkommen gewohnt. Das ist nur wenigen vergönnt.« Eirik musterte sie. Sie zuckte mit den Schultern und sagte es, wie es war. »Ich gehe selten in die Seherhalle. Und außerdem ist sie jetzt zurück nach Mannfalla gefahren. Der Rat ist nicht mehr in Elveroa.«

Eiriks Bart hob sich etwas auf der einen Seite und entblößte ein Lächeln. »Nein. Das sagt man sich.«

Er stand auf und Hirka musste einen Schritt zurücktreten, um ihn wieder in voller Größe zu sehen. Er rief etwas und eine alte Frau kam zu ihnen. Sie war faltig wie ein Apfel aus dem Vorjahr und ein großes Schlüsselbund hing an ihrem Gürtel.

»Unngonna, das ist Hirka. Sie braucht ein Zimmer im Friggahaus, ein Bad und etwas zu essen.« Hirka schaute zu Eirik hoch. Hatte sie richtig gehört? Machten sie das auf Ravnhov mit Geächteten so? Gaben ihnen Essen und Unterkunft?

»Ich habe gerade gegessen …« Keiner hörte ihr zu.

»Eirik, weil morgen das Thingfest stattfindet, ist das Bad voll von Meredirs betrunkenen Männern. Sie kann nicht …«

»Dann muss sie ins runde gehen.«

Unngonna betrachtete Hirka kritisch. Dann winkte sie ihr, sie möge ihr folgen. Die Schlüssel klirrten, wenn sie ging. Eirik wandte sich an Hirka.

»Folge dem Pfad ganz dicht an der Felswand, bis du zum Fluss kommst, dort findest du das Bad.«

Hirka nickte. Der Gedanke an ein Bad war sehr verführerisch. Das wäre vielleicht sogar eine Nacht mit Orvar im Käfig wert. Sie wandte sich zum Gehen, wurde aber von Eiriks kräftiger Hand auf der Schulter zurückgehalten. Er beugte sich so tief zu ihr hinunter, dass sein Haar in ihrem Gesicht hing. Dann zwinkerte er mit einem Auge. »Willkommen auf Ravnhov.«

Hirka lächelte ihn breit an.

»Wir haben nicht die ganze Nacht Zeit!«, rief Unngonna und Hirka lief hinter ihr her.

Das Friggahaus stand ein kleines Stück abseits von den anderen Häusern auf dem Hof und erwies sich als Langhaus mit kleinen Zimmern. Unngonna hatte die Schlüssel zu allen. Der Fürstensitz auf Ravnhov war an sich ein Gasthaus. Ehe Unngonna ging, bat sie um Entschuldigung, dass das Zimmer so klein war. Hirka nickte bloß. Das Zimmer war größer als die ganze Kate zu Hause in Elveroa. Es gab einen Stuhl und einen Nachttisch, auf dem eine Öllampe stand. Ein breites Bett war mit weißem Leinen bezogen. Auf dem Fensterbrett lag ein dünner Lavendelzopf, um das Ungeziefer fernzuhalten. Die Fenster hatten gelbes Glas. Echtes Glas! Träumte sie? War sie vielleicht im Wald erfroren und lag im Draumheim und fantasierte?

Hirka hätte sich am liebsten sofort aufs Bett geworfen, aber das konnte sie nicht. Nicht so, wie sie aussah. Sie versuchte, die Hand durchs Haar zu ziehen, blieb aber in den Zotteln stecken. Nein, sie musste zuerst baden. Sie holte ihre einzige Wechselwäsche aus dem Sack. Dann rollte sie die Kleider in das Handtuch und verließ das Zimmer so leise wie möglich. Stimmen aus dem Zimmer nebenan drangen an ihr Ohr.

Eine Diele knarrte, als sie ihren Fuß daraufsetzte, und das Gespräch verstummte sofort. Sie eilte nach draußen. Die Luft war kühl. Der Herbst hatte Einzug gehalten, daran bestand kein Zweifel mehr. Sie fand die Steintreppe und folgte ihr, wie man es ihr gesagt hatte. Unterwegs begegnete ihr niemand. Gut gelaunt beschleunigte sie ihre Schritte, bis sie ein rundes Holzgebäude erreichte, das an dem Fluss lag. Es besaß keine Fenster, darum konnte sie nicht sehen, ob sich schon jemand darin aufhielt. Sie blieb stehen, um zu horchen, aber es waren nur das Rauschen des Flusses und die Rufe der Raben in der Ferne zu hören. Hirka machte vorsichtig die Tür auf und spähte hinein. Dort war niemand. Sie ging hinein und schloss die Tür hinter sich.

Die Badebecken nahmen die halbe Grundfläche ein. Hirka konnte die Umrisse von Schleusen in den Wänden erkennen. Sie nutzten den Fluss, um das Badehaus zu leeren und mit sauberem Wasser zu füllen.

Genial!

Der Kessel war immer noch warm. Sie zog sich aus und stieg ins Wasser hinab. Es brannte auf der Haut, bis sie sich daran gewöhnt hatte. Sie machte ein paar Schwimmzüge. Nie hätte sie gedacht, dass Baden so wunderbar sein konnte. Hirka ließ den Körper sinken, bis sie den Boden unter den Füßen spürte. Dann schoss sie nach oben, bis sie wieder die Oberfläche durchschnitt. Ihr Körper war schwerelos. Sie ließ sich treiben, sie sank wieder und wurde sauber. Die Flammen der Lampe spiegelten sich auf der Wasseroberfläche. Draußen brauste der Fluss. Warum war sie so schwermütig gewesen? Worum musste sie sich denn Sorgen machen? Nicht um das Ritual. Nicht um den Rat. Und auf gar keinen Fall um Ravnhov.

Um nichts weiter als die Schwarzröcke.

Unter der Wasseroberfläche entdeckte sie Steine, auf denen man sitzen konnte, Seifen und Bürsten lagen auf den Regalen. Die Leute auf Ravnhov dachten an alles. Sie war hier sicher. Zum Draumheim mit dem ganzen Ritual. Sie war wirklich entkommen. Sie würde nie gezwungen sein, vor dem Rat und dem Seher zu stehen. Die Erleichterung war wie ein fester Doppelknoten, der endlich aufgegangen war. Hirka seifte sich ein, um nicht zu viel nachzudenken. Ihre Finger glitten über die Narben am Ende des Rückens. Die Gedanken, denen sie hatte entgehen wollen, überrollten sie wie eine Lawine: die Wölfe, die nie ihren Schwanz geholt hatten. Die Wahrheit darüber, wer sie war. Vater, der nie ihr Vater gewesen war. Nur einer, der sich um sie gekümmert hatte, der sein eigenes Leben geopfert hatte, um ihr zur Flucht zu verhelfen. Rime, der beim Ritual vergeblich auf sie warten würde. Die Enttäuschung in seinen Wolfsaugen.

Hirka tauchte wieder unter Wasser und hielt die Luft an, bis sie das Gefühl hatte zu zerplatzen. Dann schoss sie wieder hoch an die Oberfläche, durchbrach sie und hustete.

»Badet ihr da, wo du herkommst, nie?«

Hirka schrak zusammen. Auf dem Rand vor ihr stand der Junge aus dem Wald, vollkommen nackt. Hirka schlängelte sich im Wasser rückwärts, bis sie an der Wand stand und sich hinsetzen konnte. Sie versuchte, so viel von sich unter Wasser zu halten, dass sie sicher sein konnte: Er sah nicht mehr als nur ihren Kopf.

»Klopft ihr da, wo *du* herkommst, nie an, bevor ihr zu Leuten reingeht?« Sie wrang sich das nasse Haar aus, damit sie ihn nicht anzugucken brauchte, musste aber doch einen kurzen Blick riskieren. Er grinste. Die Arme hielt er vor der Brust verschränkt und stand breitbeinig da, als sei sie seine Freundin und habe alles an ihm schon vorher gesehen. Und er hatte keine Scheu, es zu zeigen.

»Nicht in unserem eigenen Badehaus«, antwortete er und stieg ins Wasser.

Hirka bekam heiße Wangen. Von allen Badehäusern saß sie also ausgerechnet in dem, in das er immer ging. Sie schluckte.

»Unngonna hat gesagt, die anderen Badehäuser sind …«

»Ist der Rabe zu Atem gekommen?«, fragte er.

Er setzte sich ihr gegenüber an die Wand und legte die Arme auf den Rand. Dieser Junge hatte zwar noch nicht viele Sätze zu ihr gesagt, aber fast jedes Mal, wenn er es tat, hatte er sie unterbrochen. Er würde es bestimmt wieder tun und darum überlegte Hirka, ob sie sich eine Antwort sparte. Aber er wusste etwas über sie. Er wusste, wer sie war, und Hirka wollte den Grund dafür wissen.

»Wir sind mit dem bloßen Schrecken davongekommen«, sagte sie.

Er schnaubte. »Die Riesenadler haben hier, solange ich lebe, noch niemandem etwas getan. Vor denen braucht man keine Angst zu haben.«

Geradewegs in die Falle. Hirka gab sich Mühe, nicht zu grinsen. »Ich meine nicht den Adler. Ich meine einen wilden Mann, der mit

Steinen nach uns geworfen hat.« Das überlegene Lächeln des Jungen erlosch und einen Augenblick lang hatte Hirka Angst, sie könnte zu weit gegangen sein. Aber dann legte er den Kopf in den Nacken und brach in Lachen aus. Er vertrug offenbar einen Scherz, was für ihn sprach.

»Warum hast du nicht geschossen? Du hast doch Pfeil und Bogen dabeigehabt«, fragte sie. Er schaute sie an. Seine Augen waren blassblaue Ringe um Pupillen, die sich geweitet hatten, nachdem er sich hingesetzt hatte. »Du bist nicht so ganz helle, was? Womit willst du dich am liebsten anlegen? Mit einem Riesenadler oder mit einem wütenden und angeschossenen Riesenadler?« Er tauchte unter Wasser. Hirka bezwang den Impuls, sich zu bedecken. Er blieb eine Weile unter Wasser, ehe er wieder auftauchte. Lächelnd.

»Willst du zum Ritual?«

Hirka hatte schon längst begriffen, dass das Sicherste hier war, wenn man über das Ritual die Wahrheit sagte. »Nein, ich habe …«

»Ich bin nicht hingegangen. Ich war der Erste.« Er hatte sie schon wieder unterbrochen. Hirka wog Verärgerung gegen Neugier ab. Die Neugier siegte.

»Der Erste von was?«

Er strich sich mit der nassen Hand die Haare nach hinten, die aber trotzdem in alle Richtungen abstanden, abgesehen von einem dünnen Zopf im Nacken, der ihr nicht aufgefallen war, als sie ihn im Wald gesehen hatte.

»Der Erste auf Ravnhov, der am Ritual nicht teilgenommen hat. Ich wäre vor zwei Jahren dran gewesen. Aber ich habe es nicht mitgemacht. Und hier gibt es viele, die es seitdem bleiben lassen. Aber ich war der Erste, der gegen sie Widerstand geleistet hat.« Er schaute Hirka an, als erwarte er, dass sie die Bedeutung der Worte kannte. Sie ging davon aus, dass er den Rat meinte. Aber sie fragte lieber nach. »Gegen wen hast du Widerstand geleistet?«

»Gegen die Verräter in Mannfalla.« Er verengte die Augen zu Schlitzen, als gehöre sie dazu.

»Sie haben jemanden verraten?«

Er gab keine Antwort, sondern nahm sich ein Stück Seife und drehte es ein paarmal in den Händen. Es schäumte um seine nackte Brust. Seine Arme erinnerten an die von Vater. Der Junge war gut gebaut, daran gab es keinen Zweifel. Er war groß. Größer als Rime, aber Rime wirkte trotzdem stärker. Rime war aufrecht. Ruhig. Geschmeidig wie eine Katze. Der Junge vor ihr hatte vorgewölbte Schultern und war breit wie ein kleiner Stier. Sie waren wie Tag und Nacht. Und was war mit ihr?

Fäulnis!

Sie war Fäulnis. Und sie saß hier in einem Badebecken mit einem Fremden! Wo steckte man sich am besten an, wenn nicht im Wasser? Hirka stockte der Atem. Sie kramte fieberhaft im Gedächtnis nach etwas, das sie beruhigen konnte: Baden im Streitwasser mit anderen Kindern. Und Vater hatte sie doch gewaschen, als sie klein war. Das konnte nicht gefährlich sein. Das konnte es doch nicht? Aber sie hatte den Badezuber nie mit einem Jungen geteilt. Und sie beide waren nackt. Das Lied vom Mädchen und der Fäulnis drängte sich ihr auf. Vom Mädchen, das in der letzten Strophe Ja sagte und starb.

»Hast du denn keine Angst vor den Blinden?«, fragte Hirka, während sie darüber nachdachte, wie sie aus dem Wasser steigen konnte, ohne dass er sie nackt sah. Er warf den Kopf in den Nacken und lachte wieder. Die Bewegung wirkte nicht echt. Sie passte nicht zum Lachen. Er schien den Kopf in den Nacken werfen zu müssen, um sie oder sich selbst davon zu überzeugen, dass er tatsächlich lachte. Er verschränkte die Hände hinter dem Kopf. Etwas sagte ihr, dass er das machte, damit seine Arme noch größer aussahen.

»Hast du schon mal einen Blinden gesehen?«, fragte er.

Hirka antwortete nicht. Er würde sie ohnehin wieder unterbrechen, denn es war deutlich zu erkennen, dass er mehr zu sagen hatte. »Niemand hat die Blinden gesehen, Mädchen. Nicht seit Hunderten von Jahren. Und weißt du auch, warum nicht?«

»Hirka.«

»Häh?«

»Ich heiße Hirka. Nicht Mädchen.«

»Niemand hat sie gesehen, weil sie eine Erfindung sind! Ein Märchen, das sich Mannfalla ausgedacht hat, damit die Leute weiterhin vor ihnen kriechen. Und wie sie kriechen! Sie kommen aus ganz Midtyms, aus Norrvarje, Foggard und Bik, um kleine Figuren in Mannfallas großem Spiel zu sein. Leute kommen sogar aus dem Eis, um am Ritual teilzunehmen! Jedes verfluchte Jahr.« Seine Pupillen hatten sich wieder zusammengezogen. »Wann hat das Ritual denn schon mal jemanden vor den Blinden beschützt? Kannst du mir das sagen?«

»Jeden Tag?« Hirka zuckte die Schultern.

»Was denn, jeden Tag?«

»Wenn Hunderte von Jahren niemand die Blinden gesehen hat, kann es doch daran liegen, dass das mit dem Ritual funktioniert.« Hirka unterdrückte ein Lächeln. Eigentlich glaubte sie nicht an die Blinden. Leute glaubten an alles Mögliche. Doch bis vor Kurzem hatte sie auch nicht an Odinskinder geglaubt. Aber hier saß sie nun und war selbst eins.

Er sah aus, als wolle er ausspucken, riss sich aber zusammen. »So dumm kann man doch gar nicht sein, Mädchen. Du hörst dich fast so an wie eine von denen.«

Hirka stemmte sich vom Beckenrand hoch. Sie stieg aus dem Wasser und stand aufrecht da. Sie hatte keinen Schwanz, aber das wusste er ja schon. Das Wasser tropfte von ihrem Körper. Sie fühlte sich leicht angeekelt, als sie ihm den Rücken zukehrte. Aber sie beeilte sich nicht. Sie ging zu ihren Kleidern und wickelte sich in das Handtuch, bevor sie ihn wieder ansah.

»Warum willst du denn nicht dorthin? Wenn du doch so viel Angst vor den Blinden hast?« Seine Stimme hatte ihre Kraft eingebüßt.

Hirka gab keine Antwort. Sie nahm ihre Kleider und öffnete die Tür.

»Danke, dass ich das Badehaus benutzen durfte, Junge.«

»Tein.«

Hirka ging nach draußen und schloss die Tür hinter sich.

»Ich heiße Tein!«, war trotzig von drinnen zu hören.

Sei froh, dass du noch lebst, Tein. Du hast eben mit der Fäulnis gebadet.

DAS GÖTTERBILD

In den Bergen wuchsen Pflanzen in Hülle und Fülle. Hirka ging immer der Nase nach und hatte schon Rachdorn und Sonnentränen gefunden. Sie war früh aufgewacht. Ganz Ravnhov schlief noch ein gutes Stück unter ihr im Schutz der Klippen, die für die Leute zu steil waren. Er hatte recht gehabt, der wilde Junge. *Niemand kommt durch den Wald nach Ravnhov.*

Er hatte sie die Schwanzlose genannt. Als habe er es im Voraus gewusst. Was wusste er noch? Hirka blieb stehen. Vielleicht war es das Beste, wenn sie heute Nacht hier oben blieb … Der Instinkt war ein alter Bekannter und nur schwer abzuschütteln. Sie musste sich selbst klarmachen, dass er nie ins Badehaus gekommen wäre, wenn er gewusst hätte, wer sie war. Außerdem war sie hier in Ravnhov freundlich aufgenommen worden. So freundlich, dass Vater dort im Draumheim, wo er war, vor Misstrauen bestimmt brummelte. ›Niemand gibt, ohne das Doppelte zurückzuverlangen‹, hatte er immer gesagt. Hirka wusste es nicht mehr. Sie wusste nur, dass sie zu essen, ein warmes Bad und ein Bett zum Schlafen bekommen hatte, obwohl sich Reisende überall in der Stadt auf die Füße traten und die Wirtshäuser überquollen. Hatte sie endlich das Zuhause gefunden, das aufzugeben sie nie gezwungen sein würde?

Sie hörte einen Raben schreien. Noch ein paar und noch mehr. Hirka guckte hinunter zum Fürstensitz. Das Anwesen lag auf einer Hochebene auf den Überresten einer Stadt, ein Gewirr aus Steinhäusern mit Holzbalken und spitzen Strohdächern. Das Rabengeschrei nahm zu und plötzlich schwebte eine schwarze Wolke aus der Klamm auf, die sie am Vorabend überquert hatte. Sie wuchs über den Gebäuden an. Hirka blieb der Mund offen stehen. Die Raben auf Ravnhov. Tausende waren es. Zehntausende. Sie verdunkelten den Himmel über ihr. Es war ein Bild für die Götter. Ihr schwoll das Herz in der Brust und sie wollte mit ihnen fliegen, mit ihnen ans Ende der Welt fliegen. Aber die Raben entfernten sich nach Norden. Sie blieb an die Erde gebunden stehen, ebenso flügellos wie schwanzlos. Ohnehin war es das Beste, umzukehren. Die Raben hatten bestimmt die ganze Stadt aufgeweckt.

Sie war ein Stück gegangen, als sie einen Pfad entdeckte, der in einer Spalte in der Felswand verschwand. Sie wusste, dass sie ihren Weg weiter nach unten fortsetzen sollte, doch die Neugier war stärker. Der Berg lockte sie hinein. Der Spalt war gerade so breit, dass sie beide Arme seitlich ausstrecken konnte, aber bestimmt fünf Mann hoch. Der Himmel war nur noch als blasse Schlange weit über ihr zu sehen. Die Luft kühlte rasch ab. Nach zwei sanften Kurven weitete sich die Klamm zu einem Raum, der in den Fels gehauen war. Senkrechte Felswände umgaben sie wie eine Art Schacht zum Himmel. Der Raum war fast ganz rund und im Durchmesser etwa fünfzig Schritte breit. Der Pfad verlief an den Wänden entlang weiter. Hirka blieb stehen.

In der Mitte des Raums stand eine Statue, die nur ein Götterbild sein konnte. Hirka warf einen Blick über die Schulter; plötzlich hatte sie Angst, beobachtet zu werden. Der Seher hatte Götterbilder verboten. Sie zogen die Blinden an, sagte man. Dieser Ort musste älter sein als jeder noch Lebende. Sie folgte dem Pfad weiter an der Felswand entlang, um dem Götterbild aus dem Weg zu gehen. Was das Gesetz auch immer vorschrieb, dieser Ort hier war einmal für jemanden heilig gewesen. Sie empfand es als falsch, ihm zu nahe zu kommen.

Jemand hatte rundherum Figuren aus dem Fels gemeißelt. Im Relief waren Szenen zu sehen von Ymlingen bei der Ernte, beim

Schlachten und auf der Jagd, von einer Frau, umgeben von Raben. Jemand lag tot zu ihren Füßen und ein Mann hing kopfüber in einem Baum. Da war ein Heer aus Ymlingen zu sehen, das … Hirka hielt inne. Sie hatten keinen Schwanz! Sie trat näher und glitt mit den Fingern über die gemeißelten Figuren. Waren die wie sie? Odinskinder? Nein … Sie hatten Finger wie Klauen, Augen wie leere Löcher im Gesicht. *Die Blinden*.

Was stellten die Figuren dar? Eine Geschichte? Wie alt konnte das hier sein? Hirka war fast die ganze Felswand rundherum abgegangen. Die letzten gemeißelten Figuren waren schärfer, neuer. Eine Szene zeigte einen Mann, dem ein Schwert im Rücken steckte. Vor ihm saß eine Gestalt auf einem Thron. Hirka entdeckte sofort das Zeichen des Rates auf seiner Stirn. Wie hatte Tein den Rat genannt? Verräter?

Hirka wurde vom Götterbild angezogen. Hier war niemand, der sie sehen konnte. Was machte es da, wenn sie es sich anschaute? Sie ging zur Mitte, bis sie vor der Skulptur stand, und schaute hoch in ein Frauengesicht unbestimmten Alters. Oder vielleicht waren die Feinheiten nur mit der Zeit verwittert. Die Frauenstatue war üppig, nackt und saß rittlings auf einem zweiköpfigen Raben. Ihre Brüste waren groß und Hirka guckte hinunter auf ihre eigenen, die gerade einmal in eine hohle Hand passten. Der Rabe sah aus, als zerreiße er sich in zwei Teile, von denen jeder in eine andere Richtung strebte. Sie legte auf jeden Schnabel eine Hand und zuckte zusammen. Der eine Rabe war kalt, der andere warm.

Die Sonne. Das musste an der Sonne liegen. Der eine Rabe stand wohl mehr im Schatten.

Der Sockel der Skulptur hatte eine Vertiefung, die von Blut verfärbt war, einiges alt und eingetrocknet, anderes so frisch, dass sie noch immer den Geruch wahrnahm. Hirka empfand keinen Ekel, sondern nur ein Kribbeln im Körper. Steine waren Erinnerung, wie Rime gesagt hatte. Hirka ertappte sich dabei, dass sie sich nach der Gabe sehnte, auf sie wartete, um sie bat. Aber Rime war nicht hier. Die Gabe war nicht hier. Nicht für sie.

Stimmen!

Hirka warf sich hinter das Götterbild, ehe sie nachdenken konnte. Ein Gespräch draußen in der Klamm war zu hören. Ein Mann und eine Frau. Sie kamen hierher! Warum versteckte sie sich? Sie hatte nichts Unrechtes getan. Aber jetzt war es zum Aufstehen zu spät. Der Widerhall der Stimmen verflog und das Gespräch war besser zu verstehen. Sie hatten den kreisförmigen Raum erreicht.

Hirka blieb in der Hocke sitzen, den Rücken am Götterbild. Sie stellte fest, dass sie beide Stimmen kannte. Die dröhnende Männerstimme schloss jeden Irrtum aus. Sie gehörte Eirik. Und die andere …

Ramoja?! Was macht Ramoja auf Ravnhov?

»Es gibt keinen Zweifel, Ramoja. Er hat seinen Weg gewählt. Jetzt tötet er für die, von denen du glaubtest, er würde sie verändern, aber du hättest es besser wissen müssen, nicht?«, brummte Eirik, aber es klang mehr nach Trost denn nach Vorwurf.

»Ich hätte es besser wissen müssen, als auf Veränderung zu hoffen?« Ramojas Stimme war voller Sorge.

»Veränderung kommt. Das ist so sicher wie die Gabe. Aber es kommt auf uns an und wir haben lange genug gewartet. Ich war bereit, deinetwegen ein halbes Mannesalter zu warten, Ramoja. Aber er kann uns nicht mehr helfen. Wir können noch warten, bis die Sonne erlischt, aber was bringt das?« Eirik atmete schwer beim Sprechen. »Während wir hier wie die Schwachköpfe die Felswand anstarren, schickt der Rat Fürsprecher und Mörder übers ganze Land! Sie befreien oder töten, je nachdem, wie es ihnen gerade am besten passt! Sie sind schon unterwegs. Ravnhov wartet nicht mehr!«

Ramojas Armreife klirrten. Hirka sah vor sich, wie sie Eirik die Hand auf die Schulter legte, um ihn zu beruhigen. »Eirik …« Ihre Stimme wurde wärmer. »Das hier muss von Eisvaldr aus gelöst werden. Von innen. Du weißt, dass es so ist, und ich werde die Treue nicht brechen. Aber du brauchst noch Zeit, um zu lernen, zwischen Freund und Feind zu unterscheiden. Du kannst es dir nicht leisten, allein gegen Mannfalla zu ziehen.«

Eirik knurrte etwas und Hirka hörte Schritte im Gras. Sie kamen näher! Sie biss die Zähne zusammen. Eirik und Ramoja machten es so wie sie: Sie gingen den Pfad an der Felswand rund um die Rasenfläche entlang. Und hier saß sie in der Mitte wie ein Dussel. Sie schlängelte sich vorsichtig um das Götterbild, um unsichtbar zu bleiben.

»Wir sind nicht allein. Wir haben die Schwanzlose«, sagte Eirik. Hirka erstarrte.

»Wir wissen so wenig über sie, Eirik. Darum kannst du dich nicht darauf verlassen, dass sie helfen kann.«

»Du hast gesagt, sie ist die Rettung!«

»Dass sie es sein *kann*. Wir wissen es nicht. Wir wissen nur das, was ich gesehen und gehört habe. Sie hat eine glückliche Hand mit den Raben. Sie riechen das andere Blut in ihr und sie war stark genug, aus Mannfalla fliehen zu wollen. Das ist ein Geschenk, Eirik. Ich dachte schon, wir hätten sie beim Brand verloren.«

Hirka war schwindelig. Sie hob vorsichtig den Kopf über den Sockel und konnte Eirik und Ramoja bruchstückhaft zwischen den Klauen des Rabengottes erkennen.

»Und du glaubst, *das* reicht morgen als Begründung?«, fragte Eirik. Er blieb stehen und schaute Ramoja an. Sie wandte sich von ihm ab und Hirka hockte sich schnell wieder hin.

»Ich kann mich auf der Versammlung nicht blicken lassen, Eirik. Das weißt du. Schon gar nicht jetzt. Wer würde sich für mein Leben einsetzen, wenn es rauskommt? Rime nicht. Er ist für uns verloren.« Sie gingen weiter.

»Wenn sie dich bloß hier *sehen* könnten, Ramoja. Das würde uns mehr Verbündete einbringen als alles andere.«

»Ich bin in diesem Krieg unsichtbar, Eirik. So muss es bleiben.«

Welcher Krieg? Es führt doch niemand Krieg? Hirka rutschte noch ein Stück weiter. Das eine Knie knackte, als sie das Bein bewegte. Sie guckte schnell auf, aber sie machten nicht den Eindruck, als hätten sie sie gehört. Beide kehrten ruhig wieder zurück zur Klamm.

»Ich habe gehört, Meredir ist gekommen. Haben wir Urmunai auf unserer Seite?«, fragte Ramoja behutsam, als habe sie Angst vor der Antwort.

»Meredir ist jung«, erklärte Eirik. »Er vergeudet in der Burg seines Vaters seine Tage mit Frauen und Wein. Oder mit Männern und Wein, wenn es stimmt, was die Leute sagen.« Sie verschwanden in der Klamm. Hirka reckte den Hals, um besser hören zu können. »Aber er kommt zur Versammlung. Das ist immerhin etwas«, sagte Ramoja. »Nicht genug«, fand Eirik.

Durch das Echo zwischen den Felswänden konnte Hirka unmöglich auch noch den Rest verstehen. Sie wartete, bis es ganz still wurde, bevor sie aufstand. Das Blut schoss in ihre Beine und es kribbelte dort so sehr, dass sie sie ausschütteln musste. Mit wackeligen Schritten ging sie zum Pfad. Was hatte sie da eigentlich gehört? Dass sich Ravnhov gegen den Rat und den Seher auflehnte, war nichts Neues. Aber es war mehr als das. Ravnhov plante Krieg. Ramoja wusste davon! Sie war ein Teil davon! Und sie hatte vor, Hirka da mit hineinzuziehen …

Wir haben die Schwanzlose.

Sie hatten gesagt, sie könne helfen. Wie kamen sie nur auf diese wahnsinnige Idee? Auf welche Weise denn helfen? Was hatten die Raben über sie gesagt? Anderes Blut? Hatte Ramoja verstanden, was das zu bedeuten hatte? Und es dem Fürsten von Ravnhov erzählt? Gab es etwas, das sie nutzen würden? War das möglich? Wie konnte eine wie sie überhaupt etwas erreichen? Sie, die allen aus dem Weg ging, wenn sie konnte. Sie, die erdblind war und nicht die Gabe spürte.

Was hätte Rime gesagt, wenn er davon erfahren würde? Und Ilume! Ilume An-Elderin. Ramoja arbeitete doch für sie! Für den Rat! Und was meinte Ramoja damit, Rime war für sie verloren?

Hirka stützte sich an der Felswand ab. Es konnte nicht so sein, wie sie glaubte. Sie hatte nur Bruchstücke eines Gesprächs gehört. Es gab eine natürliche Erklärung. Die musste es geben. Und die musste sie finden.

Sie hatten eine Versammlung am nächsten Tag erwähnt. Eine Versammlung, bei der sich Ramoja nicht blicken lassen konnte. Aber andere würden kommen. Und sie würden vielleicht auch über die Schwanzlose reden. Über sie, Hirka. Sie musste dafür sorgen, dass sie diese Versammlung belauschen konnte. Koste es, was es wolle.

Hirka schlich durch die Klamm zurück. Sie fand den Pfad bergab und schnell sah sie unter sich die Stadt voller Leben und Geschäftigkeit. Mehrere Wagen waren im Lauf der Nacht eingetroffen. Männer und Frauen in dunkelblauen Schürzen trugen Wasser, Essen, Leinen und Brennholz an der Tanne auf dem Hof vorbei. Die Wachen an den Mauern lösten sich ab. Leute holten Eier aus dem Hühnerstall, stopften Löcher in den Dächern mit frischem Stroh und bauten Waren auf den Märkten auf. Lederwaren, Backwerk, Vogelkäfige in allen Formen, Kleider und Waffen, Schilde und Schwerter.

Nach tausendjährigem Schlaf erwachte Ravnhov gerade wieder.

DAS FEST

Die Musik erklang lange vor Sonnenuntergang. Das Thingfest auf Ravnhov war keine Kleinigkeit. Wäre die Welt wie früher gewesen, dann hätte Hirka versteckt auf einem Dach gelegen und aus sicherer Entfernung zugesehen, wie das Volk eben war. Aber nichts war mehr, wie es einmal war.

Fackeln erhellten den Fürstensitz. Flöten und Harfen spielten Lieder über Krieg, Götter und Liebe. Ganze Lämmer wurden über offenen Feuern gedreht. Kinder mit verschmierten Mündern tollten herum und stibitzten Süßigkeiten aus den Schalen und niemand scheuchte sie zu Bett. Der Abend duftete nach Fleisch, Bier und Kräutern.

Die Türen zur Festhalle wurden aufgestoßen und Leute drängelten beim Hineingehen. Hirka war plötzlich umringt, eingeklemmt. Am Ende gelang es ihr, an die Seite zu schleichen, wo es ruhiger zuging.

»Du nimmst den dümmsten Weg rein, wie ich sehe.«

Hirka drehte sich zu der Stimme um. Tein stand in einer Ecke an die Wand gelehnt.

»Ich versuche, es bleiben zu lassen«, widersprach Hirka. Doch sie nutzte die Gelegenheit, um den Volksmassen zu entkommen, und ging zu ihm. Durch ein Winken bedeutete er ihr, mit ihm auf die Rückseite der Festhalle durch den Dienstboteneingang zu kommen.

Der Saal hatte zwei Stockwerke. Dort war es schon voll, aber die Leute strömten weiter hinein. Das Dach wurde von zwei Reihen aus kräftigen Baumstämmen getragen. Es mussten an die fünfzig Stück sein. Jemand hatte das Geländer des oberen Stockwerks mit Blumen geschmückt. Hirka zählte vier Feuerstellen, wo sich Schweine am Spieß drehten. Die Tische bogen sich unter Bier, Früchten, Fisch und Honigbroten. Die Leute knufften sich und quetschten sich auf die Bänke.

»Hier drinnen ist kein Platz, wir müssen wieder nach draußen«, sagte Hirka erleichtert und drehte sich um. Tein hielt sie durch eine Geste mit der Hand auf. »Oh, wir finden schon noch einen Sitzplatz«, widersprach er mit einem Grinsen, das so selbstzufrieden war, dass Hirka Gefahr witterte.

»WILLKOMMEN AUF RAVNHOV!«

Eiriks Stimme schmetterte durch den ganzen Saal. Er hatte sich auf einen Tisch gestellt und das Volk jubelte ihm zu. »Gemach, gemach!«, rief er. »Ynge! Lass zum Kranich das Essen liegen, bis sich alle hingesetzt haben! Wir sind keine wilden Tiere, egal, was Mannfalla behauptet!« Das Volk brüllte vor Lachen. Sie trampelten auf den Boden, dass die Bierkrüge auf den Tischen hüpften. Hirka lächelte. Kein Wunder, dass Mannfalla diesen Mann fürchtete. Schon bei ihrer beider ersten Begegnung hatte er ihr Vertrauen gewonnen.

Eirik genehmigte sich einen Schluck Bier, bevor er weitersprach. »Viele von euch sind auf dem Weg zum Ritual. Viele sind beim Thing gewesen. Und viele von euch sind zum ersten Mal hier. Aber keine Sorge! Ich werde euch nicht mit einer Rede langweilen, sondern will nichts weiter sagen als: Hier sind wir! Hier ist Ravnhov! Hier sind wir immer gewesen. Und hier werden wir immer sein!«

Der Saal brodelte vor frohen Zurufen. Krüge wurden zusammengestoßen, dass das Bier nur so spritzte. Eirik sprang vom Tisch, brüllte aber weiter: »Wir fürchten uns vor niemandem! Egal, ob du nun ein Wilder bist wie wir oder ein Milchgesicht aus Mannfalla, du bist hier willkommen! In unserem Haus, bei mir, bei meiner lieben Angetrauten Solfrid …« Eirik legte den Arm um eine üppige Schönheit neben sich. »Und bei Tein, meinem Sohn und Erben!« Er streckte die Hand aus und Tein ging weiter in den Saal hinein und umarmte seinen Vater. Hirka versteckte ihr Gesicht hinter den Händen. Er war Eiriks Sohn. Ihre Gedanken rasten. Was hatte sie ihm alles erzählt? Hätte sie dasselbe gesagt, wenn sie gewusst hätte, wer er war?

Die Leute kamen zur Ruhe und Tein zog Hirka zu sich hinunter auf einen Platz am Tisch der Familie. Er riss große Stücke Fleisch mit den Fingern ab und steckte sie sich in den Mund. Er hörte auch beim Kauen nicht auf, sie breit anzugrinsen.

Hirka aß, ohne ein Wort zu sagen. Das lag nicht etwa daran, dass er unterlassen hätte zu erzählen, wer er war. Dafür hatte sie mehr Verständnis als alle anderen. Das war leicht zu entschuldigen. Aber sie an den Tisch des Fürsten zu setzen und das vor Gästen aus halb Ymsland, die sich die Augen aus dem Kopf glotzten … Hirkas Wangen glühten eine Reihe von unzähligen Gerichten und Liedern hindurch. Die Leute wurden betrunken und die Lieder frecher. Tein beugte sich über den Tisch. Er stieß mit der Stirn an ihre und zwinkerte ihr zu. Hirka lächelte ihm zu und über ihn.

Dann ertönte ein Lied, das sie früher schon einmal gehört hatte. Ihr Lächeln erlosch. Die Worte bohrten sich ihr in die Brust.

Mädel und Fäule vom Gebirg herunt'
Komm, lieb mich in der Abendstund'
Fäule fleht' ums Stelldichein
Mädel aber sagte Nein

Stimmen und Gesichter um sie verschwammen wie im Nebel. Sie hörte nur noch das Lied. Warum hörte es niemand sonst? Warum saßen sie einfach nur da und tranken und grölten? Das Mädchen sagte Strophe für Strophe Nein.

Männer waren *eine* Sache und betrunkene Männer waren eine vollkommen andere, hätte Vater gesagt. Jetzt wusste sie es besser. Männer waren einfach nur Männer. Sie war es, die gefährlich war. Vater hatte einen aussichtslosen Kampf ausgefochten, damit sie unsichtbar blieb, damit sich niemand mit der Fäulnis ansteckte. Wie konnte man nur so dumm sein? Hatte er geglaubt, sie würde ihr Leben lang nie mit jemandem schlafen, wie alle anderen es taten? Wie Sylja auch.

Sylja und Rime?

Nein. Das hätte sie gewusst. Und das war außerdem auch egal. Hirka würde nie Rime oder einen anderen Mann anfassen können. Sie war ein Ungeheuer, eine Krankheit. Sie war wie die Blinden, die die ganze Zeit in den vielen Gesprächen am Tisch Thema waren.

Mädel und Fäule beim Aufwiederseh'n
Lass uns heute nun zu Bette geh'n
Fäule rutschte auf den Knien da
Mädel sagte endlich Ja.

Hirka stand auf und rannte zur Tür. Sie hörte, dass Tein ihr etwas hinterherrief, stellte sich aber taub. Draußen waren noch mehr Leute als drinnen. Doch niemand nahm sie zur Kenntnis. Sie tanzten, aßen und tranken. Ein Paar saß auf einem Tisch und knutschte und einer der Wagen wippte verdächtig auf und ab. Hirka rannte. Sie lief über die gelbe Brücke. Die Fackeln waren erloschen. Sie blieb stehen und kniff die Augen zu. Sie musste sich zusammenreißen. Nichts Schlimmes war passiert. Sie hatte mit Leuten gegessen. Das war alles.

Dieser verfluchte Schwachkopf!

Sie hoffte, sie würde ihn nie wiedersehen. Aber sie wusste, das war zu viel verlangt, denn schon konnte sie Schritte hinter sich hören. Tein lief an ihr vorbei. Dann drehte er sich zu ihr um, lächelte und setzte im Rückwärtsgang seinen Weg fort.

»Du hast die Rabnerei noch nicht gesehen.«

Die Rabnerei. Erst jetzt fiel ihr das gedämpfte Krächzen auf. Sie folgte Tein zu einer Steintreppe, die geradewegs in die Klamm hinunterführte. Es wurde kühler, sobald sie hinabstiegen. Die Raben krächzten eine Weile etwas lauter, verstummten aber dann ganz. Was hatte Ramoja noch gesagt?

Sie hat eine glückliche Hand mit den Raben. Sie riechen das andere Blut in ihr.

Die Rabnerei auf Ravnhov. Eine Legende.

Die bewaldete Klamm war das Heim für Zehntausende Raben. Sie war umgeben von schwarzen Schatten, die sie aus schmalen Augen beobachteten. Zwischen den Bäumen verliefen kreuz und quer Pfade. Sie nahmen einen davon bis an den Rand eines Abgrunds. Von hier überblickte sie die Landschaft ganz bis nach Blindból und Mannfalla. Der Mond hing beinahe in seiner vollen Pracht über den Wäldern. Sie trat näher an die Kante, um besser sehen zu können, aber Tein ergriff ihre Hand.

»Was ist mit deinem Schwanz passiert?«

Hirka entspannte vor Erleichterung die Schultern. Mehr wusste er also nicht über sie. Dann galt das auch für Eirik und Ramoja. Niemand wusste Bescheid.

»Wolf«, sagte sie bloß. Kurze Sätze waren wohl in Teins Fall das Beste, dann konnte er sie nicht unterbrechen. Er lächelte und stellte sich vor sie. Er stand so dicht neben ihr, dass sie die Wärme seines Atems spürte. Wenn sie ihn jetzt so anschaute, konnte sie nicht verstehen, dass sie nicht kapiert hatte, wer er war. Er hatte die Augen seines Vaters. Seine waren nur von etwas blasserem Blau. Und sie glühten jetzt. Hirka wusste, was die Glut bedeutete, hatte sie selbst aber nie gesehen. Sie war noch niemandem auf diese Weise nahe gewesen.

»Ich werde einmal König sein«, sagte er. Seine Stimme war jetzt tief und er lächelte, als habe er einen Wettstreit gewonnen. So einen, wie sie und Rime ihn immer austrugen. Hirka wich einen Schritt zurück.

»Es gibt keine Könige mehr«, widersprach sie und schaute woanders hin. Er lachte leise, aber es klang nicht so, als fände er es lustig. »Was meinst du denn, woher die ganzen Fürsten kommen?« Seine Armmuskeln wölbten sich unter dem weißen Strickhemd. Er begann sie langsam zu umkreisen, als wollten sie sich prügeln. Seine Stimme wurde schärfer: »Glaubst du, die Könige sind eines Tages aufgewacht und haben einfach beschlossen, sich in Luft aufzulösen? Foggard,

Norrvarje, Brinnlanda ... Glaubst du, Mannfalla hat schon immer die Welt besessen, Mädchen? Die Könige gab es schon lange vor dem Rat. Und der König von Foggard war es, der die Blinden aufgehalten hat. Wir! Das waren wir! Und wir mussten es mit Blut bezahlen! Der Rat wurde immer mächtiger, während wir Land, Anführer und Leben verloren!«

Die Raben über ihnen flogen unruhig hin und her. Hirka guckte Tein an und hatte plötzlich das Gefühl, zu wissen, wer er war, ihn zu kennen. Ein Wilder, hatte sie zuerst gedacht, ohne zu ahnen, wie recht sie hatte. Er hatte etwas Nacktes an sich und das war hässlich und schön zugleich. Er war willensstark und stolz. Aber Tein erinnerte sich. Er erinnerte sich an Dinge, die lange vor seiner Geburt und auch lange vor Eiriks Geburt geschehen waren. Er trug ein tausend Jahre altes Unrecht mit sich herum. Hirka versuchte es trotzdem.

»Der *Seher* war es, der die Blinden zurückgehalt...«

»Der Seher?!« Er spuckte aus. »Er hat vielleicht Mannfalla gerettet, aber wen hat Er hier gerettet? Ravnhov hat sich selbst gerettet. Ravnhov hat sich schon immer selbst gerettet.« Er dämpfte seine Stimme wie aus Angst, jemand könne ihn beim Lästern belauschen. Er kehrte ihr den Rücken zu. Tein redete, als stelle auch er Erwartungen an sie. Er war nicht viel älter als sie, wollte aber dennoch, dass alle zu den Waffen griffen und sich gegen Mannfalla auflehnten, damit er ein verlorenes Königreich zurückerobern konnte, das er nur aus Erzählungen kannte. Und er wollte, dass sie ihm dabei half.

Doch Tein wusste nicht, dass sie schon vor dem Rat weggelaufen war. Dass sie nichts tun konnte, um ihm zu helfen. Dass sie keine Ahnung hatte, warum Eirik und Ramoja glaubten, sie sei dazu in der Lage. Aber sie musste etwas sagen. Sie musste es versuchen.

»Sich immer selbst gerettet zu haben, ist doch kein Grund für Trauer. Sondern für Stolz.«

Er streckte den Rücken durch, drehte sich aber nicht zu ihr um, sodass Hirka nicht wusste, ob sie etwas Gutes oder etwas Schlechtes gesagt hatte.

»Sie sind zurück«, sagte er.

»Wer denn?«

»Nábyrn. Die Totgeborenen. Die Blinden.«

Hirka antwortete nicht. Am Vorabend hatte er sie noch verleugnet, obwohl er es da schon gewusst haben musste. Die Geschichten hatten beim Essen schneller die Runde gemacht als das Bier.

Auf einem Mal verstand sie es, das ganze Gerede davon, sich selbst zu retten, von den Blinden, von den verlorenen Königreichen. Tein war nicht nur wütend. Er hatte Angst. Er war der Erste aus Ravnhov, der nicht zum Ritual gefahren war. Wovor hatte er die größte Angst? Vor Mannfalla oder vor den Blinden?

»Lass sie doch kommen«, sagte sie mutiger, als sie sich fühlte. »Ravnhov ist hier. Ist immer hier gewesen und wird immer hier sein.«

Er drehte sich zu ihr um. Die Last schien ihm von den Schultern genommen zu sein und er lächelte gierig. Er fasste ihr ins Haar, schaute ihr tief in die Augen und suchte nach einer Erlaubnis, die er zu finden erwartete.

Tein war lebendig, warmherzig und direkt, voller Lebenshunger und verschreckend einfach im Umgang. Aber er war ganz anders als Rime. Traurig begriff Hirka, dass sie den Sohn des Fürsten nicht an sich heranlassen würde, selbst wenn sie gekonnt hätte.

Sie wich einen Schritt zurück, lächelte aber, um der Situation den Stachel zu nehmen.

Tein erwiderte das Lächeln, als habe sie ihm ein Versprechen gegeben.

DIE VERSAMMLUNG

Hirka schlich über den leeren Hof. Noch nicht einmal die Raben waren schon wach. Der Nebel hatte sich wie eine Decke über Ravnhov ausgebreitet. Die erloschenen Feuerplätze vom Thingfest zeichneten sich vor dem grauen Himmel wie Brandruinen ab.

Sie hatte nicht die geringste Ahnung, wo Eirik und die Adelsleute die Versammlung abhalten wollten, die Eirik im Gespräch mit Ramoja erwähnt hatte. Und sie wusste auch nicht, wann sie stattfinden sollte. Aber eins hatte sie in den letzten Tagen gelernt, und zwar, dass die Gastfreundschaft auf Ravnhov keine Grenzen kannte. Sie brauchte einfach nur dem Essen hinterherzugehen.

Sie zwängte sich in eine schmale Nische zwischen der Festhalle und Eiriks Haus. Dort wartete sie ab, bis die Raben aufwachten. Sie entfernten sich schreiend nach Norden und gleich danach hörte sie Leute kommen und gehen. Unngonna rief im Haus Anweisungen. Jemand lief. Die Tür knarrte und Hirka linste um die Ecke.

Ein Mädchen in Blau trug ein Brett mit gekochten Eiern und gebratenem Speck einen Pfad hinter der Festhalle hinauf. Hirka folgte ihr in sicherem Abstand. Sie gingen zwischen hohen Tannen. Die Schritte des Mädchens verstummten. Dann waren sie plötzlich wieder zu hören und Hirka konnte sich gerade eben noch hinter einem Baum verstecken, um nicht entdeckt zu werden. Das Mädchen ging an ihr vorbei, denn sie nahm denselben Weg zurück, den sie gekommen waren, aber ohne das Brett. Die Versammlung musste gleich hinter der Wegbiegung stattfinden.

Der Wald öffnete sich und gab den Blick frei auf ein schiffsförmiges Haus auf einem Felsvorsprung. Es erinnerte etwas an den Hügel zu Hause in Elveroa. Aber sie war nicht zu Hause. Sie war eine Lauscherin auf Ravnhov. Das war heimtückisch, aber nach dem Gespräch zwischen Eirik und Ramoja, das sie zufällig mitgehört hatte, war sie dazu gezwungen. Sie musste mehr erfahren.

Hirka ging gebückt unter den Fenstern auf der Rückseite des Hauses entlang. Es war die gleiche Art Fenster wie in ihrem Zimmer, aber das Glas war hier gelber. Soweit sie sehen konnte, bewegte sich dahinter nichts. Sie musste schleunigst ein Versteck finden, bevor die Leute kamen. Als sie hochguckte, sah sie, dass das Dach mit Torf und kleinen Sträuchern bedeckt war. Das Schornsteinrohr war groß genug, damit sie sich dicht daran anlehnen könnte. Würde sie durch das Rohr hören können, was im Haus gesprochen wurde? Ihr blieb nichts anderes übrig, als es darauf ankommen zu lassen.

Hirka stieß sich mit dem Fuß von einem Fensterbrett ab und zog sich aufs Dach hoch. Der Torf war feucht vom Regen. Sie robbte höher hinauf und setzte sich mit dem Rücken an den Schornstein. Ihre Kleider hatten fast die gleiche Farbe wie das gelbgrüne Dach. Niemand würde sie hier oben sehen. Zur Sicherheit verkroch sie sich so gut es ging in den Büschen und zog die Kapuze über den Kopf.

Es dauerte nicht lange, bis das Mädchen wieder angetrippelt kam. Die Tür wurde geöffnet. Durch das Schornsteinrohr konnte Hirka hören, wie Becher und Krüge auf den Tisch gestellt wurden. Sie lächelte. Mit etwas Glück würde sie alles hören können, was da unten ablief.

Es schien ewig zu dauern, bis sie auf dem Pfad endlich Stimmen hörte. Sie setzte sich besser zurecht. Ihr Hosenboden war durchnässt, aber das ließ sich nicht ändern. Sie erkannte Eiriks Stimme. Er brummte etwas, das sie nicht verstehen konnte, und andere Stimmen lachten. Die Tür wurde wieder aufgemacht und Hirka hörte, wie Leute sich an den Tisch setzten.

Ihr Herz begann schneller zu schlagen. Wie viele waren es? Um die zehn? Zwei kamen kurz nach den anderen. Gedämpfte Unterhaltungen waren durch das Rohr zu hören. Hirka bereute es langsam. Was bei dieser Versammlung gesagt würde, war nicht dazu bestimmt, dass es jemand zufällig mitbekam.

»Freunde«, hörte sie Eirik sagen. Hirka lauschte aufmerksam. »Es ist so weit. Mannfallas Streitkräfte bewegen sich nordwärts.« Hirka klammerte sich an den Torf, auf dem sie saß. Das hier war schlimmer, als sie geglaubt hatte. Und es kam so unerwartet.

Haben wir Krieg?

Sie hörte deutlich, dass die Nachricht Eindruck auf die Versammelten machte, die sie nicht sehen konnte. Eine Frauenstimme übertönte die anderen: »Mannfalla ist immer in Bewegung, Eirik.«

Fäuste und Krüge wurden auf den Tisch gedonnert. Eine neue Stimme, die sie nicht erkannte, bat alle, sich zu beruhigen, und schlug eine kurze Vorstellung der Anwesenden vor. Hirka drückte sich an den Schornstein, um die Namen mitzubekommen. Die Frau, die sich eben zu Wort gemeldet hatte, stellte sich zuerst vor.

»Ich bin Veila Insbrott, Jarlin auf Trygge. Trygge auf Brekka.« Hirka kannte den Ort gut. Brekka war die größte Insel Ymslands. Von dort kamen viele Schiffe nach Elveroa. Sie war zwar noch nie dort gewesen, wusste aber, dass die Städte dort gut vom Handel lebten.

Eine neue Stimme. Ein Mann in Vaters Alter, vermutete Hirka. »Ick bin Aug Barreson, Jarl in Kleiv.« Er sprach eindeutig kleivisch.

»Leik Ramtanger aus Fross.« Die Stimme war leise.

»Rand Wolfson aus Ulvheim. Meine Freunde nennen mich Einauge.« Diese Stimme war jünger, aber rauer als die anderen. Wenn er nun ein Verwandter war? Er stammte doch aus Ulvheim wie sie. Wenn er nun ein Verwandter von Vater war?

Von Vater. Niemand ist mit mir verwandt.

Die Stimme eines jungen Mannes schnitt ihm das Wort ab. »Rand Einauge? Geht es deinem Vater gut?« Dann wurden eine Menge Fragen gestellt, die Rand beantwortete. »Ich bin de Sohn von Wolf Kallskaret, Jarl in Norrvarje. Oder Fürst, wenn wir nich die Sprache von

Mannfalla verwenden. Mein Vadder hat mit einem Bergbären gekämpft und sich an drei Stellen den Unterschenkel gebrochen. Sechs Mann und meine Mudder mussten sich auf ihn setzen, damit er zustimmte, mich herzuschicken.« Die anderen lachten. »Und hier bin ich nu mit einer einfachen Botschaft: Ulvheim steht an Ravnhovs Seite!« Das Lachen verstummte. Hirka hörte, dass er sich hinsetzte.

»Du hast leicht versprechen«, meinte eine Stimme mit nervösem Kichern. »Falls Mannfalla kommt, kannste einfach deinen Vater auf sie hetzen.« Wieder ertönte Lachen. Hirka meinte, ein Zittern in der Stimme zu hören, als der Mann weitersprach: »Eck bin Grinn Tvefjell. Jarl in Arfabu in Norrvarje. Eck bin, wie ihr alle sehen könnt, ein spiddeliger Mann und hab nich so viel Knochen, die man mir brechen könnte.« Mehr Gelächter.

»Nein, so viel ist sicher und gewiss«, meinte Veila aus Brekka. Auf die Beleidigung blieb eine Reaktion aus.

»Tja … und dann bin da noch ich …« Eine neue Stimme. Der Mann zog die Worte in die Länge, als halte er sie für schrecklich wichtig. »Meredir Beig. Jarl in Urmunai.«

Meredir, der seine Tage mit Wein vergeudet?

Eirik ergriff abermals das Wort: »Wir haben noch drei weitere eingeladen. Grynar in Ormanadas hat überhaupt nicht geantwortet. Audun Brinnvág aus Skodd ist von einem Dach gefallen und gestorben.« Hirka spitzte wieder die Ohren. Das hatte sie gehört! Sylja hatte es erzählt. Das war an dem Tag passiert, als Ilume die Tage für das Ritual verkündet hatte. Was hatte sie gesagt? Dass jemand Schatten auf dem Dach gesehen hatte?

Der nervöse Jarl fiel ihm ins Wort.

»Gefallen? Ich kannte Audun. Er war alles andere als unsicher, weder auf den Beinen noch in seiner Unterstützung für Ravnhov. Hat irgendjemand Zweifel daran, was ihn getötet hat?« Niemand widersprach seiner unausgesprochenen Überzeugung. Auch nicht Eirik, der fortfuhr: »Wir haben einen Brief aus Brinnlanda erhalten. Aus Ende.« Das war eindeutig eine Überraschung.

»Niemand hat seit Jahr und Tag Kontakt zu Ende gehabt!«, stellte Leik aus Fross fest.

»Isa aus Ende schreibt Folgendes«, antwortete Eirik unbeeindruckt. Er räusperte sich und begann zu lesen: »Die Raben sagen, die Nábyrn sind zurück. Der Steinpfad singt. Die Gabe spaltet Süd und Nord und die Bündnisse sind tot. In der neuen Zeit steht Brinnlanda an Ravnhovs Seite.«

Eine neue Stimme wurde laut: »Gibt es jemanden, der dies zu deuten gedenkt?«

Alle sprachen durcheinander und jemand rief, es sei eine Fälschung. Hirka seufzte. Das hier würde ein langer Tag werden.

Die Sonne stand hoch am Himmel und Hirka hatte Hunger. Sie hatte viel gehört, aber den Diskussionen nach zu urteilen, waren sie noch lange nicht fertig. Sie verstand, dass Mannfalla seine Streitkräfte verlegt hatte, aber jemand meinte, dass das eine natürliche Verteidigung gegen die Gerüchte über die Blinden sein konnte. Sie hatte auch verstanden, dass die meisten die Blinden nur für eine Erfindung hielten, damit man einen Vorwand für einen Angriff hatte.

Niemand war sich mit irgendwem über irgendwas einig.

Grinn, der nervöse Witzbold aus Arfabu, behauptete, alle anderen hätten es leichter als er. Arfabu lag mitten im Gebirge und bildete die Grenze zwischen Midtyms und Norrvarje, darum stand er oft in Verbindung mit Mannfalla.

Hirka hörte deutlich, dass er zwar nicht den Zorn des Rates auf sich ziehen, zugleich aber Ravnhov und die Reiche im Norden unterstützen wollte. Rand aus Ulvheim nahm kein Blatt vor den Mund in Bezug auf Mannfallas Vorherrschaft und wie Feigheit und Gier die anderen daran hinderten, etwas zu unternehmen. Er schämte sich über den Tag, an dem seine Eltern sich beugten und ein Teil des Bündnisses mit Mannfalla wurden. Jemand wies darauf hin, dass solche Äußerungen ihm ein Todesurteil einbringen würden, woraufhin er konterte: »Wir sind seit Generationen zum Tode verurteilt.«

Ganz gleich, worin die Uneinigkeiten unter den mächtigsten Männern und Frauen der Nordreiche bestanden, war eins sicher: Hirka hatte ihnen großes Unrecht getan.

Bisher hatten sie nicht ein einziges Wort über sie verloren. Das Gespräch zwischen Eirik und Ramoja schien wie ein ferner Traum. Unter diesem Dach saßen Männer und Frauen und diskutierten über Dinge, die nicht für ihre Ohren bestimmt waren. Sie besprachen Furcht einflößende Dinge, aber nichts, was mit ihr zu tun hatte.

Hirka hörte hinter dem Schornsteinrohr ein Sausen. War das Kuro? Sie hatte nicht daran gedacht, dass der Rabe sie hier finden würde. Es war ja typisch für ihn, dass er ihr gerade dann Gesellschaft leisten wollte, wenn sie versuchte, sich zu verstecken. Was hieß »Verschwinde!« in Rabensprache?

Sie beugte sich vorsichtig vor – und erstarrte. Sie war nicht allein. Auf der anderen Seite des Daches, genau vor ihr, saß eine Gestalt mit dem Rücken zu ihr. Hirka merkte, wie ihr Körper zu Eis gefror. Was war das für ein Wesen? Ein Wiedergänger? Es war schwarz vom Scheitel bis zur Sohle. Hirka sah weder Haut noch Haar. Sogar der Schwanz war schwarz. War es ein Mann? Ein schwarz gekleideter Mann?

Er hielt etwas in der Hand, das wie ein Messer aussah, auch das war schwarz. Alles war schwarz. Die Nacht höchstpersönlich schien plötzlich beschlossen zu haben, aufs Dach zu kriechen. Hirka drückte sich ans Schornsteinrohr. Wie war er hier heraufgekommen, ohne ein Geräusch zu machen?

Hirka merkte, dass er sie noch nicht entdeckt hatte. Wie eine Katze schlich er zum Dachfirst, in einem lautlosen, unglaublichen Tanz. Das hier musste ein Albtraum sein. Sie musste jeden Augenblick aufwachen.

Dann hörte sie, wie die Tür aufging und Leute nach draußen kamen. Irgendwo unter der gefrorenen Kruste aus Angst erwachten ihre Instinkte. Ihr war klar, was gleich passieren würde. Auf dem Pfad kamen Eirik und ein paar der anderen zum Vorschein. Die schwarze Gestalt hob den Arm. Hirka dachte nichts. Die Panik packte sie. Sie stand auf. Das schwarze Etwas holte mit dem Arm aus und das Messer sauste durch die Luft. Hirka schrie so laut sie konnte:

»EIRIK!«

Das schwarze Etwas schnellte auf dem Dach herum. Hirka erahnte ein Augenpaar. Eirik drehte sich unten auf dem Pfad um. Das Messer traf ihn und versank in seiner Brust. Vollkommenes Chaos brach aus. Leute rannten, zeigten aufs Dach. Hirka starrte in die Augen des schwarz Gekleideten. Es verging eine Ewigkeit. Sie hörte Rufe um sich her. Doch alles, was sie sah, waren nur diese Augen.

Ich werde sterben.

Sie musste geblinzelt haben, denn plötzlich war die Gestalt nicht mehr da. Aus dem Augenwinkel sah sie einen schwarzen Schatten verschwinden. Sie drehte sich um und sah, wie er sich vom Dach in den Abgrund stürzte.

Er wird sterben!, dachte sie und im nächsten Moment: *Eirik!*

Die Rufe unten hatten sich zu einem angsterfüllten Schrei vereinigt: »SCHWARZRÖCKE!«

Hirka versuchte zu gehen, aber ihre Füße gehorchten ihr nicht. Sie stolperte und fiel der Länge nach hin. Ihr Körper rollte über das Torfdach und sie wusste, dass sie fallen würde. Sie tastete nach etwas, woran sie sich festhalten konnte, fand aber nichts, was sich nicht sofort lockerte. Dann gab es nichts mehr unter ihr. Sie fiel. Ihr Körper schlug mit einem schrecklichen Geräusch auf der Erde auf. Der Schmerz durchschnitt sie, ihre Brust. Gebrochen?

Jemand griff nach ihr.

Schwarzröcke!

Sie schlug wild um sich, aber jemand hielt sie unten. Der Schmerz durchschoss ihr Skelett. Sie versuchte zu schreien, aber es kam kein Ton.

»Atme, Frau!«, brüllte Rand Wolfson über ihr. Sie gehorchte. Nach ein paar Atemzügen versuchte sie zu sprechen. Es kam kein Wort. Sie starrte zum Sohn des Fürsten von Ulvheim hoch. Er hatte eine Narbe über dem einen Auge, einen langen Bart und kurze, wilde Haare.

»Du siehst genauso aus, wie ich dachte«, sagte Hirka. Sein Gesicht verschwamm. Und dann hatte sie nicht mehr die Kraft, die Augen offen zu halten.

ILUMES WUT

Urds Hals brannte. Er schwitzte unter dem Halsreif. Der Schweiß lief ihm über die Brust. Er war einbestellt worden. Bald würde es unerträglich werden. Er musste hier raus. Jetzt.

Aber Ilume konnte man unmöglich aufhalten. Das alte Untier hatte kaum ihren Fuß hinter die Stadtmauern gesetzt, da hatte sie auch schon die Familien einberufen. Und sie kamen! Sie kamen auf Befehl, wie gehorsame Raben. Der Rat saß hier und schluckte ihre Wut über die Entscheidungen, die in ihrer Abwesenheit getroffen worden waren. Sie saßen mit gesenkten Häuptern saft- und kraftlos da wie ein entleertes Mannsglied. Es war lächerlich.

Ilumes Recht zu toben war offenbar heilig. Niemand stellte das infrage. Ihre Worte hatten unbegreifliches Gewicht in den Augen anderer. Was zum Draumheim hatte sie getan, um solche Aufmerksamkeit zu verdienen? Einen Dreck! Kurz spürte Urd unwillkürlich einen Anflug von Bewunderung, sah dann aber ein, dass er der Anlass ihrer Wut war. Er war es, der die anderen überzeugt hatte, die jetzt nicht den Mut hatten, den Mund aufzumachen. Ihre Wut war bloß ein schwaches Echo auf die Leistung, die diesen Zorn verursacht hatte.

Ilume beugte sich über den Tisch, wo sie zur Rechten der Rabenträgerin saß. Draußen ging gerade die Sonne unter. Sie warf rote Schatten auf ihre Arme.

»Eine Hinrichtung? Wir hätten Eirik schon als Kind gern umgebracht! Und seinen Vater vor ihm. Aber wir sind stark genug gewesen, nie so tief zu sinken. Und jetzt schicken wir die Schwarzröcke. Die Schwarzröcke?! Eine offene Kriegserklärung ist das!«

Ilume sank auf ihren Stuhl zurück und fuhr fort, als hätten ihre eigenen Gedanken sie erschöpft. »Falls ihr die Absicht hattet, den Frieden zu wahren, dann ist euch das gründlich misslungen.«

Urd ergriff begierig die Gelegenheit beim Schopf. »Ihr? Dieser Rat ist eins. Oder bist du nicht mehr ein Teil von uns?« Ilumes Blick blieb schneidend scharf. Die Augen funkelten in dem alten Gesicht wie stechende Punkte umgeben von Grau.

»Ich war schon ein Teil dieses Rates, als du die Welt mit deiner Geburt besudelt hast, Urd Vanfarinn.« Mehrere um den Tisch schnappten hörbar nach Luft. Urd versuchte zu kontern, aber der Hals schnürte sich ihm zu. Ilume konnte ohne Unterbrechung fortfahren: »Die Anführer im Norden waren auf Ravnhov versammelt. Ihr habt ihnen genau damit einen Grund geliefert, sich um Eirik zusammenzuschließen.«

»Eirik ist tot«, versuchte Garm, aber Ilume schnitt ihm das Wort ab.

»Wäre Eirik tot, dann wüssten wir das. Habt ihr alles vergessen, was in diesem Raum in den letzten dreißig Jahren gesagt wurde? Habt ihr vergessen, warum wir ihn haben leben lassen? Weil er tot gefährlicher ist! Ihr habt ihn zu einer Legende gemacht!«

Urd stellte fest, dass die Schmerzen im Hals zunahmen. Die Muskeln verspannten sich unkontrolliert zu Krämpfen. Er hatte keine Zeit mehr. Er musste ein Ende herbeiprovozieren und zugleich Ilumes Beleidigung entgegnen.

»Du weißt offenbar nicht, wie sie denken. Der Angriff wird sie spalten. Sie werden sich gegenseitig die Schuld zuschieben. Oder hat dein Zorn vielleicht einen anderen Hintergrund? Hast du zu lange in der Nähe von Ravnhov gewohnt, Ilume?«

Diesmal versuchte niemand, seine Entrüstung zu verbergen. Jarladin war kurz davor aufzustehen. Urd setzte zum Endspurt an. »Du hast Jahre in Elveroa verbracht, ohne Erfolg, ohne Ravnhov auch nur einen Schritt näher zu kommen oder dem Bau einer Seherhalle dort. Wo ist deine Loyalität, Ilume? Hast du Angst, dass wir da Erfolg haben, wo du gescheitert bist?«

»Urd!« Eir schlug mit der Faust auf den Tisch. Ihre Armreife trafen die Goldplakette mit ihrem Namen und der Klang pflanzte sich um die Tischkante fort. »Dieser Rat ist eine Einheit. Wir sprechen miteinander, als seien wir eins. Pass auf, was du sagst! Diese Versammlung ist beendet. Wir machen morgen weiter.«

Urd erhob sich, die Hand am Hals. Der Reif war heiß. Das Atmen tat ihm weh. Er ging so schnell er es wagte über die Brücke zu den Räumen, die in Eisvaldr ihm gehörten. Er stürmte hinein und riss an der Schranktür. Abgeschlossen. Natürlich war sie abgeschlossen. Seine Hände zitterten. Er kramte im Beutel nach dem Schlüssel. Wo war er? Der Schmerz war unerträglich.

Er schüttete den Inhalt des Beutels auf den Tisch, griff den Schlüssel und bekam ihn gleich ins Schloss. Die Hände wollten ihm nicht gehorchen. Da! Damayantis Fläschchen stand in einer Schachtel auf dem mittleren Regal. Das Silber war schwarz angelaufen. Er war davon ausgegangen, dass ihm mehr Zeit geblieben wäre, und hatte es darum nicht mitgenommen. Diesen Fehler würde er nicht noch einmal machen. Er streckte die Hand nach der Flasche aus.

»Hast du es eilig, Urd?«

Er zog die Hand zurück, als habe er sich verbrannt. Ilumes Stimme war kalt wie ein bis zum Grund zugefrorener Bach. Es war weder eine echte Frage noch eine Höflichkeitsfloskel. Er sah, wie sich ihre Umrisse im Türrahmen abzeichneten. Die Tür … Er hatte die Tür hinter sich nicht geschlossen. Er hatte es zu eilig gehabt. Verfluchtes Draumheim! Er musste vorsichtiger sein. Er beschäftigte sich mit Blindwerk in den heiligen Hallen des Rates. Ganz gleich, wer er war, er wäre ein toter Mann, wenn er aufflog.

»Wenn du mit eilig meinst, Mannfallas Vorherrschaft aufrechtzuerhalten, dann ja, dann habe ich es eilig.«

Er machte den Schrank wieder zu, obwohl es ihn quälte, dass er das Fläschchen nicht mehr sehen konnte. Er musste sie loswerden. Sofort. Er faltete die Hände, um sie daran zu hindern, sich zum Hals zu bewegen, zu seinem eigenen oder zu ihrem. »Wenn du mich jetzt entschuldigst«, sagte er trocken.

Aber Ilume machte ein paar Schritte ins Zimmer hinein, bis sie sich Auge in Auge gegenüberstanden. Das Zimmer schrumpfte sichtlich, als schöben sich die Pfeiler näher an sie heran. Der Teppich wurde eine Insel, auf der sie beide standen, und die war nicht groß genug. Sie war kleiner als er, aber es gelang ihr dennoch irgendwie, auf ihn herabzusehen. Er begriff nicht, wie sie das anstellte. Blindwerk?

Nein, nicht Ilume, leider nicht. Auch wenn das die Dinge unglaublich vereinfachen würde.

»Ich weiß, wer du bist, Urd.«

Urd zog die Oberlippe zu einem Grinsen hoch. »Was für eine wunderbare Erkenntnis …«

»Ich weiß, wer du bist. Dein Vater wusste es auch. Es war nie sein Wunsch, dass du den Stuhl übernimmst.«

Urd war klar, was sie zu machen versuchte, aber das würde ihr nicht gelingen. Der Stuhl gehörte ihm und er würde seiner bleiben, bis er auf Eirs Stuhl saß, bis er den Raben trug.

»Der letzte Wunsch meines Vaters waren Honigkuchen und ein leerer Pisspott am Abend.« Er lächelte, als er sah, wie sich ihre Augen weiteten. Was hatte sie denn gedacht? Dass seines Vaters Wunsch ihm Befehl war? Dass Vanfarinn stark genug war, aus der Ewigkeit über sein Leben zu bestimmen? Sie hätte ihn in seinem letzten Augenblick sehen sollen: vom Schock gelähmt, gefangen in seinem eigenen Bett, außerstande, sich zu verteidigen. Er hatte sein ganzes Leben lang herumkrakeelt, aber als der Tod kam, war er stumm.

»Wir alle haben Wünsche, Ilume. Ich wünsche mir zum Beispiel, in Ruhe gelassen zu werden, und trotzdem stehst du hier.«

»Ich stehe hier. Und ich habe dich durchschaut, Urd. Du glaubst, du kannst sie nach deinem Willen verbiegen, aber du bist nur ein ungezogener Bengel. Du glaubst, du kannst sie mit deinen ach so aufrichtigen Absichten überzeugen, aber wenn es drauf ankommt, dann wird niemand zu dir halten. Du bist allein, Urd. Allein zwischen den Generationen: toter Vater, verlorener Sohn. Falls du deine eigenen Interessen nicht zurückstellst und anfängst, an das Beste für das Reich zu denken, dann muss Insringin mehr über sein neues Mitglied erfahren.«

Urd zuckte zusammen. Sie drohte ihm! Diese Schlampe! Wie konnte sie es wagen, ihm zu drohen! Sie hatte nichts in der Hand! Sie wusste nichts. Sie konnte nichts wissen. Er knurrte.

»Ausgerechnet du redest von Generationen, Ilume An-Elderin? Was ist denn von deiner eigenen Familie noch übrig? Schwache Umarmer, Bäcker und Historiker, Frauen, die sich von der Mauer stürzen. Der Einzige, der dein Nachfolger hätte werden können, hat sich für die Schwarzröcke entschieden. Und er ist der Sohn einer Verräterin!«

Urd lachte, obwohl die Schmerzen in Hals und Brust bis in den Bauch zogen. Er hatte Blutgeschmack im Mund. »Und wer bleibt da noch, wenn es An-Elderins große Hoffnung erst einmal nicht mehr gibt? Sie leben ja selten lange, die Schwarzen.«

Ihre Augen schrien, wie er es nur wagen könne. Aber sie war unsicher. Und Urd liebte es zu sehen, dass sie unsicher war. Dazu hatte sie allen Grund. Sein Vater hatte nicht genug Verstand besessen, es zu sein. Er konnte sehen, dass sie nachdachte, seine Worte abwog.

»Das wird dein Tod werden«, sagte Ilume. Dann drehte sie sich um und ging hinaus. Ihr Kittel tanzte um sie herum. Urd blieb eine Weile stehen und wartete, dass auch ihr Blick verschwinden möge. Er blieb in der Luft hängen, als stünde sie nach wie vor da. Aber dann konnte er nicht mehr warten. Er schloss die Tür, verriegelte sie und riss den Schrank wieder auf. Er setzte die Flasche an den Mund und schüttete sich ein paar Tropfen Rabenblut in den Hals.

Die Schmerzen verflogen unverzüglich. Das Mittel linderte sie besser, als irgendein Honig es vermochte. Doch es hielt nur einen Augenblick lang an. Dann kamen die Anfälle, schonungslos, schlimmer als je zuvor. Die alte Wunde sprang auf und es fühlte sich an, als werde sein Hals in Stücke gerissen, gegen den Reif gesprengt. Urd tastete nach dem kleinen Riegel und es gelang ihm, den zur Seite zu schieben. Das Metallband sprang auf und landete klirrend auf dem Boden.

Er fiel auf dem Teppich auf die Knie, griff nach einem Kissen und presste es sich vors Gesicht, damit ihn niemand hörte. Dann schrie er, dass das Blut nur so spritzte.

NACHTWACHE

Rime ließ sich von der Nacht umschließen. Er war ein Schwarzrock, nichts anderes. Das Schwert war ein Umriss, den er vor sich in die Dunkelheit streckte. Ab und zu wagte der Mond sich vor, um ein blasses Licht zu spenden, das die Schneide entlanglief. Rime schnellte herum und stieß das Schwert mit beiden Händen in einen unsichtbaren Feind hinter sich.

Banahogg, der Todesstoß.

Der Körper folgte der Wucht des Schwertes in einem Bogen über den Kopf, bevor er es vor sich niederschnellen ließ.

Beinlemja, der Knochenzerschmetterer.

Eine Eule erhob sich von einem Ast über ihm, denn sie war klug genug, sich einen anderen Schlafplatz zu suchen. Rime schwang wieder herum und ließ das Schwert die Dunkelheit spalten, bevor er sich vor Gegenangriffen schützte, indem er mit nach hinten ausgestreckten Armen auf ein Knie fiel.

Ravnsveltar, der Rabenaushungerer.

Er wusste, dass er besser schlafen sollte. Die Tage der Schwarzröcke begannen früh, aber Schwitzen war die richtige Medizin für seinen Körper. Jede Bewegung pflegte die Gedanken weiter fortzutreiben, nur nicht heute Nacht. Heute Nacht hatten sie in ihm Wurzeln geschlagen. Irgendetwas tat sich. Die Gewissheit hockte wie eine Ratte in seinem Bauch und fraß ihn von innen auf. Mannfalla beherbergte während des Rituals Leute aus aller Welt und die Gerüchte verbreiteten sich wie die Pest.

Rautregn, der Rotregen.

Rime wusste, dass im Rat Unruhe herrschte. Er hatte Bruchstücke von Gesprächen gehört, Streitereien in den Korridoren, sogar Anzeichen von Unruhe in Ilumes versteinerter Miene entdeckt. Die Leute aus dem Norden tuschelten über die Blinden.

Ormskira, der Schlangenreiniger.

Der Rat hatte Kampftruppen nach Norden geschickt, um mit den Gerüchten ein für alle Mal aufzuräumen, wie sie selbst es nannten. Aber welcher Dummkopf glaubte denn noch, dass es sich nur um Gerüchte handelte, wenn mehrere Tausend Mann nach Norden marschierten? Niemand.

Vargnott, die Wolfsnacht.

Die Schwarzröcke waren zu mehr Aufträgen als sonst ausgeschickt worden. Das hatte einer von ihnen mit dem Leben bezahlt, vielleicht auch zwei, denn Launhug war immer noch spurlos verschwunden, der in einem Auftrag unterwegs war, dessen Hintergrund niemand anders kannte. Aber das war auch nicht ihre Aufgabe. Die Schwarzröcke waren nichts weiter als eine Waffe. Sie erfuhren das, was sie wissen mussten, um dem Seher zu dienen. Sie bekamen einen Auftrag, ein Ziel und einen Ort, an den sie sich zu begeben hatten. Dann machten sie sich still und leise auf den Weg. Der Zusammenhänge nahmen sich andere an. Rime hatte immer gewusst, dass es so und nicht anders zu laufen hatte, aber dadurch wurde ihm jetzt auch nicht leichter ums Herz.

Er holte Luft und legte seine ganze Kraft in einen Rundumsprung, stieß sich jedoch das Knie auf dem Boden, als er landete. Er biss die Zähne zusammen.

Blindring. Nicht perfekt.

Doch noch mehr als nur die großen Fragen quälte ihn. Er war rastlos, unkonzentriert. Das war er seit dem Besuch in Elveroa. Es ging um mehr als große Männer und Frauen mit noch größeren Gedanken und Visionen. Nicht einmal die Gerüchte über die Blinden brachten ihn um den Schlaf. Es war Hirka.

Er nahm Anlauf und sprang. Der Boden wurde zum Himmel, als er rotierte, und er spürte in jedem Muskel, dass es ihm gelingen würde. Er legte eine perfekte Landung hin und gönnte sich ein kurzes Lächeln in der Dunkelheit.

Blindring.

Heute war der erste Tag im Heumond, dem ersten Erntemonat, und das Ritual hatte begonnen. In achtzehn Tagen waren Elveroa und die anderen kleinen Orte um den Gardfjell an der Reihe. In achtzehn Tagen würde er Hirka helfen. War er sich überhaupt über die Konsequenzen seines Versprechens im Klaren? Er würde ihr helfen, die Wahrheit vor dem Rat zu verbergen und vor dem Seher. Was hatte er sich eigentlich dabei gedacht? Er war ein Schwarzrock! Der Weg des Sehers war der einzig wahre. Der Wille des Sehers war der einzig wahre. Der Rat war nichts!

Er hockte sich hin und ließ das Schwert über den Boden schleifen, bevor er es hoch in die Luft hieb, wie um einen Riesen zu töten.

Myrkvalda, die Dunkeltat.

Ein Kreis von handlungsunfähigen Familienoberhäuptern, die nichts weiter taten, als sich gegenseitig auf Schritt und Tritt zu beobachten und ihre eigenen Netze zu spinnen. Generation für Generation wurden sie mit der größten Selbstverständlichkeit in Macht und Reichtum hineingeboren, ohne andere Ziele, als beides zu behalten. Sie hatten den Seher längst verraten.

Válbrinna, das Gefallenenfeuer.

Würde er das auch tun? Sich selbst verraten – und seinen Glauben –, um einem Mädchen zu helfen? Rime wusste, dass die Antwort Ja lautete. Er würde ihr helfen. Das war das einzig Richtige. Es war ein verzweifelter Versuch und es gab keine Garantie, dass es funktionieren würde. Aber wenn, dann würde der Seher es verstehen. Er musste es verstehen. Der Seher war der richtige Weg, wie könnte Er es *nicht* verstehen?

Banadrake, der Drachentod.

Rime fürchtete sich nicht vor seiner eigenen Entscheidung. Die war schon getroffen. Würde er bestraft werden, dann würde er die Strafe annehmen, auch wenn das den Tod bedeutete, dieser Gedanke quälte ihn nicht. Aber es quälte ihn, dass, wenn es so kam, und dann, weil der Seher der Meinung war, Hirka verdiene nicht das Recht zu leben. Weil sie nicht umarmen konnte, weil sie, ohne dass sie etwas dafür konnte, erdblind war. Das wäre ein Unrecht!

Aber so weit würde es nicht kommen. Der Seher beging keine Fehler.

Als Rime noch ein Junge war, hatte er auch geglaubt, der Rat beginge nie Unrecht, dass Ilume unfehlbar sei. Aber der Rat hatte Fehler begangen. Die Fehler des Rates waren so zahlreich, dass sie alle Kloaken Mannfallas füllen könnten. Der Rat hatte Urd Vanfarinn in den inneren Zirkel eingeweiht, hatte ihm einen Stuhl auf Lebenszeit gegeben. Niemand, der so etwas tat, war frei von Fehlern.

Rime spürte einen kalten Wind am Körper. Er bekam Gänsehaut. Wie konnte der Seher jemanden wie Urd unter Seinen Nächsten haben wollen? Dafür musste es einen guten Grund geben, den Rime nicht kannte. Genauso, wie es einen guten Grund dafür gegeben haben musste, dass er auf Befehl des Sehers bei seiner Geburt überlebt hatte. Warum? Welchem Zweck diente sein Leben? Wenn nicht als lebender Beweis für Glück und Erfolg. Jemand, zu dem man beten konnte, um eine Geburt zu erleichtern oder um eine Krankheit zu vertreiben. War es da ein Wunder, dass er sich für die Schwarzröcke entschieden hatte?

Rime warf das Schwert hoch in die Luft und machte in dem kühlen Gras eine Rolle vorwärts, kam auf die Knie, fing das Schwert wieder auf und stach damit zu wie mit einem Speer. Ein dumpfer Stoß. Das Schwert traf in einem Baumstamm auf Widerstand. Die Klinge vibrierte, sodass es in die Unterarme ausstrahlte.

Blodranda, die Blutrinne. Eine Übung, die schon bei Tageslicht schwierig genug war. Dummdreist, hätten einige sie genannt. Aber wenn sie jedes Mal recht gehabt hätten, wenn sie das sagten, dann hätte er schon längst tot sein müssen. Er hätte tot sein müssen, noch bevor er geboren worden war. Und er hätte auch als Sechsjähriger sterben müssen. Denn da hatten sie ihn aus dem Schnee gebuddelt, fast genauso leblos wie seine Eltern. Aber er lebte. Auch nichts, was er seitdem getan hatte, hatte daran etwas geändert. Wieso sollte *Blodranda* das können?

Rime spürte, wie seine Hand ums Schwert warm und feucht wurde. Er war etwas zu langsam gewesen. Aber es war nur ein kleiner Schnitt, mehr nicht.

Deshalb hilfst du ihr, um Ihm nahezukommen, den du nie gesprochen hast, der aber dein Leben lenkt. Um Antworten zu erhalten.

Rime erstickte die Gedanken im Keim und zog das Schwert aus dem Baumstamm, um es von Neuem zu versuchen. Da hielt er plötzlich inne. Aus den Augenwinkeln hatte er eine Bewegung gesehen. Er blieb in der Hocke sitzen und starrte hinüber nach Blindból. Die spitzen Berggipfel stachen aus dem Nebelmeer heraus. In einem Märchen hätte es ein altes Schlachtfeld für Tausende von gefallenen Kämpfern abgeben können, aus dem sich allein die Finger emporstreckten wie in einem letzten Versuch, sich ans Leben zu klammern.

Ein Schweißtropfen lief ihm über die Stirn und blieb im Augenwinkel hängen. Er stand vollkommen bewegungslos da. Er hatte etwas gesehen. Da war er sich ganz sicher. Da! Eine Gestalt bewegte sich über die Hängebrücke. Sie ging vorgebeugt, ruckartig und unsicher wie ein verletztes Tier.

Launhug!

Rime rannte los. Man konnte unmöglich genau erkennen, wer es war, aber es war einer von ihnen. In der schwarzen Uniform der Schwarzröcke. Er musste es sein. Die Gestalt wurde auf Rime aufmerksam und blieb stehen, umfasste das Tau mit beiden Händen. Die Brücke schwang leicht über dem Nebelmeer. Rime unterließ es, das Schwert zurück in die Scheide zu stecken, bis er sich sicher war.

»Launhug?«

Es war, als habe seine Stimme allein Macht über Leben und Tod. Die Gestalt auf der Brücke sackte zusammen und blieb in der Hocke sitzen. Sie hielt sich immer noch am Tau über ihrem Kopf fest. Er würde hineinfallen! Rime lief auf die Brücke und packte den zitternden Körper.

»Launhug?« Er umfasste das Gesicht des anderen mit beiden Händen und zwang ihn, ihm ins Gesicht zu sehen. Das Einzige, was durch die Uniform zu sehen war, waren Launhugs Augen. Sie wurden rund und feucht, als flösse alle Hoffnung aus ihnen. Launhug brach in Tränen aus. Rime hatte nie einen Schwarzrock weinen sehen.

Er schleppte Launhug mit sich über die Brücke zurück auf festen Boden, wo der erschöpfte Körper umsank und mit geschlossenen Augen auf dem Rücken liegen blieb. Lange Schluchzer waren unter der Maske zu hören. Rime zog sie ihm herunter. Das schwarze Haar klebte am blassen Gesicht.

»Wo?«

Launhug gab keine Antwort.

»Launhug, wo?« Rime wartete die Antwort nicht ab. Er ließ seine Hand über den Brustkorb des anderen gleiten, bis er an eine Stelle kam, an der Launhug zusammenzuckte. Ein paar Rippen, ganz an der Seite. Oft gaben sie an dieser Stelle nach. Kein Wunder, dass er so spät zurückgekommen war.

»Bist du lange so gelaufen?«

Launhug nickte.

»Von Ravnhov«, presste er hervor.

Was hat er auf Ravnhov gemacht?

»Hast du dich übergeben?« Es dauerte einen Augenblick, bis Rime eine Antwort bekam, aber dann schüttelte Launhug den Kopf.

»Ich weiß nicht. Nein.«

Launhugs Stimme war heiser. Es war offensichtlich, dass er mit niemandem gesprochen hatte, seitdem er Blindból verlassen hatte. Aber irgendetwas stimmte nicht. Seine Reaktion war zu heftig. Eine gebrochene Rippe konnte unter bestimmten Umständen ein Albtraum aus Schmerz sein, aber sie beide hatten schon viel Schlimmeres mitgemacht. Sie waren Schwarzröcke. Es musste eine andere

Erklärung geben. Rime setzte sich neben dem geschundenen Kameraden ins Gras.

»Du bist gescheitert.«

Launhug versuchte sich aufzusetzen, aber Rime drückte ihn wieder auf den Boden. Er hatte all seine Kräfte verbraucht, um ins Lager zurückzukehren. Jetzt musste er sich ausruhen. Aber Rime musste herausfinden, wie ernst seine Verletzung war. Er schnürte Launhugs Uniform auf und entblößte den Oberkörper. Launhug protestierte nicht. Er blieb liegen, den Arm über dem Gesicht. Die Haut um die Verletzung brannte. Sogar im Dunkeln konnte Rime erkennen, dass sie gerötet war.

Doch Launhug merkte nichts von Rimes Untersuchung. Er flüsterte vor sich hin: heisere Selbstvorwürfe, voll von nachträglichem Wissen, was man hätte tun sollen, Bruchstücke von allem, was er hätte anders machen müssen, wenn er nur umsichtig genug gewesen wäre, wenn er nur wie geplant gewartet hätte, bis es dunkel war, wenn er sich nur nicht auf die erstbeste Chance gestürzt hätte, die sich ihm geboten hatte.

Rime glitt mit der Hand die Schwellung auf der Seite entlang bis zur Schulter. Ihm fiel ein rundes Symbol auf Launhugs Arm auf. Es war schwarz, mit einer stilisierten Figur in der Mitte. Rime wurde kalt. Er konnte nicht das ganze Zeichen erkennen, weil es zum Teil vom Ärmel verdeckt wurde, aber mehr brauchte er auch nicht zu sehen. Er wusste genau, wie es aussah. Es war ein Bild von ihm selbst, Rime als Neugeborener: das Kind unter den Schwingen des Sehers, das Kind, das Glück gehabt hatte, das Kind An-Elderin. Das Symbol gab es überall auf der Welt als Amulett, als Ikone, Gemälde und Lesezeichen.

Launhug war natürlich nicht der Einzige. Heilige Namen und Bilder der Ratsfamilien hingen in den Verkaufsbuden Seite an Seite, doch die Fähigkeit des Kindes An-Elderin, dem Tod ein Schnippchen zu schlagen, war an sich schon eine Handelsware. Sogar als Tintenstichelei war es ein unauslöschliches Zeichen auf Launhugs Haut.

Und dennoch lag er hier im Gras, verwundet und erschöpft. Rime spannte die Kiefer an.

Ihm fiel die Verletzung an seiner eigenen Hand auf und er wischte das Blut am Gras ab. Ein Bild zog in seinem Kopf vorüber: das Bild eines rothaarigen Mädchens an der Alldjup-Schlucht, das versuchte, die Hand hinter dem Rücken zu verstecken.

»Das war ihre Schuld.« Launhugs Stimme war nicht mehr tränenerstickt. Sie war tonlos, als wisse er, dass seine Worte nicht von Bedeutung waren. Womit er vermutlich richtiglag. »Ich konnte nichts machen.«

»Launhug, du brauchst nicht …«

»Ganz plötzlich stand sie da. Sie hat was gerufen und dann war alles … zerstört.«

Rime versuchte nicht, ihn aufzuhalten. Launhug war gescheitert. Er musste das aus dem Körper kriegen, musste es erzählen, obwohl er Stillschweigen geschworen hatte.

»Sie muss schon die ganze Zeit da gewesen sein. Was hat sie da gemacht?«

Rime hatte keine Antwort.

»Ich verstehe nicht, dass ich sie nicht gesehen habe. Ihr Haar brannte doch rot wie ein Drache! Sie war direkt hinter mir und hat was gerufen.«

Rime erstarrte. »Was hat sie gerufen?«

»EIRIK!!« Launhug schrie es heraus, als sei der Name ein Fluch. Rime war froh, dass sie vom Lager ein gutes Stück entfernt waren, aber die Späher hatten ganz bestimmt den Ruf gehört. Sie würde gleich auftauchen.

Er sollte Eirik hinrichten. Eirik auf Ravnhov. Das war der Auftrag.

Ravnhov. Ein häufiges Gesprächsthema innerhalb der Mauern von Eisvaldr. Ein ständiger Quell für Kopfzerbrechen beim Rat. Eirik war ein Verräter, sagten sie. Er verriet die Wege des Sehers. Aber er war ein Anführer. Ihn zu töten, war nicht nur dreist, sondern offensichtlich eine Verzweiflungstat.

»War sie alt?«

Rime wollte nicht fragen, tat es aber trotzdem.

»Kaum alt genug fürs Ritual. Bloß ein Kind! Wilder Blick und in einem Hemd in der gleichen Farbe wie der Torf auf dem Dach. Man konnte sie unmöglich sehen!«

Rime lächelte. Dann war Hirka also unterwegs zum Ritual, über Ravnhov. Sein Lächeln erlosch. Sie hatte Eirik vor den Schwarzröcken gerettet. Launhug war ihretwegen gescheitert. Der Mord war ein Versuch geblieben. Welche Konsequenzen das in der derzeit herrschenden angespannten Lage zeitigen würde, war unmöglich vorherzusagen.

Launhug murmelte etwas von Außenposten. Ravnhov hatte am Fuß des Bromfjell Absperrungen aufgebaut, hatte Späher Richtung Mannfalla geschickt. Und sie hatten ihre starken Männer und Frauen zu einer Versammlung einberufen, bei der er Eirik aufgelauert hatte: Meredir Beig und eine Frau, Veila Insbrott. Sie versammelten Verbündete.

»Was hat sie da gemacht? Auf dem Dach?«, fragte Launhug in die Luft.

Diesmal war sich Rime der Antwort sicher. Er lächelte.

»Sie hat gelauscht.«

»Was?«

»Sie hat die Versammlung belauscht.«

Launhug holte tief Luft, hielt aber inne, als es in den Rippen stach.

»Ich bin gescheitert. Wegen eines Mädchens, das Streiche spielt. Und sie ist runtergefallen, Rime! Was, wenn ich ein unschuldiges Kind getötet habe?« Rime wurde es wieder kalt.

»Sie ist vom Dach gefallen? War es hoch?«

»Ja, aber da waren viele, die ihr geholfen haben. Vielleicht ist sie … vielleicht …«

Rime legte sich die Hand auf die Brust und fühlte die sicheren Umrisse des Muschelschmuckes mit den Kerben, mit seinen und Hirkas

Kerben. Sie hatte vieles überlebt, um sich diese Kerben zu verdienen, war hoch geklettert und tief gefallen.

»Sie wird schon klarkommen, Launhug.«

Er hörte Laufschritte aus dem Wald. Die anderen waren zu Hilfe geeilt. Er erhob sich und half Launhug auf die Beine.

Die Schwarzröcke würden dem Weg des Sehers folgen. Nicht Unschuldigen das Leben nehmen.

Aber auch nicht starken Widersachern, nur weil sie stark waren.

Rime schüttelte den Gedanken ab. Hirka hatte Eirik auf Ravnhov das Leben gerettet. Einem Mann, den der Seher als Feind von allem Guten ausgemacht hatte und dessen Tod Er wollte. In was war sie da jetzt nur hineingeraten? Rimes Blick folgte den vier Schwarzgekleideten, die Launhug zwischen sich trugen. Sie entfernten sich lautlos in Richtung Lager. Er blieb stehen und schaute zur leeren Hängebrücke, zum Tor aus dem Fjell.

Am besten, du bist am Leben, Mädchen!

DIE VEREINBARUNG

Hirka fiel jeder Schritt schwer. Das Gespräch, das ihr bevorstand, wollte sie hinauszögern, und sie schleppte sich über den Hof, als durchwate sie einen Sumpf.

Eirik schwebte zwischen Leben und Tod, sagte man. Niemand wusste, wie es ausgehen würde. Alles hing davon ab, ob Draumheim ihn haben wollte. Das war nicht gerecht. Warum hatte der Schwarzrock Eirik angegriffen, sie aber am Leben gelassen? Lag es daran, dass Ravnhov ihr Obdach gegeben hatte? Wäre sie jetzt tot gewesen, wenn der Mord an Eirik nicht missglückt wäre?

Seit dem Sturz zuckte sie bei jedem Laut zusammen: wenn Kuro mit dem Schnabel ans Fenster klopfte, wenn ein Tor knarrte, wenn Unngonnas Schritte im Flur zu hören waren. Das Erschrecken war vollkommen sinnlos, denn vor Geräuschen brauchte sie keine Angst zu haben. Die Schwarzröcke gaben keine von sich. Es war die Stille, die gefährlich war.

Falls sie mich töten wollen, dann können sie es gern jetzt tun.

Aber es tauchten keine Schwarzröcke auf, um sie von dieser Begegnung zu befreien. Sie musste mit Eirik sprechen, zuerst ein Geständnis ablegen und sich dann bedanken und verabschieden. Vater hatte ihr beigebracht, dass es nichts umsonst gab. Die Leute nahmen, bis es nichts mehr zu nehmen gab, wenn man dumm genug war, sie das tun zu lassen. Aber Ravnhov hatte sie mit offenen Armen aufgenommen und alles, womit sie es ihnen vergolten hatte, war der Tod. Sie konnte nicht mehr hierbleiben.

Unngonna hätte sie gern gezwungen, noch im Bett zu bleiben, und die Schmerzen in der Brust hatten ihr zugestimmt, aber Hirka hatte nach dem Sturz einen Tag und eine Nacht Bettruhe gehalten. Das war lang genug. Sie hatten Essen hereingetragen und dasselbe Essen unberührt wieder hinausgetragen. Sie hatte sich schlafend gestellt, um nichts sagen zu müssen. Und was hätte sie auch sagen sollen? Dass es ihr leidtue, dass sie die Versammlung der Mächtigen belauscht hatte? Dass sie nicht vorgehabt hatte, Eirik das Leben zu kosten? Dass es ihr leidtue, dass sie war, wer sie war?

Die Fäulnis, die die Schwarzröcke nach Ravnhov führte.

Der Himmel war stürmisch grau. Auf dem Dach der Festhalle flatterte eine Flagge im Wind. Sie war ihr vorher nicht aufgefallen. Sie musste im Lauf des Tages gehisst worden sein: drei goldene Kronen auf ausgeblichenem Blau. Sie sah aus, als habe sie schon Generationen überdauert. Was hatte Tein noch gesagt?

Glaubst du, die Könige sind eines Tages aufgewacht und haben einfach beschlossen, sich in Luft aufzulösen?

Hirka blieb vor Eiriks Haus stehen. Es stand ganz dicht an der Festhalle, nur ein Seitenflügel trennte die Gebäude. Sie zwang sich anzuklopfen. Die Tür wurde einen Spaltbreit geöffnet von einem Mädchen, das sie früher schon gesehen hatte, dessen Namen sie aber nicht kannte. Das Mädchen kannte hingegen ihren Namen.

»Hirka. Wir hatten solche Angst. Gut, dass du wohlauf bist.« Sie bedeutete Hirka einzutreten. Eine Gruppe von Leuten hatte sich im Wohnraum versammelt. »Heute Nacht hat niemand ein Auge zugetan«, erklärte das Mädchen. »Wir warten darauf, dass das Fieber sinkt.«

»Darf ich mit ihm sprechen?«, fragte Hirka.

»Du darfst ihn *sehen*. Er spricht nicht viel.« Das Mädchen führte sie eine Treppe höher. Sie war alt, knarrte aber nicht. »Hast du gegessen? Es gibt warme Fleischsuppe da unten«, erklärte das Mädchen. Hirka schüttelte den Kopf. »Danke, ich habe keinen …«

»Hier.« Das Mädchen blieb vor einer dunklen, mit Eisennieten verzierten Holztür stehen. Unngonna kam aus dem Zimmer, mit klirrenden Schlüsseln an der Hüfte. Sie trat beiseite, damit Hirka zu Eirik hineingehen konnte. »Lass ihn schlafen«, sagte sie. Dann ließen die beiden sie allein im Halbdunkel mit einem sterbenden Kämpfer auf dem Krankenlager zurück.

Eirik schnarchte im Lichtschein eines schmalen Fensters. Das Glas wölbte sich um einen blauen Schild mit drei Kronen. Die Scheibe hatte unterschiedliche Blautöne, als habe man im Lauf der Generationen einige Glasstücke ausgetauscht und nicht immer genau den richtigen Farbton gefunden. Über dem Bett hing ein aus Holz geschnitzter zweiköpfiger Rabe. Er breitete die Flügel über einem Gewimmel von Fabeltieren aus. Die haarfeinen Details der Schnitzarbeit passten nicht zu der groben Steinwand, vor der sie hing. An der Decke kreuzten sich Balken wie in einem Totenschiff.

Hirka setzte sich auf einen Stuhl am Bett. Eirik war rot und verschwitzt. Die Decke klebte auf seinem Bauch. Jemand hatte über der Wunde einen Verband schräg über die behaarte Brust und um die eine Schulter angelegt. Das Messer hatte ihn über dem Herzen zwischen die Rippen getroffen. Die Wunde roch schlecht, viel zu schlecht.

Plötzlich wurde es im Zimmer still. Eirik hatte aufgehört zu schnarchen. Hirka beugte sich zur Bettkante vor und schaute ihm erschrocken ins Gesicht.

Im Namen des Sehers, stirb nicht!

Ein Augenlid sprang auf und ein kugelrundes Auge starrte sie an. Hirka zuckte auf dem Stuhl zusammen. »Ist sie weg?« Eiriks Stimme war nur ein Flüstern. Hirka schaute sich um, aber niemand war da. »Wer denn?«

»Unngonna.« Er versuchte, sich auf dem Ellenbogen aufzustützen, gab es aber mit einem schwachen Stöhnen auf. Der Verband verfärbte sich von Weiß zu Gelbgrün. Hirka biss die Zähne zusammen. Eirik blieb liegen, sprach aber außer Atem weiter. »Sie versucht, mich umzubringen. Sie wäscht mich und wechselt den Verband und gibt mir armem Wicht keinen Tropfen zu trinken!«

Er starrte voller Hoffnung zu einem Krug auf einem Tisch an der Feuerstelle. Hirka stand auf und füllte den Krug mit abgestandenem Bier. Er trank es bis zur Neige aus, ließ den Krug auf die Decke sinken und gab einen genüsslichen Seufzer von sich. Hirka füllte ihn abermals, bevor sie sich wieder auf dem Stuhl niederließ. In gutem Bier steckte viel Nahrung. Und es würde seine Schmerzen etwas lindern. Aber nicht ihre eigenen. Sie rutschte auf dem Stuhl unruhig hin und her. Es war schwierig, eine bequeme Position zu finden. Dann machte sie den Mund auf, um zu erklären, aber Eirik kam ihr zuvor.

»Sie haben ihn nicht gefasst, habe ich gehört.«

Sie schüttelte den Kopf. »Nein, er ist über den Klippenrand entkommen.«

»Nun gut. Er ist ein Schwarzrock.«

Hirka nickte. Sie verstand langsam, was das bedeutete.

»Eirik …« Hirka schluckte. »Ich habe es hier gut gehabt.« Das hatte sie zwar nicht vorgehabt zu sagen, aber das kam heraus. Eirik brummte und fasste sich an die Brust. »Natürlich«, antwortete er, ohne prahlerisch zu klingen. »Du bist auf Ravnhov.«

Hirka begann auch zu verstehen, was das bedeutete. Aber sie konnte nicht mehr wie die Katze um den heißen Brei streichen. »Eirik, ich habe ein Unrecht begangen. Ich habe die Versammlung belauscht. Ich hatte da nichts zu suchen. Aber …« Sie sprach weiter, solange sie noch den Mut dazu hatte. »Ich bin nicht die, für die du mich hältst. Und es ist meine Schuld, dass die Schwarzröcke gekommen sind. Es ist meine Schuld, dass … dass du hier liegst.« Die letzten Worte gerieten nur zu einem heiseren Flüstern.

Eirik streckte den Arm nach ihr aus, sodass der Krug ihr in den Schoß fiel. Er warf wieder einen Blick auf das Bier. Hirka füllte den Krug zum dritten Mal, reichte ihm den und setzte sich wieder, um fortzufahren.

»Dummes Zeug! Blödsinn von Anfang bis Ende!«, dröhnte der Kämpfer über den Rand des Krugs. Seine Stimme hatte wieder etwas von ihrer Kraft zurückgewonnen. »Du hast mir das Leben gerettet,

Mädchen! Die Schwarzröcke werfen nicht daneben. Hättest du nicht gerufen, dann hätte mir das Messer im Hals gesteckt.« Er musste so gut wie nach jedem Wort eine Pause machen. »Sie haben zum ersten Mal einen Schwarzrock geschickt. Das muss bedeuten, dass sie verzweifelt sind!« Er nahm einen neuen Schluck und lachte so in sich hinein, dass es um seinen Mund schäumte.

»Zum ersten Mal?«

Eirik versuchte, sich zu ihr umzudrehen. Er stieß zwischen zusammengebissenen Zähnen einen Fluch aus und Hirka stand auf, um ihm zu helfen. Sie rettete den Krug und stellte ihn auf den Boden. Eirik ergriff ihre Hand und sie war gezwungen, sich neben das Bett zu hocken. Das grau melierte Haar klebte dem Fürsten im Gesicht. Seine Augen waren feucht. Hirka wusste, dass er Hilfe brauchte, wenn er überleben sollte.

»Haben sie dir Goldschelle gegeben?« Das war natürlich eine dumme Frage. Sie ging davon aus, dass sie alles in ihrer Macht Stehende unternommen hatten. Eirik fror. »Sie sollen sich bloß unterstehen! Hör mir zu, Mädchen …« Hirka riss die Augen auf. »Nimmst du keine Heilmittel?« Eirik zog sie dichter zu sich. Sein Blick brannte in ihren Augen. Sie nahm den Geruch von Bier vermischt mit dem der Wunde war. »Ich weiß, dass du die Gabe in dir hast! Ramoja hat gesagt, du hast sie! Sie hat mir versprochen, dass du sie hast.«

Fieberfantasien. Das hier war noch schlimmer, als sie befürchtet hatte. »Hirka, ich weiß es! Ich weiß, dass du dich gegen Mannfalla auflehnen wolltest!« Sie zuckte zusammen, als er ihren Namen aussprach. Er war also doch nicht verwirrt, weil er wusste, mit wem er sprach. Sie zog die Hand zurück. Der Nebel, der sie umgeben hatte, begann sich zu lichten. Bruchstücke fügten sich zu einem Bild. Auf Verwirrung folgte Klarblick.

Ramojas Worte oben beim Götterbild. Sie hatte gesagt … Sie glaubten … Sie glaubten, dass Hirka vor dem Ritual weglaufen wollte, weil die Gabe bei ihr stark war, und dass sie das vor dem Rat geheim halten wollte, und dass sie umarmen konnte wie eine Blaublütige! Und dass sie so stark war, dass die Raben davon sprachen. Wie in den Märchen. Ihr wurde kalt. Und Eirik … Er glaubte, sie könne ihm helfen, Ravnhov stark wie eine Festung zu machen, um Mannfalla Widerstand zu leisten.

Hirka fing an zu lachen. Das Ganze war total verrückt. Vollkommen verdreht. Sie hatte Todesängste ausgestanden, dass Leute die Fäulnis riechen würden, begreifen würden, dass sie erdblind war und dass sie überhaupt nicht umarmen konnte. Und jetzt hielten die Leute sie für Wunder was für eine Umarmerin, für eine Waffe im Krieg, die Tein zum König machen würde.

Eirik ergriff wieder ihren Arm. »Du lehnst dich gegen Mannfalla auf, oder?« In seiner Stimme schwang jetzt ein anderer Unterton mit. Es war weder ein Befehl noch eine Frage. Es war eine Bitte. Der Mann im Bett vor ihr war kein Fürst, der den Tod fürchtete. Er war ein Vater, der um das Leben seines Sohnes fürchtete. Der das fürchtete, was passieren würde, falls er nicht überlebte.

»Ja, Eirik. Ich lehne mich gegen Mannfalla auf.«

Der Wind draußen hatte aufgefrischt. Der Fürst rang sich ein müdes Lächeln ab. Ihm fielen die Augen zu. »Bleib bei uns, Hirka.«

Hirka wusste, was sie zu tun hatte. Sie sah es genauso deutlich vor sich wie den Vargtind an einem klaren Morgen. Zum ersten Mal, seit sie sich entsinnen konnte, wusste sie, was von ihr erwartet wurde. Es gab keine andere Möglichkeit. Sie hatte zu viel Schaden angerichtet. Vater lag ihretwegen im Draumheim. Eirik schwebte ihretwegen zwischen Leben und Tod. Rime hatte versprochen, ihr zu helfen, und sie hatte versprochen, zu kommen. Das reichte. Tein hatte sie daran erinnert, sich nach der Gabe zu sehnen, nach dem weißen Haar, nach den schön gemeißelten Lippen. Sie spürte Rimes Arm um ihre Schultern und dachte an das Letzte, was er ihr gesagt hatte, bevor sie sich trennten.

Sorg dafür, dass du dort bist, wann du sollst.

Sie musste nach Mannfalla. Zum Ritual.

»Nein. Ich kann nicht bleiben. Nicht jetzt. Ich komme wieder,

Eirik. Aber es wird dich etwas kosten.« Sie hörte die Worte, aber es war, als gehörten sie nicht zu ihr. Sie hatte sich eine Maske aufgesetzt wie eine Gauklerin. Aber Eirik war ein Mann der Tat. Er wusste, dass das meiste etwas kostete. »Was brauchst du?« Er hatte die Augen geschlossen, vielleicht aus Angst, dass sie um etwas bitten würde, was er ihr nicht geben konnte. Wie er da so lag, erinnerte sie sein Gesicht an das des Vaters, an die Mattheit, die dem Tod vorausging. Hirka biss die Zähne zusammen. So wahr sie erdblind war, würde Tein seinen Vater nicht ans Draumheim verlieren. Nicht dieses Mal.

Sie überlegte sich ihre Worte genau. »Ich komme wieder und ich werde alles tun, was ich kann … für Ravnhov. Aber nur, wenn du alles für Tein tust, was du kannst.«

Eirik schlug die Augen wieder auf. Er kräuselte jetzt misstrauisch die buschigen Augenbrauen. »Ich tue schon alles für Tein.« Hirka beugte sich vor und flüsterte: »Nimm Goldschelle.«

Er starrte sie außer sich vor Schrecken an. Es war, als hätte sie ihn aufgefordert, sich zu ertränken. »Nimm Goldschelle, damit du das Fieber loswirst. Überleb für Tein. Dann werde ich Mannfalla aufhalten.«

»Nicht einmal Rinna hat Goldschelle …«

»Ich besorge dir welche, wenn du versprichst, sie zu nehmen.«

Sie sah Optimismus. Er dachte nach. Er wog die Angst vor den weisen Frauen und den mysteriösen Pflanzen gegen das Versprechen ab, Ravnhov zu retten. Hirka merkte, dass ihr Herz schneller schlug. Sie musste den Verstand verloren haben. Sie war zu ihm gekommen, um die Karten auf den Tisch zu legen, aber jetzt machte sie alles nur noch schlimmer. Aber wenn das Eirik am Leben halten konnte, dann war es das wert. Falls sie ihn vorm Draumheim retten würde, waren ihre Lügen vielleicht keine Lügen mehr. Das Beste, was man für Ravnhov tun konnte, war wohl, den Mann am Leben zu halten, den Mannfalla hasste?

»Haben wir eine Vereinbarung, Eirik Viljarsón?«

Eirik nickte. »Ich schwöre, dass ihr alle zusammen versucht, mir den Tod zu bringen! Aber ja, wir haben eine Vereinbarung, Schwanzlos!«

Die Tür wurde aufgerissen. Unngonna kam mit einem neuen Mädchen auf den Fersen herein. »Ist er wach? Steht es schlechter um ihn? Ich habe Stimmen gehört.«

Hirka stand auf, konnte aber nicht antworten. Der Kloß im Hals wuchs. Sie hatte Gutes und zugleich auch Schlechtes getan. Und sie würde sie verlassen. Eirik lag plötzlich wie tot im Bett. Allein die Falten auf der Stirn verrieten ihn. Unngonna legte ihm ein feuchtes Tuch darauf, während Hirka den Krug klammheimlich an seinen Platz auf dem Tisch stellte.

Der Wohnraum im Erdgeschoss war jetzt leer. Sie folgte einem Dienstjungen durch den Querflügel in den Festsaal. Dort blieb sie mit offenem Mund stehen. Der Saal war zum Bersten voll mit Leuten. Sie hatte nicht einen Ton gehört. Sie waren vollkommen still.

Die Ruhe vor dem Sturm.

Hier waren Dienerschaft, Krieger und Leute aus der Stadt. Einige unterhielten sich leise. Jemand polierte Silber. Ein Junge putzte ein rundes Holzschild mit drei Kronen. In zwei Kaminen brannte Feuer. Die halbe Stadt saß hier und tat nichts weiter, als zu warten. Sie warteten auf Neuigkeiten über Eirik. Sie sah den Rücken von Solfrid und Tein, brachte es aber nicht fertig, mit ihnen zu sprechen. Dann würde die Maske Risse bekommen und alle Lügen durchsickern. Sie trat hinaus in den Herbstabend und ließ den Sturm auf sich zukommen.

Möge der Seher mich beschützen!

Sie hielten sie für den Seher höchstpersönlich, sie, die nicht einmal ein Ymling war. Sie hielten Fäulnis für die Rettung von Ravnhov.

STARKE GABE

Ein paar Mal gingen Tag und Nacht ineinander über. Hirka hatte sich in Ravnhov in den finstersten Bierstuben herumgetrieben, bis sie fand, was sie brauchte. Einen fahrenden Händler mit der gleichen Tintenstichelei wie Vaters: mit einem Abendmantel, einer länglichen Glockenblume, die in den Unterarm gestochen war. Aber sonst hatte er mit Vater keine Ähnlichkeit. Er war schmächtig und hatte kalte Augen. Er hatte all ihre Münzen als Bezahlung genommen und so getan, als habe er ihr einen Gefallen getan, weil er einen so niedrigen Preis verlangt hatte. Gern hätte er ihr noch Opia als Zugabe mitgegeben. Aber Hirka war ohne Antwort abgezogen.

Doch sie hatte Goldschelle erstanden und die Leute hatten Besseres zu tun, als sie zu fragen, wo sie die aufgetrieben hatte. Schlaf hatte sie sich in den kurzen Augenblicken genehmigt, wenn sie neben dem Krankenlager des Fürsten eingedöst war. Sie hatte ihm so viel Goldschelle verabreicht, wie sie wagte, aber das Fieber war immer noch nicht gesunken. Die Wunde sah nach wie vor böse und rot aus, er aber wurde immerhin nicht noch heißer.

Einmal in der Stunde schmierte sie die Wunde mit Sonnentränen und Grünstich ein. Sie hatte die halbe Dienerschaft auf Trab gehalten, damit sie ihr Ylirwurzel beschafften, um Ungeziefer abzutöten und seine Schmerzen zu lindern. Einiges davon hatten sie von Rinna bekommen, aber die alte Hebamme war ungnädig, als ihr der Verwendungszweck klar wurde. Selbst die Heilkundigen auf Ravnhov, die das größte Ansehen genossen, hatten Eirik nie anrühren dürfen, und sie hatte keinen Hehl daraus gemacht, was sie davon hielt, dass ein halbwüchsiges Mädchen die Arbeit übernahm. Wenn nicht Solfrid ihres Mannes wegen gebeten und gebettelt hätte, dann hätten sie von Rinna nichts als Verwünschungen zu hören bekommen.

Ganz Ravnhov war auf Zehenspitzen geschlichen und hatte auf Neuigkeiten aus dem Krankenzimmer gewartet, aber Hirka hatte nicht viel zu berichten gehabt. Allein die Zeit konnte ihnen Antworten liefern. Sie hatte getan, was sie konnte, und nun blieb ihnen nichts anderes übrig, als abzuwarten.

Die Raben flogen wie eine wogende, schreiende schwarze Wolke über die Festhalle. Hirka zuckte auf dem Stuhl zusammen. Es war noch früh, aber sie durfte nicht zu spät kommen. Licht fiel durch die Glasmalerei im Fenster und zeichnete drei schiefe Kronen auf den Boden. Die eine erstreckte sich ganz bis über die Bettkante und Eiriks Schulter. Sie vergewisserte sich noch, dass es ihm nicht schlechter ging, bevor sie sich aufmachte. Sie hatte heute nur eine einzige Sache zu erledigen. Sie würde Ravnhov verlassen.

Sie hatte außerdem herausgefunden, wie sie das anstellen würde. Es hatte sich gelohnt, die letzten Tage ein Auge auf Eirik und ein zweites auf die Ställe zu haben. Ramoja war hier und Hirka war klar, dass die Rabnerin nicht bleiben konnte. Vetle würde auch das Ritual durchlaufen und das bedeutete, dass sie bald aufbrechen mussten. Und so war es auch: Gestern Abend hatten die Diener Rabenkäfige in das Stallgebäude gebracht, wo die Wagen standen. Es hatte sie auch keine große Mühe gekostet, herauszufinden, wo Ramoja während ihres Besuches wohnte. Jeden Nachmittag trug einer der Blaugekleideten eine Kanne mit gewürztem Tee, dessen Duft unverkennbar war, in ein Gästehaus an der Felswand.

Hirka folgte dem Weg hinauf zum Haus. Kuro saß auf ihrer Schulter. Er hatte eine wichtige Rolle in dem Schauspiel, das sie gleich aufführen würde. Beim Näherkommen hörte sie Vetle im Haus singen. Es war ein Kinderlied, das sie zum Schmunzeln brachte, weil es nämlich von den Männern handelte, die zum Bromfjell zogen, um den

Drachen zu töten. In der ersten Strophe waren es zwanzig, in der zweiten neunzehn, dann achtzehn und so weiter und am Ende war nur noch einer übrig. Ob der letzte siegreich war oder nicht, wusste niemand, denn es war keiner mehr übrig, der darüber ein Lied hätte singen können.

Hirka blieb vor dem Haus stehen. Eine schwierige Aufgabe lag vor ihr. Da Ramoja die Quelle für Eiriks irrige Vorstellung war, würde sie Hirka nicht freiwillig mit nach Mannfalla nehmen. Hirka musste sich das Missverständnis zunutze machen. Etwas anderes blieb ihr nicht übrig. Und sie musste ihre eigenen Zweifel geheim halten, durfte keine Anzeichen von Angst zeigen. Das war für sie die einzige Möglichkeit, sich die Autorität zu verschaffen, die sie gerade in diesem Moment dringend brauchte. Sie musste einfach an ihre eigenen Worte glauben. Wenn auch nur für einen kurzen Augenblick. Es war eine Hilfe, dass sie Kuro dabeihatte. Ramoja respektierte Raben mehr als Leute.

Der Sturm war abgeflaut und der Morgen hell und klar. Hirka schaute über Ravnhov: der Fürstensitz auf der Hochebene zwischen den Berggipfeln, die Stadt darunter mit ihren schiefen Häusern, die sich aneinander und gegen den Wind lehnten, die alles umgebende Mauer, dahinter der Wald und der Gardfjell weit im Westen. Sie würde diesen Ort vermissen. Wie man etwas vermisst, was man gerade eben erst bekommen hat und von dem man nie geglaubt hat, dass man es je besitzen würde. Das widerstandsfähige Volk. Die Frauen mit den starken Armen, die sie vorzeigten, wenn die Mannsleute spätabends aus den Bierstuben und Wirtshäusern nach Hause kamen.

Sie würde das ständige Gekrächze der Raben in der Klamm vermissen, wie sie jeden Morgen lärmend davonflogen und am Abend zurückkehrten. Und sie würde sogar den Regen vermissen, wie er sich in den Pfützen auf der Straße und in den Tonnen an den Hausecken sammelte.

Sogar die Verachtung für Mannfalla würde sie vermissen. Das Gefühl, einen gemeinsamen Feind zu haben. Jemand, dem man die

Schuld geben konnte. Jetzt würde sie wieder einsam sein. Und sie hatte niemanden mehr zum Reden. Sie musste sich auf den Weg machen. Der Rat hatte bereits das Messer geworfen, während sie hier war. Vielleicht, um sie zu treffen. Vielleicht, um die zu treffen, die sie schützten. Das durfte nicht wieder vorkommen.

Sie erschauderte. Was, wenn das Messer nie in Tötungsabsicht geworfen worden war? Die Schwarzröcke verfehlten ihr Ziel nie, das hatte sie allzu oft gehört. Vielleicht wollten sie sie einfach nur zwingen, aus der Deckung zu kommen? Dafür sorgen, dass sie die schützenden Grenzen verließ und auf eigene Faust loszog. Das schien nicht unwahrscheinlich, im Gegensatz zu vielen anderen Gedanken, die ihr in den letzten Tagen durch den Kopf gegangen waren.

Die niedrige Tür wurde geöffnet und Ramoja kam heraus. Sie trug zwei große Kleidersäcke, einen unter jedem Arm. Ihre üblichen dünnen Kleider hatte sie gegen eine lange Lederjacke eingetauscht, die mit Pelz gefüttert war, der aus der Kapuze hervorlugt und das dunkle Gesicht wie einen Heiligenschein einrahmte.

Hirka streckte den Rücken durch und sah sie unverwandt an.

Immer mit der Ruhe. Vergiss nicht, dass die Gabe in dir stark ist.

Ramoja ließ einen Sack fallen. Sie bückte sich und hob ihn langsam wieder auf, wahrscheinlich, um Hirka nicht ansehen zu müssen. Es dauerte, bis sie sich wieder aufrichtete. Dann schloss sie lange die Augen.

»Ich wollte dich nicht erschrecken«, sagte Hirka.

»Nein, nein. Es …« Ramoja suchte eine Weile nach Worten. Dann drehte sie sich um und zeigte auf die Rabenklamm. »Wir … Ich … musste hier vorbeischauen, um …«

»Du bist die Rabnerin, Ramoja. Und nirgendwo weiß man mehr über Raben als auf Ravnhov, darum gehe ich davon aus, dass du ganz oft hier bist. Darum kann ich nichts Seltsames dabei finden und auch keinen Grund dafür sehen, jemandem zu erzählen, dass du hier gewesen bist.«

Ramoja schaute sie mit einem Gesichtsausdruck an, der schwer zu deuten war. Hirka setzte ein Lächeln auf, von dem sie hoffte, es ließ sie ruhig und selbstsicher aussehen. Dann sprach sie weiter, ehe Ramoja Zeit zum Nachdenken hatte.

»Ich komme mit dir nach Mannfalla.«

»Hirka, davon hat niemand was, dass …«

»Ich komme mit dir nach Mannfalla. Ich habe Eirik versprochen, zu helfen. Das kann ich nicht von hier aus.«

Ramoja hatte dunkle Ringe unter den Augen. Im Haus hinter ihr sang Vetle weiter. Jetzt hatte der Drache sich alle bis auf den letzten Mann geholt. Hirka spielte so gut sie irgend konnte ihre Rolle und zog alle Register. Sie spreizte die Arme etwas ab, streckte den Rücken durch und senkte das Kinn. Sie musste stark aussehen und sie musste eindeutig sein. Wie auf Befehl krallte Kuro sich fester an ihre Schulter und schüttelte die Flügel.

»Ich weiß nicht, wie du das rausgefunden hast, Ramoja. Aber du weißt, wer ich bin. Du weißt, was ich tun kann. Ich kann dir nicht sagen, was passieren wird, aber es muss in Mannfalla passieren. Vertrau mir.«

Erleichterung huschte über Ramojas Gesicht. Sie stellte die Säcke auf den Boden. Ihre Mandelaugen wurden feucht und sie umarmte Hirka. Kuro fühlte sich offensichtlich überflüssig, denn er verschwand übers Dach.

»Ich wusste es. Ich wusste es«, flüsterte Ramoja Hirka immer wieder ins Ohr.

SCHWARZFEUERS GNADE

Rime hielt das Schwert mit ausgestrecktem Arm, während er Mester Schwarzfeuer umkreiste. Er achtete sorgsam auf die Technik: stabiles Handgelenk, Knauf liegt gut und fest in der Hand. Schwarzfeuers Augen leuchteten weiß in dem pechschwarzen Gesicht. Seine Ruhe war trügerisch.

Rime folgte ihm mit der Klinge. Er versuchte sie so ruhig zu halten, dass sie die ganze Zeit die Gestalt des Mesters in der Mitte teilte. Diese Aufgabe erforderte seine volle Aufmerksamkeit und das war nach dem Gespräch mit Ilume früher am Tag eine Herausforderung. Es ließ ihm keine Ruhe.

Der Mester hingegen konnte sich Zerstreuungen erlauben. Sein Blick ging hin und wieder an Rime vorbei. Die Falttüren standen offen und bisweilen senkte er das Schwert, wie um das Nebelmeer zu betrachten, dass sich langsam über die Berge ergoss. Rime war aber schon seit drei Jahren bei ihm in der Ausbildung und ließ sich nicht mehr täuschen. Wenn er den Blick abwandte, um nach draußen zu schauen, würde er dem Mester eine Möglichkeit für einen Angriff bieten. Und Rime konnte sich keine Fehler erlauben. Zuerst musste er Leistung zeigen. Danach konnte er um die Hilfe bitten, die er brauchte.

Rime war äußerst angespannt. Schwertkampf mit Mester Schwarzfeuer zu üben, war, wie sich auf eine andere Ebene zu begeben. Auf eine andere Bewusstseinsebene. Die Gabe hing wachsam in der Luft. Ein kribbelndes Warngefühl, das alle Eindrücke bis zur Unerträglichkeit verstärkte: den Wind, der den Schweiß auf der Stirn kühlte, das Rascheln von Kriechtieren im Gras draußen. Rime erahnte schemenhaft die verwachsenen Kiefern bloß für den Bruchteil eines Augenblicks und trotzdem konnte er jede einzelne Nadel an jedem Baum sehen. Meeresgrün. Kraftlos. Wehend.

Er war barfuß und hätte Geschichten im Holzboden lesen können wie ein Blinder mit den Fingern. Die Schwarzröcke hatten im Verlauf von Hunderten von Jahren ihre Spuren in diesem Boden hinterlassen. Alles war hier in Schrammen und Kratzern niedergeschrieben. Siege und Verluste, Erfolge und Erniedrigungen. Für die Ewigkeit festgehalten in geölter Eiche, die sich nicht verunstalten ließ, die sich weigerte, zu verblassen oder zu zerspringen. Genau wie Ilume.

Denk nicht an Ilume und mach stattdessen deine Arbeit!

Rime fand sein Gegenwartsgefühl wieder und sah, was er tun musste. Schwarzfeuer hatte die Angewohnheit, über seine Gegner zu springen und hinter ihnen wiederaufzutauchen. Rime hatte nicht vor, ihm dazu Gelegenheit zu geben. Er zog die Schultern hoch und stürmte mit einem Brotnahogg vor, dem Brechschlag, einem Manöver, das er normalerweise gut beherrschte. Das Schwert hielt er, aus Schaden klug geworden, in Halshöhe. Doch unerwartet bewegte sich Schwarzfeuer auf ihn zu statt von ihm fort. Dann war er weg. Rime spürte, wie Schwarzfeuers Schwert ihm in den Nacken schlug. Der Schmerz strahlte das Rückenmark entlang bis in den Schwanz.

Tot. Hätten sie scharfe Schwerter benutzt, wäre er jetzt tot gewesen. Wieder einmal. Aber auch die stumpfen Übungsschwerter konnten großen Schaden anrichten. Seine Fehleinschätzung färbte seinen weißen Kragen rot. Er hatte den Angriff zu hoch angesetzt, weil er damit gerechnet hatte, dass Schwarzfeuer springen würde. Der Mester hatte die Gelegenheit genutzt, hatte sich zu Boden fallen lassen und sich herumgeworfen, bis er Rime genau da hatte, wo er ihn haben wollte. Verteidigungslos, mit dem Rücken zu ihm.

Rime stützte sich aufs Schwert wie auf einen Stock und japste nach Luft. Blut tropfte von seinem Nacken auf den Boden. Es hätte sein

Boden sein können. Er hätte Tischler sein können. Wäre das nicht einfacher gewesen? Eine Krähe draußen in der Kiefer lachte über ihn. Rime erstickte die Gedanken. Er stöhnte.

»Vergebung, Mester …«

»Worüber beschwerst du dich? Das Schwert hast du doch noch, oder?«

Schwarzfeuer war zwar noch nicht einmal außer Atem, aber eindeutig wütend. Er war kein Mann mit Sinn für Ausreden. Die Möglichkeit, ihn um Hilfe zu bitten, verpuffte gerade.

Rime streckte den Rücken durch und drehte sich zu ihm um. Der Mester war ein halbes Jahrhundert alt, aber das konnte man ihm unmöglich ansehen. Er hatte den Körper eines jungen Mannes, stark und ohne Fett. Dunkel wie Rauch und ohne ein Haar auf dem Kopf. Er musterte Rime kritisch von Kopf bis Fuß, wie er es bei ihrer ersten Begegnung getan hatte.

Schwarzfeuer war vom ersten Augenblick an knallhart vorgegangen. Am Anfang hatte er wie alle im Lager gedacht: Ein Stuhlerbe als Schwarzrock? Ein verwöhnter Spross aus reicher Ratsfamilie, der Grillen im Kopf hatte und Krieger werden wollte? Schwarzfeuer hatte sein Bestes gegeben, um ihn loszuwerden. Aber Rime hatte nicht aufgegeben. Und er war nicht gescheitert. Er war einer der Besten. Bloß heute nicht.

»Wenn du dich beschweren willst, dann beschwer dich darüber, dass du nicht hier bist«, sagte Schwarzfeuer.

»Wie bitte?«

»Sei hier, wenn du hier bist, oder geh woandershin.«

Rime wusste, was er meinte, wollte es aber nicht zugeben. »Ich bin h…«

Das Schwert des Mesters lag plötzlich an Rimes Hals. Der Stahl war kalt auf der Haut, aber trotzdem spürte Rime, wie es ihm im ganzen Körper heiß wurde vor Scham. Der Mester hatte recht. Er war nicht bei der Sache. Er hatte andere Dinge im Kopf.

Ilume. Hirka. Und das Ritual.

Früher am Tag war Ilumes Stimme schärfer als Schwarzfeuers Schwert und genauso gnadenlos gewesen. Er hatte sie in Eisvaldr aufgesucht, um sich für den Wachdienst während des Rituals in Elveroa einteilen zu lassen. Wenn Hirka am Leben war und tatsächlich auftauchte, würde er sein Versprechen halten. Er würde ihr helfen. Der Vorwand für Ilume war, dass er sie alle gern wiedersehen wollte: Vetle, Sylja, Hirka …

Er hatte bei Hirkas Namen etwas gezögert, um Ilumes Reaktion zu sehen, um festzustellen, ob sie wusste, dass Hirka in Ravnhov war. Launhug hatte trotz allem Bericht über seinen misslungenen Auftrag erstattet und es konnte passieren, dass auch Ilume an Hirka denken würde, wenn sie von dem rothaarigen Mädchen auf dem Dach erfuhr.

Doch Ilume hatte sein Ersuchen abgelehnt. Was sollten sie mit noch mehr Wachen? Sie hatten dafür genügend Leute. Seine Dienste wurden nicht gebraucht. Und wenn er den Wunsch hatte, Freunde und Leute wiederzusehen, die er kannte, dann hatte er sich wirklich den falschen Weg ausgesucht. Die Schwarzröcke existierten nicht. Die Schwarzröcke waren schon tot.

Dann war es zum Wendepunkt gekommen. Ilume hatte weiter in ihren Briefen geblättert, während sie sagte: »Ein Rabe ist von Ramoja gekommen. Die Kohlekate ist am Tag, als wir losgefahren sind, vollkommen niedergebrannt. Das Mädchen ist wahrscheinlich tot. Ich habe vergessen, das zu erwähnen.«

Er war angesichts ihrer Gleichgültigkeit wie versteinert stehen geblieben, ohne etwas darauf erwidern zu können. Sie hatte aufgeschaut und ihn forschend angesehen: »Was ist? War es wichtig?« Rime hatte den Raum verlassen, bevor er etwas tat, was er später vielleicht bereuen würde.

Schwarzfeuer ließ das Schwert wieder fallen. Er schüttelte den Kopf und ging auf die Tür zu. Rime folgte ihm, bereit, die Strafe entgegenzunehmen, die kommen musste.

»Du warst heute in Mannfalla.« Schwarzfeuer beherrschte die Kunst, eine Frage wie einen Befehl klingen zu lassen.

»Eisvaldr, Mester. Bei Ilume.«

»Ah«, sagte Schwarzfeuer, als erkläre das alles. Rime war sich fast sicher, dass er kurz ein Lächeln in dem dunklen Gesicht sehen konnte. Sie schauten zum Gebirge. Bloß ein paar Schritte von ihnen entfernt fiel die Felswand senkrecht ab. Unter ihnen segelten die Krähen zwischen den aufragenden Berggipfeln. Sie tauchten aus dem Nebel auf und wieder in ihn ein wie im Versuch, sich auf den Abend vorzubereiten.

Rimes verschwitztes Haar trocknete im Wind.

»Du warst ihre letzte Hoffnung«, sagte Schwarzfeuer, ohne ihn anzusehen. Rime schluckte, unsicher, wie er mit der unerwarteten Nähe umgehen sollte, die diese Äußerung herstellte.

»Mester, die Familie An-Elderin ist größer als ich und Ilume.«

Schwarzfeuer lachte kurz. Er stand neben Rime, ebenso groß wie er, die Arme vor der Brust verschränkt. »Deine Mutter ist tot. Ihr Bruder Tuve ist verloren. Nur Dankan, der Bruder deines Vaters, ist noch am Leben. Er mag vielleicht unter demselben Dach wohnen, aber seine Eier liegen in einer Schale auf Neilins vergoldetem Nachttisch. Ihre Erstgebornen sind tot. Das Jüngste ist kränklich und Illunde außerehelich. Und darüber hinaus werdet ihr wohl in Verbindung gebracht mit den Schmarotzern, die kaum Blutsbande zur Familie haben.«

Rime war empört. Nie hatte er jemanden anders als Ilume so über die Familie reden hören. Das war eine eiskalte Zusammenfassung, für die jeder auf dem Scheiterhaufen verbrannt worden wäre. Aber jedes Wort entsprach der Wahrheit und der Mester war noch nicht fertig.

»Du hast das blaue Blut geerbt. Du hast die Gabe. Die hast du von Gesa bekommen. Sie hat sie durch Ilume bekommen. Sie ist zu Ilume durch Storm gekommen.«

Sie ist zu Storm durch Yng gekommen. Sie ist zu Yng durch …

Rime kannte die ganze Ahnenreihe tausend Jahre zurück. Bis zum ersten Elderin. Den Vers konnte er auswendig, noch bevor er lesen und schreiben gelernt hatte. Es dürfte ihn nicht überraschen, dass der Mester darüber Bescheid wusste. Er war das Oberhaupt der Schwarzröcke. Er war der lange Arm des Sehers und des Rates und das schon länger, als Rime lebte.

»Sie hat dich bei deiner Geburt fast verloren. Sie hat dich fast verloren, als du sechs warst. Jetzt bist du achtzehn und sie hat dich für immer verloren.«

Die Worte des Mesters ließen Rime frösteln. Plötzliche Erinnerungen tauchten in seinem Körper auf: Eis, kalte Finger, schwerer Schnee. Das war zwar vage, aber es war dennoch eine Erinnerung. Er war aus dem Schnee ausgegraben worden und er hatte überlebt. Aber nicht seine Eltern. Er empfand darüber so etwas wie ferne Trauer. So als betrauere er nicht etwas, woran er sich erinnerte, sondern nur die Erinnerung an eine Trauer. Es war, wie es war. Wie es immer gewesen war. Ilume hatte ihre Tochter Gesa und deren Mann verloren. Aber sie hatte Rime behalten dürfen. Bis jetzt.

Der Mester trat ins Freie und schlug den steingepflasterten Weg ein, der am felsigen Abgrund entlangführte. Rime folgte ihm. Dieser Weg vereinigte sich mit einem anderen, der von unten kam. Vom Grund, wie sie es nannten. In Blindból war Höhe wichtiger als Abstand und Himmelsrichtung. Sie erreichten den äußersten Rand des Lagers. Die Schwarzröcke hatten mehrere Lager über ganz Blindból verteilt, aber das hier war das größte und es lag am dichtesten an Mannfalla. Zusammen bildeten sie das unsichtbare Netzwerk des Rates, das die gesamte Bergregion zwischen Mannfalla und Ravnhov kontrollierte. Es grassierten Geschichten über blutige Zusammenstöße von Schwarzröcken mit Kriegern aus dem Nordland, aber Rime hatte auf seinen Touren nie jemanden getroffen.

Sie blieben auf dem Weg stehen und schauten hinunter auf die Schwarzröcke, die sich auf den Abend vorbereiteten. Hunderte Fackeln waren schon entzündet. Sie standen auf Pfeilern vor den Hütten: niedrige Blockhütten, die sich mindestens vier Mann teilten. Jeder hatte sein Zimmer und teilte sich mit den anderen eine Feuerstelle in der Mitte des Hauses. Ansonsten besaßen sie so gut wie nichts. Sie schliefen auf Strohmatten am Boden, die Uniform zu Kissen zusammengerollt. Waffen. Wolldecken. Wenig anderes.

Hier draußen musste man sich auf sich selbst und sein Wissen verlassen. Man hatte nur das, was man zum Überleben brauchte, mehr nicht. Der genaue Gegensatz zum Haus An-Elderin – dem schlafenden Drachen. Vor seiner Zeit bei den Schwarzröcken hatte er nie Hunger gespürt und nie echten Schmerz empfunden. Es hatte ihm nie an etwas gefehlt. Und dennoch hatte ihm alles gefehlt.

Schwarzfeuer schaute Rime an. »Du hast den Eid abgelegt«, sagte er. Die Worte wirkten unangebracht, aber dann fiel Rime wieder ein, worüber sie gesprochen hatten. Über Ilume und dass er ihre einzige Hoffnung gewesen sei. Der Stuhlerbe. Plötzlich begriff Rime, dass die harte Hand des Mesters andere Gründe hatte als gedacht. Er hatte wirklich sein Bestes getan, damit Rime aufgab, damit er den Eid nicht ablegte, sondern mit eingeklemmtem Schwanz nach Eisvaldr zurückfloh. Warum?

Weil es die Schwarzröcke waren, die den Preis dafür zu bezahlen hätten, wenn Rime An-Elderin etwas zustoßen sollte. Sie waren es, die Ilumes Zorn zu spüren bekommen würden. Schwarzfeuer wollte Rime lieber im Rat als tot in Blindból sehen.

Dabei hätte er es Rime verwehren können, den Eid abzulegen. Dafür hätte er immer einen Grund finden können. Das hätte sein Leben ohne Zweifel einfacher gemacht, aber der Mester hatte ihn trotzdem aufgenommen.

Rime spürte, wie sich eine neue Wärme in seiner Brust ausbreitete. Er bedeutete Schwarzfeuer etwas. Etwas, das all die Schwierigkeiten wert war, die auftauchen konnten. Ihm war, als habe er für einen kurzen Augenblick dem Mester ins Herz geschaut. Das machte ihn mutiger. Vielleicht konnte er das Problem lösen, über das er schon den ganzen Tag nachgedacht hatte. Er hatte Hirka sein Wort gegeben und das wollte er halten. Er musste dafür sorgen, dass er zum Wachdienst während des Rituals eingeteilt wurde und Ilume durfte es nie erfahren.

»Mester, ich brauche Hilfe.«

Falls Schwarzfeuer überrascht war, verbarg er es gut. Er zeigte zurück auf die Übungshalle.

»Wisch dein Blut vom Boden und komm dann zu mir.«

MANNFALLA

Die Landschaft färbte auf die Gespräche im Wagen ab. Wenn sie durch Tannenwälder fuhren, wurde Ramoja mutig und redete über das Verborgene, über das, was niemand hören sollte. Sie sprach darüber, dass man nicht immer frei entscheiden könne, sondern dass der Weg vorherbestimmt scheine. Dass man eines Tages aufwache und sich frage, wann man die Entscheidung getroffen habe. Als habe man gerade eben seine Verhandlung vor dem Thing verpasst und das Urteil in der Tür von anderen zu hören bekommen. Ihre Worte verrieten ein Bedürfnis, ihre eigene Rolle in dem heiklen Zerwürfnis zwischen Mannfalla und Ravnhov kleinzureden. Hirka hörte Vater aus Draumheim flüstern.

Nur Dummköpfe entscheiden sich für eine Seite. Steh auf deiner eigenen Seite, dann lebst du länger.

Je weiter sie vom Hrafnfjell hinabfuhren, umso mehr lichtete sich der Tannenwald und machte der ein oder anderen Birke Platz. Die Gespräche wurden vorsichtiger und sie sprachen mehr in Rätseln. Sie wählten die ungefährlichen Worte in einer Art Hoffnung, alles Gesagte zu bemänteln. Hirka hatte so wenig wie möglich geredet. Als es um die Gabe ging, hatte sie den Mund gehalten und versucht, geheimnisvoll zu lächeln.

Ramoja glaubte, die Gabe sei in Hirka stark, aber dass sie dem Rat nicht mit ihr dienen wolle. Eine Blaublütige, die den Drachen hervorumarmen konnte, wie es seit uralten Zeiten hieß. Damit war sie eine Figur in einem unfassbar großen Spiel. Eine Fantasie. Was hätte die Rabnerin gesagt, wenn sie gewusst hätte, wie unbedeutend Hirka im Grunde war? Erdblind, ohne Gabe. Eine Fremde. Was hätten Eirik und Tein gesagt? Tein, den sie nicht gesehen hatte, seit sein Vater vom Messer getroffen worden war. Sie hatte erwartet, er würde hereingestürmt kommen, während sie gegen Eiriks Fieber kämpfte, aber sie war am Bett allein geblieben. Und sie hatte auch nicht nach ihm gefragt.

Im Tiefland waren die Leute bei der Ernte, vielleicht früher als sonst, weil das Ritual fast einen Monat vorverlegt worden war. Niemand sah besorgt aus. Sie arbeiteten, wie sie es immer getan hatten. Kinder scheuchten Vögel auf oder sammelten Getreide ein, das die Erwachsenen übersehen hatten. Einige zogen einander am Schwanz. Hirka blickte ihnen lange nach. Was würde passieren, wenn sie einfach vom Wagen sprang? Sie konnte sich unter eine normale Familie mischen. Arbeiten, essen und mit ihnen Feierabend machen, in einem Haus, das so voller Leute war, dass es eine Festung gegen alles von außen war. Aber wenn sie vorüberfuhren, schauten ihr alle hinterher wie der Fremden, die sie schließlich auch war, unberührt von ihrem ungewissen Schicksal.

Das Wetter verschlechterte sich nach ein paar Tagen. Das Flachland vom Midtyms lag zwischen dem Tyrimfjell im Osten und Blindból im Westen. Der Wind verursachte gewaltige Wirbel und fegte den Straßenstaub über sie. Sie bedeckten ihre Gesichter mit Schals oder saßen im Inneren des Wagens mit den Raben, die mit jedem Tag in den kleinen Käfigen grantiger wurden.

Ihnen begegneten zunehmend mehr Leute auf der Straße. Leute, die an den Zelten der Krieger gesehen hatten, dass das Heer weiter nach Norden zog. Die Leute machten an den Wegmarken Rast. Der Seher beschützte alle Reisenden, und die Marken gab es überall. Einige fertigten auch ihre eigenen an. Einer der Höfe, an denen sie vorüberkamen, hatte ein schwarz angemaltes Hirschgeweih ins Tor gehängt. Im Versuch, die beschützenden Schwingen des Sehers nachzuahmen, hatte man am Geweih dünne Lederriemen befestigt.

Sie flatterten düster im Wind. Das Ganze sah eher aus wie ein ausgehungerter Rabe, der geradewegs gegen das Tor geflogen und verendet war.

Hirka wurde immer unruhiger. Sie versuchte, dieses Gefühl mit etlichen Beschäftigungen zu bekämpfen. Darum spielte sie Teekesselchen mit Vetle, versorgte die Raben, fegte Sand aus dem Wagen. Aber nichts half. Sie hatte keine Ahnung, was sie tun sollte, wenn sie ankam. Sie hatte keine Ahnung, was sie erwartete.

Rime tauchte immer wieder in ihren Gedanken auf. Er würde dort sein. Er würde ihr helfen. War er vielleicht kein An-Elderin? Der Liebling des Sehers? Das musste doch für irgendwas gut sein? In den Nächten betete sie still, der Seher möge sich des Vertrauens als würdig erweisen, das Rime in Ihn setzte. Dass Er ein kluger, barmherziger und liebevoller Seher sein möge. Der die Welt vor den Blinden gerettet hatte. Der die beschützte, die sich nicht selbst beschützen konnten.

Altweibergewäsch, flüsterte Vater aus Draumheim.

Eine halbe Tagesreise vor Mannfalla kamen sie in eine Stadt, die so groß war, dass Hirka schon meinte, sie hätten das Ziel der Reise erreicht. Das hier war also Mannfalla? Groß, aber nicht so überwältigend groß, wie sie erwartet hatte. Sie war fast erleichtert, bis Ramoja das Missverständnis aufklärte. Das hier war nur eine der vielen Vorstädte von Mannfalla.

»Mannfalla bekommst du zu sehen, wenn wir über den Hügelkamm kommen«, erklärte sie und zeigte in die Ferne.

Der Wagen kroch bergauf, bis die Häuser in dem unebenen Gelände abnahmen und Teeplantagen mit grünen Büschen in schnurgeraden Reihen Platz machten. Dazwischen gingen einige ältere Frauen mit Falten auf der Stirn und machten sich in kleinen Büchern Notizen. Sie berührten die Pflanzen, rochen an ihnen und gingen weiter.

Das Gelände wurde zum Gipfel des Hügelkamms hin flacher und plötzlich tauchten riesige Lager auf. Zelte, Wagen, Pferde und Feuerplätze. Einige Familien hatten sich unter freiem Himmel ohne den geringsten Schutz vor dem Wetter niedergelassen. Ramoja sah beinahe entsetzt aus.

»So viele habe ich vorher noch nie hier gesehen.«

»Wohnen die hier? Was sind das für Leute?«, fragte Hirka und kletterte über die Lehne des Kutschersitzes, um sich neben Ramoja zu setzen. Ramoja zuckte die Schultern.

»Leute. Familien mit Kindern, die das Ritual durchlaufen werden. In der Stadt ist nicht für alle Platz und auch nicht alle können es sich leisten, dort zu wohnen. Es sind immer viele, die vor der Stadt ihr Lager aufschlagen, aber nie so viele …«

Hirka fiel wieder ein, was sie von den betrunkenen Männern auf dem Fest in Ravnhov gehört hatte: die Gerüchte über die Blinden, über Mannfallas Krieger auf dem Weg nach Norden, über Krieg und Aberglaube, die die Leute in die Hauptstadt spülten.

Ramoja trieb die Pferde an. Der Wagen rollte an vielen Fremden vorbei, die am Straßenrand standen und Schmuck und Seherbilder verkauften. Zwischen ihnen ging eine Gruppe aus in Weiß und Braun gekleideten Gardisten. Sie scheuchten die Leute von den Straßen und verteilten etwas, das Hirka für Essen hielt, von dem Ramoja aber behauptete, es sei Seife. Das war der wichtigste Schutz, den Mannfalla gegen Krankheiten hatte, wenn die Stadt überfüllt war. Hirka erinnerte sich, was Vater über die Frau erzählt hatte, die Hirka für ihre Mutter gehalten hatte.

Maiande war ein Mädchen aus Ulvheim, dass ich … eine Weile kannte. Sie stellte Seife her, die sie an weiche Männer in Wirtshäusern verkaufte. Die gaben mehr Geld für Seife als für Bier aus. Reinere Saufbolde müsste man erst einmal finden.

Hirka vergaß die Angst für einen Moment und streckte ihre Hand einem Gardisten hin. Er gab ihr ein Stück Seife, ohne stehen zu bleiben oder ihr auch nur einen Blick zu schenken. Die Seife lag wie ein flach gedrücktes Ei in ihrer Hand. Auf der Unterseite war das Zeichen des Rates eingeprägt. Ob um zu zeigen, wer hinter der Wohltat stand, oder um den reinigenden Effekt zu verstärken, war schwer zu beurteilen.

Der Wagen rollte über den Hügelkamm und Mannfalla offenbarte sich unter ihnen. Ein unglaublicher Anblick, der in Hirkas Seele nicht den geringsten Zweifel daran ließ, dass sie am Ziel waren. Sie stand auf und hielt sich am Wagendach fest, um nicht herunterzufallen. Alles, was sie über Mannfalla gehört hatte, stimmte. Die Stadt konnte die halbe Welt fassen. Häuser in allen erdenklichen Farben und Formen stapelten sich übereinander. Einige in einem System aus Straßen, andere zufällig wie bei einem Steinschlag. Die Bebauung bildete ein Hufeisen um den Fluss Ora, auf dem sich Schiffe und schmale kleine Boote tummelten, die anscheinend nichts weiter machten, als nur zwischen den Flussufern hin- und herzufahren. Graue Spiere stachen hier und da aus der ganzen Stadt empor.

»Das ist ja nicht zu fassen …«, staunte Hirka und ließ sich wieder auf den Sitz fallen.

»Nicht zu fassen!«, äffte Vetle sie nach.

»Was ist das da? Da draußen auf dem Fluss?« Hirka zeigte auf einige Häuser, die so aussahen, als trieben sie wie von selbst mitten auf dem Fluss, verbunden durch ein Labyrinth aus Brücken. Es erinnerte am ehesten an ein schwimmendes Krähennest.

»Das ist ein Fischerdorf. In einem Monat kommen die Rotflossen den Fluss herauf und dann haben sie alle Hände voll zu tun.« Ramoja nickte zu den Häusern und Brücken. »Die Fischer schlafen und essen da draußen, sofern sie überhaupt Zeit dafür haben.«

»Sie wohnen nicht in der Stadt?«

»Doch, aber sie wollen keinen Schwarm verpassen, darum haben sie Angst, an Land zu gehen. Dieser Fisch bringt ihnen gutes Essen und gutes Geld.«

Die Straße machte eine Kurve hinab zur Stadt und die Zeltlager verschwanden hinter ihnen. Sie umrundeten eine kleine Anhöhe und der Rest der Stadt kam zum Vorschein. Der Teil sah doppelt so groß aus wie der erste. Und jetzt konnte Hirka die Mauer sehen.

Sie machte große Augen. Sie hatte die Geschichten gehört. Sie wusste, dass die Mauer hoch sein würde, aber sie hatte sie sich so hoch wie die Felswände in der Alldjup-Schlucht vorgestellt. Nicht so hoch wie den Vargtind. Die sagenumwobene Weiße Mauer teilte Mannfalla in zwei Hälften. Sie stand da wie eine leuchtende Brücke und versperrte den Bergpass nach Blindból. Auf der Außenseite lag die Stadt in ihrer farbenprächtigen Vielfalt. Auf der Innenseite befand sich Eisvaldr, die Halle des Sehers. Eine Stadt in der Stadt, fast genauso groß wie die außerhalb der Mauer. Innerhalb der Mauer war alles weiß, abgesehen von einigen roten Dächern und Kuppeln. Die größte Kuppel war blank poliert und glänzte in der Sonne.

»Eisvaldr«, sagte Ramoja.

»Alles zusammen?«, fragte Hirka und versuchte, die Angst zu unterdrücken. Der Wagen rollte unbeirrt weiter.

»Ja, alles zusammen. Eisvaldr ist eine Stadt weit hinten in der Stadt. Vor tausend Jahren gab es nur die Mauer gegen Blindból. Dann hat man auf der Innenseite das Haus des Sehers gebaut. Dann den Ritualsaal, den Hauptsitz des Rates. Eisvaldr wuchs immer weiter. Heute haben alle Ratsfamilien ihre Häuser innerhalb der Mauer.« Ramoja lächelte schief. »Jedes Mal, wenn ich hierherkomme, sind die Häuser noch größer, die Gärten noch verschwenderischer und die Dekors noch zahlreicher geworden. Es ist lange her, dass es einmal Häuser waren.«

»Was meinst du damit? Wohnt da niemand?«

»Doch, schon. Mehrere im Rat wohnen so gut wie mit ihrer gesamten Sippe in einem Haus. Aber das Haus ist hauptsächlich dazu da, um andere Familien zu beeindrucken.«

Hirka zuckte die Schultern.

»So ist das wohl überall.«

Ramoja schaute sie an und lächelte. »Das stimmt. Hier gibt es nur von allem ein bisschen mehr.«

Sie erreichten das westliche Stadttor, das hinter all den Verkaufsbuden kaum zu sehen war. Leute riefen, zeigten und stritten. Sie hielten Töpfe, Kleider und Zierrat aus Eisen, Messing, Silber und Gold hoch. Es gackerte aus Käfigen und blökte aus Umzäunungen. Enten, Gänse, Hühner und Schafe. Schwarze Schweine und Ziegen mit geschmückten Hörnern.

Ganz oben auf der Stadtmauer patrouillierten die Wachen auf und ab und Hirka starrte zu Boden, um ihr Gesicht zu verbergen, aber sie hielten niemanden an. Sie waren vollauf damit beschäftigt, Händler und Tiere von der Straße fernzuhalten.

Der Wagen rollte durch das massive, runde Tor aus dunklem Holz, ein Tor, das seit Hunderten von Jahren kaum geschlossen gewesen war. Andere Wagen ratterten in einem gleichmäßigen Strom durch das Tor heraus und hinein. Hinter der Mauer waren die Straßen breiter, aber überfüllt. Es roch verräuchert und versengt von Ständen, die auf der Straße Essen verkauften. Leute kauften gebrannte Nüsse, Schalen mit gestovtem Gemüse und Stücke von gebratenem roten Fisch gewürzt mit Körnern, die sie im Gehen aus Papiertüten aßen. Große Holzkisten und Säcke waren randvoll mit getrockneten Früchten, Gemüse und Kräutern in allen möglichen Farben.

Hirka versuchte, zu allen höflich zu sein, die an den Wagen herantraten. »Nein, danke, ich trage keinen Schmuck« oder »Die ist hübsch, aber ich brauche keine Vase«. Sie hatte auch kein Geld. Wer konnte sich das alles leisten? Hirka hatte noch nie so viele Sachen an ein und demselben Ort gesehen. Die Hälfte dessen, was die Verkäufer ihr unter die Nase hielten, kannte sie noch nicht einmal. Ramoja lachte über sie und riet ihr, einfach geradeaus zu gucken, dann brauchte sie nicht allen zu antworten.

»Sie sehen, dass du neugierig bist, Hirka.«

Hirka schaute also von der Straße hoch. Viele Häuser hatten Fenster aus farbigem Glas. Viele standen offen und aus einem hing ein kostbarer Teppich mit rot-goldenen Jagdmotiven. Aus einem anderen hing eine einfache, geflochtene Strohmatte, die aussah, als könne sie jeden Moment auseinanderfallen. Leute in Schuhen aus gefärbtem Leder mit Metallspangen gingen an anderen vorüber, die barfuß dasaßen und bettelten. Hirka sah einen Jungen, wie er die Hand in die Jackentasche eines Fremden steckte und sich dann schnell mit seiner Beute in eine dunkle Gasse verzog. Hirka erwartete, die Leute würden ihm hinterherlaufen, aber niemand schien etwas bemerkt zu haben. Er konnte ohne Weiteres untertauchen, unsichtbar werden unter Tausenden. Hirka starrte ihm erstaunt nach.

Ramoja musste die Pferde antreiben, die, verwirrt von der Volksmenge, stehen blieben, ohne zu wissen, wohin sie laufen sollten. Es roch nach Essen, Pferdeäpfeln und Schweiß. Doch der Geruch verflog immer mehr, je näher sie Eisvaldr kamen. Die einfachen Buden wurden durch feinere Geschäfte mit Schildern wie an Wirtshäusern abgelöst. Die Häuser wurden größer und prächtiger. Eingeprägte Familienwappen oder Symbole schmückten die Haustüren und unter den Dächern verliefen Zierleisten und Vorsprünge. Die Mansardendächer überwogen nach und nach die flachen und waren mit perfekt geformten schwarzen Dachziegeln gedeckt. Die Hausecken waren mit kleinen Rinnen aus dem gleichen Stein verkleidet. Hin und wieder konnte man zwischen den Häusern die Mauer sehen, die die Hausdächer weit überragte, obwohl sie noch ein ganzes Stück entfernt war.

Einige Häuser umgab ein eigener Garten. Hohe Tore und Hecken verliefen an steingepflasterten Wegen bis zur Eingangstür. An einer hielt ein Mann Wache. Er war in rotes Leder gekleidet, mit Silberplatten auf der Brust. Am Gürtel hingen zwei Wurfäxte mit roten Riemen um den Schaft. Hirka versuchte, seinen Blick einzufangen, aber er starrte geradeaus vor sich hin, als sie vorbeirollten.

»Wohnen hier Ratsleute?«

»Nein«, antwortete Ramoja. »Die Ratsfamilien wohnen innerhalb der Mauer. Hier wohnen meistens Kaufleute.«

»Himmel, die müssen aber reicher als auf Glimmeråsen sein!«

Ramoja lachte. »Die meisten hier könnten Glimmeråsen tausendmal kaufen.«

»Wirklich?«

»Ja, wirklich.«

Hirka hatte Syljas Träume von Mannfalla nie verstanden. In Hirkas Welt besaß Sylja bereits unfassbare Reichtümer. Mehr, als sich die meisten erträumen konnten oder brauchten. Aber hier in Mannfalla lebten Leute, die reicher als die von Glimmeråsen waren. Und Leute, die ärmer als Hirka waren.

Mannfalla hatte Platz für alles und alle. Für Arme und Reiche. Leise und Laute. Diebe und Kaufleute, Seite an Seite. Niemand fiel auf, weil alle es taten. Sie hatte Albträume gehabt, wie eine ganze Stadt sie jagte. Das Odinskind jagte. Aber in Mannfalla war sie eine von vielen. Hirka lächelte. In Mannfalla konnte sie alles machen!

Außer, wenn die Schwarzröcke hinter mir her sind und ich keine Unterkunft habe …

Ramoja hatte sie mit der Frage genau danach geradezu überrumpelt. Ramoja selbst würde in einer Rabnerei auf der Ostseite des Flusses mit anderen Rabnern wohnen. Sie waren alle wegen des Rituals hier und dorthin konnte Hirka nicht mitkommen.

»Ich will mich mit jemandem treffen. Ich kann nicht sagen, wo und wer das ist«, hatte Hirka geantwortet, ohne ein schlechtes Gewissen zu bekommen. Es war schließlich keine Lüge. Sie würde jede Menge Leute treffen, das war ganz offensichtlich. Und sie hatte ja auch keine Ahnung, wo. Sie hatte Ramoja versichert, dass sie alles habe, was sie brauche, sowohl Geld als auch eine Unterkunft.

Der Wagen rollte auf einen Marktplatz. Am anderen Ende des Marktes ragte Eisvaldr in all seiner Pracht auf. Hirka guckte zum Himmel hoch. Raben flogen durch die gewölbten Öffnungen in der Mauer aus und ein. Sie war mit weißem, blank poliertem Stein verkleidet. Ihr blieb der Mund offen stehen. Wie tief musste die Angst sitzen, um so ein gigantisches Bauwerk zu veranlassen? Einen ganzen Bergpass abzuriegeln, vor dem Zugang nach Blindból, zu den Bergen, von wo der Legende nach die Blinden gekommen waren.

Doch niemand der heute Lebenden hatte die Mauer jemals geschlossen gesehen. Sie war ein Tor. Ein Fenster in eine andere Welt.

Durch die Bögen konnte Hirka sehen, dass die Straßen auf der anderen Seite mit demselben weißen Stein verkleidet waren. Spiere und Kuppeln funkelten. Obwohl Gardisten an jedem Bogengang Wache hielten, rollten die Wagen auch hier hinaus und hinein.

Vetle streckte seine Steinfigur gen Himmel, damit es so aussah, als würde sie oben auf der Mauer gehen. Der neue Jomar wurde zu einer Riesin, die die ganze Stadt vernichten könnte.

»Siehst du die rote Kuppel?« Ramoja zeigte sie ihr und Hirka folgte ihrem Blick.

»Gerade eben«, verzog Hirka das Gesicht zu einer Grimasse. Die Kuppel krönte das größte und zentralste Gebäude auf der anderen Seite der Mauer. Ramoja zwinkerte ihr zu.

»Das ist der Mittelpunkt der Welt.«

»Du meinst …«

»Die Mutterbrust. Die Ratshalle. Das Haus des Sehers liegt gleich dahinter.«

Hirka merkte, wie der Mut aus ihr floss. Es war so wie mit dem Wasserbottich, den Maja über den Männern im Wirtshaus »Zum Rabenjungen« ausgekippt hatte, um die Kerle abzukühlen, damit sie sich nicht gegenseitig die Köpfe einschlugen. Das hier war Mannfalla. Sie war hier. Jetzt. Und sie sah in Eisvaldr hinein, hinauf zum Haus des Sehers, zur heiligsten aller Hallen, zu dem Ort, an dem das Ritual stattfand. Sie musste etwas unternehmen.

»Halt!«

»Hier?« Ramoja hielt die Pferde an. Hirka sah sich fieberhaft um. An der Ecke der Straße, in der sie sich befanden, stand ein Wirtshaus. Es sah teuer aus, aber das spielte jetzt keine Rolle. Sie hatte nicht vor, dort zu wohnen, und Ramoja glaubte außerdem, dass sie sich mit anderen treffen würde.

»Da drüben.«

Ramoja schaute zum Wirtshaus. Hirka nahm ihren Sack auf den Rücken und sprang vom Wagen. Vetle wollte ihr folgen, aber Ramoja hielt ihn mit dem Versprechen davon ab, dass er Hirka bald wiedersehen würde. Hirka lächelte, aber das war kein gutes Gefühl. Sie bezweifelte, dass sie sich jemals wiedersehen würden.

Kuro hatte auf der ganzen Fahrt Abstand gehalten, flog aber jetzt in einem Kreis hoch über ihnen. Das war zumindest eine kleine Erleichterung.

»Danke für die Gesellschaft, Ramoja.«

Ramoja runzelte die Augenbrauen. »Bist du sicher, dass du hier absteigen willst? Hast du alles, was du brauchst?«

»Ja, ich bin ganz sicher.«

»Und du weißt, was du tust?«

»Das weiß ich immer.«

Hirka war überrascht, wie selbstbewusst sie klang. Das stand im starken Gegensatz dazu, wie sie sich tatsächlich fühlte. Aber Mannfalla sah so aus, als sei es ein Ort voller Gegensätze, was machte da schon einer mehr oder weniger?

Hirka reckte sich zu Vetle hoch und umarmte ihn. Die blonden Locken kitzelten sie und es dauerte geraume Zeit, bis er sie losließ. Ramoja zog die Zügel an und der Wagen setzte seine Reise über den Marktplatz nach Osten fort. Hirka blieb vor dem Wirtshaus »Zum Weißen Markt« stehen und spürte, wie ihr das Herz in die Hose rutschte. Jetzt war sie wieder allein. Nicht wie in den Wäldern bei Ravnhov, wo Kuro alles gewesen war, was sie hatte. Nein, diesmal hatte sie mehr Leute um sich als je zuvor. Oder als sie überhaupt jemals gesehen hatte. Aber sie war hier trotzdem allein.

Hirka drückte den Rücken durch. Hier war es gar nicht so übel, sagte sie sich. Sie hatte lange vor Vaters Tod jeden Tag Angst vor Mannfalla gehabt. Manchmal war sie mitten in der Nacht im Wagen aufgewacht, verschwitzt und verängstigt, weil sie von Schwarzröcken geträumt hatte. Gnadenlose schwarze Krieger, die sich auf sie stürzten, sobald sie auch nur einen Fuß hinter die Stadtmauer setzen würde. Sie hatte Angst gehabt, angehalten, eingesperrt und hingerichtet zu werden. Doch bis jetzt war nichts passiert.

Natürlich hatte sie Angst, war allein und besaß nichts weiter als das, was sie auf dem Rücken trug. Und ihre einzige Gesellschaft war ein selbstzufriedener Rabe, der meistens vollauf mit sich selbst beschäftigt war. Aber Mannfalla war das beste Versteck, das sie je gesehen hatte. Sie konnte vollkommen untertauchen in der Stadt, von der sie angenommen hatte, dass sie dort auffallen würde wie ein Fisch auf dem Trockenen.

Sie konnte nur nicht in dieser Gegend bleiben.

Hirka kehrte Eisvaldrs erhabenen Lichtern den Rücken und ging die Straße hinab zurück, vorbei an den Kaufmannshäusern und hinunter zum Fluss, wo die Häuser kleiner und baufälliger wurden. Wo es in den Straßen intensiver roch und die Leute lauter riefen. Hier konnte sie verschwinden.

DER SCHLAFENDE DRACHE

»Ein Silberling für zwei magere Hühner?! Hältst du mich für eine aus den Tälern?«

Hirka stemmte die Hände in die Seiten und beugte sich zur Händlerin mit dem Bartflaum vor. Die Frau hob eine Augenbraue und musterte Hirka wieder. Hirka wandte sich zum Gehen.

»Warte …«

Hirka lächelte und drehte sich zum Marktstand um. Die Bärtige warf ein drittes Huhn neben die beiden anderen auf den Tisch. Sie blickte nach links und rechts, als wollte sie sich vergewissern, dass niemand sie gehört hatte, und band dabei die Hühner zusammen. Hirka lächelte zufrieden und legte einen Silberling auf den Tisch. Sie warf sich das Federvieh über die Schulter und ging hinüber zu Lindri, der am Nachbarstand wartete.

Er zauste ihr mit seiner runzligen Hand durchs Haar.

»Du lernst schnell, Rotschopf.«

»Na klar.«

Lindri nahm ihr die Hühner ab und hängte sich das Bündel über seinen krummen Rücken, obwohl er fast ebenso schmächtig wie Hirka war. Nur ein bisschen größer. »Unglaublich, was die sich zur Zeit des Rituals erlauben. Die Preise verdoppeln sich über Nacht! Ob sie glauben, die Leute werden dümmer, nur weil sie zusammenkommen?«

»Die Leute *werden* dümmer, wenn sie zusammenkommen«, erwiderte Hirka.

Lindri lachte. Die Zähne in seinem Unterkiefer ragten hervor, schief wie die Zacken des Vargtind. »Du bist nicht verkehrt, Rotschopf. Nicht verkehrt.«

Hirka lächelte. Lindri hatte sie gleich gemocht, als sie vor drei Tagen in sein Teehaus gekommen war, auf der Suche nach einer Bleibe in der überfüllten Stadt. Er hatte abgewinkt, noch bevor sie den Mund aufmachen konnte: Hier gebe es weder Arbeit noch Unterkunft.

Es war Abend gewesen und ihr erster Tag in Mannfalla. Die Füße hatten ihr wehgetan, nachdem sie die Straßen hoch- und runtergelaufen war, um einen Schlafplatz zu finden, aber das war zur Zeit des Rituals schlicht aussichtslos. Sie war hungrig und erschöpft, als sie aus einer Gasse unten am Fluss ein Windspiel klingen hörte. Eine verspielte Einladung zwischen den Häusern. Sie war dem Klang gefolgt und bei Lindri gelandet. Er besaß ein Teehaus, bei dem Vater die Tränen gekommen wären. Die Wände waren bedeckt mit hölzernen Schubladen. Jedes Kraut hatte seinen Platz. Sogar der Tresen bestand aus Schubladen. An den niedrigen Tischen saßen Leute auf Hockern mit grauen Schafsfellen und tranken aus henkellosen Bechern, die an jene von Ramoja erinnerten. Der Drang, dort zu bleiben, war überwältigend gewesen.

Lindri war fast siebzig Winter alt und sie hatte bemerkt, dass er sich oft Handgelenke und Ellbogen rieb. Das machte ihn langsamer und es kostete ihn Mühe, zu den obersten Schubladen hinaufzuklettern und zu holen, was die Kundschaft verlangte. Also hatte Hirka das Bedienen übernommen und dabei über einen Schlafplatz verhandelt.

»Mädchen, ich habe nicht einmal einen Hocker, den ich dir anbieten könnte!«

»Ich brauche keinen Hocker, ich brauche ein Bett. Und du auch, wie mir scheint.«

»Was willst du damit sagen?«

Hirka hatte den Tresen mit einem Lappen abgewischt, der den Schmutz nur noch mehr verteilte.

»Schmerzen in den Gelenken?«

»Was geht es dich an?«

»Ich habe eine Salbe aus Ylirwurzel. Gegen die Schmerzen. Und ich habe steife Gelenke gelockert, seit ich laufen kann.«

»*Du* bist heilkundig?! Du bist ein Kind! Hast du das Ritual durchlaufen?«

»Ja. Das heißt, in ein paar Tagen.«

Lindri hatte sie misstrauisch angesehen und sich dabei sein Handgelenk gerieben. Hirka versetzte ihm den Gnadenstoß: »Wo ich herkomme, spielt es keine Rolle, wie alt man ist, sondern was man kann. Ich hätte dir gern geholfen, aber dazu müsstest du dich hinlegen. Und du hast ja keinen Platz, wie ich höre …«

Einen Moment lang hatte sie befürchtet, Lindri würde sie rauswerfen. Er hatte den Kopf vorgereckt, als könne er nicht glauben, was für eine Frechheit er gerade gehört hatte. Aber dann hatte er angefangen zu lachen. Ein lang gezogenes, pfeifendes Gelächter.

»Du gefällst mir, Rotschopf.«

An dem Abend hatte Lindri Salbe für seine Gelenke bekommen und besser geschlafen als in den ganzen letzten fünf Jahren, wie er sagte. Und Hirka durfte sich im Zimmer seiner Enkelin einquartieren. Sie war älter als Hirka, aber ziemlich unbeholfen und wortkarg. Lindri sagte, er sei froh, dass sie ihn nur selten besuchte, denn alles, was sie anfing, machte am Ende nur noch mehr Arbeit. Hirkas Hilfe jedoch nahm er gern an und es gab viel zu tun. Abends schlief sie erschöpft, aber zufrieden ein und sie hatte begonnen, von ihrem eigenen Teehaus zu träumen. Es sollte Bettplätze haben und die Leute würden dorthin kommen, um viele Tage zu bleiben. Sie würden gut essen, gut schlafen und sich erholen, falls es nötig war.

Aber dann hatte sie sich daran erinnert, wer sie war. Sie war ein Odinskind in Mannfalla. Ein paar Tage vom Ritual entfernt. Was nützte ihr der schönste Traum, wenn sie nicht einmal wusste, ob sie beim nächsten Neumond noch am Leben war?

»Kommst du?«

Lindri holte sie aus ihren Gedanken. Sie war stehen geblieben, ohne es zu merken. Hirka hob den Kopf und blickte hinauf zur roten Kuppel. Sie war ganz nah. Hohe Fenster zogen sich einmal rundherum, direkt unter der Wölbung. Alle waren aus buntem Glas mit Motiven, die sie von hier aus nicht erkennen konnte. Hinter den Fenstern tagte der Rat. Und wenn es stimmte, was sie gehört hatte, dann saß der Seher in einem schwebenden Turm irgendwo hinter der roten Kuppel. Auf der nach Blindból gewandten Seite. Vielleicht sah er sie gerade in diesem Moment? Er sehe alles, hieß es. Die Härchen auf ihren Armen richteten sich auf.

»Ich bin so viele Leute nicht gewohnt«, entschuldigte sie sich. »Man kommt fast gar nicht durch.«

»Ja, das musst du mir nicht erzählen, Rotschopf! Pass auf dein Geld auf. Komm, wir nehmen einen anderen Weg.«

Lindri legte ihr die Hand auf die Schulter und führte sie in eine Seitenstraße. Er ging immer noch etwas o-beinig, aber die Schmerzen hatten nachgelassen. Sie kamen in eine ruhigere Straße, die parallel zur Hauptstraße in Eisvaldr verlief, aber näher zum östlichen Bergrücken lag. Von hier aus konnten sie die prächtigen Häuser der Ratsfamilien sehen. Göttersitze, die hundert Mann oder mehr beherbergen konnten.

Hirka entdeckte etwas und blieb stehen. Vor ihr erhob sich eine Festung von einem Haus, ganz aus grauem Stein. Weiße Blumen, deren Namen sie nicht kannte, kletterten die Mauern hinauf und rankten sich um Sprossenfenster, die höher waren als ein ausgewachsener Mann. Obstbäume standen dicht an dicht auf der Hangseite. Eine Reihe brennender Lichter schlängelte sich den Weg entlang, obwohl es noch taghell war. Weiße Blütenblätter fielen herab, während sie das Bild in sich aufnahm, und blieben auf dem Boden liegen wie Schnee. Sie konnte eine Art Musik hören, zufällige Töne von kleinen Glocken, die sanft im Wind schwangen.

Jeder Mauerstein hatte eine andere Größe, wie bei einer Echsenhaut. Und das Dach sah aus, als säße es dort seit einer Ewigkeit.

Dunkle Dachpfannen in verschiedenen Größen verstärkten den Eindruck von etwas Lebendigem. Hirka konnte sich nicht von dem Anblick losreißen. Jeden Moment würde sich das Dach vorsichtig heben. Wie bei einem Atemzug. Die Steine würden sich spreizen, als ob ein riesiger Drache Luft holte.

Hirka merkte, dass sie selbst vergessen hatte zu atmen.

»Das Haus An-Elderin. Sie nennen es den schlafenden Drachen«, sagte Lindri. Er hätte es nicht zu sagen brauchen. Hirka wusste es. Sie spürte es im ganzen Körper. Lindri beugte sich näher zu ihr, damit es niemand hörte. »Würde es nicht seit Anbeginn der Zeit so heißen, könnte man versucht sein zu glauben, damit sei Ilume-Madra gemeint.«

Hirka zuckte zusammen, als sie den Namen hörte.

»Sie ist Ratsfrau. Oberhaupt der Familie. Ihr habt die Familien doch wohl in der Schule durchgenommen, Rotschopf?«

Hirka nickte geistesabwesend. Sie stand da und hörte die Silberglöckchen klingeln. Der Wind fuhr ihr durchs Haar, es flatterte vor ihrem Gesicht. Rote Strähnen vor den weißen Blütenblättern.

»Ja. Wir hatten das in der Schule.«

Hirka hatte das meiste von Vater gelernt. Sie war nie auf eine richtige Schule gegangen. Und jetzt musste sie sich alles selbst beibringen. Musste allein überleben. Aber würde sie Hilfe zum Überleben bekommen, wenn sie sie am meisten brauchte? Würde er während des Rituals da sein? War er jetzt da? War Rime hinter einem der Fenster dort oben?

Gardisten schritten den Weg zu dem uneinnehmbaren Gebäude auf und ab. Niemand durfte ihm zu nahe kommen. Was sich in seinem Inneren befand, war wertvoll. Rein. Heilig. Es war das Haus An-Elderin.

Warum sollte er ihr helfen? Warum sollte jemand, der so wohnte, überhaupt an eine wie sie denken? Hirka spürte einen Kloß im Hals. In Elveroa waren alle Leute nahezu gleich. Einige hatten mehr als andere, aber es war ein kleiner Ort. Die Kinder spielten zusammen, auch wenn Ilume alles getan hatte, um Rime von ihnen fernzuhalten. Das hier war etwas ganz anderes. Was sie hier sah, war kein Haus. Das war ein Schloss. Aus einer Sage. Einer Geschichte. Die, die hier aufwuchsen, spielten nicht mit Kindern jenseits der Mauer. Vielleicht kamen sie in Kontakt mit den Kindern der Kaufleute, aber was war mit den mageren Strolchen, die am Flussufer ihr Unwesen trieben? Mit den kleinen Dieben, die auf den Dächern hausten? Waren sie denen jemals begegnet?

Sie bezweifelte es. Auf einmal verstand sie die Sehnsucht der Leute nach Mannfalla. Dahinter steckte vielleicht gar keine Gier. Es war wohl nur eine Frage von drinnen oder draußen. Der Wunsch nach einem sicheren Ort für die Kinder, damit sie nicht stehlen und auf einem morschen Dach am Fluss hausen mussten.

Hirka hatte sich nie nach Eisvaldr gesehnt. Die Schulen des Rats waren ihr herzlich egal. Sie besaß nicht einmal die Gabe und sie hatte nie darauf gehofft, ausgewählt zu werden oder einen Platz in dieser Stadt zugeteilt zu bekommen. Sie hatte alles gehabt, was sie brauchte. Bis Rime abgereist war. Heimgekehrt an diesen Ort.

Sie dachte daran, wie er an der Alldjup-Schlucht gestanden hatte. Nach drei Jahren zurückgekehrt, nur um Ilume zu holen. Ein Krieger. Ein Gardesoldat mit Schwert und markantem Kinn. Ein erwachsener Mann. So unglaublich schön, dass die Wut sie gepackt hatte. Es hatte sie wütend gemacht, dass er wiedergekommen war. Wütend, dass er über sie hinausgewachsen war. Wütend auf das Ritual und alles, was er repräsentierte. Die Kluft zwischen ihnen war tiefer gewesen als die Alldjup-Schlucht. Und jetzt war sie noch viel tiefer.

Hirka starrte das Haus an, das unnahbar hoch vor ihr aufragte. Sie hätte sich am liebsten zu einer Kugel zusammengerollt. Ihr war, als würde es ihr die Brust zerreißen.

»Komm, Mädchen. Die Hühnersuppe kocht sich nicht von allein.«

DIE JUNGE HEILERIN

Slabba war ein kompletter Idiot! Unfähig, den Nutzen von irgendwas zu erkennen, schon gar nicht von Informationen. Urd stieg in den Wagen und schloss die Tür so heftig, dass sie in den Angeln bebte. »Elvetorget!«, rief er dem Kutscher zu. Im ersten Moment erkannte er seine eigene Stimme nicht wieder. Sie klang trocken und hohl.

Der Wagen setzte sich sofort in Bewegung. Urd öffnete den Lederbeutel und zog eine Flasche heraus. Ein blankes, schlichtes Ding mit einem Elixier von den angeblich besten Heilern des Rats. Ein Rezept gegen Halsschmerzen. Urd schnaubte verächtlich. Wenn die gewusst hätten, womit sie es zu tun hatten. Gegen sein Problem waren sie machtlos.

Zwar hatte der mutigste der Heiler darum gebeten, ihn untersuchen zu dürfen, aber Urd hatte die Hand des Mannes festgehalten, ehe sie in die Nähe des verhüllten Halses kam. Na, besser als nichts. Er nahm, was er kriegen konnte.

Urd leerte die Flasche. Süßliche Minze mischte sich mit dem penetranten Geschmack von fauligem Fleisch. Aber das Zeug linderte den Schmerz und er lehnte sich in den Sitz zurück und schloss die Augen. Der Wagen schaukelte langsam vorwärts. Die Geräusche der Stadt drangen herein, Leute am Straßenrand, Pferde, Händler.

Slabba …

Der fette Kaufmann ahnte nichts von dem Wert, den seine Worte hatten. Sie waren aus ihm herausgepurzelt wie eine Anekdote. Die

Frau seines Bruders hatte seit Jahren an üblen Kopfschmerzen gelitten. Sie kamen und gingen, waren aber oft so schlimm, dass sie im Bett bleiben musste. Sie hatte alles versucht. Slabba hatte eine lange Reihe alberner Maßnahmen heruntergeleiert, vom Kopfstand bis zu einem Speiseplan, auf dem nur Grünzeug stand. Als hätte Urd irgendein Interesse an der mehr oder weniger eingebildeten Krankheitsgeschichte der Frau.

Aber neulich war sie bei einem Mädchen gewesen, das sich auf Schmerzen verstand, und sie war überzeugt, nun geheilt zu sein. Das Mädchen war erst kürzlich nach Mannfalla gekommen, doch laut Slabba wurde bereits in den besten Kreisen von ihr gesprochen.

Als würdest du einen guten Kreis erkennen, selbst wenn du mittendrin säßest, hatte Urd gedacht. Und genau in dem Moment hatte Slabba in seiner Unwissenheit ihm den Schock versetzt. »Sie nennen sie die Schwanzlose. Das Wolfsmädchen. Und Rabenmädchen habe ich auch schon gehört.«

»Die Leute glaub…« Urd hatte sich selbst unterbrochen. »Schwanzlos?«

»Schwanzlos! Sie sagen, die Wölfe haben ihn gefressen, als sie ein kleines Kind war.«

»Tänzerin? Aus Urmunai?«

»Nein, nein! Sie kommt aus dem Nordosten und sie hat nicht einmal einen Stummel. Ihr Haar ist blutrot, sagen sie.«

»Wie alt?« Urd hatte gegähnt, um den Eindruck zu erwecken, dass die Antwort nicht von Bedeutung sei.

»Alt genug für das Ritual, heißt es. Deshalb ist sie hier.«

Slabba hatte nicht aufgehört, ihn mit seinen Wehwehchen zu langweilen, wegen derer er das Mädchen aufsuchen wollte. Ausschlag. Müde Beine. Und die Verdauung war auch nicht ganz in Ordnung. Urd hatte gemerkt, wie seine Oberlippe sich angewidert kräuselte. Genau genommen wäre es auch ein Wunder gewesen, wenn Slabbas Verdauung in Ordnung wäre.

Der Wagen rumpelte über holpriges Kopfsteinpflaster. Je weiter man sich von Eisvaldr entfernte, desto schlechter wurden die Straßen. Urd öffnete die Augen. Er zog die Gardine beiseite und blickte hinaus. Sie hatten noch ein gutes Stück vor sich.

Ein schwanzloses Mädchen, das reif für das Ritual war. Und andersartig genug, um in den Schlafkammern aller Frauen der Stadt zum Gesprächsthema zu werden. Ein Schauer durchlief ihn, eine Mischung aus Freude und Zorn. Freude, weil er die Möglichkeit erhalten hatte, sie unschädlich zu machen, bevor sie die Aufmerksamkeit des Rats auf sich ziehen konnte. Zorn, weil sie es tatsächlich sein konnte. Die Chance war unglaublich gering. Das Mädchen, das benutzt worden war, war tot. Musste tot sein. Wahrscheinlich im Berg bei den Blinden erfroren, lange bevor jemand sie gefunden hatte. Jedenfalls war sie nicht hier. Das hatte Die Stimme ihm versichert. Sie konnte nicht hier sein.

Urd bewegte sich unruhig auf seinem Sitz. Er kämpfte gegen das Gefühl, lauter lose Fäden in der Hand zu halten. Dinge, die er nicht kontrollieren konnte. Früher einmal war er selbst jung gewesen, hatte gerade das Ritual absolviert und nicht gewusst, was er tat. Er trug immer noch an der Strafe und langsam dämmerte ihm, dass sie schlimmer werden würde. Viel schlimmer.

Sie näherten sich dem Marktplatz am Fluss. Es war nicht zu überhören, hier unten brüllten die Leute geradezu. Die Händler an den Ständen riefen lauter, die Hunde kläfften in den Straßen und die Leute ließen ihre Kinder frei herumlaufen. Es stank nach Fisch, Kot und Gewürzen. Der Wagen rollte im Schneckentempo durch enge, überfüllte Straßen. Hätte er einen der schwarzen Wagen des Rats genommen, würden die Massen vor ihnen zurückweichen, als gelte es das Leben. Aber gerade jetzt sollte niemand wissen, wer er war.

Der Wagen hielt an und Urd versicherte sich, dass das Band richtig auf der Stirn saß. Es war ein Schal aus grauer Seide, den er sich um den Kopf gebunden hatte. Die Enden hingen ihm über den Rücken, was ihn aussehen ließ wie einen Mann, der Männer bevorzugte. Wie einen eitlen Idioten. Aber es erfüllte seinen Zweck. Das verborgene

Zeichen sollte heute niemand zu Gesicht bekommen. Er stieg aus und legte dem Kutscher zwei Kupferlinge in die ausgestreckte Hand.

»Wo kann ich einen Umhang kaufen?«, fragte er.

Der Kutscher hob die buschigen Augenbrauen und musterte Urd von oben bis unten. »Für dich?«

»Nein, für meinen Hund! Natürlich für mich. Also wo?«

»Gibt viele Marktstände hier«, erwiderte der Kutscher, offenbar ohne gekränkt zu sein. »Aber ich glaube nicht, dass du da etwas … Passendes findest. Die Läden weiter oben haben bessere Sachen. Woher kommst du?«

Urd antwortete nicht. Es war eindeutig von Vorteil, wenn man ihn für einen Stadtfremden hielt. Der Kutscher hatte ungefähr seine Statur. Sein Umhang war aus verblichener roter Wolle, niemand würde einen zweiten Blick darauf verschwenden. Perfekt. Urd legte ein kleines Silberstück auf die Kupfermünzen in der Hand des Kutschers.

»Ich nehme deinen.«

Der Kutscher ließ sich nicht zweimal bitten. Er löste den Umhang und gab ihn Urd. »Tut mir leid wegen des Geruchs. Das kommt von den Pferden, die …«

»Schon gut.«

Der Wagen setzte sich in Bewegung und rollte langsam weiter, während der Kutscher den Vorübergehenden zurief: »Eisvaldr? Oberstadt? Jemand nach Eisvaldr?«

Urd zog widerwillig den nach Stall stinkenden Umhang enger um den Körper, setzte die Kapuze auf und ging den Marktplatz entlang auf Lindris Teehaus zu.

Das Mädchen hatte wildes blutrotes Haar. Sie hatte versucht, es zu bändigen, indem sie es in dünne Strähnen geteilt hatte, die ihr über den Rücken bis zur Leibesmitte hingen und behelfsmäßig mit Wollfäden umwickelt waren. Vorn war das Haar kürzer, anscheinend hatte sie es irgendwann abgeschnitten.

Sie war auffallend einfach gekleidet. Ihr grün-gelb meliertes Strickhemd hing in den Maschen kaum noch zusammen. Der Halsausschnitt war mehrfach mit einem Faden verstärkt, der eine Idee gelber war als der Rest des Pullovers. Der Unterschied war gerade deutlich genug, um ins Auge zu fallen. Die weiten Ärmel hatte sie mehrmals aufgekrempelt.

Am Gürtel trug sie zwei Lederbeutel. Nicht dass es ein richtiger Gürtel gewesen wäre; es war ein dünner Lederriemen, den sie sich einige Male um den Leib gewickelt hatte. An einem Halsband baumelte ein abgegriffener Tierzahn, der sich gelb verfärbt hatte.

Sie beugte sich über seinen Fußknöchel und untersuchte die Wunde. Es war ein Schnitt, den er sich selbst beigebracht hatte, um einen Vorwand für den Besuch bei ihr zu haben. Sie war recht mager und bewegte sich wie eine Katze. Geschmeidig und selbstsicher. Jetzt hob sie den Blick und sah zu ihm auf. Große Augen über einer kleinen Nase. Er betrachtete sie forschend, auf der Suche nach dem kleinsten Hinweis, der verraten hätte, dass sie nicht wie andere war. Dass sie nicht hierhergehörte.

»Seit wann hast du das?«, fragte sie.

»Seit zwei Tagen. Es will nicht heilen. Wie heißt du?«

»Ich habe Salbe darauf getan. Halte die Wunde trocken und sauber, dann wird das wieder.«

Sie hatte eine klare Stimme, aber ihr Dialekt war schwer einzuordnen. Sie war aus dem Norden, doch das konnte überall sein. Und sie hatte seine Frage danach, wie sie hieß, nicht beantwortet. Er kämpfte gegen den Impuls, ihren nackten Hals zu packen und den Namen aus ihr herauszuzwingen.

»Woher kommst du?«, fragte er.

Sie lächelte. Ein plötzliches, breites Lächeln, das überraschend schön war. »Foggard.«

»Ravnhov?«

»Aus der Gegend.«

»Bist du schon lange in Mannfalla?«

Sie warf ihm einen Blick zu, ehe sie antwortete.

»Fast zwei Wochen.«

Ihre Kräuter steckten in einem Stück Tuch, jedes in seiner eigenen kleinen Tasche. Sie rollte das Tuch zusammen und wickelte zum Schluss einen Riemen darum. Urd warf heimlich einen Blick zur Tür. Sie war zu, aber der Schlüssel steckte. Er könnte abschließen. Das Mädchen in eine Ecke drängen. Sie zum Reden zwingen. Aber er hörte Gelächter und Stimmen aus dem Stockwerk unter ihnen. Das Teehaus war voller Leute, man hatte ihn kommen sehen. Er konnte nicht einfach wieder gehen und die Leiche eines jungen Mädchens zurücklassen.

»Was ist mit deinem Schwanz passiert?«

Sie lächelte wieder und griff nach dem Zahn um ihren Hals.

»Den hat der Wolf geholt. Aber Vater hat den Wolf erlegt.«

»Hat das nicht wehgetan?«

»Nein. Ich war noch ganz klein. Ich habe keine Erinnerung daran.«

»Wie kannst du dann wissen, was passiert ist?«

»Vater lügt – log – nicht. Und man kann es immer noch sehen. Die Narbe, meine ich.«

»Verstehe.«

Der Raum war klein und kahl. Die Wände bestanden aus ungestrichenen Eichenbalken, wie übrigens das ganze Teehaus. Eine breite Schlafbank. Ein Stuhl mit geflochtener Rückenlehne, auf dem er im Moment saß. Ein mehr schlecht als recht geknüpfter brauner Teppich auf dem Boden. Ein ausgehöhlter Stein als Waschschüssel und ein Wasserkrug auf einem Hocker neben der Tür. Ein wackliger Tisch. Das war alles.

Ein jäher Schatten im Augenwinkel ließ Urd zurückweichen.

»Das ist nur Kuro.«

Ein Rabe landete auf der Fensterbank und starrte ins Zimmer. Er war nicht besonders groß, vielleicht erst halb ausgewachsen. Der

Vogel blickte ihn an, als sei er im Weg. Die Augen waren dunkel und schmal. Kleine schwarze Federn sträubten sich am Hals, während er atmete. Wie konnte sich ein Mädchen aus dem Norden einen eigenen Raben leisten? Hatte sie ihn vielleicht von ihrem Vater geerbt?

Irgendwas stimmte hier nicht. Urd spürte es mit jeder Faser seines Körpers. Er begann zu schwitzen. *Das Rabenmädchen. Die Schwanzlose.*

Sie zog seine Strümpfe hoch. Ihre Hände waren warm.

»Die Wunde ist nicht schlimm. Ein sauberer Schnitt. Möchtest du, dass ich mir deinen Hals ansehe?«

Urd erhob sich so schnell, dass ihm schwindlig wurde. Er griff sich an die Kehle, aber der Reif saß noch an seinem Platz. Das breite Goldband bedeckte den ganzen Hals. Sie konnte nichts gesehen haben, niemand sah etwas. Also woher wusste sie davon? Er starrte sie an.

»Das ist Schmuck. Mit meinem Hals ist alles in Ordnung.«

»Aha.«

Sie war es! Sie musste es sein. Heiliger Seher im Draumheim, er hatte den Schlüssel gefunden! Damayanti hatte recht gehabt. Er bekam Hilfe. Was hatte er denn gedacht? Dass er allein die Gabe hatte, die Tore zu bewegen? Dass er stark genug war, ohne einen Schlüssel? Über Nacht? Wut loderte in ihm auf. Er war belogen worden. Die Stimme hatte gesagt, er sei es, er ganz allein. Aber nun war sie hier. In Ymsland. Der lebende Beweis für alles, was er getan hatte. Ein Odinskind. Welche Gaben besaßen Odinskinder? Keine, von denen er gehört hätte. Aber dennoch wusste sie …

Er legte drei kleine Silbermünzen auf den wackligen Tisch und ging zur Tür.

»Drei sind zu viel«, sagte sie.

»Danke für die Hilfe«, erwiderte er und verließ den Raum.

Das Teehaus war jetzt voll. Die Leute knieten an den niedrigen Tischen und tranken aus dampfenden Tonschalen, als hätte keiner von ihnen Besseres zu tun. Urd setzte die Kapuze auf und eilte hinaus, durch die Gasse und auf die Straße. Er brauchte Luft, unbedingt frische Luft. Aber alles, was ihm in die Nase stieg, war der Gestank von altem Fisch und Schweiß. Leute aus aller Welt auf der Straße und alle stanken wie Vieh. Er bahnte sich einen Weg durch die Menge, bis er eine Kutsche fand. Zwei Männer wollten gerade einsteigen, aber er drängte sich zwischen sie.

»Zwei Silberlinge, nach Eisvaldr!«

Der Kutscher grinste die beiden Überrumpelten an. »Tut mir leid, Männer. Das Geld ruft.«

Urd stieg ein und schloss die Tür vor den Protesten.

Das Ritual. Sie war wegen des Rituals hier. Aber wann war sie an der Reihe? Das konnte jederzeit sein. Die Rituale fanden jetzt jeden Vormittag statt. Halbwüchsige rein und Halbwüchsige raus. Hoffnungsvolle Eltern, die entweder enttäuscht oder jubelnd von dannen zogen. Das Leben in Eisvaldr änderte sich von Stunde zu Stunde. Hätte sie wenigstens gesagt, woher sie kam, dann hätte er Gewissheit gehabt. Es konnte morgen so weit sein oder nächste Woche. Wie auch immer, er hatte keine Zeit zu verlieren.

Die Fäulnis war in Ymsland …

Was, wenn sie es nicht wusste? Wenn sie sich einen Liebhaber nahm? Oder mehrere? Sie würde eine Spur aus fauligen Leichen zurücklassen und nicht den Schatten eines Zweifels, wer sie war. Urd hörte sein eigenes Herz, es pochte laut in der Brust. Er musste Hassin schicken. Hassin diente der Familie seit vielen Jahren und war dem Haus Vanfarinn treu ergeben. Er konnte sie heute Nacht holen, still und heimlich. Niemand würde jemals wissen, dass sie existiert hatte.

Urd lehnte sich zurück und schloss die Lider. Vor seinen Augen stand das Bild des Raben auf der Fensterbank. Ein kaltschwarzes Geschöpf, das ihn anstarrte, als sei *er* das Tier. Und dann ihr Haar, eine solche Farbe hatte er nie zuvor gesehen. Natürlich war sie es! Rote Strähnen, die ihr wie Flüsse aus Blut über den Rücken liefen.

Aber er war in Sicherheit. Früh genug würde das Blut echt und das

Mädchen verschwunden sein. Seine Halsmuskeln entspannten sich ein wenig. Er konnte wieder normal atmen.

Ja. Hassin konnte das Problem lösen.

Hassin löste das Problem immer.

Hirka schnürte den Beutel zu und warf ihn sich über den Rücken. Er war nicht schwer. Sie besaß immer noch nicht viel und würde es auch nie tun, so wie die Dinge jetzt lagen. Das machte nichts. Sie brauchte eigentlich nicht mehr. Was sie am nötigsten hatte, war ein sicherer Ort für die paar Sachen, die sie besaß. Ein Ort, von dem sie niemals zu fliehen brauchte.

Sie blickte sich im Zimmer um, aber sie hatte nichts vergessen. Sie schlüpfte an Kuro vorbei durchs Fenster und kletterte hinauf aufs Dach. Es war schon fast dunkel, in der Nacht würde es noch kälter werden. Und sie hatte keine Ahnung, wohin sie gehen sollte.

Hirka setzte sich und blickte hinaus auf Mannfalla. Kuro trippelte ungeduldig um sie herum. Seine Krallen schabten auf den Dachpfannen. Sie hörte gedämpft die Gespräche der Gäste im Teehaus unter ihr. Ab und zu wurden die Geräusche lauter, weil jemand die Tür öffnete, entweder um zu kommen oder zu gehen. Ein hochbeiniger Hund trabte am Flussufer entlang und beschnüffelte alles, was möglicherweise essbar war. Viel war es nicht, deshalb lief er weiter die Straße hinauf.

Dort, wo die Sonne untergegangen war, hatte sich der Himmel dunkelorange verfärbt. Sterne blinkten, ebenso wie die Laternen der Fischerboote auf der Ora. Hirka zog die Knie an und legte ihre Arme darum. Ihre Beine waren steif und widerwillig. Sie war müde. Am liebsten wäre sie wieder durchs Fenster geklettert und hätte sich ins Bett gelegt, aber sie konnte nicht.

Der Fremde hatte gelogen.

Er war mit einer frischen Schnittwunde am Knöchel angekommen und hatte behauptet, sie sei mehrere Tage alt. Warum? Und er hatte teures Schuhwerk getragen und die besten Strümpfe, die es für Geld zu kaufen gab, aber einen abgetragenen Umhang, der nach Pferd roch. Sein Blick hatte die ganze Zeit an ihr geklebt und jede ihrer Bewegungen genau verfolgt.

Er hatte gefragt, woher sie kam und was mit ihrem Schwanz passiert war. Das taten viele, aber die Art, wie er gefragt hatte, war irgendwie seltsam. Hirka konnte es nicht genau benennen, doch irgendetwas an ihm hatte ihr Angst gemacht. Die ganze Sache roch verdächtig.

Er hatte gut ausgesehen, das war es nicht. Er war vermutlich jünger als Vater, etwas mehr als dreißig Winter vielleicht. Blondes, glattes Haar, geölt und kurz, bis auf drei dicke Zöpfe im Nacken. Gestutzter Bart, der den Konturen des kantigen Kinns folgte und perfekt die blassen Lippen umrahmte. Augen so gelb wie der Goldreif um seinen Hals.

Aber seine Stimme war rau gewesen und der Ton hatte zwischen einladend und abweisend gewechselt. Als wäre er im einen Moment ein Händler und im nächsten ein grimmiger Torwächter. Er hatte versucht, sich zu beherrschen, aber sein Blick verriet ihn. Sein Lächeln hatte die Augen nie erreicht. Er war nervös gewesen, hatte schwer und oft geschluckt. Mehrere Male hatte er sich an den Hals gefasst und mit dem Kopf geruckt, aber er war bleich wie ein Blinder geworden, als sie gefragt hatte, ob sie sich den Hals mal ansehen solle.

Hirka seufzte. Weiß der Seher, in den letzten Tagen waren viele merkwürdige Leute zu ihr gekommen. Er war eigentlich nicht seltsamer gewesen als die anderen. Aber es ließ ihr keine Ruhe. In zwei Tagen würde sie vor den Rat und den Seher treten. Bis dahin musste sie sich einen anderen Unterschlupf suchen. Bei Lindri konnte sie nicht bleiben. Was, wenn es ihm und seiner Enkeltochter so erging wie Eirik? Nur ihretwegen?

Zwei Nächte. Das konnte sie schaffen. Mannfalla war eine große Stadt, sie würde schon einen Platz zum Schlafen finden.

Hirka erhob sich und machte sich verstohlen auf den Weg über die Dächer, während Kuro ihr im Flug folgte.

DAS RITUAL

Hirka saß am Flussufer und schlug die Arme um den Körper, um sich aufzuwärmen. Es war früh am Morgen und sie hatte unter dem Bootssteg wenig Schlaf gefunden. Dunstschwaden trieben über das Gewässer und die gelben Laternen der Fischerboote blinkten wie Sterne. In den Häusern hinter ihr wurde es lebendig. Marktstände wurden aufgebaut, jemand scheuchte ein Hühnerhaus auf. Von einem Turm oben in Eisvaldr schlug ein Gong sechs Mal. Andere Türme stimmten der Reihe nach ein. Dieselben Geräusche hatte sie jeden Tag gehört, seit sie hierhergekommen war. Alles war wie immer und doch war alles anders. Heute war der Tag ihres Rituals.

Hirka kroch näher ans Ufer und wusch ihr Gesicht mit dem kalten Wasser. Sie trank, aber nicht viel. Das Wasser der Ora schmeckte unsauber. Nicht wie in Ravnhov, wo es direkt aus dem Eis kam. Sie erblickte ihr Spiegelbild und erinnerte sich, dass sie dasselbe in Elveroa getan hatte. Es kam ihr vor, als sei es ein ganzes Leben her. Sie hatte erwartet, etwas anderes zu sehen als sich selbst. Etwas Tierisches und Erschreckendes. Aber das hatte sie damals nicht erblickt und sie tat es auch jetzt nicht.

Ihre Gedanken schweiften ab zu Sylja und wie sie an diesem Tag aussehen würde. Sylja, die nie über etwas anderes als das Ritual gesprochen hatte, seit Hirka sie kannte. Sie würde ein Kleid mit einem weiten Rock tragen, bestickt mit Goldfäden. Dazu Schwanzringe aus Gold und die geflochtenen Haare würden nach Lavendel duften. Hirka starrte auf ihre eigenen roten Zotteln. Sie versuchte, sie mit den nassen Fingern zu bändigen, aber ihre Haare wehrten sich tapfer.

Hirka ging die Daukattgata hinauf in die Stadt. Es war immer noch befreiend still. Niemand war auf den Beinen, der es nicht unbedingt sein musste. Sie kaufte ein Stück Brot und zwei Würfel weichen Käse bei einem Jungen, der jünger war als sie. Er zog mit einem Karren durch die Straßen und lieferte seine Waren an die Marktstände, die sie dann weiterverkauften. Er hatte schmutzige Finger, lächelte aber übers ganze Gesicht. In seinen Taschen klirrten die Münzen. Hirka hatte das meiste von dem, was sie in den letzten Tagen eingenommen hatte, bei Lindri zurückgelassen, aber einige Tage lang würde sie wenigstens nicht hungern müssen. Sie setzte sich vor dem Sattlerladen auf eine Bank und aß. Wie zu erwarten, kam Kuro aus dem Nichts herbeigeschwebt und setzte sich neben sie.

Ihr fiel auf, wie seltsam es war, an Geld zu denken. In den vergangenen Monaten hatte sie an nichts anderes gedacht als an das Ritual, als an diesen Tag. So als gäbe es keine Zeit danach. Aber die gab es natürlich. Bald würde alles vorbei sein. Der Seher würde verstehen, dass sie nichts Falsches getan hatte. Vielleicht konnte sie dann beginnen, ihr Leben zu leben? Oder aber dies waren ihre letzten Stunden. Vielleicht war das hier alles, was ihr noch an Zeit blieb.

Ob Rime das Letzte sein würde, was sie sah?

Die Tür des Ladens ging auf und Hirka zuckte zusammen. Aber es war nur der Sattler. Er hatte kleine, mandelförmige Augen wie Ramoja. Er trug eine weite Hose und hatte die Hemdsärmel bis zu den Ellbogen aufgekrempelt. Der Mann nickte ihr zu und begann, mit geübtem Schwung die Straße vor seinem Laden zu fegen. Hirka sah ihm dabei zu, bis er wieder hineinging. Er besaß diesen Laden sicher schon sein Leben lang, vielleicht hatte sein Vater ihn bereits vor ihm gehabt. Sie spürte, wie ihr der Hals eng wurde, deshalb stand sie auf und ging weiter.

Der Gong schlug acht Mal.

Es war leicht zu finden. Die Daukattgata führte direkt nach

Eisvaldr. Doch eigentlich brauchte man nur den Straßen zu folgen, die am breitesten waren und von den schönsten Häusern gesäumt wurden, dann kam man früher oder später von überall her zur Mauer. Hirka blieb einen Moment lang an der Stelle stehen, wo sie Ramoja und Vetle am ersten Tag verlassen hatte. Es war erschreckend genug gewesen, nach Eisvaldr hineinzuschauen. Später war sie zusammen mit Lindri dort gewesen. Hatte den schlafenden Drachen gesehen. Rimes Haus.

Gleich würde sie unter der roten Kuppel, die dort vorn in den ersten Sonnenstrahlen glänzte, vor dem Seher stehen. Sie ging an Bergen von Blumen vorbei; Leute aus der ganzen Welt hatten Geschenke und Gebete an den Seher hier abgelegt. Es waren deutlich mehr als noch vor ein paar Tagen. Hirka hatte nichts dabei. Hätte sie etwas mitbringen sollen? Musste man das? Niemand hatte etwas dergleichen gesagt. Und wohin genau musste sie gehen? Sie spürte ein Ziehen im Bauch, eine Sehnsucht nach Vater. Nach jemandem, den sie alles fragen konnte.

Sie schloss sich dem dünnen, aber stetigen Strom von Leuten an, die sich auf die rote Kuppel zubewegten. Alle hatten dasselbe Ziel wie sie. Es war so weit. Ob sie wohl jemanden von zu Hause traf? Sylja und Kolgrim würden beide hier sein. Und auch mehrere der anderen aus dem Norden, die sie nicht so gut kannte. Das Letzte, was sie getan hatte, war, die Hütte niederzubrennen und zu verschwinden. Sie hätte nie gedacht, dass sie jemals einen von ihnen wiedersehen würde. Seitdem hatte sie versucht, sich in der Menge so klein wie möglich zu machen. Bisher war ihr das gut gelungen.

Die rote Kuppel wurde immer größer, je näher sie ihr kam. Die Leute strömten unablässig vorwärts. Die Straße weitete sich zu einer breiten Treppe. Ihre Stufen waren weiß wie Knochen und in der Mitte, wo seit tausend Jahren ungezählte Füße treppauf, treppab gelaufen waren, ein wenig eingesunken. Die Treppe war bis oben hin von Gardisten gesäumt, ganz in Schwarz gekleidet mit goldenen Brünnen und Helmen, die das Gesicht verbargen. Ihr war, als würde jeder

Einzelne von ihnen sie anstarren. Was, wenn Rime nicht hier war? Wenn die Garde sie umringte? Sie trugen Schwerter in schwarzen Scheiden, um deren Griffe goldene Bänder geschlungen waren. Hirka hielt Ausschau nach Kuro, aber er war nirgends zu sehen.

Sie versuchte, die aufsteigende Panik zurückzudrängen. Sie hatte ihre Wahl getroffen. Sie konnte nicht wie ein Tier im Wald leben, ohne zu wissen, wer sie war. *Was* sie war. Sollte sie ihr Leben damit zubringen, hinter jedem Busch einen Schwarzrock zu sehen, und nie einen Ort ihr Zuhause nennen können? Wie sollte sie es mit sich selbst aushalten, wenn Leute ihretwegen sterben mussten? Vater. Eirik.

Nein, Eirik würde überleben. Musste überleben.

Ein Gong wurde geschlagen. Er klang so tief, dass es sich anfühlte, als verliefen die Schläge direkt unter ihren Füßen. Jeder Schritt brachte sie näher an ein vibrierendes Zentrum, einen Ort in dem runden Gebäude mit der roten Kuppel. Die Mutterbrust. Weit geöffnete Türen nahmen den Strom der Leute auf. Hirka fühlte sich wie verschluckt, als sie in einen Tunnel kam, einen engen Hals, der verriet, dass die Wände sehr massiv waren, mindestens acht Schritte dick. Er führte sie alle durch die Dunkelheit und hinein in den Saal. Dort war es überwältigend hell und Hirka schirmte die Augen ab, bis sie sich an das Licht gewöhnt hatten. Die Menge wurde von Männern und Frauen in grauen Kitteln empfangen, die schwere Bücher in Händen hielten, in die sie etwas notierten. Die Leute vor Hirka sagten, wie sie hießen und woher sie kamen. Einige wurden nach links geführt, andere nach rechts in den runden Raum. Es war eine Falle. Ein Käfig, aus dem sie nicht entkommen konnte. Sie blickte sich nach einem Fluchtweg um, aber da stand sie schon vor einem der Graugekleideten.

Sie nannte ihren Namen, aber er blieb ihr im Hals stecken und sie musste ihn wiederholen. Sie gab an, sie sei aus Elveroa. Der Graugekleidete zeigte mit einer bleichen Hand nach rechts und sie folgte den anderen, erleichtert, dass sie nur eine von vielen war. Eine in der Menge.

Wo war Rime? Sie musste ihn finden.

Reihen niedriger Bänke verliefen wie Jahresringe zur Mitte des Raumes hin. Sie setzte sich in eine der hinteren Reihen, dort waren die meisten freien Plätze, während die Menge möglichst weit nach vorn drängte. Monotone Messingklänge mischten sich mit den Schlägen des Gongs. Hirka konnte nicht sehen, woher die Töne kamen. Sie schienen überall im Raum zu sein. Es roch nach Rauch von einer Art, die sie noch nie zuvor gerochen hatte. Alles war neu. Unwirklich.

Sie hatte erwartet, dass die Decke des Raums gewölbt wäre, aber sie war flach. Der Kuppelraum musste ein Stockwerk über ihnen sein. Der Raum war dennoch hoch und die Decke hing wie eine Sonne über dem Saal, besetzt mit Fliesen aus schimmerndem Gold und verziert mit bunten Motiven. Sie schaute hinauf und betrachtete die Details, die immer zahlreicher zu werden schienen, je länger sie daraufstarrte. So viele waren es und so ineinander verschlungen, wie sie es nie für möglich gehalten hätte. Sie wäre gern dort oben zwischen ihnen verschwunden, wäre gern eins geworden mit den Pflanzen und Figuren. Aber würde sie es jemals schaffen, dort oben hinzukommen? Sie hätte sich vielleicht auf die Bänke in der hintersten Reihe stellen können. Von dort erreichte man die Ausleger, die oben an der Wand die Öllampen hielten. Sie hingen dort wie schwebende Schalen aus hellem Stein und in jeder loderte eher ein Feuer als eine Flamme. Wenn sie dort hinaufkäme, konnte sie sich zu den Fenstern hochziehen, die Säulen aus Sonnenlicht in die Mitte des Raums warfen. Von da ab würde es schwieriger werden. Sie wäre immer noch erst auf halber Höhe der glatten Wände, die von weißem Perlmutt schimmerten. Auch die Wände trugen Motive, aber sie waren blasser, fast unsichtbar auf dem Weiß.

An drei Stellen konnte man durch die Bankreihen zur Mitte des Saals gehen. Dort standen noch mehr Gardisten, zu beiden Seiten. Sie rührten sich nicht.

Wie soll ich Rime finden?

Ein Mädchen in Begleitung seiner Mutter setzte sich neben Hirka.

Es trug ein Kleid in schimmerndem Orange. Hirka lächelte, aber das Mädchen lächelte nicht zurück. Es hielt den Kopf hoch erhoben und bewegte sich seltsam steif, als es sich drehte. So als hätte es Angst, das aufgesteckte Haar könnte in sich zusammenfallen.

Hirkas Körper fühlte sich bleischwer an. Hätte ihr jetzt jemand gesagt, sie solle aufstehen, hätte sie es nicht gekonnt. Sie starrte auf den Fußboden. Er war uralt. Auch hier waren Bilder aus winzigen Fliesen zusammengesetzt. Das Motiv war verblasst, an einigen Stellen so sehr, dass man nicht mehr erkennen konnte, was es darstellen sollte. Sie ließ den Blick an den Bankreihen entlangwandern und sah, dass überall im Raum andere Motive waren. Fabeltiere, Pflanzen, Worte und Kreaturen, die sie noch nie gesehen hatte.

Der letzte Gongschlag verklang. Die Leute nahmen ihre Plätze auf den Bänken ein und das Stimmengewirr sank zu einem Flüstern herab. Hirka starrte zu einem Vorsprung auf der anderen Seite des Raums. Eine Empore, die sich mehr als eine Manneslänge über der Menge erhob. Man konnte sie über Treppen zu beiden Seiten erreichen. Bis auf zwölf Stühle, die einen Halbkreis bildeten, war sie leer. An der Wand hinter der Empore waren drei Türen: eine große blutrote Flügeltür in der Mitte, flankiert von zwei kleineren. Durch diese Türen würden sie kommen. Dort würden sie sitzen. Der Rat. Die Rabenträgerin. Der Seher.

Wo ist Rime?!

Sie rutschte die Bankreihe entlang, um näher an den Ausgang zu kommen. Es konnte ja sein, dass sie es sich doch anders überlegte. Wenn sie Rime nicht fand, dann …

Das Geräusch der Außentüren, die ins Schloss fielen, versetzte ihren Gedanken den Todesstoß. Es war zu spät. Jetzt musste sie es durchziehen, selbst wenn sie der Mut verlassen hatte. Hirka überlief es kalt.

Die rote Flügeltür hinter der Empore öffnete sich und sofort verstummten alle Gespräche. Nur der Messington war noch zu hören. Er klang jetzt intensiver und die Tonlage wurde höher. Die Menge verbeugte sich vor dem Rat. Die Bänke waren so niedrig, dass manche mit dem Kopf auf den Boden stießen.

Durch die Türöffnung sah sie die Rückseite von Eisvaldr. Blindból. Den Anfang der waldbedeckten Berge. Der Rat kam über eine schmale Brücke auf den Saal zu. Sie zog sich von den Türen bis hin zum Turm des Sehers. Dem Turm ohne Sockel. Er schwebte in der Luft, nur durch die filigrane Brücke mit dieser Welt verbunden. Es war ein Ding der Unmöglichkeit, die Brücke war zu lang und dünn, um den Turm in der Schwebe zu halten. Sie wirkte eher wie ein Band, das ihn daran hinderte, wegzufliegen. Der Turm des Sehers. Nur von Seinem Willen in der Luft gehalten.

Hirka wagte nicht zu schlucken. Zwölf Gestalten nahmen auf den Stühlen Platz, eine nach der anderen. Sie schwebten beinahe über den Boden in ihren schwarzen Gewändern. Die Kapuzen lagen locker auf den Köpfen. Sie waren mit Gold gefüttert, das die Sonnenstrahlen aus den Fenstern einfing. Goldenes Licht rahmte die Gesichter ein und machte es nahezu unmöglich zu erkennen, wie die Gestalten eigentlich aussahen. Hirka hatte Gemälde von mehreren gesehen, doch wahrscheinlich sahen sie in Wirklichkeit ganz anders aus. Aber eine kannte sie gut. Eine von ihnen war Ilume. Die rote Tür schloss sich und hinterließ ein metallisches Echo.

Die Rabenträgerin saß in der Mitte. Sie sah aus wie die anderen, mit der wichtigsten Ausnahme der Welt: Sie trug einen schwarzen Stab und auf dem saß Er. Der Seher. Er war schimmernd blauschwarz. Größer und kräftiger als Kuro. Er war zu weit von Hirka entfernt, als dass sie Seine Augen hätte erkennen können, aber sie spürte sie dennoch tief in ihrer Seele. Sie versuchte, an all das zu denken, was gut und richtig war. Alles, was sie richtig gemacht, alles, was sie für andere getan hatte.

Ich habe nichts Böses getan! Ich bin kein Ungeheuer! Wo ist Rime?

Einer der Graugekleideten rief: »Sinnabukt, Mylde und Hanssheim!«

An verschiedenen Stellen erhoben sich Leute von ihren Plätzen.

Mütter und Väter umarmten ihre Kinder hoffnungsvoll, ehe sie sie nach vorn zum Rat schickten. Die Aufgerufenen gingen durch das Spalier der Gardisten zu den Treppen, wo sie anscheinend einem weiteren Graugekleideten noch einmal ihren Namen sagen mussten, bevor sie zur Empore hinaufgingen und vor dem Rat niederknieten.

Sie wirkten so zuversichtlich. Alle waren ebenso alt wie Hirka, aber sie gingen hoch aufgerichtet und mit erhobenem Blick. Gespannt. Manche lächelten. Einige unter ihnen waren nervös und hielten den Kopf gesenkt, aber sie hatten nichts zu befürchten. Alle waren herausgeputzt bis über beide Ohren und alle konnten umarmen. Das Einzige, was ihnen blühen konnte, war die Enttäuschung darüber, mit der Familie nach Hause zurückkehren zu müssen, ohne in die Schulen des Rats aufgenommen zu werden, wie so viele hofften. Das war das Schlimmste, was ihnen heute passieren konnte. Hirka wäre schon glücklich, wenn sie diesen Ort lebendig wieder verlassen konnte. Rime war immer noch nirgends zu sehen.

Sie bekam einen trockenen Hals und ihr wurde schwindlig. Nichts wirkte so, als ob es tatsächlich passierte. Aber das hier war echt. Sie konnte die Bank spüren, auf der sie saß. Die kleinen Fliesen auf dem Fußboden. Sie sah jedes noch so winzige Zucken der Flammen in den Öllampen.

Niemand aus Sinnabukt, Mylde und Hanssheim wurde in die Schulen aufgenommen. Alle gingen die Treppe auf der anderen Seite der Empore hinunter. Dort stand noch ein Graugekleideter. Er tauchte seinen Daumen in eine Schale und drückte ihn jedem auf die Stirn. Sie gingen zurück zu ihren Plätzen, mit einem schwarzen Abdruck, der nach einigen Tagen verblassen würde. Sie waren gesegnet. Beschützt. Für gut befunden.

Eine neue Gruppe wurde aufgerufen und das Ritual wiederholte sich. Alle gingen hinauf und knieten vor dem Rat nieder. Die Rabenträgerin ging von einem zum anderen und legte ihnen die Hand auf den Kopf, um ihnen den Schutz des Sehers gegen die Blinden zu spenden. Hirka wusste nicht, wie. Vielleicht schickte Er die Gabe durch den Stab in die Rabenträgerin und sie gab sie dann an jeden von ihnen weiter.

Sie betete inständig, dass Rime kommen möge. Suchte jede Bankreihe mit den Augen nach ihm ab. Hoffnung durchzuckte sie jedes Mal, wenn sie helles Haar entdeckte, aber nie war es so weiß wie Rimes. Er war nicht da.

»Elveroa, Gardly und Vargbo!«, rief ein Graugekleideter und Hirka spürte ihre Füße zittern. Sie erhob sich und war überrascht, dass ihre Beine sie tatsächlich trugen. Ihr Herz klopfte, als wäre sie den ganzen Weg hierher gerannt. Sie drängte sich an den Leuten auf den Bänken vorbei und trat hinaus in den Mittelgang. War das nicht Kolgrim da vorn? Und dort ging Sylja, mitten zwischen anderen, unbekannten Gesichtern. Kleid und Umhang waren tiefblau und um den Leib trug sie einen Gürtel, der aus Goldscheiben zusammengefügt war. Ihr Schwanz war fast vollständig mit Schmuck und Ringen bedeckt, hier und da funkelten blaue Edelsteine. Ihr Haar war glatt und geölt, mit Ausnahme von zwei dünnen Zöpfen zu beiden Seiten des Gesichts, so wie Ilume sie trug.

Syljas Blick glitt an Hirka vorbei, kehrte aber sofort zu ihr zurück. Sie machte große Augen, als hätte sie ein Gespenst gesehen. Hirka zwinkerte ihr zu, ohne zu ahnen, woher dieser Impuls kam. Sylja wandte sich rasch wieder ab. Das Mädchen hatte diesen Tag in Gedanken immer wieder durchgespielt, seit es laufen konnte, und Hirka bezweifelte, dass Sylja sich ablenken lassen würde. Auch nicht durch eine Freundin, die plötzlich wie aus dem Nichts auftauchte, nachdem sie ihre eigene Hütte angesteckt hatte und geflohen war.

Alle stellten sich in einer Zweierreihe auf und dann schritten sie auf den Rat zu. Auf den Seher. Hirkas Füße gingen von ganz allein und nicht, weil sie es gewollt hätte. Sie musste sich in Erinnerung rufen, warum sie hier war. Ganz gleich, was hier und heute passierte – ein Leben auf der Flucht vor den Schwarzröcken wäre schlimmer. Und wenn alles gut ging, würde sie endlich Ruhe finden. Dazugehören. Alles würde gut werden. Alles musste gut werden. Bald würde es vorbei sein.

Ein Gardist griff nach ihrer Hand. Sie zuckte zusammen und versuchte, sie ihm zu entreißen, aber es nützte nichts. Sie hatten sie gesehen. Hatten sie gefunden. Sie würde sterben! Aber dann spürte sie, wie eine kribbelnde Wärme ihren Körper erfüllte. Die Gabe durchströmte sie. Tastete sich zu Furcht und Zweifel vor, drängte sich tief in ihr Inneres, um alles zu erfahren, was sie zu verbergen hatte.

Rime!

Sie begegnete seinen Augen unter dem goldenen Helm. Hellgraue Wolfsaugen. Rimes Augen. Er war da und er hielt sie fest. Es war, als würde ihr eine schwere Last von den Schultern genommen. Hirka wollte von der Gabe trinken, soviel sie nur konnte, aber sie wurde von denen, die nach ihr kamen, weiter vorwärts gedrängt. Sie klammerte sich an Rimes Hand, musste aber schließlich doch loslassen. Die Gabe blieb in ihrem Körper zurück. Eine warme Gewissheit, die sie die Treppe hinauftrieb. Der ganze Raum wirkte auf einmal lebendig. Wie ein atmender Käfig für die Gabe. Sie hätte am liebsten die Wände niedergerissen und die Gabe freigelassen. Denn die war stark. Die war wild. Die machte sie durstig. Sie war gerettet! Sie musste nur dafür sorgen, dass sie zu den Ersten gehörte, die vor dem Rat niederknieten.

Im selben Moment, als sie das dachte, spürte sie einen Schmerz durch den Fuß zucken. Jemand hatte sie getreten. Hirka sah, wie Sylja vor ihr die Treppe hinauf verschwand. Sie erkannte gerade noch hohe Absätze, so wie Frauen sie trugen, wenn sie ihren Versprochenen zum Mann nahmen.

Das war ein Versehen. Beeil dich!

Die Wärme und der Durst waren noch da, aber Hirka spürte, wie ihr Mut sank, als sie die vielen anderen sah, die bereits ihre Plätze vor dem Rat eingenommen hatten. Sie musste ganz ans Ende laufen, ehe sie sich ebenfalls hinknien konnte.

Die Rabenträgerin erhob sich. Der schwarze Stab überragte sie und auf seiner Spitze thronte der Seher. Dennoch trug sie Ihn mit Leichtigkeit. Die Knienden verbeugten sich tief bis zum Boden. Auch Hirka. Der Boden war kalt an der Stirn und die Gabe rann sachte und unaufhaltsam aus ihrem Körper. Alle richteten sich wieder auf. Die Rabenträgerin ging von einem zum anderen. Langsam. Schmerzhaft langsam.

Um des Sehers willen!

Hirka wagte nicht, die Augen zu schließen. Sie traute sich auch nicht, zum Rat zu blicken, der nur drei Schritte entfernt saß. Alles, was sie aus dem Augenwinkel sah, war der schwarze Kittel, der immer näher kam. Ihr wurde ganz kalt, eiskalt bis auf die Knochen. Sie hatte nichts mehr. Die Wärme war verschwunden. Die Gabe war verschwunden. In ihr war nur noch Leere. Sie war ein Nichts. Sie spürte, wie ihre Augen feucht wurden, konnte sich aber nicht erklären, wieso. Sie wusste nicht mehr, warum sie hier war.

Die Rabenträgerin legte die Hand auf den Kopf von Hirkas Nebenmann, flüsterte »Ungi verja«, was auf Althochyms »Beschütze die Kinder« bedeutete, und schlug das Zeichen des Sehers. Dann blieb sie vor Hirka stehen. Hirka sah sie nicht an. Sie wagte nicht, den Blick zum Seher zu erheben, starrte nur auf den Kittel vor ihr, der schwarz war wie die Nacht.

»Umarme die Gabe, Kind«, flüsterte die Rabenträgerin, als habe Hirka es nur vergessen. Hirka schloss die Augen und spürte, wie eine Träne hervorquoll. Sie wusste, was man von ihr erwartete, aber sie konnte nicht.

»Umarme die Gabe, Kind«, flüsterte die Rabenträgerin wieder.

Hirka schüttelte den Kopf. »Ich kann nicht.«

Die Worte wogen schwer wie Stein. Kaum waren sie ausgesprochen, fühlte sie sich leichter. Sie hatte es gesagt. Sie konnte nicht umarmen und sie hatte es gesagt. Ganz einfach. Die Zeit stand still. Irgendwer hustete, aber niemand sprach.

Schließlich legte die Rabenträgerin ihr die Hand auf den Kopf und Kälte breitete sich in ihr aus. Das Kribbeln der Gabe. Ein kühler

Schatten jener Gabe, die Rime in sich trug. Diese hier war nicht so besitzergreifend. Sie strömte suchend durch ihren Körper, aber Hirka konnte sich vor ihr verbergen. Bei Rime war sie nackt.

Jäh versiegte die Gabe, wie mit einem Messer abgeschnitten. Die Hand auf ihrem Kopf wurde weggerissen. Die Rabenträgerin trat hastig zwei Schritte zurück. Hirka hörte ein halb ersticktes Aufschluchzen, fast wie bei einem Kind. Die anderen Knienden beugten sich vor, um nachzusehen, was passiert war.

»Du bist hohl …« Es war die Stimme der Rabenträgerin, aber die felsenfeste Geduld war daraus verschwunden. Das hier war eine ängstliche alte Frau. Einer der Räte erhob sich. »Hohl?«, kam es von einem anderen. War das Ilume? Hirka war sich fast sicher.

»Leer! Erdblind!«, keuchte die Rabenträgerin. Eines der knienden Mädchen begann zu weinen. Hirka öffnete die Augen und blickte hoch zur Rabenträgerin. Die Frau sah alt und zugleich jung aus. Ihre Nase war flach und die Augen saßen in tiefen Höhlen, waren aber groß und weit geöffnet. Sie hatte sich die Hand vor den Mund geschlagen, ihr kleiner Finger zitterte. Sie starrte Hirka an, als sei das Mädchen eine Blinde. Der Seher auf dem Stab bewegte sich unruhig.

Hirka wollte es erklären. Sie reckte die Hand zum Seher hinauf. Er musste verstehen. Ilume? Ilume konnte es erklären, aber ihr Gesicht war genauso ungläubig verzerrt wie die Gesichter der anderen. Ungläubig wie Vaters Augen, als er begriff, dass er nie wieder würde gehen können. Mehrere Ratsmitglieder erhoben sich. Eines davon erkannte sie wieder. Der Fremde. Der Mann, der sie im Teehaus angelogen hatte. Jetzt trug er das Zeichen des Rats auf der Stirn.

»Seher bewahre! Ein Odinskind. Eine Emblatochter.« Die Rabenträgerin umklammerte ihren Stab. »Fäulnis! Fäulnis in Ymsland!«

»Eir!« Ilumes Stimme, wie ein scharfes Bellen. Ein Befehl, sich zusammenzureißen. Jemand griff nach dem Stab, um Eir zu helfen. Man führte sie weg von Hirka. Das Wort »Odinskind« lief durch die Reihen der jungen Hoffnungsvollen wie Feuer durch trockenes Gras.

Der Junge, der unmittelbar neben ihr kniete, stand auf und rückte von ihr weg. Sofort machten die anderen es ihm nach.

»Ihr versteht nicht«, begann Hirka, aber sie hörte ihre eigene Stimme nicht. Ein völliges Chaos war ausgebrochen. Leute waren aufgestanden, einige strebten eilig auf die Ausgänge zu. Andere riefen laut etwas, sie konnte das Echo von Worten hören. Worte, die ebenso fremd für sie wie für alle anderen im Saal waren. Emblatochter. Erdblind. Mensk. Fäulnis.

Hirka erhob sich. Sie spürte ihre Füße nicht mehr, es war, als hinge sie über dem Fußboden. Sie stand da und blickte auf die Menge. Die Menge starrte zurück. Finger zeigten auf sie. Rufe schallten ihr entgegen. Es waren so viele Augen. Sie konnte es unmöglich all diesen Leuten erklären. Wenn es nur einen gäbe, dem sie es begreiflich machen könnte …

Hinter sich hörte sie die Schwarzgewandeten laut reden. Eine von ihnen erstickte ihr Weinen mit den Händen. Hirka meinte herauszuhören, dass es die Rabenträgerin war. Eir, die mächtigste und heiligste Frau der Welt, weinte. Weil sie Hirka berührt hatte. Die Fäulnis berührt hatte. Mit ihrer Gabe in Hirkas Körper gewesen war.

Gardesoldaten umringten die Empore. Hirka lachte und schüttelte den Kopf. Wie dumm sie waren. Begriffen die Männer nicht, dass sie nichts Falsches getan hatte? Das alles war ein einziges großes Missverständnis. Sie hatte niemals jemandem ein Leid zugefügt. Sie rettete Leben, das war es, was sie tat. So oft sie konnte. Hirka atmete tief ein. Die Luft schmeckte nach Hunderten verschiedener Duftwässer und Öle.

Das hier ist ein Albtraum.

Von hier oben hatte Hirka den gesamten Saalfußboden im Blick, von dem sie vorhin nur Fragmente gesehen hatte. Jetzt kam er zwischen den hinaushastenden Leuten in seiner Gesamtheit zum Vorschein. Ein Stern. Ein riesiger Stern, verziert mit unglaublichen Bildern. Seine Zacken reichten bis an die Wände. Die Arbeit daran musste ein ganzes Mannesalter gedauert haben. Da lag er, ewig und still, während die Welt um ihn herum unterging.

Die anderen hatten eilig die Empore verlassen. Gruppen von Gardesoldaten kamen die Treppen zu beiden Seiten herauf. Hirka meinte zu sehen, dass sie liefen, aber es war schwer zu sagen. Alles ging so unendlich langsam. Die Brustharnische glänzten. Sie hatten die Schwerter gezogen, ihre Blicke wechselten zwischen Hirka und dem Rat hin und her. Alles, was sie brauchten, war der Befehl, zu töten.

Hirka spürte, wie ihre Beine versagten. Sie fiel. Sie fiel vom Dach in Ravnhov, während sie auf die nachtschwarze Gestalt mit dem Messer starrte. Sie fiel hinab in die Alldjup-Schlucht mit dem Gewicht von Vetle auf dem Rücken. Hände packten sie und zogen sie zurück. Warum zogen sie so, das war gar nicht nötig, sie wollte ja mitgehen. Aber zuerst musste sie Rime sehen. Hirka riss sich los und lief wieder zum Rand der Empore. Die Leute im Saal schrien auf und wichen zurück, als fürchteten sie, Hirka könnte sie zu Tode umarmen.

Rime!

Er stand unterhalb der Empore, mit dem Helm in der Hand. Das weiße Haar floss ihm über die Schultern. Seine Wolfsaugen blickten zu ihr hinauf, starr vor Schreck. Vielleicht dachte er daran, wie oft er sie berührt hatte. Die Fäulnis angefasst hatte. Sylja bemerkte ihn und umklammerte seinen Arm, als würde sie das vor dem schrecklichen Wesen auf der Empore retten. Diesem Tier. Diesem Odinskind.

Er reagierte nicht. Stand einfach mit dem Helm in der Hand da wie auf einem Schlachtfeld. Hirka begegnete seinem Blick.

Eine Kerbe für dich, wenn du mich heraufziehst.

Sie bekam einen heftigen Schlag in den Rücken. Der Schmerz strahlte bis in die Finger aus und sie ging in die Knie. Aber sie fiel nicht zu Boden. Jemand fing sie auf und zog sie weiter zurück. Weg von den Leuten. Weg von Rime. Der Saal kochte und sie konnte nichts, überhaupt nichts dagegen tun. Sie wurde von Eisenklauen gehalten, von Gardesoldaten mit Handschuhen aus kaltem Stahl. Sie sah eine rote Tür, die sich vor ihren Augen schloss, und aus dem Chaos wurde urplötzlich vollkommene Stille.

DIE STIMME

Urd lief in das nächstgelegene Badezimmer und scheuchte zwei junge Männer hinaus. Diener, die eigentlich dort sauber machen sollten, aber ihre Zeit damit vergeudeten, sich wie Hunde zu paaren. Sie verschwanden mit wehenden Hemdschößen.

Wie viel Zeit hatte er? Keine. Überhaupt keine Zeit. Alles, was er hatte, waren die wenigen Augenblicke, in denen die Ratsmitglieder dort draußen herumliefen wie kopflose Hühner. Er konnte Brünnen in den Korridoren klirren hören. Gardesoldaten aus halb Eisvaldr waren auf dem Weg in den Ritualsaal, als könnten sie irgendetwas gegen das Chaos ausrichten. Ilume hatte befohlen, die Leute wegzuschicken und den Saal zu schließen, aber Garm hatte erklärt, niemand dürfe den Raum verlassen. Die Gardesoldaten waren völlig verwirrt. Sigra war vermutlich schon auf dem Weg hinunter zu den Schächten, um das Mädchen hinzurichten, wie eine echte Kleiv. Eir wiederum hatte vollkommen die Sprache verloren, sie saß nur da wie im Draumheim und starrte ins Leere, während um sie herum die Welt unterging.

Er war so nahe dran gewesen. Er hatte das Mädchen im Teehaus berührt. Hätte ihr gleich an Ort und Stelle den Hals umdrehen können, auf bloßen Verdacht hin. Jetzt hatte sich der Verdacht bestätigt. Sie war genau das, was er befürchtet hatte.

Urd kniete auf den Fliesen vor dem Wasserbecken und riss den Halsreif auf. Seine Hände zitterten, aber es gelang ihm, Damayantis Flasche aus der Innenseite des Kittels hervorzuziehen. Er schluckte das letzte bisschen Rabenblut, das noch übrig war. Viel war es nicht, aber es würde reichen. Ihm war, als ob alles Blut aus seinem Körper zum Hals strömte. Zuerst ein intensives, warmes Brennen. Dann kam der Schmerz. Er schrie in seine hohle Hand hinein. Blut rann zwischen den Fingern hindurch und tropfte in das Wasser vor ihm.

Sein Hals begann sich zu bewegen. Er fühlte, wie der Rabenschnabel sich öffnete und schloss. Wunden rissen wieder auf. Wunden, die niemals verheilen würden. Die anfingen zu faulen. Dabei hatte er einmal geglaubt, er könnte erlöst werden. Er lachte. Das erstickte, gurgelnde Geräusch verursachte ihm Übelkeit. Er war vollständig von einem Gestank erfüllt, den er nur zu gut kannte. Übel riechend, metallisch. Dann meldete sich Die Stimme, halb von außen und halb in ihm. Als wäre es seine eigene.

ICH HOFFE FÜR DICH, DASS ES WICHTIG IST, VANFARINN.

Die Stimme klang hohl und blechern. Sie sprach immer langsam. Schmerzhaft langsam. Sie wusste, dass ihm jedes Wort im Hals brannte. Urd merkte, wie sich die Haare auf seinen Armen sträubten. Die natürliche Abwehr des Körpers, die immer niedergekämpft werden musste.

»Ich habe sie gefunden! Ich habe das Geschenk gefunden! Das Steinopfer! Sie ist *hier*. Nicht nur hier in Ymsland, sondern *hier*. Im Ritualsaal!«

Einen Moment lang herrschte Stille. Dann kam die Erwiderung.

DU IRRST DICH.

Bei allem Schmerz und aller Furcht spürte Urd einen Funken Befriedigung. Die Stimme war nicht unfehlbar. Sie war nicht allwissend, man konnte sie schockieren, so wie alle anderen. Urd klammerte sich an das trügerische Gefühl von Sicherheit.

»Ich schwöre es. Sie ist reif für das Ritual, schwanzlos und erdblind. Ich habe sie nicht nur gesehen, ich habe ihr die Hand gegeben! Sie ist wirklich und sie ist hier!« Urd rang nach Luft. Wenn jetzt jemand hereinkam und ihn so hier fand, auf den Knien, mit aufgeplatztem Hals, bis zu den Ellbogen im Blut … Aber er hatte keine Wahl. Er musste wissen, was er tun sollte. Jetzt. Bevor der Rat sich wieder versammelte.

Die Stimme antwortete nicht sofort. Die Pause hätte die reinste Erholung sein sollen, aber das Warten war unerträglich. Das Wasser gluckerte durch die Zu- und Abflüsse des Beckens. Auf den blauen Wänden spielten Lichtstrahlen, bösartig neckend, wie eine Aufforderung, näher zu kommen. Zu schauen. Urd lehnte sich über den Rand und starrte auf sein Spiegelbild. Er zuckte zusammen. Es war schlimmer geworden, schon wieder. Sein Hals war leichenblass, mit gelbgrünen Flecken wie bei einem verprügelten Weib. Blut tropfte aus einer klaffenden Wunde neben dem Rabenschnabel, der ihm quer im Hals steckte. Man hätte hineinsehen können, wenn man gewollt hätte. Das tat er nie, obwohl er sein halbes Leben mit dieser Wunde verbracht hatte.

ISOLIERE SIE! BEVOR JEMAND BEGREIFT!

Urd kniff die Augen zusammen. Genau das hatte er befürchtet. Aber es hatte keinen Sinn, sich zu wehren.

»Sie wissen es. Alle wissen es. Die Rabenträgerin hat ihr die Hand aufgelegt. Sie weiß, was sie ist. Alle wissen, was sie ist! Der Ritualsaal ist voller Leute und das Mädchen haben sie in die Schächte geworfen. Ich habe versucht, sie zu töten. Ich habe Hassin geschickt, aber sie war schon –«

TÖTEN?!

Urd fuhr zusammen. Er hustete und spuckte Blut.

WIR HABEN ES GESCHAFFT, WEIL SIE LEBT! DIE RABENRINGE LEBEN UND STERBEN MIT IHR! DU HAST NUR EINE EINZIGE AUFGABE, VANFARINN. DU WIRST IHR LEBEN MIT DEINEM EIGENEN BESCHÜTZEN, BIS DU WIEDER VON MIR HÖRST.

Urd legte die Hände über den Kopf und krümmte sich. Das war eine unmögliche Aufgabe. Der Rat würde sofort und unvernünftig reagieren. Sie würden sie töten. Und sei es nur aus Furcht vor den Blinden.

Die Stimme zog sich zurück. Es war ein Segen für den Körper, wieder frei zu sein. Der Hals schloss sich. Die Muskeln gaben nach. Urd hing über dem Rand des Wasserbeckens und wartete auf die Kraft, aufzustehen. Die Schmerzen wurden mit jedem Mal schlimmer. Alles war verloren, er konnte nicht so tun, als sei es nicht so. Wäre er wie alle anderen, wären die Zeichen vergeudet gewesen. Aber er war besser als sie. Wacher. Er dachte immer mehrere Schritte voraus.

Das Mädchen war hier. Das hätte sie niemals sein dürfen, und schon gar nicht lebend. Aber Die Stimme wusste es. Damayanti wusste es.

Die Rabenringe leben und sterben mit ihr.

Urd war belogen worden. Verraten. Seit wann? Seit er den Stuhl erhalten hatte? Oder schon immer? Die Gewissheit wuchs sich zur rasenden Wut aus, zur schmerzhaften Erkenntnis. Er kämpfte gegen seine Instinkte an. Gegen den Drang, sich einfach auf die Seite zu rollen und alle Geräusche auszublenden. Neue Kraft zu schöpfen. Ruhe zu finden. In Gedanken zurückzugehen und alles in diesem neuen Licht zu betrachten.

Aber er hatte eine Aufgabe zu erfüllen. Er musste zurück zum Rat. Sie hatten sich wahrscheinlich bereits in der Kuppel versammelt. Urd fand die Gabe und kam auf die Beine. Er wusch sich die Hände und den Hals, dann schloss er den Halsreif und vergewisserte sich, dass sein Kittel unbefleckt war. Das Blut löste sich langsam im Wasser auf. Es floss durch die Kanäle und zu den Schleusen hinaus, um anschließend irgendwo in den Rinnsteinen von Eisvaldr zu verschwinden.

SPION

Emblatochter? Odinskind?

Der Seher bewahre uns alle! Warum hast du nichts gesagt?

Aber Rime begriff, dass es für Hirka nie infrage gekommen war, etwas zu sagen. Schon gar nicht ihm, einem Sohn des Rats. Einem von *ihnen*. Warum hätte sie ihm trauen sollen? Trotzdem hatte sie ihn um Hilfe gebeten. Wie groß musste ihre Angst gewesen sein. Und nicht ohne Grund. Rime hatte befürchtet, sie sei tot. Zerschmettert bei einem Sturz auf Ravnhov. Bald würde sich zeigen, ob das nicht ein besseres Schicksal gewesen wäre. Rime blieb keine Zeit mehr. Er musste *jetzt* handeln.

Im Ritualsaal herrschte ein Chaos, wie es dieser Raum noch nicht erlebt hatte. Schwarz und golden gekleidete Gardisten versuchten, die Reihen geschlossen zu halten, während die Leute brüllten und die Fäuste schüttelten, als befänden sie sich auf einem Marktplatz. Die Garde an der Westseite hatte Befehl, die Türen geschlossen zu halten, während durch die weit geöffneten Türen an der Ostseite die entsetzte Menge hinausströmte, die nur noch wegwollte, weg von hier und hinaus in die Stadt, um die ungeheuerliche Kunde zu verbreiten. Menskr in Ymsland. Die Blinden vielleicht auch.

Odinskinder und Blinde waren zwei ganz unterschiedliche Paar Schuhe, aber leider neigten die Leute in kritischen Situationen dazu, die Dinge stark zu vereinfachen, und Rime hatte gelernt, diese beklagenswerte Eigenschaft nicht zu unterschätzen. Man brauchte sich nur umzuschauen. Ein Händler mit Sohn im Schlepptau zerrte eine

Frau weg von dem Tumult an den Türen, um sich vorzudrängen. Die Frau reagierte nicht, sie verlor ihren dünnen Schal und wurde umgerissen. Sie blieb auf dem Boden liegen, die Hand vor ihrer Brust umklammerte etwas, vermutlich ein Seheramulett. Rime ließ seinen Helm fallen, lief hin und schlug den Mann zu Boden. Er presste ihm das Knie in den Rücken und hielt ihn unten.

»Öffnet die Türen! Öffnet alle Türen! Sofort!« Rime schöpfte aus seiner Gabe und hörte seine eigene Stimme durch den Saal hallen. Er hatte keinen Rang, der ihm erlaubte, Befehle zu geben, aber sie gehorchten trotzdem. Er war neu in der Garde, aber er war immer noch Ilumes Enkel. Ausnahmsweise war Rime froh über die Vorteile, die es ihm verschaffte.

Der Händler hörte auf zu zappeln, als er die Worte vernahm. Niemand würde eingesperrt werden. Alle konnten den Saal frei verlassen und das taten die meisten mehr als bereitwillig. Aber es gab auch Gruppen, die sich weigerten zu gehen. Sie drängten weiterhin gegen die Reihe der Gardesoldaten vor den Treppen. Sie wollten Antworten, wollten wissen, wie es weiterging. Wer war das Odinskind? Was machte dieses Wesen hier? Würde der Seher sie alle beschützen? Rime machte ihnen keinen Vorwurf. Er selbst wollte ja auch Antworten haben.

Er lief die Treppe hinauf und schlüpfte durch die rote Tür, ließ die Massen im Ritualsaal hinter sich und rannte weiter. Er musste hinauf in die Kuppel. Und er musste dort angelangt sein, bevor der Rat sich versammelte.

Der Korridor war an einer Seite offen, mit Bogengängen hinaus zu einem der vielen Gärten, die halb draußen und halb drinnen lagen. Er erkannte Noldhe, Leivlugn und Jarladin inmitten einer aufgeregten Gruppe, umringt von Gardesoldaten, die widersprüchliche und wenig durchdachte Befehle empfingen. Die übrigen Ratsmitglieder waren nirgends zu sehen. Das Herz wurde ihm schwer. Kam er zu spät? Hatten sie es bereits geschafft, alles in die Wege zu leiten? Niemand nahm Notiz von einem weiteren Gardesoldaten, deshalb kam er unbemerkt an ihnen vorbei, durchquerte den Garten und lief die Steintreppe hinauf. Wie er gehofft hatte, war die Garde vor dem Ratszimmer längst hinunter in den Ritualsaal geschickt worden. Die Tür war unbewacht. Er öffnete sie und spähte hinein. Der Raum war leer. Er hatte freie Bahn.

Rime nahm die Brünne ab. Alles Stählerne musste weg, Handschuhe, Schuhe, alles, was Lärm machte. Er zögerte einen Moment lang mit dem Schwert in der Hand. Er konnte es nicht zurücklassen, vielleicht würde er es benutzen müssen.

Gegen deine eigene Familie? Gegen Ilume? Den Rat?

Nein. Dann musste er es eben nehmen, wie es kam. Bei dem Gedanken reagierte sein Körper mit vertrauter Ruhe. Er konnte getrost tun, was er tun musste. Er hatte sein Leben dem Seher geweiht, um Ihm zu dienen. Er war ein Schwarzrock. Einer von denen, die bereits tot waren. Tote Männer hatten wenig zu fürchten.

Er war im Begriff, seine Rüstung in einen Vorratsraum zu werfen, als ihm einfiel, dass der Rat lange tagen würde. Sehr lange. Die Diener würden Speisen und Wein bringen. Die würden sie aus dem Vorratsraum holen, also musste er eine andere Lösung finden.

Der Garten.

Er warf die Sachen über das Geländer. Sie landeten hinter einer dichten Gruppe von Bäumen. Dort würden sie eine Weile sicher aufgehoben sein. Aber er brachte es nicht über sich, das Schwert hinterherzuwerfen. Das musste mit. Er schlüpfte in den Kuppelraum und schloss die Tür hinter sich.

Der Raum war unmöbliert, bis auf den Tisch in der Mitte, an dem zwölf weiße Stühle standen. Schmale Fenster zogen sich um den gesamten Raum. Sie reichten vom Fußboden bis zur Decke, direkt bis unter die Wölbung. Tageslicht drängte in schrägen Streifen herein. Es gab nur eine einzige Möglichkeit, sich zu verstecken. Unter dem Tisch.

Eingebettetes Gold schimmerte am Rand der massiven Steinplatte. Zwölf Familiennamen. Rime lächelte schief. Der Theorie nach konnte jeder an diesem Tisch sitzen. Es kam nur darauf an, wie stark die Gabe in einem war, wie gut man während der Ausbildung mitarbeitete und wie man sich in der Zeit bewährte, in der man seinen Dienst in Eisvaldr ableistete. Aber das war eine Illusion. Dieser Kreis und diese Familiennamen hatten sich so gut wie nie geändert.

An zwei Stellen der Tischplatte liefen feine Narben vom Rand bis zur Mitte. Sie waren fast unsichtbar. Dieses Segment der Platte war vor etwas mehr als dreihundert Jahren ausgetauscht worden, als Familie Jakinnin ihren Sitz im Rat einnahm. Die vermutlich wohlhabendste Familie in Mannfalla. So einfach war das.

Rime fand seinen eigenen Namen. An-Elderin. Er legte die Hand auf die Rückenlehne des Stuhls, der ihm zugedacht war. Der Stuhl, auf dem er nie sitzen würde.

Leute auf der Treppe!

Rime duckte sich unter die Tischplatte und begriff sogleich, dass er ein Problem hatte. Von der Tür aus hatte man den ganzen Fußboden im Blick, hier konnte er also nicht bleiben. Er musste näher an die Platte heran, musste sich unter sie hängen. Sie ruhte auf zwei Sockeln – massiven Steinkreuzen, die fast eine Manneslänge auseinanderstanden.

Er zog sich an den Armen hoch und legte die Füße in das eine Steinkreuz. Die Arme steckte er durch das andere, gerade so, dass er sich auf den Ellbogen abstützen konnte. Da hing er nun, mit dem Rücken unter der Tischplatte und dem Gesicht Richtung Fußboden. Er musste jeden einzelnen Muskel seines Körpers anspannen. Der Stein scheuerte an den Unterarmen, die er seitwärts drücken musste, um sich festzuhalten. Er zog den Schwanz zu sich hoch.

Rime dachte daran, was er in den letzten Jahren unter Mester Schwarzfeuer durchgemacht hatte. Er war tagelang ohne Unterbrechung gelaufen. Hatte Schwerter an den seitlich ausgestreckten Armen gehalten, bis er glaubte, die Arme müssten ihm abfallen. Er hatte seinen Körper ungefähr so wie jetzt in die Waagerechte stemmen müssen, gerade wie ein Brett und mit angespannten Bauchmuskeln, das gesamte Gewicht auf den Armen ruhend. Und gerade als er dachte, er würde in der Mitte durchbrechen, hatte Schwarzfeuer ihm befohlen, auf nur einem Arm weiterzumachen.

Er war ein Schwarzrock.

Und dennoch: Rime begriff, dass dies ein unmögliches Unterfangen war. Die Situation in Eisvaldr war kritisch. Die Ratsversammlung würde nicht beim nächsten Gongschlag beendet sein. Vielleicht nicht einmal beim übernächsten. Sie würden hier sitzen, bis der Tag um war. Vielleicht bis in die tiefe Nacht …

Er war gerade im Begriff, einen Fuß wieder auf den Boden zu setzen, zog ihn jedoch rasch hoch, als die Tür aufging. Bekannte Stimmen. Laute Worte. Sie redeten durcheinander, während sie am Tisch Platz nahmen. Es waren nicht alle, er erkannte die Stimmen von Jarladin, Leivlugn und Noldhe. Weitere kamen nach und nach hinzu.

Jetzt hatte er keine andere Wahl. Er musste in seinem Versteck bleiben.

Der Seher! Der Seher wird es wissen. Wird es fühlen.

Ehrlich gesagt wusste Rime nicht, welche Kräfte der Seher hatte. Er sei allmächtig, wurde gesagt, aber was bedeutete es, allmächtig zu sein? Konnte Sein Blick Stein durchdringen? Konnte Er Rimes Körper unter der Tischplatte sehen? Würde er im selben Moment entdeckt werden, in dem Er in den Raum kam? Und wenn schon. In dem Fall würde Er auch sehen, dass Rime nicht aus Trotz gegen Ihn handelte. Die Entscheidung war ohnehin gefallen und so oder so würde sie ihn teuer zu stehen kommen.

»Wo ist Eir? Kommt Eir nicht?« Das war Noldhes nervöse Stimme.

»Sie ist bei den Raben. Sie wird gleich hier sein.«

Ilume.

Rime sah, wie die Kittel ihre Plätze um den Tisch herum einnahmen, einer nach dem anderen. Jemand ging am Tisch auf und ab, anstatt sich zu setzen.

»Ist der Saal geräumt?«

»Wir hätten die Türen schließen sollen! Ich begreife nicht, dass ihr die Leute rausgelassen habt! Sie werden in der ganzen Stadt Panik verbreiten!«

»In der Stadt herrscht bereits Panik, Sigra.«

»Wie viele Gardesoldaten sind bei den Schächten postiert?«

»Nicht mehr als sonst auch, es sei denn, du hast andere Order gegeben.«

»Hat jemand Urd gesehen?«

Die Tür ging auf und die beiden letzten Räte kamen herein. Urd und Eir setzten sich. Rime war gefangen. Unsichtbar, aber gefangen. Er holte tief Luft. Was hätte er darum gegeben, jetzt umarmen zu können. Es hätte ihm geholfen, den Körper oben zu halten, aber die Stärksten am Tisch würden vielleicht die Gabe spüren. So wie Hirka es konnte. Das war zu riskant.

Wo ist der Seher?

Rime zog die Schulterblätter zusammen und bereitete den Körper auf eine Anstrengung vor, von der er fürchtete, dass er sie so schnell nicht vergessen würde.

Schweiß tropfte von Rimes Stirn auf den Boden. Die Tropfen zerplatzten auf dem rot gesprenkelten Granit und blieben liegen wie Tau. Die Haare hingen ihm ins Gesicht. Jedes Mal, wenn er ausatmete, kitzelten sie seine Wangen. Seine Bauchmuskeln brannten.

Anders als er befürchtet hatte, brauchte er sich keine Sorgen zu machen, dass ihn jemand hörte. Die Räte griffen sich gegenseitig an, wie sie es vermutlich noch nie zuvor getan hatten. Sie waren uneinig. Gespalten. Zersplittert.

Krisen trennen Freund von Feind.

Rime hing unter dem Tisch und hörte, wie die Welt zu Bruch ging.

»Wir wissen nicht, was sie ist oder wer sie ist! Wir haben keine andere Wahl, als sie festzuhalten.« Noldhes Stimme vibrierte.

»Sie einsperren?! Und auf die Blinden warten? Darauf warten, dass sie uns vernichtet?« *Sigra Kleiv. Ungeduldig. Blutdurstig.*

»Sie ist erdblind. Die Söhne und Töchter von Embla haben die Gabe nicht. Sie kann nicht etwas zerstören, was …«

»Sie hat bereits für Panik gesorgt! Was brauchen wir denn noch?«

»Was wir brauchen, ist die Durchführung des Rituals. Überlegt doch mal! Die Stadt ist in Aufruhr. Ihr habt die Garde gehört! Die Kaufmannsgilde hat sich bereits organisiert. Sie wollen Antworten und sie verfügen über Mittel, um zu kämpfen. Sie werden kaum die Geduld haben, auf das Ritual zu warten, während wir wanken.«

»Rührend von dir, zuerst an die praktische Seite der Sache zu denken, Saulhe, aber du hast wohl vergessen, dass unten in den Schächten die Fäulnis liegt?«

»EINER hier muss ja seinen Verstand benutzen!«

Darauf brach ein Tumult aus, der sich erst legte, als jemand auf den Tisch schlug. Dieser Jemand war Jarladin An-Sarin. Rime erinnerte sich gut an ihn. An den Blick, der nie auch nur um Daumenbreite auswich. Als er noch klein war, hatte Rime ihn sich immer als Stier vorgestellt, weil er so große Nasenlöcher hatte. Seinen kräftigen Kiefer verbarg inzwischen ein weißer Bart. Er war ein guter Freund von Ilume. Seine Stimme war tief und brachte die Leute dazu, ihm zuzuhören.

»Zeigt, aus welchem Holz ihr seid! Liebe Räte, wir wissen, dass es Konsequenzen hat, das Ritual auszusetzen. Wir wissen, dass die Stadt überquillt vor Leuten, die an jeder Ecke Schauermärchen über die Blinden zum Besten geben.«

»Schauermärchen? Es ist doch nicht möglich, dass du immer noch glaubst, es wären Schauermärchen?!«

Jarladin fuhr unbeeindruckt fort: »Schauermärchen hin oder her, darum geht es nicht. Wir wissen, dass die Adeligen und die Kaufleute nicht glücklich darüber sind, auf uns warten zu müssen. Aber gestehen wir uns den Ernst der Lage ein. Sie ist kritisch und deswegen sind wir hier. Sie zu meistern ist unsere Aufgabe! Wenn wir es nicht können, kann es niemand.«

Rime unter dem Tisch lächelte in sich hinein, aber sein Lächeln erstarb rasch wieder. Ihm ging auf, wie anders sein Schicksal ausgesehen hätte, wenn alle an diesem Tisch wie Jarladin gewesen wären. Wenn Rime auch nur einen Funken Vertrauen in sie hätte haben können.

Leivlugn Taid ergriff das Wort. Er durfte ungehindert reden, obwohl seine Stimme leise war und sein Redefluss langsam. Seine Worte kamen zögernd, als müsste er Staub von ihnen abbürsten.

»Das Mädchen zeigt uns in aller Deutlichkeit, dass die Wege nach Ymsland offen sind. Odinskind? Blinde? Die Frage, die ihr alle vergesst, ist doch, ob wir unter diesen Umständen das Ritual nicht abbrechen sollten. Möglicherweise werden wir Umarmer brauchen wie nie zuvor.«

Für einen Moment blieb es still.

Umarmer brauchen? Was meint er?

Rime bewegte unruhig seine Arme, aber die Kante schnitt sich nur noch tiefer hinein. Seine Bauchmuskeln drohten jeden Moment zu zerreißen. Er musste bald die Füße auf den Boden stellen. Nur für einen kurzen Augenblick, bevor der Krampf einsetzte. Er biss die Zähne zusammen.

»Eine gute Theorie, Leivlugn, aber wann haben wir das letzte Mal blaues Blut gesehen? Ich war noch ein Kind, als die Gabe zuletzt stark in jemandem floss, und dieser Jemand war der alte Vanfarinn. Einer von uns!«

»Nun … wir haben viele zurückgewiesen, aus denen etwas hätte werden können.«

»*Etwas* hilft uns jetzt nicht, Leivlugn.«

Sigra mischte sich ein. »Uns hilft jetzt nur, alle Tore zu zerstören und die Emblatochter zu töten. Das ist unsere einzige Chance! Sie hat die Blinden zurückgeholt und es können Horden von ihnen kommen!«

»So ein Unfug!«

Rime spitzte die Ohren. Das war Urds heisere Stimme, er war Sigra ins Wort gefallen und verteidigte Hirka. Rime konnte sich nicht vorstellen, dass Urd jemals als Retter für andere auftrat. Was führte er im Schilde?

»Das Mädchen ist noch ein Kind! Ein erdblindes Kind ohne Gabe. Wenn sie irgendetwas verursacht hat, ist sie nichts anderes als ein Werkzeug. Schaut euch um! Das Ganze riecht doch nach Ravnhov. Sie wollen uns ablenken, wollen Panik herbeiführen! Und das haben sie geschafft. Es war richtig, dass wir Truppen in den Norden geschickt haben, aber sie vergeuden ihre Zeit. Schlafen auf den Ebenen. Warum warten wir, bis es zu spät zum Angriff ist?«

»Urd, nicht einmal *du* kannst glauben, dass Ravnhov ein solches Wissen besitzt. Wissen, das uns verloren gegangen ist. Das unsere Vorväter vergessen haben. Und selbst wenn es möglich wäre, würde nicht einmal Ravnhov so dumm sein, die Steintore zu öffnen. Das wäre Selbstmord!«

»Irgendwo in Ravnhov gibt es einen intakten Rabenring! Wo sollten sie sonst herkommen?«

»In Sehers Namen, Urd, Berichte über Nábyrn kommen auch von anderen Stellen, verteilt über alle Reiche. Sie kommen von Orten, da hat keiner von uns gewusst, dass es dort Kreise gibt.«

»Wie konnten wir nur so ahnungslos sein! Und so blind! Einige von uns haben ja geradezu mit diesem Mädchen zusammengelebt, ohne zu merken, was sie ist. Ilume, dir ist die Wahrheit doch beinahe in den Schoß gefallen. Nachbarn haben dich darüber informiert, dass die Schwanzlose vor dem Ritual fliehen wollte. Was hast du denn noch gebraucht?«

Rime wollte gerade die Füße auf den Boden setzen, um ein wenig auszuruhen, überlegte es sich aber anders. Urd hatte eben Ilume angegriffen und er war aufgestanden. Etwas würde passieren.

Aber er hat recht. Keiner von uns hat gewusst, wer sie ist.

Ilume erhob sich ebenfalls.

»Zügle deine Worte, Urd Vanfarinn. Das hilft uns jetzt auch nicht. Zu unserer Zeit hat keiner die Fäulnis gesehen und niemand hier würde sie umarmen, um es herauszufinden. Der Gedanke ist absurd! Alle an diesem Tisch haben bis heute geglaubt, Odinskinder seien ein Mythos. Alle! Außerdem war das Mädchen nicht die Einzige, die sich vor dem Ritual drücken wollte. Ganz Foggard ist voll von Ravnhov-Freunden. Nicht dass es eine Rolle gespielt hätte, denn nach dem Feuer galt das Mädchen als tot.«

Rime kannte Ilume gut genug, um zu wissen, dass sie jetzt in der Defensive war. Aber wahrscheinlich war er der Einzige in diesem Raum, der das merkte. Ihre Maske war gut. Doch Urd wusste, wo die Löcher waren.

»Verteidigst du dich, Ilume? Verteidigst du, dass du nicht gesehen hast, was direkt vor deinen Augen war?« Urd begann, am Tisch auf und ab zu gehen. Rime presste sich so dicht unter die Tischplatte, wie er nur konnte, um nicht entdeckt zu werden. Sein Körper brannte von den Schultern bis zu den Fußknöcheln.

»Verteidigst du, dass du einen Verräter nicht erkannt hast? Aber das tust du wohl nie? Nicht einmal bei deinen eigenen Kindern?«

»Urd Vanfarinn!« Eir peitschte seinen Namen heraus. Gemurmel erhob sich am Tisch.

Verräter? Ihre eigenen Kinder?

War er damit gemeint? Betrachteten sie ihn als Verräter, weil er sich für die Schwarzröcke entschieden hatte? Ilume sah es sicher so, dessen war er sich schmerzlich bewusst. Aber die anderen? Nein … Die freuten sich eher darüber. Weniger Macht für An-Elderin bedeutete mehr Macht für sie. Ilume sprach bemüht kühl.

»Sieh es ihm nach, Eir. Er ist erschöpft und ängstlich. Das sind wir alle.«

Urd schnaubte verächtlich. Zu Rimes Erleichterung setzte er sich wieder, ehe er weitersprach. »Wir sind uns einig, dass die Fäulnis unschädlich gemacht werden muss. Es ist ungemein wichtig, dass der Rat hier seine Beschlussfähigkeit beweist, ehe sich Panik in den Reichen verbreitet. Aber ich bitte euch, wir haben das Mädchen noch nicht einmal verhört.« Zustimmendes Gemurmel am Tisch. »Lasst uns eine Pause einlegen. Wir sollten etwas essen, bevor wir weitermachen. Danach müssen wir unbedingt das Mädchen vernehmen, anstatt die Dinge zu überstürzen und sie ins Feuer zu schicken. In der Zeit, die wir hier vergeuden, kann sie sich Lügen ausdenken.«

Urd hatte die Stimmung für eine zeitweilige Unterbrechung bereitet. Rime brauchte diese Unterbrechung mehr als sie, wenn er jemals wieder gehen können wollte.

Am Tisch herrschte Einigkeit, dass das Mädchen sterben musste. Und es musste öffentlich und ohne Zögern geschehen, als unmissverständliches Signal an Ravnhov. Der Anschlag auf Eirik war gescheitert und Ravnhov musste auf seinen Platz verwiesen werden. Hirka war todgeweiht. Die Ratsmitglieder erhoben sich und verließen den Raum. Rime hörte, wie sie in der Silberschale vor der Tür ihre Hände wuschen. So war es schon immer gewesen. Sie reinigten sich von ihren Entscheidungen, als wären ihre Hände nicht jeden Tag rot von Blut, das an ihnen klebte.

Die Tür fiel ins Schloss. Rime musste seine Füße zwingen, ihm zu gehorchen. Er setzte sie vorsichtig auf den Fußboden, ging in die Hocke und kämpfte gegen die Krämpfe. Und gegen die Übelkeit. Gegen das nagende Gefühl, dass etwas furchtbar falsch lief.

Der Seher hatte sich bei dem Treffen nicht gezeigt. Die Gedanken rasten durch Rimes Kopf, gnadenlos und unaufhaltsam. Wut, weil der Seher sich nicht um weltliche Dinge scherte. Waren das hier Kleinigkeiten, die nicht einmal Seine Anwesenheit verdienten?

Dann kam die Angst.

Warum war der Seher nicht dabei gewesen? Das musste doch die größte Bedrohung gegen Mannfalla sein, die es jemals gegeben hatte. Was, wenn der Rat Ihn überging? Wenn sie beschlossen hatten, diese Besprechung ohne Ihn abzuhalten? Rime überlief es kalt. Er musste weg hier, sofort.

Falls ihn jemand hier fand, war er ebenso dem Tode geweiht wie Hirka.

SCHMERZ

Ich lebe noch.

Es war still in dem engen Schacht, aber Hirka hörte das Echo in ihrem Kopf. Die Stimme und Rufe im Ritualsaal. *Erdblind. Emblatochter. Fäulnis.* Doch sie lebte. Sie zitterte, aber niemand hatte sie mit dem Schwert durchbohrt. Oder sie auf der Stelle verbrannt. Der Seher hatte sie nicht verflucht. Er hatte sie nur aus schmalen, allwissenden Augen angestarrt. Als hätte Er immer gewusst, dass sie kommen würde und dass sie nicht hierhergehörte.

Rime … Er war dort gewesen und er hatte ihr geholfen.

Und jetzt weiß er, was du bist.

Hirka drückte sich enger an die Wand, am Boden eines Schachts, der schräg in den Berg hineinführte. Aus einer schmalen Öffnung ganz oben an der Wand fiel Tageslicht herein. Der Lichtstrahl traf direkt vor ihr auf, ein perfektes Quadrat genau dort, wo der Boden schräg anstieg. Nicht so steil, dass man nicht hätte hinaufgehen können, aber man kam nicht weiter als bis zum Gitter. Es schloss die Öffnung ab und sah verräterisch dünn aus. Eine böse Sinnestäuschung, das Gitter war überall messerscharf. Hirka war mehrere Male hinaufgeklettert und hatte sich sofort geschnitten, als sie versuchte, die Hand hindurchzustrecken. Hier kam sie nicht heraus.

Was würde mit ihr geschehen?

Hirka schaffte es nicht, die Wirklichkeit in sich aufzunehmen. Das Ritual. Die Rufe im Saal. Die zitternde Frau mit dem Seher auf dem Stab. In Gedanken sah sie es immer wieder, aber es blieb unwirklich.

Ein schmerzhaftes Ziehen im Bauch. Jemand warf ihr vor, die Tore geöffnet zu haben. Man gab ihr die Schuld, dass die Blinden zurück waren. Sie hatte nie einen Blinden gesehen und auch niemand, den sie kannte, hatte das. Aber sie hatte Bilder von den Blinden gesehen, an der Felswand in Ravnhov …

Altweibergewäsch! Und welche Tore sollte sie geöffnet haben? Blindentore? Rabenringe? Das waren Märchen, die sie als Kind gehört hatte. Geschichten über Odin, der durch Stein hindurchgekommen war und dem König von Ravnhov das Rabenpaar gestohlen hatte. Über Blindenspuren und Blindenwege. Pfade, die zu Steinkreisen führten, wo Leute verschwanden und nie wieder auftauchten. *Noch mehr Altweibergewäsch!*

Aber Vater hatte sie an einem davon gefunden. Einem Steinkreis im Sichelwald, oben bei Ulvheim. Sie konnte Vaters Gesicht sehen, ganz deutlich, als säße er vor ihr. Rot vom Licht der Feuerstelle, während er erzählte.

Du warst erst ein paar Tage alt. Jemand hatte dich in eine Decke gewickelt, die so weiß war wie der Schnee. Ein blasses Gesichtchen, ungefähr so groß wie meine Faust, in einem frostigen Meer.

Vater … Er hatte die ganze Zeit recht gehabt. Er hatte fliehen wollen, aus Elveroa, vor dem Rat, vor den Schwarzröcken. Er hatte Angst um ihr Leben gehabt. Er hatte sein eigenes Leben geopfert, damit sie niemals in einem Schacht in Eisvaldr enden und auf den Tod warten sollte.

Das Gitter öffnete sich kreischend. Sie sah die Umrisse von vier Söldnern in der Öffnung. Einer von ihnen befahl ihr, nach oben zu kommen. Hirka zögerte. Auf den Tod zu warten, das war vielleicht nicht so schlimm, wie *nicht* mehr warten zu müssen.

Der Gardesoldat rief, dass er nicht den ganzen Tag Zeit habe. Sie stand auf und ging zu ihnen hinauf. Als sie noch eine Armlänge von ihnen entfernt war, wurde sie zu Boden gestoßen. Jemand fesselte ihr die Hände auf dem Rücken. Sie lag auf dem Boden und sah, dass sie sich in einem Gewölbe mit mindestens sechs Schächten befand, drei an jeder Längswand. Sonnenlicht fiel durch eine offene Eisentür herein, die am oberen Ende gebogen und voller Nägel war. Einige davon waren verrostet. Sie sah Blumen dort draußen, zart und zwischen den Füßen der Söldner schwankend. Sie verschwanden plötzlich hinter weißen Kitteln.

Ratsleute.

Jemand verband ihr die Augen. Alles wurde schwarz.

Ich werde sterben.

Sie wurde wieder auf die Füße gestellt und jemand stieß ihr etwas Spitzes in den Rücken. Sie unterdrückte einen Schrei und begann zu gehen. Einer der Gardesoldaten kommandierte, wohin sie gehen sollte, aber das war schwierig, wenn man nichts sah. Da waren zwei Treppen. Irgendwann spürte sie Wind im Gesicht und hatte das Gefühl, hoch oben zu sein. Ein Rabe schrie in der Nähe.

Kuro?

Dann kamen sie wieder in einen Raum. Sie wurde angehalten und jemand trat ihr in die Kniekehlen, sodass sie einknickte. Sie vergaß, dass ihre Hände gefesselt waren, und versuchte, sich abzustützen. Sie verlor das Gleichgewicht und fiel mit der Schulter auf den Steinboden. Jemand richtete sie wieder in sitzende Stellung auf. Sie hob den Kopf und versuchte, unter der Binde hervorzuspähen, aber das war unmöglich. Sie zitterte, obwohl es im Raum nicht kalt war.

Es roch schwach nach verbranntem Lampenöl, aber sie hätte nicht sagen können, ob die Lampen angezündet waren oder nicht. Eine schwere Tür fiel hinter ihr zu. Es wurde ganz still, doch sie spürte, dass sie nicht allein war. Jemand starrte sie an.

»Wie bist du hierhergekommen?«

Hirka wandte ihr Gesicht der harten Frauenstimme zu. »Ich bin gerade eben von den Gardesoldaten geholt worden. Kann ich etwas zu trinken haben?«

»Ich meine hierher, nach Ymsland! Wie bist du hierhergekommen, Odinskind?«

»Oh … Ich weiß nicht, ich glaube, ich bin hier geboren.«

»Lüge!« Eine geifernde Männerstimme und ein erneuter Stich in den Rücken. Hirka keuchte auf.

»Das ist keine Lüge! Ich war schon immer hier!«

»Wer sind deine Verbündeten?«

»Verbündete? Ich … ich bin allein. Ich bin mit niemandem verbündet. Ich …«

»Ravnhov? Hilfst du Ravnhov?«

»Nein! Wobei denn?«

Zum ersten Mal hatte Hirka das Gefühl, nicht die Wahrheit zu sagen. Sie saß hier wie eine Blinde mit Ratsleuten vor sich und einem Schwert im Rücken. Ihr blieb keine andere Wahl, als ehrlich zu sein. Sie hatte nichts zu verlieren, wenn sie alles erzählte, was sie wusste. Das war ja ohnehin nichts. Aber wenn sie gesehen hätten, wie sie an Eiriks Bett saß und Ravnhov zu helfen versprach, hätten sie das kaum als nichts betrachtet.

»Woher weißt du von den Steintüren?«

»Steintüren?«

»Die Blindenwege! Die Tore! Wie benutzt du sie?«

Hirka schluckte. Ihr war, als würde sie ihre eigene Sprache nicht mehr können. Niemand verstand, was sie sagte.

»Ich benutze sie nicht. Ich wüsste nicht, wie. Ich hatte keine Ahnung …«

»Also wer hat dich eingelassen? Ist es lange her?«

»Ich war mein ganzes Leben lang hier!«

Hirka senkte den Kopf und beugte sich vornüber. Am liebsten hätte sie sich zu einer Kugel zusammengerollt und wäre in sich hineingekrochen. Verschwunden. Sie könnte sie bitten, Ilume zu holen. Ilume würde es erklären. Aber Hirka wagte es nicht.

»Das ganze Leben, ich war … mein ganzes Leben lang hier. Vater hat mich gefunden. Er wusste nicht …«

»Wir wissen, dass du vor dem Ritual fliehen wolltest. Warum? Warum wolltest du den Schutz des Sehers vor den Blinden nicht? Weil du keinen Grund hast, sie zu fürchten? Bist du eine von ihnen?«

»Ich habe nie einen Blinden gesehen! Ich wusste nicht mal, dass es sie wirklich gibt. Ich dachte …«

»Warum wolltest du dich dem Ritual entziehen?«

Ein erneuter Stich in den Rücken. Hirka biss die Zähne zusammen. Sie war vollkommen hilflos. Welche Antwort sie auch immer gab, sie würde ihre Befrager nicht zufriedenstellen. Eine neue Art von Angst vergiftete ihre Adern. Eine Gewissheit, die alles noch schlimmer machte. Der Rat fürchtete die Blinden ebenso sehr, wie es andere Leute auch taten. Alles, was sie wollten, war eine einfache Erklärung, und diese Erklärung war Hirka. Die mächtigsten Männer und Frauen der Welt hatten die Kontrolle verloren. Es lief ihr kalt den Rücken hinunter, als ihr die Wahrheit aufging. Der Rat war ratlos.

»Ich weiß nichts. Ich kann nichts. Ich bin … niemand.«

»Warum hast du dein eigenes Zuhause niedergebrannt und bist weggelaufen? Warum wolltest du dich vor dem Ritual drücken?«

Hirka lachte kurz, aber das Geräusch blieb ihr im Hals stecken.

»Wenn du plötzlich erfahren hättest, dass du nicht von dieser Welt bist … dass du bist wie ich … wärst *du* dann hierhergekommen?«

Es wurde für eine Weile still. Von rechts kam ein Flüstern, aber sie konnte nicht verstehen, was gesagt wurde. War sie umringt?

»Hast du die Fäulnis verbreitet?«

Hirka drehte das Gesicht in Richtung der Stimme. Bilder von Rime tauchten unwillkürlich in ihrem Kopf auf. Die Wolfsaugen. Die Wärme der Gabe. Die heisere Stimme. Wie stark er aussah, allein schon, wenn er nur aufrecht dastand.

»Ich war noch nie auf diese Art mit jemandem zusammen«, antwortete sie leise und hörte selbst die Trauer in ihrer Stimme.

Und ich kann es auch niemals sein.

»Du bist erdblind, Mädchen, aber du hattest Spuren der Gabe in dir. Woher?«

Hirka stockte für einen Moment der Atem. Wenn sie die Wahrheit sagte, würde Rime in ernste Schwierigkeiten geraten. Sie suchte nach einer ausweichenden Antwort.

»Ich weiß nicht. Vielleicht vom Seher?«

Ein lautes Schnauben kam von irgendwo vor ihr.

»Ich kann nicht umarmen! Ich schwöre es!«

»Ich will dir noch eine Chance geben. Das ist die letzte, die du bekommst, Mädchen.«

Ruhige, gelassene Worte. Als redete er von ganz alltäglichen Dingen. Als ginge es nicht um ihr Leben. Sie wünschte, sie könnte etwas sehen. Der Sprecher kam näher, er beugte sich zu ihr.

»Warum wolltest du nicht am Ritual teilnehmen?«

»Weil ich Angst hatte.«

»Wovor?«

»Vor euch! Ich hatte Angst vor euch. Ich kann nicht umarmen und ich hatte gerade erfahren, dass ich … dass … Vater hat gesagt, es könnte mich das Leben kosten. Die Schwarzröcke würden mich holen. Ich hatte Angst!«

»Schwarzröcke? Wo hast du denn diesen Unfug gehört, Emblatochter?«

Hirka richtete sich auf.

»Das ist kein Unfug! Ich habe sie gesehen! In Ravnhov!«

Im selben Moment, als sie das sagte, ging ihr auf, welchen Fehler sie begangen hatte. Ihr Leben lag in den Händen des Rates und des Sehers, und sie hatte gerade gesagt, dass sie an dem Ort gewesen war, den sie am meisten fürchteten, und ein Geheimnis gesehen hatte, das sie seit Jahrhunderten sorgfältig hüteten. Sie hätte sich die Zunge abbeißen können.

Es war still. Beängstigend still. Hirka drehte sich in alle Richtungen, in der Hoffnung, etwas aufzufangen, aber niemand sagte ein Wort. Dann begann jemand zu flüstern. Stimmen wurden laut, redeten durcheinander. Sie konnte nur Bruchstücke von Worten erkennen. Eirik. Versammlung in Ravnhov. Dann wurde es abrupt wieder still, als hätte jemand »Schweigt!« gesagt.

»Du warst das.«

Hirka zuckte zusammen. Die Stimme kam von oben, jemand

stand über sie gebeugt. Sie hob das Gesicht, aber vor ihren Augen war es immer noch schwarz.

»Du warst das Mädchen auf dem Dach in Ravnhov. Du bist schuld daran, dass Eirik lebt. Ein Verräter!«

Eirik lebt!

Die Stimme war jetzt dicht an ihrem Gesicht.

»Wusstest du, dass Eirik auf Ravnhov sich vom Seher abgewandt hat? Dass er unheilige Götter anbetet? Die Götter der Blinden von vor dem Krieg? Wusstest du, dass er den Leuten Schutz vor den Blinden verweigert?«

»Die Leute machen, was sie wollen! Er ist kein Verräter!«

Wieder ein Stich in den Rücken. Tiefer diesmal. Der Schmerz fuhr ihr durch den Körper. Hirka schrie. Ihr Rücken wurde feucht und warm von Blut.

»Du bist schwanzlos und erdblind! Du hast dein eigenes Zuhause niedergebrannt und wolltest vor dem Seher fliehen. Du bist mit Ravnhov verbündet und Leute aus deiner Nachbarschaft berichten von deinem ungebührlichen Verhalten. Du hast viele Jahre lang mit verbotenen Rauschmitteln gehandelt. Hast du deinen Vater getötet?«

Hirka konnte nicht mehr. Es hatte keinen Sinn, etwas zu erklären. Sie musste darum bitten, dass sie Ilume holten. Das war ihre einzige Rettung.

»Holt Ilume-Madra. Bitte. Ich bin ein ganz normales Mädchen. Völlig bedeutungslos. Holt Ilume-Madra! Sie wird es erklären.«

Es blieb einen Moment still. Dann kam eine Stimme von links.

»Ich bin schon hier.«

Hirka schrie. Ihre Verzweiflung wich einer rasenden Wut, die sie nicht für möglich gehalten hatte. *Leute bedeuten Gefahr. Leute haben immer Gefahr bedeutet*, flüsterte Vater aus Draumheim und sie schrie noch lauter. Jemand zog an ihr und sie trat um sich. Zappelte wie ein Fisch auf dem Steg. Zerrte an den Fesseln, die ihre Hände nicht freigaben. Biss jemanden, sie wusste nicht, wen. Es war ihr auch egal. Sie würde schreien, bis sie verstanden. Bis alle verstanden.

DER TROPFEN

Rime rannte durch Eisvaldr. Es erregte kein Aufsehen, nicht an diesem Tag. Diener wichen in den Korridoren zur Seite und verbeugten sich, bis er vorbei war. Er musste Ilume finden, ehe der Rat sich wieder versammelte. Er musste ihr in die Augen blicken, musste Bestätigung finden, dass alles war, wie es sein sollte, und sie nicht komplett den Verstand verloren hatte. Nicht einmal Ilume konnte ein Kind im Namen des Sehers zum Tode verurteilen.

Er lief quer durch die Gärten auf der Westseite. Polierte Steine reflektierten die Farben verschiedener Blumen, die aus der ganzen Welt hierhergebracht worden waren. Immergrüne Nadelbäume standen in makellosen Hainen beisammen. Sollte einmal spontan ein unerwünschter Schössling in diesen Gärten auftauchen, würde man ihn sofort mit der Wurzel ausreißen. Eisvaldr hatte keinen Platz für etwas, das nicht geplant war.

Das war heute erschreckend deutlich geworden. Rime hatte Dinge gehört, die nicht für seine Ohren bestimmt waren, und das Herz klopfte ihm umso schneller, je mehr er daran dachte. Die Zwölf hatten Hirka in Abwesenheit des Sehers zum Tode verurteilt. Wo war Er? Warum machte Er diesem Irrsinn kein Ende? Sie mussten doch begreifen, dass ein Mädchen keine Blindenwege öffnen konnte? Die Vorstellung war lächerlich und unterstrich nur die Verzweiflung des Rates. Sie mussten das doch wissen!

Und genau dieser Gedanke war es, der Rimes Blut zum Kochen brachte. Sie wussten es. Aber sie taten es trotzdem. Um Ravnhov zu erschüttern. Um die Leute zu beruhigen, die in den Straßen brüllten. Um die Illusion von Kontrolle aufrechtzuerhalten. Und sie taten es, ohne den Seher zu fragen, dem sie doch dienen sollten.

Und dann Leivlugns kryptische Worte.

Die Frage ist, ob wir unter diesen Umständen das Ritual nicht abbrechen sollten. Möglicherweise werden wir Umarmer brauchen wie nie zuvor.

Sinnlose Sätze. Starke Umarmer waren selten, aber sie wurden alle während des Rituals ausgesucht, um in Eisvaldr geschult zu werden. Zusammen mit nicht so starken Umarmern, die sich ihren Platz erkauften.

Urd hatte tatsächlich um Hirkas Leben gekämpft, während Rime unter der Tischplatte hing. Sein Ausbruch von Nächstenliebe war mindestens verdächtig. Urd kämpfte für niemanden als sich selbst. Rime wusste zu viel über ihn, als dass er etwas anderes hätte glauben können. Urd hatte einen Vorteil davon, dass Hirka am Leben blieb. Aber welchen? Der Größenwahn dieses Mannes hatte bereits den Konflikt mit Ravnhov zugespitzt. Warum den jetzt abschwächen? Rime hatte vor, das herauszufinden.

Urd besaß eine Eigenschaft, die den meisten anderen im inneren Kreis fehlte. Er war direkt. Er sagte geradeheraus, wie es war, ohne es zu verbrämen, bis es unkenntlich und inhaltsleer war. Aber er handelte taktisch. Er hatte es nur so weit gebracht, weil er der beste Taktiker von allen war. Und er beschuldigte Ilume offen, verräterische Kinder zu haben.

Mich? Mutter? Onkel Tuve?

Die Gärten lagen unterschiedlich hoch und Rime kam an eine Felsenkante. Ein Stück entfernt gab es eine Treppe, aber dafür hatte er keine Zeit. Er umarmte die Gabe und sprang. Seine Beine setzten weich und schmerzlos auf dem Boden auf. Er war besser geworden, viel besser. Von hier aus sah er die Öffnungen im Berg, die zu den Kerkerschächten führten.

Hirka.

Gardesoldaten flankierten einen der vielen Türme. Also hatte er recht gehabt. Sie hatten sie nur in den nächstgelegenen Versammlungsraum gebracht, um sie zu verhören. Rime ging unter einem Balkon hinein und die Treppen hinauf. Er kam zu einer breiten, überbauten Brücke, die zu dem eigentlichen Turm führte. Hinter einer Flügeltür aus dunklem Holz befand sich eine Kammer, die vor ewigen Zeiten der wichtigste Versammlungsraum des Rats gewesen war. Bevor man die rote Kuppel gebaut hatte.

Vor der Tür stand eine silberne Schale auf einem Sockel, wie an so vielen anderen Orten in Eisvaldr. Des Sehers unmittelbare Vergebung und Läuterung, in Form von Wasser überall verfügbar. Wie praktisch.

Die Tür ging auf. Vier Gardesoldaten kamen heraus und zwischen ihnen hing sie. Rime spürte, wie ihm das Blut aus dem Gesicht wich. Hirka bewegte sich nicht. Ihr schmächtiger Körper hing schlaff zwischen den großen Kerlen in schwarzem Stahl. Sie schleppten sie über die Brücke. Ihr Kopf hing schwer vornüber. Sie hatte eine Binde vor den Augen und ihre Hände waren auf dem Rücken gefesselt. Das Strickhemd war völlig zerrissen. Es war schon immer löchrig gewesen, aber jetzt hing der eine Ärmel nur noch an einem Faden.

Sie näherten sich. Einer der Männer erkannte ihn und nickte ihm zu. Rime betete stumm, dass er hoffentlich seinen Namen nicht sagte. Hirka durfte nicht merken, dass er hier stand. Wie sollte er damit leben können, wenn sie hörte, dass er hier war? Dass er sie sah, ohne etwas zu unternehmen? Sie war jetzt nahe genug, dass er sie hätte berühren können, und er musste sich zwingen, es nicht zu tun. Es wäre ein Kinderspiel, die Söldner auszuschalten, Hirka zu packen und von hier zu verschwinden. Sie auf seinen Armen an einen Ort zu bringen, wo niemand ihr etwas anhaben konnte. Weg von der Verdorbenheit in Eisvaldr.

Wohin? Wo gibt es keine Verdorbenheit?

Jetzt waren sie an ihm vorbei und er blickte ihnen nach. Ein dunkler Fleck hatte ihr Strickhemd durchnässt und färbte die geschundenen Arme rot. Die Wut in ihm wuchs, wurde zu etwas unbegreiflich

Großem, das er nicht länger kontrollieren konnte. Er fühlte die Gabe kommen, ungerufen, rasend.

Ilume!

Er lief über die Brücke und riss die Tür auf, aber es war zu spät. Der Rat hatte das Turmzimmer verlassen. Zwei Mädchen hielten erschrocken inne, als er hereinkam, doch dann verneigten sie sich und fuhren fort, Früchte und leere Weinbecher abzuräumen.

Er blieb in der Türöffnung stehen und starrte das Blut auf dem Fußboden an. Spuren ihrer Knie. Rime hatte sich geirrt. Gründlich geirrt. Er hatte geglaubt, er könne an die Vernunft appellieren, aber der Rat besaß keine Vernunft mehr. Eisvaldr war sich selbst zum Feind geworden. Ein Schlangennest. Er hasste diesen Ort wie sonst nichts auf der Welt. Rime hob die Faust und schlug die Silberschale vom Sockel. Er hörte sich selbst brüllen. Das Wasser ergoss sich auf den Boden und die Schale flog durch die Luft. Sie schlug scheppernd auf dem Fußboden auf und klapperte noch einen Moment auf den Fliesen.

Die Mädchen kamen angelaufen und fielen sofort auf die Knie, um sauber zu machen, aber Rime schrie sie an.

»LASST DAS! DIE SOLLEN DAS BLUT SELBST AUFWISCHEN!«

Er würde Ilume finden. Um alles zu beenden, was beendet werden konnte.

EIN NARR

Urd umrundete das Bett in immer größeren Kreisen. Trotzdem blieb die Ruhe aus. Die Gedanken wollten sich nicht sammeln. Er hatte sich kostbare Zeit erkauft, aber er wusste nicht genug, um sie nutzen zu können. Jetzt nicht mehr. Die Stimme hatte alte Ahnungen bestätigt, Verdacht der unangenehmsten Sorte. Es gab Kenntnisse dort draußen – Gewissheiten, die ihm niemand mitgeteilt hatte. Ein Versprecher? Oder war es Absicht gewesen?

Wir haben es geschafft, weil sie lebt.

Urd hörte seine Zähne knirschen. Genug! Er musste es wissen!

Er ging hinüber zum Tisch und stützte sich auf den Ecken ab. In der Mitte befand sich die runde Schieferplatte. Verräterisch gewöhnlich, abgesehen von den Steinfragmenten, die an der Kante im Kreis lagen. Wäre nicht die rote Blutrinne in der Mitte gewesen, hätte man denken können, es sei Zierrat. Oder ein Spiel. Die Steine wirkten jetzt kraftlos. Sie sahen nicht mehr aus wie eine Waffe. Nicht so, wie er sie immer empfunden hatte.

Er holte die Flasche mit Rabenblut hervor und ließ ein paar Tropfen in die Rinne fallen. Dann zog er an der Gabe, ließ sich vollständig von ihr füllen. Das Flüstern kam zurück. Unruhige Stimmen, wie in einem Albtraum. Fordernd. Hasserfüllt. Das Blut erzitterte, bevor es sich bewegte. Dann lief es auf ihn zu und blieb zwischen zwei Steinen liegen, so wie es sein sollte. So wie es das immer getan hatte. Die Kraft in den Stimmen baute sich auf. Sie jagten in seinem Inneren, wurden wirklicher. Ein Zeichen, dass er es geschafft hatte.

Urd biss die Zähne zusammen. Zum ersten Mal fürchtete er sich davor, zu handeln. Aber die Wahrheit war bereits draußen. Er ging zum Fenster und ließ zwei Tropfen Rabenblut auf die Fensterbank fallen. Kostbare Tropfen. Heiliges Blut, das ihn schneller auf den Scheiterhaufen bringen würde als das Odinskind, wenn jemand davon erfuhr. Dann zog er wieder an der Gabe. Das Flüstern des Unbekannten wurde abermals lauter, neckte ihn, zog an seinen Herzwurzeln. Ließ sein Blut gefrieren. Das Rabenblut bewegte sich. Es lief auf ihn zu, rann in einem schmalen Streifen auf den Boden und zog in seinen Schuh ein.

Verraten! Man hatte ihn verraten! Zum Narren gehalten!

Was waren das für Steine? Aufgelesen am Flussufer? Kinderspielzeug? Wie hatte er jemals glauben können, sie würden ihn die Steintore öffnen lassen? War es überhaupt möglich, sie aus der Ferne zu öffnen? Mit Steinfragmenten von Kreisen, bei denen niemand wusste, wo sie sich befanden? Was für eine lächerliche Vorstellung. Seine Dummheit war zu groß, um sie hinunterzuschlucken. Er schrie und fegte die Steinscheibe mit beiden Armen vom Tisch. Sie zerbrach auf dem Fußboden. Er schrie wieder.

Damayanti …

Die tanzende Hure!

Urd warf sich den Umhang um und stürmte hinaus. Er eilte hinunter zum Halteplatz und rief einen der schwarzen Wagen des Rates zu sich, stieg eilig ein und wies den Kutscher an, ihn zu Damayantis Hurenhaus zu fahren. Der Kutscher sperrte die Augen auf. Urd bleckte die Zähne, er hatte keine Zeit für Schwachköpfe. Keine Zeit, Vorsicht walten zu lassen oder an einer Maske der Bedächtigkeit festzuhalten. Warum sollte er auch? Er war Urd Vanfarinn. Konnten sie nicht sehen, dass er ein viel beschäftigter Mann war?

Ein todgeweihter Mann.

Damayantis Bordell hatte noch nicht geöffnet. Er hämmerte an die Tür, bis ein verängstigtes Mädchen ihn einließ. Sie knickste, als sie sein Zeichen sah. Er stieß sie beiseite und stürmte die Treppe hinauf, hinein in Damayantis Zimmer. Sie stand vor der Truhe am Bett und musterte drei Gewänder mit kritischem Blick.

»Ich glaube, das rote wird …«

Er packte ihren Hals und drückte sie an die Wand. Sie riss die Augen auf, als ob sie ahnte, was Furcht war. Urd wusste es und er würde es ihr zeigen. Diese verlogene Blindenhure! Dieses Mal hatte sie ihr Spiel mit dem Falschen getrieben. Urd presste sich so eng an sie, dass er ihre Angst schmecken konnte. Er musste schnell sein, bevor sie sich auf die Gabe besann. Ehrlich gesagt wusste er nicht, wie stark Damayanti war. Oder welches Blindwerk sie beherrschte. Er zischte sie aus wundem Hals an.

»Du hast mich verraten! Mich zum Narren gehalten!«

Sie widersprach nicht, versuchte stattdessen, sich aus seinem Griff zu winden. Er drückte ihr seine Fingernägel in die Brust, dass sie aufschluchzte.

»Der Steinpfad kann nicht aus der Ferne geöffnet werden, habe ich recht? Man muss dort sein, wo die Steine sind. Ich war nicht dort. Seit mehr als fünfzehn Jahren nicht. Das bedeutet, dass DU es warst. Wo warst du, Damayanti? Was? Wo hast du die Blinden eingelassen? Warst du überrascht, als es dir gelang, ja? Hast du begriffen, was das bedeutet? Dass das Mädchen am Leben ist? Dass das Steinopfer lebt? Wann wolltest du das Geheimnis mit mir teilen, Damayanti? Wann?!«

Sie erschlaffte unter seinem Griff. Als sei ihr klar geworden, dass sie verloren hatte. Aber ihre Augen loderten, und nicht mehr nur vor Angst.

»Ich bin alles, was zwischen dir und dem Tod steht, Urd Vanfarinn.«

Urd packte ihren Hals fester. Sie hatte recht. Aber das bedeutete auch, dass er nichts mehr zu verlieren hatte. »Ich brauche dich nicht zu töten, um dir Schmerzen zuzufügen, du Hure! Wo warst du, Damayanti? Du hast ihn gefunden, nicht wahr? Den verlorenen Steinkreis in Blindból. Den ersten. Den größten aller Rabenringe.«

Sie schüttelte den Kopf. Er hätte gern die Gabe benutzt, um Damayanti tief ins Vergessen einzuschmelzen, aber er wusste nicht, was sie vielleicht mit seiner Gabe machte. Er hasste es, dass er sich nicht traute. Alles, was er hatte, war primitive Kraft. Er schlug ihren Kopf gegen die Wand.

»Wo ist er?! Antworte!«

»Der ist es nicht.« Sie schluckte. »Nicht der verlorene. Ein anderer. Lass mich los!«

»Einer im Norden? Wo?«

»Der Blindenweg … zum Bromfjell …«

Bromfjell. Gleich neben Ravnhov.

Urd ließ sie los. Sie sank zusammen und fasste sich an die Kehle. Ihr Blick fiel auf seinen Hals, ein Instinkt, den sie offenbar nicht kontrollieren konnte. Glaubte sie wirklich, ihre Schmerzen könnten sich auch nur entfernt mit seinen messen? Er machte eine schnelle Bewegung auf sie zu, um sie einzuschüchtern. Es klappte. »Gib mir alles, was du hast, Hure, oder du stirbst hier und jetzt. Ich habe nichts zu verlieren und das weißt du.«

Damayanti öffnete den Schrank und er stellte sich hinter sie, um sicherzugehen, dass er alle Flaschen bekam, die sie hatte. Er griff begierig danach. Sein Leben hing davon ab. Dann zog er Damayanti an sich und küsste sie mit aller Macht, die noch in ihm war.

»Ist nicht alles viel besser, wenn man nett zueinander ist?«, flüsterte er ihr ins Ohr und wandte sich zum Gehen.

»Fahr zum Draumheim«, hörte er hinter sich.

»Oh, wir zwei werden an einem weit schlimmeren Ort verfaulen, meine Liebe. Das ist das Einzige, was uns beiden gewiss ist.«

DER PUPPENMACHER

Hirka legte sich vorsichtig auf den Boden, an der Stelle, wo er schräg nach oben verlief. Es tat zu weh, mit dem Rücken an der Wand zu sitzen. Aber hier konnte sie auf der Seite liegen, das Gesicht zum Licht am oberen Ende des Schachtes gewandt. Ein grau gekleideter Mann hatte ihr den Strick um die Handgelenke abgenommen, während die Gardesoldaten mit gezückten Speeren um sie herumstanden. Als wäre sie in der Lage zu fliehen.

Er hatte ihr schweigend Hände und Rücken gewaschen. Sie hatte Spuren der Gabe in ihm gespürt, eine leichte Linderung der Schmerzen, aber sie hatte nichts gesagt. Gewöhnliche Leute spürten nicht, wenn jemand Umarmer war, und noch mehr aufzufallen war das Letzte, was sie jetzt gebrauchen konnte.

Ilume war ihre letzte Hoffnung gewesen. Sie hatte so darauf vertraut, dass Ilume alles erklären würde. Dass sie in den Raum treten und rufen würde: »Halt! Was macht ihr denn da? Das ist doch Hirka! Ich kenne sie aus Elveroa, sie ist ein ganz gewöhnliches Mädchen. Sie hat mit meinem Enkel Zweikampf gespielt. Sie hat Krankheiten geheilt!«

Aber Ilume war eine von ihnen gewesen. Dennoch war das nicht das Schlimmste. Das Schlimmste war der Gedanke, dass sie vielleicht recht hatten. Sie gehörte nicht hierher. Sie war eine Gefahr für gewöhnliche Leute. Vielleicht stimmte es sogar, dass sie die Blinden eingelassen hatte? Überrascht erkannte sie, dass sie vielleicht selbst nicht daran geglaubt hatte, wer sie war. Dass sie tief in ihrem Inneren gehofft hatte, der Seher würde eine andere Erklärung dafür finden, warum sie nicht umarmen konnte. Dass Er sagen würde, das sei völlig in Ordnung. Dass sie ein Ymling war, wie alle anderen. Aber so war es nicht. So war es wirklich nicht.

Hirka sah sich selbst als Neugeborenes im Schnee beim Steinkreis liegen. Sie konnte nicht mehr auseinanderhalten, welche Bilder Wirklichkeit waren und welche sie sich selbst gemacht hatte. Alles war so deutlich und undeutlich zugleich. Sie richtete sich auf und trank Wasser aus einer Urne, die in einer Ecke auf dem Boden stand. Es schmeckte muffig nach Erde. Sie spuckte es wieder aus und hustete.

»Nicht das Wasser trinken.«

Hirka zuckte zusammen und sah sich um. Sie war immer noch allein. Da hatte sie nun am Ende also den Verstand verloren. Sie hob den Blick zum Licht. Zwischen den Stäben oben an der Wand lugte ein winziger Kopf hervor. Er war braun, bärtig und trug eine Königskrone. Kleine Hände waren ans Gesicht gelegt, als wollte er rufen. An den Händen waren zwei dünne Stäbe, die irgendwo hinter der Wand verschwanden.

Hirka kroch mühsam weiter zum Gitter hinauf. Es war eine Puppe. Der Kopf war aus Holz und nicht größer als ihre geballte Faust, aber jemand hatte seine ganze Seele in die Feinheiten gelegt. Große, blaue Augen mit buschigen Brauen. Bleiche Lippen und ein Bart aus schwarzer Wolle. Die Krone schien aus Kupfer zu sein. Ihre Farbe wiederholte sich in den Stickereien auf einem blauen Kittel. Auch die Augenlider waren aus Holz und sie bewegten sich zusammen mit der Puppe auf und ab.

»Nicht das Wasser trinken. Sie vergessen immer, es zu wechseln.«

Hirka legte den Kopf schräg. Die Puppe wirkte unglaublich lebendig. Sie streckte die Hand aus, um sie zu berühren, aber die Puppe verschwand hinter der Wand.

»Warte! Wer bist du?« Es musste ein anderer Gefangener sein, im Schacht neben ihrem. Die Puppe tauchte wieder auf, mit erhobenem Kopf und den Armen auf der Brust.

»Ich bin König Oldar, der Letzte von Foggard.«

Die Stimme platzte beinahe vor Stolz und Hirka lächelte. Ravnhov in klein. Die Puppe verschwand wieder und eine neue erschien, noch schöner als die erste. Ein Krieger, mit echten Ringen in der kleinen Brünne, breiter Brust und Stahlkappen auf den Schultern.

»Frag ihn, wer die Totgeborenen aufgehalten hat.« Die neue Puppe hatte eine kräftigere Stimme, obwohl sie von demselben Mann kam.

»Er hat wohl getan, was er konnte«, sagte Hirka lächelnd.

Sie erinnerte sich sofort an die Geschichte. Der Krieg gegen die Blinden. Die Könige des Nordens, die sich dem Seher unterwerfen mussten, nachdem Er den zwölf Kriegern geholfen hatte, die Blinden zu besiegen. Zwölf Krieger, die den ersten Rat bildeten. Hirka reckte den Kopf, um zu sehen, wer die Puppen hielt, aber es war unmöglich. Der Krieger lehnte sich näher ans Gitter. Er hatte goldenes Haar, das in Wellen an seinem Rücken festgeklebt war.

»Wir sind allein nach Blindból hineingegangen. Wir haben den Leuten aufgetragen, die Mauer hinter uns zu errichten, für den Fall, dass wir scheitern. Wir sind hineingegangen und wir haben gesiegt!«

Das war nicht ganz so, wie Hirka die Geschichte kannte. Sie hatte gehört, dass die Leute die Mauer aus Furcht gebaut hatten, nachdem die Krieger losgezogen waren.

»Und wer bist du?«

»Ich bin der Krieger Eldrin! Einer der Zwölf!«

Eldrin. Rimes Vorfahr.

Hirka biss sich auf die Unterlippe und blickte zu Boden. Das hier war Eisvaldr. Das hier war Rimes Zuhause. Ilumes Zuhause. Von hier aus regierten sie die Welt. Und sie taten es seit tausend Jahren.

Hirka wusste, dass viele Rime die Position neideten, die ihm gegeben war. Sie hatte sich nie etwas daraus gemacht, aber nun spürte sie einen Stich in der Brust. Rime hatte Wurzeln. Sie war allein. Sie hatte absolut niemanden. Alles, was sie gehabt hatte, war Vater. Und jetzt hatte sie auch ihn nicht mehr. Keine Familie und keine Familiengeschichte. Sie konnte nicht einmal diese Welt ihr Eigen nennen.

Rime An-Elderin dagegen hatte Ahnen, die man bis zum Krieg zurückverfolgen konnte. Gesegnet und umarmt vom Seher. Wie geborgen musste es sich anfühlen, mit einer solchen Geschichte im Rücken aufzuwachen. Kind eines der legendären Krieger zu sein, die die Welt gerettet hatten. Aber das war tausend Jahre her. Und was waren diese Kinder heute? Bösartig. Gewissenlos. Hasserfüllt. Sollten sie doch im Draumheim verfaulen, alle zusammen.

»Aber wer bist *du*? Du, der die Puppen führt?«

Es wurde für eine Weile still. Hinter der Wand rumorte es. Eine neue Puppe tauchte zwischen den Stäben auf. Sie war bleich und nackt und ihre Augen waren geschlossen.

»Ich bin der Puppenmacher.«

Hirka lächelte. Sie hatte keine Ahnung, mit wem sie redete, aber offenbar konnte er nicht für sich selbst sprechen. Er brauchte die Puppen. Sie schickte einen freundlichen Gedanken an die Gardesoldaten, die ihm die Puppen gelassen hatten. Aber dann fiel ihr ein, dass sie es sicher nur getan hatten, damit er sie während ihrer langen Wachen unterhalten konnte. Mochten sie im Draumheim verfaulen, sie auch.

»Warum bist du hier?«, fragte sie barscher, als sie beabsichtigt hatte.

»Weil ich sie gesehen habe.«

»Wen gesehen?«

»Ich sah. Ich weiß.«

»Aha … Was weißt du?« Hirka stampfte unbewusst mit dem Fuß auf. Er wusste sicher auch nichts. Genau wie sie. Wie der Rat.

»Danke, vielen Dank.« Die Puppe verbeugte sich.

»Äh … keine Ursache. Was weißt du?«

»Ich sah.«

»Was hast du gesehen.«

»Ich sah sie sterben.«

»Wer ist gestorben, Puppenmacher?«

»Der König und Odin.«

»Moment. Du hast den König und Odin sterben sehen?«

»Wir hatten gerade gegessen. Das Einzige, was ich hörte, war der Kuckuck im Baum.«

»Du meinst, Freunde von dir? Die den König und Odin gespielt haben?« Sie bekam keine Antwort. »Was ist mit ihnen passiert?«

»Ich erzähle keine Lügen!«

Hirka lachte kurz und bitter. »Ich auch nicht, Puppenmann, aber das kümmert hier niemanden. Was ist geschehen?«

»Sie dürsten. Wusstest du das? Sie dürsten nach der Gabe. Dürsten seit tausend Jahren nach der Gabe. Deshalb sind sie gekommen. Manche sagen, dass sie vor uns hier waren. Dass sie es waren, die die Steintore gebaut haben. Sie kamen und gingen, wie es ihnen beliebte. Vor uns.«

Die Haare sträubten sich ihr im Nacken. Sie fragte, obwohl sie die Antwort kannte.

»Wer?«

Die Puppe schlug die Augen auf. Sie saßen tief und waren nichts anderes als weiße Haut. Die Wirkung war gewaltig. Einfach, aber ekelhaft echt.

Ein Blinder.

Hirka sprang auf und klammerte sich ans Gitter. Es schnitt ihr in die Finger und sie ließ sogleich wieder los. Zum schwarzen Blindból noch eins!

»Warte! Hast du sie gesehen? Du hast die Blinden gesehen? Wo? Wo sind sie hergekommen?«

»Sie kamen durch Stein.«

»Wo? Wo sind die Steine?«

»Es sind viele. Viele.«

»Was ist passiert, als sie kamen? Was haben sie gemacht?«

Die Puppe verschwand wieder.

»Antworte mir!«

Stille. Hirka trat gegen die Wand, aber es nützte nichts.

»Antworte mir! Sie sagen, ich habe sie hergebracht!«

»Trink nicht von dem Wasser.«

Hirka rutschte den abschüssigen Boden hinunter. Sie saß da und schlang die Arme um den Oberkörper.

»Ich weiß«, flüsterte sie. »Sie vergessen immer, es zu wechseln.«

GESAS GARTEN

Rime ging hinauf zum Haus An-Elderin. Der schlafende Drache. Das Haus, das kein Zuhause mehr für ihn war. Die Lampen entlang des Weges brannten. Gelbe Punkte, die sich durch die Abenddunkelheit schlängelten und ihm zeigten, wohin er die Füße setzen musste.

Der Rat hatte die Kuppel den ganzen Tag lang kaum verlassen, aber jetzt hatten sie für heute Schluss gemacht. Rime war mehrmals kurz davor gewesen, zu ihnen hineinzustürmen, aber er hatte es nicht über sich gebracht. Es hatte wenig Sinn, den Kopf für nichts und wieder nichts zu riskieren, obwohl er heute nichts anderes getan hatte, als sein Leben aufs Spiel zu setzen. Wenn er wenigstens gewusst hätte, warum, aber er fand keine gute Antwort. Ilume dagegen kannte die Antworten. Und diesmal würde er nicht schweigen.

Noch ehe er anklopfen konnte, öffnete Prete ihm die Tür.

»Són-Rime. Komm herein, komm.« In Pretes Blick lag eine ängstliche Wärme, die wohl daher rührte, dass sich die Nachricht über die Fäulnis inzwischen verbreitet hatte.

»Wie gut, dich zu sehen, Són-Rime. Dein Onkel Dankan und die Familie sind in der Bibliothek. Sie sitzen mit Freunden zusammen. Niemand weiß genau, was unter diesen Umständen zu tun ist. Ich werde ihnen sagen, dass du hier bist.«

»Nein, Prete. Ich kann nicht lange bleiben. Ich muss mit Ilume sprechen.«

»Natürlich, natürlich. Ich habe Ilume-Madra vorhin in Gesas Garten gesehen, aber es kann sein, dass sie wieder ins Haus gegangen ist.«

»Es ist gut, Prete. Ich werde selbst nachsehen. Danke.«

Rime ging durch den Nordflügel und trat hinaus in den Teil des Gartens, der nach Gesa benannt war, seiner Mutter, an die er sich kaum erinnerte. Ilume stand mit dem Rücken zu ihm zwischen den Seihbeerbäumen. Eine Lampe mit ausgestanzten Drachen ließ die Blätter wie Silber schimmern. Sie flüsterten im Wind, wisperten davon, wie weit der Sommer fortgeschritten sei, und darüber, ob sie die weißen Blüten fallen lassen sollten oder nicht. Rime trat näher und die Blätter kamen zur Ruhe, als lauschten sie auf das, was nun kommen würde.

Ein Bach floss durch den Garten. Er war nicht künstlich angelegt worden, sondern folgte seinem natürlichen Lauf, wie er es immer getan hatte. So war es der Wunsch seiner Mutter gewesen. Ilume stand unbeweglich davor. Sie trug immer noch den Kittel. Rime wusste, dass sie erschöpft sein musste. Er konnte sich an keinen anstrengenderen Tag erinnern und das galt sicher für den Rat genauso wie für ihn. Aber er spürte kein Mitgefühl. Keine Zärtlichkeit. Nur die glühende Gabe. Eine ziehende Leere, die auf Vollendung wartete.

»Was werdet ihr mit Hirka machen?«, fragte er.

Ilume drehte sich zu ihm um. Ihr Gesicht hob sich kaum von dem Kittel ab, es war bleich wie runzliges Porzellan. Nur die stechenden Pupillen verrieten Leben. Das schwarze Rabenmal zeichnete sich scharf auf der Stirn ab.

»Du hättest jetzt in Blindból sein sollen.«

Rime antwortete nicht. Er fragte sich, ob er sie eigentlich je betrachtet hatte. Ob er je gesehen hatte, wie alt sie war. Vielleicht alt genug, um den Verstand zu verlieren? Nein. Das war ein schwacher Trost und Rime wusste es besser.

»Du warst hier«, sagte sie schneidend. »Du warst heute Morgen hier, während des Rituals, obwohl ich Nein gesagt hatte.« Ilumes Augen waren geweitet. Nach all diesen Jahren schaffte sie es immer noch, sich eine Maske der Ungläubigkeit aufzulegen. Ungläubigkeit darüber, dass er es überhaupt in Erwägung ziehen konnte, sich ihr zu widersetzen. Oder einen anderen Weg zu gehen. Rime hatte diese Maskerade satt. Sie widerte ihn an.

»Was habt ihr mit ihr vor?«

Er kannte die Antwort, aber er musste es von ihr hören. Er wollte hören, wie sie es gestand. Wie sie zugab, dass sie alle vollkommen die Kontrolle verloren hatten.

»Sie ist Fäulnis, Rime.«

»Antworte mir!«, stieß er zwischen zusammengebissenen Zähnen hervor.

»Was glaubst du? Sie gehört nicht hierher. Sie verursacht Chaos! Angst vor der Fäulnis! Sie hat den Weg für die Blinden geöffnet. Solange sie lebt, ist das Leben aller in Gefahr. Du hast keinen Verstand, wenn du …«

Rime hörte sich selbst lachen. »Ihr müsst wirklich verzweifelt sein! Was für ein Gebräu aus wahnwitzigen Vorwänden! Den Weg für die Blinden geöffnet … Sie ist ein junges Mädchen! Ich kenne sie, seit ich zwölf war!«

Ilume hob das Kinn, sodass sie auf ihn herabblicken konnte. Rime sah das Zucken in ihrem Mundwinkel, das verriet, was sie davon hielt, dass er irgendjemanden jenseits der Mauer »gekannt« hatte. Doch dann verengte sie die Augen, als habe sie etwas entdeckt.

»Du hast es gewusst! Du wusstest, was sie ist, und du hast es vor mir verheimlicht!«

»Gib mir nicht die Schuld für das, was du nicht gesehen hast, Ilume.«

Es zuckte um ihren Mund. Der Tritt hatte wehgetan und er wusste es. Das war ein Vorwurf, der ihr schon den ganzen Tag wie ein Troll im Nacken saß.

»Dieses Spiel beherrschst du nicht, Rime.«

»Genau darum geht es, Ilume. Ich spiele nicht. Spielt ihr nur. Spielt dem Volk und Ravnhov etwas vor. Stellt die Welt auf den Kopf, ohne auf den Seher zu hören, macht nur! Nehmt Leute gegen Geld in die Schulen auf und pfeift darauf, ob sie stark in der Gabe sind. Das kümmert mich nicht. Wälzt euch in behaglichem Wohlstand, wenn ihr wollt, aber ihr werdet keine kleinen Mädchen hinrichten, um ein Exempel wegen eines eingebildeten Feindes zu statuieren! Nicht, solange ich lebe!«

Rime konnte sehen, wie sich die Last dieses Tages in ihr aufbäumte. Die Worte dieser Frau waren ihm Gesetz gewesen, seit dem Tag seiner Geburt. Ihr zu trotzen war, als würde man einer Lawine trotzen. Er musste sich beherrschen, um nicht einen Schritt zurückzuweichen, nur aus alter Gewohnheit. Sie zeigte auf ihn, als sei er ein Untoter.

»Du hast deine Wahl getroffen! Du hast den Stuhl verschmäht. Du hast mich verraten! Uns! Der Staub auf den Straßen ist mehr wert als deine Meinung, Schwarzrock! Du bist bereits tot! Bereits tot!«

Sie zitterte am ganzen Körper. Weiße Seihbeerblüten schwebten wie Schnee vor ihr herab, fielen um sie beide herum. Rime sah, wie sie auf die Wasseroberfläche trafen und vom Bach fortgespült wurden. Wie sie ertranken und verschwanden. Bald würden die Bäume kahl sein. Der Winter nahte.

Er sah Ilume an und er verstand. Sie hatte ihre Tochter verloren und nun verlor sie auch ihn. Die Familie An-Elderin würde ihre Macht im Rat einbüßen. Und das warf sie ihm vor. Warf es ihm vor mit jedem Knochen im Körper, bis in den ausgestreckten Zeigefinger hinein, der vor aufrichtigem Zorn bebte.

Sie kam näher. Ihr Nacken war starr. Kleine Silberhärchen hatten sich aus den sonst so makellosen Zöpfen gelöst, aber Ilume hatte nicht aufgegeben. Ilume stand. Sie stand immer. Und jetzt stand sie direkt vor ihm. Er begriff, dass er gehofft – und vielleicht erwartet – hatte, Scham in ihren Augen zu sehen. Scham für das, was der Rat tun würde. Für das, was sie waren. Aber das würde niemals geschehen.

Sein ganzes Leben lang hatte er gehört, dass er mehr sei als andere. Besser als andere. Stärker im Blut und in der Gabe. Das Kind, auf das der Seher gewartet hatte. Der Glückliche. Er sei dazu geboren, über das Volk zu herrschen, das Land, die elf Reiche. Rime hatte diese

Lüge abgestreift, aber Ilume glaubte daran. Ilume entschied über Leben und Tod mit der größten Selbstverständlichkeit. Weil sie die war, die sie war. Und jetzt war sie im Begriff, mehr zu verlieren, als sie ertragen konnte. Den Namen.

Aber es stand nicht mehr in Rimes Macht, etwas an ihrem Verlust zu ändern. Sie war keine Frau mehr. Nicht die Mutter seiner Mutter. Sie war eine von ihnen. Eine der Zwölf, die er nicht mehr länger ertrug. Das hatte er schon mit fünfzehn während des Rituals gewusst, als er beschloss, sich zum Schwarzrock ausbilden zu lassen. Es stimmte, was Ilume eben gesagt hatte. Seine Worte hatten keine Bedeutung mehr. Er war bereits tot.

»Lieber will ich tot sein als ein An-Elderin«, sagte er.

Er sah den Schlag kommen, so wie er ihn in der Seherhalle in Elveroa hatte kommen sehen. Damals hatte er sie zuschlagen lassen, aber da hatte er nicht Hirkas Bild vor Augen gehabt. Hirka. Halb tot zwischen Söldnern in schwerer Rüstung hängend. Hirka mit rostroten Flecken auf dem Strickhemd.

Er packte Ilumes Arm, bevor ihre Hand seine Wange erreichte, und hielt ihn fest. Sie standen einander gegenüber, von Angesicht zu Angesicht. Ihre Augen waren zu schmalen, hasserfüllten Bögen verzerrt. Er begriff, dass sie umarmte, um ihn zu überwinden, aber es war kein Kampf. Er war stärker als sie.

Schwarzfeuer hatte ihn Beherrschung gelehrt. Gelassenheit. So zu leben, als sei er bereits ein Toter. Aber trotzdem musste er sich zwingen, nicht fester zuzudrücken. Er hätte ihr Handgelenk zermalmen können, bis ihr die Finger abfielen. Bis sie nicht mehr zeigen konnte. Oder noch mehr Schaden anrichten.

Aber er tat es nicht. Weil er verstand, warum sie ihn hatte schlagen wollen. Er würde nie einer von ihnen sein. Und wäre er es geworden, wäre er dennoch eine Bedrohung für die Geschichte des Hauses gewesen. Sie wollte ihn schlagen, weil er alles verachtete, wofür sie gelebt hatte. Und weil der schlafende Drache nie erwachen würde. Das Haus An-Elderin war tot.

Er ließ ihre Hand los, drehte sich um und ging. Sie rief ihm nach. Ihre Stimme war die eines Kindes, schreiend, unversöhnlich.

»Was fällt dir ein, zu gehen?!«

»Ich muss mir die Hände waschen«, erwiderte er.

TYRINN

Hirka krümelte das Brot in die Mehlsuppe und versuchte, kleine Fladen daraus zu formen. Es war wenig Brot, aber es musste genügen. Sie kletterte auf den Deckel des Kotbottichs, streckte sich zur schmalen Öffnung oben an der Wand und warf zwei klebrige Fladen hinaus auf den Rand. Sie wagte nicht, zu rufen. Noch nicht.

Sie hatte mehrere Raben gehört. Nun gab es zwar Tausende davon in Mannfalla und vor allem in Eisvaldr. Aber einer davon war Kuro, irgendwo dort draußen. Er war ihre einzige Hoffnung. Der Holzdeckel unter ihren Füßen knackte. Sie kreuzte die Finger zum Zeichen des Sehers und hoffte, dass der Deckel ihr Gewicht aushielt. Falls nicht, würde es ein wahrhaft beschissener Tag werden. Sie reckte den Hals und schaute hinaus.

Komm! Komm, Kuro! Fressen!

Ein haariges Geschöpf huschte vorbei und begann, freudig an dem Fressen zu schnuppern. Eine Ratte, schon wieder. Hirka steckte die Finger durchs Gitter und zischte die Ratte an.

»Schhht! Weg!«

Das Tier beachtete sie kaum. Sie zog den Arm aus dem Strickhemd und versuchte, den leeren Ärmel durch die Gitterstäbe zu schleudern. Die Ratte wich ein wenig zurück und fuhr fort, an den kostbaren Fladen zu knabbern.

»Husch! Schhht!!! Kuro! Hedra! Hedra!«

Das Gitter über ihr wurde zurückgeschlagen. Hirka fuhr herum. Ein Gardesoldat stand in der Öffnung.

»Was treibst du da, Mädchen?«

Er starrte sie an, sein Blick musterte sie von Kopf bis Fuß. Ihr dämmerte, dass sie halb nackt dastand. Schnell schlüpfte sie mit der Hand wieder in den Ärmel und bedeckte den entblößten Bauch.

»Ich scheuche Ratten«, sagte sie und stieg vom Eimer herunter.

Er machte ein paar Schritte in den Schacht hinein. Hirka kreuzte die Arme vor der Brust. Sie merkte, wie eine Gänsehaut sie überlief. Sein Blick hatte etwas Glasartiges bekommen, das ihr nicht gefiel. Er war fast zwei Mal so groß wie sie und hatte mehr als doppelt so viele Winter gesehen. Sein Gesicht war kantig und sonnenverbrannt. Sylja hätte ihn gut aussehend genannt, sie mochte diese Art von Männern. Stark, hochnäsig und großmäulig. Kein bisschen gefährlich.

Ich habe keine Angst.

»Ist es wahr, was sie sagen?«, fragte er.

»Kaum. Die Leute kommen auf die unglaublichsten Ideen.«

Er lachte kurz und freudlos. »Du bist ein bisschen frech … Odinsgöre.«

»Eher sehr, will ich doch hoffen.«

Er kam ganz nah, sie konnte seinen Atem an ihrer Stirn spüren.

»Bist du gebaut wie andere Weiber?«

Seine Hand griff ihr in den Schritt. Sie packte sein Handgelenk und drehte es um, bis er vor Schmerz aufschrie. Sie wich nicht zurück. Das Herz klopfte ihr laut in der Brust, aber sie durfte keine Angst zeigen. Kerle wie der lebten von Angst.

Er richtete sich auf. Seine Augen waren jetzt schmal, er war wütend. Hirka versuchte zu lächeln, war sich aber nicht sicher, ob es ihr gelang.

»Ich bin ein Odinskind. Ich habe Fähigkeiten, von denen träumst du nicht mal. Fass mich noch einmal an und du kriegst die Fäulnis!«

Für einen Augenblick sah er unsicher aus. Dann lachte er wieder, genauso freudlos wie vorher. Er drückte sie mit der Faust an die Wand.

»Könntest du die Fäulnis mit deinem Mundwerk verbreiten, würde halb Eisvaldr im Draumheim schlafen. Außerdem sagen die Männer, dass du eine Schwanznarbe hast. Dass du lügst.«

Eine seiner großen Pranken schloss sich um ihren Hals. Die andere glitt zu ihren Brüsten hinunter. Plötzlich ein kreischendes Spektakel, er ließ los und wich zurück. Kuro saß mit gespreizten Flügeln vor dem Gitter und schrie. Der Söldner stand einen Moment da und ließ den Blick zwischen Hirka und dem Raben hin- und herwandern, ehe er die Zähne bleckte wie ein Tier und sich rückwärts auf das Gitter zubewegte. Hirka fauchte ihn an, bis er weg war.

Sie rutschte mit dem Rücken an der Wand hinunter und blieb auf dem Boden sitzen, die Arme über der Brust gekreuzt. Ihr Strickhemd bebte mit jedem Herzschlag. Wenigstens für eins konnte sie dem Seher dankbar sein: den Respekt, den die Leute vor Raben hatten. Hirka fasste sich an den Hals und versuchte, das Gefühl seiner Hände loszuwerden.

Was, wenn er zurückkam? Sie war müde, wagte aber nicht, die Augen zu schließen. Sie saß da und plauderte ein wenig mit Kuro, aber nach einer Weile flog auch er davon. Diese Nacht war die längste, seit sie in diesem Kerker saß. Sie wurde erst ruhiger, als das Tageslicht kam und sie den Wachwechsel über sich hörte. Da endlich konnte sie den Kopf auf die Knie legen und schlafen.

Das Geräusch von scharrendem Metall weckte sie wieder. Sie blickte hinauf zum schmalen Gitterfenster. Ein gepanzerter Schuh. Das war er. Der Soldat.

Er steht draußen!

Eine Luke klappte herab. Sie hörte das Geräusch von Bolzen an der Außenseite. Er verschloss das Fenster. Schloss Kuro aus. Verzweiflung wallte in ihr auf. Sie erhob sich und hämmerte gegen die Luke, aber die war dafür gemacht, nicht nachzugeben. Das Ding ruckte und rührte sich nicht. Hirka begriff, dass ihn nun niemand sehen würde. Am Abend, wenn seine Wache begann, würde er freie Hand haben. Kuro würde ihn nicht mehr erschrecken können. Sie war auf sich allein gestellt.

Hirka überlief ein Schauer. Sie ertappte sich bei der Hoffnung, dass ihn die Fäulnis befallen möge. Ehe er es schaffte, ihr wehzutun. Dass ihm das Fleisch vom Körper platzte, während sie dabei zusah. Sie erschrak über ihre Gedanken. Sie war noch nie auf die Art mit einem Mann zusammen gewesen wie Sylja. Dafür hatte Vater gesorgt. Nicht dass sie es gewollt hätte. Die meisten Jungen und Männer, die sie getroffen hatte, waren Schwachköpfe. Unzuverlässige, verlogene Schwachköpfe. Abgesehen von Vater.

Rime.

Sie sank wieder zu Boden und schloss die Finger um den Wolfszahn mit den kleinen Kerben an den Seiten. Wenn er käme und sie von hier wegbrachte, sollte er hundert Kerben bekommen. Tausend! So viele, wie sein Herz begehrte. Wenn er nur käme.

Hirka trat gegen die Wand, so fest sie konnte. Immer wieder. Keiner würde kommen, um sie zu retten. Sie war ganz auf sich allein gestellt und sie musste einen Ausweg finden.

Sie musste hier raus.

Hirka feilte den Holzsplitter am Fußboden. Sie hielt inne, betrachtete ihn und feilte weiter. Das Geräusch ihrer Arbeit war alles, was sie hörte. Im Schacht nebenan war es still. Der Mann mit den Puppen hatte seit der Wachablösung keinen Laut von sich gegeben. Sie fürchtete, dass die Söldner ihm Traumkappe ins Essen getan hatten. Obwohl das eine kostbare und seltene Pflanze war. Vielleicht eher etwas anderes. Sie konnte keinen verdächtigen Geruch an ihrem eigenen Essen feststellen, aber sie hatte es ohnehin nicht angerührt.

Sie hatte einen Holzsplitter aus dem Deckel des Kotbottichs herausgebrochen. Er sollte eine Waffe werden. Sie hielt wieder inne und betrachtete das selbst gemachte Messer. Schön war es nicht. Kürzer als eine Hand, aber inzwischen scharf. Es hatte eine Krümmung am Ende, die als Griff dienen musste. Sie stach ein paarmal willkürlich in die Luft. Es fühlte sich verkehrt an. Sie hatte ihre Fäuste immer geschickt eingesetzt, wenn es nötig war. Davon konnte Kolgrim ein Lied singen. Aber eine Waffe führen? Gegen Leute? Ihre Berufung war es, Leute zusammenzuflicken, nicht, sie aufzuschlitzen. Aber das war einmal. Vor dem Ritual. Vor den Wunden in ihrem Rücken.

Hirka ließ die Arme sinken. Sie würde niemanden töten. Sie wollte ihn nur erschrecken, ihn auf Abstand halten, weit genug, dass sie … Ja, was? Sie blickte sich um. Sie konnte nirgendwohin. In den dunkelsten Momenten hatte sie sich dabei ertappt, dass sie aufgeben wollte. Vielleicht war das ein Geschenk? Eine Antwort auf etwas, das sie sonst nie erfahren würde … ob die Fäulnis nur Altweibergewäsch war oder ob es sie wirklich gab. Wie schlimm mochte sie sein? Sie könnte die Augen fest zumachen und bis tausend zählen, dann wieder öffnen und sehen, ob er verfault war. Was wäre schlimmer? Dass er es wäre oder dass er es nicht wäre?

Er war inzwischen schon mehrmals vorbeigegangen, zusammen mit einem anderen Gardesoldaten. Sie hatten sie angestarrt. Ruhelos, lauernd, während das Tageslicht erst gelber, dann roter wurde. Und dann war es ganz weg.

Sie sah die Umrisse von zwei Männern, als das Gitter aufging. Ein dritter wurde in ihren Schacht gestoßen. Er war schmutzig und seine Kleidung kaum mehr als Lumpen. Das war kein Soldat. Ein anderer Gefangener?

Hirka straffte die Schultern und kratzte ihr letztes bisschen Selbstvertrauen zusammen.

»Haben sie dir gesagt, wer ich bin?«, rief sie ihm entgegen.

Der Mann kam näher. Er war groß, noch größer als der Söldner. Sein dunkles Haar lag nach hinten, es war so fettig, dass es am Schädel klebte. Hirka schluckte.

»Ich bin nicht wie du. Ich bin ein Odinskind! Wenn du mich anfasst, kriegst du die Fäulnis!«

Er lachte mit einer Stimme, die lange nicht benutzt worden war.

»Ich habe mir ja schon viel von unwilligen Weibern angehört, aber das ist neu.«

»Was glaubst du, warum sie dich hier reingeschickt haben, anstatt selbst zu kommen? Die haben dich hinunter zur Fäulnis geschickt. Zu einer schwanzlosen Emblatochter. Benutz deinen Verstand, Mann!«

Er zögerte. Legte den Kopf schräg und sah, dass sie ihn nicht anlog. Kein Schwanz … Hirka schöpfte Hoffnung. Er hatte vielleicht nicht von ihr gehört, aber er kannte die alten Märchen. Sein Blick wanderte nach oben zum Gitter, zu den beiden anderen. Der Söldner vom Abend zuvor rief in den Schacht: »Die Kleine lügt, wenn sie das Maul aufmacht! Sie hat eine Narbe am Rücken, das wirst du gleich sehen. Wie lange sitzt du schon, Tyrinn? Hast du nicht mal wieder Lust auf Weiber und Bier?«

Tyrinn kam auf sie zu, blitzschnell und grob. Sie wurde gegen die Wand gedrückt und spürte seine Hand an ihrer Kehle. *Nein!* Sie brauchte mehr Zeit!

Sie holte mit dem Holzmesser aus und hörte, wie es über seine Haut schrammte. Er lockerte den Griff und fluchte. Ein dünner Streifen Blut lief ihm über die Wange unter einem Auge. Er wischte mit der Hand über die Wunde und warf sich wieder auf sie. Hirka merkte, wie es ihr den Atem in der Brust abschnürte. Sie ließ sich zu Boden fallen und duckte sich unter seinen Armen weg, rammte ihm den Ellbogen gegen die Schläfe, rutschte jedoch ab. Er bekam ihre Hand zu fassen und drehte ihr den Arm um. Hirka schrie vor Schmerz und ließ das Holzmesser fallen. Dann fiel sie selbst.

Er presste seine Faust auf ihre Brust und hielt sie mit seinem ganzen Körpergewicht am Boden. Hirka glaubte, ersticken zu müssen. Sie rang nach Atem. Sie versuchte, die Knie anzuziehen und ihn wegzustoßen, aber er war zu schwer. Viel zu schwer. Sie versuchte, ihn an den Füßen zu packen, damit sie ihn umwerfen konnte, aber ihre Arme waren zu kurz. Sie kam nicht ran. Er begann, an seinem Gürtel zu nesteln, und Panik überfiel sie. Er würde es tun. Er würde sie mit Gewalt nehmen.

Nein! Rime!

Eine grobe Pranke presste sich auf ihren Mund. Sie schmeckte nach altem Schweiß.

»Ich brech dir das Genick, wenn du schreist«, zischte er über ihr. Hirka schrie. Ein heftiger Schlag traf ihren Kiefer. Seine Hand knetete ihre Brüste unter dem Strickhemd. Sie schlug blindlings um sich. Kratzte. Ein Knie presste sich zwischen ihre Beine, zwang sie auseinander und schlug gegen ihren Schritt. Hirka warf sich herum und tastete nach dem Holzmesser. Das war ein Fehler. Er presste ihren Kopf auf den Boden. Sie lag hilflos auf dem Bauch und spürte das erdrückende Gewicht des Kerls auf sich. Er zerrte ihre Hose herunter und lachte, als er die Narbe sah. Sie hatte nichts mehr, um ihn einzuschüchtern. Seine Angst war weg.

Er bog ihren Kopf mit einer Hand in den Nacken. Die andere machte sich zwischen ihren Schenkeln zu schaffen. Kalte Finger waren im Begriff, dort einzudringen, wo noch nie jemand gewesen war.

»Ist es dort, wo sie sitzt, hm? Ist das die Fäulnis?« Er keuchte ihr ins Ohr. Hirka warf den Kopf hin und her wie ein wildes Tier und fletschte die Zähne. Sie meinte, einen Finger brechen zu hören, aber er schrie nicht. Er reagierte überhaupt nicht. Nichts passierte. Plötzlich verschwand das Gewicht von ihrem Körper. Sein Griff lockerte sich. Hirka strampelte sich los und merkte, dass sie etwas Weiches traf. Er schrie immer noch nicht. Sie warf sich herum, wich zurück an die Wand und starrte ihn an.

Er kniete vor ihr. Hinter ihm sah sie den Schatten eines anderen Mannes. Er hatte eine Hand auf den Kopf des Verbrechers gelegt. Tyrinn rührte sich nicht, sein Mund stand offen. Die Augen in seinem Kopf waren völlig verdreht. Hirka spürte, wie der Boden unter ihr kribbelte. Kälte und Hitze zur selben Zeit. Ihre Haut pulsierte. Die Zeit stand still.

Die Gabe. Das hier war die Gabe und sie war wie Eis in den Adern. Gnadenlos und gleichgültig ihr gegenüber.

Tyrinn begann zu lachen wie ein kleines Kind. Dann schrie er. Die Adern in seinem Gesicht traten hervor. Sie schwollen immer dicker an. Eine von ihnen platzte.

»Halt!« Hirka schluchzte auf.

Ihr Vergewaltiger kippte zu Boden. Blut und Speichel flossen aus seinem Mundwinkel. Er lag da wie Schlachtvieh. Tot. Ein Auge war blutrot. Seine Männlichkeit beulte aus dem offenen Hosenschlitz. Ein leichenblasser Wurm, der jetzt in ihr stecken könnte, wenn nicht … Hirka riss den Blick von ihm los.

Der andere stand gebeugt mit dem Rücken zu ihr. Er stützte sich an der Wand ab, atmete schwer und fasste sich an den Hals. Das war nicht Rime. Hirka merkte, wie die Gabe langsam aus dem Raum verschwand. Als würde sie zurück in die Erde sinken, aus der sie gekommen war. Sie zog sich die Hose hoch. Reflexartig warf sie sich auf das Holzmesser und verbarg es in ihrem Schuh. Dann stand sie auf. Der Mann drehte sich zu ihr um und schlug die Kapuze zurück. Er lächelte, aber das Lächeln erreichte seine Augen nicht. Auf der Stirn trug er das Zeichen des Rats.

Sie kannte ihn. Sie hatte ihn zwei Mal gesehen. In Lindris Teehaus, wo er sie angelogen hatte. Er war es, der sie dazu gebracht hatte, von dort zu fliehen. Und sie hatte ihn während des Rituals gesehen. Er war einer der Zwölf. Er saß im Rat, in demselben Rat, der sie hier eingekerkert hatte.

»Du bist einer von ihnen …« Hirka ging auf ihn zu, um sich zu versichern, dass ihre Augen sie nicht täuschten.

»Bedauerlicherweise«, erwiderte er und ging hinauf zum Gitter. Die Gardesoldaten lagen draußen, halb übereinander. Reglose Bündel. Der Ratsmann zog ein Messer aus dem Gürtel des oben liegenden Söldners und kam wieder zu ihr herunter. Hirka wich zurück. Wollte er sie jetzt töten? Aber er ging an ihr vorbei. Er hob die Hand und rammte das Messer in den Rücken des Verbrechers. Eine schnelle, fast beiläufige Bewegung. Der tote Körper erzitterte. Hirka riss die Augen auf. Er erstach einen toten Mann. Einen toten Mann. Sie versuchte, das Unbehagen herunterzuschlucken, aber es saß ihr trotzdem hoch oben im Hals.

Der Ratsherr drehte sich zu ihr um. Sein blondes Haar war zurückgekämmt. Die Augen waren gelb, aber dennoch frostig. Sein Gesichtsausdruck war völlig unbeteiligt, als hätte er nicht gerade ein Messer in den Rücken eines Toten gestoßen.

»Hör mir zu, Odinskind. Wir haben wenig Zeit. Hier unten ist dir der Tod sicher. Du hast nur eine Chance und die ist, dass du mit mir kommst.« Seine Stimme war genauso hohl wie beim letzten Mal. Beinahe gurgelnd. Es hörte sich an, als kostete es ihn große Mühe, normal zu sprechen. Drei Sandkörner zuvor hätte sie nach jedem Strohhalm gegriffen, um hier rauskommen, aber jetzt zögerte sie.

»Du bist einer von ihnen. Wie …«

»Sie begreifen nicht! Sie werden dich umbringen, aber das macht alles nur noch schlimmer. Du musst dorthin zurück, wo du herkommst, Odinskind.« Er ergriff ihren Arm und zog sie mit sich.

»Warte! Wohin gehen wir? Ich kann nicht einfach … Was, wenn der Seher recht hat? Wenn es meine Schuld ist, dass die Blinden wüten? Ich muss …«

»Du musst hier weg! Und ich werde dir dabei helfen. Komm!«

Er bat sie, auf seinen Rücken zu klettern, sodass er sie unter seinem Umhang verbergen konnte. Sie starrte auf den Toten und erschauerte. Was war schlimmer? Mit der Leiche eingesperrt zu sein oder dem Mann zu folgen, der auf diese Weise getötet hatte?

Draußen habe ich mehr Möglichkeiten.

Sie kletterte auf den Rücken des Fremden und er hüllte den Umhang um sie beide. Der grobe Stoff roch nach Pferd. Hirka fühlte den kühlen Metallreif, den er um den Hals trug. Er hatte einen Verschluss an der Seite. An den Rändern war die Haut gerötet. Wer war er? Was fehlte ihm?

Er ging den Schacht hinauf zum Ausgang. Das Mondlicht glänzte auf den Nägeln der Tür. Draußen zeichneten sich die Umrisse von Kuppeln und Türmen in der Dunkelheit ab.

»Warte! Der Mann mit den Puppen!«

Hirka streckte den Arm nach hinten aus, aber der Ratsherr gab weder Antwort, noch blieb er stehen.

DER AUFTRAG DER SCHWARZRÖCKE

Die Nacht war kalt. Gnadenlos. Rime stand hoch aufgerichtet da und sah den Atem vor seinem Gesicht gefrieren. Die Fackeln warfen rastlose Lichter auf die Reihen der Schwarzröcke, die vom Gong geweckt worden waren, viele Stunden vor dem Morgengrauen. Einige der Männer waren noch nicht einmal fertig angezogen, sie richteten ihre Kleidung, während sie auf Schwarzfeuer warteten.

Rime war als Erster auf den Beinen gewesen. Er hatte ohnehin nicht geschlafen. Aus der Ferne hörte er leise einen anderen Gong und es lief ihm kalt über den Rücken. Sie weckten alle Lager. Das hier war ernst.

Der Mester wohnte auf einer kleinen Anhöhe am östlichen Rand des Lagers. Licht fiel durch die Falttüren und enthüllte die Umrisse von zwei Männern, die miteinander diskutierten. Die Tür wurde aufgeschoben. Schwarzfeuer kam heraus und nahm Aufstellung vor den Schwarzröcken. Er entrollte ein Papier und studierte es einen Moment. Dann begann er, mit mechanischer Stimme Befehle zu erteilen.

»Das Odinskind ist aus der Gefangenschaft entflohen! Mittlerweile hat sie einige Stunden Vorsprung. Sie hat zwei ihrer Bewacher und einen Mitgefangenen getötet und gilt als gemeingefährlich. Die Worte des Sehers lauten: Findet und vernichtet sie!«

Rime merkte, wie ihm die Kinnlade herunterfiel. Er zog sie rasch wieder hoch und biss die Zähne zusammen. Was zum Draumheim hatte sie getan? Erst Männer getötet und dann geflohen? Hirka? Das konnte nicht sein. Sie musste doch wissen, dass sie damit ihr Todesurteil nur noch eher besiegelte.

Die Stimme des Mesters schallte über das ganze Lager. Monoton. Unbeeindruckt. Als sei dies ein ganz gewöhnlicher Auftrag. »Das Mädchen ist fünfzehn Winter alt und schwanzlos. Sie ist von kleiner Statur und hat feuerrotes Haar. Kommt aus Foggard, spricht aber gemischten Dialekt.«

Rime schloss die Augen. Sie irrten sich. Ihr Haar war nicht feuerrot, sondern tiefrot. Wie Blut.

»Der Auftrag gilt bis auf Weiteres. Er hat vom Rat höchste Priorität erhalten. Ich wiederhole: höchste Priorität. Die Fäulnis ist ausgebrochen in Ymsland. Zieht euch um, packt und sammelt euch beim Gruppenführer an der Langbrücke für weitere Befehle.«

Die Reihen lösten sich auf. Rime schob die Tür zurück und ging wieder nach drinnen. Er zog sich aus, stand einen Moment nackt da und starrte auf die schwarze Uniform, die zusammengerollt wie ein Kissen dalag. Sie war alles, was ihm in den letzten drei Jahren etwas bedeutet hatte. Er war ein Schwarzrock. Ein Schatten. Ein bereits Toter.

Das Wort des Sehers war sein Gesetz.

Rime bekam Gänsehaut. Er zog die Kluft an, die ihn nachts unsichtbar machen würde, und ging wieder hinaus. Schon nach wenigen Schritten traf er auf den Mester, der draußen stand und ihm entgegensah.

»Mester?«

»Du bist mit diesem Mädchen aufgewachsen?«

Rime zögerte. »Wir haben beide einige Jahre in Elveroa gewohnt.«

»Ilume-Madra hat dich nicht vom Auftrag freigestellt.« Der Mester blickte ihn an, als sei das etwas, das Rime erklären konnte.

»Das sähe ihr auch nicht ähnlich«, erwiderte Rime.

»Ich kann dich freistellen, wenn du willst. Willst du das?«

»Nein.«

Der Mester nickte anerkennend. Rime spürte seinen Blick im Rücken, während er zur Langbrücke ging. Dort standen sie versammelt, die Schwarzröcke. Hundert Mann. Dunkle Umrisse in der Nacht. Und dort draußen in den Bergen waren noch mehr Lager. Noch mehr Männer. Schwarz gekleidet, tödlich, unaufhaltsam.

Und jetzt hatten sie nur eine einzige Aufgabe, ein einziges Ziel. Sie mussten *sie* finden. Rime spürte, wie die Kälte ihm über den Nacken kroch und weiter am Rücken hinabjagte. Rastlos. Unbarmherzig. Eine eiskalte Gewissheit.

Hirka hatte nur eine einzige Chance. Er musste sie als Erster finden.

DAS HAUS VANFARINN

Der gepolsterte Ledersessel hätte dreien von ihr Platz geboten, aber trotzdem machte Hirka sich unter der Wolldecke so klein wie möglich. Feuer knisterte in einem Kamin, der so groß war, dass man aufrecht hätte darin stehen können. Er war aus schwarzem Stein, durch den sich grüne Adern zogen. Nicht unähnlich den Blutbahnen, die im Gesicht des Vergewaltigers angeschwollen waren, bevor er starb. Vor ihr saß Urd-Fadri. Urd Vanfarinn, Sohn von Spurn Vanfarinn und Erbe von dessen Sitz im Rat. Ihr Retter. Hirka schauderte.

Sie hatte ihre Kleidung zurückbekommen. Trocken jetzt, nach einer eisigen Flucht durch die Abwasserkanäle. Sie waren im Rinnstein wieder an die Oberfläche gekommen, außerhalb der Häuser von Eisvaldr, aber immer noch innerhalb der Mauer. Urd hatte sie durch den Wald am Berghang geführt, der sie den ganzen Weg über verborgen hatte, bis hin zum Haus Vanfarinn – einem burgähnlichen Gemäuer aus poliertem Grünschiefer.

An der Wand hinter Urd hingen große Gemälde, Porträts einer kinderreichen Familie, aber Hirka hatte nichts Lebendiges in diesem Haus gesehen. Sie hatte gehört, wie Urd die Bediensteten wegschickte, alle bis auf einen Leibwächter. Er war der Einzige, der sie gesehen hatte.

Hirka saß nicht mehr im Kerker, doch sie fühlte sich alles andere als frei. Der Mann vor ihr trug eine Maske von Besorgnis. Die Holzpuppen aus dem Kerkerschacht neben ihrem waren überzeugender gewesen. Aber sie bezweifelte nicht, dass der Ratsherr genug Sorgen hatte. Sein Fuß wippte ständig auf und nieder. Auf und nieder.

»Was wird mit dir passieren?«, fragte Hirka.

Sein Gesichtsausdruck wechselte von milder Sorge zu einem Lächeln, das sicher beruhigend wirken sollte.

»Mit dir passiert gar nichts, Emblatochter.«

»Nicht mit mir. Was wird mit *dir* passieren, nachdem du mir geholfen hast?«

Er hob die sorgfältig frisierten Augenbrauen, als habe ihn die Frage überrascht. Auch sein Bart war makellos. Wie konnte das sein? Hirkas Haare standen wild zu Berge, ein roter Heuhaufen. Seine lagen wie festgeklebt am Schädel.

»Niemand weiß, dass ich dir geholfen habe. Aber ich bin bereit, dieses Risiko auf mich zu nehmen. Es ist das Beste für Ymsland. Für das Volk.« Er hob die Arme mit den Handflächen nach oben, wie jemand, der sich opferte. Jemand, der bereit war, für den Seher zu sterben.

»Und wenn sie sich zusammenreimen, dass du es warst? Du warst doch sicher dagegen, als über die Sache beraten wurde?«

Seine Augen wurden schmal. Er legte den Kopf schräg und betrachtete sie interessiert. Hirka beschlich das Gefühl, dass ihm dieser Gedanke noch gar nicht gekommen war.

»Viele waren dagegen. Und selbst wenn sie es wüssten oder sich ausrechnen würden, wären sie nicht in der Lage, etwas zu unternehmen. Sie rennen herum wie verirrte Schafe. Komödianten, die nicht weiter sehen können als bis zu ihrer Nasenspitze! Sie glauben, sie könnten wieder ruhig schlafen, wenn sie dich nur erst verbrannt oder dir den Kopf abgeschlagen haben!«

Er war leicht reizbar. Hirka entging es ebenso wenig wie seine offenkundige Verachtung für den Rat, dem er selbst angehörte.

»Sie wollen dich tot sehen, Odinskind.« Hirka konnte sich nicht an die Anrede gewöhnen, aber sie sagte nichts. »Tot. Verstehst du?«

»Ich bin froh, dass du das für mich getan hast.«

Der Ratsherr berichtigte sie nicht. Vor wenigen Augenblicken hatte er gesagt, er habe es für Ymsland getan, für das Volk, und jetzt plötzlich für sie? Wenn dieser Mann nur ihr Bestes im Sinn hatte, dann war sie ein Holzschemel. Er lehnte sich vor und strich über ihren Hals.

»Was für ein Hals … So unberührt. So rein. Welche Schande, wenn sie ihn mit dem Schwert durchschlagen würden. Oder verbrennen.«

Hirka versuchte zu verbergen, dass ihr wieder ein Schauer über den Rücken lief. Vielleicht konnte sie bei Sonnenaufgang entkommen? Er gehörte dem Rat an, er musste doch sicher wieder zurück in die Seherhalle? Er konnte nicht hier sitzen und sie bewachen.

Es klopfte zwei Mal an der Tür und der Leibwächter kam herein. Er war ein junger Mann, hatte aber Tränensäcke unter den Augen. Er reichte Hirka eine schwarze Schüssel mit Fleischbrei. Hirka merkte, dass ihr vor Hunger schon schlecht war. Sie bedankte sich und nahm die Schüssel entgegen. Der Wächter nickte ihnen beiden zu und entfernte sich. Ein wunderbarer Duft durchzog den Raum, aber es mischte sich noch ein anderer Geruch darunter. Einer, den sie kannte. Kräftig. Erdig.

Traumkappe.

Sie hegte keinen Zweifel. Natürlich, Urd war schuld, dass der Mann mit den Puppen tief geschlafen hatte, während sie angegriffen worden war. Wie hätten normale Gardesoldaten an Traumkappe kommen sollen? Das war kein Kraut, das man überall kaufen konnte. Man musste die richtigen Leute kennen. Musste Geld haben. Und dieser Mann hatte mehr als genug Geld. Das wusste sie von Sylja. Familie Vanfarinn gehörte eine Schleuse im Kanal durch Skarrleid im Süden. Jeder, der mit seinem Boot hindurchwollte, musste bezahlen. So war es schon seit vielen Generationen.

»Willst du nichts?«, fragte Hirka.

»Ich habe schon gegessen.«

»Ah …«

Warum wollte er ihr Traumkappe geben? Hirka sah wieder die Leiche vor sich. Die Ausbeulung in dem offenen Hosenschlitz. Das Blut, das aus dem Mundwinkel lief. Das Messer im Rücken. Die beiden Gardesoldaten, übereinanderliegend wie ein Haufen schmutziger Wäsche. Wenn Urd sie hätte tot sehen wollen, wäre sie es bereits. Er hätte einfach ihre Hinrichtung abwarten müssen. Also wollte er nur, dass sie schlief. Aber Hirka genügte das. Jede Faser ihres Körpers sagte ihr, dass sie in der Nähe dieses Mannes besser nicht wehrlos sein sollte. Sie kaute auf dem Fleisch, ohne zu schlucken. Dann deutete sie mit einem Kopfnicken auf die Gemälde.

»Wer ist das?«

Er drehte sich zu den Bildern um und sie nahm rasch eine Handvoll Fleischbrei, zog sie unter die Decke zurück und stopfte den Brei zwischen Kissen und Sesselrücken. Er war heiß und eklig und machte sicher eine Riesensauerei, aber zum Glück würde sie längst über alle Berge sein, wenn Urd das entdeckte.

»Mein Vater«, antwortete er mit einem bitteren Zug um den Mund. »Und meine Mutter, Meire. Sie wohnt in Skarrleid. Die Familie stammt ursprünglich von dort.«

Hirka hörte nicht zu. Sie nutzte die Gunst des Augenblicks, schmuggelte Fleischbrei unter die Decke und versteckte ihn hinter dem Kissen. Der Ratsmann wirkte jetzt nicht mehr rastlos. Er redete und wartete. Wartete darauf, dass sie einschlief.

Die Geschichte des Hauses Vanfarinn war bekannt bei denen, die sich gern mit so was befassten. Hirka hatte sie früher schon gehört. Ursprünglich hatte die Familie Drafna geheißen, nach einem der ersten Zwölf, die gen Blindból gezogen waren. Bitterer Streit hatte die Familie entzweit und der ältere Sohn hatte seinen Bruder beschimpft, in ihn sei »der Wahn gefahren«. Der Jüngere hatte die Kränkung damit vergolten, dass er sie seinem Zweig der Familie als neuen Namen gab.

Als Familie Drafna ausstarb, erhob Familie Vanfarinn Anspruch auf den Sitz im Rat. Die bösesten Zungen nannten sie Bastarde. Aber Hirka hatte die Geschichte noch nie so gehört, wie Urd sie erzählte. In seinen Augen war ihnen der Ratssitz seit Generationen vorenthalten worden. Ein Unrecht, das von einem heldenhaften Ahnen getilgt worden war, und dieser Urahn blinzelte nun von einem verblassten Gemälde an der Wand auf sie herab. Er hing neben Spurn, dem kürzlich verstorbenen Vater von Urd. Und neben Gridd, seinem Großvater, und Malj, seinem Urgroßvater.

Hirka gähnte. Das war nicht nur gespielt; sie war in den vergangenen Tagen die meiste Zeit wach gewesen. Sie stellte die halb leere Schüssel ab und legte den Kopf auf die Sessellehne. Jetzt, da sie schläfrig genug wirkte, wagte sie einen dreisten Vorstoß.

»Was ist mit deinem Hals passiert?«, fragte sie und achtete darauf, schleppend zu sprechen.

»Nichts«, erwiderte er.

»Weißt du, wie du mich … nach Hause bringen musst?«

»Natürlich.«

»Woher weißt du das? Kein anderer weiß, wie ich hierhergekommen bin.«

»Ich weiß es.«

Er würde nicht das Geringste verraten. Sie konnte ebenso gut das Theater zu Ende spielen. Hirka schloss die Augen.

Ich habe geschlafen!

Hirka versuchte, sich aufzusetzen, aber sie war an Händen und Füßen gefesselt. In ihrem Mund steckte ein Knebel aus grobem Leinen, trocken und staubig. Sie konnte nicht schlucken. Sie hatte das Essen kaum angerührt und trotzdem war sie eingeschlafen! Es musste die Erschöpfung gewesen sein. Oder unglaubliche Mengen von Traumkappe. Wo war sie?

In der Dunkelheit sah sie helle Streifen. Sie lag eingezwängt, konnte die Beine nicht ausstrecken. Sie hörte ein Pferd wiehern. Sie war in einem Wagen. Was hatte sie geweckt? Lag sie in einer Kiste? Von draußen kamen Stimmen, ein gedämpftes Streitgespräch.

»Ich kann sie nicht hierbehalten, Urd. Die Garden durchkämmen die Stadt, sie werden sie finden, ich kann nicht …«

»Du sollst sie nicht hierbehalten, du sollst sie zu den Steinkreisen bringen. Bist du taub!« Urds Stimme war heiserer als vorhin. »Schaff sie heute Nacht aus der Stadt.«

»Beim Namen des Sehers, Urd …«

»Heute Nacht, Slabba. Heute.«

»Sie werden uns an der Stadtmauer aufhalten. Sie werden …«

»Ich dachte, du kennst jeden Torwächter in dieser Stadt?«

Slabba zögerte. »Und wenn sie aufwacht?«

»Sie wacht nicht auf, du Dummkopf! Noch lange nicht. Ich muss morgen an der Ratsversammlung teilnehmen, aber ich komme nach. Bring das Mädchen einfach zu den Kreisen.«

»Sie ist Fäulnis! Ich kann doch nicht mit ihr …«

»Slabba …« Urds Stimme wurde leise und eindringlich. Hirka spitzte die Ohren. Sie konnte förmlich hören, wie Slabba der Schweiß ausbrach. Er schwitzte ebenso sehr wie sie selbst.

»Slabba, ich habe keine Zeit, das mit dir zu diskutieren. Die Blinden warten und der Rat ist außer sich!«

»Die Blinden?!« Slabba quiekte wie ein Schwein.

»Reiß dich zusammen!«

»Was … was wirst du mit ihr machen?«

»Das Mädchen hätte überhaupt nicht hier sein dürfen. Sie war ein Steinopfer. Ein Geschenk an die Blinden und jetzt suchen sie nach ihr. Sie suchen die Schwanzlose. Sie wissen, dass sie hier ist. Wenn sie das Mädchen haben, bekomme ich – bekommen wir, was wir brauchen.«

»Zum Draumheim, Urd … Das kann es nicht wert sein! Die Blinden?! Das war nicht Teil der Abmachung. Ich hätte nie …«

Hirka hörte ein Gurgeln. Urd war Slabba an die Kehle gegangen.

»Du kannst sie aus der Stadt schaffen und mir helfen oder du kannst ihren Platz als Geschenk an die Totgeborenen einnehmen. Was ist dir lieber, Slabba?«

Slabba antwortete nicht, aber sie nahm an, dass er nickte, als gelte es sein Leben. Sie bekam keine Luft. Nur nicht in Panik geraten, nicht hier, nicht jetzt. Wenn sie sich konzentrierte, konnte sie den Knebel ausspucken. Sie musste ruhig atmen. Ruhig.

Sie hörte, wie Slabba anderen Männern Befehle gab. Hörte Schritte. Viele Schritte von vielen Männern. Der Wagen setzte sich in Bewegung.

Irgendwo in der Nähe schrie ein Rabe.

ÜBERFALLEN

Hirka lag zusammengekrümmt in der Kiste und sah durch die Ritzen zwischen den Brettern Lichtpunkte kommen und gehen. Es war kalt, sie vermisste ihren Umhang. Und den Beutel mit den Kräutern und den Tees. Mit allem, was sie besaß. Er lag wohl noch irgendwo im Kerker.

Der Wagen rumpelte übers Pflaster und sie verfluchte, dass sie in dieser Welt so klein und unbedeutend war. Sie hatte nichts. Keine Familie, kein Zuhause. *Hirka Schwanzlos. Tochter von … das wussten nur die Götter.*

Sie genoss es, »Götter« zu denken anstatt »Seher«. Er hatte keinen Finger gerührt, um ihr zu helfen, und im Moment war das die einzige Möglichkeit, Ihm zu trotzen. Vielleicht würde sie auch nie eine andere Möglichkeit bekommen. Sie war ein Geschenk an die Blinden. Eine Opfergabe. Ein Wurm am Haken, im Austausch für weiß der Seher was.

Die Götter. Mochten die Götter wissen, was.

Aber eines hatte sie gelernt, seit der Mond neu war. Solange es Leben gab, gab es Hoffnung, und sie war immer noch am Leben. Eingesperrt, frierend und hungrig, aber sie lebte. Solange sie lebte, war alles möglich. Sie musste nur einen kühlen Kopf bewahren, die Augen offen halten und ihre Chance ergreifen, sobald sie sich zeigte. Hätte sie nur …

Das Messer!

Sie zog die Knie an und krümmte den Rücken, so gut es die kleine

Kiste zuließ. Die Hände waren zum Glück vor ihrem Körper gefesselt. Urd rechnete offenbar nicht damit, dass sie Schwierigkeiten machte, bewusstlos von Traumkappe, wie sie jetzt eigentlich sein sollte. Sie streckte die Finger nach ihren Füßen aus, während sie sich in Erinnerung rief, dass der Ratsherr sich übertrieben viel auf seine Fähigkeiten einbildete. Ihre Fingerspitzen berührten die Stiefelkrempe. Noch ein kleines Stück. Nur noch ein bisschen.

Da! Sie griff begierig nach dem Holzsplitter, führte ihn zum Mund und nahm das Ende fest zwischen die Zähne. Es dauerte nicht lange, die Stricke durchzufeilen. Ihre Handgelenke waren heiß und feucht, aber frei. Sie wollte dasselbe mit den Fußfesseln versuchen, aber wegen der engen Kiste war es schwierig, heranzukommen.

Sie machte eine Pause und lauschte auf die Bewegungen des Wagens. Wann war der richtige Zeitpunkt, sich davonzustehlen? Wenn sie an die Stadtmauer kamen? Nein, die Gardesoldaten würden sie wieder zurückbringen oder sie gar an Ort und Stelle niederknüppeln. Es musste jenseits der Mauern passieren. Fragte sich nur, wie.

Sie versuchte, den Strick um die Füße zu lockern. Die Schwierigkeit war, den Knoten nicht noch fester zu ziehen. Urd ging davon aus, dass sie den Abend und die Nacht durchschlief. Hirka spürte, wie schwer der Kistendeckel über ihr war. Sie hasste es, eingesperrt zu sein! Ihre Knie schlugen gegen die Wände, wenn sie versuchte, sie hochzuziehen, und es war nicht genug Platz, um sich umzudrehen. Sie hatte es geschafft, sich so weit aufzurichten, dass sie versuchen konnte, den Deckel mit dem Kopf anzuheben, aber es hatte nichts genützt. Er schien nicht verschlossen zu sein, wurde aber von seinem eigenen Gewicht niedergedrückt.

Sie bohrte den Daumen in den Knoten an den Fußknöcheln und fand eine lockere Stelle. Sie zog und merkte, wie der Strick sich löste. Die Füße waren frei. Dann öffnete sie den Deckel einen Spaltbreit, steckte die Hand hindurch und tastete in der Dunkelheit. Decken. Auf der Kiste lag ein Stapel Decken. Sie zog daran und hörte, wie der Stapel dumpf auf den Boden fiel. Alles blieb ruhig, der Wagen fuhr unbeirrt weiter. Also war sie allein hier drinnen, das machte die Sache einfacher. Endlich war auch mal was zu ihrem Vorteil. Hirka kletterte aus der Kiste und tastete sich langsam vorwärts. Es war stockdunkel. Nacht. Sie hatte auch schon lange keine Lichter mehr durch die Ritzen der Kiste gesehen. Also waren sie außerhalb der Stadtmauer. Vielleicht.

Im Wagen waren noch mehr Decken. Ein paar Öllampen ohne Öl. Mehrere Kisten wie die, in der sie gefangen gewesen war. Der Wagen eines Händlers. Aber es war nichts dabei, was ihr bei der Flucht hätte helfen können. Abgesehen von dem Holzmesser. Wieder tauchte das Bild des Verbrechers in ihrem Kopf auf. Wie er auf dem Boden des Kerkerschachts gezuckt hatte. Und das Schlimmste war, dass sein Schicksal noch viel grausamer hätte sein können, wenn es ihm gelungen wäre, in sie einzudringen. Sich mit der Fäulnis anzustecken.

Es war seine Schuld, nicht deine.

Hirka legte das Ohr an die Stirnwand und lauschte. Mindestens zwei Pferde vorn und ebenso viele hinten. Vielleicht mehr. Heikel. Aber sie hörte Wind in den Bäumen. Ein paar Krähen. Es roch nach Elfenkuss und Moos. Wald. Hier hatte sie wenigstens eine Chance, zu entkommen. Vielleicht konnte sie irgendwie aufs Wagendach gelangen, sodass …

Ihre Gedanken wurden von zwei dumpfen Schlägen unterbrochen. Pferde wieherten, der Wagen ruckte heftig und hielt unvermittelt an. Sie wurde gegen die Wand geworfen, konnte sich aber auf den Beinen halten. Draußen waren Rufe zu hören. Was war da los? Sie musste wissen, was passiert war! Hirkas Hände glitten hastig an den Brettern entlang, auf der Suche nach einer Öffnung. Jemand schrie etwas.

»SCHWARZRÖCKE!«

Der Schrei war eine entsetzte Warnung, so als ob der Rufer nicht ganz glauben konnte, was er sah. Draußen brach Panik aus. Hirka spürte, wie die Kälte sich in ihr festbiss. Sie waren hier. Sie hatten sie am Ende doch gefunden. Die schwarzen Schatten. Ihre Hände begannen zu kribbeln und wurden so schwer, dass sie kaum in der Lage war, sie anzuheben. Sie tastete nach dem Riegel und fand ihn, aber die Finger wollten ihr nicht gehorchen. Sie trat dagegen, er gab nach und die Türklappe fiel nach außen. Sie knallte auf den Boden und lag da wie eine Rampe.

Hirka sah den Umriss eines Mannes auf dem Weg. Sie lief die Rampe hinunter, die unter ihren Füßen federte. Mit einem Anflug von Übelkeit erkannte sie, dass der zweite Reiter unter der Klappe lag. Aber sie hielt nicht an, sie rannte weg vom Wagen, weg von den Rufen. Doch da waren keine Rufe mehr. Nur das Geräusch von jemandem, der in aller Eile davonritt.

Nicht hinsehen! Lauf! Lauf einfach!

Aber Hirka schaffte es nicht, den Blick geradeaus zu halten. Sie drehte sich um. Eine dunkle Gestalt saß auf dem Wagendach und blickte wechselweise ihr und dem flüchtenden Reiter hinterher.

Nicht mich! Nimm ihn! Er ist größer!

»HIRKA!«

Alle Hoffnung war dahin. Sie war es, die er haben wollte. Sie lief einen Abhang hinauf. Die Füße fanden kaum Halt, sie klammerte sich am Moos fest, um nicht abzurutschen. Sie hörte, wie er ihr nachsetzte, und schmeckte Blut auf der Zunge. Eine starke Hand packte ihr Strickhemd, es würgte sie am Hals und sie fiel hintenüber. Sie wollte schreien, aber sie konnte nicht.

NEIN! Nein …

Sie lag im Moos mit dem Gewicht eines schwarzen Ungeheuers auf sich. Der Kerl saß rittlings auf ihr und presste ihre Arme auf den Boden. Es war, als sei sie wieder unten im Schacht. Aber diesmal konnte sie ihn nicht abwerfen. Er hatte ihre Hüften zwischen seinen Knien eingeklemmt und hielt ihre Handgelenke mit eisernem Griff fest. Weiße Augen glitzerten wie Eis in der Dunkelheit.

Wolfsaugen.

Rime?

Der Schatten riss sich die schwarze Kapuze vom Kopf und starrte sie an. Ein weißer Pferdeschwanz fiel ihm ins Gesicht.

»Rime? RIME!« Hatte sie das laut gesagt? Ja, sie hörte ihre eigene Stimme. Ihr Brustkorb senkte sich vor Erleichterung. Rime. Er ließ ihre Handgelenke los. Sie hob die Hände und legte sie an seine Wangen, strich über sein Gesicht, um Bestätigung zu finden für das, was sie sah. Er war es. Er war gekommen. Er hatte sie gerettet! Als Schwarzrock verkleidet, hatte er Slabbas Männer in die Flucht gejagt. Sie lachte, aber es hörte sich eher an wie ein Schluchzen.

»Rime! Du hast mich zu Tode erschreckt! Und die auch!« Sie blickte zu den reglosen Gestalten beim Wagen und das Lachen blieb ihr im Hals stecken. Es war zu dunkel, um die Gesichter dort drüben zu erkennen, aber sie gaben kein Lebenszeichen von sich. Sie hätte sie für Steine am Wegesrand gehalten, wenn sie es nicht besser gewusst hätte. Das Freudenfeuer in ihrem Körper erlosch.

»Rime, was hast du getan?«

Sie nahm die Hände von seinem Gesicht. Er starrte sie an. Sie suchte in seinen Augen nach Trauer über das, was gerade geschehen war, konnte aber keine finden. Seine Stimme war heiser und kalt wie die Nacht.

»Sie hätten *dich* getötet, wenn sie gemusst hätten.«

Hirka schluckte. Das war nicht wahr. Was er sagte, stimmte nicht. Es waren nicht diese Männer gewesen, die sie gefesselt und wie Schlachtvieh in eine Holzkiste gesteckt hatten. Sie waren sicher ganz normale Männer, die einen Auftrag zu erledigen hatten. Und jetzt waren sie tot.

»Hier können wir nicht bleiben. Wir müssen weiter.« Rime erhob sich und zog sie hoch. Hirka zögerte. Es gab so vieles, was sie ihm sagen wollte. Rime hatte sie gerettet. Nicht nur jetzt, er war auch bei dem Ritual dabei gewesen. Sie hatte sein Gesicht gesehen, als die Rabenträgerin die Wahrheit über sie enthüllte. Die Wahrheit, die durch den Saal gefegt war wie Feuer durch trockenes Laub.

»Rime, ich konnte dir nicht erzählen …«

»Natürlich nicht. Man kann nicht immer alles erzählen. Das ist in Ordnung.«

Er hörte sich an, als ob er es genau so meinte. Als ob es ihn eigentlich nicht kümmerte. Spielte er ihr etwas vor? Oder gingen ihm vielleicht andere Dinge durch den Kopf? Er hatte gerade getötet.

Sie musste ihn dazu bringen, dass er nicht mehr daran dachte. Hirka begann zu erzählen. Anfangs stockend und unsicher, wie ein neugeborenes Kalb, das seine ersten Schritte machte. Sie versuchte, die Dinge zu sortieren, Ordnung in das zu bringen, was sie gesehen und gehört hatte. Sie erzählte von Urd. Von dem Mann mit den Puppen. Und von den Blinden. Nach einer Weile ging es besser und sie fand ihre eigene Stimme wieder. Sprach schneller und immer schneller. Sie stellte Fragen, die sie sich selbst zu beantworten versuchte. Fragen über die Steinkreise und was Urd mit ihr vorgehabt hatte.

Rime antwortete nicht. Er ließ ihr Zeit, sich alles von der Seele zu reden, während sie zwischen hohen Nadelbäumen vorwärts liefen. Ab und zu blickte sie zu seinem Rücken auf, um sicherzugehen, dass er ihr immer noch zuhörte. Er drehte sich nie zu ihr um. Alles, was sie sah, war sein weißes Haar. Das meiste davon hatte er zu einem Pferdeschwanz zusammengefasst, der über so etwas wie einen flachen, viereckigen Rucksack fiel. Er war ebenso schwarz wie Rimes gesamte Kleidung und hing an breiten schwarzen Gurten, die sich vor seiner Brust kreuzten.

Weiße Elfenküsse leuchteten wie Sterne auf dem Waldboden. Sie waren hier größer als zu Hause in Elveroa. Hirka blieb stehen.

»Wohin gehen wir?« Darüber hatte sie noch gar nicht nachgedacht.

»Weiter hinauf. Wir müssen heute Nacht die Umgebung im Blick behalten.«

»Nein! Rime, wir müssen zurück! Der Rat muss von Urd erfahren! Und von den Blinden!«

»Der Rat weiß über die Blinden Bescheid, Hirka.«

»Und was ist mit Urd? Sie wissen nicht, dass er es ist, der …«

»Das ist ihnen egal. Sie wählen ohnehin den Ausweg, der ihnen am nützlichsten ist.«

»Aber … begreifst du nicht?! Wenn wir ihnen erklären können, dass …«

Rime blieb stehen und sah sie an. Hirka hielt ebenfalls inne.

»Ich bin mit ihnen aufgewachsen, Hirka. Ich habe gesehen, wie sie mit dem Leben und der Zukunft der Leute spielen. Der Rat will dir nicht helfen. Der Rat hat dich zum Tode verurteilt. Solange sie erreichen, was sie erreichen wollen, ist die Wahrheit nicht von Bedeutung. Wäre sie es, würden nur wenige von ihnen einen Stuhl am Tisch des Sehers haben.«

Er ging weiter. Hirka schluckte. Er hatte recht, natürlich. Sie war naiv, wenn sie dachte, es gebe eine einfache Lösung. Hatte sie nicht selbst versucht, sich diesen Mächtigen zu erklären? Sie hatte dafür geblutet. Ihre Worte waren nichts wert.

Aber Rime konnte es erklären! Er war einer von ihnen.

»Auf dich werden sie hören!«

Rime war ein Stück vor ihr. Er verschwand zwischen zwei riesigen Felsblöcken. Hirka beeilte sich, ihn einzuholen.

»Rime?«

Wo war er? Nicht einmal das Mondlicht erreichte den Spalt zwischen den Felsen. Sie waren glatt vom Moos. Hirka tastete sich mit den Händen voran.

»Hier.«

Sie hob den Blick in Richtung der Stimme. Rime war dabei, einen der Felsen zu erklettern, der groß wie ein kleiner Berg war. Er streckte die Hand nach ihr aus und half ihr auf einen Felsvorsprung hinauf. Dann kletterte er weiter, machte einen Satz Richtung Felskuppe und zog sich hinauf. Als er oben war, streckte er wieder die Hand nach ihr aus, aber Hirka schaffte es aus eigener Kraft. Sie setzte sich auch nicht hin, wollte nicht, dass er glaubte, sie sei erschöpft. In Wirklichkeit wurde es ihr beinahe schwarz vor Augen. Sie hatte Hunger.

Sie standen auf dem höchsten einer ganzen Gruppe von Felsen, die wie zufällig verstreut auf einer Hochebene lagen. Als hätten die

Götter gewürfelt und anschließend nicht aufgeräumt. Das Spiel war hier liegen geblieben, moosbewachsen und vergessen. Der Mond hing über dem Wald und der Himmel hatte die Farbe von Veilchen. In der Ferne sah sie die schroffen Berggipfel von Blindból. Sie waren also nicht weit weg.

»Auf dich werden sie hören«, wiederholte sie.

»Hirka, hör zu. Ich will versuchen, dir zu erklären, wo wir stehen. Für den Rat ist es völlig unwichtig, ob du das Gesetz gebrochen hast oder nicht. Du warst in Ravnhov und hast sie daran gehindert, Eirik zu töten. Was sie ganz sicher geschafft hätten, wenn du nicht gewesen wärst. Das allein ist für sie Grund genug, dich umzubringen. Du bist aus dem Kerker geflohen und du hast getötet.«

»Ich habe niemanden getötet! Das war Urd! Er …«

Hirka verstummte. Rime sah sie an. Er wusste, dass sie niemanden umgebracht hatte.

»Ich verstehe«, flüsterte sie. »Es spielt überhaupt keine Rolle, dass ich es nicht war.«

»Du lernst schnell.« Rime zog sein Schwert und schlug Äste von einem Baum, der zwischen den Felsen wuchs. Er begann, sie ineinanderzuflechten, sodass eine Art Matte entstand. Vielleicht wollte er einen Unterschlupf für die Nacht bauen. Hirka wusste nicht, was sie sonst tun sollte, also half sie ihm dabei. Eine Weile flochten sie schweigend Zweige zusammen, ehe sie sich traute, zu fragen.

»Wer waren sie?«

»Wer war wer?«

»Die Gardesoldaten, die im Schacht gestorben sind.«

»In Mannfalla dienen Tausende Gardesoldaten. Ich kannte sie nicht.«

Hirka brachte es nicht über sich, nach den anderen zu fragen. Denen, die beim Wagen lagen. Sie musste versuchen, das Gute daran zu sehen. Sie war am Leben. Rime sagte nicht mehr als nötig, also war es an ihr, die Stimmung zu heben.

»Du hast ihnen wirklich eine Todesangst eingejagt! Was für eine

Idee, sich als Schwarzrock zu verkleiden und sie über Stock und Stein zu hetzen!«

Sie lachte. Rime lachte nicht. Er erhob sich und sprang mit der Zweigmatte in den Händen vom Felsen, ehe Hirka ihn daran erinnern konnte, wie hoch sie waren. Sie beugte sich über den Rand, aber er war anscheinend unverletzt auf dem Waldboden gelandet. Er verbarg die Matte unter Moos und Gras, ganz dicht am Felsen, dann trat er darauf und die Zweige knackten ein paarmal.

Ein Warnsystem. Er kletterte wieder zu ihr hinauf, aber sie fragte nicht, wen er erwartete.

Schwarzröcke. Die echten Schwarzröcke.

»Und dann dieser Aufzug! Wie in Sehers Namen bist du an die Uniform gekommen?« Sie lachte wieder, aber irgendwas stimmte hier nicht. Sie hatte ein ungutes Gefühl.

»Du redest zu viel«, sagte er, drehte ihr den Rücken zu und schlug noch mehr Zweige ab. Hirka sah ihm zu, bis er damit fertig war und das Schwert wieder in die Scheide steckte. Schnell, ohne hinzusehen. Als hätte er es hundert Mal am Tag getan, sein Leben lang. Hirka zog die Ärmel ihres Strickhemdes bis weit über die Hände, um die Wärme zu halten, aber es nützte nichts. Die Kälte, die sie überfiel, kam von innen. Eine Schlange aus Eis, die sie durchbohrte, voller Ahnungen, die sie nicht wahrhaben wollte.

Rime begann, eine weitere Matte aus Zweigen zu flechten. Eine Ewigkeit verging, bis er etwas sagte.

»Die Uniform ist meine.«

Hirka sprang auf und wich ein paar Schritte zurück. Der Mann vor ihr vermied es, sie anzusehen. Die Uniform war seine. Seine eigene. Er brauchte sich nicht zu verkleiden, brauchte sich die Sachen nicht irgendwo zu besorgen. Er war ein Schwarzrock. Die Erkenntnis traf sie wie eine Faust in den Bauch und sie verlor das Gleichgewicht.

»Du bist einer von ihnen!«

»Leise! Willst du aller Welt mitteilen, wo wir sind?«

»Du hast getötet. Du tötest …«

»Du lebst, oder nicht?«

Er sagte es so selbstverständlich. So vollkommen frei von Gefühlen. War das hier ein Albtraum? Würde sie aufwachen?

»Ich lebe, weil drei Männer tot sind!«

Und Vater. Und Eirik beinahe. Der Gefangene. Die Gardesoldaten. Ich lebe, weil andere sterben.

»Wärst du lieber anstelle der Toten?!«, zischte Rime. Er packte sie und stellte sie wieder auf die Beine. Hirka antwortete nicht. Sie krümmte sich und machte sich klein wie eine Kugel. Biss in ihr Strickhemd.

Er war einer von ihnen.

Rime war ein Schwarzrock.

SLABBAS FEHLER

Urd fuhr in seinem Bett zusammen. Er hatte etwas gehört, da war er sich ganz sicher. Er griff sich an den Hals, doch dort war alles ruhig. Derselbe nagende Schmerz wie immer, aber keine Stimme. Er setzte sich auf, sein Bettzeug war schweißnass. Hatte er überhaupt ein Auge zugetan? Wann hatte er zuletzt geschlafen?

Die Träume waren nicht mehr wie früher. Sie waren dunkel und beängstigend, wollten lange nicht weichen. Urds Hände wurden klamm. Sie waren hier. Sie waren gekommen. Die Zeit war abgelaufen.

Nein! Das war nicht möglich. Er war geschützt! Er setzte die Füße auf den kühlen Steinboden. Durch eine schmale Schießscharte fiel ein Streifen Mondlicht ins Zimmer. Urd suchte den Boden mit den Augen ab. Er sah eine dunklere, mattere Partie, die sich wie ein Kreis um das Bett herum abzeichnete. Die Steinfliesen reflektierten das Mondlicht, aber wenn das Licht auf den Kreis aus Rabenblut fiel, verschwand es. Wurde aufgesogen. Der Schutz war intakt. Kein Blinder konnte ihm hier etwas anhaben. Keiner.

Was zum Draumheim waren das für Gedanken?! Was war er, ein verängstigter Trottel? Eins von Damayantis zitternden kleinen Mädchen? Hatte er den Verstand verloren? Was hatte ein Mann wie er zu fürchten? Nichts!

Es klopfte drei Mal an der Tür und er sprang auf. Wieder klopfte es, fester, und eine vertraute Stimme stotterte draußen: »U-Urd-Fadri?«

Urd griff nach dem Kittel, der über dem Lehnstuhl hing, und

schlüpfte hinein. Er band ihn zu, während er zur Tür ging, dann schloss er auf und öffnete sie. Die Angeln waren nicht geölt und quietschten, so wie sie sollten. Falls jemand einzudringen versuchte, würde er es hören.

»Ich hoffe für dich, es geht um Leben oder Tod!«

Rendar stand vor ihm, mit Ringen unter den Augen. Er hatte während seiner Wache geschlafen. Rendar musste weg, er taugte zu gar nichts. Er war zu jung, wie so viele der Gardisten, und bei Weitem nicht so ehrgeizig, wie er hätte sein sollen.

»D…da steht ein Mann draußen.« Rendar presste den Helm gegen die Brust.

»Ein Mann?« Urd zog eine Augenbraue hoch. Ging es vielleicht noch ungenauer? Seine Eltern mussten Geschwister sein.

»Er s…sagt, es sei dringend.«

Urd seufzte. Seine Geduld war erschöpft. »Wer ist es? Ich nehme an, er hat einen Namen und ein Gesicht?«

»Ich … Er will nicht sagen, wie er heißt. Er ist … stattlich.«

Rendar breitete die Arme aus, um einen Mann von beträchtlichem Körperumfang darzustellen.

Slabba. Längst in Blindból! Was macht er hier?

Irgendwas musste schiefgegangen sein. Slabba hätte um diese Zeit mit dem Mädchen schon halb in Ravnhov sein sollen. Urd hastete durch die Flure, mit Rendar auf den Fersen. Der junge Leibwächter verstand so gut wie nichts von seinen Pflichten, darunter Diskretion. Urd blieb stehen und funkelte ihn an. »Ich kümmere mich darum!«

Er wartete, bis Rendar den Wink verstanden und sich zurückgezogen hatte, ehe er zur Eingangstür eilte. Der Riegel war offen und ein Flügel der Tür nur angelehnt. Der Schwachkopf hatte wohl nur gemurmelt »Warte hier« und war dann gelaufen, ihn zu wecken. Er hatte das Leben seines Herrn riskiert! Na, dem würde er was erzählen.

Durch den Türspalt erblickte er Slabbas massigen Körper. Er öffnete und zog ihn ins Haus – was an sich schon keine geringe Leistung war –, ehe er die Tür zuschlug und den Riegel vorlegte.

»Niemals, habe ich gesagt! Du solltest deinen Fuß niemals in dieses Haus setzen!«

Slabba zitterte wie Pudding. Er sah überhaupt nicht gut aus. Seine Haut war bleich, fast grün, und er schwitzte mehr als sonst, was ja auch schon eine Menge sagte.

»Es ist in die Hose gegangen! Wir sind erledigt!«

»Leise!«, zischte Urd und zog das Wrack von einem Mann mit sich ins Kaminzimmer. Die Weinbecher standen immer noch auf dem Tisch am Kamin, sein eigener und auch der von Hirka. Slabba ließ sich in den Sessel fallen, in dem das Mädchen gesessen hatte. »Hast du was zu trinken?«

»Was machst du hier, Slabba? Wo ist das Mädchen?«

»Die Schwarzröcke haben sie!«

»Hast du es jetzt endgültig über den Kopf gekriegt …«

»Die Schwarzröcke, Urd! Er hat uns angegriffen, noch ehe wir überhaupt bis Kolskog gekommen waren.«

»Er …?«

Slabba stand auf und begann, durch den Raum zu gehen, während er seine Arme rieb. »Er hat zwei meiner Männer getötet. Ich habe Glück gehabt, dass ich noch lebe! Was soll ich jetzt machen, Urd? Was sollen wir machen?! Sie haben das Mädchen. Sie werden herausfinden, wem der Wagen gehört. Ich bin ein toter Mann! Wir sind beide tot, du und ich!«

»Idiot! Hätten die Schwarzröcke sie, wüsste ich das inzwischen. Keiner hat das Mädchen hergebracht, Slabba. Keiner.«

»Ich lüge nicht! Würde ich lügen wollen, hätte ich gesagt, dass es fünf Männer waren, aber er war allein. Ein Mann, Urd! Ein einziger! Schwarz gekleidet, von der Nacht verschluckt. Plötzlich war er einfach da. Auf dem Wagendach! Und meine Männer lagen auf der Erde!«

»Und was habt ihr gemacht, du und deine Männer, Slabba? Euch in die Hosen gepisst?«

»Es war ein Schwarzrock!«

Urd antworte nicht. Slabba hatte ausnahmsweise nicht ganz unrecht. Wenn es stimmte, dass es die schwarzen Schatten gewesen waren, hätte es kaum einen Unterschied gemacht, wenn Slabba *zehn* Männer dabeigehabt hätte.

»Hast du was zu trinken? Ich brauche jetzt dringend einen Schluck.«

Urd blendete die nervtötende weibische Stimme aus. Er musste nachdenken. Was war passiert? Wenn die Schwarzröcke das Mädchen gefunden hatten, warum waren sie dann noch nicht hier, um es abzuliefern? Warum wusste der Rat nichts davon? Die Schwarzröcke wären in einem Viertel der Zeit, die Slabba gebraucht hatte, wieder zurück in der Stadt gewesen. Wahrscheinlich noch schneller. Also warum?

Slabba musste geplappert haben. Der nichtsnutzige Schwachkopf war umgefallen und hatte alles zugegeben. Jetzt stand er hier und tischte ihm irgendwelche Märchen auf, um ihn in die Irre zu führen. Das war die einzige Erklärung.

»Wie konnten sie wissen, dass das Mädchen im Wagen war, Slabba?«

»Weil sie rausgelaufen ist! Einen Abhang hoch und rein in den Wald, wie ein Kaninchen!«

Urd sah ihn scharf an. Suchte nach Unsicherheit in Slabbas Augen, nach dem winzigsten Anzeichen einer Lüge. Da musste etwas sein. Das Mädchen hatte gefesselt in der Kiste gelegen, mit so viel Traumkappe im Körper, dass es gereicht hätte, um ein Pferd niederzustrecken. Sie konnte nirgendwohin gelaufen sein.

Slabba schluchzte auf und drehte ihm den Rücken zu, als könnte das verbergen, dass er kurz davor war, zusammenzubrechen. Schmieriger Kot tropfte von dem senfgelben Kittel, der über seinem mächtigen Hinterteil zu zerreißen drohte. Urd rümpfte die Nase. Was zum Draumheim war mit dem Kaufmann los? Hatte er Durchfall? Urds Blick folgte der Kotspur von Slabba bis zu dem Lehnstuhl, in dem er gesessen hatte. Der Lehnstuhl, in dem Hirka gesessen hatte. Das war kein Kot, das war Fleischbrei. Er war überall auf dem Sitz. Lief aus der Decke, in die Hirka eingehüllt gewesen war.

Die Erkenntnis traf ihn wie ein Speer. Sie hatte ihn getäuscht. Sie hatte IHN getäuscht! Das verdammte Miststück hatte ihn hinters Licht geführt. Urd sprang auf und wischte mit den Armen über den Tisch. Die Weinbecher fielen scheppernd zu Boden und rollten bis an den Fuß des Kamins. Slabba wich unsicher an die Wand zurück.

»Komm mit!«, befahl Urd und ging auf die Tür zu.

»Was? Wohin?«

»Wir suchen uns etwas zu trinken.«

Slabba folgte ihm. Sie gingen durchs Haus und hinaus in den Küchengarten. Der war seit dem Tod seines Vaters nicht mehr gepflegt worden. Aber die Aussicht auf den Fluss und auf Blindból verdorrte nie.

»Sei unbesorgt, Slabba. Das ist ein kleines Problem. Das wird sich lösen lassen.«

»Sich lösen lassen?! Wie soll sich das lösen lassen? Sie ist dir weggelaufen! Ich wusste nicht einmal, was sie ist, als du mir aufgetragen hast, mich um sie zu kümmern! Ich dachte, sie wäre eine Verwandte. Ich dachte, du machst dir einen Spaß mit mir!«

Urd bleckte die Zähne, schaffte es aber, die Mundwinkel zu einem Lächeln hochzuziehen. Slabba hatte bereits begonnen, sich Rückendeckung zu verschaffen. Ihn konnte er abschreiben, er war nutzlos geworden.

»Lass uns einen Schritt nach dem anderen machen, Slabba. Zunächst das Wichtigste: Wer hat dich hierhergehen sehen?«

»Niemand! Ich schwöre! Ich wäre nicht hergekommen, wenn es auch nur das geringste Risiko bedeutet hätte.«

»Gut. Hast du morgen irgendwelche Verabredungen?«

»Nein. Ich muss nur zu dem verdammten Teehändler in der Daukattgata. Ich schwöre dir, der versteckt seine besten Tees unter dem Tresen und serviert mir Spülwasser! Was wollen wir tun?«

»Ich zeige es dir. Siehst du, was ich dort versteckt habe?«

Urd lehnte sich über die Brüstung und starrte auf den Fluss tief unter ihnen. Slabba machte es ihm nach, als sei er eine Handpuppe. Urd stieß ihn mit beiden Fäusten in den Rücken. Es erforderte erstaunlich wenig Mühe. Slabbas schwerer Oberkörper machte die Arbeit allein. Er kam gar nicht mehr dazu, mit den Füßen Halt zu suchen, um die Katastrophe zu verhindern. Er sagte auch nichts. Ruderte nur hilflos mit den Armen. Und fiel.

Einen Moment später hörte Urd ihn schreien, ehe der Körper unten auf die Steine traf. Es wurde still. Dann ein Klatschen. Urd rümpfte die Nase. Slabba war immer mit allem spät dran gewesen und nun auch mit seinem eigenen Todesschrei. Urd dagegen hatte eine Sorge weniger, ebenso wie Slabbas Frau. Sie war jung genug, um Slabbas Tochter zu sein, und hätte sich ihm vermutlich vor Dankbarkeit zu Füßen geworfen, wenn sie hier gewesen wäre. Das brachte ihn auf eine Idee … Vielleicht sollte er ihr einen Besuch abstatten, wenn die Leiche aus dem Morast freigespült worden war? Natürlich nur, um ihr sein Beileid auszusprechen.

Der fette Kaufmann hatte seinen letzten Fehler begangen. Genauso wie das Mädchen mit den roten Haaren. Er war Urd Vanfarinn. Seine Familie befehligte ein Heer von dreihundert Soldaten. Eine treue Garde, die der Familie seit Generationen ergeben diente. Jetzt würde sie sich nützlich machen können, Mann für Mann.

Aber zuerst musste er die wichtigste Entscheidung von allen treffen. Sollte er der Stimme erzählen, dass er das Mädchen verloren hatte, oder nicht?

Urd konnte die Hunde vor dem Haus winseln hören.

Es hatte angefangen zu regnen.

DER SCHATTEN

Rime war ein Schwarzrock. Ein Mörder im Auftrag des Sehers. Er war alles, was sie gefürchtet hatte und wovor sie geflohen war. Er war der Grund für all die durchwachten Nächte. Der Grund, warum sie bei jedem Geräusch aus den Wäldern erstarrte. Er war der Grund, warum Vater im Draumheim schlief. Er war Eiriks Fieber. Teins Blutdurst. Er war der Tod.

Sie war beinahe vor Erleichterung in Tränen ausgebrochen, als sie ihn gesehen hatte. Erleichtert, weil es jemanden gab, der ihr in diesem Kampf beistehen würde. Nicht nur jemanden. Rime. Und jetzt stand er hier. Ein Schwarzrock. Die schwarze Bestätigung der Wahrheit, dass sie nicht entkommen konnte. Der Rat würde niemals auf sie hören. Oder ihr Leben schonen.

Es steckte nicht einmal Wut oder Bosheit hinter dem Willen zu töten. Die Räte hassten sie nicht. Sie fürchteten sie, das vielleicht. Sie war ja eine Fremde. Aber sie würden sie ebenso beiläufig umbringen, wie sie Atem holten, weil es für sie am zweckmäßigsten war. Sie wollten die Stabilität bewahren. Das Unkraut ausrupfen. Das Land von der Fäulnis befreien.

Hirka richtete sich auf. Die Wunden in ihrem Rücken brannten. Hätte sie nur ihren Beutel dabeigehabt, dann hätte sie eine Salbe auftragen können. In solche Wunden konnte leicht Fieber einziehen.

»Also haben sie wirklich die Schwarzröcke nach mir ausgeschickt?«

»Ja.«

»Um mich zu töten?«

»Ja.«

»Aber das geht nicht. Man kann doch nicht einfach Leute töten.« Sie hörte sich an wie ein Kind, obwohl sie keines mehr war. Hatte sie etwa nicht das Ritual empfangen? Hirka lächelte grimmig in der Dunkelheit.

»Der Seher gibt, der Seher nimmt«, erwiderte Rime.

»Gibt was? Gibt was denn, Rime?!« Sie erhob sich. Der Mond stand hinter ihm, zeichnete seine Umrisse nach, als wollte er ihr zeigen, wer dieser Mann war. Als wollte er sie warnen: Sei vorsichtig, schau ihn dir an. Die Schultern waren breit und die Beine kräftig, dazu gemacht, alles einzuholen, was wegzulaufen versuchte. Er drehte sich zu ihr um.

»Er gibt Antwort auf alle Fragen«, sagte er mechanisch.

»Verdammtes Altweibergewäsch! Er gibt Antworten, damit du gar nicht erst Fragen *stellst*!« Hirka hörte ihre eigenen Worte, als wären sie ein Echo von Vater im Draumheim. Rime zögerte, aber sicher nicht, weil er über das nachdachte, was sie gesagt hatte. Wohl eher, weil er überlegte, was er darauf antworten sollte. Doch die Erhabenheit des Sehers galt für sie nicht mehr. Damit war es aus und vorbei. Kein Wort würde daran jemals etwas ändern können.

»Ich kann dir zeigen, was Er *mir* gegeben hat, Rime.« Hirka zog das Strickhemd hoch und kehrte Rime den Rücken zu. Sie brannte jetzt. Brannte darauf, zu zeigen, wer der Rabe wirklich war. Wie wenig der Heiligste der Heiligen bereit war zu tun.

»Da siehst du, was Er mir gegeben hat! Glaubst du, es betrübt mich, dass mir Seine Gnade versagt bleibt? Glaubst du das?!«

Sie ließ das Strickhemd wieder herunter und sah ihn an. Er hatte die Kiefermuskeln angespannt. Seine Augen waren schmal vor Zorn, als seien die Wunden auf ihrem Rücken ihre eigene Schuld.

»Die Schandtaten der Räte sind nicht Seine. Wir folgen Seinem Wort, nicht ihrem.«

»Was zum Draumheim machst du dann hier, Rime?!« Sie versuchte, ihm seine eigenen Denkfehler einzuhämmern. Er selbst war so darin gefangen, dass er blind dafür war. »Wenn du Seinem Wort gehorchst und Er mich tot sehen will, warum sind wir dann hier? Warum lebe ich dann immer noch? Sag!«

»ICH WEISS ES NICHT!«

Sein Ruf echote zwischen den Felsen. Krähen flogen erschrocken vom Waldrand auf. Rime sah aus wie ein Untoter, wie er da stand. Ein Blinder. Bleich vor dem schwarzen Himmel. Er war ein Schatten, ein Fantasiegebilde, geschaffen von ihr selbst. War sie vielleicht verrückt geworden? Vielleicht würde sie gleich aufwachen. Vielleicht saß sie immer noch in dem engen Kerkerschacht in Eisvaldr und träumte, Rime habe sie gerettet.

Eine noch schwärzere Erkenntnis ging ihr plötzlich auf. Er hatte sie überhaupt nicht gerettet. Er rang mit sich selbst, jeden einzelnen Augenblick. Der Seher hatte ihm befohlen, sie zu töten, und hier stand er und wartete. Aber er wusste nicht, worauf. Er hatte sie nicht getötet oder zum Rat zurückgebracht. Und er konnte ihr nicht erklären, wieso. Bisher hatte er getan, was ihm befohlen worden war. Er hatte sie gefangen. Die Frage war: Was würde er als Nächstes tun?

Hirka hätte am liebsten geschrien. Sie wollte ihn anschreien, dass er ein Idiot war, wenn er bereit war, zu töten, ob im Namen des Sehers oder nicht. Aber sie konnte nicht schreien. Sie verhandelte über ihr Leben, doch das begriff sie erst jetzt.

Das war kein klar denkender Mann, der da vor ihr stand. Das war ein Tier. Ein Wolf. Gerade jetzt war die Wahrscheinlichkeit, dass er sie tötete, ebenso groß wie die, dass er es nicht tat. Es kam ganz darauf an, auf welcher Seite die Münze landete. Sie war seinem inneren Kampf ausgeliefert. Seiner Überzeugung. Seinem Glauben. Sie schwor sich selbst, niemals an etwas oder jemanden zu glauben, solange sie lebte.

Hirka schluckte. Sie musste ihre Worte sorgfältiger wählen. Sie machte einen Schritt auf ihn zu.

»Ich habe den Seher nur ein einziges Mal zu Gesicht bekommen«, sagte sie. »Und alles, was Er tat, war, mich in den Kerker zu werfen.

Er hätte mich auf der Stelle töten können. Aber Er hat es nicht getan. Wenn der Seher mich hätte tot sehen wollen, wäre ich es dann nicht längst?«

Rime schloss die Augen und senkte den Kopf. Die Last verschwand von seinen Schultern. Er nickte.

»Ich habe nie Leben genommen«, sagte sie, ermutigt davon, dass er auf der richtigen Seite angekommen war. »Ich habe Krankheiten gelindert. Habe Leute zusammengeflickt, ihnen ihre Schmerzen ausgeredet. Du hast sie getötet. Wer von uns hat dem Seher besser gedient, Rime?«

»Leg dich schlafen. Wir müssen vor Tagesanbruch hoch.«

DER SCHWANZ

Die Sonne kroch hinter den Bergen hervor und die Welt erhielt ihre Farben zurück. Aber einige davon waren nicht wiederzuerkennen. Hirka starrte ihr Spiegelbild im Fluss an. Aus dem nassen Haar, das sie mit Baumrinde gefärbt hatte, tropfte es braun. Sie packte das Heft von Rimes Messer fester.

»Ich werde aussehen wie ein Junge …«

»Du siehst jetzt schon wie ein Junge aus«, erwiderte Rime.

Die Worte verletzten sie mehr, als sie es tun müssten. Er hockte am Flussufer. Hohe Gräser verbargen, wie er da saß, die Ellbogen auf die Knie gestützt. Er hatte die Kleidung gewechselt. Jetzt war er kein Schwarzrock mehr, sondern Rime An-Elderin, der Gardist, der sie aus der Alldjup-Schlucht heraufgezogen hatte. Er trug dasselbe helle Strickhemd mit den geschlitzten Seiten wie damals. Sein Rucksack lag auf der Erde, auch er hatte die Farbe gewechselt. Er war jetzt braun, wie ihr Haar. Das war ein Trick der Schwarzröcke, um verschwinden zu können, wenn es nötig war. Man krempelte den Rucksack von innen nach außen und schon hatte er eine andere Farbe. Langsam dämmerte ihr, woher die Mythen über die Schwarzröcke kamen. Die Krieger, die niemand zu Gesicht bekam. Unsichtbar am Tage, unsichtbar in der Nacht.

Kuro war wiederaufgetaucht. Wieder einmal hatte sie gedacht, er sei für immer verschwunden, aber der Rabe ließ sie nie im Stich. Jetzt saß er da und beäugte neugierig ein Bündel an Rimes Rucksack. Sie hoffte, es war etwas zu essen darin.

Rime blickte sie an. Sie hob das Messer und begann, sich das Haar abzuschneiden, eine große Handvoll nach der anderen. Sie sah aus wie ein Tier. Das Strickhemd war an der Schulter zerrissen. Sie hätte fast gesagt, dass sie nicht mehr wusste, wann sie das letzte Mal richtig geschlafen hatte, aber ihr Widerwille, Schwäche zu zeigen, gewann die Oberhand. Wenn sie nur hinunter ins Wasser hätte sinken können, hinein in eine lautlose Welt. Wie im Badehaus von Ravnhov. Sie musste an Tein denken. Was er wohl sagen würde, wenn er sie jetzt so sehen könnte? Bei Rime An-Elderin. Bei einem Schwarzrock.

»Beeil dich. Wir haben wenig Zeit«, sagte Rime und erhob sich.

»Wohin gehen wir?«

»Nach Mannfalla.«

Sie sah ihn an. Hatte er den Verstand verloren? Nichts deutete darauf hin, außer seinen Worten. Sein Blick war klarer als noch vor wenigen Stunden. Fester. Das war kein ausgehungerter, verwirrter Wolf. Er wusste, was er tat.

»Mannfalla? Ja, das hört sich nach einer hervorragenden Idee an, Rime. Lass uns dorthin gehen! Ich habe ja so viele Freunde dort. Urd, den Rat … sogar den Seher! Seine Liebe für mich kennt ja keine Grenzen.« Sie kreuzte die Finger zum Zeichen des Sehers, wie ein Schriftgelehrter.

»Vergiss die Schwarzröcke nicht«, antwortete er, anscheinend ohne Ironie, und machte sich daran, ihre abgeschnitten Haarsträhnen von der Erde aufzusammeln. »Die Schwarzröcke suchen dich seit über einem Tag. Sie haben inzwischen jedes Staubkorn in der Stadt nach dir umgedreht. Ab jetzt werden sie von Mannfalla ausschwärmen wie ein Pfeilregen. Hier draußen sind wir leichte Beute. Wenn wir dagegen bis morgen in Mannfalla überleben, haben wir eine Chance. Wir kaufen uns Zeit.«

»Aber sie haben Soldaten an allen Stadttoren! Und jetzt bestimmt noch mehr. Selbst wenn wir dumm genug wären, es zu versuchen, würden wir nicht nach Mannfalla *hinein*kommen.«

»Du vergisst das Wichtigste.«

»Und das wäre? Dass du Rime An-Elderin bist? Der heilige Narr? Der Glücksbringer, der mit dem kleinen Zeh denkt und hingeht, wo er will?« Sie verdrehte die Augen.

Er richtete sich auf und packte ihre Schultern. Seine plötzliche Nähe wirkte bedrohlich, zupfte an etwas, das ihr Herz umschloss und nicht angetastet werden durfte.

»Benutz deinen Verstand. Sie gehen davon aus, dass Gesetzlose die Stadt *verlassen* wollen. Kann gut sein, dass es unmöglich ist, rauszukommen, aber nicht *rein.*«

»Das wissen wir nicht mit Sicherheit«, murmelte sie und ließ die letzte Handvoll Haare auf die Erde fallen.

»Wir wissen gar nichts mit Sicherheit. Aber wir haben einen großen Vorteil.« Er ließ ihre Schultern los, aber die Wärme seiner Hände blieb. »Vorläufig weiß niemand, was ich getan habe oder dass wir zusammen sind.«

»Urd wird es wissen, meinst du nicht?« Sie dachte an den dritten Reiter, der davongaloppiert war, während Rime auf dem Wagendach saß und ihr hinterherblickte.

»Er weiß, dass es Schwarzröcke waren, aber nicht, wer. Und das wenige, was er weiß, wird er niemandem erzählen. Das kann sich sogar ein heiliger Narr ausrechnen.«

Hirka spürte, wie ihre Wangen heiß wurden. Das hätte sie natürlich bedenken müssen. Urd konnte niemandem von ihr erzählen oder davon, was er getan hatte. Diese Erkenntnis war eine Erleichterung.

»Er kann höchstens seine eigene Garde ausschicken, nach dir zu suchen«, fuhr Rime fort. »Aber das spielt keine Rolle. Das sind nur ein paar Hundert Mann. Die Schwarzröcke finden dich auf jeden Fall vorher.«

Sie starrte ihn an, fand aber kein Anzeichen dafür, dass er versucht hatte, einen Scherz zu machen. Sie zog den Umhang fester um den Körper. Es war seiner und er schleifte fast auf der Erde.

»Mein Haar ist noch nass«, sagte sie. »Es wird auf den Umhang abfärben.«

Rime streckte die Hand aus und fuhr ihr mit den Fingern durchs Haar. »Das trocknet unterwegs«, sagte er. Sie schluckte und nickte.

»Die Stadttore sind gleich hinter dem Bergkamm. Die Straße liegt ein paar Hundert Schritte östlich von hier. Wir werden auf eine Menge Leute treffen.«

Hirka nickte wieder, sie war sich im Klaren darüber.

»Der Umhang hilft. Er verbirgt den Schwanz.« Rimes Gesichtszüge wurden für einen Moment etwas weicher. Hirka lächelte.

»Du meinst, er verbirgt, dass ich schwanzlos bin?«

»Das tut er, aber das reicht nicht.«

»Das muss reichen.«

»Sie suchen nach einem schwanzlosen, rothaarigen Mädchen. Sie werden ganz besonders auf die Schwänze achten.«

Hirka biss sich auf die Unterlippe. Er hatte recht. Wenn sie Torwächter an der Stadtmauer wäre, würde sie sich auch die Schwänze zeigen lassen. Das war die einfachste Art, Leute auszuschließen.

»Dann gehen wir getrennt«, sagte sie. »Es ist besser, wenn sie dich nicht mit mir zusammen anhalten. Und eine andere Möglichkeit gibt es nicht.«

»Doch, die gibt es.«

»Welche denn?«

Rime drehte ihr den Rücken zu, bevor er antwortete. »Du musst einen Schwanz tragen.«

Hirka lachte. »Wie stellst du dir das vor, soll ich mir einen *wachsen* lassen?« Kaum hatte sie das gesagt, ging ihr auf, was er vorhatte. Rime griff zum Bündel an seinem Rucksack, schnürte es auf und warf den Inhalt auf den Boden. Unwillkürlich wich sie zurück.

Vor ihr lag ein Schwanz. Er war aufgerollt und entrollte sich, während sie ihn ansah. Feine Haare waren überdeutlich auf der blutleeren Haut zu erkennen. Er wurde immer schmaler und an einem Ende saß eine braune Quaste. Am anderen Ende hätte ein Mann sein sollen, aber alles, was sie sah, war ein blutroter Schnitt. Das Innere quoll hervor wie ein Kissen aus Fleisch. Der Schwanzknochen saß in der Mitte und ähnelte einem geplatzten Ei.

Hirka musste an einen der Männer denken, die den Wagen begleitet hatten. An den Mann, der auf der Erde gelegen hatte, als sie weglief. Das da war sein Schwanz. Ein Teil seines Körpers, ohne den … Besitzer.

Sie wandte sich ab und schloss die Augen. Sie hatte gedacht, in dem Bündel sei Essen. Notrationen. In ihrem Magen rumorte es. Der Schattenpilz, den sie nach dem Aufstehen gegessen hatte, wollte nicht recht unten bleiben. Wie naiv sie doch war. Was hatte sie erwartet? Rime hatte während der Nacht aufgeräumt. Natürlich hatte er das. Er konnte den Wagen und die Leichen ja nicht auf dem Weg zurücklassen. Das hätte die Hälfte der Soldaten in Mannfalla angezogen. Genauso gut hätten sie eine Spur zu ihrem Versteck auslegen können. Aber was genau hatte er getan? Abgesehen davon, dass er eine der Leichen zerteilt hatte?

Die Übelkeit wollte nicht weichen. Sie hörte Rimes Stimme, die so gleichmütig klang, als spräche er über einen geräucherten Schinken.

»Der hat heute Nacht gehangen, er wird nicht mehr bluten. Wir ziehen ihn durch den Schwanzschlitz in deiner Hose, dann sehen sie ihn, wenn du den Umhang zurückschlagen musst.« Er zögerte einen Moment. »Sein Besitzer braucht ihn nicht mehr«, fügte er hinzu.

Hirka schlug die Augen wieder auf und sah ihn an. Er erwiderte ihren Blick, aber es war, als sähe er sie aus weiter Ferne an. Als stünde er hier und sie in Ravnhov, mehrere Tagesreisen entfernt. Wenn er überhaupt etwas fühlte, dann war es von hier aus nicht zu erkennen.

»Ja, das müsste gehen«, antwortete Hirka mühsam.

Rime nickte und nahm ihr das Messer ab. Hirka wandte ihm den Rücken zu und blickte zum Himmel hinauf. Wenn die Sonne nur schneller aufgehen würde. Sie sehnte sich nach ihrer Wärme. Konnte sie schon spüren. Nein. Das waren Rimes Hände, die warm auf ihren Hüften lagen. Er kniete hinter ihr.

»Ich befestige einen Stoffstreifen am Ende«, sagte er. »Den müssen wir dir um den Leib binden, damit er das Gewicht trägt.«

Hirka nickte. Sie schluckte krampfhaft, immer wieder. Rimes Hand löste ihren Gürtel und sie spürte seine Finger auf ihrem Rücken. Der Schwanz eines toten Mannes glitt über ihre Haut und wurde durch den Schlitz in der Hose gezogen, die sie geerbt hatte. Einen Schlitz, den sie nicht gebraucht hatte. Der Schwanz war kalt und schwer. Er wurde immer schwerer. Er war zu schwer zum Tragen. Zu schwer.

Hirka spürte, wie sich ihr der Magen umdrehte. Es war unmöglich aufzuhalten. Sie fiel auf die Knie ins Gras und erbrach sich. Aber es kam nichts heraus, sosehr der Körper auch krampfte. Bitterer Speichel rann ihr aus den Mundwinkeln. Sie schluchzte. Tief in ihrem Innern wusste sie, was da mit ihr passierte. Alles, was geschehen war, drohte sie einzuholen.

Sie stützte die Hände auf und versuchte wegzukriechen, aber sie kam nicht von der Stelle. Rime hatte seine Arme um sie geschlungen, er kniete hinter ihr und hielt sie fest. Eine Hand legte sich auf ihren Mund und dann bog er ihren Kopf zurück. Sie zuckte zusammen. Der Mann im Kerkerschacht hatte genau dasselbe getan. Aber das hier war nicht er. Das hier war Rime. Sie spürte seine Lippen an ihrem Ohr, seinen Atem, als er sprach.

»Alle sterben. Es spielt keine Rolle. Alles stirbt, so gewiss, wie es lebt. Es ist nicht wichtig, Hirka. Wir werden auseinandergenommen und wieder zusammengefügt, zu etwas Neuem. Du bist Himmel, du bist Erde, Wasser und Feuer. Lebendig und tot. Wir sind alle tot. Bereits tot.«

Hirka schluchzte wieder. Rime war eine neue Last auf ihrem Rücken. Wie Vetle damals in der Alldjup-Schlucht.

»Ich bin niemand!« Hirka erkannte ihre eigene Stimme nicht wieder. Gepresst brachen ihre Worte hervor, halb erstickt durch Rimes Hand. »Das Draumheim nimmt mir alles, was mir etwas bedeutet! Ich habe keinen Vater, kein Haus, nicht einmal mein Haar! Ich bin …

ein Geschenk an die Blinden. Mit dem Schwanz von jemandem, der gestorben ist, damit ich … Vater …«

Rime verstärkte seinen Griff, bis er sie fast vom Boden hob.

»Wir sind bereits tot. Alle zusammen. Niemand kann uns etwas anhaben. Verstehst du, Hirka?«

Sie spürte, wie ihr Körper aufgab. Das Gewicht seiner Worte drang in ihre Brust ein. Sie verstand. Sie hing wie tot in seinen Armen. Der Griff seiner Hand auf ihrem Mund lockerte sich. Wärme strömte durch ihren Körper. Wärme und die Kraft, den Kopf zu heben. Er umarmte.

»Verstehst du, Hirka?«

Sie nickte. »Bereits tot.«

Sie wurde eins mit der Gabe. Sie wurde zu Staub, löste sich auf und verteilte sich. Der Wind trug sie davon und sie flog durch den Wald, durch das Land, durch Draumheim und hinauf zu den Sternen. Sie war ein Wind aus Sand und Staub, und sie fuhr durch Rime hindurch. Er sammelte sie auf und machte sie wieder ganz. Bis sie dort hing, von wo sie aufgebrochen war. In einer höchst wirklichen Welt, umgeben von hohen Gräsern, die sich der eben aufgegangenen Sonne entgegenstreckten.

Bereits tot. Nichts konnte denen etwas anhaben, die wirklich wussten, dass alles enden würde. Es gab nichts zu fürchten. Rime erhob sich hinter ihr und zog sie gleichzeitig mit hoch, bis sie stand. Sie fühlte sich schwerelos im Griff der Gabe, die sie durchströmte und in der Erde verschwand. Würde die Gabe dort liegen und verfaulen, jetzt, da sie durch ihren Körper geflossen war?

»Wer bist du?« Seine Frage kam plötzlich, aber ohne Kälte. Sie sollte sie wecken, das begriff sie. Aber die Stimme, die fragte, war ihr zu vertraut, als dass sie darauf hätte antworten können. War ihr zu lieb. Er fragte wieder: »Wer bist du, Hirka?«

»Ich bin die Fäulnis«, sagte sie, hohl vor Trauer. »Alles, was ich berühre, verfault und stirbt …«

Er lachte. Wie konnte er lachen? Das war grausam. Machte man das als Schwarzrock so? Das Messer in der Wunde umdrehen? Er wandte sich ihr zu.

»Das war jetzt aber hochdramatisch, sogar für deine Verhältnisse, nicht?«

Seine Worte rückten die Wirklichkeit zurecht und hielten ihr einen Spiegel vor, der ihr zeigte, was für eine Närrin sie war. Das Gewicht der Welt wurde leichter und Hirka lächelte.

»Ich bin Hirka. Hirka ohne Schwanz.«

»Lebst du, Hirka?«

»Ja. Ich lebe.«

»Gut.« Er beugte sich vor und presste seine Lippen auf ihre. So plötzlich und unerwartet, dass sie gar nicht reagieren konnte, bevor es vorbei war. Er lächelte schief. »Eine Kerbe für dich, falls ich mich geirrt habe und heute verfaule.«

Sie merkte, dass sie Mund und Augen aufsperrte, und versuchte, sich zusammenzureißen. Ihre Lippen brannten. Er hatte sie geküsst. Rime An-Elderin hatte sie geküsst. Schnell. Als wäre es gar nicht passiert. Aber er hatte es getan! Sie fantasierte nicht!

Er zog den neuen Gurt um ihren Leib fest und ließ los. Das Gewicht brachte sie ins Wanken, aber sie stand noch.

»Außerdem gehört noch viel mehr dazu, nach allem, was ich gehört habe, Hirka mit Schwanz.« Er ging zum Flussufer und verteilte ihre Haarsträhnen auf dem Wasser. Sie schwammen davon wie rostige Gräser und verschwanden.

Hirka schluckte und konnte an nichts anderes denken, als was »viel mehr« in diesem Zusammenhang bedeuten mochte.

SCHATTEN IN MANNFALLA

Die Mauern kamen in Sicht, als sie den Bergkamm überquert hatten. Es war leicht zu erkennen, dass die Garde mehr zu tun hatte als üblich. Die Soldaten liefen an den Mauern entlang und wechselten sich dabei ab, Pferdefuhrwerke und Gruppen von Leuten zu durchsuchen, die aus der Stadt wollten, entweder um in den Teegärten zu arbeiten oder um nach dem Ritual heimzufahren. Obwohl in diesem Jahr die meisten in der Stadt geblieben waren. Nichts war mehr wie sonst.

Jedes junge Mädchen, das die Stadt verließ, musste seinen Schwanz vorzeigen. Hirka schluckte. Rime hatte recht. Sie wickelte seinen Umhang fester um den Körper. Der tote Schwanz zog an den Gurten um ihren Leib. Ein widerliches Gewicht.

Sie näherten sich dem Stadttor von der Nordseite. Sie hatten abgesprochen, dass sie einfach hindurchgehen wollten, wie ganz normale Leute. Rime war für viele der Gardesoldaten ein bekanntes Gesicht, von daher sollte das kein Problem sein. Sie gingen nebeneinander und versuchten, sich beiläufig über Fisch zu unterhalten. Über die Rotfinne, die auf dem Weg die Ora hinauf war.

Das Herz in Hirkas Brust klopfte hörbar. Starrten nicht alle auf sie und Rime? Die beiden Söldner, die dort drüben die Köpfe zusammensteckten und sich unterhielten? Der, der auf der Mauer stand und hinunterblickte?

Zu Hirkas Erleichterung wurde niemand von denen angehalten, die vor ihnen gingen. Rime hatte wohl wieder einmal recht gehabt.

Niemand kümmerte sich um diejenigen, die hineinwollten. Sie sah, dass er suchend den Blick schweifen ließ, als sie das Tor passierten. Er entdeckte einen älteren Gardesoldaten und hob die Hand zum Gruß. Der Gardist grüßte zurück und fuhr fort, einen Wagen mit Vieh zu durchsuchen, der aus der Stadt wollte. Hirkas Schultern entspannten sich erst, als sie hindurch waren und das Tor außer Sicht.

Sie folgten der Daukattgata hinauf zum Marktplatz vor Eisvaldr. Hirka war oft hier gegangen, aber etwas hatte sich seit dem letzten Mal verändert. Die Marktstände waren näher an die Straße gerückt. Sie mussten sich an Händlern vorbeizwängen, die Schutz gegen Blinde und Odinskinder feilboten. Talismane und Rabenbilder, Schmuck aus Silber, Bein und Perlmutt. Räucherwerk und duftende Öle, die mit Gabe gesättigt waren, wie behauptet wurde.

Ein klapperdürrer Mann hatte die Arme voller Ketten, die alle in Eisvaldr gesegnet worden waren, viele vom Seher selbst, wie er versicherte. Garantiert wirksam. Ein Odinskind würde großen Abstand von diesen Schmuckstücken halten müssen.

»Das bezweifle ich«, sagte Hirka und ging weiter.

»Dich merke ich mir!«, rief er ihr trotzig nach.

Mehrere der Umstehenden sahen sie an und wichen leicht zurück. Hirka traute ihren Augen kaum. Was war los mit den Leuten? Die Stadt war vollkommen durchdrungen von Furcht. Und von Gier. Sie sah Rime ein Stück weit vor sich und versuchte, sich durch die Menge zu drängen, aber plötzlich war Stillstand. Nichts ging mehr. Sie stieß gegen den Rücken eines Mannes, der sich umdrehte und ihr bedeutete, leise zu sein. Was ging da vor sich?

Hirka reckte den Hals. Eine ältere Frau ragte ein gutes Stück aus der Menge heraus. Vielleicht stand sie auf einer Kiste, das konnte Hirka nicht erkennen. Sie hatte langes Haar, das schon vor vielen Wintern ergraut war und ihr strähnig ums Gesicht hing. Sie sprach mit unvermutet kräftiger Stimme, die weithin zu hören war.

»Und sie ist es, die zuerst kommen wird! Sie ist die Türöffnerin, sie geht ihnen voraus.« Einige der Leute, die sie umringten, stimmten ein, indem sie das letzte Wort in jedem ihrer Sätze nachplapperten wie ein Echo. »Voraus! Voraus!«

»Das Odinskind kommt zuerst! Denkt an meine Worte! Die Blinden sind ihre Sklaven! Und bei sich hat sie alle Asche von Draumheim!«

»Draumheim! Draumheim!«, kam es von den Hohlköpfen in der ersten Reihe.

Hirka versuchte zurückzuweichen, aber sie war eingekeilt. Das war nicht zu glauben! Die Frau sprach von ihr. Als sei sie eine Feindin, eine Blinde! Hinter der Alten hing ein Plakat mit dem Siegel des Rats. Eine Zeichnung. Der Text war von dort, wo Hirka stand, nicht zu lesen, aber das war auch nicht notwendig. Hirka begriff, was er aussagte.

Sie starrte die Zeichnung an. Schwarze Tinte auf Papier. Das Einzige, was Farbe trug, war das Haar. Rot wie Blut. Das sollte sie sein, daran bestand kein Zweifel. Hirka blickte sich um, in der Erwartung, dass die Menge jeden Moment auf sie losgehen würde, aber die Leute lauschten der Alten gebannt. Sie saugten jedes ihrer Worte auf, ohne zu ahnen, dass diejenige, die sie fürchteten, mitten unter ihnen war.

Es war wie in ihren Träumen. Letzte Nacht hatte sie auf einem Berggipfel gestanden, umgeben von Schnee, während das Blut in ihren Adern kochte, und ein Heer von Blinden hatte sie umringt. So viele Blinde wie Sterne am Himmel. Sie kamen jedes Mal, wenn sie einschlief. Die Träume wurden jede Nacht schlimmer und der Durst stärker. Der Durst von anderen. Aber sie sahen nicht. Genau wie jetzt. Hirka hatte sich ihr Leben lang vor großen Ansammlungen von Leuten gefürchtet, aber hier stand sie, sicherer als an jedem anderen Ort, obwohl sie diejenige war, nach der sie suchten. Das war unwirklich.

Sie spürte, wie jemand ihre Hand nahm. Sie wollte sich dem Griff entziehen, aber er war zu fest. Es war Rime, er zog sie mit sich durch die Menge und weiter die Straße hinauf. Weiter vorn hing noch so ein Plakat, zwei Mädchen standen davor und zeigten darauf.

»Komm!« Rime zog sie in eine Seitengasse hinein. Sie zwängten sich neben einen Stapel Säcke, die nach schimmligen Erdwurzeln rochen.

»Die meinen mich …« Hirka starrte auf die Straße, unter Rimes Arm hinweg, den er an die Hauswand hinter ihr gestützt hatte. »Die meinen mich! Sie behaupten, ich hätte die Blinden hierhergebracht!« Sie lachte. Die ganze Sache war so unfassbar, dass sie keine Furcht empfand. Rime hatte mehr Angst als sie.

»Ich weiß! Lass mich nachdenken. Wir können nicht hierbleiben!«

Eine Frau mit einem Armvoll nasser Kleider kam durch die Gasse. Sie nickte ihnen zu und zwängte sich vorbei. Hirka wagte nicht, etwas zu sagen, ehe die Frau außer Hörweite und auf der Straße war.

»Sie suchen mich, Rime …«

»Und geben damit zu, dass sie dich verloren haben. Das ist noch nie vorgekommen.« Er zog die Oberlippe hoch, als hätte er etwas gegessen, was ihm nicht schmeckte. »Wir müssen einen Ort finden, wo wir uns verstecken können. Einen Ort, wo niemand Fragen stellt.« Sein Blick wanderte unruhig umher.

Hirka lächelte. Sie griff nach seiner Hand und zog ihn hinaus auf die Straße.

»Komm mit! Ich weiß, wohin wir gehen.«

DIE RABNEREI

Mannfallas älteste Rabnerei lag hoch oben an der Ostseite der Stadt. Es war ein Langhaus, an das in der Mitte ein kleinerer Flügel angebaut war. Die Wände neigten sich über den Hügelkamm. Es sah aus, als würde es durch schmale Sehschlitze, die nichts von seinem Innenleben verrieten, auf die restliche Stadt hinunterblicken. Das Haus erinnerte an eine Festung, erbaut aus Felsblöcken, die mit dem grauen Himmel verschmolzen.

Hirka hörte, wie Rime hinter ihr auf dem Weg stehen blieb. Sie drehte sich zu ihm um. Er hatte gelacht, als sie ihm sagte, wohin sie gehen würden. Ramoja aufzusuchen sei, als würde man an der roten Kuppel anklopfen, hatte er gesagt. Widerstrebend hatte Hirka ihm die Wahrheit über die Rabnerin erzählt. Es konnte keinen Schaden mehr anrichten, Rime war ja selbst ein Verräter.

Also hatte sie erzählt. Von Ramoja auf Ravnhov und von der Versammlung, bei der Eirik das Messer in die Brust bekam. Rime hatte mehr Fragen gestellt, als sie beantworten konnte. Es war schlimm gewesen, das Bild zu zerstören, das er von dieser seit Kindertagen vertrauten Frau hatte, dieser Freundin der Familie und rechten Hand Ilumes. Kein Wunder, dass er zögerte. Ihr selbst ging es auch nicht gerade gut. Bei ihrer letzten Begegnung mit Ramoja war Hirka als gabenstarke Retterin von Ravnhov aufgetreten. Jetzt war sie das erdblinde Odinskind auf der Flucht.

Hirka lächelte Rime aufmunternd zu und ging eilig weiter, bevor sie es sich anders überlegen konnte. Das Krächzen der Raben wurde immer lauter, je näher sie kamen. Der Hofplatz war leer. Die Türen zum Windfang standen offen und sie gingen hinein. Hirka klopfte an die Innentür.

»Was, wenn die anderen …«

Hirka bedeutete ihm, zu schweigen. Bisher hatte Rime gewusst, was zu tun war, jetzt war sie an der Reihe. Er zweifelte an ihrer Geschichte, aber er war ja auch nicht auf Ravnhov gewesen. Hirka dagegen schon. Sie wusste, dass Ramoja keine Bedrohung für sie beide war, sie würde sie nicht verraten. Viel wahrscheinlicher war, dass Ramoja sich vor Rime fürchtete. Deshalb trug er den Umhang mit der Innenseite nach außen, sodass das aufgestickte Rabenzeichen nicht sichtbar war. Er hatte die Kapuze aufgesetzt, sein Gesicht lag verborgen im Schatten. Hirka atmete tief durch und öffnete ihren eigenen Umhang am Hals. Er war zu eng, sie hatte ihn in aller Eile an einem billigen Stand gekauft.

»Hirka! Das ist Hirka! Mama, Hirka ist da!«

Hirka trat einen Schritt zurück und bemerkte das Guckloch in der Tür. Es gab keinen Zweifel, wem die Stimme gehörte. Hirka lächelte. Die Tür flog auf und Vetle warf sich ihr entgegen. Auch diesmal ging sie dabei fast zu Boden. Das war eben das Problem, wenn ein halb erwachsener Junge wie ein kleines Kind dachte. Ramoja erschien und erlöste Hirka. Sie schickte Vetle in die Küche und ermahnte ihn, keinem anderen als Joar und Knute zu erzählen, dass sie Besuch bekommen hatten. Das sei ein Geheimnis. Vetle nickte eifrig.

Ramoja warf einen Blick auf den Hof und sah Rime an.

»Ich habe einen Freund mitgebracht, wir sind allein gekommen, Ramoja.«

»Um Sehers willen, Hirka …« Sie starrte Hirka an, als sei diese aus Draumheim zurückgekehrt. Hirka rührte keinen Finger, sie biss sich auf die Unterlippe und wartete ab, was Ramoja als Nächstes tun würde. Sie musste wissen, auf welcher Seite die Rabnerin stand. Es war an Ramoja, zu entscheiden, in welchem Verhältnis sie jetzt zueinander standen. Jetzt, wo Hirka eine Gesetzlose war. Und die Fäulnis.

Ramoja zog sie an sich, dass die Armreife klirrten.

»Es ist kaum ein Stundenglas her, dass drei Männer das Haus durchsucht haben! Und das ist noch nicht alles. Jeden Stein in dieser Stadt haben sie deinetwegen umgedreht. Wo bist du gewesen, Kind?!« Sie schob Hirka von sich, um sie zu betrachten, und fuhr ihr mit der Hand durch das frisch geschnittene Haar. Ihr Blick flackerte, als sei das alles zu viel auf einmal.

»Joar!«, rief sie, ohne die Augen von Hirka abzuwenden. Ein junger Mann tauchte im Flur auf. »Joar, gib der Küche und dem Rest des Hauses für heute frei. Schick sie heim, sie sind aufgewühlt nach den heutigen Verwüstungen im Haus. Und verriegle die Türen.«

Joar nickte und verschwand wieder, dicht gefolgt von Vetle.

Hirka sog die warme Begrüßung in sich auf, als sei es Gabe. Diese vorbehaltlose Fürsorge, dieser Wille zu handeln, sie zu beschützen. Wie wohl die Gewissheit tat, dass Ramoja sich Sorgen um sie gemacht hatte, auch nach dem Ritual. Auch nachdem sie erfahren hatte, was Hirka in Wirklichkeit war. Und nicht zuletzt, nachdem sie begriffen haben musste, dass Hirka nicht umarmen konnte und niemals in der Lage sein würde, Ravnhov zu retten.

»Das ist eine lange Geschichte, Ramoja, und du sollst sie erfahren. Aber vorher musst du noch etwas wissen.« Hirka blickte zu Rime. Er schlug die Kapuze zurück, die sich wie ein Kragen um seinen Nacken legte. Ramoja sperrte ihre Mandelaugen auf. Dann hob sie die Hand und schlug ihm ins Gesicht. Rime spannte die Kiefermuskeln an, rührte sich aber nicht. Hirka fiel die Kinnlade herunter. Damit hatte sie nicht gerechnet. Das hier ging schief, noch bevor es begonnen hatte.

»Ich weiß, was du bist, Rime An-Elderin«, stieß Ramoja zwischen zusammengebissenen Zähnen hervor. »Du bist ein Mörder. Ein bereits Toter. Ein Schwarzrock!«

Hirka ergriff Ramojas Arm. »Er hat mir das Leben gerettet!«

Andere Leute kamen in den Windfang. Sie verteilten sich entlang der Wände.

»Natürlich hat er das! Um dich wie eine Puppe zu benutzen. Um aus dir herauszupressen, was du weißt, und damit du ihn hierherführst.«

»Nein! Nein, das verstehst du falsch!« Hirka zog an Ramojas Ärmel.

Rime hatte genug. »Ich habe hier nichts verloren«, sagte er und wandte sich zum Gehen. Sechs Männer und zwei Frauen standen zwischen ihm und der Tür. Einer legte den Riegel vor. Die anderen hatten bereits ihre Schwerter gezogen. Eine ganz andere Art von Schwert als Rimes. Diese hier waren aus schlichtem Eisen, klobige Schwerter, wie Vater eins in seiner Truhe gehabt hatte. Diese Leute waren Rabner, einfache Leute. Rime würde sie alle töten, wenn er musste. Das konnte Hirka nicht zulassen.

»Rime, warte!«

Er blieb stehen, zur offensichtlichen Verwunderung der anderen.

»Sie können dich nicht gehen lassen, Rime. Denk nach. Sie wissen, dass ich dich wegen Ramoja hierhergebracht habe. Woher sollen sie wissen, dass du nicht zurückkommst, zusammen mit allen Soldaten der Stadt. Das können sie nicht wissen, Rime … Bitte.«

Hirka starrte auf seinen Rücken. Die anderen standen bewegungslos da, wie Pfähle. Sie wechselten Blicke untereinander. Das einzige Geräusch, das zu hören war, kam von den Raben.

Rime drehte sich zu Ramoja um. »Woher weißt du, was ich bin, Ramoja? Woher hast du dieses Geheimnis? Aus Ravnhov? Du hast ihnen hinter unserem Rücken gedient und jetzt verurteilst du mich und meine Entscheidung? Wer bist du, dass du ein Leben lang meiner Großmutter zur Seite gestanden hast, während dein Herz für Ravnhov schlug?«

Hirka wagte nicht zu atmen. Ramojas dunkle Wangen glühten. Es gab keine gute Antwort auf Rimes Vorwurf. Er hatte recht und er hatte noch mehr zu sagen. »Du erhebst die Hand gegen mich, weil du weißt, was ich bin. So voller Verachtung, wie nur eine Verräterin sein kann. Du bist gesetzlos, Ramoja. Du hast Mannfalla verraten.«

Der Raum war gesättigt von Anklagen. Hier war kein Platz für zwei Sieger. Hirka schaute verzweifelt auf den Riegel, der die Tür versperrte. Was hatte sie getan?

»Rime!« Vetle kam in den Windfang, lief an seiner Mutter vorbei und warf sich an Rimes Brust. Ramoja stand da, die Hände nach ihrem Sohn ausgestreckt und mit einem stummen Schrei auf den Lippen. Rime legte den Arm um Vetle. Ramoja sah aus, als würde sie wanken. Sie hatte die Oberhand verloren. Hirkas Verzweiflung wuchs. Das war nicht richtig! Das war nicht so, wie es sein sollte. Niemand in diesem Raum war ein Feind. Alle hier hatten auf die eine oder andere Art Verrat begangen. Aber es war zu spät, sie zu besänftigen. Zu viel war gesagt und getan worden.

»Rime ...« Hirka wagte nur zu flüstern. Es war ein stilles Flehen. Er sah sie an. Sah die anderen an. Dann schob er Vetle von sich.

»Geh zu deiner Mutter.«

Vetle blickte sich verwirrt um. So dumm war der Junge nicht; er begriff sehr wohl, dass etwas verkehrt lief. Ramoja ging ihm entgegen und zog ihn an sich. Hirka holte tief Luft. Das war die einzige Chance, die sie hatte. Dieser kleine Augenblick.

»Du bist eine Verräterin, Ramoja. Du hast den Rat und Mannfalla verraten. Aber er hat das auch getan.« Hirka zeigte auf Rime. »Er kann zu dieser Tür hinausgehen, wann immer er will, und das weißt du. Das wisst ihr alle.«

Hirka blickte in die verschwitzten Gesichter im Raum. Einige waren alt, einige jung, aber sie hatten alle Angst. Vielleicht würden sie gemeinsam einen Schwarzrock aufhalten können, aber sicher war das ganz und gar nicht. Und es bestand kein Zweifel daran, dass kaum jemand mit heiler Haut davonkommen würde, sollten sie es probieren. Sie hatten viel zu verlieren und das war leicht an ihren Augen abzulesen.

»Er kann jederzeit gehen. Glaubt mir, ich habe ihn erlebt. Er kann gehen, aber er wird es nicht tun. Denn er steckt ebenso tief drin wie ihr. Wir haben alle die gleiche Entscheidung getroffen.« Hirka wusste, dass sie sich auf dünnes Eis wagte. Sie kannte diese Leute nicht. Sie konnte nur vermuten, dass es einen Grund dafür gab, warum sie bereit waren, Ramoja zu beschützen. »Er wird es nicht tun, weil wir alle in diesem Raum denselben Weg gegangen sind.«

Sie nahm ihren Umhang ab und ließ ihn zu Boden fallen. »Und ich weiß nicht, wie das bei normalen Leuten ist, aber ich kann euch sagen, dass Odinskinder müde und hungrig davon werden, auf der Flucht zu sein.« Sie schnürte die Gurte um den Leib auf, die den Schwanz an seinem Platz hielten. »Außerdem bin ich es leid, den Schwanz eines toten Mannes auch nur noch einen Schritt weiter zu tragen!«

Sie ließ den Schwanz auf den Boden fallen und verschränkte die Arme vor der Brust. Sie hatte getan, was sie konnte. Die anderen starrten den Schwanz an. Sie erkannte die Reaktionen in jedem einzelnen Gesicht wieder, es war derselbe Ekel, den sie selbst empfunden hatte. Manche rissen die Augen auf, manche machten sie zu. Die Frauen schlugen sich die Hand vor den Mund. Hirka hoffte zutiefst, dass sie begriffen, was sie durchgemacht hatte. Dass der leblose Schwanz auf dem Boden ihnen klarmachte, was sie und Rime riskiert hatten.

Vetle streckte die Hand aus, um den Schwanz zu berühren, aber Ramoja hinderte ihn daran. Sie nickte den anderen zu. Hirka hörte, wie die Schwerter wieder zurück in ihre Scheiden glitten. Sie schloss die Augen vor Erleichterung und atmete auf, zum ersten Mal, seit sie angekommen waren. Ramoja machte einen Schritt auf Rime zu.

»Wie sollen wir dir jemals trauen können?« Das war kein Vorwurf, sondern eine ehrliche Frage. Sie wollte eine Antwort.

Rime begegnete Ramojas bekümmertem Blick. »Du kannst mir trauen, weil ich Urd nicht traue.« Sein Blick wanderte zwischen Ramoja und Vetle hin und her. Hirka verstand nicht, welche Bedeutung Urd in diesem Zusammenhang hatte, aber es schien zu wirken.

Ramoja starrte Rime an.

»Ich habe es immer gewusst«, antwortete er auf ihre stumme Frage.

Sie hob den Kopf. »Lasst uns essen«, sagte sie und das war das Schönste, was Hirka seit Tagen gehört hatte.

AUF MESSERS SCHNEIDE

Rime aß schweigend, während Hirka den anderen die ganze Geschichte erzählte. Sie war kaum zu bremsen, redete mit vollem Mund und konnte sich nicht entscheiden, was wichtiger war: essen oder erzählen. So hatte er sie noch nie erlebt.

Sie beschrieb eine Lawine von Ereignissen, die urplötzlich über sie gekommen war und sie mitgerissen hatte, sodass sie nicht anders konnte. Aber so war das nicht gewesen. Rime hörte heraus, was Hirka selbst nicht hörte. Da waren die Entscheidungen, die sie freiwillig getroffen hatte. Nicht, weil sie musste, und auch nicht, weil sie so lange gezögert hatte, bis sie zum Handeln gezwungen war. Hirka hatte viele Entscheidungen aus dem einfachen Grund getroffen, weil sie die richtigen waren. Schwierige Entscheidungen. Gefährliche Entscheidungen. Wie die, nach Ravnhov zu gehen. Oder die, von dort wieder *wegzugehen*, um dem Seher Auge in Auge gegenüberzustehen. Oder die, Eirik zu warnen.

Was hätte er selbst getan? Warum hatte er sich für die Schwarzröcke entschieden? Um dem Seher zu dienen? Gegen eine Übermacht zu kämpfen? War das so? Oder hatte er die einfachste Entscheidung von ihnen allen getroffen? Rime spürte eine Unruhe in seiner Brust. Eine Vorahnung. Diese Gedanken waren ein Pfad, den er lieber nicht einschlagen wollte.

Hirka schilderte die Geschehnisse lebendig und voller Witz. Die Tage im Schacht, das Verhör durch den Rat, den Sturz vom Dach auf Ravnhov und wie es war, den Schwanz eines toten Mannes zu tragen.

Am Tisch herrschte eine ausgelassene Stimmung. Wäre da nicht der schmerzliche Zug in ihren Augen gewesen, hätte man glauben können, sie sei unbeschadet aus allem hervorgegangen. Aber er wusste es besser. Er hatte sie gehalten, als es zu viel für sie wurde. Jetzt redete sie, als könne sie gar nicht genug bekommen.

Er erinnerte sich an den Ausdruck in ihren Augen, als sie begriff, dass er ein Schwarzrock war. Sie war erloschen. Seitdem hatte sie kaum mit ihm gesprochen, und wenn, dann widerstrebend und tonlos. Als sei er ein Ungeheuer, dessen Gegenwart sie hinnehmen musste.

Rime leerte die Schüssel und tunkte den letzten Rest Brühe mit einem Bissen Brot auf. Er versuchte zu ignorieren, dass die anderen ihn anstarrten. Die Gruppe am Tisch warf ihm schlecht verhohlene Blicke zu. Nervös, abschätzend. Dasselbe taten sie mit Hirka, aber neugieriger. Sie lehnten sich hintenüber, um mit einem Tischnachbarn zu sprechen – was nichts als ein schlechter Vorwand war, um Hirkas Rücken mustern zu können. Den schwanzlosen. Rime vermutete, dass sie es gewohnt war. Aber insgeheim freute es ihn, dass niemand davon verschont blieb, in ihrer Nähe zu sein. In der Nähe der Fäulnis.

Vetle saß an ihrer Seite. Neben seiner Schüssel stand eine Steinfigur mit abgebrochenem Schwanz.

»Ich weiß nicht, wie«, antwortete Hirka auf eine Frage von Joar, dem Jüngsten der Männer. »Ich habe keine Ahnung. Ich weiß nur, dass Urd die Blin…« Sie sah Vetle an und suchte nach einem anderen Ausdruck. »Er hat *sie* hierhergebracht. Die Ersten. Ich schwöre!«

Die Blinden hatten viele Namen. Nábyrn. Die Totgeborenen. Die Namenlosen. Die Ersten. Die ohne Gesang, auch das hatte er schon gehört.

»Er ist nicht allein«, warf Knute ein. »Der Rat weiß Bescheid! Sie machen es zusammen, um einen Vorwand zu haben, Ravnhov anzugreifen.«

Rime begriff, dass sich die Rabner wenig Illusionen über die Mächtigen in Eisvaldr machten, aber Knute irrte sich. Doch er sagte nichts.

»Der Rat weiß gar nichts«, antwortete Hirka. »Ich habe Wunden am Rücken, weil sie wissen wollten, wie *ich* die Ersten hierhergebracht habe. So wenig wissen sie! Und Urd ist allein zu mir gekommen. Hat mich allein aus dem Schacht geholt. Er ist krank! Und nicht nur im Kopf. Ich glaube, er leidet an etwas Ernstem.«

Ramoja erhob sich vom Tisch. »Wir haben unsere Helfer nach Hause geschickt, deshalb sind wir heute Nacht auf uns selbst gestellt. Im Laufe des Abends erhalten wir eine Briefsendung aus der Stadt. Kümmerst du dich darum, Knute?«

Knute nickte. Briefe mussten wie üblich angenommen und abgeschickt werden, besonders jetzt, da dieses Haus mehr beherbergte als nur die Raben und ihre Zähmer. Rime erkannte, wie ernst es dieser kleinen Gruppe war. Das hier waren keine unzufriedenen, mit zu hohen Steuern belegten Kaufleute und auch keine Familien mit Kindern, die es nie weiter brachten als bis zum Ritual in Mannfalla und anschließend wieder heimfahren mussten. Diese Leute hier sprachen so offen miteinander über Schwierigkeiten, dass sie es wohl schon lange taten. Sie wussten, was sie voneinander zu halten hatten. Sie kannten sich gut genug, um auch ohne Worte ganze Gespräche führen zu können.

Hirka hatte recht. Ramoja hatte den Rat hintergangen. Aber sie hatte mehr getan als das. Sie führte eine Gruppe von Männern und Frauen an, die den Rat stürzen wollten.

Rime merkte, wie der Zorn in ihm erwachte. Ein Zorn, auf den er kein Recht hatte. Er starrte durch den schmalen Sehschlitz in der Wand hinaus. Weit unter ihnen lag Mannfalla. Licht brach durch die Wolkendecke und ließ die Mauer schimmern. Sie fing morgens immer als Erste das Tageslicht ein und gab es abends als Letzte wieder frei. Der Rest der Stadt begnügte sich mit dem, was die Mauer bereitwillig zurückwarf. Leute gingen durch die hohen Bogengänge und hinein nach Eisvaldr, als bewegten sie sich von der Dunkelheit ins Licht. Die rote Kuppel war blass, als schliefe sie. Die Ironie entlockte Rime ein schiefes Lächeln. So hektisch wie jetzt war es in der Kuppel seit vielen Mannesaltern nicht mehr zugegangen. Dort drinnen saßen jetzt zwölf Familien und herrschten über die Welt, weil sie es schon immer getan hatten. Und sie taten es zu ihrem eigenen Vorteil. In wenigen Jahren hätte er einer von ihnen werden und Ilumes Stuhl einnehmen sollen. Der jüngste Stuhlerbe aller Zeiten, hatte Ilume gesagt. Er war der An-Elderin, der seinen Platz aus purer Verachtung ausgeschlagen hatte, und jetzt empfand er Zorn über Ramojas Verrat. Jetzt spürte er sein Blut brodeln, weil jemand die Zwölf entfernen wollte. Hatte er das nicht immer selbst gewollt?

Der Unterschied war, dass Rime den inneren Kreis stets als Wunsch des Sehers respektiert hatte. Voller Fehler, aber immer noch Seine Wahl. Da gab es keine Alternative.

»Vetle, wir gehen nach oben in unser Zimmer. Da kannst du eine Weile spielen.«

Vetle gab seiner Unzufriedenheit lautstark Ausdruck, ließ sich aber von Hirkas Versprechen überreden, später am Abend ein paar Wortspiele zu machen. Ramoja bat die anderen, sich im Briefzimmer zu versammeln. Sie werde gleich zurück sein. Die anderen taten, wie ihnen geheißen, und nahmen Hirka mit. Rime folgte ihnen.

Niemand verspürte den Drang, etwas zu sagen, während sie auf Ramoja warteten. Sie gingen in den Raum, der die Mitte des Hauses einnahm. Er war kreuzförmig, mit Türen in alle vier Himmelsrichtungen. Kräftige Balken trafen unter dem Dach aufeinander wie bei einem Totenschiff. Der Raum hatte nur ein Fenster. Es war größer als die anderen im Haus, saß aber schräg im Rahmen, so als hätten sich die Wände vorgebeugt und vergessen, das Fenster mitzunehmen. Alle Zimmerwände waren mit Regalen und Schubladen bedeckt, voll mit Briefen und Beinhülsen aus Knochen und Metall. Hier lagerten Handschuhe, Lederriemen, Öle und Federscheren, hier trafen den ganzen Tag lang Briefe ein und wurden markiert, sortiert und verschickt. Oder an diejenigen Einwohner der Stadt ausgeteilt, die es sich leisten konnten, dafür zu zahlen. Arme Leute nahmen die Dienste der Raben selten in Anspruch.

In diesem Raum hätten jetzt Leute arbeiten müssen, aber Ramoja hatte alle nach Hause geschickt. Niemand durfte die beiden Besucher zu Gesicht bekommen. Das kleinste Gerücht über unbekannte Mädchen oder Schwanzlose würde sie alle vernichten.

Hirka hatte die Balken entdeckt und begonnen, hinaufzuklettern. Sie machte es sich unter dem Dach bequem und ließ die Beine baumeln. Zwei der anderen setzten sich an einen Tisch, der in die Wand eingehängt war und zusammengeklappt werden konnte. Die übrigen Männer und Frauen blieben mit verschränkten Armen stehen, an Balken oder Wände gelehnt. Auch Rime zog es vor, stehen zu bleiben. Man war gefährdet, sobald man sich setzte. Wenn etwas Unvorhergesehenes eintrat, verlor man wertvolle Zeit damit, auf die Beine zu kommen.

Die Raben beruhigten sich hinter der verschlossenen Tür, an der er stand. Sie hatten angefangen zu lärmen, als sie Leute hereinkommen hörten. Jetzt hatten sie ihn anscheinend wahrgenommen, obwohl eine Tür zwischen ihnen war. Unmöglich war das nicht. Die Gabe in ihm wuchs mit jedem Tag. Er vermutete, dass die Raben der Grund waren, warum Ramoja diesen Raum ausgewählt hatte, obwohl es hier nur zwei Sitzplätze gab. Solange sich Hunderte von Raben nebenan befanden, konnte niemand hören, was in diesem Raum gesprochen wurde.

Rime war sich sehr bewusst, dass er beobachtet wurde. Sie waren sechs Männer und zwei Frauen, ohne Ramoja. Joar stand rechts von ihm. Er war vielleicht vier Winter älter als er selbst, ein breitschultriger junger Mann mit braunen Locken. Knute zählte doppelt so viele Winter und er trug von allen die deutlichsten Narben auf den Armen, nach all den Jahren mit den Raben.

Ihm waren die Dialekte aufgefallen. Die Leute kamen aus allen Ecken von Ymsland. Ein geschlossener Bereich der weltumspannenden Rabenzunft. Die besten Rabner des Landes, die Elite ihres Fachs. Nur wenige kannten die Geheimnisse des Rates besser als diejenigen, die sich um die Briefe kümmerten. Aber wie diese neun sich organisiert hatten und was sie zusammenhielt, war schwer zu sagen.

Ramoja kam zurück. Sie bat Lea, die am nächsten stand, die Fensterriegel vorzulegen. Der Wind war stärker geworden. Eine Öllampe, die an einem Balken hing, flackerte in der Zugluft.

»Soll *er* dabei sein?« Die Frage kam von Torje, einem schlanken Mann aus dem Norden mit Stoppelhaarschnitt. Es war nicht nötig zu erklären, von wem er sprach.

»Er ist schon weiter gegangen als wir«, antwortete Ramoja.

»Wenn das Mädchen die Wahrheit sagt«, warf Lea ein.

»Ich lüge nicht«, rief Hirka von oben unter dem Dach.

Rime war angespannt. Rastlos. Er hatte keine Zeit zu vergeuden. Er hatte geglaubt, mit seiner Entscheidung für die Schwarzröcke die Welt hinter sich gelassen zu haben. Jetzt war er wieder in sie hineingeworfen worden. Als Gesetzloser. Die Schwarzröcke waren immer noch auf der Jagd nach Hirka, aber schon bald würden sie ihn vermissen. Die Zeit für den Rapport würde kommen und er würde ausbleiben. Niemand würde von ihm gehört haben. Wie lange würde es dauern, bis der Rat zwei und zwei zusammenzählte? Er hatte keine Zeit, hier zu stehen und sich mit einer aufsässigen Rabenzunft zu streiten.

»Warum sollte sie lügen? Benutzt euren Verstand! Die Plakate mit ihrem Gesicht kleben überall in der Stadt. Sie ist zum Tode verurteilt und hat niemanden, zu dem sie gehen könnte. Sie ist ein Odinskind. Eine Emblatochter.« Rime wandte sich an sie alle, an einen nach dem anderen. »Wenn du morgen aufwachen und denselben Bescheid erhalten würdest, wenn du erfahren würdest, dass du wärst wie sie, was würdest du dann tun? Wohin würdet ihr gehen?«

Mehrere der Leute blickten hinauf zu Hirka. Rime fuhr fort: »Und warum sollte ich eine Bedrohung für euch sein? Ich bin ein Schwarzrock geworden, um Eisvaldr zu *entkommen*. Um mich nicht mit den zwölf Familien auseinandersetzen zu müssen. Ihr glaubt zu wissen, wer sie sind, aber ihr ahnt nicht …« Er schüttelte den Kopf. »Jedenfalls weiß ich genug, um euch auf den Scheiterhaufen zu bringen, jeden Einzelnen von euch, wenn ich wollte. Und ich hätte jeden von euch töten können, ohne dass mich jemand deswegen zur Verantwortung gezogen hätte. Also sagt mir: Warum sollte jemand von uns hier mit gespaltener Zunge sprechen?«

Für eine Weile sagte niemand ein Wort. Nur Torje war bereit, ihn herauszufordern.

»Weil du noch nicht weißt, wer wir sind. Du weißt nicht, was wir vorhaben oder wann. Du weißt nicht, ob wir *noch mehr* sind.«

Die Betonung sollte wohl unterstreichen, dass sie ganz bestimmt noch mehr waren. Das war gelogen. Strategisch plump und nur hervorgestoßen, um ihn zu erschrecken, für den Fall, dass Rime dem Rat gegenüber loyal war.

»Was spielt es für eine Rolle, ob ich es weiß oder nicht?« Rime machte einen Schritt auf Torje zu. »Nichts, was die Rabenzunft plant, kann unsere Lage verbessern oder verschlimmern.«

»Wir können euch ausrotten! Ist das nicht schlimmer?«

»Torje!« Ramojas Stimme war wie ein Peitschenschlag. Torje knurrte und wich zurück. Seine Hand war auf Hüfthöhe, obwohl keiner von ihnen mehr ein Schwert trug. Rime spürte denselben Reflex, hielt sich aber zurück.

Wir können euch ausrotten.

Für Torje oder irgendjemanden hier spielte es keine Rolle, was er warum getan hatte. Er war und blieb Rime An-Elderin. Ein Symbol. Ein Feind mit dem Namen des Feindes.

»Dann hättest du vor deinem Tod noch etwas Nützliches vollbracht«, erwiderte er und starrte Torje an, bis der Nordländer seinem Blick auswich.

»Zum Draumheim, was seid ihr dumm!«, kam es von oben. Hirka schlug sich gegen die Stirn. »Wir alle hier sitzen im selben Boot! Seht ihr das nicht?«

Ramoja griff ein. »Hirka hat recht. Wir müssen davon ausgehen, dass wir dasselbe Ziel haben, und dass es uns alle das Leben kostet, wenn wir scheitern. Rime, du und ich, wir haben unsere Entscheidungen getroffen. Du dienst dem Rat als Mörder, als ihre Waffe. Ich weiß nicht, wo deine Loyalität liegt, wenn es hart auf hart kommt.

Aber es ist ohnehin zu spät. Der Rat wird stürzen.« Die anderen um sie herum murmelten zustimmend. Ramoja fuhr fort: »Wenn du deine Eltern ehren willst, dann stellst du dich uns nicht in den Weg.«

Das war ein offensichtlicher Köder, aber Rime war zu neugierig, um nicht anzubeißen.

»Meine Eltern hatten dieselbe Einstellung zum Rat wie alle anderen.«

»Das bezweifle ich, Rime. Ilume hütet ihre Geheimnisse gut. Keine war mir eine liebere Freundin als deine Mutter. Sie und dein Vater sind bei Urmunai umgekommen, der Schnee habe sie getötet, hieß es.« Rime spitzte die Ohren. »Kann gut sein, dass der Schnee ihnen zum Schicksal wurde«, fuhr Ramoja fort. »Das werden wir nie erfahren. Ich weiß nur, dass sie gar nicht nach Urmunai wollten. Gesa weckte mich in der Nacht eurer Abreise. Du hast in den Armen deines Vaters geschlafen. Gesas Augen waren blank wie Glas. Es lag etwas darin, was ich noch nie vorher gesehen hatte. Ich fragte, was geschehen sei, aber sie antwortete nicht. Alles, was sie sagte, war, dass ihr weggehen müsstet. Für immer.«

»Wohin?« Rime suchte Ramojas Gesicht nach Anzeichen ab, dass sie log. Er fand keine und merkte, dass er unruhig wurde. Er hätte sich gern bewegt, blieb aber hoch aufgerichtet stehen. Er ahnte, wie die Antwort ausfallen würde.

»Nach Ravnhov.«

Rime hob den Kopf. Ramoja hätte einen großen Vorteil davon, wenn sie log, aber er glaubte trotzdem, dass sie die Wahrheit sagte.

»Welche Rolle spielt es, wo sie gestorben sind?« Seine Stimme klang schärfer, als er beabsichtigt hatte.

»Wo es war, spielt vielleicht keine Rolle, aber wie wäre es mit dem *Warum*?«

»Du redest, als hätte jemand absichtlich den Schnee über uns gebracht. Es gibt kein Warum unter freiem Himmel.«

»Ich bitte dich, Rime! Wie du selbst gesagt hast: Benutz deinen Verstand! Sie tauchen mitten in der Nacht bei mir auf, um sich zu verabschieden. Um an den einzigen freien Ort in allen elf Reichen zu fliehen.«

»Ilume hätte das nie zugelassen.«

»Ilume wusste nichts davon. Ich habe das Wort, das ich Gesa gab, gehalten. Ich habe nie jemandem erzählt, dass sie vorher bei mir waren. Nicht nur wegen Gesa, sondern auch, um meine eigene Haut zu retten. Hätte ich etwas gesagt, wäre offenkundig gewesen, dass ich wusste, die Reise nach Urmunai war erfunden. Glaub mir, es gab gute Gründe, dass ich keiner Seele etwas davon gesagt habe.«

»Warum? Warum sollten sie den Wunsch gehabt haben, Eisvaldr zu verlassen?«

»Warum wolltest *du* es denn, Rime?« Ramojas Wärme war in ihre Augen zurückgekehrt. Sie verrieten, dass sie mittlerweile verstand, warum er sich für die Schwarzröcke entschieden hatte. Nicht aus Blutdurst, sondern weil es unvermeidlich war. Rime erkannte seine eigene Stimme kaum wieder, als er antwortete.

»Weil es mich mehr gekostet hätte, zu bleiben.«

Torje ging auf Rime zu und ergriff das Wort. Rime begriff, dass er plötzlich ein neues Gewicht in der Waagschale des Rabners geworden war. Ein Verbündeter im Kampf. Torje bebte vor aufrichtigem Zorn über den vermuteten Mord.

»Der Rat hat seine letzte Lüge aufgetischt! Blut muss mit Blut vergolten werden!«

»Warte!« Rime packte ihn am Arm. »Nicht jetzt. Ihr könnt nichts tun, während das Ritual stattfindet. Die Gerüchte sind keine! Die Blinden haben gewütet und die Leute brauchen allen Schutz, den sie kriegen können.«

Rime sah vor sich ein Mannfalla, in dem die Blinden herrschten. Die Zerstörung. Die Kraftlosigkeit. Einen Ort ohne Gabe und ohne Leben. Er konnte nicht zulassen, dass irgendwer unbeschützt aus Mannfalla abreiste. Nicht jetzt, wo er wusste, dass es Wirklichkeit war. Die anderen sahen sich unsicher an und blickten zu Ramoja. Da war etwas dran.

Hirka sprang von ihrem Dachbalken herunter. Sie legte den Kopf schräg, die Augen voller Verwunderung.

»Wie beschützen sie die Leute eigentlich? Ich habe am Tag meines Rituals keinen Schutz gespürt. Nur die Gabe.«

»Du spürst die Gabe?« Lea machte große Augen. Rime verbarg ein Lächeln. Sie wussten wirklich nichts über Hirka. Wenn es nach ihm gegangen wäre, dann wäre das auch so geblieben. Dann wäre sie sicherer gewesen.

»Sie spürt die Gabe«, bestätigte er.

Torje war immer noch derjenige, der am meisten zweifelte. Oder der am wenigsten Hehl aus seinem Zweifel machte. Vielleicht war er ein bisschen vorschnell in seinem Urteil, aber wenigstens sagte er, was er dachte. Rime spürte einen Funken Respekt für das, was ihm in seinem Leben allzu selten begegnet war.

»Höchstens Adelige können die Gabe spüren. Du lügst, Mädchen!«

Hirka fauchte zurück: »Ich kann sie nicht bei Küken wie dir spüren! Aber ich spüre sie, wenn sie stark ist. Bei Rime. Bei der Rabenträgerin. Bei Urd.« Sie schauderte. »Als die Rabenträgerin uns beim Ritual den Schutz gespendet hat, fühlte es sich kalt an. Genauso, als Urd den Gefangenen, der … Er hat ihn getötet. Mit der Gabe! Er hat die Hand auf den Kopf des Mannes gelegt und ich habe gespürt, wie die Gabe den Raum erfüllte. Mich erfüllte. Nicht wie bei Rime, sondern schmerzhaft. Zerstörend. Bekannt und doch fremd. Es ist schwer zu erklären. Alles wurde zu dem Körper des Mannes hingezogen. Es hat ihn geschüttelt. Seine Augen …« Rime sah, wie sie schluckte. »Seine Augen verdrehten sich. Er fiel hin. Dann kam Blut aus seinem Mund. Er lag …« Hirka blickte auf ihre Hand, als habe sie die Tat selbst begangen. »Urd lehnte sich an die Wand. Er keuchte. Ich wollte …«

Rime hörte ein Aufschluchzen hinter sich. Ramoja hatte die Arme um den Leib geschlungen und war im Begriff, auf die Knie zu sinken. Rasch fing er sie auf, bevor sie zusammenbrechen konnte. Sie sog die Luft in kurzen Schluchzern ein.

»V…Vetle … In Sehers Namen …« Sie verbarg ihren Kopf an Rimes Schulter. Lea trat zu ihr und zog sie mit Nachdruck weg, als würde allein seine Nähe ihren Zustand verschlimmern. Rime beachtete sie kaum. Er starrte Hirka an. Die Gabe hatte sich für sie gleich angefühlt, als sie den Schutz empfing und als Urd tötete. Wie ein fernes Echo fuhr ihm durch den Kopf, was er bei der Ratssitzung in der Kuppel gehört hatte.

Vielleicht sollten wir das Ritual besser nicht durchführen, während die Blinden los sind.

Warum nicht? Warum nicht?!

Weil das Ritual überhaupt keinen Schutz gespendet hatte.

Rime merkte, wie ihm innerlich kalt wurde. Eine Lawine brach über ihn herein, eine Gewissheit, die sich unaufhaltsam voranwälzte. Hässlich. Brüllend. Eisig.

»Sie haben nie jemanden beschützt. Sie haben den Leuten die Gabe entzogen …«

Rimes Worte schufen einen Abgrund der Stille. Wer saß, sprang auf. Dann kamen die Ausrufe. Aber Rime hörte nicht zu. Er musste nachdenken. Seinen Gedanken vollenden. Musste die Bruchstücke sortieren. Das hier war zu groß, um es zu fassen. Viel zu groß.

»Seit Generationen ist kein Kind mit starker Gabe geboren worden, nicht außerhalb der zwölf Familien. Natürlich nicht! Sie beschützen niemanden. Haben nie etwas anderes beschützt als ihre eigene Machtstellung.«

Rime ließ sich auf einen Stuhl am Fenster sinken und umklammerte die Tischplatte. Er starrte darauf. Dunkles Holz. Geboren durch die Gabe. Gealtert durch die Gabe. Kraft in jedem Jahresring. Jedem Astloch.

»Wir haben den Leuten die Gabe genommen. Um die Stärksten zu sein. Um niemals andere Familien einzulassen.«

Er blickte hoch zu den anderen. Sie sahen besorgt aus, so als wäre er krank. Sogar Torje. Sie schienen jetzt mehr zu sein oder sah er doppelt?

»Wir haben die Gabe aus allen herausgesaugt.« Er sah Hirka an. Ramojas verweinte Augen. Vetle hatte nie eine starke Gabe in sich gehabt, obwohl er sie eigentlich hätte haben müssen. Jetzt wusste er, warum.

»Wie lange?«

Niemand antwortete ihm. Ramoja legte ihm die Hand auf die Schulter. Hirka blickte verwirrt von einem zum anderen. Das war für alle zu groß, zu unfassbar. Sie sahen aus, als würden sie fallen. Er konnte sie nicht fallen lassen.

Steh auf, Rime!

Rime blickte sich um, aber die Stimme kam von innen. Mester Schwarzfeuers Zorn über versagende Muskeln. In der Welt des Mesters gab es keine schwachen Glieder. Keine Macht des Körpers über den Geist. Nur die Macht des Geistes über den Körper.

Das ist dein eigener verdammter Körper! Steh auf!

Rime erhob sich. »Ich weiß, dass der Rat wankt. Will man ihn stürzen sehen, dann war die Zeit nie günstiger. Seit Generationen nicht«, sagte er. »Aber ihr müsst warten.«

»Versuch es gar nicht erst, An-Elderin«, sagte Torje. »Kann sein, dass es für dich ebenso neu war wie für uns, aber das macht unsere Sache unendlich viel stärker.«

»Tut, was ihr tun müsst, Torje, aber vorher brauche ich Antworten.«

»Niemand kann dir Antworten geben, Rime.« Ramojas Stimme war brüchig. »Ich habe mein ganzes Leben lang auf Antworten gehofft. Vetles ganzes Leben lang. Niemand kann dir geben, wonach du verlangst. Niemand kann dir gute Gründe nennen, warum es so gekommen ist.«

Hirka trat einen Schritt vor. »Er kann es«, sagte sie.

»Wer?«, fragte Ramoja.

Hirka brauchte nicht zu antworten, Rime tat es für sie. »Der Seher …«

Hirka kam auf ihn zu, in ihren Augen wechselten sich Verwunderung und Gewissheit ab. Er lächelte vorsichtig. Sie verstand. Er konnte ihr ansehen, dass sie verstand. Torje schnaubte verächtlich und die anderen lachten angestrengt. Rime wandte den Blick nicht von Hirka ab und auch sie ließ seine Augen nicht los. Er musste es den anderen erklären.

»Der Seher hat die Antworten. Er weiß. Er weiß, warum.«

Lea breitete die Arme aus. »Niemand außerhalb des Rats hat jemals mit Ihm gesprochen. Offensichtlich nicht einmal *du*. Und du bist das Kind, dass Er davor bewahrt hat, tot geboren zu werden. Das Kind An-Elderin.«

Torje unterstützte sie. »Und selbst wenn du mit Ihm sprechen könntest, was macht dich so sicher, dass Er dir antworten würde? Der Rat ist ein Schlangennest aus Lügen und Gier! Das kann doch nur so sein, weil es Sein Wille ist?«

Mehrere machten das Zeichen des Raben vor der Brust. Das überraschte Rime. Die Verachtung für den Rat hätte sich doch eigentlich auch auf Ihn erstrecken müssen. Ihn, den Einzigen. Aber das müsste ja auch für ihn selbst gelten und so war es nicht.

»Es ist wahr, was ihr beide sagt. Aber ich *weiß*, dass sie ohne Ihn handeln.«

»Was willst du damit sagen?« Knute stellte seinen Bierkrug auf der Fensterbank ab. Der Wind draußen malte kleine Wellen auf die braune Oberfläche.

»Ich sage, dass der Rat ohne Ihn regiert. Wie lange schon, das weiß ich nicht, aber auf jeden Fall seit dem Tod des alten Vanfarinn. Der Seher hätte Urd nicht in den inneren Kreis geholt.«

»Aber ich habe Ihn gesehen«, sagte Hirka. »Ich habe Ihm beim Ritual in die Augen geblickt.«

»Dann wissen wir also, dass Er lebt. Und ich werde Antworten erhalten.«

Ramoja seufzte. »Rime, welche Antworten kann Er geben, die dich zufriedenstellen? Keine Antwort kann eine Ewigkeit der Unterdrückung und Korruption rechtfertigen. Keine Antwort kann rechtfertigen, dass sie Leuten die Gabe geraubt haben, wenn es tatsächlich so sein sollte. Keine Antwort, Rime.«

»Mag sein. Aber ich werde sie trotzdem bekommen.«

»Wir haben weder die Leute noch die Zeit, um sie auf Antworten zu verschwenden. Nicht einmal tausend Mann könnten es schaffen, Ihn zum Gespräch zu bewegen«, sagte Torje.

»Ihr braucht weder tausend Mann noch Zeit aufzubringen. Ich mache das allein.« Rime spürte die Kraft in seinen Worten, es war, als würde er umarmen. Im selben Augenblick, in dem er sie aussprach, wurden sie wahr. Er hatte recht. Genau das war es, was er tun musste. Er musste Ihn aufsuchen, den Seher, für den er gelebt und getötet hatte. Den, der Anfang und Ende war. Ihn, der alle Antworten hatte. Und falls sich herausstellte, dass Er genauso war wie der Rat, würde es das Letzte sein, was Rime tat. Es spielte keine Rolle. Sein Leben hatte er Ihm ohnehin bereits gegeben.

Torje schlug mit der Faust an die Wand. Die Raben im Nebenraum krächzten.

»Er wird alles verderben! Hört nicht auf ihn!«

»Ihr habt nichts zu verlieren. Ich mache es allein und zwar heute Nacht. Seid ihr so blutdürstig, dass ihr nicht *eine* Nacht warten könnt?«

Niemand von ihnen antwortete. Es dauerte eine Weile, bis Lea fragte: »Was hast du denn eigentlich vor?«

Rime nickte ihr dankbar zu. Er hatte die Zeit erhalten, um die er gebeten hatte.

»Ich werde in den Turm des Sehers einbrechen.«

Er verließ den Raum. Er brauchte Ruhe, Stille. Hinter sich hörte er die Rabner aufgeregt durcheinanderreden. Sie dachten, dass er den Verstand verloren hatte. Dass er verrückt war. Oder krank. Vielleicht hatten sie damit auch recht. Es gab nur ein Problem – er war darauf angewiesen, dass Hirka ebenso verrückt war wie er. Die Gabe wurde zu einem Sturm, wenn sie durch ihren Körper floss. Ohne Hirka würde er niemals stark genug sein, bis zum Seher vorzudringen.

Hirka hatte in Eisvaldr die schlimmste Zeit ihres Lebens durchgemacht. Gefangen, verwundet, gejagt. Sie würde nie mehr einen Fuß in die Stadt setzen. Und sie hatte sich von den Worten des Sehers abgewandt. Gab es etwas auf der Welt, das er ihr versprechen konnte? Irgendetwas, das sie bewegen würde, ihm in den Tod zu folgen? Er war sich nicht sicher.

Durch das Stimmengewirr hörte er Torje. »Ist er ein Idiot?«

»Der größte von allen«, antwortete Hirka. »Jedenfalls wenn er glaubt, dass er das allein macht!«

In dem Moment wusste Rime, dass er in Gefahr war. Weil die Fäulnis ihm plötzlich als ein geringer Preis dafür erschien, in ihrer Nähe sein zu können.

RAMOJAS GESCHICHTE

Es war früh am Abend. Draußen wirbelte der Wind die Raben herum, als seien sie Stofffetzen, aber sie flogen immer wieder auf und eroberten den Luftraum zwischen Mannfallas Türmen zurück.

Hirka fand keinen Schlaf. Es war nicht nur die Angst vor den Träumen, die sie wach hielt. Es waren die Gedanken daran, was sie in dieser Nacht tun würden. Das war so jenseits aller Vernunft, dass es wohl jeden vom Schlafen abgehalten hätte. Bis auf Rime. Er schlief. Im Grunde war das eine Erleichterung, denn sie hatte sich schon gefragt, ob es eine Eigenschaft der Schwarzröcke war, keinen Schlaf zu brauchen.

Man hatte ihnen eine schmale Kammer auf dem Dachboden zugewiesen, in der sich zwei Kojen befanden. Sie waren an der Wand befestigt, eine über der anderen, wie auf einem Schiff. Rime hatte die untere Koje genommen und Hirka hatte bemerkt, dass er leiser atmete, als sie die Kammer verließ. Selbst im Schlaf merkte er, wenn Leute kamen und gingen.

Hirka war die Stiege vom Dachboden hinuntergeklettert und dem Klang von Vetles Stimme gefolgt, bis sie die Küche im Ostflügel fand. Ramoja war dort gewesen und hatte ihr heißen Tee gemacht. Hirka hatte nach Kamille gefragt oder etwas anderem, das die Nerven beruhigte, aber es war nichts da.

Sie saßen an einer Ecke des langen Tisches. Ramojas schwarzes Haar schimmerte im Licht der Glut unter dem Kessel. Vetle saß am anderen Ende und malte mit dem Stummel eines Kohlestiftes auf einem Stück Papier. Hirka schaute ihm dabei zu. Er zeichnete einen Raben. Sie hatte seine Bilder schon früher gesehen, war aber immer wieder überrascht zu sehen, dass er viel besser malte, als sie selbst es gekonnt hätte. Man konnte so leicht vergessen, dass sie gleichaltrig waren.

»Was ist mit ihm passiert?«

Hirka wusste, dass sie eine Antwort erhalten würde. Sie hatte nie gefragt, einfach, weil sie angenommen hatte, dass Vetle schon immer so gewesen war, seit seiner Geburt. Aber als sie gesehen hatte, wie seine Mutter vorhin in sich zusammenfiel, hatte sie noch einmal darüber nachgedacht.

Ramoja schob eine Ölschale mit zwei brennenden Dochten darin näher zu Vetle, damit er mehr Licht für seine Zeichnung hatte.

»Du hast es selbst gesehen. Die Gabe hat das Leben aus ihm herausgezogen. Er war zwei Sommer alt.«

»Aber wer? Wer konnte Vetle schaden wollen?«

»Sein Vater.«

Hirka hatte sich nie Gedanken darüber gemacht, warum Vetle ohne Vater aufwuchs. Das war eben eines der Dinge, die schon immer so gewesen waren. Die Leute in Elveroa hatten darüber getuschelt. Sylja hatte Vetle einen Bastard genannt und Hirka hatte geantwortet, das könne sie doch nicht wissen. Vielleicht war der Vater tot. Sie wollte jetzt danach fragen, brauchte es aber gar nicht.

»Sein Vater ist … Urd«, flüsterte Ramoja.

Hirka machte große Augen. Das konnte nicht wahr sein! Der Junge saß neben der Feuergrube und malte unbekümmert. Hirka konnte nichts von dem hageren, kantigen Urd in ihm entdecken. Vetle war ein warmherziger, freundlicher Junge. Seine Nase war ein bisschen flach, wie Ramojas, nicht scharf wie die von Urd. Das Einzige, was er vielleicht von Urd hatte, war das strohblonde Haar des Ratsherrn.

Ramoja hatte es gesagt, ohne den Namen ihres Sohnes zu nennen. Als würde es sie schmerzen, Vetle und Urd im selben Satz zu erwähnen. Hirka spürte, dass da noch etwas Schlimmeres kommen würde.

Etwas, das sie selbst nur allzu gut verstand. Ihre Hand legte sich auf Ramojas.

»Er hat dich mit Gewalt genommen …«

Als Antwort wurden Ramojas Augen feucht, ehe sie ihren Blick auf den Tisch senkte.

»Heute würde ich vieles anders machen. Ich würde ihn nicht mehr anlächeln, wie ich es tat, bevor er … Er wollte mich, das war so deutlich. Ich blühte auf unter seinen Blicken, wie wir es oft tun, wenn wir jung sind.« Ramoja sah Hirka an und lächelte, als ihr klar wurde, dass sie zu einem Mädchen sprach, das noch keine sechzehn Winter alt war.

»Man versteht die Männer nicht, wenn man jung ist, Hirka. Sieht nicht die Gefahren. Heute hätte ich vielleicht gesehen, was so falsch war an seinem Blick, an der Art, wie wir uns ansahen. Heute hätte ich erkannt, zu was er imstande war. Heute könnte ich …«

»Es verhindern? Es vorhersehen?«

Ramoja lächelte. Sie schien dankbar zu sein, dass Hirka ihre Gedanken nachvollziehen konnte. Das machte Hirka nicht weniger wütend. Sie konnte immer noch das Gefühl spüren, das die groben Hände auf ihren Brüsten hinterlassen hatten. »Du kannst es nicht wissen. Man weiß es nie. Man kann es den Leuten nicht ansehen, Ramoja!«

Vetle blickte für einen Moment auf, aber für ihn war es wichtiger, die Zeichnung zu vollenden, als den langweiligen Gesprächen der Frauen zuzuhören. Ramoja lächelte vorsichtig.

»Du hörst dich an wie Rimes Mutter. Ich habe es nur Gesa erzählt. Das war am Tag von Jarladins Vermählung und sie war außer sich! Ich wollte sie zurückhalten, aber sie rannte davon, um Ilume zu berichten, was geschehen war. Ich sehe noch vor mir, wie die Perlen an ihren Ohren tanzten, als sie auf dem Absatz kehrtmachte. Wie ihre grauen Seidenröcke durch den Korridor raschelten. Sie wollte dafür sorgen, dass Urd bezahlen musste. Vielleicht würde es die Vanfarinns den Sitz im Rat kosten. Mit einem solchen Skandal hätte die Familie nicht leben können, aber das war Gesa egal.«

Hirka spürte schmerzlich in ihrer Brust, was nun kommen würde. Ramojas Stimme klang jetzt heiser.

»Gesa lief zu ihrer Mutter. Ilume musste es erfahren. Sie musste erfahren, was Urd getan hatte. Ilume war aufgebracht, war entsetzt, natürlich. Das war es nicht, aber …«

»Aber nichts geschah.« Hirka wusste es nur allzu gut.

Ramoja nickte. »Der alte Vanfarinn saß fest auf seinem Stuhl. Ilume meinte, wenn es zur Anklage käme, würde das den Vater für die Schandtat seines Sohnes bestrafen. Vanfarinn war ein guter Mann, gut für den Rat, gut für das Volk. Die Stabilität der Reiche wäre gefährdet gewesen.«

Hirka verstand. Ilume hatte beschlossen, Ramoja den Preis dafür zahlen zu lassen, dass das Volk seinen Glauben an Eisvaldr, an Mannfalla behielt. Nicht zuletzt den Glauben an den Seher.

Heute Nacht würden sie Ihm gegenüberstehen. Sie und Rime. Vielleicht würde Er sie beide töten oder sie verbannen, aber darauf mussten sie es ankommen lassen. In ihren Augen hatte der Allmächtige zunehmend mehr Antworten zu liefern.

»An jenem Abend ist etwas geschehen, Hirka. Gesa hat mehr erfahren als Ilumes Zurückweisung, da bin ich mir ganz sicher. Sie wollte nur noch weg. Weg von der Familie, weg aus Eisvaldr. Seit fast dreizehn Jahren frage ich mich, ob sie nur meinetwegen weggegangen ist. Weil sie und Ilume sich darüber zerstritten, wie mit Urds Schandtat umgegangen werden sollte. Alles, was sie in jener Nacht sagte, war, dass Allvard und sie ihren Sohn mitnehmen würden, um nach Ravnhov zu reisen. Ein paar Tage später erfuhren wir, dass Gesa und Allvard An-Elderin bei Urmunai durch eine Lawine ums Leben gekommen waren. Nur der Junge hatte überlebt, der kleine Rime, sechs Winter alt. Das ersehnte Kind. Der Auserwählte des Sehers. Es hieß, ein Wolf habe ihn unter dem Schnee hervorgegraben.«

Hirka überlief ein Schauer. *Wolfsaugen.*

»Und Rime hat das gewusst? Schon immer?«

»Oh nein. Er wusste nicht, dass sie geflohen waren, und auch nicht, wohin sie wollten. Für ihn war das nie etwas anderes als ein natürlicher Unglücksfall.«

»Was glaubst du, was es war?«

Ramoja wand sich. Sie antwortete nicht aufs Hirkas Frage, sondern fuhr fort, über Rime zu sprechen.

»Ich dachte, dass nur Ilume und ich das Geheimnis um Vetle teilten. Dass kein anderer davon wüsste. Aber Rime ist immer leise durch die Korridore in Eisvaldr gewandert. Und in Elveroa. Er hat viel mitbekommen. Wahrscheinlich auch, was Urd mit Vetle gemacht hat. Vielleicht war es ihm bisher nicht bewusst, aber heute ist es ihm klar geworden. Als du erzählt hast, wie Urd mit der Gabe getötet hat.«

»Urd wollte töten?!«

»Das frage ich mich auch seit über einem Jahrzehnt. Doch ich glaube das nicht. Er hatte nichts zu befürchten. Ich hatte niemandem erzählt, was er getan hatte. Zwei Jahre waren vergangen und er musste gewusst haben, dass ich es auch weiterhin niemandem sagen würde. Aber wahrscheinlich wollte er nur vermeiden, dass es herauskam. Zum Beispiel während des Rituals.«

Hirka verstand. »Ein Junge mit einer ebenso starken Verbindung zur Gabe, wie sie die zwölf Familien hatten. Alle hätten sich gefragt ...«

Ramoja nickte. »Ich hatte keine Ahnung, dass es möglich war, jemandem die Gabe zu rauben. Von einer solchen Fähigkeit hatte ich noch nie gehört. Aber die Gabe ist ja an sich schon eine seltene Fähigkeit. Ich dachte, *du* hättest sie. Mehr als jeder andere. Der Rabe ist zu dir gekommen, aus eigenem freien Willen! Du und Rime, ihr wart immer zusammen, als hättet ihr ein gemeinsames Geheimnis. Die Raben sagten, du seist von anderem Blut. Und ich habe dich an jenem Tag mit Kolgrim auf dem Markt gesehen. Als der Stein zersprang. Und ich dachte ...«

Hirka stöhnte auf. Hlosnian. Ramoja meinte gesehen zu haben, wie sie Kolgrims Stein zerbrach, aber das war Hlosnians Werk, nicht ihres. Die Rabnerin hatte zwei und zwei zusammengezählt. Ein Mädchen, das einen Stein in Stücke umarmen konnte und das vor dem Ritual fliehen wollte … Sie fühlte sich zu matt, um es zu erklären. Sie ließ Ramoja weitersprechen.

»Manchmal habe ich mich gefragt, ob er töten wollte. Dann wieder denke ich, dass er einfach nur … zeigen wollte, wozu er fähig wäre. Dass er mir das Liebste, was ich habe, nehmen könnte, wenn er wollte. Wenn er Vetle getötet hätte …«

»Dann hättest du die Wahrheit in alle Welt hinausgeschrien. Er hat dafür gesorgt, dass du immer noch etwas zu verlieren hattest.« Hirka spürte, wie ihre Haut sich zusammenzog. Die Unruhe darüber, dass sie so etwas überhaupt denken konnte, mischte sich mit der Angst, dass sie recht haben könnte. Wie konnte jemand nur so leben. Wie ein Blinder! So hemmungslos. So völlig ohne … Gewissen.

Ramoja nickte. »Ich habe es nie irgendjemandem erzählt. Aber ich habe mit Ilume darüber gesprochen und das könnte Rime gehört haben. Er war schon immer sehr aufmerksam. Wach.«

»Trotzdem hast du ihn geschlagen?«

Ramoja fuhr sich mit den Händen übers Gesicht. »Er ist für mich wie Familie. Er und Ilume. Als der Rat Ravnhov immer mehr bedrängte, bat sie mich, mitzukommen. Sie brauchten einen Rabner, und obwohl sie jeden anderen hätten auswählen können, entschied Ilume sich für mich. Ich weiß nicht, warum. Vielleicht empfand sie Schuld für das, was mit Vetle passiert war. Vielleicht hätte sie es verhindern können, wenn sie die Sache ernst genommen hätte, als Gesa zum ersten Mal damit zu ihr kam. Vielleicht sah sie in mir auch nur eine Verbindung zu der Tochter, die sie nicht mehr hatte.«

Oder vielleicht wollte sie nur verhindern, dass du etwas sagst, während sie weg ist. Vor Hirkas innerem Auge tauchte ein Brettspiel auf, das die Gäste in Lindris Teehaus gern gespielt hatten. Man begann auf zwei gegenüberliegenden Seiten des Bretts mit unterschiedlichen Holzfiguren. Das Ziel war, sie strategisch einzusetzen, um die Seite des Gegners zu erobern. Hirka hatte in der Regel verloren, weil sie immer den kürzesten Weg nahm. Das war, als würde man seine Absichten offen verkünden. Heute wusste sie es besser.

Ramoja fuhr fort: »Ilume sagte, für Vetle und mich sei es das Beste, wenn wir aus der Stadt verschwänden, und dagegen gab es kaum etwas einzuwenden. Also lebten wir zusammen in Elveroa. Es verging kein Tag, an dem wir uns nicht sahen. Vor allem am Anfang, als die Rabnerei eingerichtet werden musste. Die erste, die Elveroa je gesehen hatte. Rime war noch so jung damals.«

»Bevor er ein Schwarzrock wurde«, sagte Hirka.

Ramoja nickte wieder und schenkte aus einer gusseisernen Kanne Tee nach. Er war lauwarm, aber keine von ihnen störte sich daran.

»Ich erfuhr es von Eirik, als ich nach Ravnhov kam. Wir haben noch andere Quellen in Eisvaldr als mich. Sie schickten Briefe über die Entscheidung, die Rime getroffen hatte.«

»Er hat Verrat an dir begangen.« Hirka verstand unendlich gut, was Ramoja fühlte. Sie erinnerte sich an Ramoja und Eirik neben dem Götterbild auf Ravnhov. Da hatten sie über Rime gesprochen.

Er hat seinen Weg gewählt. Jetzt tötet er für die, von denen du glaubtest, er würde sie verändern.

»Er war alles, was mir von Gesa geblieben war. Seit seiner Geburt war ich immer um ihn herum. Ilume baute felsenfest auf ihn. Er würde einer der Jüngsten und Stärksten sein, die Insringin je gesehen hatte. Das konnte man schon erkennen, als er kaum auf der Welt war. Ich begann, Ilume zu glauben. An ihn zu glauben. Er war stark und er war immer ein kritischer Geist. Ich wagte, eine Veränderung in seinen Augen zu sehen, eine Möglichkeit, dass das Spiel der Mächtigen enden und die Gerechtigkeit siegen könne. Und was tat er? Er entschied sich dagegen, so endgültig, wie es nur möglich war. Schwarzrock! Ein bereits Toter in Diensten des Sehers. Ein Schatten. Ein Mörder. Für *die*!«

Hirka bekam eine Gänsehaut von Ramojas Geschichte. Die Puzzleteile fielen erbarmungslos an ihren Platz. Rime. Der Rat. Die Gabe.

Wenn Rime recht hatte, war es kein Wunder, dass Mannfalla verärgert reagierte, als Ravnhov begann, die Leute vom Ritual abzuhalten. Was, wenn die Gabe in den Reihen des Feindes erblühte? In dem Volk, das sich nicht zum Seher bekannte? Die Welt wäre zweigeteilt worden. Alles hätte sich geändert.

Würde es heute ihre letzte Nacht sein? Der Seher könnte sie beide töten, wenn Er wollte. Alles, woran sie sich klammern konnte, war der Glaube an Seine unendliche Liebe. Das und Rimes Überzeugungen.

»Hast du ihm verziehen?«, fragte Hirka.

»Rime? Ja. Ich kann ihm keinen Vorwurf daraus machen, dass er sich gegen seine Bestimmung entschieden hat. Kann ihm nicht vorwerfen, dass ich geglaubt habe, er könne die Fehler des Rates wiedergutmachen. Fehler zu sammeln ist ein gefährlicher Zeitvertreib, da kommt schnell eine Menge zusammen. Wusstest du, dass Ravnhov früher die einzigen Rabner hatte?«

Hirka schüttelte den Kopf.

»Eisvaldr schickte Schwarzröcke hin und ließ Männer und Frauen entführen, die die Gabe für Raben hatten. Das ist der Grund, warum Mannfalla heute dieses Wissen besitzt.«

»Das ist doch nicht möglich!«

»Dachte ich auch. Das habe ich oft gedacht. Und ich dachte es, als der Brief kam, dass Urd den Platz seines Vaters im Rat einnehmen würde. Da wusste ich es ganz sicher. Der Rat war nie zu etwas anderem bestimmt, als sich selbst zu dienen.«

Wieder fügten sich die Einzelteile in Hirkas Kopf zusammen. Der Brief, der damals ankam, als sie bei Ramoja war. Wie Ramoja in sich zusammensank. War das der Moment gewesen, als sie es erfuhr?

Mit kühlerer Stimme fuhr Ramoja fort: »Deshalb müssen sie weg. Auch wenn es Blut kostet.«

Hirka legte ihre Hand wieder auf Ramojas Arm. »Das wird nicht nötig sein. Heute Nacht werden wir alle Antworten erhalten, Ramoja.«

Die Rabnerin lächelte auf eine Art, die zeigte, dass sie froh über Hirkas Zuversicht war, selbst jedoch nicht daran glauben konnte. Eine Weile saßen sie schweigend beisammen. Alles, was sie hörten, war der Wind in den Bäumen ums Haus und Vetles Kohlestift, der hin und her über das Papier kratzte, während er einen Flügel schwarz ausmalte.

»Er hat alles für dich riskiert, das weißt du«, sagte Ramoja nach einer Weile.

»Wer?«

Ramoja hob die Augenbrauen, als sei Hirkas Frage unnötig. Das war sie auch.

»Ich sehe, dass du seine Entscheidung ebenso verachtest wie ich, Hirka. Aber er hat alles für dich aufgegeben.«

»Er hatte bereits alles für die Schwarzröcke aufgegeben«, erwiderte Hirka trocken.

»Nicht sein Leben. Nicht seinen Namen. Ganz gleich, was er getan hatte, er wäre immer noch Rime An-Elderin gewesen. Aber jetzt nicht mehr. Er hat sogar den Schwarzröcken den Rücken gekehrt. Niemand kehrt den Schwarzröcken den Rücken. Damit hat er sein Schicksal besiegelt, Hirka. Die Zeit, die ihm noch bleibt, ist die Zeit mit dir. Und das Letzte, was er jetzt braucht, ist Verachtung.«

»Ich verachte ihn nicht! Im Gegenteil! Ich … ich verachte ihn nicht.«

»Aber du bleckst die Zähne, wenn dein Blick auf das Schwert fällt, das er trägt. Du wendest ihm jedes Mal den Rücken zu, wenn sich das Gespräch um Leben und Tod dreht.«

»Er mordet! Und ihr wollt auch morden! Töten löst keine Probleme. Tot ist tot, mehr nicht. Das hat noch nie etwas besser gemacht und wird es auch nie tun. Das Leben nicht zu achten, steht im Widerspruch zu allem, was der Seher gesagt hat.«

»Dann müsst ihr Ihn heute Nacht fragen«, sagte Ramoja.

Vetle hatte aufgehört zu malen. Er hielt das Blatt hoch, legte den Kopf schräg und betrachtete sein Schöpferwerk vom Schöpfer unzufrieden.

DER SEHER

Eisvaldr basierte auf einem Kompromiss. Die Stadt am Ende der Stadt war das Haus des Sehers, ein offener Ort für Gebete und Arbeit. Die Stadt des Volkes. Gleichzeitig sollte sie die zwölf Familien beschützen und die Geheimnisse, über die sie wachten. Die Stadt des Rats. Festung und Markt in unsichtbarer Umarmung. In dieser Nacht war das ein Vorteil.

Der erste Teil – die eigentliche Mauer – war kein Hindernis. Leute kamen und gingen durch die Bogengänge, wie es ihnen beliebte. Garden patrouillierten auf jeweils ihrer Seite, trafen sich in der Mitte und wechselten ein paar Worte, bevor sie weitergingen. Sie hielten niemanden an und würden die Leute auch in dieser Nacht nicht fragen, wohin sie unterwegs waren und warum.

Die Nacht war die Zeit der bedauernswertesten Seelen. Der Verzweifelten und Schlaflosen. Sie kamen mit Kapuzen tief ins Gesicht gezogen, allein oder auf einen Begleiter gestützt. Sie folgten den Steinstufen, die den ganzen Weg bis zu den Mauern der Halle leuchteten. Dort fielen sie auf die Knie, mit den Händen am Stein, oder hängten ihre Gebetsriemen an die Holztafeln zu den Zehntausenden anderen. Alle gleichermaßen unleserlich in der Dunkelheit. Die Hallenmauer umschloss den Ritualsaal und den Rest von Eisvaldr mit all seinen Türmen und Brücken. Sie war mehrere Manneslängen hoch und gut bewacht. Deshalb war sie auch keine Alternative für Hirka und Rime.

Hirka fühlte sich gespannt wie eine Bogensehne. Rime schaute zurück, um zu sehen, ob sie noch hinter ihm war. Sie mühten sich den Berghang an der Ostseite hinauf, viel höher hinauf als in der Nacht, in der Urd sie aus dem Kerker geholt hatte. Es war steil, Hirka hielt sich an Zweigen fest und zog sich daran hoch.

Der Plan war, dem Bergkamm in Richtung Blindból zu folgen und von der Innenseite der Mauer zur roten Kuppel zu gelangen. Sie gingen schweigend, die Schwarzröcke waren immer noch auf der Suche nach ihr. Auf einmal blieb Rime stehen. Zuerst dachte Hirka, dass er auf sie wartete, weil sie langsamer war als er, aber dann erkannte sie erleichtert, dass sie oben angekommen waren. Hirka blieb stehen und blickte nach Blindból hinein, zum ersten Mal in ihrem Leben. Der Ort, den niemand aufsuchte. Den auch dann niemand aufsuchen würde, wenn es erlaubt wäre. Der Ort war ein Tor in die Urzeit. Keine Wege. Keine Bewohner. Aber es war nicht seine Wildheit, die die Leute abschreckte. Blindból war der Ort, von dem einst die Blinden gekommen waren. Die verfluchten Berge. Die verbotenen Berge. Sie streckten sich dem Mond entgegen, zu Hunderten. Größer als Riesen. Größer als die alten Götter. So groß, dass ihr ganzes Leben zu einem Nichts schrumpfen würde, falls sie weiterginge.

»Was ist da draußen? Sind die Blinden da?«

»Nein«, flüsterte Rime. »Nur die Berge. Und die Schwarzröcke.«

Hirka blickte ihn fragend an. Er lächelte, mit Mondlicht in den grauen Augen.

»Dort wohnen und üben wir. Die Schwarzröcke leben in Blindból.«

Natürlich. Es gab wohl kaum einen geeigneteren Ort für ein unsichtbares Heer als einen, in den niemand seinen Fuß setzte. Dunkle Wolken jagten über den Himmel. Es würde heute Nacht ein Unwetter geben.

Rime ergriff ihren Arm und zog sie in eine andere Richtung. Wieder hinunter. Sie kamen zu einem nackten Felsvorsprung, der über die Gärten in Eisvaldr ragte. Hirka schluckte. Sie waren auf der Innenseite. Es sah anders aus als erwartet, ohne dass sie genau sagen konnte, was sie sich vorgestellt hatte. Eisvaldr war alles, was zwischen dem unheimlichen Blindból und den Bewohnern von Mannfalla stand. Das Tal auf der Rückseite hätte … öde sein müssen. Etwas Erschreckendes. Etwas, dem man ansah, dass es das Schlachtfeld war, auf dem der Seher vor tausend Jahren gegen die Blinden gekämpft hatte. Aber das hier war kein Schlachtfeld. Das Gebiet hinter dem Hallenkomplex und ein gutes Stück weiter ins Tal hinein war ein wogender Teppich aus Teesträuchern und Kräutergärten. Pfade und Treppen aus weißem Stein hoben sich gegen die Nacht ab.

Schräg unter ihnen sah sie die Umrisse von Türen, direkt in die Felswand geschlagen. Nägel glänzten im Mondlicht und Hirka erkannte sie schaudernd wieder. Die Türen zu den Kerkerschächten. Die Gruppe von Türmen gleich daneben musste der Ort sein, an dem sie verhört worden war. Der Ort, an dem sie ihr in den Rücken gestochen hatten. Auf die Knie gezwungen, mit einer Binde vor den Augen, ohne eine andere Schuld als die, geboren zu sein. Hirka spürte, wie ihr Rücken schmerzte, und ihr Mut sank. Die Mächtigen, die hier versammelt waren, legten vor niemandem Rechenschaft ab. Sie konnten jeden behandeln, wie es ihnen beliebte. Und wenn man Rime und sie erwischte, würden sie nicht zögern.

Was, wenn der Seher es bereits wusste? Einst war Er ja einer der Blinden gewesen. Einer, der die Gestalt eines Raben angenommen und seinem eigenen Volk den Rücken gekehrt hatte, um das Geschlecht der Ym vor der Vernichtung zu bewahren. Was, wenn Er sich nach tausend Jahren anders entschieden hatte? Wenn Er jetzt die Blinden zurückholen wollte? Eine Invasion … Hirka beeilte sich, den Gedanken zu begraben. Er machte sie schwindlig. Denn was konnte man tun, wenn die Götter böse Absichten hegten?

Rime war weiter auf die Felsnase hinausgegangen. Sie eilte ihm nach und holte ihn ein. »Mein Beutel«, flüsterte sie. Er sah sie fragend an und beugte sich näher zu ihr. »Mein Beutel! Sie haben mir meine Sachen weggenommen. Sie liegen dort drinnen, im Wachzimmer. In den Schächten.«

Rime blickte sie ungläubig an. Es dauerte eine Weile, bis er fragte: »Ja, und?«

»Das sind meine Sachen! Die Kräuter, die Tees. Das Einzige, was ich noch von Vater habe.«

Der Ausdruck in seinen Augen war unmissverständlich. Ihre Sachen waren verloren. Alles andere war lächerlich und kam nicht infrage. Hirka kaute an ihrer Unterlippe. Der Beutel war alles, was sie besaß. Alles, was sie war. Und das hatte man ihr genommen! Achtlos weggesperrt! Doch alles, was zwischen ihr und dem Beutel stand, war ein schläfriger Wächter, halbwegs im Land der Träume. Sie versuchte es noch einmal, mit lauterer Stimme jetzt.

»Er sieht aus wie eine grüne Wurst, mit Tragriemen. An den Schnüren oben hängen Muscheln und …«

»Vergiss es!«

»Aber er ist doch gleich da unten!«

»Wenn das so ist, dann kannst du ihn auch selbst holen«, sagte er.

»Wer ist denn hier der Schwarzrock«, murmelte sie. »Ich doch nicht. Ich bin kein mystischer Schattenkrieger mit ungeheuren Kräften, die …«

»Warte hier, du Quälgeist.«

Hirka blickte ihm nach, wie er in der Dunkelheit verschwand. Sie kniete sich hin und spähte über den Rand des Felsvorsprungs, konnte ihn aber nicht sehen. Der Wind rauschte in den Bäumen hinter ihr und urplötzlich ging ihr auf, was sie getan hatte. Sie hatte ihren einzigen Schutz vor den anderen Schwarzröcken weggeschickt. Denen, die immer noch auf der Suche nach ihr waren.

Sie zog sich zwischen die Bäume zurück und versuchte, in den Waldboden einzusinken. Als würde ihr das etwas nützen, wenn sie kamen. Und warum sollten sie nicht kommen? Sie lebten in diesen Bergen. Übten sich dort im Kämpfen. Hirka kaute auf dem Gedanken herum, bis er unerträglich wurde. Sie wollte gerade nach Rime rufen, als ihr Beutel vor ihr auf den Boden plumpste. Rasch schloss sie ihn in die Arme. Sie hatte einen Teil von sich wiederbekommen, etwas, das man ihr geraubt hatte. Es war nicht viel, aber es war ihrs.

Sie machte sich daran, den Beutel aufzuschnüren, um nachzusehen, ob alles an seinem Platz war, aber das war offenbar zu viel für Rimes Geduld. Er packte sie, stellte sie auf die Füße und zog sie wieder mit sich zum Felsvorsprung. Hirka hängte sich den Beutel um. Rime zeigte auf eine weiße Kuppel unter ihnen, dann auf einen Turm mit Treppenstufen an der Außenseite und zum Schluss auf die rote Kuppel. Die Mutterbrust. Das Ziel der heutigen Nacht.

Es war ein idiotischer Plan. Rime bildete sich ein, sie könnten zwischen Türmen und Kuppeln springen, als hätten sie Flügel. Hirka lachte nervös. Es ging tief hinunter, schwindelerregend tief. Sie hatte sich von den Rabnern eine Wolljacke geliehen, die sie jetzt enger um den Leib zog. Rime sah sie an. Sie nickte. Sie schuldete ihm was, wegen des Beutels. Aber wehe, wenn er seine Gabe überschätzte. Dann würde sie ihn windelweich prügeln, Schwarzrock oder nicht.

Er umarmte sie. Hirka legte die Arme um seinen Nacken und empfing die Gabe. Die war stärker als bisher. Sie strömte durch ihren Körper und machte alles größer. Der Abstand zwischen Herz und Lunge wuchs, sie hatte plötzlich mehr Platz zum Atmen. Konnte weiter ausgreifen, mehr sehen, alles hören. Einzelheiten tauchten aus der Dunkelheit auf. Die Luft wurde spröde wie trockenes Laub. Als löste sie sich auf und versuchte, sich neu zusammenzusetzen. Dann verdichtete sie sich um sie herum und roch nach verbrannter Erde. Nach Asche und Feuer.

Sie sprangen.

Die Gabe konnte Hirkas Panik nicht aufhalten. Sie gab ihr nur Zeit und Raum, das Gefühl des Fallens zu spüren. Sie konnte die Angst zerpflücken, die einzelnen Teile nehmen und sie neu zusammenfügen, bis sie als Panik wiedererkennbar war, doch jetzt auf eine andere Art. Rime war ein Teil von ihr, aber auch etwas Fremdes. Eine Last und eine Stütze. Er war die Erde und der Himmel, der sie brauchte, um seinen Durst zu stillen. Er wurde gieriger. Der Anfang war wunderbar, wie von aller Verantwortung befreit. Aber dann wurde es beängstigend. Sie wollte rufen, dass er anhalten solle, aber dann spürte sie, wie die Gabe auftraf und sie langsamer wurden. Sie drehten sich sachte ein paarmal um sich selbst. Die weiße Kuppel wurde zu einem lebendigen Ding, das sie abstieß, sodass sie kontrolliert landen konnten. Unbeschadet.

Die Gabe ließ sie los und Hirka klammerte sich fest, um nicht vom Dach zu fallen. Ihr Herz pochte im Körper, als wäre sie von der Stadtmauer hierhergerannt. Sie atmete. Sie lebte. Und das war herrlich!

Rime war bereit, hinunter auf die Brücke zu springen, die die Türme miteinander verband. Seine Augen funkelten, zwei Ringe aus Licht um dunkle Abgründe. Hungrig nach Gabe. Er nahm ihre Hand und sie warfen sich hinab. Rime zog die Gabe durch sie hindurch. Die Luft bewegte sich um sie herum, bremste sie, erforschte sie, während sie flogen, als wüsste sie nicht recht, ob sie Vögel waren oder nicht. Dann trafen sie auf der Brücke auf. Hirka fiel vornüber und schrammte sich das Knie an einer zerbrochenen Steinplatte auf, aber es tat nicht weh. Sie war zu begeistert, um Schmerzen zu spüren. Sie packte Rime am Arm.

»Ich habe geglaubt, es sei ein Märchen! Ich dachte, nur Götter könnten sich so fühlen!«, sagte sie, so laut sie es wagte.

»Vielleicht *sind* wir Götter.« Er zog sie mit sich über die Brücke und sie hörte ihn lachen. Seine Finger waren mit ihren verflochten. Er war stark und wusste, wohin sie mussten. Er ließ sie erst los, als sie zum Turm mit der Treppe an der Außenwand kamen. Der Turm hatte keine Fenster. Von hier ertönten die Gongschläge, die die Stunden des Tages zählten. Sie liefen die Treppenstufen hinauf, den ganzen Weg bis nach oben. Hirka versuchte, sich nicht anmerken zu lassen, dass sie außer Atem war, aber das war gar nicht nötig. Rime sah sie sowieso nicht. Er stand auf der obersten Treppenstufe und blickte zur roten Kuppel. Sie lag auf gleicher Höhe mit ihnen. Und war weit weg. Sehr weit weg.

Das konnte nicht funktionieren. Sie steckten fest. Zurück konnten sie vielleicht auch nicht mehr. Hirka blickte fragend zu Rime. Sie wollte Bestätigung, dass sie recht hatte. Dass sie umkehren mussten, die ganze Sache abbrechen. Rime stand eine Weile da und maß den Abgrund mit seinem Blick. Sein Unterkiefer bewegte sich, als kaute er auf einem Gedanken. Er drehte sich um, sprang hoch und packte die Kante des Daches über ihnen. Die untersten Dachpfannen hatten eine Vertiefung, durch die das Regenwasser abfloss. Das war alles, was er brauchte, um sich hochzuziehen. Es sah unglaublich einfach aus. Er streckte seine Hand nach Hirka aus und sie starrte zu ihm hinauf.

Sie begriff, was er vorhatte. Was er dachte. Er brauchte mehr Höhe, um es bis zur roten Kuppel zu schaffen. Rime dachte nicht daran, umzukehren. Er hatte wirklich die Absicht, es zu tun. Er war verrückt … Hirka ergriff seine Hand dennoch. Sie holte Schwung und ließ sich von ihm aufs Dach ziehen. Ganz Mannfalla lag vor ihr und hinter ihr Blindból. Historische Orte. Mythische Orte. Sie hatte sich nie gewünscht, nach Eisvaldr zu kommen. Nicht so, wie Sylja und viele andere es sich wünschten. Trotzdem stand sie hier. Um bei einem Seher einzubrechen, dem sie nicht mehr vertraute. Warum?

Ihr Leben wurde nicht dadurch wertvoller, dass sie auf Knien vor dem Raben betete. Trotzdem würde sie sich von diesem Dach werfen, vielleicht hinein in den Tod, zusammen mit einem, der ausgeschickt worden war, ihr das Leben zu nehmen. Einem Schwarzrock. Einem Sohn des Rats, der sie zum Tode verurteilt hatte. Warum?

Der Wind zerrte an ihrem Körper. Die Luft schien dünner zu sein. Sie fühlte sich auf einmal leicht wie eine Feder. Der Wind konnte sie jeden Moment vom Dach pusten. Ihr wurde schwindlig und sie schloss die Augen, öffnete sie aber sofort wieder, denn das machte alles nur schlimmer. Kälte breitete sich in ihrem Inneren aus bis in die Fingerspitzen. Sie kam nicht weiter, weder nach oben noch nach unten. Sie stand wie festgefroren. Was sollte sie machen? Was tat sie hier?

Sie schaute zu Rime. Sie wusste es. Sie wusste mit tödlicher Sicherheit, was sie hier machte. Wie lange liebte sie ihn schon? Sie flehte um

Hilfe, ohne ein Wort sagen zu können. Sie waren so unfassbar hoch oben. Er war so unfassbar viel größer als sie. Er war Rime An-Elderin und sie hatte hier nichts verloren.

»Setz dich«, flüsterte Rime und half ihr, sich auf dem Dach niederzulassen. Er hockte sich vor sie und bat sie, in den Bauch zu atmen. Langsamer. Noch langsamer. Seine Stimme wurde eins mit dem Wind, aber sie hörte, was er sagte.

»Es ist hoch. Das ist eine ganz normale Reaktion. Entspann dich einfach. Wir sind in Sicherheit. Ich weiß, was ich tue, Hirka. Wir schaffen das. Dir wird nichts geschehen.«

Sie schüttelte heftig den Kopf und schluckte. Er verstand nicht.

»Warum kann dir nichts geschehen, Hirka?«

Sie schaffte es zu lächeln. »Weil ich schon tot bin?«

Sie atmete ein paar Mal tief durch. Und noch ein paar Mal. Es war nur ein Anfall. Sie hatte angefangen, an ganz andere Dinge zu denken. Dinge, an die sie niemals denken durfte. Sie war Fäulnis. Er war nichts für sie. Konnte niemals etwas für sie sein. Sie erhob sich. Die rote Kuppel saugte ihren Blick an. Es wäre Selbstmord. Aber was machte es schon, es zu wagen, wenn sie doch nie bekommen konnte, was sie sich wünschte? Sie fuhr sich mit der Hand übers Gesicht.

»Du siehst deinem Vater ähnlich, wenn du das machst«, sagte er lächelnd. Hirka lachte kurz. Konnte man einem Vater ähnlich sehen, der nicht der eigene Vater war? Rime legte seine Hände um ihr Gesicht. »Ich weiß, dass ich es schaffen kann, Hirka. Ich spüre es mit meinem ganzen Körper. Wir können jetzt nicht aufgeben. Wenn du es tust, dann tust du es um der Wahrheit willen. Um der Gerechtigkeit willen.«

Nein. Ich tue es für dich.

Aber sie nickte nur als Antwort. Rime bat sie, sich an seinen Rücken zu klammern und die Arme um seine Brust zu legen. Er würde sie tragen wie einen Rucksack. Er umarmte sie mit der Gabe, nahm so viel Anlauf, wie das kleine Dach es zuließ, und warf sich mit ihr in die Tiefe.

Ihre Angst war zweigeteilt. Sie konnte abstürzen und sich alle Knochen brechen. Oder sie konnte so bleiben, eng an Rime gepresst, und innerlich zerbrechen. Und er dachte, er wüsste, was er tat …

Es ging schnell. Sie spürte den Wind und Rimes Haar, das ihr ins Gesicht peitschte. Gleichzeitig verging die Zeit so langsam, dass sie alle Lichter in der Dunkelheit unter ihr hätte zählen können, wenn sie gewollt hätte. Seine Gabe raste durch sie hindurch. Reinigte sie. Blies Staub aus allen Winkeln ihres Körpers. Es war schwierig, sie anzunehmen. Und es gab Orte in ihrem Herzen, die sie verbergen wollte. Es wurde immer schwerer, Geheimnisse vor der Gabe zu haben, die jetzt stärker als der Wind war. Ein Sturzbach in ihren Adern. Hirka konnte jeden einzelnen Tropfen Blut in der unaufhaltsamen Kraft spüren, die durch die hindurchmusste.

Gefühle, die nicht ihre eigenen waren, wallten in ihr auf. Rimes Wille und Stärke. Seine Zweifel. Zweifel? Woran zweifelte er? Schmerz durchbohrte ihren Kopf. Zu viel, das war zu viel! Sie könnte sich noch weiter öffnen, aber das wäre zu gefährlich. Es würde sie nackt machen, alles entblößen, was sie war, was sie fühlte. Sie würden abstürzen.

Rime warf sich mit aller Kraft, die er besaß, auf die Kuppel zu. Seine Schulterblätter teilten sich unter ihr. Seine Finger streckten sich nach der Kante aus. Die Gabe hielt den Atem an, als sie auf den Untergrund auftrafen. Hirka schnappte nach Luft, sie verlor den Halt und rutschte von seinem Rücken herunter. Der Beutel zog sie nach unten. Sie fiel. Ihre Hände zuckten durch die Luft, auf der Suche nach etwas, woran sie sich festhalten konnte. Rime packte ihren Unterarm, es gab einen Ruck und sie hörte auf zu fallen. Ihre Schulter brannte. Ihr Ellbogen brannte.

Sie hing über Mannfalla. An der roten Kuppel. Eine Halbkugel, groß wie ein Gebirge hinter Rimes Gesicht. Er sah zu Tode erschrocken aus. Sie begann aus seinem Griff zu rutschen und er packte ihr Handgelenk noch fester. Hirka schluckte.

»Eine Kerbe für dich, wenn du mich raufziehst.« Sie lächelte, um die Angst in ihrer Stimme zu überspielen. Es dauerte einen Moment, dann sah sie, dass er sich erinnerte.

Die Kraft kehrte in seine Augen zurück und er zog sie hoch. Sie versuchte, sich mit den Füßen von der Wand abzustoßen, um es ihm leichter zu machen. Schließlich stand sie mit dem Bauch an das gewölbte Dach gepresst und klammerte sich fest. Ihre Füße fanden Halt und sie traute sich, nach unten zu sehen. Der Rand der Kuppel war schmaler als ihr Fuß, es war lächerlich wenig Platz, um darauf zu gehen. Rime lächelte sie an.

»Glaubst du immer noch, du kannst fliegen?«

Es waren dieselben Worte, die er an der Alldjup-Schlucht gesagt hatte. Er lachte. Sie legte den Finger an die Lippen, zum Zeichen, dass er leise sein solle, aber sie musste selbst auch lachen, deshalb half es wenig. Gerade jetzt in Gelächter auszubrechen, war an sich schon so lächerlich, dass es eine Weile dauerte, bis sie sich beruhigt hatten.

»Klar kann ich das! Und ich bin früher schon geklettert, wenn du dich vielleicht erinnerst«, bekam sie schließlich heraus.

»Und genauso oft abgestürzt«, erwiderte er.

Sie wischte sich die Tränen ab und schaffte es, nicht in Schluchzen auszubrechen. Sie lebte noch.

»Vor diesem Sommer dachte ich, das Schlimmste, was mir passieren könnte, wäre, dass sie mich vom Ritual nach Hause schicken und mir sagen, ich solle nächstes Jahr wiederkommen, weil ich nicht stark genug sei. Es ist erst zwei Monate her, dass ich wie alle anderen war.«

»Du warst nie wie alle anderen.«

»Ich war auf jeden Fall vom Geschlecht der Ym! Eine von ihnen. Ich war ein Ymling!«

»Ymlinge sind die Schlimmsten. Vielleicht bist du als Mensk besser dran.«

Er lächelte. Ein breites Lächeln, das die Augen erreichte. Dann begann er, den Rand der Kuppel entlangzubalancieren. Die Kuppel war bedeckt mit Fliesen von der Größe eines Daumennagels. Sie drängten sich eng aneinander, in allen erdenklichen Rottönen. Tiefrot,

Kupferrot, Blutrot. An einigen Stellen war das Rot blasser, dort, wo der Regen aufs Dach geprasselt war. Plötzlich fiel ihr Blick auf ein dunkles Loch über ihr. Sie strich mit den Fingern darüber. Ein Fensterrahmen.

»Rime …«

Er blieb stehen. Hirka zog sich am Rahmen hoch und Rime folgte ihr. Eine ganze Reihe von hohen Fenstern zog sich rund um die Kuppel. Der untere Teil des Rahmens war breit genug, auf darauf zu sitzen. Rime zog sein Messer aus dem Gürtel und begann, am Rand einer Glasscherbe im Fenster zu kratzen. Es waren Hunderte von kleinen Glasscherben, zusammengesetzt zu einem willkürlichen Muster. Auf der Innenseite war es vollkommen dunkel.

»Kannst du es nicht einschlagen?« Hirka flüsterte, obwohl sie Ewigkeiten von den Hallenmauern und den Gardisten entfernt waren, die dort unten nichts ahnend Wache hielten.

»Sie können uns hören.«

»Wer? Die schlafen fest wie kleine Kinder! Außerdem wird ganz Mannfalla wissen, dass wir hier sind, noch bevor die Nacht um ist.«

Rime kratzte weiter. Sie trat ungeduldig von einem Fuß auf den anderen.

»Kannst du nicht die Gabe benutzen?«

Er hörte auf zu kratzen und sah sie an, als hätte sie vorgeschlagen, das Fenster wegzuzaubern. Aber dann nahm er ihre Hand. Diesmal kam die Gabe zu ihr wie eine alte Freundin. Hirka konnte spüren, wie Rime die Gabe durch sie hindurch und in seine Fingerspitzen leitete. Sie wurde zu seiner Hand. Seine Hand wurde zum Messer. Das Messer wurde zum schmiedeeisernen Rahmen. Sie wurden eins. Sie konnte die Welt verändern, wenn sie wollte, jetzt, in diesem Moment. Hitze fuhr durch ihren Körper, sprengte den eisernen Rahmen und setzte ihn neu zusammen. Rime hob ihn mit dem Messer an. Das Eisen hing über der Messerschneide wie ein gekochter Aal. Ein paar vergilbte Glasscherben sprangen heraus, befreit nach einem Dasein im Rahmen. Rime kappte die Gabe.

Hirka grinste, während er eine Scherbe aufsammelte und sie in der Hand drehte wie etwas, das er noch nie gesehen hatte.

»Du hast nicht gewusst, dass es möglich ist, oder?«

»Ich habe es mir gedacht«, schwindelte er.

Sie hatte die schmaleren Hände, deshalb langte sie durch das Loch im Fenster und öffnete den Haken auf der Innenseite, sodass sie endlich in den Ratssaal hineinklettern konnten. Vergessen war Hirkas Angst, dass jemand im Raum sein könnte. Sie war einfach nur dankbar, wieder auf festem Boden zu stehen und von Wänden umgeben zu sein.

Der Saal war beeindruckend. Die Innenseite der Kuppel war reich verziert, aber man konnte die Motive nicht erkennen. Sie waren zu hoch oben in der Dunkelheit. Eine Säulenreihe verlief entlang der Außenwand. Mitten im Raum erkannte sie die Umrisse des Tisches mit den zwölf Stühlen. Hirka ging hin, sie konnte nicht anders. Sie legte die Hand auf die Rückenlehne eines der Stühle. Wenn Vater sie jetzt sehen könnte. Oder Sylja. Wie viele Leute, die nicht dem Rat angehörten, hatten diesen Raum je betreten? Gänsehaut überzog ihre Arme. Etwas blitzte auf und sie bemerkte die goldenen Namen, die in die Tischplatte eingelassen waren. Ihre Finger strichen über die Buchstaben.

An-Elderin.

»Hier solltest du sitzen …« Hirka sah ihn an. Er wirkte auf einmal viel größer als vorher. Sein Gesicht lag im Schatten. Es war unmöglich zu erkennen, ob er nickte oder nicht. »Glaubst du, sie hätten ›Schwanzlos‹ eingraviert und einen extra Stuhl hingestellt?«

Rime lachte nicht über den Scherz. »Sieht es für dich so aus, als seien sie bereit für frisches Blut?«

Sie betrachtete die Namen, die sich rund um den Tisch zogen.

Kobb, An-Elderin, An-Sarin, Taid, Saurpassarid, Kleiv, Vanfarinn, Darkdaggar, Jekense, Fell, Jakinnin, Vangard.

Sie standen hier seit undenklichen Zeiten. Es waren Namen, die jeder kannte. Sie verstand, was er meinte. Man goss keine Namen in

Gold, die nicht dort stehen bleiben sollten. Früher war es so einfach zu begreifen gewesen. Es waren alte Familien. Familien, die den Seher deuten konnten. Blaublütige mit starker Gabe. Da war es ganz selbstverständlich, dass es nur wenige gab, die sich mit ihnen messen konnten. Jetzt war sie sich dessen nicht mehr so sicher. Wenn Rime recht hatte, gab es vielleicht viele, die das könnten, nur dass sie schon während des Rituals aussortiert wurden.

»Komm.«

Rime hatte offenbar neuen Appetit auf die Aufgabe bekommen. Er öffnete vorsichtig die einzige Tür im Raum und sie kamen auf einen dunklen Korridor mit gewölbtem Dach. Rime führte sie eine Treppe hinunter und dann in eine Art Innengarten. Hinter einer Gruppe von Bäumen blieb er stehen und zog Hirka an sich. Noch ehe sie fragen konnte, gab er ihr ein Zeichen, still zu sein. Kurz darauf kam ein Gardist mit schweren Schritten den Gang herunter. Als er das Ende erreicht hatte, machte er kehrt und ging wieder zurück. Hirka war froh, dass Rime hier aufgewachsen war. Sie schlichen sich weiter zu einem breiteren Korridor, an dessen Ende sich eine vertraute Tür befand. Rot, glänzend. Sie war schon einmal hier gewesen. Unruhe erfüllte sie, am liebsten wäre sie umgekehrt. Das hier war kein guter Ort.

Sie streckte den Arm aus, um Rime zurückzuhalten, aber er war schon zu weit voraus. Ihr blieb nichts anderes übrig, als ihm durch die Tür zu folgen, hinein in den Ritualsaal. Sie stand auf der Empore über einer rufenden Menge, aber diesmal war niemand da. Die Stimmen waren ein fernes Echo, der Saal lag leer und farblos im Dunkeln. Genau da, wo sie jetzt stand, hatte man sie gepackt und weggeschleift, als sei sie ein Stück Schlachtvieh. Ein Ungeheuer. Die Fäulnis. Sie musste in den Bauch atmen, wie Rime es ihr gezeigt hatte.

Denk dran, dass du jetzt hättest tot sein sollen.

Sie hatten sie weggebracht und von dem Moment an hatten sie ihr nach dem Leben getrachtet. Aber hier stand sie, in ihrem Allerheiligsten. Hirka merkte, wie sich ihre Lippen zu einem Lächeln verzogen. Sie hatten sie behandelt wie ein Ungeheuer. Wie eine Blinde. Aber sie wussten nicht, zu was Odinskinder imstande waren. Sie selbst hatte das auch nicht gewusst. Bis jetzt.

Sie drehte sich zu Rime um. Er stand vor der Flügeltür, die der Rat während des Rituals benutzt hatte. Es gab keinen Türgriff, aber Rime legte seine Handflächen an die Tür und drückte vorsichtig. Dann trat er einen Schritt zurück. Hirka hörte drei mechanische Klicklaute in der Wand und dann öffnete sich die Tür von ganz allein.

Wind kam herein, fegte an ihnen vorbei in den Saal und heulte durch die Bogengänge in ihrem Rücken. Vor ihnen lag eine schmale Brücke mit hohen Zinnen zu beiden Seiten. Die Brücke, die sie zum Turm des Sehers bringen würde. Er sah genauso aus, wie sie ihn in Erinnerung hatte. Der schwebende Turm, durch nichts anderes gehalten als die zierliche Brücke. Der Turm, der Seine unfassbaren Kräfte bewies. Manche sagten, Er halte ihn mit der Gabe in der Schwebe. Andere meinten, dass Er nicht einmal das zu tun brauchte. Die Gabe umfloss ihn so stark, dass sie sich selbst formte. Er *war* die Gabe.

Rime stand zögernd in der Türöffnung. Er starrte auf die schwebende schwarze Bergkuppe, geschmückt mit Säulen aus Gold. Säulen, die nie den Boden erreichten. Es war, als sei ein Felsen herabgestürzt, aber nie auf der Erde aufgetroffen. Er hatte einfach beschlossen, in der Luft zu hängen, bis die Leute es für gut befunden hatten, ihn mit Gold und Glas zu verkleiden und eine Seherhalle daraus zu machen. Keine andere Halle, die Hirka gesehen hatte, ähnelte dieser. Die Säulen und das gelbe Glas dazwischen erinnerten an eine Lampe. Eine unfassbar große Lampe. Ein hängendes Licht.

Rime legte ihr die Hand auf die Schulter, aber sie glaubte nicht, dass er es tat, um sie zu trösten. Er wollte sich wohl eher davon überzeugen, dass sie noch da war. Das hier war schließlich seine Welt, nicht ihre. Er war hier aufgewachsen, aber nie über diese Brücke gegangen. Niemand außer dem Rat hatte das getan. War er deswegen ein Schwarzrock geworden? Weil es zu beängstigend war, Ihm zu begegnen?

Ich habe keine Angst.

Und das meinte sie ernst.

Sie machte den ersten Schritt und sie überquerten die Brücke. Den ganzen Weg über wartete sie darauf, dass etwas passierte. Dass die Brücke anfangen würde zu beben, bis sie herunterfielen. Dass der Turm anfangen würde zu leuchten. Zu ihnen zu sprechen. Eine allgegenwärtige Stimme, die wissen wollte, was sie hier taten. Aber nichts geschah. Sie kamen immer näher. Zwischen den Säulen befanden sich die höchsten Fenster, die Hirka jemals gesehen hatte. Unendlich viele tropfenförmige Glasstücke, gefärbt wie Feuer, fügten sich aneinander, bis sie so hoch waren wie zwanzig Mann. Die Türen waren eine unebene Landschaft aus Gold. Dies musste die Geburtsstätte allen Reichtums sein. Ein Haus, gebaut für die Sonne. Für Ihn.

Hirka legte ihre Hände an die Türen und gab ihnen einen Stoß. Auch jetzt rechnete sie damit, dass etwas Großartiges passieren würde, aber die Türen öffneten sich genau wie die anderen. So als ob Er sie erwartete. Hirka drehte sich zu Rime um, lächelte und trat ein.

Hlosnians Baum!

Der Saal, in den sie kamen, war genauso riesig, wie man erwarten konnte, aber nichts hätte sie auf den Baum vorbereiten können. Den Baum des Sehers. Er war vollkommen anders als alle anderen Bäume. Er wuchs aus der Mitte des Fußbodens, reckte sich in die Höhe und verzweigte sich durch den ganzen Raum, wie Rinnsale von Tinte. Nachtschwarz und glänzend blank. War das Stein? Oder gebranntes Glas? Oder beides? Hirka schaute hinauf und es schien, als würde er sich verändern, während sie um ihn herumging. Ein Sturm, in der Luft erstarrt. Zufällig, aber immer in derselben Richtung.

Sie erinnerte sich an den bitteren Ausdruck in den Augen des Steinmetzes. Die Verzweiflung darüber, nichts Ähnliches erschaffen zu können. Hirka verstand. Sie starrte hinauf zur Decke. Der verdrehte Stamm. Die unsagbar dünnen Äste, die sich an den Außenkanten des Raums entlangzogen. Höher und immer höher. Beim

Seher, jeder einzelne Zweig. Und es gab Tausende davon. Niemand konnte so etwas aus Stein hauen. Das war nicht möglich. Was hatte Hlosnian gesagt? Dies war die Gabe, wie sie einst gewesen war. Alte Kräfte. Was hatte er noch gesagt?

Du solltest nicht hier sein.

Sie hatte gedacht, er meinte, dass sie nicht bei ihm zu Hause sein sollte. Dass er mit seiner Arbeit beschäftigt war. Mit den Skulpturen. Aber vielleicht hatte er etwas ganz anderes gemeint. Hatte Hlosnian gesehen, dass sie hierhergekommen war, durch Stein? Hirka ging zu dem Baum. Aus den Augenwinkeln sah sie, dass Rime den Arm hob, als wollte er sie aufhalten, aber sie konnte nicht stehen bleiben. Sie strich mit den Händen über den Stamm. Der Stein war kalt und lindernd. Er flüsterte ihr zu. Lockte sie. Sie dachte an den Baum daheim. Dort hatte sie gesessen und voller Wut Blätter gezählt, bis Vater kam und den Baum fällte. Sie begann zu klettern.

»Hirka!«

Sie drehte sich um und blickte hinunter zu Rime. Er hätte niemals tun können, was sie jetzt tat, das sah sie. Er war hierhergekommen, aber nicht weiter. Für ihn war der Seher zu stark. Zu heilig, um Ihm gegenüberzutreten. Also würde sie es tun müssen. Waren sie nicht deswegen gekommen?

»Wie sonst willst du Ihn treffen?«, fragte sie und kletterte weiter. Es war wie Klettern auf kaltem Glas. Wieder blickte sie hinunter zu Rime. »Außerdem bin ich bereits tot.« Aber sie glaubte nicht mehr, dass der Seher ihren Tod wünschte. Sie erreichte die Mitte des Baums. Die Stelle, wo der Stamm sich in alle Richtungen verzweigte. Die Stelle, wo Er wohnte. Sie stemmte sich über die Kante und ließ sich in die Mulde hinab, die sich in der Mitte befand.

Sie war leer.

Hirka erkannte, dass sie nicht überrascht war. Ein Teil von ihr hatte nie geglaubt, dass sie Ihn sehen würde. Hatten sie den ganzen Weg umsonst gemacht? Hatte Er den Turm verlassen? Seinen eigenen Baum? Rime hatte gesagt, dass der Rat sich ohne Ihn getroffen hatte.

War Er verschwunden? War Er krank? Tot? Hatte man Ihn woanders hingebracht? Oder …

Hirka beugte sich über die Kante und schaute hinunter zu Rime, der auf dem Boden kniete und zu ihr hochsah.

»Er ist nicht da.«

Rime erhob sich. Hirka hatte das Gefühl, es wiederholen zu müssen, deshalb breitete sie die Arme aus und sprach lauter.

»Er ist nicht da!«

»Wo … wo ist Er?«

Das war eine idiotische Frage, aber es war unnötig, ihn darauf hinzuweisen. Sie zuckte die Schultern.

»Selbstverständlich ist Er da«, sagte Rime und begann, suchend durch den Raum zu gehen, obwohl sich nichts anderes darin befand. Nur eine zweite Tür, genau gegenüber derjenigen, durch die sie gekommen waren. Hirka kletterte wieder hinunter. Ihre Unruhe war zurückgekehrt, stärker als bisher. Sie musste etwas tun, aber was? Diese Unruhe ließ sich nicht aufhalten. Das war keine Angst. Das war Gewissheit. So wie auf dem Dach des Treppenturms, als ihr etwas klar wurde, was sie eigentlich die ganze Zeit schon hätte wissen müssen. Es war das Gefühl, etwas so Grausames gesehen zu haben, dass man sich wünschte, man hätte es nicht gesehen. Wie eine offene Wunde am Bein oder eine Totgeburt. Sie spürte das dringende Bedürfnis, die Zeit zurückzudrehen. Nicht weiterzugehen.

»Rime …«

»Er ist hier.« Rime ergriff einen Stab, der an der Wand lehnte. Der Stab der Rabenträgerin. Er stand an einem schwarz lackierten Tisch, dem einzigen Möbelstück im ganzen Raum. Auf dem Tisch standen einige kleine Flaschen und eine Schale. Hirka wusste, was das war, noch bevor sie den Geruch wahrnahm. Sie wünschte, es wäre etwas anderes, aber das war es nicht.

»Rime …«

»Er ist hier!« Rime warf den Stab weg und stieß die Tür auf. Der Raum dahinter sah aus wie eine Höhle, die man in den Fels geschlagen hatte. Sie war voller Raben. Vielleicht ein halbes Hundert von ihnen. Die Vögel hatten geschlafen und begannen, aufgeregt zu krächzen, als die Tür aufschlug. Sie saßen auf Balken, die sich in unterschiedlicher Höhe durch den Raum zogen. An den Wänden standen die üblichen Regale voller Papier und Briefhülsen. Eine Rabnerei. Eine ganz normale Rabnerei.

»Wo ist Er? Welcher von ihnen ist Er?« Rime sah sie an, aber sie hatte keine Antwort. Wollte nicht antworten. Er rief in den Raum hinein: »Wo bist du?!«

Die Raben krächzten lauter. Einige von ihnen wechselten unruhig auf einen anderen Balken. Hirka spürte einen kalten Luftzug, er kam von ein paar Dachluken, die in der Dunkelheit über ihnen einen Spaltbreit geöffnet waren.

»WO BIST DU?!«

Rime schrie. Die Raben schrien. Einige flatterten durch den Raum, ehe sie sich weiter oben niederließen. Keiner von ihnen antwortete. Keiner von ihnen kam zu Rime. Es waren nur Raben. Nichts anderes. Hirka biss die Zähne zusammen, vor Schmerz über das, was Rime nicht begreifen konnte. Er ging zurück zum Baum und redete dabei mit sich selbst.

»Er muss hier sein. Er ist hier. Was haben sie mit Ihm gemacht?«, wiederholte er immer wieder.

Hirka folgte ihm.

»Rime …« Sie hob die Schale hoch, die auf dem Tisch stand. »Rime, das ist Traumkappe.« Er sah sie verwirrt an. »Traumkappe. Eine Pflanze. Sie kann Leute für Stunden bewusstlos machen. Angenommen, jemand hätte dir mit dem Schwert eine tiefe Wunde ins Bein geschlagen und du müsstest wieder zusammengeflickt werden, dann würde man dir vorher Traumkappe geben. Nicht in Elveroa, denn sie ist kostbar, aber hier ist nichts zu teuer. Das war es, was Urd versucht hat, mir zu geben, als …«

»Was hat das damit zu tun?« Die Verzweiflung in seiner Stimme schloss sich wie eine kalte Faust um ihr Herz. Draußen auf der roten

Kuppel hatte er befürchtet, dass sie diese Nacht nicht durchstehen würde. Aber das hier war nicht ihre Nacht. Das war seine.

»In kleinen Portionen macht sie die Leute benommen. Schläfrig. Sie sind dann für lange Zeit teilnahmslos und unbeweglich. Leute. Oder Raben.« Sie machte vorsichtig einen Schritt auf ihn zu. »Ganz gewöhnliche Raben, Rime.«

Er verstand. Er wusste es. Sie konnte nichts anderes tun, als zusehen, wie er den Boden unter den Füßen verlor. Sie dachte, er würde fallen, aber das tat er nicht. Er schaute an ihr vorbei, schaute in sich selbst hinein. Sein Blick wurde gläsern. Fern. Plötzlich zog er sein Schwert.

Er verkraftet es nicht!

Doch dann hörte sie es auch. Schritte auf der Brücke draußen. Jemand, der beim Anblick der offenen Türen stehen blieb, aber nur für einen kurzen Augenblick. Die Schritte verrieten, dass es keine Gardisten waren, nur eine einzelne Gestalt. Rime hob das Schwert und trat schützend vor Hirka. Sie schlüpfte in den Rabenraum und versteckte sich hinter der Tür. Durch den Spalt zwischen den Türangeln konnte sie Rime sehen. Er machte nicht einmal den Versuch, sich zu verbergen. Was, wenn es Urd war, der da kam? Sie wollte ihm etwas zurufen, aber es war zu spät. Die Gestalt kam von der Brücke herein.

»Du konntest einfach nicht zulassen, dass ich dich behalte? Auf gar keinen Fall?«

Nicht einmal Ilumes Stimme konnte den Saal ausfüllen. Ihr war nicht die geringste Überraschung anzuhören. Sie fragte nicht, wie er hier hereingekommen war oder was er hier machte. Es schien fast, als habe sie es erwartet. Vielleicht, als sie die offenen Türen gesehen hatte? Oder vielleicht schon ein Leben lang.

Der blasse Kittel hing an ihr herab, als habe sie keinen Körper. Eine Steinsäule. Rime hatte die Hände zu den Seiten ausgestreckt. Sein Schwert war eine tödliche Verlängerung seines Arms. Sein Rücken war gekrümmt und er bleckte die Zähne. Ein Wolf und eine Steinsäule. Was konnte ein Tier gegen einen Berg ausrichten?

»Was machst du hier?«, fauchte er.

Erst jetzt war Hirka sicher, dass Rime die Wahrheit erkannt hatte. Was er eigentlich fragte, war, was sie in Eisvaldr machte, im Rat, wenn es doch keinen Grund gab, hier zu sein. Was machte sie hier, wenn es keinen Seher gab?

Ilume hielt ihm eine Briefrolle entgegen.

»Einen Brief versenden. Das ist es, was man in einer Rabnerei macht.« Sie entzündete die Fackeln, die zu beiden Seiten der Tür steckten, und ging zu den Raben hinein. Hirka presste sich an die Wand, um nicht entdeckt zu werden. Mit ruhigen Bewegungen steckte Ilume den Brief in eine Hülse, die sie in einer Klammer oben am Bein eines der Raben befestigte. »Und wenn man bei etwas nicht beobachtet werden will, ist die Nacht die beste Zeit dafür. Aber mir scheint, dass du das bereits weißt«, sagte sie. Dann flüsterte sie etwas in Rabensprache. Der schwarze Vogel spreizte die Flügel, flog hinauf zu den Dachluken und verschwand in der Dunkelheit.

Ilume blickte ihm eine Weile nach, seufzte schwer und verließ den Rabenraum. Hirka konnte Rime vor dem schwarzen Baum sehen. Die Fackeln ließen die Zweige glitzern, als würden sie hinter ihm brennen. Sein Blick war unruhig. Er sah aus, als sei er zum Bersten mit Worten angefüllt, bekam aber keines heraus. Hirka verstand ihn. Hier war er nun, im Turm des Sehers, vor Seinem Thron, und Er war überhaupt nicht hier. Und Ilume schien weder besorgt zu sein, noch irgendetwas erklären zu wollen. Sie stand einfach da auf ihre Steinsäulen-Art.

»Du hast also vor, mich mit deiner Anwesenheit zu beehren?«, fauchte Rime.

Hirka wäre so gern zu ihm gegangen. Sein Schmerz tat ihr weh. Er hatte seiner Großmutter so viel zu sagen und wusste nicht, wo er anfangen sollte.

»Du akzeptierst also, dass ich hier bin? Und du machst dir die Mühe, den Mund zu öffnen? Das ist ja wohl einmalig in der Geschichte. Wie so vieles andere. Lass mich nachdenken … Die Geschichte mit meinen Eltern. DAS ist eine Geschichte!« Rime war nicht wiederzuerkennen. Er war außer sich. »Alles erlogen! Sie wollten fliehen, Ilume! Und sie sind gestorben. Wie sind sie gestorben, Ilume-Madra? Würdest du mich mit einer Antwort beehren oder muss ich annehmen, dass ich recht habe?«

Ilume schloss die Augen für einen Moment. »Akzeptierst du eine andere Antwort als die, von der du überzeugt bist?«

»Wohl kaum, Großmutter. Mir fehlt der Glaube.«

»Das geht vielen so. Deshalb brauchen wir den Seher.«

»Er existiert nicht!«

»DAS MACHT IHN NICHT WENIGER WICHTIG!«

Es war das erste Mal, dass Hirka sah, wie Ilume aus ihrer Steinsäule heraustrat. Sie war kurz davor, zusammenzubrechen, genau wie ihr Enkel.

»Du bist unglaublich! Ihr seid alle unglaublich!« Rime griff sich an den Kopf und drehte sich um sich selbst. »Ihr verteidigt einen Seher, den … den es nie gegeben hat. Und du führst dich auf, als wäre *ich* blasphemisch, wenn ich darauf hinweise! Ihr lügt! Ihr belügt alle Welt. Ihr versprecht Erlösung und dabei gibt es nur … das hier!«

»Wenigstens hast du verstanden, weshalb.«

»Weshalb?! Damit ihr euch an eine verfaulte Macht klammern könnt, die euch schon immer gehört hat. Wie Aasfresser! Und ihr hindert andere daran, sich an dem Festmahl zu beteiligen, indem ihr die Gabe in ihnen tötet, bevor sie sechzehn sind!«

Obwohl sie ein gutes Stück entfernt stand, konnte Hirka sehen, wie sehr es Ilume überraschte, dass Rime das wusste. Dieses Wissen konnte man nicht erlangen. Niemand hätte es ihm je erzählt und niemand hätte es aufgeschrieben. Aber er hätte es auch nicht gewusst, wenn ihm nicht ein todgeweihtes Odinskind geholfen hätte. Eine Schwanzlose, die die Gabe in anderen Leuten erspüren konnte.

»Ihr tötet die Gabe! Obwohl ihr wisst, dass die Blinden wüten und dass die Gabe vielleicht alles ist, womit die Leute sich schützen können! Aber es ist wohl Generationen her, dass jemand sie für irgendetwas gebrauchen konnte. Woran liegt das, Ilume? Was? Hast du nicht darüber geklagt, dass seit Ewigkeiten keine Kinder mehr geboren wurden, die das geringste Anzeichen von starker Gabe in sich trugen? Ihr habt die Gabe ausgerottet und klagt darüber, dass sie fort ist! Ihr nehmt …« Rime schwankte und nahm das Schwert in die andere Hand. »Ihr nehmt etwas, das euch nicht gehört. Etwas, was niemand besitzen kann. Weil es das Einzige ist, was rechtfertigt, dass die zwölf Familien immer noch rund um den Tisch sitzen. Rund um … Ihn!«

Rime lachte – ein erschreckendes Lachen –, während er hinauf zur Mitte des leeren Baums zeigte. »Das war der Grund, warum Mutter dich verlassen hat, nicht wahr? Sie ist zu dir gegangen, um Hilfe zu erhalten. Um Gerechtigkeit zu erbitten, als Ramoja mit Gewalt genommen wurde! Und du hast Nein gesagt. Aber Mutter wollte sich nicht damit abfinden. War es nicht so? Sie wollte mit dem Seher selbst sprechen. So wie ich. Sie kam hierher, sie auch, und entdeckte, dass Er nicht da war. Sie wusste, dass dieses Wissen sie das Leben kosten würde, deshalb ist sie geflohen.«

Ilumes ganzes Wesen hatte sich verändert, während Rime sprach. Nun lächelte sie traurig.

»Nichts, was ich sagen kann, wird es zum Besseren wenden«, sagte sie. »Nichts wird dich dazu bringen, zu verstehen. Denn du hast die Dinge nie so gesehen wie ich. In deinen Augen ist die Welt eine andere. Du weißt, dass es die Gabe ist, die die Blinden begehren. Indem wir die Gabe in der Welt begrenzen, schützen wir das Volk. Den Leuten einen Seher zu geben, ist keine Lüge, sondern ein Geschenk. Wem sollten sie sonst folgen? Sie folgen Ihm seit tausend Jahren. Welches Recht hätten wir, Ihn den Leuten wegzunehmen? Ich habe teuer dafür bezahlt, dass die Leute immer noch einen Seher haben. Teurer, als du ahnst.«

Rime starrte sie mit großen Augen an.

»Du bist … du bist stolz darauf?«

»Rime …«

»DU BIST STOLZ DARAUF?!«

»Der Seher hat uns gelehrt, dass …«

»DER SEHER STIRBT HEUTE!«

Hirka spürte, wie die Gabe sich von Rime aus wie Ringe im Wasser verbreitete und sie traf. Die Raben hinter ihr gurrten vor Behagen. Sie musste Rime aufhalten. Er hatte das Schwert erhoben und rannte schreiend auf den Baum zu. Ein verwundeter Wolf.

»RIME!«

Hirka lief zu ihm, doch es war zu spät. Das Schwert traf singend gegen den Stein. Alles wurde still. Die Klinge steckte im Baum wie festgegossen. Rime zog sie heraus und wollte wieder zuschlagen. Da riss der Stamm auf. Der Riss verbreitete sich knisternd in alle Zweige, sie stürzten zu Boden und zerbarsten auf den gemusterten Fliesen. Ein schwarzer, messerscharfer Regen fiel auf sie herab. Hirka ging in die Hocke und hielt schützend die Arme über den Kopf.

»Rime!«

Es wurde wieder still. Nur die Raben schrien im Raum nebenan. Hirka hob den Blick und sah sich um. Der Baum war weg, nur ein geborstener Stumpf stand noch da. Der Fußboden war bedeckt mit schwarzen Splittern. Rime hielt den Kopf gesenkt, seine Brust hob sich mit jedem Atemzug. Das Schwert hing kraftlos an seiner Seite. Ilume starrte Hirka an, ihre Augen waren größer als sonst. Auf ihren Lippen lag ein seltsames Lächeln.

Etwas stimmt nicht.

»Hirka?« Ihre Stimme war heiser, fragend. Ein Blutstropfen rann aus dem Mundwinkel. Sie war verletzt! Hirka machte einen Schritt auf sie zu, aber da versagten Ilumes Knie und ihr Körper sank zu Boden. Hinter ihr stand Urd.

Ilume lag seltsam verdreht da, den Blick fest auf Hirka gerichtet. Ein Messer ragte aus ihrem Rücken. »Schwarz…rock«, keuchte sie. Dann verschwand das Licht aus ihren Augen.

In Urds Blick lag eine Wildheit, die Hirka dazu brachte, sich nicht zu bewegen. Sie schaute verstohlen zu Rime, aber er stand noch immer mit gesenktem Kopf da. Der Lederriemen um seinen Pferdeschwanz hatte sich gelöst, das weiße Haar hing herunter und verbarg sein Gesicht. Hirka sah, dass er die Finger um den Schwertgriff öffnete und schloss.

Urd machte vorsichtig einen Schritt rückwärts zur Tür. Dann einen zweiten. Und noch einen. Er begann zu lachen. Das Gelächter wurde zu einem Gurgeln. Er hustete und griff sich an den Reif, den er um den Hals trug. Er starrte Rime an.

»Und sie sagen, es gibt keinen Seher! Du hast gerade das Unmögliche getan. Bist in die heiligste aller heiligen Stätten eingebrochen. Hast mir geholfen, den einzigen Widerstand zu beseitigen, den ich in Eisvaldr hatte. Hast die Schwanzlose zurückgebracht, direkt in meine Arme, wie auf Befehl. Und du hast das eine Geheimnis enthüllt, um dessentwillen sie dich nicht am Leben lassen können. Blut hat deine Eltern nicht gerettet und es wird auch dich nicht retten.« Urd hatte die Tür erreicht. »Es ist schon fast zu einfach. Der Sohn einer Verräterin wird selbst zum Verräter. Gemeinsam mit dem Odinskind bricht er ins Allerheiligste ein, um den Seher zu töten. Er scheitert, tötet aber Ilume. Ich hätte um keinen größeren Gefallen bitten können. Du bist in Wahrheit ein Seher, Rime An-Elderin!«

Rime hob den Kopf. Seine Augen waren schmale Schlitze.

»Du kannst es dir nicht leisten«, stieß er zwischen zusammengebissenen Zähnen hervor. »Du kannst es dir nicht leisten, dass wir erzählen, was wir über dich wissen, Urd. Du kannst es dir nicht leisten, dass sie uns fangen.« Rime ging auf ihn zu, unendlich langsam, als sei Urd eine Beute, die er nicht verjagen wollte.

»Ah, es ist, als sähe ich mich selbst, An-Elderin. Ich lese es in deinen Augen. Ich hatte gerade dasselbe gedacht. Es ist, als sei alle Hoffnung verloren und jedes Hindernis beseitigt, ist es nicht so? Jetzt hast du niemanden über dir und keinen Erlöser.« Urd hörte sich an, als sei er belustigt. Er legte die Hand an die Tür. Rime duckte sich, bereit zum Sprung.

»Kämpfe mit mir! Töte mich! Du hast keine andere Wahl!«

»Du bist ein Schwarzrock. Glaubst du, ich bin ein Idiot?«

Urd verschwand nach draußen und die Tür fiel zu. Rime schlug seine Handflächen dagegen, aber sie rührte sich nicht. Fieberhaft suchte er die Wände nach einem Mechanismus ab.

»Rime, es ist zu spät!« Hirka hörte Urd auf der anderen Seite der Tür aufgeregt nach den Wachen rufen. Von fern kamen weitere Rufe hinzu. In wenigen Augenblicken würden sie umzingelt sein. »Rime, hör mir zu!« Sie rüttelte ihn. Sein Blick brannte weiß vor Hass. Er atmete keuchend und sah sie an, ohne sie wirklich zu sehen. »Es ist zu spät. Sie kommen schon über die Brücke. Wir müssen von hier verschwinden.«

»Verschwinden? Es gibt kein Verschwinden von hier, Hirka. Du findest in ganz Eisvaldr keine besseren Schwertkämpfer und Bogenschützen. Wir sind bereits tot.«

»Noch nicht!« Sie nahm sein Gesicht in ihre Hände und blickte zu ihm hoch. »Rime, wach auf! Wir leben noch!«

Rime schloss die Augen. Als er sie wieder öffnete, sah er halb tot aus. Erschöpft. Aber wach. Sein Blick ruhte auf Ilumes reglosem Körper. Sie hörten das Geräusch von allzu vielen Füßen, die im Laufschritt über die Brücke kamen. Metallschuhe, die auf den Boden stampften. Hirka zog Rime mit sich zu den Raben hinein.

»Ihre Pfeile werden uns niederstrecken, Hirka …«

»Nicht, wenn sie uns nicht sehen können! Komm!«

Sie begann, die Balken hinauf zum Dach zu klettern. Rime folgte ihr. Die Garden stürmten in den anderen Raum und die zerbrochenen Steine knirschten unter ihren Sohlen. Jemand rutschte aus und fluchte. Irgendwo hörte sie Urd herausbrüllen, was passiert war. Vom Mord, den sie begangen hatten. Der Seher sei in Sicherheit, rief er, aber die Gesetzlosen würden dafür bezahlen müssen.

Sie kletterte höher und immer höher, mit Rime dicht hinter sich. Die Raben lärmten um sie herum. Sie wartete auf den richtigen Augenblick. Es würde funktionieren. Es *musste* funktionieren. Die Gardesoldaten drängten in den Rabenraum hinein und sie wusste, dass der Pfeilregen jeden Moment kommen würde. Sie füllte ihre Lunge und rief aus Leibeskräften.

»ARKA! ARKA! ARKA!«

Sie schrie so, wie Kuro geschrien hatte, als sie in Ravnhov von dem Steinadler angegriffen worden waren. Dieses eine Wort hatte eine lebensrettende Wirkung. Die Raben waren völlig außer sich, sie schrien wie verrückt und flogen in Kreisen durch den Raum, um einen Feind zu jagen, den es nicht gab.

Hirka spähte nach unten. Die Gardisten waren durch die Wolke aus schwarzen Flügeln kaum zu erkennen. Zwei Pfeile trafen die Wand unter ihnen, aber weitere wurden nicht abgeschossen. Sie konnte einen Streit durch das Rabengeschrei hören. Jemand gab Befehl, nicht zu schießen. Man tötete keine Raben, ohne selbst getötet zu werden. Jedenfalls nicht in Eisvaldr. Aber das hier musste doch wohl eine Ausnahme sein? Es ging doch um Gesetzlose, die geflohen waren.

Das moralische Dilemma unter ihnen verschaffte Hirka und Rime genug Zeit, hinauf zu den Dachluken zu klettern. Der Luftzug kam von der anderen Seite des Raums. Die Luke direkt vor ihnen war zu. Hirka schickte dem Seher einen stummen Dank, weil sie im Dunkeln schon immer gut hatte sehen können, aber dann fiel ihr ein, dass es Ihn ja nicht gab. Sie löste einen Haken, doch die Luke war schon lange nicht mehr geöffnet worden. Sie musste mit aller Kraft dagegentreten, bevor sie ins Freie klettern konnte. Rime folgte ihr hinaus aufs Dach.

Eine Serie von Pfeilen schlug unter ihnen ins Gebälk. Das moralische Dilemma war offenbar gelöst. Einer der Pfeile fand seinen Weg durch die offene Luke und flog in den Himmel. Sie spürte einen Stoß im Rücken. Für einen Augenblick glaubte sie, getroffen zu sein, aber sie spürte keinen Schmerz. Sie warf einen Blick über die Schulter. Der Pfeil steckte im Beutel, den sie sich über den Rücken gehängt hatte. Rime zog ihn heraus und starrte darauf.

»Bist du bereit?«, fragte Hirka. Sie sah ihn an und wartete auf die

Gabe. Rime schüttelte den Kopf wie ein nasser Hund. Nicht als Verneinung, sondern um zu sich zu kommen. Er steckte das Schwert zurück in die Scheide, legte die Arme um Hirka und umarmte die Gabe. Dann warfen sie sich vom Dach hinaus in die Dunkelheit.

URDS EROBERUNG

Urd hatte wenig Zeit zum Überlegen gehabt, aber er hatte scharf nachgedacht. Die Nacht war ein Geschenk von solchen Ausmaßen, wie er es nie für möglich gehalten hätte. Es war fast zu schön, um wahr zu sein. Er musste das Eisen schmieden, solange es heiß war. Sein Schicksal hing davon ab, wie er mit den Ereignissen umging. So einfach war das. Würde der Rat für ihn oder gegen ihn sein? War dies die Nacht, in der er endlich freie Hand bekam? Derjenige wurde, der sie alle weiterbrachte? Der Eroberer.

Urd hatte Ilumes leblosen Körper mitten auf dem Tisch im Ratssaal abgelegt. Sie war immer noch warm. Das Blut hatte ihren Kittel durchtränkt und den Rücken rot gefärbt. Um ihn herum saßen zehn bleiche Gestalten. Stumm. Gelähmt.

Ilumes Stuhl war leer. Daneben saß Eir und weinte an Jarladins Schulter. Fantastisch. Einfach fantastisch. Sie war die Rabenträgerin und da saß sie vor ihnen allen und heulte wie ein Kind. Mehr brauchte er nicht, um heute Nacht zu gewinnen. Da war kein Widerstand, kein Wille.

Jarladin An-Sarin starrte auf Ilume. Sein Blick hatte die Festigkeit verloren, die ihm sonst zu eigen war, und die an einen Stier erinnernden Nasenlöcher waren womöglich noch größer geworden. Leivlugn Taid tat, was er immer tat: Er schüttelte den Kopf mit geschlossenen Augen. Der Ratsälteste war ein unbrauchbarer Klotz. Noldhe Saurpassarid hatte ausnahmsweise das dümmliche Grinsen abgelegt. Ohne jedes Zeichen von Scham ließ sie den Tränen freien Lauf. Sigra

Kleiv? Urd hätte nicht gedacht, dass es ihr möglich war, noch hässlicher als sonst auszusehen, aber mitten in der Nacht aus dem Schlaf geholt zu werden, schmeichelte dem kantigen Mannweib offensichtlich nicht. Sie stützte die Stirn auf die gefalteten Hände. Die anderen am Tisch starrten mit einer Mischung aus Abscheu und Kummer auf die Leiche. Nur Garm Darkdaggars Augen ruhten auf Urd. Durchdringend und neugierig.

Urd horchte in sich hinein und suchte nach dem Gefühl, das er in ihnen wecken wollte. Er hielt es fest und erhob sich. Dann schlug er mit der Faust auf den Tisch. Alle Aufmerksamkeit gehörte ihm. Er hob die Faust wieder, öffnete sie und ließ schwarze Glasstücke auf den Tisch rieseln. Die letzten Scherben umklammerte er fest, bis sie in seine Handfläche schnitten. Er hielt den Kopf gesenkt und blinzelte unter halb geschlossenen Lidern hervor, bis er sah, wie Blut aus seiner Hand auf die Tischplatte tropfte. Erst da ließ er die letzten Stücke los.

»Ich habe euer Vertrauen enttäuscht. Ich habe … versagt.« Seine Stimme klang bewusst kleinlaut. Er musste kleinlaut anfangen, damit er diesen verweichlichten Ymlingen zeigen konnte, wie man die Schultern straffte. Etwas, das keiner von ihnen beherrschte.

Er hörte Miane Fells unbeholfene Stimme. »Urd, mein Lieber … Es ist nicht deine Schuld.«

Urd unterdrückte ein Lächeln. Er hätte sich keinen besseren Einwand als diesen wünschen können. Er hob den Kopf und sah Miane an. Sah sie alle an. »Ich bin an allem schuld! Ich habe für das Leben der Emblatochter gekämpft. Dafür, die Todesstrafe auszusetzen. Hätte ich anders gehandelt, könnte Ilume …« Er schloss die Augen wie in tiefem Schmerz, ehe er fortfuhr: »… könnte Ilume noch bei uns sein. Mein Mangel an Erfahrung hat uns in diese missliche Lage gebracht. Uns in die Dunkelheit geschickt. Ich habe keine einzige Nacht geschlafen, seit das Odinskind drei der Unseren getötet hat und verschwand. Ich bin durch diese Korridore gewandert und habe nach einer Lösung gesucht. Als ich heute Nacht die offenen Türen sah, habe ich geahnt, dass etwas nicht stimmt. Und als ich hörte, wie der Baum zerschellte …«

Er öffnete die Augen wieder und sah, wie ihre Blicke an seinen Lippen hingen.

»Und ich konnte nichts tun! Nichts! Ich bin neu in diesem Kreis. Ich habe mich an Ilume gelehnt, mich auf ihre Weisheit gestützt. Ihr Misstrauen mir gegenüber war bekannt und es war eine Wunde in meinem Herzen, aber ich hatte mir geschworen, dass sie eines Tages stolz auf mich sein würde. Und dann wird sie von ihrem eigen Fleisch und Blut getötet! Von dem Enkelsohn, der seinen Platz verleugnete und der uns allen – und den Schwarzröcken – den Rücken zugekehrt hat.«

Er wusste, dass die Zeit gekommen war. Die Trauer schmerzte sie alle. Ihre Hilflosigkeit war mit Händen zu greifen. Blut rann aus Ilumes Rücken auf seinen Namen in der Tischplatte zu. Die eingelassenen Buchstaben wurden umrandet von Rot. Er straffte die Schultern.

»Aber ich bin kein Mann, der wie ein Hund mit eingekniffenem Schwanz davonläuft, wenn er auf Widerstand trifft. Ich bin der Sohn meines Vaters! Ich bin schuld an dem unbeschreiblichen Unrecht, das uns angetan worden ist. Und ich schwöre: Ich werde es wiedergutmachen. Ich habe die Schwarzröcke über die Geschehnisse informiert. Aber ich werde auch meine Familie einbinden. Ich und meine Gardesoldaten, wir werden uns auf die Suche machen und die Mörder finden, bevor sie noch mehr Unheil anrichten können. Bevor sie das Wissen weitergeben können, das sie jetzt besitzen. Dieser Rat wird bestehen bleiben, selbst wenn es mich alles kostet, was ich habe. Selbst wenn es das Letzte ist, was ich tue!«

Urd spürte, wie die Zufriedenheit ihn von innen wärmte, als er Jarladins tränennasse Augen sah. Er hatte Jarladin! Damit hatte er sie alle. Er musste gehen, jetzt sofort, solange er noch die Oberhand hatte. Und bevor sie dazu kamen, nachzudenken oder zu diskutieren. Er drehte ihnen den Rücken zu und ging zur Tür. Dort blieb er stehen und sah sie wieder an.

»Ich schlage vor, dass ihr das Ritual morgen fortsetzt. Ich komme zurück, wenn wir gesiegt haben.« Er legte die Hand auf den Türgriff.

»Urd …«

Das war Jarladins Stimme. Urd lächelte, ehe er antwortete. »Ja, Fadri?« Er benutzte die respektvolle Anrede, obwohl das unter Gleichgestellten nicht üblich war. Es widerstrebte ihm, aber jetzt würde es ihm dienlich sein. Ein Zeichen von Demut. Von Hochachtung.

»Ich habe mich in dir geirrt. Es tut mir leid.«

Urd wartete einen Augenblick, bevor er antwortete, ohne sich umzudrehen. »Ein unendlich geringes Vergehen, verglichen mit meinen eigenen.« Er verließ den Raum als mächtigster Mann der Welt. Der Rat würde mit dem Ritual beschäftigt sein. Er selbst war von der Teilnahme daran befreit. Er hatte volle Kontrolle über die Schwarzröcke. Und, was das Wichtigste war: über Rime und das schwanzlose Untier.

KEINE ERLÖSUNG

Blindból. Einen passenderen Namen würde man lange suchen müssen. Sie waren durch die Dunkelheit getappt, bis Hirka anhielt und sagte, sie sei erschöpft und dass sie Schutz suchen müssten, bevor der Sturm einsetzte. Das stimmte zwar, war aber eigentlich ein Vorwand, damit Rime zur Ruhe kommen sollte. Er war vollkommen außer sich und musste sein inneres Gleichgewicht wiederfinden, bevor sie weiterwandern konnten.

Die Nacht war durchdrungen von Gabe. Intensiv. Wartend. Hirka spürte es im ganzen Körper. Ein Kribbeln unter der Haut, ein Rauschen in den Adern. Sie waren ein Stück den Berghang hinaufgeklettert und saßen auf einem der vielen Götterfinger. Wie Schiffbrüchige, jedoch in der Hoffnung, unentdeckt zu bleiben. Eine idiotische Hoffnung, denn sie hatten noch einen weiten Weg vor sich. Es gab nur ein Ziel, jetzt, wo Eisvaldr sie bis ans Ende der Welt jagen würde. Jetzt, wo nichts mehr sein würde wie bisher. Sie mussten durch Blindból hindurch nach Ravnhov.

Hirka wusste, dass es keine andere Möglichkeit gab, aber es war nicht leicht gewesen, Rime davon zu überzeugen. Fünf Tage – vielleicht mehr – durch das Gebiet der Schwarzröcke, ohne gesehen zu werden? Es gab nur eins, woran sie sich klammern konnten: dass niemand sie *hier* suchen würde.

Hirka zog die Knie an und legte die Arme darum, um die Wärme zu halten. Vor ihr saß Kuro auf einem Ast, der über die Felskante ragte. Ein Narrenbild des Sehers, den es nicht mehr gab. Kuro wusste immer, wann sie aufbrechen wollte, und ließ es sich nicht nehmen, sie zu begleiten.

Jäh zuckte die Gabe über den Himmel und Hirka fuhr zusammen. Der Blitz erschreckte sie mehr als Kuro. Der Rabe schüttelte sich nur und rückte ein paar Schritte näher an den Stamm. In der Dunkelheit sahen die Kiefernnadeln spitz aus. Sie klammerte sich an die Vorstellung, dass es kleine Spieße waren. Dass niemand an diesem Baum vorbei bis zu ihr und Rime vordringen konnte. Ein törichter Gedanke, aber sie hatte sich damit abgefunden, dass in ihrem Kopf Dinge vorgingen, die beim Überleben halfen. Man glaubte, was man glauben wollte, erst recht unter diesen Umständen.

Wieder sah sie Ilumes erlöschende Augen. Hörte ihre Worte.

Ich habe teuer dafür bezahlt, dass die Leute immer noch einen Seher haben.

Der Sprung vom Turm des Sehers hatte Hirka viel gekostet. Die Gabe war wilder denn je gewesen. Eine Gier, die von ihr fraß, als sie gewagt hatte, sich ihr zu öffnen. Die Spuren in ihrem Körper schmerzten immer noch, pulsierten in ihren Adern. Gefärbt von Rimes unfassbarem Zorn.

Er saß an den Felsen gepresst da, der sich über sie neigte. Ein neuer Blitz tauchte sein Gesicht in grelles Licht, verschwand aber sofort und überließ ihn der Dunkelheit. Dann kam der Donnerknall. Blindból tobte und bald würden sie völlig durchnässt sein.

Der Anblick seines Gesichts schnitt Hirka ins Herz. Trauer hatte seine Augen ausgelöscht und nichts zurückgelassen als Schwärze. Die Trauer um Ilume. Um den Seher. Darüber, dass dies das Ende für sie beide sein würde. Denn nicht einmal Ravnhov konnte gegen Mannfalla bestehen, wenn es zum Kampf kam. Und das war nur noch eine Frage der Zeit. Der Rat hatte alle Gründe, die er brauchte. Urd würde ein Bild von der Fäulnis und dem Gesetzlosen malen, hinter dem sich alle Welt versammeln würde. Die beiden, die in das Allerheiligste eingebrochen waren, um den Seher zu töten. Die Ilume getötet hatten. Auf Wunsch von Ravnhov. Sie hatten keine Chance.

Rime hatte bleiben wollen. Hatte in Eisvaldr kämpfen wollen, gemeinsam mit Ramoja. Aber er hatte eingesehen, dass es unmöglich war. Er hätte die Rabner in noch größere Gefahr gebracht, als sie bereits waren. Er kannte ihre Pläne nicht. Und Hirka war klug genug, um zu wissen, dass er sie begleiten musste. Sie hätte es nie auf eigene Faust durch Blindból geschafft.

Er hatte alles verloren. Ihretwegen. Sie konnte versuchen, es wegzureden. Die erstickende Decke wegzureden, die über ihnen lag. So, wie sie es immer tat. Konnte neugierig sein, vielleicht die Fragen stellen, die ihr schon auf dem ganzen Weg hierher durch den Kopf gegangen waren.

»Wie konnte der Turm ohne den Seher schweben? Ich meine … Er ist es doch, der die Gabe so formt, dass sie den Turm in der Schwebe hält?«

»Er schwebt nicht. Hat es nie getan.« Seine Stimme klang düster.

»Wie meinst du das? Ich habe doch gesehen …«

»Spiegel. Sie lassen es so aussehen, als würde der Turm schweben. Besonders vom Ritualsaal aus, wenn die Türen geöffnet werden. Genial, oder? Ich war neun, als ich herausfand, wie es funktioniert. Aber ich habe nichts gesagt.«

Hirka zuckte die Schultern. »Hätte es eine Rolle gespielt?«

»Selbstverständlich! Wenn die Leute das gewusst hätten, dann hätten sie vielleicht begriffen …«

»Was begriffen? Dass Er nicht existiert? Du hast es nicht.«

Das weiße Feuer kehrte in seine Augen zurück. Sie näherte sich dem wunden Punkt. Ein Regentropfen fiel auf ihre Hand. Gleich würden mehr davon kommen.

»Hättest *du* es denn begriffen? Was, wenn du viel mehr gesehen hättest, Hirka? Wenn du dein Leben lang gesehen hättest, wie der Rat das Volk manipuliert, damit er mächtiger und weiser erscheint, als er ist? Ja, ich habe gewusst, wie sie die Gesetze zu ihrem eigenen Vorteil verbiegen. Ich habe gewusst, dass die Spiegel den Turm schweben lassen. Ich habe gewusst, dass eine Reihe genial platzierter Fenster die

Zwölf in helles Licht tauchen, wenn sie im Ritualsaal Platz nehmen. Ich habe es immer gewusst. Ihre Kapuzen sind mit Gold gefüttert, damit die Gesichter zu glühen scheinen. Ein Klöppel wird über eine verborgene Glocke aus Messing gezogen, wenn die Räte hereinkommen. Ein Geräusch, das man nicht hört, aber im Körper spürt. Es ist, als ob die Welt erbebt, wenn man sie sieht. Einfach, aber effektiv.« Er zerrte am Kragen seiner Montur, als sei sie ihm zu eng geworden. »Ich habe niemals an *sie* geglaubt. Wie konnte ich an Ihn glauben?«

Hirka wusste, warum. Sie hatte es immer gewusst. Ihr Leben lang hatte sie es gesehen, in den Augen der Kranken. In den Augen derer, die bluteten. Derer, die litten. Sie kannte Rime inzwischen besser als sich selbst. Sie sah ihn an und versuchte zu lächeln.

»Weil es nichts anderes gab, um daran zu glauben.«

Es begann zu regnen. Der Himmel weinte über ein Gespräch, das niemand für möglich gehalten hatte. An keinem Ort, zu keiner Zeit. Rimes Blick war unruhig. Ihm ging langsam auf, wie bedeutungsvoll das war, worüber sie sprachen. Hirka fürchtete sich vor dem Ergebnis. Sie hätte gern gesagt, dass sie es als Befreiung empfand, zu wissen, dass es keine endgültige Antwort gab. Es bedeutete, dass niemand das Recht auf seiner Seite hatte. Niemand bestimmte über ihr Leben. Das Schicksal des Odinskindes war nicht vorherbestimmt. Sie war ihr eigenes Schicksal. Elternlos, heimatlos und gottlos. Sie war frei.

Aber das würde ihm jetzt nicht helfen. Sie musste ihm etwas geben, was ihm Halt bot. Jetzt, da alles, was er erlebt hatte, sich als Lüge erwies.

»Eigentlich hat mich niemand belogen, was den Turm angeht, Rime. Die Leute glauben, dass er schwebt, sie sagen das seit tausend Jahren. Tausend Jahre sind eine lange Zeit. Und je länger etwas überliefert ist, desto wahrer wird es.«

Er lachte freudlos. Dann ballte er die Fäuste, öffnete sie wieder und starrte seine Handflächen an.

»Ich habe für Ihn getötet! Habe für Seine Worte gekämpft!«

Hirka biss sich auf die Unterlippe. Rime war immer der Stärkere von ihnen gewesen. Er war es, der sie aufrichten sollte. Jetzt fiel er vor ihren Augen in sich zusammen. Das konnte sie nicht zulassen.

»Wer bist du, Rime?«

»Das weißt du doch besser als jeder andere. Du hast es selbst gesagt: Ich bin ein Mörder im Auftrag des Rats. Ich töte für einen falschen Seher. Ich bin bereits tot.«

Hirka rutschte näher, bis sie vor ihm saß. Sie legte ihre Hände um sein Gesicht. Er war so schön. Sie hatte nie solche Augen gesehen. Hellgraue Ringe von einer Wildheit, in der die Seele darum kämpfte, Halt zu finden. Sie strich mit den Daumen unter den Augen entlang, wo die Haut bläulich war. Seine Pupillen weiteten und verengten sich mit dem Pulsschlag. Wolfsaugen. Er blinzelte, als sähe er sie zum ersten Mal.

»Wer bist du?«, wiederholte sie.

»Ich bin Rime. Rime An-Elderin.« Er spuckte den Familiennamen geradezu aus.

»Was ist wichtig für Rime An-Elderin?«

Er lachte, höhnisch beinahe. Seine Kiefermuskeln spannten sich unter ihren Händen an. »Seine Worte. Die Worte des Sehers waren wichtig. Das einzig Wichtige.«

»Was waren die Worte des Sehers, Rime?«

Er sagte sie auf, als langweilten sie ihn zum ersten Mal.

»Stärke. Liebe. Wahrheit. Gerechtigkeit.«

»Sind die Worte immer noch wichtig? Ohne Ihn?«

Er sah sie an, als sei das eine unsinnige Frage. »Es gibt keinen Seher, Hirka. Sie haben …«

Hirka nahm die Hände von seinem Gesicht. »Willst du mir erzählen, dass du für einen Raben gekämpft hast? Ein Federvieh?! Oder hast du für das gekämpft, was Er für dich war? Was Er für dich war, gibt es noch immer, auch wenn es Ihn nicht mehr gibt. Seit tausend Jahren war der Seher die Antwort auf alles, was wir nicht wissen, und Ilume hatte recht! Ob es Ihn gibt oder nicht, ist unwesentlich! Denn es gibt einen Rime An-Elderin. Ist Stärke wichtig für ihn?«

Rime starrte sie an.

»Antworte mir, Rime.«

Er nickte halbherzig. Er war ihr so nahe, dass es ihr in der Brust schmerzte. Sie hörte Vater aus Draumheim Warnungen flüstern, aber dafür war es jetzt zu spät. Seine Stimme konnte die Sehnsucht nicht übertönen. Die Weichheit im Körper. Rime nickte wieder, mehrmals. Der Himmel öffnete sich und der Regen schlug mit der Kraft eines Steinrutsches gegen die Felsen. Im Nu war ihre Kleidung durchnässt. Der Boden um sie herum verwandelte sich in Schlamm.

»Es ist wichtig«, antwortete er heiser. Der Regen strömte ihm übers Gesicht, tropfte von den bleichen Lippen, die in der Dunkelheit fast blau waren. Hirka kämpfte gegen den Durst nach der Gabe, aber ihr Körper wollte nicht gehorchen. Er bereitete sich vor. Das Blut rauschte durch ihre Adern, als hoffte es, er würde umarmen. Gleich würde etwas geschehen. Sie sah es in seinen Augen. Sie wusste es, noch ehe er sie berührte. Seine Hand grub sich in ihr Haar und er zog sie an sich. Seine Lippen pressten sich auf ihre. Regennass. Fordernd. Hirka verlor das Gefühl in den Armen. Sie wollte sie um seinen Hals legen, schaffte es aber nicht, sie anzuheben. Er nahm ihren Kopf in beide Hände und es war, als sei das alles, was sie aufrecht hielt. Er aß wie ein Ausgehungerter und sie antwortete ihm. Sie hatte keine Ahnung, woher die Instinkte kamen. Die Furchtlosigkeit. Die Gewissheit. Das Verlangen. Die Gabe erfasste sie beide und Hirka glaubte nicht, dass er hatte umarmen wollen. Ihr Körper erwachte und forderte. Sie drückte sich an ihn und hörte sich selbst keuchen.

Gefährlich! Das hier ist gefährlich!

Die Gabe riss die Wahrheit darüber, wer Hirka war, mit sich fort. Dieses göttliche Neue war nichts für sie. Rime war nichts für sie. Sie war das Odinskind. Die Fäulnis.

Er wird sterben! Er weiß es!

Sie merkte, wie die Kraft in ihre Arme zurückkehrte. Rime küsste sie, weil er nichts mehr zu verlieren hatte. Er riskierte die Fäulnis! Hirka riss sich los und schob ihn von sich. Er lächelte, aber ohne Freude. Er wusste, was sie dachte.

»Ist die Fäulnis das Einzige, woran du glauben willst, Hirka?«

Ihr Körper schrie danach, ihm recht zu geben. Auf ihn zu hören. Er hatte sie geküsst, ohne zu verfaulen. Ein bisschen mehr würde schon nicht schaden … Aber das Blut, das durch ihre Adern raste, wusste, dass es eine falsche Hoffnung war. Trank sie jetzt mehr von ihm, würde sie nie mehr aufhören können. Nie mehr genug bekommen. Und dann wäre es zu spät zur Umkehr. Die Fäulnis würde sich zeigen, würde sich entweder als Lüge oder als Wahrheit erweisen. Das Risiko war zu groß. Es würde immer zu groß sein.

Ihre Stirn sank an sein Kinn. Er legte die Arme um sie und zog sie an sich. »Ich bin Rime An-Elderin«, murmelte er in ihr Haar. »Stärke ist wichtig. Liebe ist wichtig. Wahrheit und Gerechtigkeit werden wir erlangen. Nicht in Seinem Namen, sondern in meinem.«

Sie legte den Kopf an seine Brust, schloss die Augen und lauschte seinem Herzschlag. Dem wunderbarsten Geräusch, das sie je gehört hatte. Und dennoch war es das schlimmste. Sie hatte von dem gekostet, was niemals ihr gehören würde. Nicht, ohne dass es ihm das Leben nahm. Es war nicht zu ertragen.

BLUT

Sich in Blindból zurechtzufinden, war am Tag beinahe schwieriger als in der Nacht. Die Berge warfen Schatten, die ineinanderflossen und einen bewaldeten Irrgarten schufen, der nicht dafür vorgesehen war, von Leuten durchquert zu werden.

In den Talsenken zeigten sich erste Flecken von Gelb und Orange. Je weiter nach Norden und je höher hinauf sie in die Berge kamen, desto kühler wurde es. Ein Zeichen, dass sie sich Ravnhov näherten, aber es ging unendlich langsam voran. Ein halber Tag mühsamer Kletterei über moosbewachsene Felsen erschien ihnen wie vergeudete Zeit, wenn sie sahen, welch kurze Strecke sie zurückgelegt hatten. Das erinnerte Hirka an den Abend, als Vater ihr die Wahrheit gesagt hatte. Sie war zur Alldjup-Schlucht gelaufen, dort zu Boden gesunken und hatte geträumt, sie sei ein Insekt. Eine kleine Spinne, die in einem Loch im Moos verschwinden konnte. Jetzt war dieser Traum Wirklichkeit geworden, ob sie wollte oder nicht.

Das Schlimmste war, dass es einfachere Möglichkeiten gab. Sie hätten den kleinen Flüssen in den Tälern folgen können, wo das Gelände freundlicher war und im Sonnenschein lag. Oder sie hätten fast den ganzen Weg über die Hängebrücken und Pfade der Schwarzröcke zurücklegen können. Aber sie taten nichts davon, denn dann wären sie leichte Beute für die schwarzen Schatten geworden.

Rime ging wie ein Mühlstein, unermüdlich und immer vor ihr. Stark und geschmeidig. Mehrere Male hatte Hirka nicht übel Lust gehabt, aufzugeben, einfach, weil er keinerlei Anzeichen von Müdigkeit zeigte. Ab und an machte er eine Pause und setzte sich hin, um aus dem ledernen Wasserbeutel zu trinken, den sie bei sich hatten, oder um eine Handvoll von den goldgelben Moltebeeren zu essen. Aber sie wusste, dass er es ihr zuliebe tat.

Sie hätte schneller gehen können, wenn da nicht die Pflanzen gewesen wären. Diese Berge waren ein Traum für Heiler. Ganz gleich, wohin man blickte, überall standen Rachdorn und Sonnenträne. Mehrere Male hatte sie Goldschelle gesehen, genug, um jedes Fieber in ganz Mannfalla zu senken. Etwas weiter oben wuchs wildes Opia, oft an den Osthängen der Berge. Wenn sie nicht gesehen hätte, was Opia mit Leuten anstellen konnte, hätte sie es den ganzen Weg über gekaut, um mehr Ausdauer zu haben. Einmal waren sie an Blutgras vorbeigekommen, dem Gift, das ihr den Vater genommen hatte. Genug, um zwanzig Mann ins Draumheim zu schicken, wenn man sich nicht damit auskannte. Mit dem einen Büschel hier hätte sie sicher ein ganzes Haus kaufen können. Wenn es nicht verboten wäre, das Kraut feilzubieten. Und wenn sie nicht eine Gesetzlose wäre, die zum Tode verurteilt war, natürlich …

Ihr Beutel war voller Pflanzen, und jetzt war darin kein Platz mehr. Sie ertrug es nicht, all die Kräuter zu sehen, an denen sie vorbeigehen musste, also hatte sie begonnen, stattdessen Vögel zu beobachten. Blau gefleckte Eulen, Habichte und farbenfrohe Singvögel. Hier waren auch Tiere, von denen man sich besser fernhielt. Zwei Mal hatten sie Bären gesehen und in der letzten Nacht hatte ein Wolf den Mond angeheult. Zum Glück gab es genug Kleinwild für die Raubtiere, sodass Hirka und Rime unbehelligt blieben.

Hirka konnte an diesem Ort das Werk der Gabe sehen. Die Zeitlosigkeit. Wie alle Dinge voneinander abhingen. Wie nichts hätte anders sein können, als es war, oder an einem anderen Ort zu einer anderen Zeit. Es war eine Mischung aus Lebensgefahr und Geborgenheit, genauso, wie Rime nahe zu sein, wenn er umarmte.

Sie hatte gesagt, dass die Gabe sich an allen Orten anders anfühlte. Bekannt, aber dennoch verschieden. Da hatte er zum ersten Mal seit

Tagen breit gelächelt. Anscheinend tat es ihm gut, über die Gabe zu sprechen. Die Gabe stand niemals still. Sie bewegte sich durch die Erde, floss mit dem Wasser, pulsierte mit dem Leben. Die Gabe war alles, was war. Alles, was gewesen war. Und es gab keine zwei Orte auf der Welt, an denen es gleich gewesen wäre. Es gab Steinflüsterer in Eisvaldr, die meinten, dass die Gabe auch alles sei, was erst noch geschehen würde, aber diese Diskussion war ebenso alt wie die Lebenskraft selbst. Niemand konnte es beweisen, doch die Wahrsagerinnen verdienten trotzdem gut daran, den Leuten aus der Gabe zu lesen.

Hirka spürte einen Stich von schlechtem Gewissen. Sie hatte genau dasselbe gemacht, wenn sie Leute zusammenflickte oder ihnen Tees und Tinkturen gegen Krankheiten gab. Die Leute wollten nicht hören, wie sie ihren Verstand benutzte, um herauszubekommen, was ihnen fehlte. Sie wollten hören, dass sie auf die Gabe lauschte. Dass sie es einfach wusste, ganz aus sich selbst heraus. Was hätten sie wohl gesagt, wenn sie gewusst hätten, dass sie nicht einmal umarmen konnte? Dass die einzige Gabe, die sie kannte, diejenige war, die in Blaublütigen wie Rime floss? Wieder begann die Gewissheit an ihr zu nagen, die Gewissheit, dass sie nie ein Zuhause haben würde.

Du solltest nicht hier sein.

Hlosnians Echo. Als käme der Bildhauer näher, aber so war es nicht. Sie war es, die sich der Gewissheit darüber näherte, was sie tun musste. Wenn Urds Wahnsinn einen Funken Wahrheit in sich trug, dann war das die einzige Möglichkeit, die Blinden aufzuhalten: Sie musste denselben Weg zurückgehen, den sie gekommen war.

Wie lange sie das schon wusste, war schwierig zu sagen. Sie hatte den Gedanken verdrängt. Sie wusste nicht einmal, ob das möglich war. Oder ob es die Probleme lösen würde. Ganz zu schweigen davon, was auf der anderen Seite wartete. Das vollkommen Unbekannte …

Nein! Es gab andere Möglichkeiten. Sie konnte auf Ravnhov wohnen.

Bis Mannfallas Heer das Holztor sprengt.

Sie konnte weiter nach Norden fliehen! Nach Ulvheim. Konnte unter dem Eis wohnen. Sie hatte gehört, dass es Leute gab, die das taten.

Bis sie erkennen, was du bist, und dich jagen wie eine Blinde.

Alles schien ihr besser zu sein, als in das Unbekannte hineinzugehen, aber den Ausschlag gaben trotzdem die Blinden. Solange sie hier war, auf der falschen Seite … Solange sie lebte, konnte Urd die Möglichkeit ausnutzen. Leute würden sterben. Und Urd hatte offenbar die Kontrolle verloren. Was würde geschehen, wenn er einen Fehlgriff tat? Würden Totgeborene die elf Reiche überfluten? Würde es einen neuen Krieg geben? Einen Krieg, der seinesgleichen nur in den Legenden hatte? Und was sollten sie diesmal machen, ohne den Seher? Hirka wurde es schwindlig. Sie hatte schon so viel Leid verursacht. So viel Tod. Nur dadurch, dass sie existierte. So viel Blut klebte an ihren Händen. Und Rimes hungriger Kuss hatte nur allzu deutlich gemacht, dass sie noch mehr zu verlieren hatte.

Sie kämpfte noch mit dem Gedanken, als sich ein Wunder offenbarte. Eine heiße Quelle. Sie war erschöpft und hatte sich seit dem Vortag gekratzt. Es hatte Augenblicke gegeben, da war ihr der eigene Tod als immer verlockendere Lösung für die Probleme der Welt erschienen. Und jetzt lag sie da. Die Quelle. Dampf stieg von der Oberfläche auf. Ein sichelförmiges Geschenk der Götter am Fuß eines Felsens, der schräg hineinschnitt, tief hinein ins Wasser. So tief, dass man den Grund nicht sehen konnte. Das Wasser war hellgrün und klar. Es flüsterte ihr zu: *Komm. Ruh dich aus. Säubere dich.*

Hirka blieb stehen. Sie blickte zu Rime hoch, der weiterging. Sie waren schon an einer solchen Quelle vorbeigekommen und es gab noch mehr, die er gut kannte. Quellen, die von den Schwarzröcken benutzt wurden.

»Rime …«

Rime blieb stehen und drehte sich zu ihr um. Er brauchte nicht lange, um zu begreifen, wohin sie wollte. Er schüttelte den Kopf. »Die Quellen sind die Orte, an denen ich zuerst suchen würde.«

»Sehe ich so aus, als würde mich das kümmern?« Hirka konnte sich nicht mehr erinnern, wovor sie flohen. Oder warum sie sich vor den Schwarzröcken fürchten sollten. Rime war ja selbst einer! »Fünf Tage sind wir nun unterwegs, Rime. Wenn sie uns bis jetzt nicht gefunden haben, finden sie uns nie.«

Rime machte ein strenges Gesicht. Hirka setzte sich auf die Erde und verschränkte die Arme. »Weißt du, entweder werden wir von den Schwarzröcken in Blindból abgeschlachtet oder von unseren eigenen Flöhen gefressen. Du kannst es dir aussuchen. Ich verstehe etwas von diesen Dingen und ich weiß, dass wir dann am Fieber sterben! Winzige Ungeheuer werden in unseren Gedärmen ein Festmahl halten und sie graben sich ein in …«

»Meinetwegen. Wir rasten hier, aber beeil dich.«

Rime verschwand um die Felswand, um Ausschau über die Landschaft zu halten und um ihr Raum zu geben. Hirka riss sich die Kleider vom Leib und ließ sie ins Heidekraut fallen. Sie bekam eine Gänsehaut. Kleine schwarze Blumen wuchsen um das lebensspendende Wasser. Sie erinnerten an Elfenküsse, nur mit der entgegengesetzten Farbe. Sie hatte gehört, dass im Totenreich alle Dinge ihr Gegenstück hatten. Vielleicht war sie schon tot und tagelang durchs Draumheim gewandert?

Sie wollte gerade hineinspringen, als sie Rime von der anderen Seite der Felswand rufen hörte: »Unnötig, es zu sagen, aber vergiss nicht zu prüfen, wie heiß das Wasser ist, bevor du hineinspringst.«

Hirka wurde rot. »So dumm bin ich nun auch nicht!«

Sie tauchte den großen Zeh hinein und zog ihn rasch wieder zurück. Heiß. Besser, sie ging langsam hinein. Stück für Stück gewöhnte sie den Körper an das heiße Wasser, bis sie auf der schrägen Felswand saß, die Beine über der Tiefe baumeln ließ und nur noch der Kopf herausragte. Nie zuvor war es einem Ymling so gut gegangen.

Einem Odinskind. Nie war es einem Odinskind so gut gegangen.

Sie riss ein Büschel Heidekraut ab und schrubbte sich damit, bis die Haut rot war. Das Stück Seife, das sie erhalten hatte, als sie zum ersten Mal nach Mannfalla kam, besaß sie auch noch. Es war in zwei Teile zerbrochen, als der Pfeil ihren Kräuterbeutel traf. Das eingeprägte Zeichen des Sehers war in der Mitte geteilt und fast fortgewaschen. Sie musste sauber werden. Sich von schweren Gedanken reinigen. Sie wusch die letzten Reste von Angst ab, bis nichts mehr übrig war. Nur noch die Spuren eines Mädchens, das sich einmal vor dem Seher gefürchtet hatte.

Hirka tauchte unter und spülte die letzten Reste von Rindenfarbe aus dem Haar. Sie musste an den Strähnen ziehen, um die Spitzen sehen zu können, aber die rote Farbe war zurück, stärker, als sie sie in Erinnerung hatte. Unter den Füßen spürte sie, wie das Wasser lockte. Eine Strömung tief unten. Wie die Gabe. Die Erde lebte und atmete unter ihr. Woher kam dieses Wasser? Und wo endete es? Als sie ausatmete und den Körper tiefer sinken ließ, spürte sie den Sog stärker. Gefährlich stark. Wenn sie einfach nachgeben würde und sich hinunterziehen ließe … Ertrinken. Würde die Erde sie annehmen? Könnten sie für alle Zeit gemeinsam fließen? Würde das die Probleme lösen? Oder waren die Wege zwischen den Welten offen, solange sie hier war, tot oder lebendig?

Sie konnte Kuro in der Ferne schreien hören. Ein Echo aus einer Traumwelt über ihr. Sie stieß hinauf zur Oberfläche, durchbrach sie und setzte sich ins Heidekraut, bis sie trocken genug war, um ihre Kleider wieder anzuziehen. Nicht ohne Widerwillen, denn die hätten auch gewaschen werden müssen. Nicht nur gewaschen, sondern gekocht!

»Bist du ertrunken?« Rimes Stimme kam von der anderen Seite des Felsens, eher ärgerlich als besorgt.

»Ja.«

Er kam ihr entgegen. »Ich bleibe nicht lange drin«, sagte er, während er sich die Schuhe auszog.

»War ich auch nicht.« Hirka griff nach ihrem Beutel und ging auf die andere Seite des Felsens. Sie setzte sich auf einen Felsvorsprung und leerte den Beutel neben sich aus. Es hatte heftig geregnet und sie machte sich Sorgen, in welchem Zustand die Sachen darin sein mochten. Dies war ein guter Moment, um sie in Augenschein zu nehmen und sie umzupacken. Die Luft hatte sich abgekühlt und das Licht war weißer geworden. Es würde nicht mehr regnen. Sie begann, die Pflanzen zu sortieren, die sie unterwegs gepflückt hatte.

Rime ist sicher schnell. Einmal untertauchen und dann wieder raus.

Blutgras, Rachdorn und Goldschelle hatte sie.

Er wird die schwarzen Sachen ausziehen. Die Sachen, die ihn von allem anderen abgrenzen. Er wird nur Rime sein. In einer heißen Quelle.

Der spiralförmige Stein von Hlosnian. Ein paar Leinensäckchen mit Vaters wertvollsten Kräutern.

Nackt.

Hirka raffte die Sachen wieder zusammen und stopfte sie in den Beutel. Sie legte die Hand auf den Wolfszahn, den sie um den Hals trug. Ihre Finger spürten die Kerben. Acht Kerben auf der einen Seite, sieben auf der anderen. Das stimmte nicht mehr. Sie hatte ihm eine Kerbe dafür versprochen, dass er sie aus der Alldjup-Schlucht gezogen hatte. Nicht ganz freiwillig, doch ihr war keine andere Wahl geblieben. Aber während des Rituals hatte er ihr geholfen. Er hatte sie auch vor Urd gerettet. Hatte ihr das Leben gerettet, mehrere Male. Für all das hatte er sich eine Kerbe redlich verdient.

Hirka zückte das Taschenmesser und ritzte sorgfältig eine Kerbe in Rimes Seite des Zahns. Sie war heller als die anderen Kerben. Die erste seit über drei Jahren. Seit damals war sie offenbar erwachsener geworden, denn jetzt war ihr nicht mehr so zum Heulen zumute, wenn sie Kerben vergab. Sie lächelte, zufrieden mit sich selbst. Erwachsen und reif. Klüger. Eigentlich hätte er wohl eine weitere Kerbe verdient, weil er noch nicht verfault war, aber darauf hatte sie nicht gewettet.

Hätte Rime gesehen, dass sie die Kerben immer noch mit sich herumtrug, hätte er sie ausgelacht und sie ein Kind genannt.

Er weiß nichts von der Strömung. Er könnte ertrinken!

Es war wohl am besten, sie passte ein bisschen auf ihn auf. Sie hängte sich den Beutel wieder um und kletterte vorsichtig zur Spitze des Felsens. Dort oben war ein Riss im Stein, durch den sie ihn beobachten konnte. Nur um sicherzugehen, dass ihm nichts passierte, natürlich.

Rime war wieder aus der Quelle gestiegen. Er hatte seine schwarze Hose angezogen und legte sich den Schwertgürtel um. Das Haar hing ihm in weißen Strähnen über den nackten Rücken. Der war oben breit und an den Hüften schmal. Die Wirbelsäule wurde durch eine tiefe Furche markiert, die sich den ganzen Rücken hinunterzog, bis sie unter dem Hosenbund verschwand. Sein Schwanz hing gerade herab, krümmte sich aber das letzte kleine Stück über dem Boden. Rime bückte sich nach den Schuhen. Ein Schmuckstück, das er an einer Lederschnur um den Hals trug, löste sich von seiner Brust und baumelte herunter, bis er sich wieder aufrichtete. Hirka war zu weit entfernt, um erkennen zu können, was es darstellte, aber sie vermutete, dass es ein Rabenamulett war, ein Bildnis des Sehers, von dem er sich noch nicht trennen konnte.

Er schnürte die Schuhe zu. Wie stark er aussah. Seine Arme waren schlanker als Vaters, aber sie wirkten trotzdem kräftiger. Das Spiel der Muskeln war deutlich zu sehen. War das die Gabe? Hatte sie alles weggefressen, was überflüssig war? Rime war hager wie das Felsengebirge. Hirka verbarg ein Lächeln hinter ihrem Arm.

Aha. Er ist nicht ertrunken. Gut.

Sie wandte den Blick widerwillig von ihm ab und betrachtete die Landschaft. Es war nicht mehr weit bis Ravnhov. Mit etwas Glück mussten sie nicht noch eine Nacht in Blindból verbringen. Die Berge waren hier kahler. Blass und grau. Einige Gipfel waren bereits schneebedeckt. Sie nahm aus den Augenwinkeln einen Schatten wahr und kroch in sich zusammen, obwohl sie schon im Versteck lag. Was war das? Was hatte sie gesehen?

Zwei schwarz gekleidete Gestalten schlichen sich über den Berghang an. Hirka gefror das Blut in den Adern.

Schwarzröcke!

Die Männer waren fast nicht zu sehen, sogar jetzt, wo sie wusste, dass sie da waren. Sie hörte auf zu atmen, ihr Mund wurde trocken. Ihre Arme kribbelten und wollten ihr nicht gehorchen.

Runter! Mach, dass du runterkommst!

Sie waren eingeholt worden. Es war alles vergebens gewesen. Sie kletterte vom Felsen und lief zu Rime. Er fing ihren Blick auf.

»Ich weiß«, flüsterte er, blieb aber ruhig stehen.

»Es sind zwei«, erwiderte Hirka und schluckte.

»Drei.« Er zog den Gürtel fester.

Sie machte ein paar kleine Schritte und hielt Ausschau nach dem Dritten, konnte ihn aber nicht entdecken.

»Hirka, es ist wichtig, dass du mir jetzt zuhörst. Verstehst du?«

Sie nickte und wartete auf die Anweisung, loszulaufen. Die kam nicht. Vielleicht sollte sie trotzdem wegrennen? Er band sich das nasse Haar zum Pferdeschwanz und machte einen festen Knoten. Er tat alles so furchtbar langsam. Bewegte sich langsam. Sprach langsam. Es war zum Verrücktwerden.

»Du musst sie die ganze Zeit im Auge behalten und dafür sorgen, dass du so weit wie möglich von ihnen entfernt bist. Lauf nicht weg und komm nicht zu mir. Sorge dafür, dass ich dich sehen kann, aber bewege dich so, dass ich immer zwischen dir und ihnen bin. Hast du verstanden?«

Hatte sie nicht, aber sie nickte trotzdem. Das Herz klopfte ihr bis zum Hals und sie hatte nur einen einzigen klaren Gedanken im Kopf: dass sie keine Ahnung hatte, was sie machen sollte.

»Dreh dich um und geh. Jetzt!«

Rime versetzte ihr einen Stoß und sie wich zurück. Sie ging, bis sie den Felsen erreicht hatte, dort blieb sie stehen und blickte sich um. Er zog weiterhin seinen Gürtel fester, als hätte er alle Zeit der Welt, während hinter ihm drei Gestalten auftauchten. Sein Oberkörper war immer noch nackt, ungeschützt vor den Schatten hinter ihm, die vollkommen schwarz waren. Nur die Augen leuchteten durch schmale Schlitze in den Kapuzen.

Hirka zuckte zusammen, als Rime sich plötzlich herumwarf. Sie bekam kaum mit, was passierte, aber er zog seine Schwerter, ging in die Hocke und stieß zu. Die blitzenden Klingen fegten über den Boden, trafen den Vordersten der Schwarzen und schlugen ihm eine hässliche Wunde ins Bein. Der Mann fiel auf den Rücken. Sie hatten geglaubt, Rime habe sie nicht bemerkt. Nun bezahlten sie teuer dafür.

Der Verwundete versuchte aufzustehen, aber vergeblich. Sein Bein war halb abgetrennt und nutzlos, also blieb er keuchend liegen und fuchtelte mit dem Schwert herum. Rime setzte den Fuß auf seinen Ellbogen und trat zu. Es knackte laut. Der Mann auf dem Boden spreizte die Finger und ließ das Schwert fallen.

Hirka merkte, wie sich ihr der Magen umdrehte. Sie hatte ihr Leben lang Krankheiten und Leid gesehen, aber immer als Heilerin. Schnittwunden und Knochenbrüche waren zu ihr gekommen, um genäht und gerichtet zu werden. Nie zuvor hatte sie gesehen, dass jemand derart auf einen anderen losging. Um Knochen zu brechen. Um Wunden zu schlagen. Zu zerstören. Zu töten.

Und das hier war Rime.

Er stand mit seitlich ausgestreckten Armen da, in jeder Hand ein Schwert. Er bot den nackten Oberkörper dar wie eine Einladung und dann begannen er und die beiden, die noch übrig waren, einander zu umkreisen.

»Niemand hier muss heute für etwas sterben.« Seine Stimme war fest, sein Blick starr auf einen Punkt zwischen den beiden gerichtet. Sie hatten ihre Schwerter gegen ihn erhoben.

»Ihr seid hier, weil ihr denkt, ich sei ein Verräter. Aber wir sind es, die verraten wurden. Alle. Nichts von dem, was ich sage, wird euch aufhalten, aber ich gebe euch dennoch die Chance, zu wählen. Niemand hier muss heute für etwas sterben. Der Seher ist eine Lüge.«

Hirka sank vor Verzweiflung in sich zusammen. Seine Worte waren sinnlos. Das war keine Wahrheit, die man jemandem im Kampf erklären konnte. Keiner würde innehalten und sagen: »Ist das so?

Wirklich? Na dann.« Das war eine viel zu große Wahrheit und so, wie Rime sie vorbrachte, konnte man nur einen Schluss daraus ziehen.

»Spinner!« Der Ruf kam vom Kleineren der beiden schwarz Gekleideten. Er hob das Schwert über den Kopf und schlug nach Rimes Oberkörper. Aber Rime war nicht mehr vor ihm. Er war über ihm und auf der anderen Seite. Er tanzte. Hirka merkte, wie die Gabe auf sie zuflutete. So war es die ersten Male in Elveroa nicht gewesen. Die Gabe war gewachsen. Jetzt war sie klar wie eine Messerklinge. Ausgewogen. Voller Absicht. Hirka spürte den Geschmack von Stahl im Mund.

»Du warst immer der Hingebungsvollste, Launhug. Entscheidest du dich, für Ihn zu sterben, dann stirbst du für die Lügen des Rates.«

»Wie wir es geschworen haben«, erwiderte Launhug.

Er schlug nach Rime. Hirka zuckte am ganzen Körper zusammen. Sie wollte helfen. Musste etwas tun. Rime verteidigte sich gut, aber sie waren zwei gegen einen. Hätte er nicht den Dritten gleich zu Anfang erledigt, wäre er jetzt tot.

Wie in Trance sah sie zu, wie sie einander umkreisten. Ein makabrer Tanz mit Bewegungen, die sie niemals nachmachen könnte. Aber das hier war kein Tanz. Das hier würde erst enden, wenn einer tot am Boden lag.

Der Schatten, der noch keinen Namen hatte, machte einen Vorstoß und schlug nach Rimes Kopf, aber Rime hatte mehr als Schwerter, um sich zu verteidigen. Er trat zu und traf den Schatten unterm Kinn. Hirka hörte, wie sein Genick brach. Der Körper schlug auf dem Boden auf und blieb reglos liegen. Jetzt standen nur noch zwei Männer aufrecht.

Launhug war nähergekommen. Ein unbegreiflicher Mut, wenn man bedachte, dass die beiden anderen gefallen waren. Rime drehte die Schwerter in den Händen, um sie besser greifen zu können. Seine Gabe war überlegen. Er wusste, dass er den Kampf gewinnen würde, aber es quälte ihn. Hirka konnte es spüren. Ein trauriger Sieg. Er bereitete sich darauf vor, dem anderen den Gnadenstoß zu versetzen.

»Du solltest Glück bringen!«, rief Launhug. »Du warst das Kind An-Elderin. Ich habe an dich geglaubt!«

Rime hielt inne. Er senkte die Schwerter. Hirka spürte, wie die Gabe vor Verzweiflung schwarz wurde. Was geschah hier? Was war in ihn gefahren? Er würde sterben!

Hoch mit dem Schwert, Rime!

Hirka handelte schnell. Während Rime halbherzig Launhugs Angriffe abwehrte, lief sie zu den beiden hinunter. Launhug würde Rime töten. Und sie auch. Für nichts! Er hatte kein Recht dazu. Kein Recht! Hirka zog ihr Messer, warf sich auf Launhug und rammte ihm die Klinge in die Schulter.

Sie schrie, während sie das Messer mit beiden Händen festhielt. Warmes Blut quoll unter ihren Fäusten hervor. Launhug kippte zur Seite und zog sie mit sich. Er starrte sie aus Augen an, die sich vor Entsetzen weiteten. Wiedererkennen blitzte darin auf. Sie begriff, dass er sie schon mal gesehen hatte. Auf dem Dach von Ravnhov. Hirka ließ das Messer los und zog sich von ihm zurück. Was war geschehen? Das war ihr Messer. Ihr Messer ragte aus seiner Schulter.

Sie blickte zu Rime hoch und bewegte sich rückwärts. Sie musste weg. Rime starrte sie an. Launhug lag hinter ihm auf dem Bauch, aber Rime beachtete den Schwarzrock nicht weiter. Er kam auf sie zu. Er sah aus wie ein wildes Tier. Aus einer Wunde am Oberarm floss Blut. Er streckte die Hand nach ihr aus. Hirka wollte sie nicht ergreifen. Konnte sie nicht ergreifen. Was hatte er aus ihr gemacht? Sie rutschte noch weiter zurück.

Sie starrte den schwarz gekleideten Mann mit dem Messer in der Schulter an. Er setzte sich auf, griff nach seinem Schwert. Hirka zeigte auf ihn. Sie rief, aber es kam kein Laut. Rime witterte Gefahr und drehte sich im selben Augenblick um, als das Schwert ihn in die Seite traf. Er schrie auf. Die Gabe erstarb und hinterließ eine Eiseskälte in ihrer Brust. Launhug wich zurück, aber es war zu spät. Rime trat ihm gegen die Knie und sie knickten ein. Noch ehe der Körper des

Schwarzrocks auf den Boden traf, hatte Rime das Messer aus seiner Schulter gezogen und es ihm in die Brust gestoßen. Launhug riss den Mund auf, aber es kam kein Laut. Hirka wandte sich ab und schloss die Augen. Sie hörte einen Hieb auftreffen. Wusste nicht, wo. Wollte es nicht wissen. Es wurde still. Dann hörte sie Rime fallen.

Sie kam auf die Beine und lief auf ihn zu. Rime kniete mit aufrechtem Rücken, den Kopf auf die Brust gesenkt. Sie ahnte, dass es schlimm um ihn stand. Furchtbar schlimm. Sie fürchtete sich vor dem Anblick, aber sie musste hinsehen. Musste ihm helfen. Sie beugte sich über ihn.

Seine linke Seite war aufgeschlitzt. Blut lief in Strömen aus der Wunde und in seine Hose. Die war schon durchtränkt. Hirka sah weiße Rippenknochen. Ihre Füße erlahmten und sie sank auf die Knie. Sie ließ den Blick wandern. An seinem Körper hinunter. Über das Schlachtfeld. Drei Tote in Schwarz. Launhug lag auf dem Bauch, halb in der Quelle. Er hatte das Wasser rot gefärbt. Das Wasser, in dem sie gebadet hatte. Die Strömung in der Tiefe saugte das Blut an und zog es nach unten. Es sah aus, als verließe es den toten Körper freiwillig und stürzte sich ins Unbekannte.

Rimes Körper sank langsam vornüber und da passierte etwas in ihr. Es war, als hätte der Wind eine Kerze ausgeblasen. Ausgelöscht. Sie war nicht mehr Hirka. Sie war etwas anderes. An einem Ort, wo sie gebraucht wurde. Sie hatte eine Aufgabe. Sie war bereits tot. Mit ruhiger Stimme begann sie zu sprechen.

»Rime, die anderen sind tot. Ich kann nichts für sie tun. Aber dir kann ich helfen.«

Er antwortete nicht. Sie packte seinen Oberkörper und legte ihn auf die Seite, sodass die Wunde nach oben zeigte und er sie nicht sehen konnte.

»Antworte mir nicht, Rime, atme einfach ganz ruhig und hör mir zu.« Sie versuchte zu lachen und ahmte seine Stimme nach. »Es ist wichtig, dass du mir jetzt zuhörst. Verstehst du?« Sie meinte, ein Lächeln auf seinen Lippen zu erkennen. Rasch legte sie ihren Beutel ab und zog die Pflanzen heraus. »Du hast eine kleine Schnittwunde. Das fühlt sich schlimmer an, als es eigentlich ist.«

In seine Augen trat ein fragender Ausdruck. Sie lächelte so beruhigend, wie es ihr möglich war. »Ich werde die Wunde säubern und verbinden. Wenn wir in ein paar Stunden in Ravnhov sind, sehen wir sie uns genauer an.«

Er lächelte und schloss die Augen. Er ließ sich nichts vormachen, schließlich war er ein Schwarzrock. Er wusste, wie ernst es um ihn stand, das konnte sie sehen.

»Das ist nur ein Kratzer, Rime. Ich habe schon viel Schlimmeres gesehen. Lieg ganz ruhig, ich werde es mit ein paar Stichen zunähen. Das geht vorbei.«

Sie suchte Nadel und Faden hervor und rieb beides mit Goldschelle ab. Vielleicht musste die Wunde auch innen genäht werden, aber das konnte sie hier nicht tun. Dafür blieb keine Zeit. Die Raben würden kommen und sie würden noch mehr Schwarzröcken den Weg hierher zeigen. Sie musste Rime nur so weit zusammenflicken, dass sie es bis nach Ravnhov schafften.

Es hatte keinen Zweck, das Blut abzuwischen, dazu floss es zu stark. Er verzog keine Miene, als sie die Nadel durch seine Haut stach, erst auf der einen Seite des Schnitts, dann auf der anderen. Sie zog die Enden des Fadens zusammen. Der klaffende Spalt wurde enger. Sie machte noch einen Stich und der Spalt wurde abermals enger. Das wiederholte sich mit jedem weiteren Stich. Ihre Augen begannen zu brennen und sie blinzelte, um einen klaren Blick zu behalten. Er würde schon sehen, dass es nur ein Kratzer war. Überhaupt nicht gefährlich.

Zwölf Stiche waren nicht genug, bei Weitem nicht. Aber es musste reichen. Sie hatte sie gleichmäßig verteilt. Rime musste wieder auf die Beine kommen. Schnell. Einer der Schwarzröcke musste sein Hosenbein opfern, zum Verbinden. Er brauchte es ja nicht mehr.

»Rime, ich habe die Wunde genäht und mit Goldschelle eingerieben. Jetzt mache ich dir einen Verband.«

Rime reagierte immer noch nicht. Sie riss den schwarzen Stoff in Streifen und wickelte ihn mehrmals um Rimes Oberkörper. Das musste genügen.

»Das sieht sehr gut aus, Rime. Man könnte dich fast schon wieder für einen Schwarzrock halten.« Sie lächelte ihn an. »Setz dich vorsichtig auf, damit ich die Enden verknoten kann.«

Er setzte sich auf und verzerrte das Gesicht vor Schmerzen.

»Das fühlt sich schlimmer an, als es ist. Lass dir einfach Zeit. Versuch, den Arm nicht zu bewegen. Und kau diese hier.« Sie hielt ihm eine halbe Handvoll Opia-Beeren hin. Die Blätter allein waren in diesem Fall nicht genug. Aber mit den Beeren würde er für eine Weile durchhalten. Er gehorchte. Seine Lippen waren kalt an ihrer Handfläche. Sie knotete die Enden des Verbands in seinem Rücken zusammen. Seine Halskette war im Weg und sie fegte sie beiseite. Der Anhänger baumelte am Band und drehte sich ein paarmal. Sie starrte darauf.

Es war eine Muschel. Sie nahm sie in die Hand. R und H. Acht Kerben unter jedem Buchstaben. Etwas in ihrer Brust presste sich nach oben und drohte, sie zu ersticken. Es füllte den ganzen Hals aus. Sie schluckte krampfhaft, immer wieder. Ihre Finger zitterten jetzt. Rime saß mit geschlossenen Augen da und wartete auf eine Anweisung, was er tun sollte. Der Verband war bereits nass. Ein dunkler Fleck im schwarzen Stoff. Sie kam auf die Beine, stand da und schwankte.

Ich bin zu schnell aufgestanden. Das ist alles.

Sie hob sein Hemd vom Boden auf und gemeinsam zogen sie es ihm an. »Komm. Abends wird es schnell kalt und wir beide müssen in Ravnhov sein, bevor die Sonne wieder aufgeht.«

Rime stand auf. Der Arm hing ihm schlaff am Körper herab. Er ging steif und langsam. Aber er ging. Sie war sich nicht sicher gewesen, ob er es schaffte.

Wir haben so wenig Zeit.

Langsam wie Schnecken bewegten sie sich durch die Landschaft. Sie achteten nicht mehr darauf, wo sie gingen. Sie folgten den Talsohlen, dort fiel das Gehen am leichtesten. Hirka wäre am liebsten gerannt. Sie wollte ihn in Sicherheit bringen. In ein warmes Bett. Ihm etwas zum Einschlafen geben, damit sie sich ungestört um seine Wunde kümmern konnte. Einen Moment lang dachte sie, dass Rinna oder jemand anderes auf Ravnhov vielleicht Rat wissen würde, aber sie sah ein, dass sie darauf nicht zu hoffen brauchte. Sie war jetzt diejenige, die am meisten wusste. Vater war tot. Sogar der Seher war tot. Es gab niemanden, den sie fragen konnte.

Aber bis sie angekommen waren, konnte sie nicht mehr tun, als zu reden. Über alles, was ihr gerade einfiel. Über Ravnhov. Über das Wetter dort. Über die schönen Häuser aus Stein und Holz, die aussahen, als seien sie selbst ein Teil der Berge. Darüber, wie sie sich in engen Gassen aneinanderlehnten. Über die spitzen Strohdächer. Über Eirik. Über das Stadttor aus Baumstämmen. Sie erzählte vom Steinkreis und wie Vater sie gefunden hatte. Und von Hlosnian, der gewusst hatte, dass sie nicht von hier war.

Sie hörte Raben in der Nähe. Mehrere. Kuro hatte Gesellschaft bekommen. Also sprach sie über die Raben und über Tein. Wie er sie im Bad angesehen hatte. Und sie redete über Tee. Und Pflanzen. Die guten Kräuter, die sie auf seine Wunde gelegt hatte. Er würde Augen machen, wie schnell der Schnitt verheilte.

Sie merkte, dass er nicht mehr dicht hinter ihr ging, und drehte sich um. Er hatte sich hingesetzt und lächelte wie ein alter Mann, der den besten Sitzplatz der Welt gefunden hatte.

»Rime, wir können jetzt keine Pause machen. Bald können wir uns ausruhen.« Sie ging zu ihm. Er war noch weißer im Gesicht als vorhin. »Ich weiß, dass du erschöpft bist. Heb dir das für später auf!«

Rime legte sich hin und bettete den Kopf auf einen Stein. »Ich … komme gleich. Geh nur. Ich komme … nach.« Er atmete nicht mehr richtig. Hirka schrie ihn an.

»Hoch mit dir, Schwarzrock!«

Er rührte sich nicht. Sie spürte kalten Wind im Gesicht. Es war nass von Tränen.

Ich bin einfach erschöpft. Wir sind einfach erschöpft, alle beide.

»Ich helfe dir.« Sie griff ihm unter die Arme und hob seinen Oberkörper an. Rime reagierte nicht, auch nicht vor Schmerzen. Hirka wischte sich ihre Rotznase am Ärmel ihres Strickhemds ab und versuchte es noch einmal. »Komm schon!«

Rimes Oberkörper sank zurück auf die Erde. Sie merkte, wie ein Schluchzen in ihr aufstieg. Es war unmöglich, weiter so zu tun, als wäre alles nicht so schlimm. Rime verschwand. Sie würde ihn verlieren. »Die Gabe, Rime! Du musst die Gabe festhalten.« Sie schrie ihm ins Ohr. Hämmerte mit den Fäusten gegen seine Brust. »Benutz die Gabe, du Idiot!«

Das letzte Wort geriet zu einem hohlen Schrei. Wie Wolfsgeheul. Die kleine Schar Raben krächzte und umkreiste sie in größerem Abstand. Schmerz wälzte sich in ihrem Bauch. Übelkeit. Das hier war nicht wirklich. Das hier passierte nicht.

Sie spürte eine kribbelnde Wärme und verstand, dass er zu umarmen versuchte. Verzweifelt griff sie danach. Hielt die Gabe fest. Ließ sie durch ihren Körper strömen. Lebenskraft. Er brauchte Leben.

In Sehers Namen, Rime …

Aber es gab keinen Seher. Rimes Augen wurden gläsern und sie hörte sich selbst rufen, dass er das nicht dürfe. Sie beugte sich tief über ihn. Legte den Kopf auf seine Brust und klammerte sich an die Gabe. Sie musste ihm alles geben, was sie hatte. Aber sie war leer. Was konnte sie ihm schon geben? Eine überwältigende Müdigkeit senkte sich auf ihren Körper und drückte ihr Gesicht auf seine Brust. Ihr wurde schwindlig. Die Gabe saugte sie aus.

So müde.

Rime …

Da kam jemand. Gestalten im Nebel bewegten sich über die Steine. Schwarzröcke. Noch mehr Schwarzröcke. Es war vorbei. Seine Hand glitt von ihrem Arm herunter und blieb im Heidekraut liegen. Kleine weiße Flocken fielen auf sein Gesicht. Schnee? Es schneite.

Viel zu früh.

Sie glitt hinein in die Gabe. Flüchtete sich hinein. Wurde eins mit dem Schnee. Eine Schneeflocke. Sie wurde kalt und weiß. Tanzte in der Luft. Sie fiel auf Rimes Gesicht, schmolz und verschwand.

DER FÜRST UND DER BLINDE

Wo bin ich?

Dunkle Balken. Ein Sprossenfenster. Schmerzen? Nein. Nur die Erinnerung daran. Rime wusste augenblicklich, dass er sich wünschen würde, nie aufgewacht zu sein, aber er bekam nicht richtig zu fassen, warum. Es war nur so ein Gefühl.

Er war schon mal hier gewesen. Oder hatte er nur die Augen schon mal geöffnet? In Blindból gab es keine Glasfenster. Er war also nicht zurück im Lager. Nicht bei den Schwarzröcken. Er schwebte über dem Boden. Nein. Ein Bett. Er lag in einem Bett. Eindeutig nicht bei den Schwarzröcken.

Etwas bewegte sich vor dem Bett. Ein Hund? Rotes Haar. Hirka. Das war Hirka, die auf einem Teppich auf dem Fußboden schlief. Er spürte, wie Wärme seine Brust erfüllte. Was hätte er nicht darum gegeben, die Wahrheit über die Fäulnis zu erfahren. Es rauschte in den Bäumen vor dem Fenster. Ein Rabe schrie. Ein anderer antwortete. Ansonsten war alles still.

Es gibt keinen Seher.

Die Wirklichkeit fügte sich Stück für Stück zusammen, als würde er sie in einem Buch lesen. Er blätterte die Seiten um, eine nach der anderen, und erinnerte sich. Er hätte tot sein müssen. Rime hob den Arm und schaute hinunter zu der Stelle, wo er eine Öffnung in seinem Körper zu sehen erwartete. Eine tiefe Wunde bis zum Herzen. Da war ein Verband, stramm um die Brust gewickelt. Er richtete sich auf, ignorierte das Schwindelgefühl und setzte die Füße auf den Boden. Der war kühl, lindernd. Er fühlte sich, als sei ihm lange warm gewesen. Seit dem Schnee.

Es hatte geschneit. Hatte es geschneit? Ein Traum?

Er stand auf und musste sich einen Moment am Bettgestell festhalten. Wem gehörte dieses Bett? Es war groß. Ein einfaches Holzbett. An der Wand darüber hing ein gewebtes Banner von der Decke. Blau, mit einer goldenen Krone. Das Banner der alten Könige des Nordens.

Er war auf Ravnhov. Rime lächelte flüchtig. Wenn Eisvaldr das sehen könnte. Die Krone war ein geächtetes Symbol. Ein Sinnbild für die schlimme Zeit vor dem Seher, wurde gesagt. Es brachte Unglück.

Das Unglück haben sie selbst über sich gebracht.

Trauer saß in seiner Brust und heulte wie ein Wolf. Ein Ruf zum Mond, den niemand hören oder erwidern konnte. Eine Leere, wie er sie nie zuvor empfunden hatte. Er hatte nichts. Er war nichts.

Ilume war vor seinen Augen gefallen. Sie hatte alles, was er gefürchtet hatte, wahr gemacht. Was konnte sie noch tun, um ihm zu schaden? Sterben. Das war das Einzige. Und das hatte sie getan. Wofür war sie gestorben? Für eine Lüge. Für einen falschen Gott und eine Vorstellung von Macht. Er hatte sie mit seinen Entscheidungen an den Rand des Abgrunds gebracht. Aber er war es nicht, der sie getötet hatte.

Urd …

Rime ballte die Fäuste. Es schmerzte ihn in der Seite. Also lebte er. Er hatte gekämpft und überlebt. Das galt nicht für alle.

Launhug. In Sehers Na…

Eine kleine Gedankenlawine raste ihm durch den Kopf. Ein falscher Seher. Was würde aus all den Redewendungen werden? In Sehers Namen. Geh mit den Raben. Und was aus den heiligen Tagen? Den Seherhallen? Den Schriftgelehrten? Den Büchern? Den Gesetzen? Für einen kurzen Moment wurde er eins mit Ilume. Das war es, worüber sie gesprochen hatte. Plötzlich verstand er, warum die tausendjährige Lüge wichtig für sie gewesen war. Was sollte man sonst tun? Die Steinsäulen niederreißen und neue aus Sand errichten? Aus nichts?

Lieber das als die Lüge!

Rime ging auf Zehenspitzen um das schlafende Mädchen herum und hielt Ausschau nach seinen Schwertern. Sie waren weg. Natürlich. Aber seine Kleider lagen zusammengefaltet auf einem hölzernen, mit Schaffell bezogenen Hocker. Sowohl die schwarze Kluft als auch die helle Gardeuniform. Man hatte seinen Rucksack ausgeleert. Wurfmesser und Giftpfeile waren verschwunden.

Er zog sich an als der, der er war. Ein Schwarzrock. Rime An-Elderin – Leibgardist und Erbe des Stuhls – gab es nicht mehr.

Er spähte aus dem Fenster. Ein Kerzenhalter stand auf der Fensterbank. Der Stumpen aus Talg sah aus wie ein Beinknochen. Draußen kletterten Kiefern die Berge hinauf. Häuser lehnten sich auf steilen Hängen aneinander. Eine wilde Landschaft, die man versucht hatte zu zähmen. Er meinte sich vage zu erinnern, dass jemand ihm von diesem Ort erzählt hatte.

Hirka.

Gedämpfte Stimmen und Schatten auf der Erde verrieten, dass das Haus bewacht war. Alles andere wäre auch eine Überraschung gewesen. Rime ließ die Kapuze liegen und ging zur Tür. Er spürte jeden Schritt in der verletzten Körperseite. Er brauchte einen Spiegel, er musste sehen, was noch von ihm übrig war. Aber es gab etwas anderes, das eiliger war.

Er öffnete vorsichtig die Tür, lautlos, um Hirka nicht zu wecken. Sie lag da wie ein verdrehter Scheuerlappen, auf der Seite mit angezogenen Knien, aber mit dem Kopf in entgegengesetzter Richtung. Einen Arm hatte sie über die Augen gelegt, der andere umklammerte ihren Beutel. Rime schloss die Tür hinter sich. Er stand oben auf einer Treppe, die auf einen Hofplatz hinunterführte. Die Gebäude umringten eine riesige Tanne.

Er war nicht allein. Sieben Mann bewachten das Haus. Einer von ihnen saß auf der untersten Treppenstufe und lehnte sich an die

Hauswand. Seine Augen waren geschlossen. Der Helm war verrutscht, sodass es aussah, als sei seine Nase gebrochen. Ein Spatz hüpfte um seine Füße herum und pickte die Essensreste des Mannes auf. Das Schwert ruhte auf seinen Knien.

Ein zweiter Mann stand an die Wand gelehnt und kratzte geistesabwesend mit einem Taschenmesser im Lehm zwischen den Steinen der Grundmauer. Zwei weitere Männer saßen auf der Erde und spielten Steinewerfen. Andere unterhielten sich leise darüber, dass sie schief angesehen wurden, nur weil sie hier jeden Tag stehen mussten. Das überraschte Rime nicht. Er war in Feindesland. Aber sieben Mann, nur um einen Halbtoten zu bewachen? Offensichtlich ließ man sich auch in Ravnhov vom Aberglauben mitreißen. Und offensichtlich war es kein Geheimnis, wer er war. Er war alles, was sie verachteten.

Er räusperte sich.

Die Bande stolperte in einer Geschwindigkeit auf Position, die einen von ihnen fast zu Fall gebracht hätte. Aber er fing sich und blieb auf den Beinen. Sie zogen die Schwerter. Als sie erst mal standen, sah es gar nicht so übel aus. Sie hätten sich alle gut verteidigen können. Nicht gut genug, aber gut.

»Bringt mich zu Eirik Viljarsón, Eirik dem Riesen. Den ihr Fürst nennt.« Rime sprach laut, um sicherzugehen, dass ihm die Stimme nach einer unbekannten Anzahl von Tagen im Bett nicht versagte. Einer der Wächter nickte und wandte sich zum Gehen. Ein anderer packte den armen Kerl am Kragen und hielt ihn zurück wie einen Hund, ohne Rime aus den Augen zu lassen.

»Was willst du von ihm?«

Aha. Ein Machtspiel.

Hatten sie nicht verstanden, woher er kam? Rime wusste alles, was es über Machtspiele zu wissen gab. Genug, um sie längst hinter sich gelassen zu haben, und er war erst halb so alt wie der dunkelhaarige Krieger vor ihm. Rime antwortete nicht. Er ging die Treppe hinunter und blieb vor dem Wortführer stehen. Der Blick seines Widersachers huschte zwischen ihm und den anderen Männern hin und her, als suchte er Unterstützung, aber die blieb aus.

Um Sehers willen, Mann, ich bin unbewaffnet …

Aber Rime sagte nichts. Er wartete darauf, dass die Kerle zu einem Entschluss kamen.

»Es ist nicht gesagt, dass er da ist!«

An einem normalen Tag hätte Rime darüber gelacht. Ein Dritter erbarmte sich seines Kameraden und löste die peinliche Situation auf. »Wir müssen nachsehen. Kommt.«

Sie gingen. Rime in der Mitte, umringt von nervösen Männern. Irgendwer hatte mit Kohle etwas an die Mauer gemalt, einen Kreis mit Pfeilen, die zur Mitte zeigten. Ein altes Schutzzeichen gegen Blinde und Untote.

Gegen mich.

Der Fürstensitz Ravnhov schien gerade erst aufgewacht zu sein. Es war also Morgen. Rime war sich nicht sicher gewesen. Überall, wo sie vorbeikamen, wurde das geschäftige Treiben unterbrochen. Blau gekleidete Mädchen und Jungen mit Körben oder Leinenzeug unterm Arm verlangsamten ihre Schritte. Andere, die gerade dabei waren, Hühner zu füttern und Eier einzusammeln, hielten mit ausgestreckter Hand inne, während sie Rime und den Kriegern nachblickten. Der Schleifstein hörte auf, sich zu drehen. Die Pferde blieben stehen. Er war der Tod auf zwei Beinen. Er war Mannfalla. Ein Feind mitten unter ihnen.

»Warte hier.« Der Mutigste der Männer ging in die Festhalle, ein zentrales Holzgebäude, das Rime schon aus Hirkas Beschreibungen kannte. Trotz der Gewissheit, dass nichts mehr von irgendeiner Bedeutung war, ertappte er sich dabei, dass er auf Eirik gespannt war. Laut Hirka war er ein gutmütiger Bär mit einer Abneigung gegen Kräuter, laut Eisvaldr ein blutrünstiger Heide.

Eirik kam auf den Hofplatz heraus und schien ein bisschen was von beidem zu sein. Er musterte Rime von Kopf bis Fuß, ohne einen Hehl daraus zu machen. Eirik rieb sich die eine Schulter, die ein wenig tiefer als die andere hing, als lasteten die Probleme der Welt darauf und verlangten nach Aufmerksamkeit. Aber er wirkte weder bedrückt noch beunruhigt.

Er bat die Männer, sich zurückzuziehen und ihn mit »dem Schatten« allein zu lassen. Rime lächelte schief. Eirik wusste nicht, wie recht er hatte. Er meinte mit Schatten den Schwarzrock, den schwarzen Schatten. Aber das Wort, das er gewählt hatte, war das einzige, das Rime im Moment treffend beschrieb.

Einer der Männer begehrte auf. Eirik hob eine buschige Augenbraue und es wurde still. Er kehrte ihnen den Rücken zu und ging. »Komm. Du musst dir etwas ansehen«, sagte er mit einer Stimme, die keinen Widerspruch duldete. Rime folgte ihm. Die Wachen warfen ihnen lange Blicke hinterher.

Sie gingen einen Pfad entlang, der hinter den Häusern verlief und hinauf ins Gebirge führte. Rime erkannte die spitzen Torfdächer aus Hirkas Geschichten wieder. Die Stadt direkt unter ihnen. Die Brücke über der Schlucht, in der die Raben wohnten. Es war schön hier. Beständig und zeitlos, wie die Lager in Blindból. Er wollte es sagen, ließ es aber.

»Meine Männer denken, dass ich den Verstand verloren habe, weil ich dich am Leben lasse. Weil ich Mannfallas Mörder unter meinem Dach beherberge. Einen von denen, die mich beinahe ins Draumheim geschickt hätten, auf die feigeste Art, die man sich vorstellen kann. Will mir ein Messer in den Rücken werfen! Versteckt wie ein Tier. Wie ein Blinder. Wäre es nach meinen Männern gegangen, wärst du jetzt Rabenfutter. Habe ich den Verstand verloren, Rime An-Elderin?«

Rime begriff sofort, warum der Rat diesen Mann tot sehen wollte. Eirik war ein Mann mit Überzeugungen. Ein Mann, der Entscheidungen traf und bereit war, die Konsequenzen zu tragen. Er ging vor ihm auf dem Pfad, hatte ihm den Rücken zugewandt. Denselben Rücken, auf den Rimes Kamerad das Messer geworfen hatte, und dennoch blickte er nicht zurück. Nun hatte Rime zwar keine Waffe, doch

Eirik trug ein Messer am Gürtel und es wäre ein Leichtes gewesen, es ihm abzunehmen. Aber Eirik hatte ihm gerade gesagt, dass er beschlossen hatte, ihn nicht zu töten. Rime verspürte das Bedürfnis, ihm klarzumachen, dass dieser Gefallen bereits vergolten war.

»Ich sage, du hast den Verstand verloren, wenn du glaubst, deine Männer könnten mich daran hindern, dich zu töten.«

Eirik blieb stehen und drehte sich zu ihm um. »Sie sind nicht dazu da, dich zu hindern, Schwarzrock. Sie sind dazu da, dein Leben zu schützen.«

Rime suchte das bärtige Gesicht nach Anzeichen einer Lüge ab oder nach verborgenen Motiven. Er fand keine. Eirik sagte, was er dachte und meinte. Ohne etwas anderes zu erwarten als eine ehrliche Antwort.

»Ich wünsche niemandem den Tod, Fürst. Niemandem nördlich von Mannfalla. Ich verstehe, dass Ravnhov mich gern in Stücke zerrissen sehen würde, aber ich verstehe auch, dass es einen Grund dafür gibt, warum ich immer noch lebe.«

Sie gingen weiter den Pfad bergauf. Es wurde kühler.

»Ich dachte, das Mädchen wäre unsere Hoffnung«, sagte Eirik. »Blaues Blut aus Ulvheim. Altes Blut. Ohne Achtung vor dem Rat. Stark genug in der Gabe, um die Erde für Mannfallas Heer zu öffnen. Mir wurde erzählt, dass sie einen Stein in kleine Stücke zerplatzen ließ, als jemand versuchte, ihr damit den Schädel einzuschlagen. Dass sie Dinge überlebt hat, die starken Männern die Gabe aus dem Leib gehauen hätten. Der Rabe ist zu ihr gekommen, sagt man. Wild und ungezähmt.«

Rime fuhr sich mit der Hand übers Gesicht und lächelte resigniert. Da war aus einer Feder ein ganzer Hühnerstall geworden. Missverständnisse, die zwei Reiche gegeneinander aufbringen konnten. Aber er unterbrach ihn nicht, um die Dinge richtigzustellen. Eirik hatte längst begriffen, dass Hirka nicht das war, was er sich erhofft hatte.

»Wir wissen, was sie ist. Ein Odinskind. Eine Erdblinde. Aber unbegabt ist sie ganz sicher nicht. Hirka hat versprochen zu helfen und das hat sie getan. Sie hat uns mehr gebracht, als wir uns hätten träumen lassen. Einen Erben des Stuhls! Ilumes Enkelsohn! Ravnhov ist stark, Rime An-Elderin, und wie dieser Krieg ausgeht, ist nicht entschieden. Aber *du* bist unsere Absicherung. Deshalb lebst du noch.«

Rime lächelte. Das waren ehrliche Worte, keine strategischen. Eirik sagte es, wie es war. Rime beschloss, dasselbe zu tun.

»Ich bin keine Absicherung. Ich bin eine Garantie für einen Angriff. Urd Vanfarinn dürstet es nach Ravnhov und er braucht keinen anderen Grund, als dass Hirka und ich hier sind. Wir sind Gesetzlose.«

»Hältst du uns für blind und taub? Wir wissen, was ihr getan habt. Wir wissen auch, was Urd getan hat. Es tut mir leid, dass du Ilume verloren hast, aber du wirst uns niemals dazu bringen, um sie zu trauern. Ravnhov wird jeden einzelnen toten Stuhl feiern. Ich weiß, dass du deine Leute verraten hast, aber das ändert nichts daran, wer du bist.«

Rime begriff, dass Hirka nichts verheimlicht hatte, während er gegen Draumheim kämpfte. Sie hatte alles erzählt, was es zu erzählen gab. Schon seit der Nacht in Eisvaldr waren die Raben wahrscheinlich täglich zwischen Ramoja und Ravnhov hin- und hergeflogen. Ob Hirka ihnen vom Seher erzählt hatte? Wusste Ramoja davon? Und die Rabner? Wie erzählte man so etwas in einer Briefrolle? Dass der Turm leer war. Dass es keine Rettung gab. Dass sie allein waren.

Alle sind allein.

Sie näherten sich einer Stelle, die im Schatten zwischen zwei schneebedeckten Gipfeln lag. Es war, als ginge man in den Winter hinein. Eine Wand aus Eis ragte ein Stück vor ihnen auf.

»Alles in Ordnung?« Eirik fragte, ohne sich umzudrehen oder stehen zu bleiben. Rime fielen unendlich viele Dinge ein, die nicht in Ordnung waren, deshalb war schwer zu sagen, was Eirik meinte.

»Womit?«

»Vor ein paar Tagen hat dich jemand aufgeschlitzt.«

»Es geht mir besser, als zu erwarten wäre. Danke.«

Eirik schmunzelte. »Ich dachte, die Kleine ist nicht ganz richtig im Kopf, als sie das erste Mal hierherkam. Den ganzen Sack voll Katzenwedel und Rachdorn und wer weiß was alles. Ich würde mich mit dem Zeug nicht einschmieren, selbst wenn ich zwei Schritte vom Draumheim entfernt wäre. Aber in dir ist Leben, was? Und in mir. Das spricht für sie, nehme ich an. Du warst tagelang weggetreten, also eigentlich dürftest du jetzt gar nicht auf den Beinen sein. Die Leute sagen, die Gabe hat dich zusammengehalten. Die besonders Abergläubischen unter den Männern behaupten, dass Schwarzröcke nicht sterben können, weil sie vom Seher gesegnet sind. Aber die müssen sich jetzt wohl was anderes einfallen lassen.«

Sie wissen es. Ravnhov weiß Bescheid.

Eiriks Stimme veränderte sich nicht. Er sprach über den nicht existierenden Seher, als redete er übers Wetter.

»Wollt ihr nicht antworten?«, fragte Rime.

»Worauf?«

»Auf alles! Eisvaldr hat euch tausend Jahre lang Unrecht getan! Ihr wurdet erpresst und unterdrückt. Belogen! Nach dem Krieg wurden die Länder im Norden ihrer Kronen und Königtümer beraubt. Und mit Schuldzahlungen an Mannfalla belastet. Ihr musstet euch unseren großen Namen unterwerfen. Meinen Vorfahren! Und jetzt ziehen sie ihre Truppen unter dem Vorwand zusammen, ihr würdet Verräter beherbergen. Verräter eines Sehers, den es nicht gibt! Warum antwortest du nicht darauf, Eirik! Du hättest mich umbringen können!«

Eirik blieb wieder stehen und drehte sich um. »Es sind viele Fehler gemacht worden. Blut wurde vergossen. Leute haben unnötig gelitten und viel verloren wegen dieser Fehler.«

Rime nickte. Er merkte, wie seine Kiefermuskeln sich spannten. Deswegen war er gekommen. Er würde den Preis bezahlen. Eirik trat dicht an ihn heran, bis er sein ganzes Blickfeld ausfüllte.

»Die meisten davon wurden begangen, bevor du auf die Welt gekommen bist, Junge.«

Rime blinzelte, als sei er gerade aufgewacht, und blickte zu dem

Fürsten hoch. Ihm war schwindlig. Er musste antworten, aber was sollte er sagen? Er war in Eisvaldr aufgewachsen. Er war ein Teil des Problems. Aufbegehrt hatte er nie, er hatte sich einfach zurückgezogen. Hatte Zuflucht bei den Schwarzröcken gesucht und alles nur noch schlimmer gemacht, indem er zur Waffe für das System wurde, das er verachtete. Er hatte Fehler gemacht. Viele Fehler.

Aber Eirik sprach weiter, als sei das alles ohne Bedeutung. »Eine kluge Frau, die ich kenne, hat einmal gesagt, dass es gefährlich ist, anderer Leute Fehler zu sammeln. Da kommt schnell eine Menge zusammen. Schlimmer ist es, wenn du sie umarmst wie deine eigenen.«

»Du machst selbst einen Fehler, wenn du glaubst, mein einziges Unrecht sei, dass ich in Eisvaldr geboren bin.«

»Komm«, erwiderte Eirik.

Er ging voraus zur Eiswand zwischen den Gipfeln. Sie ragte viele Manneslängen hoch auf und schimmerte blauweiß über ihnen. Eirik ging in einen Spalt hinein, der gerade eben so breit war wie er. Rime folgte ihm. Es war, als ginge man auf dem Meeresgrund. Aus dem Gletscher war gedämpftes Knacken zu hören. Hier waren sie den Launen des Eises ausgesetzt. Sollte es beschließen, sich zu bewegen, würden sie erdrückt werden. Die Eisoberfläche warf ein welliges Spiegelbild von ihm zurück. Er sah aus wie ein Gespenst.

Der Spalt weitete sich zu einem Hohlraum. Eine Gestalt lag auf einer Erhöhung aus Eis und Schnee am Ende der Höhle. Schlafend. Tot?

Rime trat näher heran. Etwas stimmte nicht, er spürte es tief in seinem Bauch. Eine wachsende Unruhe. Er wusste, was da vor ihm lag. Er hatte sie nie gesehen, nie von jemandem gehört, der sie gesehen hatte. Aber er konnte das, was er sah, genauso sicher einordnen, als wäre es ein Hund.

Das hier war einer der Blinden.

Rimes Hand zuckte unwillkürlich zur Hüfte, aber da war kein Schwert, das er ziehen konnte. Der Blinde rührte sich nicht. Er – denn es bestand kein Zweifel, dass es ein Er war – lag auf dem Rücken, die

Arme lang ausgestreckt neben dem Körper. Die Haut war weiß wie Knochen. Eine lila Wunde klaffte auf dem Bauch. Die Farben sahen kränklich aus, verfälscht vom Licht im Eis. Oder nicht?

Wie in Trance ging Rime auf die Gestalt zu. Der Körperbau war nicht anders als sein eigener. Arme. Brust. Die gleichen Muskeln an den gleichen Stellen und sie schienen für die gleichen Aufgaben gemacht zu sein. Er wusste nicht, warum er etwas anderes erwartet hatte. Aber es waren die kleinen Unterschiede, die sein Blut gefrieren ließen.

Die Finger endeten in Krallen, aber es waren keine Krallen, wie er sie bei Tieren gesehen hatte. Sie wuchsen nicht von innen heraus, sondern waren Teil der Finger, als hätte jemand sie mit einem Messer angespitzt. Verhornte Haut, die am Ende in einen schmalen, krummen Dorn auslief.

Der Kopf war eine Spur schmaler als normal. Schwarzes, wildes Haar bedeckte das Eis unter ihm. Das seitwärts gewandte Gesicht war zu einem Grinsen verzerrt, das vielleicht ein Schrei gewesen war. Die Augen waren geschlossen. Der Mund stand halb offen, eine blaue Zunge rollte sich hinter zwei spitzen Eckzähnen. Die Waffen eines Raubtiers.

Rime hatte das Gefühl, am Rand eines Abgrunds zu stehen. Er blickte auf etwas, das er nie hätte sehen sollen. Etwas, das nicht von dieser Welt war. Er trat dicht an den Körper heran und schob mit dem Daumen ein Augenlid zurück.

Weiß.

Nur weiß. Keine Iris, keine Pupille. Nicht einmal ein senkrechter Spalt wie bei Katzen. Damit hatte er nicht gerechnet, ohne sagen zu können, wieso. Die Blinden waren also blind. Wenigstens *etwas* von dem, was man erzählt bekommen hatte, entsprach also der Wahrheit. Aber Erleichterung verspürte er nicht darüber. Er zog seine Hand zurück. Die Kälte verblieb in seinem Daumen, eine andere Art von Kälte als die, die seinen Atem zu Eis gefrieren ließ. Er drehte sich zu Eirik um.

Eirik stand mit verschränkten Armen da und wartete. Wartete darauf, dass Rime den Anblick verdaute.

»Ich … ich wusste nicht … Ich habe nicht geglaubt …«

Rime merkte, dass seine Worte der Wahrheit entsprachen. In seinem tiefsten Inneren hatte er es nicht geglaubt. Die Blinden waren zurück. Er hatte davon gehört, der Rat hatte offen darüber diskutiert, aber das war nichts, was man glaubte, bevor man es nicht selbst gesehen hatte. Was hatte er eigentlich gedacht? Oder gehofft? Dass etwas anderes damit gemeint wäre? Wilde Tiere? Oder dass der Rat recht hatte mit der Behauptung, Ravnhov habe sich das ausgedacht? Der Rat, der so vollkommen handlungsunfähig gewesen war … Was also sollte er selbst jetzt mit diesem Wissen anfangen? Rime starrte auf den Blinden hinunter.

Angst erwachte. Vergiftete ihn. Er atmete langsamer, um die Kontrolle zu behalten. Die Angst war nicht gefährlich. Er erkannte sie wieder, er hatte sie schon als Kind gespürt. Ein Kind, das einer Übermacht begegnete. Dem Druck des Schnees. Dem Gefühl, zu ersticken.

Nichts kann einem etwas anhaben, der bereits tot ist.

Nichts, was er *kannte.* Aber das hier kannte er nicht. Wer waren sie? Wie bekämpfte man sie?

Eiriks Stimme erinnerte ihn daran, dass er nicht allein hier stand.

»Du hast geglaubt, es sei ein bewusst gestreutes Gerücht. Du hast geglaubt, es sei eine Lüge des Nordens. Ein Vorwand, um aufzurüsten. Um Mannfalla vorzuwerfen, es könne niemanden schützen.«

Rime spürte, wie ihm heiß wurde, obwohl er von Eis umgeben war.

»Die Zwölf haben das geglaubt. Mannfalla hat das geglaubt. Ich selbst habe nie gesehen, was es euch genützt hätte. Die Blinden hätten die ganze Welt dazu gebracht, sich um das Ritual zu scharen, dasselbe Ritual, von dem ihr euch frei machen wollt. Es wäre bestenfalls taktisch unklug gewesen.«

Eirik musterte ihn mit gesenktem Kopf. Der Bart hob sich an einer Seite, als würde er lächeln. Aber er kommentierte Rimes Vermutung nicht. Er deutete mit einem Kopfnicken auf den Blinden.

»Sie waren zu zweit. Vielleicht zu mehreren. Das kann man nicht mit Sicherheit sagen, oder? Wir waren auf der Jagd nach ihnen, als wir euch gefunden haben. Die hatten euch auch gefunden. Wahrscheinlich haben sie die Gabe gerochen, als du deine Kameraden getötet hast.«

Rime spürte einen Stich in der Brust. Seine Kameraden. Die für eine Lüge gekämpft und ihr Leben geopfert hatten. Vielleicht hätte er sie retten können. Wenn er nur andere Worte gefunden hätte, vor dem ersten Hieb … Er schluckte.

»Ich hätte sie gesehen. Da war niemand. Niemand außer uns.«

»Keiner sieht sie, Junge. Der Name passt zu ihnen. Sie machen andere Leute ebenso blind. Aber sie haben Abstand gehalten und das lag an den Raben.«

Rime erinnerte sich plötzlich an den Himmel, den er im Schmerznebel gesehen hatte. Raben. Viele davon. Schwarze Flecken, die inmitten von weißem Schnee schrien. Hirka, die an ihm zerrte.

»Haben sie deswegen Ravnhov nicht angegriffen?«

Eirik nickte. »Sie haben in der Gegend genug zerstört. Glaub mir, du wirst keinen Mann finden, der die Gabe nicht ausgeschöpft hat. Er ähnelt ihnen. Zum Verwechseln. Bleich, blutleer, mit verdrehten Augen. Sie saugen dir die Lebenskraft aus. Die alten Weiber sagen, sie fressen deine Seele. Und sie tun es bei jedem, ganz gleich, ob du Mann, Frau, Kind oder Bär bist. Sie trachten nach Leben, egal in welcher Form. Will man sie töten, muss man darauf gefasst sein, Männer zu opfern. Sie sterben wie andere Leute auch, aber …«

Rime beendete den Satz für ihn. »Aber es kostet?«

Eirik fuhr sich mit seiner großen Hand übers Gesicht. »Du glaubst, du hast sie, und dann lösen sie sich auf. Verschmelzen mit dem Gebirge.«

Rime durchlief ein Frösteln. Wo sollte man anfangen? Ihm fiel nur eins ein, was sie aufhalten konnte, und das war, Hirka hinzuschicken … Wohin? Nach Hause? Wo war das Zuhause eines Odinskindes? Hier nicht. Sie war nicht von hier.

»Die Tore … Sie kommen von den Steinkreisen.«

»Ja, das wissen wir. Wir haben dieselben Sagen und Märchen wie ihr. Deshalb wollten wir den Steinkreis auf dem Bromfjell zerstören, das ist gleich hier oben, aber dann kam dieser geisteskranke Bildhauer.«

Hatte Eirik den Verstand verloren?

»Wer?«

»Ein paar Tage, bevor wir euch fanden, kam ein verrückter Steinmetz aus Elveroa hierher.«

»Hlosnian!«

Eirik hob eine buschige Augenbraue. »Ihr kennt euch?«

Rime schüttelte den Kopf, aber nicht als Verneinung auf Eiriks Frage. Er konnte es nur nicht glauben. Hirka hatte recht gehabt. Wenn jemand wusste, wie die alten Steinkreise funktionierten, dann Hlosnian.

»Er hat das Seherbildnis in Elveroa gemeißelt. Was hat er gesagt?«

»Ich fürchte, er ist nicht mehr, wie du ihn in Erinnerung hast. Es sei denn, er hat schon immer Unsinn geredet. Er sagte, der Baum sei weg. Der alte Kerl hat getobt wie ein Dreijähriger, als wir den Kreis von Brom einreißen wollten. Dann würden wir sie überhaupt nicht mehr aufhalten können, sagte er. Eine zertrümmerte Tür kann man nicht abschließen. Das waren seine Worte. Wir hatten eine Abstimmung und die meisten wollten, dass wir auf ihn hören.«

»Abstimmung? Was meinst du?«

»Ganz Ravnhov. Mit Handzeichen. Immerhin ging es ja darum, vielleicht heute Leben opfern zu müssen, damit morgen alle gerettet sind.«

Rime traute seinen Ohren nicht. Was hatten sie getan? Jede einzelne Seele in der Stadt zusammengetrommelt und einfach *gefragt*? Eirik bemerkte seine Verwunderung nicht. Er erzählte weiter. »Der Bildhauer meint, es gibt nur einen Weg, um sie aufzuhalten. Das Mädchen muss wieder nach Hause zurückkehren. Dahin, wo sie herkommt.«

»Nein!« Rime wollte nichts davon hören. Das war die falsche Lösung. Die feige Lösung. Die Lösung, die eine Unschuldige traf. »Es gibt einen anderen Weg, Eirik. Urd Vanfarinns Tod. Das ist sein Blindwerk. Er war es, der sie hierhergebracht hat. Ohne ihn finden sie den Weg nicht.«

»Bist du dir sicher?«

Rime schloss die Augen. »Nein. Nein, ich bin mir nicht sicher. Aber wir müssen so handeln, als wäre ich es. Wir können nicht von Hirka verlangen, dass sie Ymsland verlässt. Selbst wenn Hlosnian wüsste, wie das gehen soll, wäre das keine Alternative. Niemand weiß, woher sie kommt oder was ihr bevorsteht! Das ist hirnverbrannt! Im wahrsten Sinne des Wortes! Genauso gut könntet ihr sie bei lebendigem Leib verbrennen!«

Eirik rieb sich die Schulter. »Das ist nicht unsere Entscheidung. Es ist ihre.«

Rime sah wieder den Blinden an. Eine Missgeburt. Nicht, weil er so anders aussah, sondern weil er ihm so erschreckend ähnlich war. Niemand wusste, woher sie kamen oder wie viele sie waren.

»Wie töten sie?«

»Wir wissen es nicht.«

»Wie oft?«

»Auch das wissen wir nicht. Wir vermuten, dass sie in Gruppen kommen und nach ein paar Stunden wieder verschwinden. An zwei Stellen haben wir nichts als Asche gefunden, aber das lag daran, dass die Leute sowohl ihr Haus als auch die Leichen verbrannt haben, nachdem sie die Toten gefunden hatten. Niemand, der die Toten gesehen hat, kann ihnen einen Vorwurf daraus machen. Dieselben Geschichten haben wir von anderen Orten gehört. Deshalb glauben wir, dass diese beiden von der … Horde zurückgelassen wurden.«

»Ausgestoßene?«

»Entweder das oder sie waren zu übereifrig. Haben sich zu weit vorgewagt und dann die Kutsche nach Hause nicht mehr erreicht.«

Eirik lachte, aber es war ein nervöses Lachen. Ein unbehagliches Geräusch von einem so großen, kräftigen Mann.

»Komm, Rime. Du hast noch kein Frühstück bekommen und du hast tagelang nur von ein paar Tropfen Blindengebräu unserer guten Hirka gelebt.«

Rime hörte die Wärme in seiner Stimme, auch wenn er den Kräutersud beleidigte, der einen Mann, der so unklug gewesen war, nicht für Rückendeckung zu sorgen, am Leben erhalten hatte. Und erst jetzt spürte er das nagende Hungergefühl im Magen. Kein Echo von Schlaf und Krankheit.

Sie verließen den Gletscherspalt und machten sich auf den Weg hinunter zum Fürstensitz. Rime erschien es widersinnig, den Blinden zurückzulassen. Verrückt und nicht ungefährlich. »Kannst du ihn einfach hier liegen lassen?«, fragte er.

»Was sollten wir sonst tun? Das Ungeziefer verbrennen?«

Bei dem Wort lief es Rime kalt über den Rücken. Ungeziefer … Als ob er von einer gewöhnlichen Plage redete. Ratten. Oder Insekten. Er blieb stehen.

»Sie können Krankheiten verbreiten. Oder, noch schlimmer, jemand aus dem Dorf kommt zufällig hier hoch und entdeckt ihn. Dann bricht Panik aus!«

»Du bist wahrhaftig in Mannfalla aufgewachsen, Schwarzrock. Glaubst du wirklich, wir würden ihn vor unseren Leuten verstecken?«

»Ich dachte …«

Eirik drehte sich zu Rime um.

»Es gibt kaum einen Ymling auf Ravnhov, der nicht schon hier oben war. Sie haben ihn alle gesehen.«

ZWEI ANFÜHRER IN RAVNHOV

Hirka öffnete die Tür einen Spaltbreit und schlüpfte in die Festhalle. Sie sah sich um. Die Halle wirkte kleiner als beim letzten Mal. Es lag wohl an Mannfalla und allem, was sie dort gesehen hatte, aber beeindruckend war es dennoch. Die beiden Reihen von Holzpfeilern, die das Dach trugen. Jeder von ihnen dick genug, um sich dahinter zu verstecken. Die Feuerstellen an den Stirnwänden, in denen sie aufrecht stehen konnte. Das offene Stockwerk darüber, das aussah wie ein Innenbalkon, der sich ganz rundherum zog.

Aber es gab etwas Neues in diesem Raum. Steinskulpturen füllten jeden Winkel unter der Treppe aus und hatten schon begonnen, sich in den Raum hinein auszubreiten. Jemand hatte sich der kleinsten unter ihnen erbarmt und sie auf den Langtischen verteilt. Fehlplatzierte Figuren in Weiß. Hirka lächelte bei dem Gedanken an Unngonna, die trotz aller Schlüssel, die sie an ihrem Gürtel trug, nicht genug Platz für Hlosnians unaufhaltsame Produktion fand.

Wo war er?

Das plötzliche Geräusch eines Meißels verriet den Bildhauer hinter einem hellen Steinblock. Eine unfertige Skulptur. Sie war so hoch, dass er auf halber Höhe der Treppe stand und an ihrem oberen Ende arbeitete. Er drehte Hirka den Rücken zu. Sein Kittel hatte noch mehr an Rot verloren. Hirka vermutete, dass er nach Hlosnians Ankunft zwangsgewaschen worden war. Sie ging näher heran, um zu sehen, was er machte. Er hatte von unten bis oben Markierungen in den Stein geschlagen, wie eine riesige Messlatte. Sie lächelte.

»Hast du aufgehört, Bäume zu machen, Hlosnian?«

Hlosnian lachte in sich hinein, ohne den Kopf zu wenden. Sie stieg zu ihm hinauf. Er drehte sich um und legte ihr seine runzlige Hand auf die Schulter, sagte aber nichts. Tat nichts. Er ließ seine Hand eine Weile liegen, ehe er sich besann und sie bat, sich zu setzen. Hirka räumte eine Holzschale, einen Becher und eine leere Weinflasche von den Treppenstufen und setzte sich ein Stück oberhalb von ihm hin. Er zeigte auf einen der Steinbäume, die auf den Langtischen standen.

»Das ist der schönste Baum der Welt«, sagte er ohne Anzeichen von Stolz. Er stellte nur eine Tatsache fest.

»Du hast es also gewusst, als der Baum in Eisvaldr zerbrach?«

»Gewusst? Nein. Ich bin ein alter Mann, ich weiß nur, dass ich immer weniger weiß. Aber das war nicht schwer. Ich bin eines Nachts aufgewacht und plötzlich war dieser Baum der schönste der Welt.«

Hirka schüttelte den Kopf. Hlosnian wirkte klarer als zuvor. Seine Augen waren scharf und er sprach deutlich. Aber immer noch war es schwierig, so ganz zu verstehen, was er sagte.

»Also warum bist du hergekommen?«, fragte sie.

»Weil du nicht …«

»Ich weiß, ich sollte nicht hier sein. Was machen wir nun?«

»Solange die Steine stehen, kann alles gemacht werden. Hast du gewusst, dass die Wilden hier sie niederreißen wollten?«

»Das ist kein Wunder, Hlosnian. Die Leute fürchten sich vor den Blinden. Sie haben einen von ihnen getötet und sie haben versprochen, dass wir hinaufgehen und ihn uns ansehen, wenn …«

»Ich begreife nicht, dass es für die Leute so schwer sein soll, es zu verstehen! Eine Tür kann nur verschlossen werden, solange es sie gibt! Das sage ich denen schon, seit ich hier bin, aber sie starren mich nur an wie Schafe. Wir sprechen nicht dieselbe Sprache!« Hlosnian fuhr fort, in eine der Markierungen zu schlagen. »Wenige wissen, wo sie sind, und noch weniger können sie benutzen. Und was ist die Lösung? Sie niederzureißen! Wo wären wir, wenn wir uns allein von

Furcht leiten ließen? Hm? Früher wurden nur wegen der Steine Leute getötet und Kriege ausgefochten!«

»Ich glaube, deshalb werden Kriege noch immer geführt.«

Hlosnian hörte auf zu schlagen und blickte sie an, das eine Auge halb geschlossen. »Sind wir vorwitziger geworden seit dem letzten Mal, ja?«

»Das kommt davon, wenn man gesetzlos ist«, erwiderte Hirka lächelnd.

Hlosnian stieß ein Schnauben aus. »Gesetzlos ist keine Eigenschaft. Gesetzlos setzt ein Gesetz voraus und das Gesetz kommt von Männern und Frauen wie dir und mir. Fühlst du dich gesetzlos, Hirka? Hast du keine Gesetze, um danach zu leben?«

»Ich habe viele, aber was nützt das. Sie sind nur meine eigenen.«

»Aha. Dann verstehst du.«

Hirka gefiel der alte Bildhauer immer besser. Es war, als ob seine Sätze auf eine andere Art zusammengefügt waren als diejenigen anderer Leute. Eine eigene Sprache, die man lernen musste, aber sobald man sie konnte, ergab alles einen Sinn. Es nützte nichts, nur ein paar wenige Worte mit ihm zu wechseln. Dann wurde man nur verwirrt. Aber nach einer Weile flossen die Worte zwischen ihnen wie Milch. Gut und sättigend.

Hlosnian erzählte, dass es nicht so einfach war, wie sie gedacht hatte. Es war nicht so, dass, solange sie hier war, es die Blinden auch waren. Aber solange sie hier war, würde es möglich sein, die Blinden hierherzubringen. Er machte ihr Angst mit dem Hinweis, dass niemand ahnte, welche anderen Geschöpfe außerdem noch kommen könnten. Man kannte Blinde und Odinskinder aus den Mythen, aber wer konnte sagen, dass es damit aufhörte? Was war mit den Märchen im Norden, die von dem Reich aus Eis erzählten? Den Liedern über Elfen und Drachen? Soweit man wusste, konnte man die Steine benutzen, um Draumheim zu besuchen.

Für einen Moment wurde die Sehnsucht nach Vater übermächtig. Draumheim besuchen. Was, wenn man Draumheim besuchen könnte … Aber sie brauchte nicht lange zu überlegen, um einzusehen, dass manche Orte nicht dazu gedacht waren, besucht zu werden.

Der Alte übersprang geschickt alle Fragen, die er nicht beantworten konnte, als hätte sie nie gefragt. Zum Beispiel, wer die ersten Steinkreise errichtet hatte und wie alt sie waren. Oder wie es dort aussah, wo sie eigentlich herkam. Oder ob es stimmte, dass sie die Fäulnis verbreiten konnte.

»Wie geht's dem Erben des Stuhls?«, fragte er plötzlich. Hirka wurde rot. Der Titel, den er genannt hatte, war unrichtiger denn je.

»Er hat dem Stuhl schon vor langer Zeit den Rücken gekehrt, Hlosnian. Er ist ein Schwarzrock geworden. Und jetzt ist er gesetzlos, deshalb wird er nie irgendeinen Stuhl erben, nicht einmal, wenn er es wollte. Er glaubt nicht, dass sein Onkel stark genug ist, um das Haus und den Reichtum beisammenzuhalten. Die anderen Räte werden alles in Beschlag nehmen.«

Hlosnian sah nicht so aus, als habe er irgendwas von dem mitbekommen, was sie gesagt hatte. »Er ist also wohlauf?«

»Ja. Er war oben bei dem Blinden und jetzt sitzt er mit Eirik und …«

Die Türen zur Halle wurden aufgeschlagen. Eirik kam wütend hereingestürmt. Andere hätten es kaum geschafft, diese Türen überhaupt zu bewegen. Die Sonne strömte hinter ihm herein und hüllte ihn in einen Lichtkranz. Ein kleines Heer von Kriegern folgte ihm auf den Fuß. Die Türen blieben offen.

»Wo?«, polterte er.

Ein junger Krieger nahm den Helm ab und fuhr sich mit der Hand durchs schlammbraune Haar. Hirka erkannte ihn wieder, er hatte sie aus Majas Wirtshaus abgeholt, als sie Ravnhov das erste Mal besuchte. Als Villir das Messer in den Schenkel bekam. Das schien hundert Jahre her zu sein. Der Mann war überhaupt nicht so Furcht einflößend, wie sie ihn in Erinnerung hatte.

»Bei Dvergli. Nur einen halben Tag von dem Wasser entfernt, wo Aljar neulich all die Fische mit dem Bauch nach oben gefunden hat.«

Die Männer wurden unruhig. Eirik rieb sich die Schulter. »Beim Nebelwasser?! Sind die noch ganz bei Trost? Wir haben Raben und Boten zu jeder verdammten Hütte in Foggard ausgeschickt! Was machen die da draußen auf eigene Faust?«

»Sie haben Kinder und Wagen dabei. Bepackt bis obenhin. Sie flüchten hierher, Fürst.«

»Ich weiß, was sie tun, Ynge! Wissen sie nicht, dass wir am Rand eines Krieges stehen?! Und dass die Blinden durch die Wälder streifen? Warum benutzen sie die Kinder nicht gleich als Köder!« Eirik öffnete die Arme und starrte seine Männer an, aber die blieben ihm die Antwort schuldig. Er seufzte. »Wie viele?«

»Ein halbes Hundert.«

»Nimm dir acht Männer, Ynge. Wir brechen sofort auf. Und sorge dafür, dass es Männer sind, die sich nicht bei jedem Geräusch im Wald in die Hose pissen!«

Hirka sah einen bekannten Umriss in der Tür und ihr wurde kalt. Sie stand auf. Sie wusste schon, was das bedeutete. Rime machte einen Schritt in den Raum hinein. Brünnen klirrten, als die Männer enger zusammenrückten, um ihn auf Abstand zu halten.

»Brauchst du Männer, Eirik?«

Es dauerte eine Weile, bis Eirik nickte. Rime ließ den Blick über die Männer im Raum schweifen.

»Meine Schwerter?«

»Eher würde ich einen Blinden bewaffnen!« Das war Tein. Hirka hatte ihn zwischen all den anderen nicht bemerkt. Er blickte die Männer um Unterstützung heischend an und er bekam sie auch. Sie zeigten auf Rime und knurrten. Es war töricht, einen Feind mit Waffen auszustatten. Einen Erben des Stuhls. Einen Schwarzrock. Einer von ihnen fragte Eirik, ob seine Wunde so schnell verheilt sei, dass er sie vergessen habe. Eirik brüllte zurück: »Genug! Gebt ihm die Schwerter!«

Es wurde still. Eirik starrte Rime an, während die Männer den Raum verließen, einer nach dem anderen. Sein Blick war ein wortloser Fluch. Ein Versprechen, ihn ins Draumheim zu schicken, falls Rime sein Vertrauen missbrauchte.

»Dann komme ich mit! Einer muss dir Rückendeckung geben«, knurrte Tein seinen Vater an.

»Einer muss auf Ravnhov aufpassen, falls wir auf die Blinden stoßen, Junge.«

»Ich brauche noch etwas, was uns helfen kann«, sagte Rime und richtete den Blick auf Hirka. Sie schloss die Augen und schluckte.

»Ich komme«, antwortete sie.

»Na. So ist das also«, hörte sie von Hlosnian, der wieder zu meißeln begonnen hatte.

Es war eine schweigsame Truppe, die durch den Wald ritt. Das einzige Geräusch kam von den gedämpften Hufschlägen auf dem Waldboden. Die Männer saßen mit hochgezogenen Schultern auf ihren Pferden und vermieden jede Bewegung. Sie hatten die klirrenden Kettenbrünnen gegen solche aus Leder getauscht. Hirka war es nicht gewohnt zu reiten, deshalb hatte sie sich die Erlaubnis erbettelt, in der Mitte des Gefolges zu gehen. Sie durfte weder vorweg noch hinterdrein laufen. Das hätte sie zu einer allzu leichten Beute gemacht, meinte Eirik.

Hirka fühlte sich nackt. Die Männer waren dick angezogen und saßen hoch zu Pferd. Schwerter hingen an ihren Hüften wie das Versprechen, einen Unterschied ausmachen zu können. Die Pferdehufe hinterließen dunkle Spuren in der dünnen Schneedecke auf dem Weg. Der Rest des Waldes trug immer noch die Farben des Herbstes, beschützt von hohen Bäumen. Die eine oder andere Schneeflocke fiel zwischen ihnen herab. Mehr würden kommen, ehe der Mond wieder voll am Himmel stand. Hirka warf verstohlene Blicke zu Rime. Hatte sie ihn wirklich von sich geschoben, als er sie geküsst hatte? Das war unbegreiflich. Woher hatte sie die Kraft genommen?

Sie zog die Jacke enger um den Leib. Die hatte sie sich von Ramoja geborgt, in der Nacht, als sie in Eisvaldr eingebrochen waren. Vielleicht bekam sie auch keine Gelegenheit mehr, sie ihr zurückzugeben. Unngonna hatte die Wolle geschrubbt, bis sie fast auseinanderfiel, aber die Ärmel trugen immer noch rostrote Spuren von Rimes Blut. Man sollte sie besser wegwerfen, hatte die Hauswirtschafterin gesagt. Eine blutige Jacke bringe Unglück. Hirka hatte dagegengehalten, dass sie trotz aller Widrigkeiten immer noch am Leben war.

Kuro folgte ihnen in geringerem Abstand, als es sonst seine Art war. Die Raben in den Astkäfigen, die über den Pferderücken hingen, machten ihn neugierig. Sie hatten nicht sehr viele Raben mitnehmen können. Irgendwann war die Grenze überschritten zwischen dem Schutz, den sie gaben, und der Aufmerksamkeit, die sie erregten, wenn es zu viele waren. Dasselbe galt für die Männer. Es hätten gern mehr sein dürfen, aber zu viele würden die Blinden vielleicht eher anlocken, als sie zu verjagen. Wer wusste das schon? Es war, als würde man einen Kampf gegen Gespenster planen. Deshalb waren sie elf Mann. Und Hirka.

Sie betete still, ohne zu wissen, zu wem. Betete, dass sie alle unversehrt wieder heimkehrten. Vor allem Eirik. Wenn ihm etwas zustieß, war es aus mit Ravnhov. Mit ihnen allen. Tein war noch lange nicht so weit, Ravnhov übernehmen zu können, auch wenn er es gern getan hätte.

Der Tag war schon weit fortgeschritten, als sie auf etwas stießen. Geräusche aus nördlicher Richtung. Die Männer strafften die Schultern und hielten den Atem an. Die Raben krächzten unruhig. Es waren Geräusche von Leuten. Gewöhnlichen Leuten. Eirik schloss die Augen, aber ob vor Erleichterung oder weil die Fremden so unbekümmert lärmten, war schwer zu sagen. Hirka hörte sie jetzt deutlicher. Ein Säugling weinte. Eine Mutter rief nach einem spielenden Kind. Und waren das Schweine?

Sie kamen zwischen den Bäumen zum Vorschein. Eine bunt gemischte Gruppe an einem Abhang, die sich mit Packwagen und Vieh durch das Farnkraut kämpfte. Eirik rief sie an und ging ihnen entgegen. Er winkte Hirka und den anderen, ihm zu folgen.

Ein Mann kam auf sie zu. Er war schmächtig und grau gekleidet. Seine Handschuhe hatten Löcher an beiden Daumen. Es hätten drei von ihm in Eirik hineingepasst.

»Ich bin Eirik, Fürst auf Ravnhov. Das hier sind meine Männer.«

»Und Hirka«, sagte Hirka.

»Habt ihr nicht gehört, dass Blinde hier in der Gegend sind?«

Der Mann verneigte sich vor Eirik und blickte ängstlich zurück zu seinen Leuten. »Doch! Deswegen benutzen wir auch nicht die Weg…«

»Wer bist du, Junge?«

Hirka lächelte darüber, dass der Mann sich nichts anmerken ließ, als Eirik ihn einen Jungen nannte, obwohl er alt genug war, um ihr Vater zu sein.

»Gilnar. Sohn von Elert. Wir kommen aus Vidlokka und …«

»Wo ist Beila? Hat sie nicht das Schreiben gelesen, das mit den Raben gekommen ist, nein? Ihr könnt nicht mit einem ganzen Dorf umziehen, wenn Mannfalla siebzigtausend Mann um Ravnhov stehen hat!«

»Siebzigtausend?!«

Die Zahl wurde von der Gruppe hinter ihm aufgefangen und verbreitete sich wie ein Lauffeuer. Der Rat hatte siebzigtausend Mann hier. Der Krieg war unausweichlich. Hirka rief ihnen zu: »Das stimmt! Mehr haben sie wirklich nicht!«

Gilnar sah sie an, als komme sie aus einer anderen Welt. Er konnte ja nicht wissen, dass es tatsächlich so war. Die Männer hinter ihr begannen zu lachen. Es schallte hinüber zu den Fremden. Eirik schaute zu ihr hinunter und zwinkerte ihr zu.

»Wo ist Beila?«, fragte er wieder.

»Beila ist gestorben. Sie war weiß der Seher wie alt. Sie wollte nicht weg. Als sie tot war, sind wir losgezogen.«

»Sie hatte recht. Zu Hause wart ihr sicherer. Ravnhov ist gerammelt voll, deshalb schicken wir alle weiter nach Skimse. Ist der Rabe nicht angekommen?«

»Nur Beila hat die Raben in Empfang genommen. Wir wussten nicht …«

Eirik seufzte. »Wir bringen euch nach Skimse.«

Ihre Erleichterung war rührend. Ein halbes Hundert Männer, Frauen und Kinder fühlten sich sicherer durch elf Männer – und Hirka – aus Ravnhov.

»Möge der Seh…« Gilnar blickte verstohlen auf Eiriks bärtige Erscheinung und beschloss, seine Dankbarkeit auf eine Weise auszudrücken, die weniger nach Mannfalla klang. »Mögen die Raben euch segnen!«

Eirik teilte die Gruppe so ein, dass alle in einer langen Reihe gingen, immer zu zweit nebeneinander. Sie nahmen die Kinder in die Mitte. Dann zogen sie im Schneckentempo los, mit Männern aus Ravnhov an der Spitze und am Ende. Rime, Eirik, Ynge und ein älterer Mann, dessen Namen Hirka nicht kannte, bildeten auf ihren Pferden den Schluss. Hirka ging neben ihnen.

Es stellte sich schnell heraus, dass die Dörfler lange gewandert waren und eine Pause brauchten. Eirik trieb sie weiter voran, weg vom Nebelwasser und ein Stück den Fluss entlang. Dort wurden die Bitten nach einer Rast zu herzzerreißend.

Eirik machte am Fuß des Stellsfalls halt, einem Wasserfall, der vier Manneslängen hoch war. Sein Donnern machte die Kinder neugierig und sie hörten auf zu weinen. Hier konnten sie vergessen, dass sie hungrig und erschöpft waren. Hirka ging in die Hocke und wusch sich die Hände in dem eiskalten Kolk. Der Sprühnebel des Wasserfalls benetzte ihr Gesicht. Irgendwie fühlte sie sich nie mehr richtig sauber. Sie brauchte immer ein Bad, selbst wenn sie am selben Tag schon eins genommen hatte.

Sie warf einen Blick über die Schulter zurück. Rime half einem gleichaltrigen Mädchen beim Umpacken. Der Rucksack hatte ihre Schulter wund gescheuert. Das Mädchen bekam rote Wangen, als

Rime ihr half, den Rucksack wieder aufzusetzen. Hirka spürte, wie ein fremdes Gefühl ihr Herz verfinsterte. Das Mädchen dort hatte keine Fäulnis. Sie konnte tun, wonach ihr der Sinn stand.

Rime fing ihren Blick auf und Hirka drehte den Kopf weg. Manchmal kam es ihr vor, als würde ihr Leben sich nur um ihn drehen. Besonders seit Blindból. Seit dem Kuss. Sie hatte vor seinem Bett gewohnt. Dort gegessen. Dort geschlafen. Er selbst hatte so tief geschlafen, dass nichts und niemand ihn hatte wecken können. Weg. Direkt vor ihr und dennoch unerreichbar. So war es immer gewesen. Wie damals, als sie zu ihm auf den Vargtind geklettert war. Oder als sie sein Haus in Mannfalla sehen durfte. Und als sie begriff, dass er ein Schwarzrock war.

Wer war er jetzt, da er nicht mehr schlief? Jetzt, da alles, wofür er gekämpft hatte, verschwunden war? Wer war er, wenn er den Seher nicht mehr hatte? Oder die Schwarzröcke? Oder einen Stuhl im Rat?

Aber Hirka wusste gut, wer er war. Er selbst wusste es vielleicht nicht, aber sie schon. Sie sah ihn jeden Tag. Sie wusste, wozu er fähig war. Sie hörte jemanden kommen und trocknete sich die Hände an der Jacke ab.

»Hast du dich verletzt?« Es war ein kleines Mädchen, ungefähr acht Winter alt. Sie hatte Spuren von Blaubeersaft um den Mund und an den Fingern.

»Nein«, antwortete Hirka. »Ich bin so geboren. Ohne Schwanz.«

»Aber da am Arm.«

Hirka sah hinunter auf die roten Jackenärmel. Das Mädchen hatte das Blut gemeint. Der fehlende Schwanz interessierte sie gar nicht. Hirka lächelte sie breit an. »Das ist nicht mein Blut. Ich habe einen Riesen getötet! Buh!«

Das Mädchen quiekte begeistert und lief davon.

»Warum erzählst du es nicht?« Rime hatte sich unbemerkt angeschlichen.

»Was soll ich denn erzählen?« Hirka zog die Ärmel lang über die Finger, um die Hände zu wärmen.

»Dass es mein Blut ist. Dass du mich zusammengeflickt hast.«

Sie hatte nicht mit ihm geredet, seit er aufgewacht war. Als sie ihn das sagen hörte, waren alle Bilder wieder da. Seine aufgeschlitzte Seite. Seine Augen, als er auf die Knie fiel. Hirka schluckte. Rime hockte sich neben sie und wusch sich die Hände, so wie sie es getan hatte.

»Die Räte waschen sich nach jeder Ratsversammlung die Hände. Vor den Türen stehen Silberschalen. Makellos. Unzerstörbar. So blank, dass sie sich darin spiegeln können. Wusstest du das?«, fragte er.

»Nein.«

Ein Geräusch ließ Hirka aufhorchen. Kein neues Geräusch, sondern eines, das fehlte. Etwas war anders. Der Wasserfall. Rime erhob sich abrupt. Sie tat dasselbe. Das anhaltende Brausen des Wasserfalls hatte sich in etwas anderes verwandelt. Das Wasser war verschwunden. Vor ihnen floss ein Sturzbach aus Sand. Unendliche Mengen von schwarzem Sand strömten in den Kolk und sanken zu Boden. Hirka stockte der Atem in der Brust. Ihre Lippen wurden trocken.

»Sie sind hier«, flüsterte sie.

»Sie sind hier!«, rief Rime den anderen zu und zog das Schwert. Er lief zu Eirik und trieb gleichzeitig erschrockene Dörfler zu einem Haufen zusammen. Alle machten große Augen, niemand verstand, was vor sich ging. Ein Kind fing an zu schreien. Dann noch eins. Die Krieger riefen sich Warnungen zu. Hirka starrte auf den Sandfall. Er war spärlicher geworden. Staub wehte über den Rand, der von Zeit und Wasser rund geschliffen worden war. Sie hörte, wie die Leute durcheinanderschrien. Sie verlangten Antworten, die niemand geben konnte. Antworten darauf, was hier vor sich ging. Ob das die Blinden waren. Ob sie jetzt sterben mussten. All diese Angst. *Meinetwegen.*

Ein Mann schrie. Sie drehte sich um, aber Rime und Eirik standen im Weg. Sie konnte nicht sehen, was passierte. Das kleine Mädchen von vorhin kämpfte sich aus der Gruppe frei, die sie zu erdrücken drohte, und rannte auf Hirka zu. Hirka nahm sie an die Hand und zusammen sahen sie zu, dass sie vom Wasserfall fortkamen.

Ein halbes Hundert Männer, Frauen und Kinder drängten sich zusammen, Rücken an Rücken darum kämpfend, möglichst weit in die Mitte zu kommen. Um sie herum verteilt standen elf Männer aus Ravnhov mit erhobenen Schwertern. Elf Männer und Hirka.

Sie übergab das Mädchen der Mutter. Wo war Rime? Er stand bei Eirik, sie stritten über etwas. Jemand fehlte. Wer? Wer fehlte? Sie hörte, wie Gilnars Name fiel. Der Mann, mit dem sie zuerst gesprochen hatten. Gerade noch hatte er bei den Wagen gestanden, aber jetzt war er nirgends zu sehen. Rime wollte loslaufen und ihn suchen, aber Eirik wollte ihn nicht von der Gruppe weglassen, die angefangen hatte, laut zu weinen. Es war wie ein vielköpfiger Drache. Ein verwundetes Ungeheuer. Das Geräusch war ansteckend, bis fast alle in das Wehklagen eingestimmt hatten.

Hirka sah eine Bewegung oben am Wasserfall. Sie lief zu Rime und zeigte es ihm.

»Ich weiß«, sagte er. »Komm.« Er nahm ihre Hand und zog sie mit sich den Berg hinauf zum Rand des Wasserfalls. Der war überwuchert von Farnkraut. Man sah nicht, wohin man trat, aber Hirka schaffte es, sich auf den Beinen zu halten. Rime rief zu Eirik hinunter. Der Fürst fluchte und kam mit zwei seiner Männer hinterher.

Dann kam die Gabe. Sie kam von Rime zu ihr und durchlief sie und wieder konnte sie ihre eigene Furcht greifen. Konnte sie pflücken wie einen Apfel, sie ansehen, sie schmecken und zufrieden mit dem Wissen sein, woraus sie bestand. Damit, sie zu spüren. Furcht. Stark und fordernd. Wie Rime.

Er ließ ihre Hand los und drehte sich vor ihr mit ausgestrecktem Schwert herum. Er schlug und stach. Als tanzte er mit jemandem, den sie nicht sehen konnte. Rime zog die Gabe kräftiger durch sie hindurch und sie sah. Eine bleiche Gestalt. Nackt, unbewaffnet. Es schimmerte weiß hinter den Lippen, die zu einem Grinsen verzerrt waren. Die Gestalt bewegte sich wie ein Insekt. Eine Fliege. Den einen Moment stand sie vor Rime, im nächsten war sie zehn Schritte entfernt. Der Anblick war unwirklich. Ein Traum.

Hirka war gefährlich nahe bei Rime, aber sie musste es sein. Er brauchte sie. Wenn ihm etwas zustieß, sollte es ihr auch zustoßen. Etwas anderes war undenkbar. Die Gabe zerrte an ihrem Körper wie der Wind über den Dächern von Eisvaldr in jener Nacht, als alles auseinanderbrach.

Sie waren hier. Die Blinden waren hier. Sie hatte nicht daran geglaubt … nicht wirklich. Oder hatte sie? Hatte es *irgendjemand*?

Rime war auch schnell. Zu schnell. Er bewegte sich zu nahe heran und auf seinem Arm öffnete sich eine rote Spur. Hirka konnte seine Angst vor diesen unmöglichen Bewegungen spüren, davor, nicht zu wissen, gegen was er kämpfte. Sie spürte, wie ihn Wut überkam. Und sie konnte es spüren, als er sich entschied, zu überleben.

Die Gabe war eine Verlängerung von ihm. Sie kam vorher und nachher. Ein Schwert vor dem Schwert. Er sprang um den Blinden herum und warf sich seitlich auf ihn. Aber der Hieb traf keinen Widerstand. Er erstarb in der Luft. Absicht ohne Vollendung.

Eirik und seine beiden Männer kamen von der anderen Seite und Hirka konnte sehen, dass der Blinde zögerte. Er drehte den Kopf den neuen Feinden zu, die den Berg heraufkamen. Vielleicht lauschte er? Witterte?

Rime nutzte den Augenblick. Er umtanzte den Blinden in einer einzigen geschmeidigen Bewegung und schlug ihm das Schwert in den Rücken. Der Blinde heulte auf, wie ein Ymling es getan hätte, und stürzte kopfüber in das Farnkraut. Rime schlug wieder zu. Hirka sah nicht, wo der Schlag traf, und war froh darüber.

Dann hörte sie Ynge rufen. Er hockte am Berghang. Seine Hände umschlossen das Kinn eines leblosen Körpers. Gilnar, der Mann, den sie vermissten. Ynge starrte auf das leichenblasse Gesicht hinunter. Die Augen darin waren weiß, die Wangen hohl. Verkehrt. Alles war verkehrt. Das hier hätte nicht geschehen dürfen. Deswegen waren sie gekommen, damit das hier nicht geschah.

Rime machte eine Handbewegung, um Ynge zu signalisieren, dass er den toten Körper loslassen sollte, aber es war zu spät. Die anderen hatten ihn gesehen. Hatten den Toten gesehen. Einer der Alten schrie und kam angelaufen. Hirka ging der Schrei durch Mark und Bein, einmal quer durch den Körper. Ihre Schuld. Das war ihre Schuld. Die Gewissheit wuchs, bis sie ihr Inneres vollständig ausfüllte, sie besaß. Das hier geschah ihretwegen. Deshalb waren sie hier. Und sie konnte sie spüren. Sie riechen. Nicht nur die tote Gestalt. Da war noch einer. Und er war hier. Ganz nahe.

Hirka drehte sich langsam um.

Er stand am Rand des Wasserfalls, an der Grenze zwischen Wasser und Sand. Um ihn herum veränderte sich das Wasser, während sie zusah. Es wurde schwarz und schwer um seine Füße, bis der Wind es über die Kante blies. Er starrte sie mit blinden Augen an.

Sie ging auf ihn zu. Sie hätte schwören können, dass er sie ansah. Sollte sie etwas sagen? Dass sie das Problem war? Der Grund, weswegen sie hier waren? Dass sie jetzt aufhören konnten und niemand zu sterben brauchte?

Hirka merkte, dass sie nasse Beine hatte. Sie stand im Wasser. War sie selbst hineingegangen? So viel Wasser … Trotzdem hatte sie Durst. Sie watete vorwärts, bis sie vor dem Blinden stand. Er zog eine Schulter zurück, als wollte er zum Schlag ausholen. Aber er tat nichts. Warum tat er nichts? Sie war doch hier.

Er war größer als sie und splitternackt. Sein Rücken krümmte sich, als wollte er näher kommen. Die Augen waren eine farblose Haut, trotzdem betrachtete er sie. Neugierig. Er streckte einen muskelbepackten Arm nach ihr aus, langsam, damit sie ihn kommen sehen sollte. Sie wusste, dass sie wie Gilnar enden würde. Bleich und blutleer im Farnkraut. Aber der Drang, das Geschöpf zu berühren, war stärker als der Drang, wegzulaufen. Sie streckte ihre Hand aus, um seiner zu begegnen.

Irgendwo hinter ihr rief jemand ihren Namen, aber sie konnte jetzt niemandem helfen. Konnte den Blick nicht von dem Blinden abwenden. Er zog die Lippen zurück und bleckte die Zähne. Dann legte er den Kopf schräg, so wie Kuro es immer tat. Und blinzelte. Er war verwundert. So als würde er etwas riechen, was er noch nie zuvor gerochen hatte. Hirka begriff, dass sie etwas Unbekanntes für ihn war. Er wusste nicht, was er da töten würde. Seine Klauen krümmten sich, um ihre Hand zu packen. Die Schreie von einem Dutzend Raben ließen ihn innehalten.

Die Raben. Jemand hatte sich an sie erinnert und sie freigelassen. Sie kamen angeflogen und umkreisten den Blinden. Er zog die Hand zurück und legte zwei Finger an seinen Hals. Er sah Hirka an. Es war eine erschreckend bewusste Geste. Sie sagte ihr nichts, aber sie *sollte* ihr etwas sagen. Es war ein Zeichen. Dann kamen ihm die Raben zu nahe und er ging in die Hocke.

Ein Schatten flog über Hirkas Kopf hinweg. Sie dachte zuerst, es sei der Blinde, aber es war Rime. Er schleuderte sein Schwert von sich, ehe er über die Kante des Wasserfalls verschwand. Die Klinge blieb zitternd im Rücken des Blinden stecken. Er sank in sich zusammen wie ein leerer Sack, fiel um und hing mit dem Oberkörper über der Kante. Auf einmal begann das Wasser wieder zu fließen. Zögernd zuerst, wie Regen. Es mischte sich mit rotem Blut.

Hirka richtete sich auf, packte den Griff und zog. Das Schwert glitt mit einem ekligen Schmatzen aus dem Körper. Es fiel ihr zunehmend schwerer, die Beine zu bewegen. Das Wasser. Das Wasser würde kommen. Sie musste hier weg! Es reichte ihr schon bis zu den Schenkeln und es stieg rasend schnell. Sie war klitschnass. Ein gewaltiger Sog erfasste sie. Verzweifelt versuchte sie, den Kopf über Wasser zu halten, aber vergeblich. Sie wurde über die Kante gespült und befand sich im freien Fall. Panik überfiel sie und sie ruderte mit den Armen. Es gab nichts, um sich daran festzuhalten. Der Wasserfall toste um sie herum. Riss sie mit sich. Plötzlich war sie wieder eins mit dem Wasser.

Schwimm.

Das war alles, was sie dachte. Schwimm. Jetzt sofort.

Und sie schwamm. Ihre Kleider wurden schwer, zogen sie nach unten. Das Schwert hinderte sie daran, richtige Schwimmzüge zu machen, aber sie konnte es nicht loslassen. Sonst würde sie ertrinken.

Solange sie Rimes Schwert hielt, war sie gezwungen, zu überleben. Wenn sie es losließ, hatte sie an der Oberfläche nichts mehr verloren. Das Schwert war ein Teil von ihm. Es würde sie hochziehen.

Ihre Lunge brannte. War sie in die falsche Richtung geschwommen? Wo war oben? Das Licht musste doch oben sein? Sie durchstieß die Oberfläche, bekam aber keine Luft. Jemand packte sie, schleppte sie an Land. Sie erbrach Wasser. Rang nach Atem. Köstliche Luft. Rime rollte sie auf die Seite. Sie spuckte noch mehr Wasser. Er kniete über ihr, es tropfte aus seinen Haaren auf ihr Gesicht.

Keuchend würgte sie hervor: »Wenn … wenn du glaubst, du kriegst dafür eine Kerbe, hast du dich geschnitten.«

Seine versteinerten Gesichtszüge wurden weich und er rollte sich auf den Rücken. So lagen sie eine Weile da und rangen nach Luft. Dann stand er auf und zog sie hoch. Kaum stand sie auf den Füßen, stemmte er sie hoch und warf sie mit Schwung von sich. Hirkas Geheul ertrank in der Gischt, als sie im Wasser landete. Sie rappelte sich auf, um Rache zu nehmen. Aber Rime war in Sicherheit. Er hatte sich hinter einer Mauer aus feixenden, grinsenden Kindern verschanzt. Eirik stand wie ein Berg daneben und starrte abwechselnd Hirka und Rime an. Er schüttelte den Kopf und ging.

»Mannfaller«, murmelte er. Dann rief er den anderen zu: »Ladet die Toten auf. Wir müssen weiter.«

Die Raben gaben nicht eher Ruhe, bis die Leute aus Vidlokka in Skimse abgeliefert worden waren, zusammen mit der Leiche von Gilnar. Kuro war dichter bei Hirka geblieben, als es seine Art war, den ganzen Rückweg nach Ravnhov. Ab und zu kreuzte er den Weg vor ihnen, als wollte er sagen, dass er immer noch da war, falls sie ihn brauchten. Stolz, wie nur ein Rabe sein kann.

Der Neuschnee auf den Wegen war geschmolzen. Es war kalt, aber Hirka wusste, dass es sehr viel schlimmer hätte kommen können.

Sie könnte tot sein. Jetzt hatte sie trockene Kleider an und warmen Eintopf aus Skimse im Magen.

Sie schaute zu Rime hoch. Er trug immer noch seine Schwarzrock-Montur. Sie war etwas getrocknet, aber die ganze Strecke über musste ihm eiskalt gewesen sein. Eirik hatte ihn verborgen gehalten. Er wollte keine Unruhe in Skimse hervorrufen und er hatte auch keine Zeit, den Leuten dort zu erklären, was ein Schwarzrock in Ravnhov machte.

Das sagte viel darüber aus, was man hier von Schwarzröcken und von Mannfalla hielt, dachte Hirka. Die Leichen von zwei Blinden konnte man auf Pferderücken durch die Stadt tragen, aber ein Schwarzrock würde für zu viel Unruhe sorgen. Als sie durch Ravnhov ritten, kamen Leute aus den Häusern. Niemand sagte etwas. Niemand fragte, was geschehen war. Aber Hirka las Hoffnung aus dem Schweigen. Das hier waren die Letzten. Es mussten die Letzten sein. Jetzt waren sie in Sicherheit. Jetzt brauchten sie sich nur noch wegen der siebzigtausend Krieger auf den Ebenen zu sorgen.

Eirik ließ nicht eher haltmachen, als bis sie vor der Festhalle standen. Die Leute strömten zusammen, um zu gucken. Rime sprang vom Pferd und verschwand die Treppe hinauf in sein Zimmer. Hirka hatte den Verdacht, dass er sich nicht nur umziehen, sondern auch der Aufmerksamkeit entgehen wollte.

Alles, was Beine hatte, versammelte sich um die Rückkehrer. Die Kinder waren die eifrigsten, sie trauten sich am dichtesten heran an die ›Blindschleichen‹, wie sie sie nannten. Eirik musste sie ermahnen, Abstand zu halten. Er winkte Tein zu sich, der mit verschränkten Armen ein Stück entfernt stand, und sagte ihm, er solle den Männern helfen, die Blinden hinauf zum Gletscher zu schaffen.

Damit war die Stille gebrochen und es hagelte Fragen. Was war passiert? Waren es mehrere? Wer hatte sie getötet?

»Ihr könnt euch bei ihm bedanken«, erwiderte Eirik und nickte zu Rime, der wieder die Treppe herunterkam. Rime schloss gerade seine Gürtelschnalle und bekam nicht mit, was unten vor sich ging. Er hatte sich umgezogen und trug jetzt die Gardeuniform, die so weiß war wie sein Haar. Er sah aus wie an dem Tag, als Hirka ihn zum ersten Mal nach drei Jahren wiedergesehen hatte. An der Alldjup-Schlucht. Damals war er ihr fremd gewesen.

Jetzt kannte sie ihn. Er war als Schwarzrock in sein Zimmer gegangen und kam heraus als Rime An-Elderin. Er hob den Kopf und blieb auf der Treppe stehen, als sei er festgefroren. Alle blickten ihn an.

»Was ist?«

Er bekam keine Antwort. Hirka biss sich auf die Unterlippe, um ein Lächeln zu überspielen. Und dabei hatte er Aufsehen vermeiden wollen. Rime ging die letzten Stufen hinunter. Die Menge teilte sich vor ihm und ließ ihn hinaus auf den Hofplatz treten. Hirka schaute in die Gesichter der Leute. Sie las Erleichterung darin, aber in den meisten stand auch noch etwas anderes. Es war der Gesichtsausdruck von jemandem, der froh über die Hilfe war, aber nie darum gebeten hatte. Sie sah sich selbst in diesen Gesichtern. So musste sie ausgesehen haben, als Rime sie aus der Schlucht zog. Froh, am Leben zu sein, aber in ihrem Stolz verletzt. Ravnhov hatte Hilfe von einem Schwarzrock bekommen und der Fürst würdigte das.

»Deine Schwerter.« Das war Teins Stimme. Obwohl er rief, klang seine Stimme unsicher. Er streckte den Arm aus, als wartete er auf etwas. »Du hast kein Recht, hier ein Schwert zu tragen, An-Elderin.«

Rime blieb stehen und drehte sich zu Tein um. Hirka stockte der Atem. Gleich würde etwas passieren. Sie konnte den Wind in der Tanne hinter Rime und Tein hören. Sie standen nur wenige Schritte voneinander entfernt. Der eine hell, der andere dunkel.

Aber es war genau umgekehrt, dachte Hirka. Ravnhov war das Licht in ihrem Leben und Mannfalla die Dunkelheit. Trotzdem war Tein der Dunkle. Sein Haar, die Jacke mit den Fellsäumen, das Gesicht. Seine Augen waren schmale Schlitze, die Lippen dünn und farblos. Tein hasste. Er hasste mit jeder Faser seines Körpers.

Sie sah, das Rime versuchte, in ihm zu lesen. Herauszufinden, wie weit Tein gehen würde. Eine unendlich lange Zeit verstrich. Dann bewegte Rime seine Hände zum Schwertgurt, um ihn abzulegen. Tein lächelte schief und zog sein Schwert. Hirka riss die Augen auf, als sie begriff. Tein wollte Rime überhaupt nicht die Schwerter abnehmen. Er missverstand ihn mit Absicht. Er tat so, als glaubte er, dass Rime sie gegen ihn ziehen wollte, anstatt sie ihm zu übergeben. Tein wollte nur eins: ihn töten.

Eirik machte einen Schritt vorwärts, aber Hirka hielt ihn zurück. »Je mehr Männer gegen Rime kämpfen, desto mehr Männer sterben«, sagte sie und erkannte ihre eigene Stimme nicht wieder. »Lass ihn gewähren und es wird kein Blut fließen.« Eirik sah sie an, den Blick voller Zweifel. Aber er blieb stehen.

Rime schloss die Augen und atmete tief durch. Dann öffnete er sie wieder und zog eines der Schwerter. Hirka wollte protestieren. Das konnte nicht sein. Das durfte nicht sein! Sie hatte den Knauf dieses Schwertes in der Hand gehabt. Hatte es aus einem Blinden herausgezogen. Und sie war unter Wasser mit der schmalen Klinge geschwommen. Sie hatte das Schwert nicht gerettet, damit das hier geschah!

Sie warf einen Blick über die Schulter. Die Leute hinter ihr standen wie gebannt, jeder Einzelne von ihnen. Mehrere andere kamen hinzugelaufen. Niemand würde einschreiten. Auf das hier hatten sie seit Generationen gewartet. Das waren nicht zwei junge Männer, die aneinandergerieten. Das war Ravnhov gegen Mannfalla. Der Rat gegen die ungekrönten Könige.

»Zwing mich nicht, dich zu verletzen.« Rime sprach leise, damit nur Tein es hören sollte, aber Hirka verstand jedes Wort. Das war kein Hochmut. Er sagte es nicht, um Macht zu demonstrieren. Sie kannte Rime. Was er sagte, war eine Bitte. Aber Tein hörte die Bitte nicht.

»Du verletzt uns seit tausend Jahren, Schwarzrock!« Teins Stimme bebte vor Verachtung und Furcht. »Hier bist du nichts! Hier sind es nicht die Stühle, die herrschen. Das hier ist Ravnhov!«

Er sprang vor und schlug mit dem Schwert nach Rime. Ein unterdrückter Aufschrei ging durch die Menge. Rime wich mühelos aus.

Hirka schlug sich die Hand vor den Mund. Der Fürstensohn würde sich seine Demütigung selbst zuzuschreiben haben, aber er war zu jung, um das zu verstehen.

Tein schlug abermals zu, diesmal von der Seite. Seine Bewegungen waren unendlich viel langsamer und schwerfälliger als Rimes. Sein Schwert war breit, es sang, als es auf Rimes schmale Klinge traf. Es sang noch einmal, als er es zurückzog. Teins Atem ging schnell. Sie umkreisten einander. Hirka sah, dass es Tein langsam dämmerte, worauf er sich eingelassen hatte. In seinem tiefsten Inneren wusste er, dass er dazu verurteilt war, zu unterliegen. Dennoch schrie er Rime an: »Du hast kein Recht! Du kannst hier nicht König spielen!«

»Wer von uns beiden spielt hier König?«, erwiderte Rime. Seine Geduld war sichtlich strapaziert. Tein rannte auf ihn zu, das Schwert wie einen Rammbock vor sich, und brüllte: »ICH BIN DER KÖNIGSSOHN!«

Hirka sah, dass Rime genug hatte. Er würde das hier und jetzt beenden. Leichtfüßig tanzte er um Tein herum und schlug nach dessen Arm. Tein schrie auf und ließ das Schwert fallen. Rime trat ihm von hinten in die Knie und der Fürstensohn ging zu Boden. Im Nu war Rime wieder vor ihm und setzte ihm das Schwert an die Kehle.

»Dann sag mir, Tein, Sohn von Eirik, was du tun würdest, wenn du König wärst. Wie würdest du die Blinden aufhalten? Wie würdest du einen korrupten Rat stürzen, der einer Lüge die Treue geschworen hat? Und wie würdest du der Welt beweisen, was du dir nicht einmal selbst beweisen kannst? Dass du ausersehen bist, sie zu führen?«

Hirka war den Tränen nahe. Es hatte so kommen müssen, aber das war nicht, was das Volk brauchte. »Rime …« Es war nur ein Flüstern, aber er hörte es.

Vergiss nicht, wer du bist.

Rime sah sie an. Blickte auf die Menge, die den Atem anhielt. Sah zu Eirik, der seine Fäuste öffnete und schloss. Dann trat er einen Schritt näher an Tein heran. Hirka begriff, was er vorhatte. Sie konnte nichts tun, als zu hoffen, dass es funktionierte.

Tein packte Rimes Bein und zog. Rime kam zu Fall und ließ das Schwert los. Er verlor es nicht. Er ließ es los. Tein setzte ihm den Fuß auf die Brust. Rime lachte. »Du bist gut, Tein Königssohn.«

Das Lachen war ansteckend. Die Zuschauer begannen ebenfalls zu lachen. Einige klatschten und immer mehr stimmten ein. Tein blickte in die Runde. Dann lächelte er und half Rime wieder auf die Beine. Teins Kameraden kamen zu ihm und klopften ihm auf den Rücken. Gemeinsam gingen sie zu den Pferden mit den toten Blinden und machten sich auf den Weg zum Gletscher. Die Menge auf dem Hof zerstreute sich.

Nur Eirik und Rime standen noch da, zusammen mit Hirka, aber die Männer sahen sie nicht. Sie sahen einander an.

Der Fürst zog an seinem Bart. Seine Augen leuchteten blau. Er wusste ebenso gut wie Hirka, dass Rime Tein den Sieg geschenkt hatte, um kein Blut zu vergießen. Er hatte Ravnhov gegeben, was es brauchte.

Er ging mit schweren Schritten auf Rime zu, legte die Hand in Rimes Nacken und zog ihn an sich, bis sie Stirn an Stirn dastanden. So verharrten sie, der Fürst von Ravnhov und der Erbe des Stuhls.

Eirik tätschelte Rime den Kopf. »Wärst *du* Mannfalla gewesen, Rime An-Elderin, wäre ich dir gefolgt. Ich wäre dir gefolgt. Hörst du?« Eiriks Stimme versagte. Rime nickte.

»Ich komme wieder, so wahr ich lebe. Du hast mein Wort, Eirik.«

»Mehr brauche ich nicht.« Eirik ließ ihn los und ging.

DIE WEGE TRENNEN SICH

Vater hatte immer gesagt, er könne gut ohne Beine leben, solange das Herz stark genug war, ihn zu tragen. Das war es auch gewesen. Es hatte Zeiten gegeben, da war es stark genug gewesen, sie beide zu tragen. Bis Hirkas Leben bedroht war. Erst da hatte es nicht mehr gewollt. Erst da hatte Vater aufgegeben, ihretwegen. Vaters Herz hatte Hunger, Schmerzen, Tratsch und Krankheit ausgehalten, aber es war nicht stark genug gewesen, einen Schwarzrock zu ertragen. Hirka glaubte, dass ihr Herz es auch nicht war.

Sie saß in der Rabenschlucht und blickte auf Blindból. Hier hatte sie einmal mit Tein gesessen und ihm zugehört, wie er sich über altes Unrecht aufregte. Jetzt saß sie hier, weil es der einzige Platz in Ravnhov war, an dem es nicht nach Vorbereitung klang. Keine Ringbrünnen oder Schwerter. Keine Schilde, die auf Fuhrwerke geladen und zu den Ebenen gebracht wurden. Ihr blieben noch wenige Tage und die wollte sie nicht mit den Geräuschen von bevorstehendem Tod füllen. Sie wollte dem Geplauder der Raben zuhören. Alles andere zeugte nur von der Dummheit der Leute.

Die Rabenschlucht verlief quer durch das Plateau, auf dem der Fürstensitz lag, und endete als offene Wunde im Gebirge, hoch über dem Wald. Hier saß sie versteckt auf dem Grund einer Schlucht, aber dennoch hoch über der Welt. Blindból wirkte von hier aus täuschend leicht zugänglich, aber sie wusste es besser. Die Täler waren tief und die Wälder dicht. Es dauerte jedes Mal Stunden, bis man an jedem der mächtigen Steinpfeiler vorbei war. Und vom Waldboden aus betrachtet sahen sie alle gleich aus, sodass man schließlich glaubte, man sei im Kreis gelaufen oder habe den Verstand verloren.

Hirka blickte hoch zu den Gipfeln des Bromfjell. Dort oben war ein Rabenring. Ein Steinkreis. Der Weg hinaus aus der Welt. Hlosnian hatte ihr heute früh das Urteil mitgeteilt. Sieben Tage, das war alles, was er ihr geben konnte. Danach mussten sie hoch und nachsehen. Vielleicht konnte er ihr dann nach Hause helfen. Die Erde habe einen Puls, hatte er gesagt. Manchmal war die Gabe kräftig, ein andermal vage wie eine Erinnerung. Hlosnian sagte, er sei kein starker Umarmer. Seine Begabung war die Empfindsamkeit. Das war der Grund, warum er Steinflüsterer für den Rat gewesen war. Er konnte diesen Puls hören. Konnte spüren, wie die Gabe mit den Jahreszeiten und dem Wetter abnahm und anstieg, wie Ebbe und Flut. Steine hatten ein Gedächtnis für die Gabe. Steine erinnerten sich. An alles, was gewesen war, und alles, was jetzt war. Hlosnian brauchte eine starke Flut, um Hirka nach Hause helfen zu können. Die würde er in sieben Tagen bekommen.

Alles in ihr sträubte sich, aber das war wie der Kampf gegen den Wasserfall, als sie über die Kante gespült worden war. Es spielte keine Rolle, was sie wollte und was nicht. Ihr Weg war beschlossen, schon seit langer Zeit. Ravnhov konnte nie ihr Zuhause werden, ganz gleich, wie sehr sie sich hier zu Hause fühlte. Und Rime konnte niemals ihr gehören, ganz gleich, wie viel von ihrem Herzen er besaß. Das war eine so bodenlose Ungerechtigkeit, dass sie darin hätte ertrinken können. Sie musste fort. Und alles, was sie liebte, musste zurückbleiben.

Jemand näherte sich hinter ihrem Rücken. Es war Rime, sie brauchte gar nicht nachzusehen. Er hatte seine eigene Art zu gehen. Der Durst nach der Gabe erwachte in ihr und das ärgerte sie. Was war sie? Eine Katze vor einer leeren Sahneschüssel? In dem Fall musste sie lernen, damit zu leben, denn sie würde ihn nie mehr wiedersehen.

Rime ging neben ihr in die Hocke. Er war reisefertig. Gekleidet in

Schwarz, mit dem Rucksack auf dem Rücken. Schwarzrock. Hirka ließ die Füße über den Rand baumeln, weil sie wusste, dass er es ihr nicht nachmachen würde.

»Denkst du an den Krieg?«, fragte er.

Sie schüttelte den Kopf. »Ich denke an die Rettung.«

»Es hätte vielleicht eine gegeben, aber der Seher existiert nicht.« Zum ersten Mal hörte Hirka ihn das ohne Schmerz sagen.

»Es gibt Ihn, wenn du Ihn existieren lässt.«

»Du hörst dich an wie Ilume«, sagte er.

»Du hättest auf sie hören sollen. Sie hat es gewusst. Es gibt einen Seher. Wenn du es zulässt, dass es Ihn gibt. Du bist der Seher, Rime.«

Er lachte kurz. »Es steht nicht in meiner Macht, den Willen der Leute zu ändern.«

»Und warum gehst du dann?«

Er antwortete nicht sofort. Das bestätigte ihren Verdacht. Er war im Begriff, eine Entscheidung zu treffen. Eine falsche Entscheidung.

»Ich gehöre nicht hierher. Ich bin ein Schwarzrock.«

»Schwarzrock?« Hirka schnaubte verächtlich. »Es gibt wohl keinen schlimmeren Ort als bei den Schwarzröcken, wenn man keine Macht hat.«

»Das wird sich zeigen. Ich muss geradestehen für das, was ich getan habe.«

Hirka biss die Zähne zusammen. Er redete wie ein Dummkopf. Als verstünde er nicht, wie die Welt funktionierte. Er, der sie immer auslachte, weil *sie* es nicht verstand. Weil *sie* naiv war. Er wollte zurück zu den Schwarzröcken. Sich ihnen zu Füßen legen wie ein Hund. Ihnen sein Leben anbieten, als Ersatz für die Kameraden, die er getötet hatte. Was sollte das bringen? Was hatte es Vater gebracht?

»Also, was bist du, Rime? Ein Kind? Bist du Tein? Ist es das, was du bist? Du kannst nicht länger weglaufen. Für dich gibt es keinen Ort, an den du fliehen könntest. Du glaubst, du übernimmst Verantwortung, indem du dich von den Schwarzröcken für das, was du getan hast, umbringen lässt. Aber das bedeutet Verantwortung nicht. Sterben ist auch eine Flucht, Rime! Du nimmst den leichtesten Ausweg von allen.«

Sie sah, dass er überrascht war. Was hatte er erwartet? Dass sie sagte »Danke für alles und viel Glück«? Dass sie es verstand? *Er* war es, der nicht verstand. Hirka stand auf.

»Du hast mich einmal gefragt, wer ich bin. ›Wer bist du, Hirka?‹, hast du gefragt. Aber du bist derjenige, der nicht weiß, wer er ist. Ich bin Hirka. Ich bin die Schwanzlose. Das Odinskind. Ich bin die, die nicht hierhergehört. Alles, was du hattest, war der Seher. Wer bist du ohne Ihn? Ein bereits Toter? Beeindruckende Leistung.« Ihr Herz schlug mit jedem Wort schwerer. Sie sah einen kummervollen Zug in seinem Gesicht und das löste einen süßen Schmerz in ihr aus, den sie nicht aufhalten konnte. »Glaubst du, ich habe *Lust*, diese Welt zu verlassen? Glaubst du, ich laufe weg, Rime? Natürlich will ich nicht, aber ich gehe trotzdem. Weil ich es muss. Und weil kein anderer es für mich tun kann.«

Er antwortete nicht. Seine Augen folgten ihr, während sie am Rand der Schlucht auf und ab ging. Die Raben bewegten sich unruhig im Gebüsch.

»Du bist Erbe des Stuhls! Eines Stuhls, den du nie wolltest und um den du nie gebeten hast. Aber weißt du was, Rime? Gut möglich, dass du ihn nicht willst, nur hat niemand außer dir die Fähigkeit, etwas aus diesem Platz zu machen. Niemand sonst kann den Rat stürzen, den du so innig hasst. Niemand sonst kann hunderttausend Mann daran hindern, sich dort draußen auf den Ebenen gegenseitig die Köpfe einzuschlagen! Niemand!«

Sie zeigte auf die Wälder. »In ein paar Tagen wird der Himmel schwarz von krächzenden Raben sein und sie werden alle satt werden! Weil du verblendet bist von Hass! Siehst du nicht, dass der Rat der einzige Platz ist, von dem aus die Welt verändert werden kann? Bist du so blind?«

Er stand nicht auf und sah sie auch nicht an. Er hatte seine Entscheidung getroffen. Sie lachte verzweifelt.

»Blind, ja … Es gibt auch niemanden außer dir, der die Blinden aufhalten kann! Niemand sonst kann Urd daran hindern, die Welt auf die grausamste Art zu zerstören, die man sich vorstellen kann. Niemand sonst kann ihn dazu zwingen, für den Mord an Ilume zu bezahlen. Und niemand sonst kann Ramoja aufhalten. Glaubst du wirklich, eine Handvoll Rabner könnte das vollbringen, was eigentlich deine Aufgabe wäre? Sie werden sterben, alle, wie sie da sind! Was für ein sinnloses Blutbad, während du dich in Blindból verkriechst!«

Im selben Moment, als sie das ausrief, merkte sie, wie lange sie das schon hatte tun wollen. Sie hatte geglaubt, es würde helfen, aber das tat es nicht. So zu reden, als würde sie ihn verachten, führte nicht dazu, dass sie ihn verachtete. Es führte nur dazu, dass ihr übel war und sie sich schlecht fühlte.

Er stand auf.

»Hat es irgendetwas zu sagen, was ich mache? Du gehst doch sowieso.« Seine Stimme war heiser, ganz anders als sonst. Hirka ließ die Arme sinken. Die Bedeutung seiner Worte traf sie. Zertrümmerte alles, was sie geglaubt hatte, über ihn zu wissen. Er brauchte sie. Und sie hatte gedacht, es sei umgekehrt. Sei immer umgekehrt gewesen. Jetzt sah sie das, was sie gemeinsam erlebt hatten, mit anderen Augen. Er hatte ihr während des Rituals nicht geholfen, weil sie es brauchte. Er hatte es getan, um dem Rat zu trotzen. Er hatte sie nicht ihretwegen durch Blindból geschleift, sondern seinetwegen.

Er sah sie nicht an, während er sprach. »Ich dachte, ich hätte einen Kampf zu führen, der etwas bedeutet. Ich war ein Schwarzrock. Ich war der Diener des Sehers. Aber du hast recht. Ohne Ihn ist das nichts. Es hat keinen Sinn. Alles, was ich war, ist mir durch die Finger gerieselt und verschwunden. Und die Blinden sind zurück, du wirst also von hier weggehen, ganz gleich, was ich mache. Ich habe diesen Kampf schon verloren.«

»Nein! Nein, Rime. Hörst du nicht? Du hast mich am Leben erhalten, *damit* ich weggehen kann. Wir haben diesen Kampf schon gewonnen!«

Er kam näher. »Wir haben gewonnen, wenn die Schwarzröcke mich anhören. Wenn sie begreifen, dass sie für den Feind kämpfen. Die Welt wird nicht von Eisvaldr gelenkt, Hirka. Die Welt wird von denen gelenkt, die die Schwarzröcke auf ihrer Seite haben. Wenn sie mich anhören … Und wenn wir Urd Vanfarinn ausschalten, dann kannst du hierbleiben. Dann haben wir gesiegt.«

Hirka hörte ein Echo von Ilumes Worten. Schwarzröcke. Das war das Letzte gewesen, was über ihre Lippen kam, bevor sie starb. Hirka sah Rime an und verspürte einen Funken Hoffnung. Sie hätte wer weiß was darum gegeben, dass er recht hatte. Er war ein Schwarzrock, er könnte Urd aufhalten. Und sie könnte bleiben. Sie könnte hier in Ravnhov wohnen. Hier störte sich niemand an der Fäulnis.

Die Hoffnung erlosch im selben Moment, als sie das dachte. Es war zwecklos. Es würde immer zwecklos sein. Selbst wenn Rime es schaffte, Urd zu Fall zu bringen, selbst wenn er seinen Stuhl einnahm und einen Krieg beendete, selbst wenn sie hierbleiben konnte – sie würde doch niemals ein Teil seiner Welt sein.

Sie musste den Verstand verloren haben. Sie jagte ihn zurück in eine Welt, in der sie nicht an ihn herankam. Sie würde ihn nie mehr wiedersehen. Hirka schaute ihn an. Versuchte, sich sein Bild ins Gedächtnis einzubrennen, damit sie es nie mehr vergaß. Weißes Haar und Wolfsaugen.

»Gib mir ein paar Tage, Hirka.« Er kam näher. So nahe, dass sie seinen warmen Atem spürte.

»Wozu denn?« Sie stemmte die Arme in die Seiten, damit sie sich nicht von allein hoben und ihn berührten.

»Acht Tage, vielleicht neun. Wenn ich bis dahin nicht zurück bin und berichten kann, dass Urd tot ist, dann kannst du gehen. Vorher nicht.«

Sie lachte. Was hätte sie auch sonst tun sollen? »Rime, ich kann mir nicht aussuchen, wann ich gehe. Hlosnian hat mir sieben Tage gegeben. In sieben Tagen flutet die Gabe und er kann mir hier heraushelfen. Und du bittest um acht.«

Er schloss die Augen. Sieben Tage, das war zu kurz, sie wusste es. Vier Tage durch Blindból bis Mannfalla, vier Tage zurück. Und es würde hart werden, sogar für einen schwarzen Schatten ohne Odinskind im Schlepp.

Rime öffnete die Augen wieder. »Sieben Tage. Ich schicke einen Raben, sobald Urd tot ist. Versprich mir, dass du nicht vorher gehst.« Er legte die Arme um sie und zog sie an sich. »Versprich es!«

Seine Lippen waren kühl an ihrer Wange. Ihr Körper schrie nach der Gabe, aber sie sagte nichts. Sie waren in Ravnhov. Hier war die Gabe stark und sie würde ihr niemals widerstehen können. Die Gabe würde sie auseinandernehmen. Sie entblößen. Er würde alles sehen, was sie dachte. Die Furcht vor dem Unbekannten. Die giftige Versuchung, ihn zu bitten, mit ihr zu kommen. Seine Welt im Stich zu lassen und sie in ihre Welt zu begleiten. Und wenn er erkannte, wie inbrünstig sie sich das wünschte, würde er es vielleicht tun. Vielleicht würde er mit ihr gehen und die Welt brennen lassen. Das wäre fast ebenso grausam, wie ihn nie wiederzusehen.

»Ich bin die Fäulnis, Rime. Was immer du tust, es ändert nichts daran, was ich bin.«

Er nahm ihr Gesicht in die Hände und lächelte. Sein Blick tastete sie ab, als versuchte er herauszufinden, woraus sie bestand.

»Du bist keine Fäulnis, Hirka. Du warst es nie und wirst es nie sein. Du bist alles, was wahr und gut in dieser Welt ist. *Wir* sind die Fäulnis. Nicht du.«

Hirka merkte, wie ihr Widerstand unter seinen Worten brach. Sie schmolz ihm entgegen. Streckte sich und küsste ihn vorsichtig. Ein weicher Hauch auf seine Lippen. Sie konnte die Ränder seines Amuletts durch die schwarze Kleidung spüren. Ein Mörder mit einer Kindheitserinnerung um den Hals. Er begann zu umarmen. Sie schluckte und wich ein Stück zurück, bevor die Gabe sie erfassen konnte.

»Eine Kerbe für dich, wenn du es in sieben Tagen schaffst«, sagte sie. Seine weißen Augen glühten sie an. Er war wie ein Gebet mit geballten Fäusten.

Dann setzte er die schwarze Kapuze auf und stürzte sich über den Rand des Abgrunds.

BROMFJELL

Die Welt endete hier in Ravnhov.

Hirka ging über den leeren Hofplatz und überquerte die Brücke. Sie folgte der schmalen Steintreppe hinunter in die Schlucht und ging unter den Bäumen auf die Rabnerei zu. Das Gras war weiß von Reif. Niemand sonst war heute hier gegangen und es würde auch niemand tun. Alle Männer über fünfzehn waren hinaus auf die Ebenen gezogen, um Mannfalla ein letztes Mal zu trotzen. Wie dieser Krieg ausging, würde sie nie erfahren.

Auch viele Frauen waren hinausgezogen. Die Frauen von Ravnhov waren nicht wie die in Mannfalla. Maja hatte das Wirtshaus verlassen, um eine Hundertschaft Männer in den Kampf zu führen.

Hirka war an der Rabnerei angekommen und blieb in der Tür stehen. Der Raum roch nach Blut. Zwei alte Männer zerteilten Wildbret für die Raben. Außer ihnen war niemand hier. Die jungen Rabner waren kriegstüchtig und unterwegs zu den Ebenen. Einer der Alten bemerkte Hirka. Er schüttelte den Kopf. Rime hatte auch an diesem siebten Tag nichts von sich hören lassen.

Verbündete in Mannfalla hatten einen Raben geschickt, mit Nachricht über das Ritusfest. Das rauschende Fest, das in jedem Jahr den Abschluss der Ritualfeierlichkeiten bildete. Der heutige Tag war ein Festtag. Gleichzeitig waren Raben von den Ebenen gekommen. Gruppen von Kämpfern waren in den Wäldern aufeinandergetroffen. Krieger aus Mannfalla, aus Ravnhov und ein paar aus Ulvheim. Es hatte sporadische Versuche gegeben, die Bewachung um den Hrafnfjell zu durchbrechen. Einer kleinen Gruppe war es gelungen, aber ehe sie den Fürstensitz erreichen konnten, waren sie eingeholt worden. Nun war er also ausgebrochen, der Krieg. Aber in Mannfalla sollte getanzt werden. Hirka fragte nicht nach Getöteten. Sie wollte es nicht wissen. Sie konnte nichts tun.

Sie ging zurück zur Festhalle. Drinnen wartete Hlosnian auf sie. Der Bildhauer stand mit geschlossenen Augen da, die Hände an die Steinsäule gelegt, an der er so lange gearbeitet hatte. Er nannte sie ein Klatschmaul. Einen Fühler. Er nickte Hirka zu. Die Zeit war gekommen. Allzu schnell.

Hirka blickte sich um. Sie hatte nur ihren Beutel. Was brauchte sie noch dort, wo sie hinsollte? Das wusste keiner. Nicht einmal Hlosnian. Hirka nahm den Beutel und dann gingen sie zusammen hinaus. Ein Pferd war nirgends aufzutreiben, die hatten alle Wichtigeres zu tun. Also gingen sie zu Fuß die Wege hinter der Stadt entlang und hinauf zum Bromfjell. Je höher sie kamen, desto windiger wurde es und es begann zu schneien.

Keiner von ihnen sagte etwas. Der Himmel war grau, als sie mit dem letzten Anstieg begannen. Sie bestiegen eine Bergspitze, die etwas unterhalb des eigentlichen Gipfels lag. Dort ruhten sie sich eine Weile aus. Hlosnian erzählte, dass der Bromfjell drei Gipfel hatte. Drei Zugänge zum Drachen, von dem man einst geglaubt hatte, dass er dort wohnte. Hlosnian atmete schwer. Sie fühlte mit ihm, denn er musste den ganzen Weg im Dunkeln zurückgehen. Allein. Ohne sie.

Obwohl er nicht ganz allein sein würde. Mehrere Rabenschwärme folgten ihnen. Tanzten im Wind wie lebendige Teppiche. Vielleicht spürten sie, dass etwas bevorstand? Oder sie folgten Ebbe und Flut der Gabe, genau wie sie beide.

Das letzte Stück saß Kuro auf ihrer Schulter. Ab und zu flog er eine Runde, jagte ein bisschen mit den anderen Raben, aber er kam immer wieder zurück und ließ sich auf ihr nieder. Was würde aus ihm werden? Würde er ihr über die Schwelle folgen? Hinein in eine unbekannte Welt?

Sie erreichten den Gipfel und Kuro flog wieder auf und verschwand. Hlosnian blieb stehen, um zu verschnaufen. Hirka blickte sich um. Die Welt sah von hier so unendlich groß aus. Sie konnte Ravnhov nicht mehr sehen, aber die Berge von Blindból. Und sie sah die Ebenen, auf denen die Kämpfe stattfinden würden. Doch sie waren zu weit weg, um Leute erkennen zu können. Und vor ihr stand der Steinkreis, in einem Krater im Berggipfel.

Er war größer, als sie erwartet hatte. Sie zählte sechzehn Steine im äußeren und acht kleinere Steine im inneren Ring. Sie gingen am Rand des Kraters entlang, bis sie eine gute Stelle fanden, um hinunterzusteigen. Der Kraterboden war von korngelbem Moos bedeckt. Es lag kein Schnee, obwohl es schneite. Hier unten schien es wärmer zu sein. Die Luft war dicker, beinahe vibrierend. Oder kam es ihr nur so vor? Zwischen den Steinen flogen unzählige weiße Schmetterlinge. Solche wie diese hatte sie noch nie gesehen.

»Winterlinge«, sagte Hlosnian. »Man sagt, es gibt sie nur hier.«

Es war, als ginge man in einer lebendigen Schneewolke. An jedem anderen Tag wäre sie beglückt durch sie hindurchgelaufen. Aber zu wissen, dass sie für immer fortging, war zu bedrückend. Und dass Rime vermutlich nicht mehr lebte.

Er lebt.

Die Steine waren stumme graue Riesen, die nicht würdigten, dass jemand hier war. Sie hatten immer hier gestanden und würden immer hier stehen. Angesichts dessen waren sowohl Ymlinge als auch Odinskinder unwesentlich.

»Sollen wir warten?« Hlosnian sah sie an.

»Nein. Nein, wir brauchen auf nichts zu warten. Du kannst … na ja, das tun, was du tun musst.«

Hirka schluckte ein Gefühl von Hilflosigkeit hinunter. Wie sollte sie allein in dem Unbekannten überleben, wenn sie nicht einmal wusste, was Hlosnian tun würde, um sie dorthin zu schicken? Welcher der Steine war ihrer? Wohin sollte sie gehen? Sie musste darauf vertrauen, dass Hlosnian es wusste. Oder es herausfand.

Sie gingen in die Mitte und Hlosnian fand die Gabe. Zuerst spürte Hirka sie wie ein Flüstern. Einen murmelnden Bach. Viel schwächer als bei Rime. Langsam wurde die Gabe stärker, als fände sie Kraft in jedem Stein um sie herum, aber immer noch war sie nur ein Schatten von der, die sie bei Rime gespürt hatte, und die Sehnsucht nach ihm drohte sie zu überwältigen. Sie würde ihn für immer verlassen. Und sie hatte keine Ahnung, in was sie sich hineinbegab. Angst packte sie und die war zu stark für die Gabe. Sie ließ sich nicht aufhalten.

»Warte!« Sie legte die Hand auf Hlosnians Arm. Er blickte sie mit traurig gerunzelter Stirn an, dachte, der Mut habe sie verlassen, aber das war nicht der Grund, warum sie ihn zurückhielt. Hirka sah Schatten oben am Kraterrand. Sie blinzelte, um besser sehen zu können. Waren das die Blinden? Hatte Hlosnian etwas falsch gemacht? Nein. Das waren Pferde. Männer auf Pferden.

Hirka zeigte hinauf. Das waren Männer! Sie merkte, wie die Angst verschwand. Rime! Das musste Rime sein! Oder jemand mit einer Nachricht von ihm. Sie war gerettet! Alle waren gerettet! Hirka lief ihnen entgegen.

Dann fiel ihr Blick auf ihn. Ihr Körper erstarrte. Zehn Männer schwärmten aus und umringten sie. Urd sprang vom Pferd und kam mit riesigen Schritten auf sie zu. Der Umhang flatterte hinter ihm her. Das Zeichen des Rats auf der Stirn ließ es so aussehen, als hätte er drei Augen. Drei schmale Schlitze. Hirka stolperte rückwärts. Urd. Es war alles umsonst gewesen. Erinnerungen stürmten auf sie ein. Die Gardesoldaten im Kerkerschacht. Der Fleischbrei, den sie in seinem Sessel versteckt hatte. Die Kiste, in der er sie gefesselt aus der Stadt schaffen ließ. Er würde sie auf der Stelle töten.

Er zog den Handschuh aus und hob die Faust, lange bevor er sie erreicht hatte. Sie drehte sich um und versuchte zu fliehen, aber da knallte seine geballte Faust gegen ihren Unterkiefer. Ihr Gesicht war taub. Sie fiel rückwärts ins Moos. Hlosnian rief etwas. Sie sah in den Himmel. Dunkle Wolken mit Rändern aus Gold. Urds Gesicht tauchte über ihr auf. Sie drehte sich weg, aber er packte ihr Gesicht und zwang sie, ihn anzusehen. Hirka sah ihr verzerrtes Spiegelbild in dem Goldreif um seinen Hals. Er schüttelte ihren Kopf und lächelte.

»Sollen wir sagen, wir sind quitt?«

DIE BLINDEN

Hirka lag mit dem Rücken auf kaltem Stein, die Arme gefesselt unter dem Körper. Jedes Mal, wenn sie versuchte, sich auf die Seite zu rollen, schoss ihr ein Schmerz durch die Schulter. Hatte sie sich etwas gebrochen? Sie war sich nicht sicher.

Ihre Füße waren über den Knöcheln mit einem Ledergürtel gefesselt. Sie hatte versucht, sie über den Rand zu schieben, sodass sie die Erde erreichen konnte, aber der Stein, auf dem sie lag, war zu breit. Ihre einzige Möglichkeit war, sich auf dem Rücken nach oben zu arbeiten. Früher oder später musste der Kopf den Rand finden. Also nahm sie lieber die Schmerzen in Kauf.

Ich habe keine Angst.

Aber das war gelogen. Hirka hatte Angst. Nie hatte sie mehr Angst gehabt als jetzt. Nicht um ihr Leben – darum hatte sie mittlerweile so oft fürchten müssen, dass jeder Augenblick, den sie erlebte, fast ein Geschenk war. Ihr machten ganz andere Sachen Angst. All die Antworten, die sie nie bekommen würde. Dass Ravnhov fallen könnte. Dass der Rat sich einem geisteskranken Mann beugte, der alles vernichten würde, was sie gekannt hatte. Alles, was irgendwer jemals gekannt hatte.

Hirka stemmte die Hüften hoch, stieß sich mit den Fersen ab und kam wieder eine Fingerlänge voran.

Am meisten Angst machte ihr die Gewissheit, dass niemand in der Lage war, es zu verhindern. Die heiligen Männer und Frauen des Rats waren immer die Wahrheit gewesen. Das Gesetz. Sie hatten alle Antworten gehabt und den Willen, nach vorn zu schauen. Aber sie waren nicht heilig. Sie waren nicht einmal stark. Sie waren einfach nur Männer und Frauen. Niemand von ihnen konnte etwas für Hirka tun. Niemand von ihnen hielt Urd auf. Man fürchtete die Blinden, aber wer war denn am blindesten?

Rime hatte recht gehabt. Die Welt war zu groß, um sie zu ändern. Sie hatte es selbst gesehen, während des Rituals. Wie sinnlos es war, wenn man versuchen wollte, so viele gleichzeitig zur Vernunft zu bringen. Das ging nicht. Rime hatte es gewusst. Aber er war trotzdem in den Tod gegangen. Und sie hatte ihn gehen lassen. Sie kämpfte gegen die Tränen und siegte. Tränen würden ihr hier nicht helfen.

Hirka spürte den Rand des Steins unter dem Hinterkopf. Sie robbte noch ein Stück weiter und beugte den Kopf über den Rand. Endlich konnte sie mehr sehen als Wolken. Der Nachteil war, dass alles auf dem Kopf stand, so wie sie dalag. Die Steinsäulen waren noch da. Sie sahen aus, als hingen sie vom Himmel herab. Männer hingen zwischen ihnen wie Fledermäuse. Sie lächelte, bis der Kiefer einen Schmerzensstoß ausschickte.

Vielleicht war sie schon in einer anderen Welt? War es so, wenn man durch die Steine ging? Dass man ein Spiegelbild der Wirklichkeit sah? Verzerrt, aber dennoch wiedererkennbar? Auf dem Kopf stehend?

Sie entdeckte Urd. Er sprach mit dem Mann, der seinen Ledergürtel geopfert hatte, um ihre Füße zu fesseln. Ein breit gebauter Krieger, der neugierig mit dem Finger die Schneide eines geraden Schwertes prüfte. Er hatte bereits ein Kurzschwert an der Hüfte hängen, also hatte er das, mit dem er jetzt spielte, vermutlich einem aus Ravnhov abgenommen. Einem der vielen auf den Ebenen, die sie getötet hatten, um ungesehen zum Bromfjell zu gelangen. Vielleicht jemandem, den sie kannte. Sie zerrte an den Handfesseln und die Stricke scheuerten auf der Haut. So kam sie nicht weiter.

»Hirka?«

Sie zuckte zusammen, aber dann erkannte sie Hlosnians Stimme.

»Hlosnian? Wo bist du? Bist du unverletzt?« Sie drehte den Kopf hin und her, konnte ihn aber nicht sehen.

»Ich bin hier. Hier unten. Mir geht es gut. Und dir?«

»Ist mir nie besser gegangen.«

»Hirka, du hast mein Wort! Ich werde ihm niemals helfen. Eher sterbe ich, als dass ich ihm helfe!«

Hirka trotzte den Schmerzen im Kiefer und lächelte resigniert. »Er braucht keine Hilfe, Hlosnian. Er kann die Tore allein öffnen.«

Hlosnian schnaubte verächtlich. »Urd Vanfarinn? Zum Draumheim, niemals! Er würde einen Steinflüsterer nicht mal erkennen, wenn er auf einem säße! Er wüsste doch gar nicht, wo er anfangen sollte.«

Hirka hatte nicht die Kraft, ihm zu widersprechen. Sie ließ Hlosnian noch eine Weile in dem Glauben. Er würde früh genug erkennen, dass alles verloren war, ganz gleich, was er tat oder nicht tat.

Urd kam auf sie zu. Sie machte sich auf weitere Schläge gefasst. Er packte sie an der Jacke und zog sie vom Stein. Sie fiel auf die Erde und setzte sich auf, zog die Beine an und lehnte den Rücken gegen den Stein. Urd ging vor ihr in die Hocke. Er sah sie an und wischte etwas Schmutz von ihrer Jacke. Eine Geste, die sie weder verstand noch wertschätzte.

Sie starrte ihn an. Es tat weh, den Mund zu öffnen, aber sie wollte ihm nicht die Freude machen, es sich anmerken zu lassen.

»Ich habe dir nie etwas getan, Urd.«

»Fadri. Urd-Fadri. Hat man dir keine Manieren beigebracht?« Er ließ seinen Blick über ihren Körper wandern. »Ach, richtig. Du bist ja keine von uns, ist es nicht so?«

Hirka schluckte. »Ich habe dir nie etwas getan. Du hast keinen Grund, mich zu töten.«

»Oh nein. *Ich* werde dich nicht töten. Dieses Vergnügen soll anderen vergönnt sein. Was das betrifft, werde ich sicherlich auch daran mein Vergnügen haben.«

»Warum? Warum zum Draumheim macht es dir Freude, wenn andere sterben? Begreifst du nicht, wie krank das ist? Wie kaputt du bist?!«

Er packte sie am Hals und zog sie zu sich heran. Seine Pupillen waren schwarze Nadelstiche auf goldenem Grund.

»Du unterschätzt mich gern, Mädchen, das ist dein größter Fehler. Wofür hältst du mich? Für einen Trunkenbold, der aus Wut vor dem Wirtshaus tötet? Einen gewöhnlichen Schurken, der für ein paar Münzen Leute absticht? Weißt du überhaupt, wo wir sind? Welche Macht in diesem Ort liegt?«

»Du tötest mich also für Macht? Ich sehe darin keinen Unterschied.«

Er knurrte wie ein Tier und verstärkte den Griff um ihren Hals. Sein Gesicht kam ihrem ganz nah. »Für Macht wollte ich dich am Leben lassen. Aber jetzt werde ich dich für etwas töten, das viel wichtiger ist.«

Sein Atem stank nach Leiche. Hirka zuckte angewidert zurück. Sie starrte auf seinen Goldreif. Sie erkannte plötzlich den wahren Grund von Urds Wahnsinn und der war erschreckender als alle Erklärungen, die sie sich vorgestellt hatte. Den wahren Grund seiner Verzweiflung. Die Ursache für das irreale Risiko, das er einzugehen bereit war, ohne Rücksicht auf irgendwen oder irgendwas.

»Du stirbst«, flüsterte sie.

Ein Schatten von Schmerz flog über sein Gesicht, wie ein Gefühl, das er nicht mehr besaß, an das er sich aber aus seiner Kindheit erinnerte. Er umklammerte ihren Hals noch fester. Sein Daumen strich über ihre Haut.

»Jetzt nicht mehr, Mädchen. Die Narbe wird mir eine nützliche Mahnung sein, mich niemals auf die Fäulnis zu verlassen. Ich vertraue lieber den Blinden als deinem Vater.«

»Mein Vater ist tot. Du bist ihm nie begegnet und er hat dir nichts getan.«

Urd lachte. Das Gelächter mündete in ein röchelndes Husten. »Die

Mythen sind also wahr. Odinskinder haben den Verstand von Schafen.« Ein Tropfen Blut rann aus seinem Mundwinkel. Er griff sich an den Hals. »Dein Vater hat mich innerlich verrotten lassen, als ich aufhörte, nützlich für ihn zu sein. Damit hat er mir sehr wohl etwas getan, meinst du nicht? Du hast recht, ich bin ihm nie begegnet, aber ich habe seine Stimme gehört. Und ich sage dir, ich würde lieber mein eigenes Schwert schlucken, als ihn noch einmal zu hören.«

Hirka merkte, wie die Angst verschwand und der drängende Wunsch, mehr zu erfahren, an ihre Stelle trat. Urd hatte recht. Vater war nie ihr Vater gewesen. Sie war ein Odinskind. Irgendwo in einer anderen Welt hatte sie einen richtigen Vater. Und sie würde ihn nie kennenlernen. Oder irgendwas über ihn erfahren. Es sei denn, sie überlebte. Es sei denn, Urd überlebte. Das hier konnte nicht das Ende sein. Nicht jetzt.

»Ich kann helfen«, sagte sie. Zuerst vorsichtig. Dann wurde sie sicherer. »Ich kann helfen! Gib mir meinen Beutel. Ich habe Goldschelle und Rachdorn! Ich habe Sonnentränensalbe und …«

»Salbe?« Urd starrte sie an, als habe sie den Verstand verloren. »Du hast Salbe?« Er lachte wieder. Das Blut in seinem Mundwinkel lief an seiner Unterlippe entlang und kroch zwischen seine Zähne. Er öffnete den Goldreif und entblößte seinen Hals. Er war eine offene Wunde. Hirka warf den Kopf zur Seite, um dem entsetzlichen Gestank zu entgehen. Sie wollte die Augen schließen, konnte es aber nicht. Ein Rabenschnabel. Halb geöffnet. Festgewachsen in Urds Hals, umgeben von faulendem Fleisch und verfärbter Haut. Die Fäulnis. Der Anblick war grauenvoll. Ein Grauen, das schwer zu ertragen war. Ihr Vater hatte Urd mit der Fäulnis infiziert. Es war kein Mythos. Sie schluckte. Trauer und Ekel wallten in ihr auf.

Er legte den Halsreif wieder um. Der Gestank ließ nach. »Nur die Blinden können Blindwerk wiedergutmachen, Odinskind. Und das werden sie tun, sobald sie jemand Schwanzloses bekommen. So einfach ist das.« Er stand auf und blickte auf sie herunter.

»Du bist ein Steinopfer. Seit dem Tag deiner Geburt gehörst du ihnen, Mädchen. Du hast nur einen kleinen Umweg gemacht.«

Am Himmel hinter ihm spielten die Raben im Wind.

Hlosnian saß auf der Erde und wiegte sich wie ein Kind. Er hatte versucht, von den Steinen wegzukommen, aber zwei von Urds Männern hatten ihn mit Füßen getreten und ihn zurückgeschleift. Hirka hatte ihm von der Gabe zugeflüstert und wie sie alles und jeden sah. Dass die Männer ihre Strafe bekommen würden. Aber Hlosnian hörte nicht zu. Er war in sich selbst versunken, murmelte von Blindwerk und Blut.

Es war zu viel für ihn gewesen, als er sah, wie Urd den Raben tötete. Der hatte kopfüber an einem der Pferde gehangen, verschnürt wie ein Huhn. Urd hatte ihm die Kehle durchgeschnitten und sein Blut in einer Schale aufgefangen. Der Rabe hatte die ganze Zeit geschrien. Tot und doch nicht tot. Wie Hirka.

»Er wird Steine zwingen. Steine zwingen«, wiederholte Hlosnian. Es hörte sich an wie die geflüsterten Gebete, die Mannfallas bedauernswerteste Seelen des Nachts mit den Händen auf den Hallenmauern zum Seher schickten.

»Das spielt keine Rolle, Hlosnian. Alle müssen irgendwann sterben.« Hirka fürchtete sich nicht mehr. Die Angst war zu stark gewesen, um sie zu ertragen, deshalb war sie irgendwann einfach verschwunden. Den Hohlraum, den sie hinterlassen hatte, hatten Trauer und Wut aufgefüllt. Es gab nichts anderes.

»Man kann Steine nicht zwingen. Zerschlagene Türen lassen sich nicht schließen. Der Drache … Er wird den Drachen wecken. Der Baum ist nicht mehr.«

Ein Donnerknall ließ Hlosnian zusammenzucken. Er war so zerbrechlich wie Glas. Aber damit war er nicht allein, das war der einzige Trost. Urds Männer hatten sich aus dem Steinkreis zurückgezogen.

Sie standen flüsternd in den Schatten beisammen, während Urd herumging und Stein für Stein mit Vogelblut bestrich. Sie waren jetzt siebzehn Mann. Einer war schon geflohen und er würde kaum der Letzte gewesen sein. Ihre Furcht war verständlich. Ganz gleich, wie erschreckend Urd erscheinen mochte, die Totgeborenen waren viel schlimmer. Hirka nahm an, dass keiner der in Leder gekleideten Männer hier wäre, wenn sie gewusst hätten, dass auch die Blinden eingeladen waren.

»Er kann den Preis für Zwang nicht bezahlen. Niemand kann den Preis bezahlen …«

Hirka saß nah genug, sodass Hlosnian seinen Kopf an ihre Schulter lehnen konnte. Das machte den Bildhauer nicht ruhiger, aber sie fühlte sich besser. Ihn zu stützen brachte ein wenig Sinn in die Sinnlosigkeit.

Der Himmel hatte sich verfinstert. Die Steine hoben sich gegen ihn ab wie die bleichen Zähne eines toten Riesen. Hirka hoffte, dass einer davon umfiel und dem Kerl, der dort herumging und sie zum Bluten brachte, jeden einzelnen Knochen im Leib zertrümmerte. Wäre sie nicht gefesselt gewesen, hätte sie die Steine selbst umgestürzt! Sie versuchte, ihre Finger zu bewegen, aber sie hatte kein Gefühl mehr darin.

Wir sind bereits tot.

Würde sie Rime im Draumheim wiedersehen? Vater? Gab es ein Draumheim für alle, ganz gleich, woher man kam?

Drei Männer gingen hinüber zu Urd und sprachen mit ihm. Sie konnte nicht verstehen, worum es ging, aber sie hatte so eine Vermutung. Die Männer waren Zeugen des Rabenmords gewesen. Urd hatte Unglück über sie alle gebracht. Aberglaube oder nicht, die Männer waren aufgebracht. Sie waren schließlich nur Gardisten, Männer, die Befehle auszuführen hatten. Einige von ihnen dienten dem Haus Vanfarinn vielleicht schon seit Generationen. Ihre Familien hatten zu essen und ein Dach über dem Kopf, weil sie einem Verrückten nach Ravnhov folgten. Was wussten sie schon? Einer der Männer nahm seinen Helm ab und zeigte auf diejenigen, die sich nicht vorgewagt hatten. Urd erhob die Stimme und die Männer zogen sich niedergeschlagen aus dem Steinkreis zurück. Aus den Schatten drang das Wiehern der Pferde herüber, aber niemand ging hin, um sie zu beruhigen.

Urd kam und stellte sich ein paar Schritte vor Hirka mit dem Rücken zu ihr auf. Er sah jetzt schon tot aus. Seine Finger waren rot von heiligem Blut. Wieder roch sie den Gestank, der von ihm ausging. Sie wunderte sich, dass die anderen mit ihm sprechen konnten, ohne Abscheu zu zeigen. Sie sprachen mit einem toten Mann, das mussten sie doch merken? Hirka hatte genug Leben gerettet und an den Tod verloren, um den Unterschied zu riechen.

Dann kam die Gabe. Sie war nicht wie die von Rime. Sie war in ihrem Körper unerwünscht, wie die Wärme eines Fremden, der sich ihr aufzwingen wollte. Wie der Gefangene, der im Kerker gestorben war. Die Gabe wurde stärker. Heftiger. Hirka kämpfte gegen sie an. Verschloss ihren Körper. Urd konnte unmöglich wissen, dass sie ein Werkzeug war, das seine Gabe verstärkte. Dieses Geheimnis beabsichtigte sie mit ins Draumheim zu nehmen.

Die Winterlinge waren verschwunden. Sie glaubte sie zu sehen, aber es waren nur Schneeflocken, die außerhalb des Steinkreises fielen. Bis zu ihr kamen sie nicht. Vielleicht fürchteten sie sich auch vor den Blinden? Der Boden unter ihr schien zu atmen. Die Luft wurde dünner und bekam einen widerlichen Geschmack. Urplötzlich hatte Hirka ein Gefühl von unendlichem Raum. Von einer Leere, in die sie hineinfallen konnte. Zwischen den Steinen flirrte die Landschaft, als würde sie durch die Hitze eines Feuers darauf schauen. So unmerklich, dass sie fast daran zweifelte. Dünne Halme legten sich unerklärlich flach auf den Boden. Bleiche Schatten zeichneten sich ab. Sie kamen aus dem Nichts. Aus der Dunkelheit. Von einem Ort, den niemand sehen konnte. Sie wurden deutlicher. Wurden Wirklichkeit. Wurden lebendig. Und sie kamen auf sie zu.

Hirka presste sich an den Stein. Sie würde nicht in Panik verfallen. Würde nicht weinen. Sie hatte schon Blinde gesehen. Einem sogar

Auge in Auge gegenübergestanden. Und sie hatte überlebt. Sie saß hier, lebendig genug, um ihr Herz schlagen zu hören. Lebendig genug, um Schmerz zu empfinden.

Es grollte unter ihr. Wie Donner in den Bergen. Hirka warf einen Seitenblick auf Hlosnian. Er starrte zu Boden. Das Haar hing ihm in verschwitzten Strähnen ins Gesicht. Hlosnian konnte niemandem mehr helfen.

Männer schrien. Also träumte sie nicht. Sie hatten dasselbe gesehen wie sie. Urd fauchte sie an, er werde dem Ersten, der sich davonmachte, persönlich den Schwanz abschlagen. Aber dieses Risiko wollten mehrere der Männer offenbar gern in Kauf nehmen. Sie hetzten auf ihren Pferden davon, als seien ihnen die Blinden auf den Fersen. Raben schrien. Sie kreisten über dem Rand des Kraters. Jagten einander. Flogen zwischen den Steinen ein und aus, im Schwarm, wie schwarze Flammen.

Was würde Rime jetzt tun?

Hirka machte den Rücken gerade und hob den Kopf. Drei Blinde kamen auf sie zu. Ihre Körper schienen frei von Fett zu sein. Sie bewegten sich mit Stolz, völlig ungeniert darüber, dass sie nackt wie Tiere waren. Sie hätten Ymlinge sein können. Gut gebaute Ymlinge. Bis auf die weißen Augen. Und die Fingerspitzen, die sich zu Krallen krümmten.

Urd wich ein paar Schritte zurück. Hirka wünschte, sie könnte Schadenfreude fühlen. Sich über all das freuen, was er glaubte, kontrollieren zu können. Aber sie fühlte nur Trauer. Schwarze Trauer, die seine Gabe vergiftete. Der Bromfjell grummelte vor Abscheu. Protestierte gegen die bleichen Gestalten. Die Ersten. Nábyrn. Die Totgeborenen. Urd wurde unsicher. Hatte er überhaupt schon mal welche gesehen? Hirka spürte, wie die Gabe sich veränderte. Er zögerte. Er begriff. Diese Geschöpfe würden ihn nicht retten. Niemand konnte ihn retten. Die Gabe erstarb in einem stummen Schrei. Dann wurde sie plötzlich wieder stärker. Wärmer. Besser. Vertraut.

Hirka kam auf die Knie und hielt Ausschau.

Rime?

Es musste Rime sein! Sie kannte diese Gabe! Das war die Gabe, die er benutzte. Nur er. Sie träumte nicht. Sie spürte seine Wärme durch ihren Körper jagen wie Feuer durch trockenes Laub.

»Hlosnian!« Er hörte sie nicht. Die Raben schrien zu laut und es donnerte im Bromfjell. »Hlosnian!« Sie versuchte, zu dem Alten zu kriechen. Er musste erfahren, dass Rime hier war. Dass Rettung kam. Hirka sah, wie mehrere von Urds Männern zu laufen begannen. Wo waren die anderen? Sie hörte Rufe an der Außenseite des Kraters. Das Geräusch von Stahl gegen Stahl. Von Kämpfen. Urd trat zur Seite und machte den Weg für die Blinden frei, sodass sie ungehindert zu ihr konnten. Jetzt war nichts mehr zwischen ihnen. Nichts. Nur die Gabe. Die Blinden zögerten. Lag es an den Raben? Sie kreisten über ihnen allen wie eine lebende Wolke. Die Luft war aufgeladen. Gewitterluft. Es roch verbrannt.

Ein Schatten flog über Hirka hinweg. Im ersten Moment glaubte sie, es sei Kuro, aber es gab noch andere, die die Angewohnheit hatten, über Leute zu springen. Sie hörte sich seinen Namen rufen, als sie ihn entdeckte. Er lebte. Er war hier. Rime stand zwischen ihr und den Nábyrn.

Sie zuckte zusammen, als kalter Stahl ihre Haut berührte. Urplötzlich waren ihre Hände frei. Schwarze Schatten liefen zwischen den Steinen, ein Getümmel in der Dunkelheit. Mehrere Männer schrien. Sie hörte sie sterben. Urd rief ihnen zu, sie sollten aufhören, aber niemand hörte auf. Niemand kam, um ihm zu helfen. Oder ihr. Hirka nestelte verzweifelt am Ledergürtel um ihre Füße. Endlich fiel er ab und sie packte Hlosnian und schüttelte ihn. »Hlosnian! Rime ist hier! Die Schwarzröcke sind hier!« Sie zerrte an seinen Fesseln.

Hlosnian half ihr nicht. Er wiegte sich nur vor und zurück. »Er hat den Stein gezwungen. Ihn gezwungen mit Blut. Der Drache. Der Drache erwacht.« Hirka hätte ihn am liebsten geschlagen, aber es war wichtiger, ihn loszubinden. Endlich hatte sie es geschafft und half ihm, aufzustehen. Der Boden unter ihnen hob und senkte sich, es war schwer, sich auf den Beinen zu halten. Urds mutigste Männer fuchtelten vergeblich mit ihren Schwertern in der Dunkelheit, als würden sie gegen Fantasiegebilde kämpfen.

Schwarzröcke.

Schwarz gekleidete Schatten. Sie waren unmöglich zu erkennen. Etwas blinkte auf der Erde. Jemand hatte ein Schwert verloren. Hirka warf sich darauf. Die Gabe machte es erschreckend einfach. Sie konnte sich länger strecken, als sie war. Schmerzen fuhren ihr durch den Körper, aber diese Gabe war Rimes, deshalb konnte sie die Schmerzen kosten. Konnte sie auseinandernehmen und beschließen, sie beiseitezulegen. Die Gabe war so stark, so stark. Und sie täuschte sie, denn für einen Moment war sie sicher, dass sie Tein rufen gehört hatte. Vielleicht wurde man verrückt, wenn die Gabe zu stark wurde? Eine neue Angst erfüllte sie. Dieser Strom würde sich nicht aufhalten lassen. Die Gabe würde sie gen Himmel blasen. Sie zerstören. Sie in denkbar kleinste Fetzen reißen.

Urd bewegte sich rückwärts auf sie zu. Sie packte das Schwert fester, für den Fall, dass er noch näher kam. Die Raben wurden langsam aufdringlich. Sie schrien wie verrückt. Umkreisten sie. Stießen herab.

»Die Schwanzlose! Holt euch die Schwanzlose!« Aber Urds Stimme drang nicht durch. Er griff sich an den Hals und sank auf die Knie. Rime schlug mit dem Schwert nach dem vorwitzigsten der Blinden, aber sie waren zu schnell. Verschwanden, ehe die Klinge Schaden anrichten konnte. Er ließ mehr Gabe fließen. Hirka hätte ihn gern gebeten, aufzuhören. Sie konnte nicht mehr aufnehmen. Hatte keinen Platz.

Tein und Ynge kamen über den Kraterrand gelaufen. Sie wirkten klein gegenüber den riesigen Steinen im Vordergrund. Wo kamen sie her? Sie waren doch auf den Ebenen, im Kampf gegen Mannfalla. Dann sah sie also Trugbilder? Die Welt stand wieder auf dem Kopf. Sie war gestorben. Nichts von alldem hier war Wirklichkeit.

Rime trank von der Gabe, tanzte um die Blinden herum und schlug einen von ihnen in der Mitte quer durch. Die Gestalt zerbrach und stürzte ins Moos, ehe das Blut herausschießen konnte. Die beiden anderen wichen zurück zu den Steinen. Sie bleckten die Zähne. Weiße Zähne. Und sie bewegten sich wie Gespenster. Auch sie fürchteten den Tod. Wie alle anderen. Ymlinge. Odinskinder.

Hirka umklammerte das Schwert. Urd kniete vor ihr und zerrte an seinem Goldreif. Der ging auf und es regnete Blut aus seinem Hals. Es sah schwarz aus in der Dunkelheit. Urd erbrach sich. Der Schnabel in seinem Hals bewegte sich. Er kroch heraus aus der offenen Wunde, als versuchte er, Urd von sich zu stoßen. Gestank von verfaultem Fleisch erfüllte die Luft.

Hirka stand wie gelähmt da und sah zu. Sie wollte es nicht, aber der Anblick war so unfassbar, dass sie es nicht schaffte, sich abzuwenden. Der Schnabel lag reglos auf der Erde. Urd drehte sich zu ihr um. »Holt sie euch!« Er schrie wie ein Ertrinkender, so als läge er halb unter Wasser. Hirka erhob das Schwert und ging auf ihn zu. Er kroch von ihr weg wie ein verwundetes Tier. Auf allen vieren, Irrsinn im Blick. Hirka hörte ihre eigene Stimme im Kopf.

Man kann nicht einfach Leute töten!

Er kam auf die Beine und sie schlug mit dem Schwert zu. Sein Schwanz fiel zur Erde und wand sich. Urd schrie vor Schmerz.

»Du hast etwas vergessen«, rief sie und die Gabe trug ihre Stimme über das Chaos um sie herum. »Sie sind hier, um ihr schwanzloses Geschenk abzuholen.« Sie zog sich von dem taumelnden Mann zurück. Da fing sie den nebelweißen Blick eines der Blinden auf. Sie legte zwei Finger an den Hals, so, wie sie es bei dem Blinden am Wasserfall gesehen hatte.

»Hirka?« Rimes Stimme. Aber sie konnte ihn jetzt nicht ansehen. Sie starrte in die Augen des Blinden und ließ das Schwert fallen. Urd streckte sich danach, aber die Blinden stürzten sich auf ihn. Bohrten ihre Krallen in seine Schultern, schleiften ihn mit sich zurück zwischen die Steine und verschwanden. Sie hörte seine Rufe noch, lange nachdem sie diese Welt verlassen hatten. Schreie aus dem Nichts. Aus dem Nirgendwo.

Der Bromfjell dröhnte unter ihnen. Donner aus dem Berg. Dann riss die Erde auf. Eine Feuersäule schoss zum Himmel empor. Hlosnian nahm schreiend die Beine in die Hand.

»Lauft! Lauft um euer Leben!«

Und sie liefen.

DER DRACHE ERWACHT

Die Gabe trug sie, als berührten ihre Füße den Boden nicht. Doch sie liefen, das spürte sie. Um sie her spuckte der Berg Feuer. Er erbrach Blut, wie Urd es getan hatte. Flammend rot. Der Berg fauchte zum Himmel empor. Die Erde riss an mehreren Stellen auf.

Im Namen des Sehers, was haben wir getan?

Sie blieb stehen. Jemand zog an ihr. Wollten sie nicht, dass sie es sich ansah? Tief in ihrem Inneren war ihr klar, dass sie nicht stehen bleiben konnte. Nicht hier im Ring, mitten im Krater. Doch das war eine Erkenntnis, die nicht in ihrem Kopf ankam. Die gehörte zu einem anderen Ort, zu einer anderen Zeit. Genau jetzt musste sie hinsehen. Das Feuer war ein Wasserfall, der in die falsche Richtung floss. Mit unermesslicher Kraft schoss es zum schwarzen Himmel hinauf, um sich dort wie glühender Regen auszubreiten. Sah so der Untergang der Welt aus? Und ihr Anfang?

Die Gabe verbrannte sie, glühte in den Adern, rann durch Muskeln und Knochen. Das Feuer im Berg war das Feuer in ihr. Vielleicht waren sie ein und dasselbe. Das hier war zu Hause. Sie war der Berg. Sie war der Drache im Bromfjell. Sie sah das Feuer, das sie alle geboren hatte und das sie alle auslöschen würde.

Um sie herum riefen Leute. Durch den Nebel der Gabe. Der Einzige, den sie hörte, war Rime. Er rief ohne Worte. Es gab keinen Abstand zwischen ihnen, der noch nach Worten verlangte. Die Gabe hatte alle Hindernisse niedergebrannt und sie las ihn, ohne ihn zu sehen. Wusste, wo er war, wusste, was er wollte.

Die Steine waren in rotes Licht getaucht, durch Herbst, Winter und Frühling. Ein regungsloser Ring um das Feuer. Stumme Zeugen des unfassbaren Zorns des Berges. Die Raben um sie herum schrien. Die Schwarzröcke versammelten sich um die Steine, die den einzigen Schutz gegen die Glut boten. Ein Schwarzrock stützte Hlosnian. Die Blinden waren weg. Urd war weg.

»Hier! Hier!«, rief Hlosnian und keuchte wie ein Blasebalg. »Zwischen den Steinen!«

Er hat recht. Das ist der einzige Weg nach draußen, sagte Rime in ihr.

Roter Regen sammelte sich zwischen den Steinen. Die Glutrinnsale vereinigten sich und flossen in Bächen zwischen ihnen hinaus. Der Boden würde nachgeben. Der ganze Bromfjell würde explodieren. Jemand schrie. Rime packte sie und sie sah ihn. Er hatte sich die schwarze Kapuze vom Kopf gerissen. Sein Gesicht glänzte vor Schweiß. Sie lächelte ihm zu. Er schaute sie an, als habe sie den Verstand verloren.

Sie hatten es alle so eilig. Hirka hatte es nicht eilig. Sie entdeckte ihren Beutel und grinste. Als sie zuletzt darauf bestanden hatte, ihn mitzunehmen, hatte er einen Pfeil aufgehalten, der sonst ihren Rücken durchbohrt hätte. Sie schnappte ihn sich und lief wie alle anderen zum Außenrand des Kraters, aber ihr kam es nicht so vor, als würde sie laufen. Es ging so langsam. Hlosnian zeigte auf zwei der Steine. Rime hielt ihre Hand ganz fest. Ihr blieb keine andere Wahl, als ihm zu folgen. So wie ihm alle folgten. Hlosnian, die Raben, die Schwarzröcke. Sogar Tein und zwei andere aus Ravnhov folgten ihm jetzt. Jetzt, da der Drache erwacht war und der Berg sie jagte.

Rime hielt Hirka an der einen Hand und in der anderen trug er Urds Schwanz. Das Einzige, was von Urd Vanfarinn noch übrig war. Gemeinsam liefen sie zwischen den Steinen hinein. Alles hörte auf zu existieren. Alles wurde still. Hirka war übel.

Hirka und Rime liefen in einer Leere, in der es nichts gab. In einem Raum, der sich unfassbar schnell um sie drehte. Kahl, ohne Farben, ohne Licht. Nicht einmal die Gabe war dort, stellte sie voller Panik fest. Das hier musste Draumheim sein, wo alles schlief. Nein. Hier gab es noch nicht einmal etwas, das schlafen konnte. Doch! Da vorn. Flecken aus Licht. Flächen, die sich in der ewigen Nacht erhoben. Steine.

Hirka streckte sich ihnen entgegen, damit sie nicht verschwanden. Damit die Ewigkeit sie nicht verschlang. Sie wurden von den Steinen angezogen. Der Geruch von Feuer stieg ihr in die Nase. Sie traten zwischen die hoch aufragenden Steine und mit einem Mal waren alle Geräusche wieder da.

Das Erste, was sie hörte, waren Leute, die etwas riefen. Noch einmal. Steine, die zersprangen. Etwas tobte. Die alles verschlingende Gabe war dort, lange bevor sie sehen konnte, wo sie sich befand. Lange bevor die Umrisse des Ritualsaals um die Leute herum zum Vorschein kamen, die in Panik vor ihnen wegliefen. Rime betrat den Raum. Sie folgte ihm, so von der Gabe erfüllt, dass ihre Füße überempfindlich waren. Schwellende Polster auf dem Boden. Es pochte im ganzen Körper. War das der Grund, warum alle wegliefen? Sahen sie, dass sie kurz vorm Zerplatzen war?

Aber nicht sie war es, die barst. Es war der Raum. Hirka warf einen Blick zurück auf das klaffende Loch, durch das sie eben erst gekommen waren. Eine offene Wunde in der Wand. Was hatten sie getan? Im Namen des Sehers … Rime ging die gewölbte Wand entlang. Seine Füße berührten den Boden nicht. Er ging auf Luft. Ging auf der Gabe. Die Wände bekamen Risse und zersprangen, wenn er vorbeiging. Die Gabe wütete um ihn. Kleine Perlmuttplättchen lösten sich und schossen durch den Raum. Die Leute um sie herum schrien, duckten sich und hielten die Arme schützend über den Kopf.

Es regnete Splitter und Steine, die sich aus den Wänden um Rime und aus dem Dach über ihm lösten. An ihm vorbeischwebten, als bewegten sie sich in dickflüssigem Öl. Langsam. Bis er vorbeigegangen war und sie in ihrer natürlichen Geschwindigkeit fallen konnten. Es war, als stünde die Zeit um ihn still, nicht aber um jemand anders. Die Luft knisterte. Es regnete in Weiß und Gold.

Die Bilder an der Wand wurden unkenntlich, platzten in Stücken ab. Teile der alten Figuren brachen ab und fielen zu Boden. Die Farben verblassten. Das Einzige, was zurückblieb, waren massive Steinsäulen. Sie wuchsen dort hervor, wo Kalk und Fliesen von einer Gabe abgerissen wurden, die fast stärker war, als Hirka aushalten konnte.

Es waren gewaltige Säulen und viele. Säulen, die seit tausend Jahren hinter den Wänden verborgen waren. Sie hatten den Steinkreis in Blindból gefunden. Die verlorenen Tore. Sie waren nie in den Bergen hinter Eisvaldr versteckt gewesen. Sie waren hier. Im Ritualsaal. Unter der roten Kuppel.

Rime ging die Treppe ganz hinten im Saal zur Empore hoch. Hinauf zum Rat. Hirka folgte ihm wie in Trance. Außerstande zu etwas anderem. Von der Gabe gelähmt. Die Männer und Frauen des Rates hatten sich erhoben. Jemand rief nach den Gardisten, die versuchten, die Leute hinauszuschaffen, ohne dass sie sich gegenseitig tottrampelten. Hirka sah jeden einzelnen Schweißtropfen, den sie auf der Stirn hatten. Jeden einzelnen Blick, den sie betend zum Dach erhoben, dass es nicht über ihnen einstürzen möge.

Hirka sah Ramoja. Vetle. Die anderen Rabner. Die Gabe las sie alle wie ein offenes Buch. Sie waren voller Ziele. Sie waren nicht im gleichen Auftrag hier wie die anderen. Die Leute in Mannfalla waren hier, um das Ritual zu beenden. Sie waren wegen des Festes hier, um zu tanzen. Die Rabner waren hier, um eine Epoche zu beenden. Sie hatten nur noch nicht damit angefangen. Und jetzt würden sie auch nicht mehr die Gelegenheit dazu bekommen. Sie standen vereinzelt zwischen allen anderen, deren Gesichter Hirka nicht kannte. Die Leute trugen ihre schönsten Kleider. Gestärkte Röcke und Schals.

Hirka lächelte erschöpft beim Gedanken an ihr eigenes Ritual. Auch da hatten die Leute in entgegengesetzte Richtungen gedrängt. Einige versuchten, die Ausgänge gen Norden zu erreichen, andere die gen Osten. Einige schienen stehen bleiben zu wollen, um zu sehen, was passierte. Einige riefen nach dem Seher.

Rime näherte sich dem Rat. Es waren nur noch zehn. Ilume war tot. Urd war tot. Und der Ritualsaal löste sich gerade in seine Einzelteile auf. Eir hatte sich die Hand vor den Mund geschlagen und starrte die Steine an, die sich um sie alle herum auftürmten. Die mächtigsten Männer und Frauen der Welt hatten nie gewusst, was der Saal verborgen gehalten hatte. Und sie starrten Rime an.

Rime hatte die Kontrolle verloren. Hirka musste zu ihm. Sie musste ihn aufhalten, sonst würde die Gabe sie vernichten. Er ließ alles hinaus, was er hatte. Sie fühlte, dass er sie vergessen hatte. Alles vergessen hatte bis auf die zehn, die jetzt vor ihm standen. Unter ihm. Die Luft um ihn war zu dick, als dass seine Füße den Boden berühren konnten.

Seine Augen brannten weiß. Er war alles, was gelebt hatte. Alles, was lebte, und alles, was je leben würde. Er war die Gabe. Und er durchfloss Hirka. Ihre Haut brannte, ihr Blut pulsierte. Kleine Stoßwellen breiteten sich in ihrem Kopf aus wie Funken von einem offenen Feuer. Die Adern wollten sich aus ihren Armen quetschen. Sie klammerte sich an die Wirklichkeit.

Rime warf Urds Schwanz auf den Boden. Er entrollte sich, hinterließ auf dem Boden eine dünne Blutspur, bis er reglos liegen blieb. Eir und der bärtige Ratsherr Jakinnin standen am nächsten. Beide wichen zurück. Die anderen traten näher, um nachzusehen, um was es sich da handelte. Als sie den Schwanz sahen, verzogen sie angeekelt die Gesichter. Keiner sagte ein Wort. Sie blickten Rime an. Warteten auf eine Erklärung. Warum hatte er den Saal entweiht?

Erzähl ihnen, wer du bist!

»Ich bin Rime An-Elderin!« Rimes Stimme trug durch den Saal. Er sprach, als befände sich ein gewaltiger Hohlraum in ihm. Als würde dort ein Echo entstehen. Die Leute blieben stehen. Einige schauten ängstlich auf die Risse in dem, was von den Wänden noch übrig war, doch die Neugier siegte über die Furcht. »Ich bin der Sohn von Gesa, der Tochter von Ilume aus dem Haus An-Elderin. Ich bin gekommen, um Anspruch auf den Stuhl zu erheben.«

Eir machte einen Schritt auf ihn zu. »Was hast du getan, Rime …« Ihre Stimme war nur ein Flüstern. Sie ging ganz in seiner unter, die von der Gabe getragen wurde. Aber sie versuchte es. Vorsichtig. Als hätte sie einen Geisteskranken vor sich.

»Im Namen des Se…«

»Du kannst dir die Lügen sparen, Eir. Ihr seid gescheitert. Urd ist tot. Von den Totgeborenen verschlungen, die er hierhergeführt hatte. Der Feind war jeden Tag unter euch, aber ihr habt ihn nicht erkannt. Ihr habt nichts unternommen. Ich bin hier, um Anspruch auf den Stuhl zu erheben.«

Hirka biss die Zähne zusammen. Die Gabe floss mit seinen Worten. Die s-Laute zerrten an den Muskeln. Die t-Laute hämmerten auf dem Skelett und hallten im ganzen Körper wider. Er übertönte alles, ließ ihr keinen Freiraum zum Atmen. Sie sah alles, hörte alles mit einer Intensität und Deutlichkeit, die sich ihr aufzwang. Sie wollte schreien. Aber es war Rime, der schrie.

»Gebt mir den Stuhl oder gebt mir den Seher!«

Hirka hörte Hunderte von Stimmen im Saal flüstern. So wie sie es gehört hatte, als sie selbst vor ihnen stand. Als Odinskind. Einige Anwesende trugen Waffenschilde. Zwei, die ganz hinten im Saal standen, hatte sie auf Ravnhov gesehen. Sie schauten sich an und versuchten, ein Lächeln zu unterdrücken. Als ob Rime nicht gerade den Raben verspottet hätte, als ob Hirka nicht gerade sterben würde.

Aber sie starb für Rime. Das war die Sache wert. Er brauchte sie jetzt. Er hatte die Verbindung zur Welt verloren. Er war zu etwas anderem geworden. Die Ratsleute waren schwache Schatten verglichen mit ihm, wie er dort in der Luft schwebte und sich so scharf abzeichnete, als sei er in Stein gemeißelt. Schärfer als die Wirklichkeit. Sie hatte jetzt Angst vor ihm. Angst vor dem, was er tat. Vor dem, was er in der Lage war zu tun.

Sie hatte davon geträumt, dass der Rat fiel. Dass sie bezahlen mussten. Für Vater. Für die Tage im Kerkerschacht. Für die Lügen und die

Wunden, die sie am Rücken trug. Aber jetzt, da sie nur noch wenige Augenblicke dastehen würden, fürchtete sie sich vor den Folgen.

»Wo ist der Seher?«, fragte Rime.

Tausend Augen im Saal starrten zum Rat und zum Seher, der still auf dem Stab der Rabenträgerin saß. Niemand rief mehr. Die Stimmen waren voller Erwartung verstummt. Einer Erwartung, die von einem Augenblick auf den anderen von Furcht abgelöst wurde. Der Furcht, dass der Rat an dieser einen Aufgabe scheiterte: Rime An-Elderin einen Seher zu geben, damit er sich vor Ihm verneigte. Einer der Männer im Rat rief nach der Garde und gab Befehl, den Lästerer in Ketten zu legen. Aber keiner der Gardisten rührte sich. Niemand gehorchte.

Der Saal wartete. Wartete darauf, dass der Seher sich zu erkennen gab und den Lästerer bestrafte. Hirka fühlte, wie die Gabe ihr von denen erzählte, die schon jetzt verstanden. Sie fühlte, wie sie den Boden unter den Füßen verloren und verzweifelt nach Halt suchten, und sie hätte um sie geweint, wenn sie gekonnt hätte. Es war ein unerträglicher Schmerz, denn er kam von so vielen.

Sie machte einen Schritt auf Rime zu. Ihre Füße waren so schwer, als trüge sie Schuhe aus Eisen. Ihre Arme waren Bleilote, die sich nicht bewegen ließen. Sie konnte ihn nicht erreichen, wie er da in der Luft hing, nur einen Schritt von ihr entfernt.

Dann fühlte sie, wie sie kamen. Hlosnian und Tein und die Schwarzröcke. Die Leute schrien und drängten sich dicht zusammen. Strebten in die Mitte des Saales, weg von den Steinen. Die Schwarzröcke kamen zwischen ihnen hervor. Schwarz wie die Nacht traten sie aus dem Raum zwischen den Welten heraus. Sie kamen aus den Wänden, die es nicht mehr gab. Hlosnian hielt sich an einem von ihnen fest. Tein und Ynge klammerten sich aneinander. Die Gardisten warfen sich ratlose Blicke zu. Jemand formte das Zeichen des Sehers, wie um Blindwerk zu verjagen.

Hirka wollte sie auffordern, wegzugehen. Aber sie konnte nicht rufen. Konnte ihnen nicht sagen, dass die Raben unterwegs waren. Und dann kamen sie. Zu Tausenden. Sie kamen schreiend aus dem Nichts zwischen den Steinen und füllten den Saal im Nu. Sie verhielten sich, wie Hirka es bei Raben noch nie beobachtet hatte. Ein Sturm aus Flügeln und Klauen, die nur ein Ziel kannten.

Rime. Rime und die Gabe um ihn herum.

Sie umkreisten ihn. Eine schwarze, lebende Säule. Der Rabe, der auf dem Stab der Rabenträgerin saß, breitete die Schwingen aus und schloss sich dem Schwarm an. Rime hing mitten zwischen ihnen. Wolfsaugen in einer Wolke aus Vögeln. Die Gabe wuchs so sehr, dass es in Fußboden und Decke knackte. Hirka hatte Mühe, sich auf den Beinen zu halten. Drei Fenster zerbarsten und stürzten auf die Menge zu, hielten jedoch inne, als sie auf die Gabe trafen. Funkelnd wie gefärbter Regen hingen ihre Glassplitter zwischen den Raben.

Hirka sah, wie Tein auf sie zukam. Sie blickte ihm entgegen und schickte ein stummes Gebet durch die Gabe, dass er etwas tun möge.

Er verhalf dir auf Ravnhov zum Sieg. Jetzt musst du ihm zu seinem verhelfen!

Tein lächelte, als sähe er sie zum ersten Mal. Er nickte ihr zu, ging zur Treppe und fiel vor Rime auf die Knie. Der Rat, den Tein sein ganzes junges Leben lang verachtet hatte, starrte ihn an. Starrte auf die goldene Krone auf seiner Brust. Ein Krieger aus Ravnhov. Und er verneigte sich vor Rime.

Einem Echo gleich fiel der ganze Saal auf die Knie. Zuerst die, die in nächster Nähe standen. Dann der Rest. Wie Dominosteine. Sie legten die Stirn auf den Boden, sodass sie kleine Kuppeln bildeten. Die schwarzen Kuppeln verrieten, wer zu den Schwarzröcken gehörte.

Hirka rief Rime, aber es kam kein Ton aus ihrem Mund. Sie rief wieder, doch der Ton verschwand in ihr. Alles verschwand in ihr. Sie war ein Schacht für die Gabe. Sie würde in sich selbst hineinfallen und verschwinden.

Eir war die Erste im Rat, die sich verbeugte. Die Rabenträgerin kniete vor Rime nieder und der übrige Rat folgte ihrem Beispiel. Einige widerwilliger als andere, aber sie konnten nicht zulassen, dass die

Rabenträgerin es als Einzige tat. Hirka spürte, wie Rimes Abscheu ihren Körper durchspülte. Er verachtete sie alle, ganz gleich, ob sie vor ihm standen oder knieten.

Das Letzte, was sie sah, war Hlosnian, wie er die Wände entlangtaumelte. Er sah weder Rime noch den Rat. Er hatte den Steinpfad genommen und den ersten und größten Rabenring gefunden. Alles andere war nicht von Bedeutung. Seine Finger rissen an den Fliesen, um die Tore freizuschälen, die der Welt so lange verborgen geblieben waren.

Dann fühlte sie, wie ihre Knie den Boden trafen. Sie fiel. Zunächst auf die Erde. Dann in Rime hinein. Dort wurde alles zu Licht.

ZURÜCK IN BLINDBÓL

Hirka schwebte über der Erde. In einem Traum, in dem sie tot war. Oder soeben geboren. Grüne Nadelbäume und weiße Elfenküsse wogten vorüber. Sie hatte diesen Traum schon einmal gehabt. Rime trug sie von der Alldjup-Schlucht durch den Wald nach Hause. Er hatte sie vor dem Absturz gerettet.

Sie lächelte. Er begriff nichts. Sie war viel tiefer gefallen als damals in der Alldjup-Schlucht. Von hier konnte er sie nicht heraufziehen. Niemand konnte das. Sie war nach innen gefallen. Sie hatte die Welt gesehen, wie sie war. Hatte sich selbst gesehen, wie sie war.

Sie vermisste die Raben. Wo war sie? Einen Augenblick lang glaubte sie, sie sei im Raum zwischen den Welten stecken geblieben. In der Leere zwischen den Steinen. Doch dann spürte sie Wind im Gesicht. Die Wärme der Hände, die sie trugen. Atem an ihrem Ohr. Hier war etwas. Zwischen den Steinen gab es nichts, aber hier war etwas. Vielleicht schlief sie im Draumheim.

Aber sie hatte diesen Traum schon einmal gehabt. Sie war hier schon einmal gewesen.

Ihr Körper gehörte nicht mehr ihr. Er war leer. Eine zarte Hülle, die der kleinste Windhauch zerbrechen konnte. Ein fremder Hohlraum unter Wolfsaugen. Sie wurde bewacht. Bewacht von etwas Ewigem. Etwas Starkem.

Sie hatte diesen Traum schon einmal gehabt.

Schatten sprachen miteinander. Sie hörte sie nicht. Sah sie nicht. Fühlte sie nur. Dann wurde sie in die Kühle gesenkt.

Wieder allein.

Das hier kannte sie besser. Alleinsein war kein Traum. Alleinsein war die Wirklichkeit. Wie sie es immer gewesen war. Wie alle es waren.

Lichtpunkte blinkten zwischen Gräsern. Sie war umgeben von Grün. Sie war ein Insekt geworden. Geschrumpft und im Waldboden verborgen. Und jetzt, da es endlich geschehen war, empfand sie keine Freude darüber. Auch keine Trauer. So war es eben. Frieden.

Hirka blinzelte und die Umgebung zeichnete sich deutlicher ab. Sie war nicht geschrumpft. Sie lag auf einer Matte auf einem Holzfußboden und schaute hinaus ins Gras. Eine graue Wolldecke lag bis zur Hüfte über ihr. Gras und Fußboden? Sie war gleichzeitig drinnen und draußen. Sie nahm Rimes Duft wahr. Wo war er? Was war passiert? Ihre Jacke lag zu einem Viereck zusammengefaltet neben ihr, aber die anderen Kleider hatte sie noch an. Hirka stützte sich auf die Arme. Ihr Körper tat weh wie ein einziger Bluterguss, aber sie konnte keine Verletzungen entdecken. Keine blauen Flecke, keine Wunden.

Der Raum war kahl. Die Falttüren vor ihr waren zur Seite geschoben. Zu grünen Bergen hin geöffnet. Zwei Raben spielten im Wind. Sie schossen steil in die Tiefe vor ihr und verschwanden. Sie war weit oben. Sie war in Blindból.

»Alles wird ab jetzt anders sein.«

Hirka zuckte zusammen und drehte sich zu der Stimme um. Ein Mann saß im Raum. Seine Haut hatte die Farbe von gebrannten Mandeln. Er war kahlköpfig und schwarz gekleidet. Ein Schwarzrock.

Zwischen ihnen war ein Loch im Fußboden. Eine einfache Feuerstelle mit einer gusseisernen Kanne, aus der Ylirwurzel dampfte. Der schwarze Mann goss etwas von dem Tee in eine Schale und reichte sie Hirka. Sie nahm sie und trank. Der Duft öffnete sie. Ihre Sinne waren auf ganz neue Weise geschärft. Der Tee schmeckte nach hundert verschiedenen Dingen, von denen sie jedes einzelne von Feuer bis Stein nachspüren konnte, durch Erde und Jahreszeiten hindurch. Sie schloss die Augen. Die Oberfläche der Schale fühlte sich rau an. Alles war genau das, was es war.

»Du weißt, was ich meine«, sagte er.

Hirka machte die Augen wieder auf. Sie verstand, was er meinte, begriff jedoch nicht, woher er das wissen konnte. Er blickte sie an, aber ohne ihr in die Augen zu sehen. Er schaute auf einen Punkt hinter ihr. Als stelle er sich nur vor, dass sie im Raum war. Seine Stimme war tief. Die Worte waren alltäglich, aber dennoch schicksalhaft. Hirka hatte das Gefühl, als habe sie ein Leben lang auf ihn gewartet. Sie öffnete den Mund, um nach Rime zu fragen und danach, was sie hier machte, aber er schnitt ihr das Wort ab, noch bevor sie etwas sagen konnte.

»Ich habe etwas für dich.«

»Was denn?«

»Du bekommst es, wenn du alle deine Fragen gestellt hast.«

Hirka machte den Mund wieder zu. Es war verlockend, so zu tun, als habe sie keine Fragen. Aber die Verlockung war nicht groß genug. Sie trank den Tee aus und setzte zu einer Frage an, doch er unterbrach sie abermals, ehe sie etwas sagen konnte. Hirka lächelte. Er war wie Tein. Aber Tein wartete wenigstens, bis sie angefangen hatte zu sprechen, bevor er sie unterbrach.

Tein. Er verbeugte sich vor Rime.

Sie erinnerte sich.

»Du bist auf dem Gipfel des Aldaudi, in einem Ausbildungslager der Schwarzröcke. Du bist in Blindból.« Jetzt sah er ihr endlich in die Augen, als erwartete er eine Reaktion. Sie widerstand der Versuchung zu sagen, dass sie schon einmal in Blindból gewesen war und es ihr keine Angst machte. Stattdessen lachte sie.

»Ist daran etwas lustig?«

»Nein. Aber es ist schön.«

Er lächelte das Lächeln eines jungen Burschen. Wie alt mochte er sein? Vierzig? Hundert? Das ließ sich unmöglich einschätzen.

»Ich bin Schwarzfeuer. Ich bin der Mester der Schwarzröcke.« Er hob die Kanne und Hirka hielt ihm die Schale hin, damit er ihr nachschenkte. Ihr wurde das Unwirkliche an der Situation bewusst. Was hätte sie wohl erwidert, wenn ihr jemand gesagt hätte, dass sie eines Tages in Blindból mit dem Mester der Schwarzröcke Tee trinken würde? Aber das war nicht das Einzige, was sie vor ein paar Monaten noch für unmöglich gehalten hätte. Was, wenn ihr jemand gesagt hätte, der Rat werde noch vor dem Winter fallen und sie selbst beinahe den Blinden geopfert werden? Vielleicht war es ein Segen, nicht zu wissen, was vor einem lag.

Sie bekam ihre Schale zurück, wärmer jetzt durch den neuen Tee.

»Ich bin Hirka. Die Schwanzlose. Ich bin ein Mensk. Ein Odinskind.« Jetzt war es an ihr, ihn anzusehen und auf eine Reaktion zu warten.

»Ja, so sagt man«, erwiderte er ruhig.

Hirka setzte sich vorsichtig auf. Sie streckte die Beine aus, zog sie wieder an und ließ die Knie dann zu je einer Seite fallen, sodass sie dasaß wie er. Er hob den Deckel der Kanne an und streute frische Blätter von Sonnenträne hinein.

»Du musstest dich ausruhen«, sagte er. »Darum bist du hier. Die Gabe hat dich bis zum Äußersten gebracht. So etwas kann einem die Nerven aus dem Körper treiben, aber auf eine gute Weise. Man hört alles, sieht alles und …«

»Fühlt alles.«

Er lächelte flüchtig. »Die Welt da draußen steht auf dem Kopf. Du würdest den Verstand verlieren, wenn du jetzt in Eisvaldr wärst. Sofern du nicht vorher dein Leben verloren hättest.«

»Wenn ich es bis jetzt nicht verloren habe, dann werde ich es wohl demnächst auch nicht verlieren.«

»Keiner weiß, wohin der Wind weht. Vergiss nicht, wer du bist. Du warst da, als der Seher fiel. Du bist die Emblatochter, die mit den Totgeborenen kam. Versteh mich nicht falsch, es gibt Leute, die dich für den Seher persönlich halten, aber noch mehr glauben, dass du hinter

Seinem Untergang steckst. Du warst nicht sicher in Mannfalla. Darum hat er dich hergetragen.«

Sie wusste nur zu gut, wen er meinte.

»Wo ist er? Ich muss ihn sehen.«

»Rime hat in Eisvaldr viel zu tun. Man stellt die Welt nicht über Nacht auf den Kopf.« Schwarzfeuer schaute sie an. »Für gewöhnlich nicht jedenfalls«, fügte er hinzu. Rime war es also gelungen. Er hatte Ilumes Stuhl übernommen und jetzt würde er versuchen, die elf Reiche von Grund auf umzugestalten.

»Ist das gut oder schlecht?«, fragte Hirka.

»Die Welt auf den Kopf zu stellen? Das kommt ganz darauf an, wer …«

»Nein, ich meine das, was du für mich hast.«

»Das weiß ich nicht.«

»Werde ich froh sein oder traurig, wenn ich es bekomme?«

»Das weiß ich nicht. Bist du jetzt fertig mit deinen Fragen?«

Das war sie nicht. »Was ist mit dem Krieg? Was wird aus Ravnhov?«

»Das weiß niemand mit Sicherheit. Die Kämpfe fanden ein Ende, als der Bromfjell seine glühenden Eingeweide hinausschleuderte. Es heißt, die Ebenen seien aufgeplatzt wie Wundschorf. Wer weiß, vielleicht hat das mehr Leben gekostet als die Kämpfe, aber jetzt herrscht jedenfalls erst einmal Waffenruhe. Rime ringt den dritten Tag in Folge mit dem Rat. Sie klammern sich an ihre Stühle. Niemand will schuld daran sein, dass Urd Vanfarinn in den Rat aufgenommen wurde. Einige wollen nach wie vor Ravnhov zerschlagen. So wird es immer sein. Rime stehen schwere Zeiten bevor. Man kann unmöglich abschätzen, wie er sich entscheidet. Vielleicht schafft er den Rat ganz ab. Vielleicht setzt er einen neuen ein. Vielleicht löst er die Schwarzröcke auf.«

»Vielleicht lässt er auch nur die Silberschalen vor den Sälen entfernen«, schlug sie vor. Sie lächelten sich an wie alte Freunde. »Vielleicht. Ganz gleich, was er tut, ich folge ihm.«

Hirka fiel ein, dass sie Schwarzfeuer einen Dank schuldig war. »Ihr seid ihm gefolgt! Ihr seid mit ihm nach Ravnhov gekommen und habt uns geholfen, als …« Sie dachte daran, was sie beim Steinring getan hatte, und starrte hinunter auf ihre Hand. Sie konnte das Gewicht des Schwertes fühlen, mit dem sie Urd den Schwanz abgeschlagen hatte. Das Schwert, das ihn zum Opfer für die Blinden machte. Am Nacken rückwärts weggezogen, schreiend ins Nichts hinein. Sie schluckte, bevor sie weitersprach. »Als die Blinden kamen. Ihr seid ihm gefolgt, obwohl er drei von seinen eigenen Leuten getötet hatte und obwohl er geächtet war. Wie ich. Geschah das auf deinen Befehl?«

»Schwarzröcke geben keine Befehle. Wir befolgen sie. Ich befolgte Ilumes.«

Hirka stutzte. »Ilume ist gestorben …«

»Ja, wer, wenn nicht Ilume, kann aus Draumheim noch Befehle geben?« Er lachte wie jemand, der fast vergessen hatte, wie man das machte. Dann fuhr er fort: »Ein Rabe kam mit einem Brief von Ilume in der Nacht, in der sie starb.«

Hirka erinnerte sich. Sie hatten an dem Baum gestanden, ehe er zerbrach. Ilume war hereingekommen. Sie hatte einen Raben geschickt. Bevor sie und Rime angefangen hatten zu streiten. »Hat sie euch aufgefordert, Rime zu folgen?« Hirka hörte selbst den Zweifel in ihrer Stimme.

»Ilume wusste, dass die Tage des Rates gezählt waren. Sie wusste, dass sie Grund hatte, um ihr Leben zu fürchten. Sie schrieb, als sei sie schon tot.«

Ein Kiefernzapfen wehte in den Raum und rollte zur Feuerstelle. Schwarzfeuer stand auf und warf ihn wieder nach draußen. Seine Bewegungen waren seltsam kontrolliert. So als sei alles, was er tat, lange und gut überlegt. Bevor er sich wieder hinsetzte, zog er die Falttüren zu. Sein Blick ruhte auf dem Feuer. Es spiegelte sich in seinen Augen, aber Hirka hatte das sichere Gefühl, dass es genau umgekehrt war. Er war das Feuer. Die Flammen versuchten, *ihn* zu spiegeln.

»Vor fast dreizehn Jahren erhielt ich einen Befehl. Dieser Befehl kam nicht mit einem Raben. Ich wurde gebeten, nach Eisvaldr zu kommen, ins Haus An-Elderin. Der Schnee lag kniehoch in Blindból, darum kam ich erst in der Dämmerung an. Ilume saß auf einer Bank im Garten, als sei Sommer. Sie saß mit dem Rücken zu mir. Schnee lag auf ihrem Kittel.«

Schwarzfeuers Stimme war heiser und er machte lange Pausen zwischen den Sätzen. Als würde er die Geschichte selbst nicht kennen. Als ob sie sich zutrug, während er erzählte. »Ihre Tochter Gesa war aus Mannfalla abgereist. Zusammen mit ihrem Mann und ihrem sechs Winter alten Sohn hatte sie sich auf den Weg nach Ravnhov gemacht. Sie hatte Wissen erlangt, das nicht dorthin gelangen durfte. Der Befehl an die Schwarzröcke lautete, sie aufzuhalten.«

Hirka wurde es übel. »Sie hat euch befohlen, die Familie zu töten?«

»Das war der Wille des Rates, ursprünglich. Doch Ilume hatte ihnen einen Kompromiss abgerungen. Rime, Gesas Sohn, war erst sechs Winter alt. Er wusste nichts von dem, was seine Mutter wusste, und selbst wenn er es gewusst hätte, war er noch zu klein, um es zu verstehen. An-Elderins Widersacher gierten natürlich danach, auch den Jungen zu töten. Damit wäre das Ende der Familie besiegelt gewesen. Einer Familie, die seit den ersten Stühlen einen Platz am Tisch gehabt hatte. Aber es kam anders. Das Haus An-Elderin hat mehr Freunde als Feinde im Insringin. Ilume musste ihre Tochter opfern, durfte aber ihr Enkelkind behalten.«

Hirka starrte die dunkle Gestalt vor sich an. Ein Fremder in jeder Hinsicht. »Wie konntest du nur so einen Befehl ausführen? Unschuldige zu töten, weil sie wussten, dass alles eine Lüge war?!«

Er lächelte schief. Leerte die Teeschale und stellte sie auf den Boden. »Nun wollte das Schicksal, dass es uns erspart blieb, sie zu töten. Der Schnee nahm uns die Arbeit ab, aber an unseren Händen klebt dennoch Blut. Die Gabe hatte den Schnee geweckt. Die Gabe, die wir benutzt hatten, um schnell und ungesehen an ihnen vorbeizukommen. Doch auch wenn ich das Schwert gebraucht hätte, so ist es nicht an mir, über Schuld oder Unschuld ein Urteil zu fällen. Das ist Aufgabe des Rates. Wir sind das Schwert des Rates. Wir fragen nicht nach dem Warum. Der Seher würde gute Gründe gehabt haben. Wenn es Ihn gab. Und vielleicht gibt es Ihn, in einer anderen Form. Rime hat die letzten Tage gut genutzt. Das musste er auch. Macht kann nicht unberührt daliegen. Hätte er nicht gehandelt, hätte das Vakuum, das der Seher hinterlassen hat, zum Krieg geführt. Zu Chaos. Niemand anders als Rime hätte die günstige Gelegenheit ergreifen können. Niemand anders hätte vollbringen können, was er getan hat. Einreißen und Aufbauen an ein und demselben Tag. Er will Urds Stuhl an Ravnhov vergeben. Kannst du dir vorstellen …«

Hirka spürte, wie die Rastlosigkeit kam. Sie saß hier draußen im Niemandsland, während sich Rime in Eisvaldr aufrieb. Umgeben von Ratsfamilien und machthungrigen Zünften. Schwarzfeuer schien eine Weile nachzudenken, bevor er weitersprach. »Aber ganz gleich, welche Entscheidungen er trifft, unsere Aufgabe bleibt dieselbe. Wir führen seinen Willen und den des Rates aus. Das ist der Preis, den wir für Ordnung zahlen.«

Hirka schüttelte den Kopf. »Was ist nur mit euch los? Was stimmt mit den Schwarzröcken nicht? Ihr redet vom Tod und vom Töten, als sei das die natürlichste Sache der Welt!«

»Ist es denn nicht so?«

»Niemand hat das Recht, einem anderen das Leben zu nehmen!«

»Das stimmt. Niemand hat das Recht zu töten. Aber wir alle sind bereits tot.«

Hirka verdrehte die Augen. »Ja, das habe ich auch gehört.«

Warum hatte Ilume nichts gesagt? Warum hatte sie Rime nicht erklärt, was sie dachte, was sie tat? Hirka sah Rime vor sich, wie er die Zähne zusammenbiss. Seine Wolfsaugen. Vermutlich hätte er ohnehin nicht zugehört, egal, was Ilume gesagt hätte.

»Schwarzfeuer, hast du Rime das über Gesa erzählt?«

»Rime weiß Bescheid. Er hat schon vor langer Zeit zwei und zwei zusammengezählt. Er hat einen klugen Kopf und das Herz am rechten Fleck.«

»Du magst ihn.« Das war keine Frage. Es war eine Erkenntnis.

»Ich habe ihn aus dem Schnee gegraben. Ich habe ihn ausgegraben, um ihn an Ilume zu übergeben. Damit er wie einer von ihnen aufwuchs. Wie ein An-Elderin. Ich habe ihn auf meinem Arm durch Blindból getragen und den ganzen Weg dachte ich, es wäre besser für ihn gewesen, wenn er gestorben wäre. Dann kam das Ritual und er schockierte ganz Eisvaldr, als er sich für uns entschied. Er wollte ein Schwarzrock werden. Eine Waffe. Ein Diener. Das konnte ich nicht zulassen. Wenn ihm etwas zustieße, würden wir alle es ausbaden müssen. Darum nahm ich ihn hart ran, um ihn zu vertreiben. Behandelte ihn wie einen verwöhnten Welpen, der beim geringsten Anzeichen von Widerstand mit dem Schwanz zwischen den Beinen davonlaufen würde. Aber Rime gab nicht auf. Da fasste ich ihn noch härter an. Vielleicht, weil ich langsam an ihn glaubte. Er ist stark. Schnell. Er hört zu. Er ist die Anstrengung wert. Darum, ja, ich mag ihn. Ich auch.«

Schwarzfeuer schaute ihr in die Augen und sie errötete.

»Aber weißt du, Hirka, was er hier bei uns durchgemacht hat, ist nichts gegen das, was ihm jetzt bevorsteht. Politik liegt nicht jedem.«

»Und er hasst es!«

Sie lachten. Ein warmes Gefühl von Gemeinschaft erfüllte Hirka. Sie schämte sich fast dafür, denn dieser Mann war ein Schwarzrock.

»Also, was hast du nun für mich?«

»Bist du fertig mit deiner Fragerei?«

»Erst einmal schon.«

Aus seiner Brusttasche holte er ein Schmuckstück, das sie sofort wiedererkannte. Es gehörte Rime. Die Muschelschale mit den Kerben auf der Rückseite. Er warf es ihr zu und es landete auf ihrem Schoß.

»Rime lässt ausrichten, dass er aufgibt. Du hast gewonnen, Mädchen.«

Hirka spürte, wie ihre Wangen sich durch ein Lächeln hoben, das sie nicht aufhalten konnte. Es tat fast schon weh. Sie lachte und verbarg das Gesicht hinter den Händen. Ihre Augen wurden feucht und sie musste mehrmals blinzeln. Schwarzfeuer stand auf.

»So, dann wollen wir dir erst mal etwas zu essen besorgen und danach fangen wir mit der Ausbildung an, du bist ja jetzt wieder auf den Beinen.«

»Ausbildung? Was für eine Ausbildung?«

»Kampf. Das machen wir hier. Und solange du bei uns bist, machst du das mit, was wir machen.«

»Ich habe noch nicht mal geschafft, aufzustehen!«

»Dann ist es ja gut, dass du hergekommen bist.«

Hirka hatte den leisen Verdacht, dass es ihm wirklich ernst damit war. Das verhieß nichts Gutes. Essen hingegen klang wunderbar. »Habt ihr Honigbrot?« Sie schaute ihn mit aller Erwartung an, die sie aufbringen konnte. Der dunkle Mann starrte sie an, als hätte sie nach Blutgras gefragt. Wortlos verließ er den Raum.

»Lass mich raten«, murmelte sie vor sich hin. »So was essen wir hier nicht …«

DER TAUSCHHANDEL

»Das soll eine *Wolfsnacht* gewesen sein? Das sah eher aus wie ein *Hühnerhüpfer.*« Schwarzfeuer lachte nicht über seinen eigenen Witz. Er beschränkte sich darauf, in den Himmel zu schauen, um ihr die Schande zu ersparen, gesehen zu werden. Hirka blickte verstohlen zu ihm. Ihr tat der ganze Körper weh, woraus sie wirklich kein Geheimnis gemacht hatte. Der dunkle Mann hatte genickt, was darauf hindeutete, dass er hörte, was sie sagte, aber trotzdem forderte er sie auf, es noch einmal zu versuchen. Und noch einmal. Und ein weiteres Mal. Als habe er kein Wort verstanden. Hirka hätte ihn nach Blindból gewünscht, wenn sie nicht schon dort gewesen wären.

»Das war keine *Wolfsnacht*, das war eine *Schwachkopfnuss.*«

»Ah! Ich verstehe«, sagte er. Er gönnte ihr eine winzige Verschnaufpause, bevor er fortfuhr: »Versuch jetzt die *Wolfsnacht.*«

Hirka schüttelte erschöpft den Kopf, versuchte es aber trotzdem. Man widersprach Schwarzfeuer nicht. Der Mann hatte hohe Erwartungen und erstaunt stellte sie fest, dass sie diese auch erfüllen wollte. Das war jedenfalls leichter, als aufgefordert zu werden, zu umarmen. Das hier war wenigstens theoretisch möglich. Sie würde immer in der Lage sein, ein bisschen schneller zu werden oder ein bisschen höher zu springen. Sie konnte immer noch mehr leisten, bis sie eines Tages aufwachte und die Hirka war, von der Schwarzfeuer glaubte, dass sie in ihr steckte. Es war eine herrliche Vorstellung, die ihr das Gefühl gab, für immer hierbleiben zu können. Wunschdenken, natürlich. Sie wusste, was sie tun musste. Sie gehörte nicht hierher.

Hirka machte zwei Schritte vorwärts, hob den einen Oberschenkel parallel zum Boden, drehte sich um die eigene Achse und trat zu. Diesmal beugte sie den Oberkörper vor, um mit dem Bein höher zu kommen, und hielt mithilfe der Arme das Gleichgewicht. Sie setzte den Fuß wieder ab, ohne hinzufallen, und drehte sich mit einem selbstzufriedenen Lächeln zu Schwarzfeuer um. Er schien nicht beeindruckt. »Ich sehe, dass wir am Gleichgewicht arbeiten müssen, weil du schwanzlos bist«, erklärte er.

Hirka war kurz davor, einen Stein zu nehmen und nach ihm zu werfen, wurde aber von einem anderen Schwarzrock gerettet, der vom Pfad her auf sie beide zukam. Der Neuankömmling verbeugte sich, die Hände vor der Brust im Zeichen des Sehers zusammengelegt. Hirka wurde klar, wie viel beim Alten bleiben würde, obwohl sich alles verändert hatte.

»Mester Schwarzfeuer, ein Reisetross kommt aus Eisvaldr. Drei geschlossene Sänften, achtzehn Träger und acht Gardisten.«

Schwarzfeuer zog eine Augenbraue hoch. »Ratsleute? Hier?«

»Davon gehen wir aus, Mester.«

»Wie lange?«

»Sie werden vor dem Abend eintreffen. Es wird dauern, bis sie hier oben sind. Die Träger sehen schwach aus, sie werden vielleicht Hilfe brauchen.«

Schwarzfeuer schaute Hirka an. »Dann ist es wohl etwas Wichtiges.«

Hirka sammelte ein paar gelbe Blätter auf, die der Wind hereingeweht hatte. Mehr war nicht aufzuräumen. Für Versammlungen gab es im Lager ein anderes Haus. Es war in seiner Schlichtheit so schön wie alles hier, aber dort fanden sich Bänke und Kissen für Leute, die es nicht gewohnt waren, auf dem Boden zu sitzen. Hirka hatte es abgelehnt, dorthin zu gehen. Wenn die Räte hier waren, um mit ihr zu reden, dann mussten sie schon dahin kommen, wo sie wohnte.

Vor kaum einem halben Jahr hätte ein solches Treffen sie zu Tode erschreckt. Sie hätte sich die Nägel bis aufs Nagelbett abgekaut. Ihr wäre schlecht gewesen. Jetzt spürte sie nur eine leise Beunruhigung. Und die kam nicht daher, dass sie Angst davor hatte, was sie sagen würden, sondern eher davor, was sie selbst sagen würde. Wie würde sie reagieren? Sie würde wieder vor ihnen stehen, von Angesicht zu Angesicht. Dieselben Gesichter, die sie zu einer Geächteten gemacht, sie in den Kerker geworfen und mit Schwertern in den Rücken gestochen hatten.

Es ist gefährlich, Kränkungen zu sammeln.

Sie hätte gern wieder ihre eigenen Kleider angezogen, bevor sie eintrafen. Aber Schwarzfeuer hatte ihr gesagt, sie solle die Uniform tragen, die sie bei der Ausbildung anhatte. Er wollte dem Rat zeigen, dass man sich um sie kümmerte. Dass sie hierhergehörte. Hirka hatte gelacht und gefragt, auf wessen Seite er eigentlich stand. Er hatte geantwortet: »Auf Rimes.«

Sein Name hatte bei ihr eingeschlagen wie ein Stein ins Wasser und Wellen der Sehnsucht durch ihren Körper geschickt. Sie wollte ihm jetzt so gern helfen. Mit ihm über alles sprechen, was passiert war. Ihn sehen. Sehen, dass er immer noch derselbe war. Nur ein letztes Mal, bevor sie diese Welt für immer verließ. Aber Rime war nicht beim Reisetross, der zu ihnen unterwegs war, dessen war sie sich sicher. Er würde sich niemals in einer Sänfte tragen lassen, solange er auf eigenen Beinen gehen konnte.

Sie setzte sich vor der glühenden Feuerstelle auf den Boden. Zog die Beine an und ließ die Knie zu beiden Seiten fallen, so wie Schwarzfeuer dagesessen hatte, als sie hier aufgewacht war. Das fühlte sich richtig an. Die Spuren der Gabe konnten frei den Körper durchströmen. Sie blies in die Glut und stellte die Teekanne darauf. Die Tür war zurückgeschoben und sie sah draußen eine Reihe Gardisten die Kiefer umrunden. Jeder von ihnen warf nervöse Blicke in den Abgrund. Hirka unterdrückte ein Lächeln. Sie war zwar erst ein paar Tage hier, hatte sich aber schon daran gewöhnt, auf einem flachen Berggipfel zu leben. Sie wollte an keiner anderen Stelle im Lager wohnen als hier. Zwei Schritte vom Abgrund entfernt.

Die Gardisten kamen nicht herein. Sie teilten sich und nahmen Aufstellung zu beiden Seiten der Tür. Mit geradem Rücken, die Blicke aufeinander gerichtet. Nicht einmal hier draußen in Blindból konnte sich der Rat bewegen, ohne seine Stellung zu demonstrieren. Dennoch hatten sie die Wildnis durchquert, um sich mit ihr zu treffen. Das sprach für sich.

Der ersten Sänfte entstieg Eir Kobb. Die Rabenträgerin. Hirka schluckte. Es war ihnen ernst. Ihr folgten derjenige, den sie für Jarladin aus der Familie An-Sarin hielt, und ein schlanker Mann, den sie nicht kannte. Wer immer das sein mochte. Keiner von ihnen sah seinem eigenen Konterfei auf Münzen oder Amuletten ähnlich. Die Ratsleute traten ein, ohne sich die Schuhe auszuziehen. Sie schauten sich ratlos um. Hier gab es weder Bänke noch Stühle zum Sitzen. Hirka deutete mit einer Handbewegung auf drei Schaffelle auf dem Boden. Sie würden näher bei ihr sitzen, als ihr eigentlich lieb war, aber wenigstens war die Feuerstelle zwischen ihnen. Die Glut markierte den Abstand, obwohl sie wusste, dass das eigentlich nicht nötig war. Jetzt nicht mehr. Sie war eins mit der Gabe gewesen. Das Feuer würde immer zwischen ihnen sein.

Sie knieten sich auf die Felle. Eir stützte sich auf dem Boden ab, um Platz zu nehmen. Sie setzte sich mit angezogenen Beinen hin. Jarladin setzte sich genauso hin wie Hirka. Er sah stark aus. Den Rücken gerade, als hätte er immer so gesessen, obwohl er schon sechzig Winter hinter sich haben musste. Vielleicht auch mehr. Das dritte Ratsmitglied zögerte, nahm aber nach den beiden anderen auch Platz.

Eir hatte zwar ein faltiges, aber dennoch kindliches Gesicht. Ein Zeichen ihrer Herkunft aus Blossa im Osten. Große, tief liegende Augen. Eine kleine, fast platte Nase. Sie wirkte gebrechlich, aber Hirka wusste, dass ihr Aussehen täuschte. Die Rabenträgerin zupfte geschickt ihren Kittel zurecht, sodass er besser auf dem Boden lag, ehe sie endlich das Wort an Hirka richtete.

»Du weißt, wer wir sind?«

Die Frage war überflüssig, das wussten alle. Die drei, die vor ihr saßen, trugen einheitliche Kittel und das gleiche schwarze Zeichen auf der Stirn. Hirka öffnete ein Holzkästchen und gab eine Prise Teeblätter in die Kanne.

»Ihr seid meine Henker. Tee?«

Sie sah die Blicke, die sie einander zuwarfen. Wenn sie glaubten, das sei alles, was sie zu bieten hatte, irrten sie sich. Hirka lächelte kühl. »Euer Wunsch, mich zu töten, beruht nicht auf Gegenseitigkeit. Ihr könnt beruhigt trinken.«

Sie fühlte sich stärker denn je. Ihr Mut kam wahrscheinlich von der Gewissheit, dass sie für immer verschwinden würde. Es gab keinen Grund, die Dinge nicht beim Namen zu nennen. Niemand konnte ihr mehr Schaden zufügen. Sie war bereits tot, wie Rime es ausgedrückt hätte.

Der Dritte im Bund, der am längsten gezögert hatte, sich hinzusetzen, stieß ein seltsames Lachen aus. Hirka reichte ihm eine Schale mit Tee und er trank davon. Sie mussten sie wirklich für irgendetwas brauchen. Etwas, wofür sie bereit waren, viel aufs Spiel zu setzen.

»Dich kenne ich nicht«, sagte sie.

Er schaute sie aus scharfen Augen an. Sein Haar war ganz kurz geschnitten und verriet so die Unebenheiten des Schädels. Er war mager, hatte aber markante Furchen von der Nase zum Kinn.

»Ich bin Garm-Fadri. Ich sitze für die Familie Darkdaggar auf dem Stuhl.«

Hirka nickte ihm zu. »Garm, ich bin Hirka. Hirka Schwanzlos.«

Die beiden anderen wechselten einen Blick. Es war offensichtlich, dass sie sich schon seit Jahren nicht mehr hatten vorstellen müssen. Vielleicht nie.

»Ich bin Jarladin-Fadri. Ich sitze für die Familie An-Sarin auf dem Stuhl«, sagte der stierähnliche Mann mit dem leuchtend weißen Bart.

»Ich bin Eir-Madra, von der Familie Kobb. Ich trage den Raben.« Das letzte Wort besaß vielsagendes Gewicht.

»Noch immer?«, fragte Hirka.

Garm beugte sich abrupt über die Feuerstelle. »Wo bist du aufgewachsen, Mädchen? Bei den Wölfen? Weißt du, mit wem du da sprichst?«

Hirka genoss es, dass er so leicht aus der Fassung zu bringen war. Jarladin machte eine kaum merkliche Handbewegung und Garm lehnte sich mit zusammengebissenen Zähnen wieder zurück. Hirka schenkte Tee in die beiden anderen Schalen ein und reichte eine Jarladin und eine Eir. Sie wechselten schnelle Blicke, während sie tranken. Hirka konnte beinahe hören, wie Rime irgendwo hinter ihr lachte.

Schau sie dir an, hätte er gesagt. *Wie sie ihre Züge berechnen.*

Hirka hätte entgegnet, dass sie diesmal nicht so berechnend waren. Sie wollten um etwas bitten und sie wussten ganz einfach nicht, wie man das anstellte. Sie beschloss, ihnen ein bisschen entgegenzukommen. »Warum seid ihr hier? Ich hätte gedacht, Eisvaldr bräuchte die Rabenträgerin jetzt mehr denn je.«

Eir sah sie mit schweren Augenlidern an. »Ich bin morgen zum letzten Mal die Rabenträgerin. Ich übergebe meinen Platz an Rime. Er gehört ihm. Er hat ihn sich verdient.«

Das hatte Hirka sowohl befürchtet als auch gehofft. Sie würden morgen einen Trägerwechsel vornehmen. Für Rime. Rabenträger Rime … Eine unwirkliche Vorstellung. Aber der Grund, den Eir ihr genannt hatte, war so falsch wie Katzensilber. »Du meinst, das ist das Einzige, was ihr tun könnt. Weil das Volk es verlangt.«

Eir musterte sie, stellte den Tee ab und setzte neu an. »Die Forderungen des Volkes sind flüchtig. Wir richten uns nur nach den Forderungen, die wir an uns selbst stellen. Aber du hast recht, Hirka. Das Volk sah ihn im Ritualsaal. Mannfalla sah ihn. Männer, Frauen, Kinder, Gardisten, die Schwarzröcke … Sie sahen ihn und er kam wie in den Mythen beschrieben. Getragen von der Gabe, umringt von Raben. Und er ist von Ilumes Blut. Das Kind, das Glück gehabt hat. Geliebt und gefürchtet. Aber er hat ihnen einen Seher genommen. So ein Schaden kann nur wiedergutgemacht werden, indem man ihnen einen neuen gibt. Deshalb werde ich morgen, auf der Treppe vor den Überresten des Ritualsaals, den Stab an Rime weiterreichen.«

Hirka zuckte die Schultern. »Er hätte ihn sich genommen, wenn er das gewollt hätte.« Sie warf einen Blick auf Garm, dessen Oberlippe zuckte; er war gefährlich kurz davor, ihr die Zähne zu zeigen. Jarladin griff ein. Er kannte seinen Amtsbruder gut. »Ihr habt vieles zu verantworten, Hirka. Ihr habt etwas niedergerissen, was seit Anfang unserer Zeitrechnung gestanden hat. Der Schaden ist nie wiedergutzumachen. Wenn man noch keine zwanzig Winter zählt, kann man die Folgen nicht ermessen. Keiner von uns zweifelt an euren guten Absichten. Ihr wurdet von Urd erpresst ...«

»Der einer von euch war«, schob Hirka ein.

Er nickte. »Einer von uns. Aber wir, dieser Rat, sind die Einzigen, die die Welt zusammenhalten.«

»Die Welt gab es schon vor euch und sie wird auch noch da sein, lange nachdem ihr den Raben übergeben worden seid. Die einzige Bedrohung der Welt kam von euch selbst. Von einem von euch. Rime hatte recht. Ihr seid gescheitert.« Hirka spürte, wie es auf der Haut kribbelte. Ein warmes Gefühl stieg dort, wo sie saß, vom Boden in ihre Schenkel. »Du kannst die Gabe lassen, wo sie ist, Eir. Die hilft euch hier nicht. Sie wird euch nicht stärker oder klüger aussehen lassen. Sie wird es nicht einfacher machen, mich zu besiegen. Dafür kenne ich sie zu gut.«

Das Kribbeln verflog sofort und die drei sahen sich mit nacktem Entsetzen an. In ihren Blicken lag die Frage: Spielt sie uns etwas vor oder ist es möglich, dass Hirka die Gabe in uns gespürt hat? Für einen Moment bereute Hirka es. Rime hatten ihnen offensichtlich nicht alles erzählt. Es bestand die Gefahr, ihnen zu viel zu verraten. Aber Furcht hatte sie inzwischen hinter sich gelassen. Furcht war eine alte Freundin, die sie zu gut kannte, um sich Angst einjagen zu lassen.

Der Wind draußen zerrte an den Bäumen. Ein paar rostfarbene Blätter tanzten über den Boden und blieben zitternd am Rand der

Strohmatte liegen. Ein Vorbote des Herbstes. Ein Vorzeichen, dass es immer noch etwas zu verlieren gab. Hirka sprach weiter, um den Räten nicht die Gelegenheit zu geben, über ihre Worte nachzudenken: »Wann fängt die Zeremonie an?«

Eir massierte sich die Nasenwurzel mit Daumen und Zeigefinger. Sie hatte Ringe unter den Augen. Die drei waren allesamt erschöpft. Garm war leicht reizbar und Jarladins Rücken hatte angefangen, sich zu krümmen. Hirka verspürte einen überraschenden Anflug von Mitgefühl. Der Rat hatte sie mehr gekostet, als sie in Worte fassen konnte. Aber jetzt balancierten sie auf Messers Schneide. Auch sie hatten viel verloren. Und wenn Rime es wollte, konnten sie alles verlieren. »Ihr habt euch eure eigenen Scheiterhaufen gebaut.« Hirka hatte das als Trost gemeint, aber sie hörte, dass es nicht so klang.

»Du hast recht«, erwiderte Eir. »Uns sind eine Reihe von Fehlern unterlaufen. Wir besitzen die Größe, einzugestehen, dass es ein Fehler war, Urd zu berufen. Unser Fehler. Einstimmig. Aber davon ist die Welt nicht untergegangen. Wir sind immer noch hier und wir werden in dem Chaos für neue Ordnung sorgen. Mit Rimes Hilfe. Und deiner.«

Hirka hätte am liebsten über die leeren Worte gelacht, tat es aber nicht. Sie stellte auch keine Fragen. Sie wartete. Das zwang Eir zum Weiterreden. »Rime wird verehrt – zu Recht –, weil er den Blinden Einhalt geboten hat. Er ist unsere neue Hoffnung. Aber solange du hier bist, können sie zurückkommen.«

Hirka ließ sich die Enttäuschung auf der Zunge zergehen und kam zu dem Schluss, dass sie gar nicht so bitter war. Sie hatte mit etwas Ähnlichem gerechnet. Sie waren nicht gekommen, weil sie um Hilfe oder um Entschuldigung bitten wollten. Sie würden sie nie als Ymling in die Arme schließen, sie noch nicht einmal als Fremde akzeptieren. Sie waren gekommen, um sie aufzufordern, Ymsland zu verlassen. Wenn sie nur wüssten, dass sie ihre Zeit vergeudeten, während sie hier saßen. Hirka hatte ohnehin nicht vor, zu bleiben.

»Wenn sie zurückkommen, werden wir sie wieder aufhalten. Wir wissen, wie.«

»Aber du bist hier nicht sicher«, ergänzte Jarladin. »Du bist ein Odinskind. Die Fäulnis. Das Volk wird dein Blut fordern!«

»Ich dachte, ihr richtet euch nicht nach den flüchtigen Forderungen des Volkes?«

Jarladin zögerte nur kurz. »Sie brauchen es nicht zu fordern. Sie werden es sich holen, wenn sie wollen. In Mannfalla zu leben, wird dich das Leben kosten. Viele wollen dich brennen sehen, Hirka.«

»Ich habe auch gehört, dass einige behaupten, ich sei der Seher.« Hirka trank einen Schluck Tee. Er war inzwischen lauwarm. Sie hatte dieses Spielchen langsam satt. »Gebt es doch zu. Ihr habt alle Hände voll mit Rime zu tun. Ihr habt Angst vor dem, was wir beide zusammen erreichen können, und euch wird geradezu schlecht bei dem Gedanken, ein Odinskind in Eisvaldr zu haben.«

»Wir meinen nicht …«

»Vor allem ein Odinskind mit Verbindung zu Ravnhov. Eine Emblatochter, die ihr zu einer Geächteten gemacht habt und die euch mit jedem Tag, den sie lebt, in einem schlechteren Licht erscheinen lässt.«

Garm stand mit einem Ruck auf. »Das hier ist vergebliche Mühe! Sie ist nicht willens, uns zu helfen!«

Eir versuchte, ihn mit Blicken zu beschwichtigen, aber er verließ den Raum mit flatterndem Kittel. Eir schaute Jarladin an. »Entschuldigst du uns bitte kurz?«, bat sie ihn. Sie wollte mit Hirka unter vier Augen sprechen. Hirka winkte ab, ehe Jarladin sich erheben konnte. »Nein. Ich rede mit ihm«, sagte sie und nickte Jarladin zu. Die beiden wechselten wieder einen Blick. Dann stand Eir auf und ließ sie allein. Hirka stellte die Kanne wieder auf die Glut und nahm seine Schale entgegen.

»Ist der von hier?«, fragte er.

Hirka lächelte. Diesmal ging das Lächeln übers ganze Gesicht. »Ja, er wächst hier wild in den Bergen. An hohen Teebüschen, die schon vor dem Bau der roten Kuppel hier gewachsen sind. Vor Eisvaldr.«

»Wenn nur alles andere auch in diesem Licht betrachtet würde«, sagte er. Anscheinend meinte er es auch so. Hirka gab ihm eine heiße Schale Tee.

»Jarladin-Fadri …«

Sein Lächeln darüber, dass sie ihn jetzt mit seinem Titel ansprach. Es war einnehmend und ließ ihn jünger aussehen. Er hatte schmale, aber ausdrucksvolle Augen. Sein weißer Bart hatte die gleiche Farbe wie Rimes Haar. Vielleicht hatte sie sich aus diesem Grund für ihn entschieden. Er trank, während sie sprach.

»Ich weiß, was ich bin. Und ich weiß, was ihr denkt. Ihr hattet auch keine bösen Absichten. Wir müssen davon ausgehen, dass alle zwölf – oder elf, wenn man Urd nicht mitzählt – so handelten, wie es für das Land am besten war. Ihr habt aus Angst und Unwissenheit gehandelt, aber ihr wollt den Schaden wiedergutmachen. Ich bin kein Teil dieses Plans. Ich bin Anlass für Unruhe. Solange ich hier bin, wird das Volk euch infrage stellen. Wird das infrage stellen, wofür ihr steht. Einige wollen mich vielleicht zur rechten Hand des Sehers erheben. Zu der, die hinter Rime stünde. Andere wollen mich töten. Vielleicht glaubt ihr immer noch, dass sich alles wieder geradebiegen lässt, dass sich die Wahrheit über den Seher nicht herumgesprochen hat oder dass ihr eine andere Lüge in Umlauf bringen könnt, um zu retten, was noch zu retten ist. Wie auch immer, ich bin kein Kind mehr. Mir ist klar, dass ihr mich nicht hier haben wollt.«

»In deinen Augen müssen wir Ungeheuer sein.«

»Nein. Jetzt nicht mehr. Ihr wollt mich aus dieser Welt entfernen und Hlosnian weiß, wie. Aber ihr habt nicht mehr die Macht, mich zu zwingen. Du verstehst … ich fühle mich wohl hier. Der Frieden ist gesichert. Hier kann man es gut aushalten. Hier wächst wilder Tee und der mächtigste Mann der Welt ist mein Freund. Hier bin ich sicherer als irgendwo sonst. Wer weiß, wie es auf der anderen Seite der Steine aussieht?« Hirka glaubte an ihre Worte, darum war es nicht schwer, sich zu verstellen. Jarladin schloss die Augen. Es dauerte, bis er sie wieder aufmachte und ihr antwortete.

»Du musst wissen, dass wir dich nie mit leeren Händen ziehen lassen würden. Du würdest als vermögende junge Frau weggehen. Vielleicht mit Gardisten an deiner Seite. Du würdest …«

»Ich habe alles, was ich brauche, und ich kann selbst auf mich aufpassen. Ich wünsche mir nur sehr wenige Dinge auf der Welt.«

Ein Fünkchen Hoffnung glomm in seinen Augen auf. »Aber es gibt etwas, was du dir wünschst? Sag mir, was es ist!«

»Jarladin-Fadri, ich könnte es euch leicht machen. Ich könnte Ymsland verlassen, sodass ihr hoch erhobenen Hauptes als der Rat dastündet, der ihr immer gewesen seid. Keine Geächtete würde in Eisvaldr herumlaufen als lebender Beweis für euer Scheitern. Für euer Unvermögen, die Tore zu verstehen, die stärkste Waffe, die diese Welt je gesehen hat. Niemand weiß, woher Urd das Wissen hatte, aber er erkannte wenigstens dessen Wert. Ja, ich könnte weggehen, damit alle anderen vergessen können.«

»Aber das wirst du nicht tun?«

Sie erwiderte seinen Blick. »Würdest *du* es?«

Er schlug die Augen nieder und strich sich mit dem Daumen über den Bart. Er brauchte nicht zu antworten. Von allen Räten vertraute sie Jarladin am meisten. Der gebildete Stier war ein Mann, der zu seinem Wort stand. Er musste es ihr nur geben. Die Zeit dafür war gekommen.

»Ich könnte weggehen. Wenn es das wert wäre.«

»Wir bezahlen den Preis, Hirka. Sag uns einfach, wie viel.«

»Ich will keine Reichtümer haben. Ich will dein Wort. Rime ist ein An-Elderin und ein Schwarzrock. Er ist stark, ich habe gesehen, wie er seine eigenen Leute gefällt hat. Aber das macht ihn nicht unsterblich. Er wird an Dingen rütteln, die schon immer so waren, wie sie sind, und das geht nicht, ohne sich Feinde zu machen. Viele davon in Eisvaldr, in seinem eigenen Haus. Ich will dein Wort darauf, dass er sicher auf dem Stuhl sitzt. Schwöre, dass du ihm Rückendeckung gibst. Dass du für ihn kämpfen wirst, so wie du den Geschichten nach für Ilume gekämpft hast. Sie hat sich nichts sehnlicher gewünscht, als ihn das tun zu sehen, was er jetzt tut. Du wirst diejenigen hart bestrafen, die ihm Böses wollen. Du wirst ein wachsames Auge auf die Räte haben und du wirst sein Freund sein. Wenn du das schwörst, werde ich weggehen.«

Jarladin formte das Zeichen des Sehers vor der Brust. »Ich schwöre es. Beim Namen des Sehers.«

»Schwöre es bei deinem eigenen Namen.«

»Bei meinem Namen, ich schwöre es.«

Hirka atmete auf und es war, als würde ein Gift aus ihrem Körper entweichen, das sie mehrere Tage gequält hatte. »Gut. Eins noch. Da sitzt ein Mann im Kerker. Ein Schauspieler mit seinen Holzpuppen. Er ist harmlos. Seine einzige Sünde war, euch zu erzählen, dass er die Blinden gesehen hat. Dafür habt ihr ihn eingesperrt. Morgen wird er ein freier Mann sein.«

»Wenn das nicht schon der Fall ist, soll es so geschehen.«

Hirka nickte. Jarladin brauchte nicht einmal zu sagen, er müsse zuerst mit den anderen darüber sprechen. Das hatten sie schon getan und es gab offensichtlich keinen Preis, der nicht zu hoch war für eine Welt ohne Hirka. Aber sie konnte sehen, dass er unruhig war. Seine Unterlippe bewegte sich auf und ab, als kaue er auf ihrer Innenseite herum. Hirka hatte so eine Ahnung, was der Grund sein mochte.

»Als Gegenleistung werde ich euch Rimes Zorn ersparen, indem ich mich aus freien Stücken auf den Weg mache. Ihr habt es nie von mir verlangt.« Sie stand auf. Und auch er erhob sich.

»Wenn sie einen Seher auf der anderen Seite haben, möge Er dich segnen, Odinskind.«

Sie lächelte schief. Jarladin verließ den Raum. Hirka folgte der Ratsgesellschaft mit dem Blick, bis der letzte Gardist zwischen den Berggipfeln verschwunden war.

Hirka wachte davon auf, dass jemand im Zimmer war. Zuerst dachte sie, es sei ein Tier. Ein schwarz gekleideter Schwarzrock goss Wasser aus einem Holzbottich in die Teekanne. Er hatte die Kapuze zurückgeschoben. Sein Gesicht war breit und die Augen waren mandelförmig wie bei Ramoja. Hirka setzte sich auf.

»Schwarzfeuer ist unterwegs«, sagte er. Er sah sie an, als würden sie sich kennen, aber für sie war er ein Fremder. Er streckte ihr die Hand entgegen und sie ergriff sie.

»Ich bin Jeme. Ich war auf dem Bromfjell. Zusammen mit dir.« Er ließ ihre Hand los. »Wäre ich kein Schwarzrock, könnte ich meinen Enkelkindern davon erzählen.« Er blies in das Feuer, das er entzündet hatte. Hirka rieb sich den Schlaf aus den Augen. Ihr war kalt. Die Schmerzen, die die Gabe zurückgelassen hatte, waren abgeklungen und einer Steifheit gewichen, für die Schwarzfeuer verantwortlich war.

»Danke, Jeme.«

»Wofür denn?«

»Für Ravnhov. Dafür, dass ihr gekommen seid.«

Er lächelte, aber mit einem verwunderten Gesichtsausdruck, der verriet, dass er nicht begriff, warum sie sich bedankte. Die herbstliche Kälte verursachte ihr Gänsehaut auf den Armen. Sie hatte in dem engen, ärmellosen Unterhemd geschlafen, das längst nicht mehr so weiß war wie damals in Elveroa. Sie zog ihr grünes Strickhemd an. Unngonna hatte es in Ravnhov ausbessern lassen, sodass Hirka fast manierlich aussah.

»Steht ihr immer um diese Zeit auf?«

»Nein, wir sind heute spät dran«, lächelte er.

»Spät dran? Ich höre da draußen eine Eule!«

»Die ist tagaktiv. Hoch mit dir.« Das kam nicht von Jeme, sondern von Schwarzfeuer. Er stand plötzlich im Zimmer, ohne Vorwarnung. Ein Schatten im Augenwinkel, der einfach vor einem auftauchte. »Wir müssen jetzt los, wenn wir rechtzeitig zur Zeremonie da sein wollen. Jeme, kannst du den anderen Bescheid sagen?«

Jeme verbeugte sich. »Sofort, Mester Schwarzfeuer.« Er ging hinaus. Hirka schüttelte den Kopf. »Hörst du jemals Widerspruch, Schwarzfeuer?«

»Was bedeutet das?«

»Widerspruch? Du weißt schon. Wenn du jemandem einen Auftrag gibst und dieser Jemand sagt Nein. Oder erklärt, dass er einen besseren Vorschlag hat.«

»Interessante Theorie. Davon kannst du mir ein anderes Mal mehr erzählen. Jetzt wollen wir nach Eisvaldr.«

»Da kann ich dir schon jetzt mehr erzählen. Wenn einem widersprochen wird, läuft das so ab: Nein, ich brauche nicht aufzustehen, weil ich nicht nach Mannfalla will. Das ist ein schlechter Vorschlag.«

»Das ist kein Vorschlag. Das ist einfach so.«

»Hör mal, Schwarzfeuer, es war schlimm genug, dass die Fäulnis da war, als die Lüge über den Seher aufflog. Es wird noch schlimmer, wenn ich auch dort bin, wenn Rime Rabenträger wird. Wenn ich dabei bin, verbreite ich nur Angst und Schrecken. Und selbst wenn ich wie alle anderen wäre, hätte ich trotzdem immer noch nichts anzuziehen. So einfach ist das.« Hirka legte sich mit einem Lächeln wieder hin und zog die Decke bis zum Kinn hoch.

Ein schwarzes Kleiderbündel landete auf ihrem Bauch. Sie schaute es mit einem halb offenen Auge an. Schwarzfeuer reichte ihr ein Schwert.

»Zwei Probleme, auf einen Streich gelöst. Du gehst als Schwarzrock.«

DER STUHLERBE

Den Ritualsaal gab es nicht mehr. Von hier hatte der Rat seine Arme in die elf Reiche ausgestreckt, doch jetzt konnte man kaum mehr erkennen, dass er dort je gestanden hatte. Die rote Kuppel war weg. Die Einzelteile ragten hinter den Hallenwänden auf wie gemalte Berge. Nur die Steine standen noch da, zusammen mit Bruchstücken der Wand, die sie tausend Jahre lang verborgen hatte. Jetzt reckten sie sich in den grauen Himmel. Halb Ruine, halb Bauwerk.

Der Fußboden war noch vorhanden. Rotes Herbstlaub wehte über die Motive der Fliesen und blieb in den Rillen liegen, wo die Bänke gestanden hatten. Es knirschte unter Hirkas Füßen. Hacken und Bürsten von den Instandsetzungsarbeiten waren wegen der Zeremonie weggeräumt worden. Sie sollte auf der Treppe stattfinden, um die Bodenfliesen zu schonen, und würde gleich beginnen. Seit Generationen waren Leute über diesen Fußboden gegangen, ohne etwas von seiner Bedeutung zu ahnen. Jetzt behaupteten die Gelehrten, sie sei ihnen klar, und die Ältesten, sie hätten es schon immer gewusst.

Hirka ging zur Treppe und stellte sich neben Schwarzfeuer. Er hatte natürlich recht gehabt. Als Schwarzrock blieb sie unbehelligt. Niemand sah ihr in die Augen. Nur kleine Kinder trauten sich, die schwarz gekleideten Schatten anzustarren. Früher hätte sie dieses Gefühl geliebt: unsichtbar zu sein, nur ein Schatten zu sein. Aber heute hatte sie es nicht mehr nötig. Sie kannte ihre Fähigkeiten. Heute hätte sie gern vor Rime gestanden als die, die sie war. Aber das konnte sie nicht. Sie hatte mit dem Rat um seine Sicherheit gefeilscht. Er würde sie nie wiedersehen.

Sie stand bei den anderen Schwarzröcken ganz oben auf der Treppe, ein Stück hinter Rime. Sie hatte gehofft, es würde nicht wehtun, ihn zu sehen. Es wäre ja mit Abstand, aber kein Abstand auf der Welt würde jemals groß genug sein. Sie hätte ihr Leben für ihn gegeben. Die Erinnerung an seine Gabe tobte immer noch in ihrem Körper. Ein Brennen, das jedes Mal schlimmer wurde, wenn sie an ihn dachte. Jedes Mal, wenn sie seinen Namen hörte. Ihre Brust war ein Loch, das niemand anders als er ausfüllen konnte.

Er stand hoch aufgerichtet da, wie immer. Sein weißes Haar war zurückgebunden. Um die Hüfte trug er den Schwertgürtel. Es musste das erste Mal in der Geschichte des Rates sein, dass eines seiner Mitglieder Waffen trug. Jedenfalls seit den ersten Zwölf, die Krieger gewesen waren.

Der Rat bildete einen Halbkreis vor ihm. Die Garde stand auf der Treppe Spalier, wie ein Zaun aus Schwarz und Gold. Unten hatte sich ganz Mannfalla versammelt. Eine wogende Menge, die sich über den gesamten Vorplatz verteilte, bis hin zur Mauer, wo immer noch mehr Leute durch die Torbögen drängten. Die Kühnsten hatten sich ein paar Stufen die Treppe hinaufgewagt und standen dort zusammen mit den engsten Vertrauten der Räte. Hirka war nicht überrascht, als sie Sylja und ihre Mutter darunter entdeckte. Sie sah auch Ramoja und Vetle. Das erleichterte sie, weil es bedeutete, dass niemand die Pläne der Rabner kannte. Nicht einmal Rime hätte Ramojas Leben retten können, wenn ein solcher Verrat bekannt geworden wäre.

Trommeln waren von Dächern in der Nähe zu hören. In verschiedenen Rhythmen, die zusammen ein fesselndes Ganzes ergaben und im Körper widerhallten. Sieben Tänzerinnen bewegten sich schlängelnd die Treppe hoch. Ihre Kleider waren so hauchdünn, dass sie genauso gut hätten nackt tanzen können. Die erste hieß Damayanti und war sicher in ganz Ymsland bekannt, obwohl Hirka vorher noch nie von ihr gehört hatte. Steinchen glitzerten auf ihrer Haut, wogten über ihre Brüste, bis sie unter schimmerndem Stoff verschwanden. Lange Schleier wehten an ihren Handgelenken und umschwebten die geschmeidigen Körper, die vor Rime tanzten. Vor dem neuen Rabenträger.

Hirka fühlte sich plötzlich vollkommen leer. Sie würde gehen. Für immer. Sie würde die Farben, die Musik, die Natur verlassen. Ramoja, Eirik, Vetle, Tein. Und Rime. Sie würde Rime verlassen. Er würde nie erfahren, dass sie jetzt hier war. Und in ein paar Tagen würde er sie vergessen haben. Wenn der Schnee kam, hatte er die schönsten Tänzerinnen der Welt, die ihn warm hielten. Sie würden bei ihm Schlange stehen.

Aber das würden sie ohnehin, ob Hirka hier war oder nicht. Vielleicht könnte sie sie etwas auf Abstand halten, weil sie die Fäulnis an seiner Seite war. Das Odinskind. Eisvaldrs missgestaltete Krankheitsträgerin. Das Gefühl schmeckte unerträglich bitter. Aber so weit würde es nicht kommen. Sie würde nie die tierische Zeugin in Rimes Leben und Regentschaft werden.

Eir schlug das Buch des Sehers zu. Sie hatte offenbar daraus vorgelesen, doch Hirka hatte nicht ein Wort davon mitbekommen. Die alte Rabenträgerin trat vor und übergab den Stab an ihren Nachfolger. Nur den Stab. Ohne das, was für Generationen das Wichtigste gewesen war. Ohne den Raben.

Der Unterschied war für das Auge nicht sonderlich groß. Den wirklichen Unterschied musste man mit dem Herzen erkennen. Eir hatte nicht den Raben getragen. Der Rabe hatte sie getragen. Ihr Platz war sicher gewesen. Ihre Verantwortung war in der Spitze des Stabes verschwunden. In dem schwarzen Vogel, der die Welt mit selbstverständlicher Unantastbarkeit getragen hatte. Rime hingegen … Er trug einen leeren Stab. Er hatte niemanden über sich. Er stand allein. Alles ruhte auf seinen Schultern.

Konnte der Verlust des Sehers den Rat vielleicht seltsamerweise stärker machen? Zumindest, solange Rime dort war. Er hatte den Rat zwar um sich, aber er konnte niemals auf jemanden dort sein

Vertrauen setzen. Er musste vor ihnen genauso stark sein wie vor dem Volk. Hirka tat das Herz weh. Sie wollte zu ihm gehen, sich die schwarze Kapuze vom Kopf reißen und rufen, dass sie es war, dass sie hier war. Aber sie konnte es nicht. Und vielleicht hätte sie es auch nicht getan, wenn sie es gekonnt hätte.

Rime hob den Stab und Mannfalla vereinigte sich zu einem Jubelruf. Eine einstimmige Huldigung des Einzigen, dem sie noch huldigen konnten. Sogar die Schriftgelehrten jubelten, die Hände hoch erhoben gegen den Regen aus Blütenblättern, die die Tänzerinnen geworfen hatten. Sie jubelten, als wäre nicht alles, worauf sie ihr Leben gebaut hatten, eine Lüge. Hirka starrte sie an und erkannte, dass der Seher niemals sterben würde. Ob Er nun Wirklichkeit war oder nicht, sie würden Ihn immer irgendwo finden.

Rime drehte sich um und stieg die Treppe hinauf. Seine Stirn war immer noch nackt und Hirka merkte, dass sie einen Kloß im Hals hatte. Er war nicht nur der Erste im Rat, der Waffen trug, er war auch der Erste, der das Zeichen nicht trug.

Der Rat folgte ihm. Miteinander im Einklang und geführt wie Marionetten. Hirka überprüfte, ob sie in Reih und Glied mit den Schwarzröcken stand. Niemand, der die Treppe hochkam, würde bemerken, dass ihr der Schwanz fehlte. Die Brust war fest umwickelt und flach. Das rote Haar war unter der Kapuze versteckt. Nur die Augen waren sichtbar in der Uniform, die sie trug. Die Uniform der Mörder. Sie verschmolz mit ihrer Umgebung.

Rime ging vorbei. Er lächelte ihnen blass zu. Er war schöner denn je. Hirka beugte den Kopf. Für einen Moment ruhte sein Blick auf ihr. Sie meinte, einen Funken des Erkennens zu entdecken, aber dann ging er weiter. Die Menge löste sich auf, ohne dass der Jubel abnahm. In Gruppen gingen die Leute nach Hause, zu ihren Läden, zu ihrer Arbeit oder zum Feiern. Hirka hatte nur eins vor. Sie zog die Riemen ihres Rucksacks zurecht. Ein schwarzer Schwarzrock-Rucksack, der ihren eigenen verdeckte.

»Interessant«, hörte sie eine Stimme hinter sich.

Hlosnian!

Hirka drehte sich um und umarmte ihn. »Wie hast du mich gefunden?«

»Ich wusste, dass du hier irgendwo sein musstest. Da brauchte ich mich nur auf die Suche zu machen.«

»Nach jemanden ohne Schwanz?«

»Nach jemandem mit Spuren der Gabe in den Augen. Schwarzfeuer sagt, du brauchst mich. Wohin willst du, Hirka?«

»Zuerst will ich aus dieser Uniform raus. Dann will ich mich von einem Teehändler in der Daukattgata verabschieden. Danach brauche ich deine Hilfe.«

»Kaum. Aber ich kann wenigstens da sein. Sie haben dich also aufgefordert, wegzugehen, hm?«

Hirka zögerte kurz. »Könnte man so sagen.«

»Du brauchst mich nicht. Wahrscheinlich hast du mich auch nie gebraucht.«

»Altweibergewäsch, Hlosnian«, entgegnete Hirka und lächelte, als sie an Vater dachte.

»Na, na. Rede nicht zu laut von Dingen, von denen du keine Ahnung hast, Odinskind. Ich habe nicht einen Finger gerührt, um dir zu helfen, als du auf dem Bromfjell zwischen die Steine gelaufen bist. Den anderen musste ich zuflüstern, aber du brauchtest nur die Gabe. Du bist nicht hier geboren. Für dich gelten nicht dieselben Regeln und wir können froh sein, dass es niemand gewusst hat. Vor allem nicht Urd Vanfarinn.«

Hirka bekam Gänsehaut. Der Abstand zwischen den Welten war plötzlich geschrumpft und sie war nicht sicher, ob ihr das gefiel.

»Ich brauche also nur die Gabe, um wegzugehen?«

»Bei der Gabe gibt es kein *Nur*. Hast du mit Rime darüber gesprochen?« Hlosnian führte sie den anderen hinterher zu einem der Festsäle in Eisvaldr.

»Schwarzfeuer macht das. Später. Wenn ich …« Sie konnte den Satz nicht beenden. Hlosnian sagte nichts und dafür war sie dankbar.

Er legte ihr die Hand auf den Rücken und lenkte sie in den Saal. Hier fand ein Fest für die engsten Freunde und Angehörigen statt. Für die engsten dreihundert, wie es schien. Langtische gedeckt mit goldenen Tellern und Kristallgläsern erstreckten sich vom einen Ende zum anderen. Ein Überfluss an Speisen wurde auf geschmückten Platten hereingetragen. Die Leute saßen dicht gedrängt und unterhielten sich angeregt. Hirka entdeckte Sylja, die sich über den Tisch beugte, um Rimes Aufmerksamkeit auf sich zu lenken. Plötzlich hatte sie das Gefühl, ihr werde das Herz in der Brust zerquetscht. Ausgewrungen wie ein Wischlappen.

Das geht dich nichts an. Sieh zu, dass du von hier wegkommst!

»Ich kann nicht hierbleiben, Hlosnian. Sie dürfen mich nicht sehen.«

Hlosnians Blick wanderte über die verschwenderisch gedeckte Tafel. Während die Leute damit beschäftigt waren, Platz zu nehmen, stopfte er sich Sirupkuchen und Nussecken in die Taschen seines roten Kittels. Er leckte sich die Finger ab und führte sie wieder hinaus. »Dann schauen wir uns die Steine an.«

Gemeinsam gingen sie den jetzt kahlen Hügel hoch. Eine Narbe in Eisvaldr. Ein Loch, wo der Ritualsaal einmal gestanden hatte. Zwischen den Steinen konnte man die Berge in Blindból sehen. Hirka legte die Hände auf die raue Oberfläche. Steine hatten ein Gedächtnis. Was hatten diese Steine wohl in tausend Jahren gelernt? Oder waren es noch mehr? Niemand wusste, wie alt sie wirklich waren. Aber sie waren beeindruckend.

»Hättest du mir im Sommer gesagt, dass ich vor Winterbeginn die Steinreise mache, hätte ich dich vor die Tür gesetzt.« Hlosnian betrachtete die Steine voller Ehrfurcht.

»Die Steinreise?« Hirka lächelte über den Ausdruck. Sie schien jetzt jeden Tag etwas Neues zu lernen.

»Steinpfad sagt man auch dazu. Jemand in unserer Zunft nennt sie ›Bivrost‹, die schwankende Brücke. Die Brücke zwischen den Welten. ›Steintüren‹ habe ich als Kind gehört. ›Blindenwege‹. ›Rabenringe‹.

Das hier war der erste und der größte von allen. Der, von dem man dachte, er sei dem Erdboden gleichgemacht worden oder läge in irgendeinem vergessenen Winkel von Blindból. Die Leute vergessen zu schnell. Vielleicht leben wir auch nur zu lange …«

Hirka lächelte. Nur Hlosnian konnte sich so verwirrend ausdrücken. »Warum ›Rabenringe‹?«

Hlosnian zuckte zusammen, als habe er gerade eben entdeckt, dass sie bei ihm war. »Man glaubte, die Raben könnten frei zwischen ihnen hin und her fliegen. Sie brauchen die Gabe nicht. Sie wohnt schon seit jeher in ihnen.«

Dann kann Kuro mitkommen.

»Mir sind die Steine lieber als der Saal«, sagte sie.

»Ja, Leute wie wir ziehen das hier immer dem Prunk und Pomp vor«, antwortete Hlosnian und Hirka lächelte wieder, weil es ein gutes Gefühl war, Teil eines »Wir« zu sein.

Der Fußboden war fast noch unversehrt. Eine Platte, die nicht nach draußen in die Natur passte, umringt von hoch aufgerichteten Steinen. Ein Ort, den die Götter verstecken wollten, aber jetzt lag er offen da, sodass alle ihn sehen konnten. Die Farben der Motive waren verblasst. Abgenutzt von tausend Ritualen. An einigen Stellen fehlten Fliesen. Vielleicht war das passiert, als sie und Rime hindurchgekommen waren. Als die Wänden nachgegeben hatten.

Hirka fiel ein, wie sie beim Ritual vorn auf der Empore gestanden und den Fußboden von oben gesehen hatte. Das vollständige Motiv, einen vielzackigen Stern. Jetzt konnte sie erkennen, dass jede Spitze an einen Stein stieß. Und die Zwischenräume waren mit den seltsamsten Dingen ausgefüllt. An manchen Stellen waren die Bilder so abgeschliffen, dass man nicht mehr erkennen konnte, was sie ursprünglich einmal darstellten. Andere Stellen wiederum waren reich an Fabeltieren und absonderlichen Wesen.

»Der Boden ist eine Karte, oder? Es ist kaum zu glauben. Das muss doch jemand gewusst haben?«

»Das meiste wirkt einleuchtend, wenn man es einmal erkannt hat«, antwortete Hlosnian. Er kratzte Überreste der Wände von den Steinen. »Wir glauben, dass es darstellt, was man zwischen den Steinen vermutete. Inwieweit das stimmt, weiß niemand. Aber wir wissen, dass man einmal den inneren Kreis abgerissen hat. Die Spuren davon kannst du hier sehen.«

Er zeigte auf eine von mehreren Stellen, wo die Fliesen durch flache Steine ersetzt worden waren. Einen inneren Ring aus kleineren Steinen hatte man entfernt.

Insringin.

Der Rat wurde oft *Insringin* genannt, der innere Kreis. Hirka hatte immer geglaubt, damit sei der innere Zirkel um den Seher gemeint. Und vielleicht war das auch so, aber der Name konnte von etwas abgeleitet sein, was viel älter war als der Rat. Älter als die Vorstellung vom Seher. Hlosnian massierte sich die Nasenwurzel mit den Fingern und schüttelte den Kopf. »Ihnen war gar nicht klar, was sie da hatten! Vielleicht waren das Abkürzungen zu jedem einzelnen Reich. Einfach weg!« Er breitete die Arme aus. »Zerstört. Für immer.«

Hirka versuchte, ihn zu trösten. »Aber der äußere Kreis steht noch. Das ist das Wichtigste. Was, wenn wir ihn nie gefunden hätten!« Er nickte, sah aber nicht aufgemuntert aus. Ein vertrautes Krächzen war über ihnen zu hören. Kuro landete auf der Spitze eines Steins und starrte auf Hlosnians Taschen. Dieser Rabe hätte Kuchen selbst dann gerochen, wenn er am anderen Ende der Welt wäre!

Plötzlich wurde ihr bewusst, warum sie hier waren. Eine Welle der Angst schlug über ihr zusammen. »Hlosnian, gibt es dort Kuchen, wo ich herkomme? Oder Honigbrot?«

»Bestimmt.«

Hirka schluckte. Die kleinen Dinge, über die sie nichts wusste, wuchsen und wurden größer. Sie wurden zu einem Loch, das sie zu verschlucken drohte. »Gibt es da überhaupt etwas zu essen? Tiere? Wald? Wetter?« Ihr stockte der Atem und sie hielt sich an einem Stein fest. Hlosnian nahm sie in die Arme. »Kind, sie haben alles, was du brauchst.«

»Woher weißt du das? Niemand ist dort gewesen, niemand hat jemanden von dort getroffen. Niemand hat …«

»Weil es dich nicht geben würde, wenn es anders wäre. Deine Vorfahren hätten nicht existiert und du wärst nicht geboren worden, wenn sie nicht in einer Welt gelebt hätten, die ihnen all das gab, was sie zum Leben brauchten. Das ist doch logisch, Kind. Logisch.«

Die Zärtlichkeit in seinen Augen wärmte sie. Er hatte recht. Sie atmete wieder ruhiger. Sie hatte Vorfahren. Sie war nicht die Einzige. Laut Urd hatte sie auch einen Vater, aber über ihn wusste sie schon mehr, als ihr lieb war.

Urd hat gelogen. Alles, was er gesagt hat, war gelogen.

»Komm«, sagte Hlosnian und zog sie ein paar Schritte weiter. »Hier. Das hier ist der Ort, von dem du kommst.« Sie starrte auf das Motiv. Es war schlicht. Zwei blasse Männer, einer von ihnen zu Pferd.

»Woher weißt du, dass ich von dort komme?«

»Hm … Es sind verschiedene Dinge, die dafürsprechen. Die Schrift. Das Alter des Motivs. Das Gefühl der Gabe, wenn …«

»Hlosnian …«

»Und keiner von denen hat einen Schwanz.«

»Du willst mich also in eine völlig unbekannte Welt schicken, nur weil du auf einem Bild mit zwei Männern, die uns den Rücken zugekehrt haben, keinen Schwanz sehen kannst?«

Hlosnian lächelte und nickte etwas zu eifrig. Sie tat dennoch, als beruhigte sie seine Antwort. Es fiel ihr ohnehin schon schwer genug, wirklich zu begreifen, dass sie alles verlassen würde, aber dass niemand wusste, welchen Weg sie nehmen sollte, das war zu viel.

Sie suchte auf dem Bild nach Einzelheiten. Die Männer waren gleich gekleidet. Ringbrünnen mit weißen Kitteln darüber. Auf der Brust erkannte sie Teile eines roten Kreuzes, das zur Mitte schmaler wurde. Vielleicht ein Familienwappen.

Dann haben sie dort also auch Krieger.

Aber hinter ihnen stand ein Baum. Das beruhigte sie. Also das war ihr neues Zuhause? Und das hier waren die Steine, zwischen denen sie hindurchgehen sollte. Sie blickte hoch, konnte aber nichts weiter sehen als die Berge. Kein Schimmern in der Luft. Nichts, was darauf hindeutete, dass man aufhörte zu existieren, wenn man mit der Gabe durch die Steine ging.

Gerade das machte ihr am meisten Angst. Sie kam ohne die Gabe nicht hindurch auf die andere Seite. Auf dieser Seite könnte Hlosnian ihr helfen oder jemand anders. Aber Menskr waren erdblind. Sie waren wie sie. Sie konnten nicht umarmen.

Sie konnte diese Welt verlassen, aber sie würde nie mehr zurückkehren können.

DIE TORE

Der Gong schlug neun Mal, als Hirka Eisvaldr verließ und die Daukattgata entlangging. Es war dunkel. Das machte es einfacher, unentdeckt zu bleiben, obwohl sie nun endlich wieder ihre eigenen Kleider trug. Sie waren zerschlissen, aber wunderbar vertraut.

Das Fest war immer noch nicht vorbei. Vor den Wirtshäusern klammerten sich dünn gekleidete Frauen an großmäulige Kerle. Einige hatten den Rabenträger in Maßen gefeiert und waren noch imstande, nach Hause zu finden. Andere dösten auf den Bänken und würden morgen früh ein elendes Erwachen erleben. Sie hätte ihnen helfen können. Hätte denen Zwiebelsuppe und Kräutertee bringen können, die es am nötigsten brauchten, aber morgen würde sie nicht mehr hier sein.

Hirka zog den Wollumhang enger um sich. Er war schwer und grün wie eine Tanne. Ein Geschenk von Jarladin. Zuerst hatte der Ratsherr ihr einen Umhang angeboten, der einer Rabenträgerin würdig gewesen wäre. Er war aus glänzender Seide, reich bestickt mit Silbergarn und blauen Steinen, und hätte in jeder Welt für Aufsehen gesorgt. Den lehnte sie dankend ab und in einem seltenen Augenblick von Hellsichtigkeit war Jarladin mit diesem einfacheren Umhang zurückgekehrt. Er war befreiend unauffällig und erfüllte keine andere Aufgabe, als sie zu wärmen und vor Blicken zu schützen. Genau, was sie brauchte. Niemand konnte sehen, dass sie schwanzlos war, und das rote Haar wurde von der Kapuze verdeckt.

An der Werkstatt des Polsterers, die jetzt im Dunkeln lag, bog Hirka von der Daukattgata ab. Das bisher so ordentliche Straßennetz verwandelte sich in ein Labyrinth aus engen Gassen, die hinunter zum Flussufer führten. Hirka hatte nicht lange hier gewohnt, doch sie kannte dieses Viertel wie ihre Hosentasche. Das Teehaus ragte ein gutes Stück auf den Fluss hinaus, sodass es aussah wie ein Floß im Wasser. Die Fackel vor dem Eingang war erloschen, aber drinnen glühte es in der Feuerstelle. Die Gaststube mit den niedrigen Tischen war leer, doch Schalen und Teller waren noch nicht abgeräumt. Auch Lindri hatte bis zum späten Abend geöffnet gehabt. Das war vielleicht nicht weiter erstaunlich, ein Wechsel des Trägers kam schließlich nicht alle Tage vor. Schon gar nicht, wenn der neue Träger noch keinen einzigen Tag auf dem Stuhl gesessen hatte.

Hirka öffnete die Tür und das Windspiel gab ein paar vereinzelte hohle Töne von sich, die mitteilten, dass sie gekommen war. Lindri schaute von den Teedosen auf, um zu sagen, dass er geschlossen hatte, blieb aber stumm, als er sie sah. Die Falten in seinem Gesicht erweckten den Eindruck, als lächelte er, obwohl er es nicht tat.

Sie ging zwischen den Tischen hindurch zu ihm. Er stützte sich mit der einen Hand auf einem Stapel Teekisten ab und stemmte die andere in die Hüfte. Sein Versuch, ein strenges Gesicht zu machen, misslang. Hirka biss sich auf die Unterlippe, um die Trauer, die sie empfand, nicht durchblicken zu lassen. Trauer darüber, dass sie ihn ohne ein Wort verlassen hatte und dass sie gezwungen war, es wieder zu tun. Er nickte mehrere Male vor sich hin, wie alte Männer es taten, wenn sie bekräftigen wollten, dass die Dinge nun mal so waren, wie sie waren. Dann zog er sie zitternd an sich und klopfte ihr behutsam den Rücken. Seine Stimme war rau, als er schließlich den Mund aufmachte.

»Warum hast du nichts gesagt, Rotschopf?«

Hirka antwortete nicht. Sie ließ ihr Kinn auf seiner Schulter ruhen und schloss die Augen.

»Du hättest es mir sagen müssen, Rotschopf. Du hättest es mir sagen müssen.« Er trat einen Schritt zurück und schaute sie an. Hirka lächelte. Sie wussten beide, dass sie es ihm nicht hatte sagen können. Dann stellte er den Kessel aufs Feuer und blies in die Glut, um sie anzufachen. Sie holte ein Leinensäckchen aus ihrem Beutel und reichte es ihm.

»Nimm den hier. Der wächst wild in Blindból. Besseren gibt es nicht.«

Er wog das Säckchen in der Hand, aber sein Blick ruhte auf ihr.

»Man erzählt sich, du bist ein Odinskind. Dass du Gardisten getötet hast und nach Ravnhov geflohen bist. Einige sagen, du hast dort den Krieg vom Zaun gebrochen. Andere sagen, du hast ihn beendet. Du hast den Drachen im Bromfjell geweckt und das Schlachtfeld auf der Ebene zweigeteilt. Dann bist du hergekommen, hast den Ritualsaal zum Einsturz gebracht und einen Aufruhr gegen den Seher angezettelt. Manche behaupten, du hast Ihn getötet. Andere sagen, Rime An-Elderin hat es getan. Viele sagen, dass es Ihn nie gegeben hat. Falls du die Absicht hattest, unsichtbar zu sein, ist dir das gründlich misslungen, Rotschopf.«

»Mir ist vieles misslungen, Lindri.«

Er brühte eine Kanne Tee auf, die sie mit hinaus in den Küchengarten nahmen. Obwohl es nie ein Garten gewesen war. Eine hölzerne Plattform auf Pfählen, ein Stück in den Fluss hineingebaut und von Kletterpflanzen überwuchert. Die Ora lag schwarz in der Dunkelheit. Ein paar Laternen schaukelten auf den Booten weiter draußen. Die Sterne spiegelten sich so klar im Wasser, dass man kaum erkennen konnte, wo der Fluss aufhörte und der Himmel begann. Ob es dort wohl Sterne gab, wo sie hinging? Waren es die gleichen wie hier oder andere?

Hirka behielt nichts für sich. Sie erzählte alles, was passiert war, und auch, dass sie wieder weggehen musste. Darüber reden zu können, war beängstigend und zugleich eine Erleichterung. Sie und Lindri hatten nie die Gelegenheit gehabt, besonders viel miteinander zu sprechen, aber das war auch nicht nötig gewesen. Sie verband das, was beide am besten konnten.

Lindri hörte zu. Er tröstete sie mit Fragen, die sie sich selbst nie gestellt hätte. Was machte sie so sicher, dass es eine andere Welt war, in die sie gehen würde? Vielleicht waren alle Welten ein und dieselbe? Und vielleicht brauchte sie die Gabe nicht, um zurückzukehren, falls sie es eines Tages wollte. Vielleicht gab es dort andere Mittel und Wege. Man konnte nie wissen. Solange es dort Tee gab, konnte sie unbesorgt sein. Und Lindri war sich ganz sicher, dass es dort Tee gab.

Sie hatten den ganzen Abend für sich. Hirka stand erst auf, nachdem der Gong elf Mal geschlagen hatte. Sie musste vor Mitternacht am Steinring sein. Länger durfte sie Hlosnian nicht warten lassen. Er hatte etwas vom Pulsieren in der Gabe gemurmelt, sie glaubte aber, dass er in Wahrheit nur früh zu Bett wollte. Sie gingen wieder ins Teehaus zurück.

Hirka wollte sich gerade den Beutel umhängen, als die Tür aufgerissen wurde. Das Windspiel klimperte wie verrückt. Die Glut in der Feuerstelle flammte im Luftzug auf und warf ihr rotes Licht auf Rimes Gesicht. Hirka spürte die Hitze ihn umzüngeln wie unsichtbare Flammen. Er hatte die Gabe benutzt, um hierherzukommen.

Lindri stellte die Teeschalen auf dem Tresen ab, formte das Zeichen des Sehers und verneigte sich: »Rime-Fadri, du ehrst mich. Was kann ich für dich tun?«

Rime gab keine Antwort. Bemerkte ihn gar nicht. Er starrte Hirka an und machte drei lange Schritte auf sie zu. »Du willst weggehen. Du willst weggehen, ohne mir ein Wort zu sagen.«

Sein Blick war eiskalt mitten in der Wärme. Randvoll mit Vorwürfen. Hirka kaute auf der Unterlippe und bat still um Kraft. Das hier würde alles nur noch schwerer machen. Sie versuchte ein Lächeln. »Hast du keine Gardisten bei dir? Ich dachte, die lassen den Rabenträger nicht raus ohne …«

»Du willst weggehen. Jetzt, heute Nacht. Ohne was zu sagen.«

Hirka legte Lindri eine Hand auf den Arm. Er stand noch immer vorgebeugt da und wagte nicht, dem Blick des Rabenträgers zu begegnen. Sie konnte es ihm nicht verdenken. »Ist gut jetzt, Lindri. Wir brauchen etwas zu trinken.«

Er verschwand dankbar hinter den Tresen, um das zu machen, was er am besten konnte. Hirka zeigte zu einem der niedrigen Holztische, um den mit Schafsfell bezogene Holzschemel standen. »Setz dich, Rime.«

Er ließ sich auf einen Schemel fallen, als hätte ihn jemand losgelassen, und senkte den Kopf. Sein Haar fiel nach vorn und verbarg sein Gesicht. Sie musste ihm gegenüber Platz nehmen, um es zu sehen. Sein Atem wurde ruhiger. Sie hörte jeden Atemzug. Der Brustkorb weitete sich rhythmisch unter einem blauen Hemd, das sie noch nie an ihm gesehen hatte. Er sollte sich wärmer anziehen. Der Winter stand vor der Tür.

Er hielt die Augen geschlossen. Die Schwerter standen seitlich ab und streiften den Boden. Seine Hände umklammerten die Tischkante, als müsse er sich zwingen, sitzen zu bleiben.

Lindri kam zu ihnen. Er schaute Hirka fragend an und sie nickte. Er stellte das Tablett auf dem Tisch ab. Tiefe, ruhige Atemzüge verrieten, dass er sich konzentrierte. Er belieferte Eisvaldr mit Waren, aber bestimmt hatte er noch nie zuvor für einen Rabenträger Tee zubereitet. Seine Hände mit der lederartigen Haut übergossen die Tassen und die Kanne mit heißem Wasser, um sie anzuwärmen. Er spülte die Teeblätter in kaltem Wasser. Dann überbrühte er sie mit heißem Wasser und ließ den Tee ziehen. Die ganze Zeit blickte er verstohlen zu Rime, der wie in Stein gemeißelt dasaß.

Als Lindri das Gefühl hatte, der Tee habe lange genug gezogen, goss er ihn in die beiden Tassen, die er Hirka und Rime hinstellte. Dann nahm er das Tablett wieder mit und ließ sie allein. Dampf stieg von den Tassen auf und umspielte Rimes Gesicht. Er sah hoch und begegnete ihrem Blick. Wolfsaugen. Weiß durch den Dampf. Diesmal waren sie blutdurstig vor Verletzung. Kampfbereit. Er fühlte sich verraten.

Er brauchte nicht zu fragen. Seine ganze Erscheinung war eine einzige Frage, ein Warten auf Erklärung. Und seine ganze Erscheinung sagte, dass keine Erklärung gut genug sein würde. Hirka fuhr sich mit der Hand übers Gesicht und ließ sie eine Weile auf dem Kinn ruhen, während sie sich sammelte. Wieder sah sie den Schmerz in seinem Blick. Als sie zu wissen glaubte, was sie sagen wollte, öffnete sie den Mund – und machte ihn gleich wieder zu. Es gab nichts zu sagen. Sie trank einen Schluck Tee. Rime rührte seinen nicht an.

»Du wirst jetzt gehen. Heute Nacht. Richtig?« In seiner heiseren Stimme schwang eine verzerrte Freude darüber mit, zu wissen, dass er recht hatte.

»Ich werde gehen.«

»Und du hattest nicht vor, was zu sagen.«

»Nein, ich hatte nicht vor, was zu sagen.«

Rime stand so abrupt auf, dass er den Tisch umwarf. Die Tassen fielen zu Boden. Er zeigte auf Hirka. Seine Augen waren fremd, als sei Rime fort und jemand anders in seinen Körper geschlüpft. Sie war seit dem Einsturz des Ritualsaals nicht in seiner Nähe gewesen. Seit die Gabe sie auseinandergerissen hatte. Hatte sie vielleicht auch ihn in Stücke gerissen? Vielleicht so sehr, dass er sie töten wollte? Das wäre der beste Weg, von hier zu verschwinden. Alles war besser als das hier.

»Was hast du vor, Hirka? Die Hütte in Brand stecken und durch den Wald nach Ravnhov laufen? Nach allem, was wir getan haben?« Er lief wie von Sinnen auf und ab. »Du hast mir gesagt, ich soll mich erheben! Du hast mich dazu gebracht, das zu tun! Wir haben die Welt erschüttert. Und jetzt, da es vollbracht ist, willst du abhauen. Was soll ich denn jetzt machen?« Er blieb stehen und begegnete ihrem Blick wieder. »Was soll ich denn jetzt machen?!«

Das Gewicht der einfachen Frage drückte auf Hirkas Brust. Hier ging es nicht um sie. Hier ging es um die Last der Welt. Sie ruhte auf Rimes Schultern und er wusste nicht, was er damit machen sollte.

Sie stand auf. Sein Blick wurde sanfter, flackerte. »Sie haben dich unter Druck gesetzt. Sie haben dich dazu gezwungen, wegzugehen. So ist das.« In seiner Stimme lag ein Hauch von Hoffnung. Sie schüttelte den Kopf. Sie ging zu ihm und war froh, dass er nicht zurückwich. Die Gabe erkannte sie und streichelte sie mit ruhigen Bewegungen. Traurig, aber mit einer Gewissheit, die die scharfen Kanten abschliff. Sie legte den Schmerz frei und machte den Umgang damit leichter.

»Was soll ich denn jetzt machen«, wiederholte er. Seine Stimme klang leer, erschöpft. Hinter ihm weinte das Windspiel mit der Gabe. Sie legte ihm die Hand an die Wange und betrachtete ihn. Brannte sich sein Bild ins Gedächtnis, damit sie ihn mitnehmen konnte.

»Wer bist du, Rime?«, fragte sie.

Er umfasste ihren Kopf wie ein Verhungernder. Presste die Nase an ihre Schläfe. »Ich bin Rime. Rime An-Elderin.« Während er flüsterte, zeichneten seine Lippen die Worte auf ihre Wange. Er hätte lautlos sprechen können. Ihre Haut hätte seine Worte dennoch gehört.

Rede! Sag irgendwas!

»Du hättest hier sicher sein können, Hirka. Nichts und niemand hätte dir Schaden zugefügt. Ich hätte alles vernichtet, was versucht hätte, dir wehzutun. Du hättest ein gutes Leben in Eisvaldr haben können.«

»Als Gauklerin? Eine Missgeburt, die von den Reichsten bezahlt wird, damit sie sie anglotzen dürfen? Oder als ein Quell von Angst und Chaos? Ich gehöre hier nicht her, Rime!«

Er drückte sie fester an sich. »Ich bin der Rabenträger. Ich könnte dir verbieten, wegzugehen.«

»Aber du könntest den Leuten nicht verbieten, einen großen Bogen um mich zu machen oder Schutzzeichen über der Brust zu schlagen, wenn sie mich sehen. Oder mich zu hassen, weil die Blinden den Weg hierher finden können, solange ich hier bin.« Ihr Herz brannte danach, von ihm zu hören, dass er es verhindern konnte. Das war ein uneinlösbares Versprechen, aber wenn er es trotzdem gäbe, dann würde sie vielleicht bleiben können. Hirka erkannte, dass ihr Wille im Begriff war, vor ihm zu schmelzen. Das durfte nicht passieren. Es musste sein, jetzt oder nie.

Sie entzog sich ihm und hängte sich den Beutel über die Schulter. Etwas in ihr schrie *Nein*. Etwas, das darum kämpfte, den Beutel wieder abzulegen und ihn zu bitten, sein Versprechen einzulösen. Ihn zu bitten, ihr hier ein gutes Leben zu ermöglichen. Aber sie wusste, dass das in niemandes Macht stand.

»Du kannst vieles, Rime. Aber du wirst den Leuten niemals verbieten können, sich wie Leute zu verhalten. Nimm nur mal den Seher. Du kannst ihnen erzählen, dass es Ihn nicht gibt, aber viele von ihnen werden nie aufhören, Ihn anzubeten. So wie sie nie aufhören werden, sich vor der Fäulnis zu fürchten.«

»Es gibt keine Fäulnis, Hirka! Wie fest muss ich dich denn noch küssen, damit du mir endlich glaubst? Willst du dir von altem Aberglauben Vorschriften machen lassen? Ausgerechnet du? Ich habe keine Angst davor! Bleib bei mir und lass mich dir beweisen, dass es eine Lüge ist!« Er kam wieder auf sie zu. Nahm ihr Kinn, wie um sie zu küssen. Sie senkte den Kopf.

»Ich habe sie gesehen, Rime.«

»Was? Was hast du gesehen?«

»Ich habe die Fäulnis gesehen. Urd hatte sie. Den Anfang davon. Sein Hals wurde von innen aufgefressen. Und er hat gesagt, er hätte sie von meinem Vater bekommen.«

Rime ließ die Arme sinken. Er schloss die Augen und legte den Kopf schräg, wie um ihren Worten zu entkommen. Hirka ging zu Lindri, der halb versteckt hinter der Schiebetür zum Hinterzimmer stand. Er umarmte sie, schob sie wieder von sich und schüttelte den Kopf. Er schaute sie an, als sei sie verrückt. Das hätten wohl alle getan. Alle, die nicht so wie sie aufgewachsen waren.

»Kommst du mit?«, fragte sie Rime.

Er kam. Ruhiger jetzt. Vertieft in ein Problem, das er nicht würde lösen können. Sie verließen das Teehaus. Sie schaute nicht zurück. Die Geräusche auf der Daukattgata waren gedämpft. Es war Mitternacht. In den Wirtshäusern mühte man sich ab, die letzten Feiernden vor die Tür zu befördern. Eine dürre Katze schlich mit erhobenem

Schwanz an den Häuserwänden entlang. Es war windig geworden. Sie gingen schweigend durch die Mauer und überquerten den Marktplatz. Keiner der Gardisten würdigte sie eines Blickes. Blütenblätter von der Zeremonie lagen verstreut auf der Treppe, wie Blutspritzer auf Knochen. Vor ihnen zeichnete sich der Steinkreis in der nächtlichen Dunkelheit ab. Oben auf einem der Steine entdeckte sie die Umrisse eines windzerzausten Raben. Kuro hatte den Kopf tief unter die Flügel gesteckt. Sie hatte es nicht zu hoffen gewagt, aber vielleicht konnte sie ihn doch mitnehmen.

Sie legte den Beutel auf dem Boden ab und schaute Rime an.

»Hlosnian wird jeden Augenblick hier sein.«

»Hlosnian kommt nicht. Er hat mir erzählt, dass du wegwillst. Darum habe ich ihn eingesperrt.«

Sie wich einen Schritt zurück.

»Du hast ihn eingesperrt?!«

»Ich konnte nicht zulassen, dass er dir hilft. Mach nicht so ein entsetztes Gesicht, er wäre ohnehin nicht gekommen. Er hatte sich den Bauch so mit Kuchen und Wein vollgeschlagen, dass er schon eingeschlafen war, noch ehe ich die Tür abschließen konnte.«

Hirka lachte, aber das Lachen fühlte sich so falsch an, das es gleich wieder verstummte.

»Er hat mich angefleht, dir das hier zu geben.« Rime löste einen Lederbeutel von seinem Gürtel. Sie öffnete ihn. In der Dunkelheit war schwer zu erkennen, was für Gegenstände er enthielt, doch einer war ein Buch. Kleiner als ihre Handfläche, aber dick. Sie ging in die Hocke und verstaute den Lederbeutel in ihrem Gepäck.

»Wer außer Hlosnian würde daran denken, dass ich für unterwegs etwas zu lesen brauche?« Sie stand wieder auf und schaute Rime an. »Dann bist also du es, der mir helfen wird?«

Sie wandte sich zum Gehen, doch Rime legte den Arm um sie und zog sie an sich. Sie lehnte ihren Kopf an seine Brust und war dankbar, dass sie mit dem Rücken zu ihm stand. Sie wollte ihn jetzt nicht ansehen. Und sie wollte nicht, dass er sie ansah. Der Wind riss die letzten

Blätter von den Bäumen. Die Steine blieben stumm. Warteten. Riesen, die sie von hier wegbringen würden.

Dann spürte sie die Gabe. Heftig und alles verschlingend. Das Laub fegte über den Boden und verschwand zwischen den Steinen. Rimes weißes Haar flatterte vor ihrem Gesicht wie in der Nacht, als sie über Eisvaldr geflogen waren. Die Ewigkeit durchfloss sie. Erde. Steine. Schlafende Kraft. Er umarmte ihren Körper, bis er in kleine Teile zerbrach. Sie löste sich auf und vermischte sich mit den Teilen, die Rime waren.

Die Kuppel erhob sich hoch über ihnen. Dann verschwand sie wieder. Schatten zogen vorbei. Schatten von denen, die einmal gelebt hatten. Dann verschwanden auch sie. Die Landschaft lag winters wie sommers wüst da. Nur die Steine standen noch. Sie war alles, was gelebt hatte. Alles, was lebte. Alles, was jemals leben würde. Die Gabe näherte sich ihrem Herzen, hungrig nach allem, was sie verborgen hatte, und sie ließ es ihn bekommen. Alles, bis auf das Eine, das er nie sehen durfte: wie viel von ihr ihm gehörte.

Er griff nach dem Schmuck auf ihrer Brust. Nach der Muschel, die er bei ihr in Blindból zurückgelassen hatte. Seine Hand brannte wie Fieber auf ihrer Haut und sie fühlte, wie ihr Körper erwachte. Gewaltig. Gefährlich. Sie verschloss sich vor der Gabe und war froh, dass sie es schaffte, ohne zu schreien. Rime legte seine Lippen auf ihr Ohr. Seine Stimme war rau wie Stein.

»Urd hat eine Möglichkeit gefunden. Ich werde auch eine Möglichkeit finden. Ich finde dich. Und ich werde die Wahrheit über die Fäulnis mitbringen.«

Hirka spürte, dass er glaubte, was er sagte. Sie tat das nicht. Doch seine Worte wärmten sie dennoch.

Sie rief nach Kuro. »Kuro! Hreidr!« Das Wort kam ihr so natürlich über die Lippen, als hätte sie nie ein anderes Wort für »nach Hause« gebraucht. Der Rabe drehte ein paar Runden über ihnen. Dann flog er zwischen zwei Steine und war weg.

Hirka löste sich nur widerwillig aus Rimes Arm. »Folge den Raben«, sagte sie und zuckte die Schultern. Rime antwortete nicht. Sie hängte sich den Beutel wieder um und ging zwischen den Steinen hinein.

Der Raum zwischen den Welten umschloss sie.

DANK DER AUTORIN

Alle oder keiner, sagt man. Also trete ich hiermit ordentlich in alle Fettnäpfchen und erwähne nur *einige* von denen, die Dank dafür verdienen, dass *Die Rabenringe* Wirklichkeit wurden. Kim und meine Mutter überspringe ich fröhlich, weil es so sonnenklar ist, dass ich ohne sie überhaupt nichts zustande gebracht hätte.

Berater

Alexander K. Lykke: Sprachberater, Norrön-Guru und ideenreicher Fantasy-Enthusiast.

Maja S. Megård: Meine liebe Freundin, die als Einzige im Lauf der Arbeit etwas zu lesen bekam und ihre Meinung abgeben durfte.

Karen Forberg: Brillante Verlagslektorin und die Erste, die sagte, das Buch sei gut.

Terje Røstum: Kollege und toller Webentwickler bei Kantega.

Emma Josefin Johansson und Stian Andreassen: Designer beim wunderbaren *Gnist Design*.

Knut Ellingsen: Geologe, der sich mit Steinen auskennt.

Tom Haller: Wahrscheinlich Norwegens einziger professioneller Rabner.

Lars Myhren Holand: Der Fotograf, der mich schlau aussehen ließ.

Øyvind Skogmo: Schonungsloser Korrekturleser in der letzten Runde.

Das Schreiben von Büchern ist oft schwierig mit anderer Arbeit zu vereinbaren, wenn du nicht gerade das Glück hast, den besten Arbeitsplatz der Welt zu haben. So ein Glück habe ich. Danke an alle meine Kolleginnen und Kollegen in der wunderbaren Firma Kantega. Vor allem Marit Collin, die beste Chefin der Welt. Ich will so werden wie sie, wenn ich einmal groß bin.

Gyldendahl ist genau das, wonach es sich anhört: ein warmherziger und schöner Verlag, der mich mit offenen Armen aufgenommen hat. Mein innigster Dank an alle dort – besonders an meine einzigartigen Lektorinnen Marianne Koch Knudsen und Bente Lothe Orheim. Sie haben mich und das Buch besser gemacht.

Danke an Fuglen, Supreme Roastworks und Java, Oslos beste Cafés mit unglaublich nettem Personal. An Outland, den Laden, in dem ich zu mir selbst fand. An Michael Parchment, der mir beibrachte, was ich hinbekommen kann. An die lieben Menschen von Fabelprosaikerne und alle, die das Vorabexemplar bejubelt haben. Ihr seid die Besten. An alle, die über Bücher lesen, schreiben, bloggen und twittern. An alle, denen ich folge, und alle, die mir folgen. An meine Schriftsteller-Kollegin Tonje Tornes – es ist immer leichter zu zweit! An alle Freunde und Bekannten, die mir Mut gemacht haben. Besonders diejenigen aus alten Comic- und Rollenspielzeiten. (Siehst du, Endre! Hirka ist Wirklichkeit geworden!)

Zum Schluss: Ein ganz besonderer Dank an den Mann, der mir erst die Türen zu anderen Welten öffnete und der wahrscheinlich nie verstehen wird, was das bedeutet hat: Vielen Dank, lieber Ketil Holden.

GLOSSAR

Abendmantel	längliche Glockenblume in Ymsland, Motiv für Tätowierung
Bivrost	Steinpfad, die schwankende Brücke zwischen den Welten; angelehnt an die altnordische »Bifröst«, die Brücke zwischen Midgard (»Wohnort in der Mitte«, die von Menschen bewohnte Erde) und Asgard (Wohnort der Götter)
Blinde, die Blinden	Volk, das in Ymsland als Bedrohung wahrgenommen wird
Blutgras	tödliches Kraut in Ymsland
Brünne	Brustpanzer aus Leder- oder Metallringen
Draumheim	das Totenreich: Hier kein Strafort, keine Hölle, sondern einfach der Aufenthaltsort der Toten
Elfenküsse	Blumen in Ymsland
Emblatochter/ Emblaspross	Schimpfwort, abwertende Bezeichnung für Hirka und andere Schwanzlose; in der altnordischen Schöpfungsgeschichte sind Ask und Embla die ersten Menschen, zwei Holzstöcke, denen Göttervater Odin Leben eingehaucht hat
Fäulnis	eine Art Seuche, die nach altem Glauben und Märchen in Ymsland angeblich die → Blinden oder → Odinskinder wie Hirka verbreiten
Fjell	typische Gebirgsform in Skandinavien mit geringen Höhenunterschieden und abgerundeten Formen
Gabe	besondere Fähigkeit, über die nur → Ymlinge verfügen
Goldschelle	eine seltene Heilpflanze in Ymsland, die Fieber senkt
Handmuschel	Muschel, die wie eine Hand geformt ist
Helfmond	Wintermonat
Herbstmond	Erntemonat im altnordischen Kalender, Beginn Ende August

Heumond Monat der Heuernte im altnordischen Kalender, Beginn Ende Juli

Hrafnfjell wörtlich: Rabenfjell

Immerkraut Heilpflanze in Ymsland

Insringin wörtlich »der innere Kreis«, der Rat in Ymsland

Katzenwedel Ackerschachtelhalm, eine Heilpflanze, wird im Volksmund auch Katzenwedel oder Zinnkraut genannt

Kohlekate Hirkas Zuhause nahe Elveroa, die Hütte mit schwarz verkohlten Holzbalken nach einem Brand

Kolk ein Kolk ist ein Strudelloch am Grund eines aktuell oder ehemals fließenden Gewässers, manchmal mit Verbindung zu anderen Seen in Mooren

Mensk (Sg.)/ Menskr (Pl.) »Mensch«, abwertende Bezeichnung für Hirka und andere Schwanzlose, Geschöpfe aus einer anderen Welt, von denen die → Ymlinge sich bedroht fühlen, weil sie glauben, dass sie die Leute faulen lassen

Mester Titel des Oberhaupts und Ausbilders der Schwarzröcke

Moltebeere wild wachsende Pflanze mit weißen Blüten und orangegelben, essbaren Früchten, verbreitet in sehr nördlichen Regionen der Erde

Nábyrn so nennen sich die Totgeborenen, die Blinden, selbst

Nachtlomme nachtaktiver Vogel in Ymsland

Odinskind abwertende Bezeichnung für Hirka, siehe auch → Emblatochter; Odin ist der Göttervater der altnordischen Mythologie, Dichtergott, Totengott, Kriegsgott, Gott der Magie, Gott der Raben

Opia illegales Rauschmittel in Ymsland

Raben Raben sind nach altnordischem Glauben keine Todesboten wie im Christentum, sondern weise Vögel; zwei Raben sitzen auf Odins Schultern und sagen ihm alle Neuigkeiten ins Ohr; Raben werden in der altisländischen Literatur häufig als Vögel des Schlachtfelds bezeichnet, darum werden dort die Gefallenen auch »Fressen für die Raben« genannt

Rachdorn Heilpflanze in Ymsland

Ravnhov wörtlich: Rabenhof, Fürstensitz und gleichnamige Provinz in Ymsland, wo der rebellische Fürst Eirik mit Familie und Anhängern lebt

Schneekatze weißes, raubkatzenähnliches Tier in Ymsland

Schwarzröcke gefürchtete schattengleiche Elitesoldaten des Rates, Mördertruppe, der Rime angehört

Seher gottähnlicher Wahrsager, in Ymsland ein Rabe

Seihbeeren Pflanze in Ymsland

Sonnenträne Heilpflanze in Ymsland

Steinpfad Weg, der zwischen den Steinen im Krater des Bromfjell in die Welt der → Blinden führt

Thing gesetzgebende und richtende Versammlung im nordeuropäischen Altertum bis ins Mittelalter

Tintenstichelei alte Bezeichnung für Tätowierung

Totenschiff das Fahrzeug, das im altnordischen Glauben die Seele der Verstorbenen ins Jenseits bringt; diese Vorstellung zieht sich durch viele Mythologien der Welt; auch Hirkas Vater wird in einer Art Boot aus Stämmen verbrannt

Traumkappe eine kostbare Heilpflanze in Ymsland, die bewusstlos macht

Umarmen hier: die → Gabe aufnehmen, Kraft tanken; zufällige Überschneidung mit dem körperlichen Umarmen

Untote Tote, die keine Ruhe finden und die unter den Lebenden ihr Unwesen treiben, gab es schon im altnordischen Glauben

Winterlinge seltene weiße Schmetterlinge im Steinkreis auf dem Bromfjell

Ylirmond Ýlir oder jólmánuðr ist der Frostmonat oder der Julmonat im altnordischen Kalender, Beginn Ende November

Ylirwurzel aromatische Zutat für Tee

Ymlinge Bevölkerung Ymslands